피를 마시는 새

8

브릿G britg.kr

종이책의 감성을 온라인으로
황금가지의
온라인 소설 플랫폼

인기 출판소설 무료 연재 중!

이영도 판타지 장편소설

피를 마시는 새

8
하늘을 딛는 자

황금가지

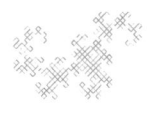

차례

37장 마지막 불씨 7

38장 돌의 추락, 바람의 복상 113

39장 신을 긍정하는 태도 213

40장 나는 것과 노는 것 307

41장 장생 405

남은 이야기 정석 593

제 37 장

"활로."
― 바둑에서 가장 중요한 것이 무엇이냐는 질문에 제이어 솔한이 고민 끝에 한 대답

마지막 불씨

 질감을 띠며 부풀던 규리하 시의 하늘이 눈을 뿌리기 시작했다. 이미 겨울의 마지막 달인 12월이 다 지나가고 있었지만 규리하에선 1월이나 2월에 눈을 보는 것도 어렵지 않은 일이다. 함박눈이었다. 눈송이들이 어찌나 크고 풍성한지 손이 재빠른 서예가라면 허공에 글씨를 쓸 수도 있을 것 같다.
 희미한 한숨들. 앉거나 누운 사람들. 그들 중에는 앉거나 눕기에 부적합한 장소에서 그러고 있는 자들도 많았다. 뭔가를 마시고 한숨을 쉰다. 연초 연기를 내뿜으며 소리 없이 운다. 눕거나 앉은 사람들. 그들은 슬프다. 남자들이 우울하고 여자들이 우울하다. 휘파람이나 콧노래는 모두 구석에 떨어져 먼지를 뒤집어쓰고 있다.
 규리하 성의 계단에 걸터앉아 식은 죽을 먹던 병사가 숟가락을 죽 그릇에 떨어뜨리고 입을 틀어막았다. 아무 소리도 들리지 않지만 병사는 눈을 질끈 감고 몸을 떨었다. 규리하 시의 어느 집에서 입김을 하, 하 불며 거울을 닦던 부인이 손가락을 들어 거울에 그림을 그렸다. 거울에 나타난 그녀의 아버지는 추상화된 미소를 지었다. 골목의 눈 무더기에 꽂힌 삽을 물끄러미 바라보는 남자도 있다. 그 삽을 뽑아 다른 곳의 눈을 치우러 가야 하지만 남자의 머릿속엔 그 일을 하는 자신이 떠오르지 않았다. 남자는 자신이 뭔지도 잊어먹은 것 같은 표정을 짓고 있었다. 그리고 그것은 규리하 성과 그 주위의 규리하 시에서 유별한 표정은 아니었다.

"거기?"
"그래."
"이것."
"아."
"자."

문장으로 표현해야 할 것은 단어가 되었고 단어로 충분한 의사는 손짓이나 눈짓으로 대체되었다. 그리고 그런 빈약한 의사 교환도 필요 없을 때 사람들은 다른 사람이 자신을 살피는지 알아보기 위해 서로를 조심스럽게 살폈다. 일상적인 일들은 일상적으로 계속되었지만 기지나 재치는 어디에서도 보이지 않았다. 활기차게 떠들고 농담하는 사람이 없었던 것은 아니지만 그들이 일으킨 눈송이 같은 소란은 규리하 시에 만연한 뜨거운 침묵 속으로 속절없이 녹아 버렸다.

뜨거운 침묵을 견딜 수 없었던 자들은 간혹 가슴을 차갑게 만드는 광경을 찾아 하늘을 바라보았다.

거기에는 황제의 하늘치가 있었다.

규리하 성의 본관 복도를 걷고 있던 파라말 아이솔도 고개를 돌려 말리를 슬쩍 보았다. 그는 말리에 가까이 다가가면 그 몸통과 지느러미에 매달린 고드름을 볼 수도 있지 않을까 생각했다. 쌓이는 눈만으로도 말리 이곳저곳은 하얗게 변해 있었다.

말리를 바라보던 파라말은 끊어졌던 대화가 재개될 것 같은 느낌을 받았다. 그는 옆에서 나란히 걷고 있던 탈해를 돌아보았다.

그의 예감대로 탈해는 입을 열었다. 하지만 탈해의 말은 짧았다.

"정우는 동무들에게 자신이 도깨비불을 다룰 수 있다고 말했습니다. 멀리 숨어서 그녀의 몸에 불의 날개를 달아 주기로 약속한 어떤 도깨비 친구를 믿고."

탈해는 조금 전처럼 다시 입을 다물었다. 파라말은 건너뛰어야 할 부분이라고 생각했다. 침묵한 채 복도를 걷다가 모퉁이를 돌면서 조용히 질문했다.

"꿈은 어떻게 된 겁니까?"

"정우를 살리기 위해 성주님께서 밤의 다섯째 따님께 요청하셨습니다."

"그런데 꿈이 어떻게 화상을 치유한다는 거죠?"

탈해는 해가 어디서 뜨냐는 질문을 받은 사람처럼 파라말을 보았다.

"꿈속에서는 다쳐도 다치지 않습니다."

파라말은 할 말이 없었다. 그렇다면 규리하 공은 불사신이란 말인가? 하지만 조금 후 파라말은 그 설명에 부합하지 않는 사실을 떠올렸다.

"잠깐만요. 규리하 공은 아스캄에서 저격을 당하셨습니다. 그건 어떻게 된 거죠?"

탈해는 이번에는 해가 어디로 지느냐는 질문이냐고 묻는 것 같은 표정으로 말했다.

"꿈꾸고 있는 사람도 때리면 다칩니다."

자신이 바보가 된 것 같다는 느낌을 떨치려 애쓰며 파라말은 탈해의 말을 정리해 보았다.

"화상은 꿈속의 일이 되었지만 저격은 꿈 바깥에서 왔다는 말입니까?"

"예. 그러니까 정우는 우리와 이야기를 나눌 수 있지요. 정우가 전부 꿈속에 있다면 우리와 어떻게 이야기를 나누겠습니까? 꿈속에 들어가 있는 것은 그 화상뿐이었습니다. 하지만 폐하의 공격 때문에 사람들이 다치자 정우는 다른 많은 것들도 꿈속으로 끌어들였지요."

"그렇게 되는 겁니까. 그러면 만약 밤의 다섯째 따님이 규리하 공을 떠나면?"

탈해는 대답하지 않았지만 파라말은 그 대답이 무엇일지 알 것 같았다. 꿈이 떠나면 화상은 현실이 될 것이다. 그때 탈해가 걸음을 멈췄다.

파라말은 움찔하며 앞쪽을 보았다. 그들은 정우의 방 앞쪽에 서 있었다. 탈해는 손에 든 쟁반을 내려다보며 중얼거렸다.

"돌아가셔도 됩니다, 부사님."

파라말은 낭패한 심정으로 탈해를 쳐다보는 우는 범하지 않았다. 정우를 만나고 싶다는 것은 탈해와 동행하며 설명을 들으려는 핑계라는 것, 그리고 규리하 공에게 음식을 가져다주라는 명령을 듣자 울음을 터뜨린 하녀와 마찬가지로 그 또한 정우를 만나고 싶지 않다는 것 등은 사실이다. 탈해는 그것을 모두 짐작했다. 하지만 그런 짐작을 확인시켜 주는 것도 곤란한 일이다. 파라말이 말했다.

"아니요. 뵙겠습니다."

"일부러 그럴 필요는 없습니다."

"저는 그분을 만나야 합니다. 독행왕의 범죄에 대한 이야기도 해야 하고요."

파라말은 쟁반을 들고 있는 탈해를 대신해서 문을 두드렸다. 문 안쪽에서 작지만 명료한 목소리가 들려왔다.

"들어와요."

정우의 목소리를 듣고 안으로 들어서려던 파라말은 문득 변경백의 방문을 지키는 자가 아무도 없다는 것을 깨달았다. 파라말은 그것이 격에 맞지 않는 일이라고 생각했지만 위험하다는 느낌은 조금도 들지 않았다. 아무리 규리하 성 안쪽이라지만 규리하의 지배자가 아무 보호도 받지 않은 채 홀로 있는데 위험을 느낄 수 없다니, 이상한 일이다. 파라말은 혼란스러운 기분 속에서 방 안으로 들어섰다.

정우는 모포로 다리를 덮은 채 창가에 앉아 있었다. 그녀는 약간 놀란 것처럼 보였는데 탈해 때문이 아니라 파라말 때문임이 분명했다.

"어머, 좋은 꿈 꾸셨어요, 부사님?"

정우의 말이 도깨비들의 인사말에 불과하다는 것을, 그리고 그 말에 평범한 인사말로 대응해야 한다는 것을 자신에게 납득시키기 위해 파라말은 짧지만 힘든 시간을 보냈다. 다행히 그는 예의에 맞는 대답을 할 수 있었다. 탈해는 들고 온 쟁반을 탁자에 내려놓고 갑자기 그 행동에 대해 설명할지 말지 고민하는 표정을 지었다. 결국 그는 바라보던 파라말의 동정을 샀다.

"하녀가 감기가…… 그러니까 추워서, 겨울이라 감기가 걸려서 내가 여기로 오던 길이라……."

정우는 손을 들어 탈해의 변명을 중단시키고 탁자로 다가갔다.

"두 분은 드셨어요?"

파라말이 당황한 탈해를 대신해서 먹었노라고 말했다. 정우는 식욕 없는 몸짓으로 쟁반에 놓인 밤죽을 떠먹기 시작했다. 그녀는 곧 수저를 내려놓았다.

"아까 제가 인사를 잘못 드렸지요? 별뜻 없었어요, 부사님."

"괜찮습니다."

"부사님은 무슨 꿈을 꾸셨어요?"

파라말은 무릎을 내려다보았다. 정우는 즉각 사과했다.

"죄송해요, 부사님. 찾아와 주신 킴은 부사님이 처음이라서 여쭤 본 것이에요. 절대로 부사님의 개인적인 것들에 관심을 가지고 있는 것은 아니에요."

"뚜렷하지 않습니다."

"기억나지 않으세요?"

"어렴풋이 기억나는 것들이 있습니다. 하지만 그것들 전부 제가 본 꿈인지, 그렇지 않으면 깨어난 후에 앞뒤를 맞추려고 제가 끼워 넣은 것들이 섞여 있는지 확신할 수 없습니다."

파라말은 정말 그 내용은 아무렇지 않다고 생각했다. 좀 창피하거나 무서운 것들이 섞여 있긴 했지만 어느 밤에든 꿀 수 있는 평범한 것들이었다. 아마 다른 사람들이 본 것도 특별하지는 않을 것이다. '형님만 빼놓고. 도대체 무슨 꿈을 꿨을지 짐작도 안 돼.' 하지만 그 꿈들은 규리하 시 전체에 시간이 퇴적되는 소리가 들릴 듯한 침묵을 가져왔다.

파라말이 재확인하듯 말했다.

"대단한 것은 없었습니다."

"하지만 무시하지 못하시는군요."

"좀 놀랐으니까요. 하지만 어떻게 해서 각하에게 그런 일이 일어났는지는 무사장께 대강 이야기 들었습니다. 시간이 좀 지나고 충격이 사그라지면 납득할 수 있을 것 같습니다. 그런데 여쭐 것이 있습니다. 각하의 조신들은 비나간 후 지키멜 퍼즈의 처벌에 대해 알고 싶어합니다."

"무엇을 잃어버리셨지요?"

파라말은 어금니를 꽉 깨물었다. 차마 정우를 똑바로 볼 수 없었던 파라말은 탈해를 바라보았다. 탈해는 창가에 기대앉아 어두운 표정으로 그를 바라보고 있었다. 문득 파라말은 탈해가 이해하지 못한다는 것을 깨달았다. 느끼긴 하지만 이해하지 못하는 것이다. 탈해가 그렇다면 정우 또한 마찬가지일 것이다.

불필요한 오해와 거부감, 증오, 분란. 파라말의 머릿속에 파국으로의 연쇄 과정이 눈 깜짝할 사이에 펼쳐졌다. 파라말은 그것을 막을 책임이 자신에게 있다는 것을 깨달았다. 그의 현명함이나 탁월한 이해력 때문이 아니다. 파라말은 속으로 쓰게 웃었다. '내가 가장 먼저 찾아왔으니까.'

"저를 통제할 수 있다는 자신감을 잃어버렸습니다."

탈해와 정우는 주의 깊게 파라말을 바라보았다. 파라말은 자신의 말에 귀를 기울이며 말했다.

"저는 지금의 제가 되기 위해 많은 것을 배워 익혔습니다. 재능을 갈고 닦았고 할 수 있는 것과 그럴 수 없는 것을 구분하는 법을 배웠습니다. 학문만 말하는 것이 아닙니다. 옷 입는 법, 머리 다듬는 법, 손톱 깎는 법, 신발 신고 벗는 법, 수저 쓰는 법, 붓 쥐는 법, 먹 가는 법, 고삐 쥐는 법, 의자에 앉고 일어서고 서랍을 여닫고 문을 여닫고 계단을 오르고…… 여태껏 깨닫지 못했지만 제가 알고 있는 화법도 엄청나게 많더군요. 듣고 말하는 기술은 세 살 때 완성했다고 생각했습니다만, 아니었습니다. 윗 사람과 아랫사람, 잘 아는 사람과 그렇지 못한 사람, 적대적으로 대해야 할 사람과 친근감을 표시해야 하는 사람에 따라 말하는 법이 모두 달랐습니다. 저는 그 기술들을 다 알고 있습니다. 실수도 저지르고 그 때문에 피해도 입으면서 정말 많은, 가을 숲의 낙엽보다 많은 기술을 배웠습니다."

파라말은 자신의 손을 내려다보았다.

"도대체 얼마나 많은지 짐작도 할 수 없습니다. 제가 가진 온갖 시시하거나 복잡한 기술들의 목록을 만들면 도서관까지는 몰라도 서재 하나쯤은 간단히 채울 수 있을 것 같습니다. 그 많은 것들을 배워 익혀서 저는 지금의 제가 되었습니다."

"제가 그것을?"

"각하 때문이라고 말하지는 않겠습니다. 그렇게 말할 수는 없지요. 그것은 꿈 때문이었습니다."

"꿈이 부사님을 공격했나요?"

"공격이오? 글쎄요. 그걸 공격이라고 말할 수도 있겠군요."

파라말은 그제야 정우를 볼 수 있었다. 정우는 심각한 얼굴로 그를 마주 보고 있었다.

"각하께서 꿈을 보여 주셨을 때 제가 사라졌습니다."

"사라져요? 왜죠?"

"제가 가지고 있는 그 모든 기술들이 쓸모 없어졌기 때문이지요. 꿈에 대해 저는 아무것도 자의대로 할 수 없었습니다. 눈을 감을 수도, 귀를 막을 수도 없거니와…… 그것을 어떻게 느껴야 하는지조차 알 수 없었습니다!"

텅 빈 허공에 엄폐물이 있다고 말하긴 어렵지만 규리하를 급습한 폭설은 모순적인 상황을 가능하게 했다. 어떤 각도에서는 하얀 벽처럼 보이는 함박눈은 규리하 시의 외곽에서 말리로 올라가는 하얀 옷차림의 여인을 감춰 주었다. 물론 하얀 여인은 눈송이보다야 훨씬 컸고 더군다나 눈이 내리는 방향을 거슬러 움직이고 있었으니 주의 깊게 본다면 여인을 포착하는 것은 어렵지 않았을 것이다. 하지만 그 시각 규리하에는 무엇인가를 주의 깊게 살필 만한 사람이 거의 없었다. 여자는 누구에게도 포착되지 않고 말리의 조그마한 나루터 위에 도달했다.

여자는 머리를 감싸고 있던 방한모를 벗고 앞쪽에 서 있는 레콘을 보았다. 미리 예고된 방문이었기에 레콘은 별말 없이 여자를 안내했다. 하지만 조금 후 여자 쪽에서 레콘을 멈춰 세웠다. 말리 위에는 곳곳에 눈밭과 빙판이 형성되어 있었고 그 까마득한 고도에서 성큼성큼 걸어가는 레콘의 뒤를 태연하게 따라가는 것은 여자에게 퍽 힘든 일이었다.

"천천히 가죠."

여자의 곤경을 깨달은 레콘은 느린 속도로 걸었다. 하지만 여자는 건물 안으로 들어설 때까지 계속 긴장했고 건물 안에 들어선 후에는 새로운 긴장으로 자신을 다잡았다. 물론 여자는 그 긴장감을 겉으로 드러내지 않았다.

"안녕하십니까, 백작님. 당원이라고 합니다."

비스그라쥬 백 데라시에게 인사하는 여자의 말투는 평온했다. 데라시는 당원이 두툼한 방한복을 벗고 자리를 잡는 모습을 보다가 말했다.

"혼자 왔습니까?"

"예."

비스그라쥬 백의 방은 나가가 충분히 활동할 수 있는 온도, 즉 한계선 남쪽의 온도였다. 여자는 급격한 온도 차 때문에 몸 이곳 저곳을 긁고 싶다는 표정을 지었다. 어떤 징후를 발견하길 기대하며 그녀의 특징 없는 얼굴과 몸을 바라보던 데라시는 원하는 것을 얻지 못했다. 그래서 직접 질문했다.

"당신은 자신을 자유무역당의 전권 대표로 생각하라고 말했지만 자기를 그냥 당원이라고만 부르는 사람과 진지한 이야기를 나눠도 되는지 잘 모르겠군요. 당신이 규리하의 첩자라고 판단하지 말아야 할 이유를 알려 주시겠습니까?"

데라시의 말은 '당신은 큰 권한을 가지고 황제와 협상을 할 수 있는 사람으로도, 자유무역당원으로도 보이지 않는다.'는 뜻이었다. 여자는 고개를 끄덕이고 품속에 손을 집어넣었다. 다시 나온 여자의 손에는 단검이 쥐어져 있었다. 인간이라면 경계했을 행동이지만 데라시는 놀라지 않았다. 심장을 적출한 나가를 죽이기엔 너무 작은 칼이다. 또한 데라시는 여자가 무슨 행동을 할지 알 수 있었다.

장갑을 벗은 여자는 단검의 칼날에 손가락을 대고 빠르게 움직였다. 여자가 단검을 들자 데라시는 단검의 금속 표면에 남아 있는 여자의 체온을 알아보았다. 그 체온은 자유무역당과 그들의 든든한 후원자인 비스그라쥬 백 사이에 약속된 암호를 그리고 있었다. 여자가 말했다.

"저는 볼 수 없군요. 제가 정확하게 그렸습니까?"

"거의 정확합니다."

여자는 단검을 집어넣었다. 데라시는 등받이에 몸을 기대었다.

"용건은?"

"유료도로당주에게 내려진 왕위를 취소해 주시면 규리하를 폐하께 바치겠습니다. 그 밖에 저희들이 감당할 수 있는 것이라면 무엇이든 드리겠습니다."

데라시는 극히 미미하게 남아 있던 의심이 다 사라졌음을 느꼈다. 완벽한 자유무역당 화법이다. 왜 그런 것이 유료도로당주에게 내려졌는지 호기심을 가질 법도 하지만 당원은 그런 것을 깡그리 무시했다. 데라시는 자유무역당 화법은 자유무역당의 신용장이나 다름없다고 생각하며 말했다.

"왜 그것을 원하죠?"

말을 하며 데라시는 미심쩍은 표정으로 당원을 바라보았다. 유료도로당에 대한 질투심 때문에 왕위 취소를 원하는 것 아니냐는 의심을 넌지시 표현하여 분개한 당원으로 하여금 열성적으로 설명하게 하려는 시도였지만 당원은 나가의 표정에 어두웠다. 그녀는 여전히 단순하게 딱딱 끊어지는 문장으로 말했다.

"저희들은 그 뜻을 유료도로당주가 도로 사용료 징수권 외에 조세권까지 가지게 되었다는 뜻으로 받아들였습니다. 그렇다면 그들의 도로를 이용해야 하는 저희들의 부담은 더욱 커질 것입니다. 저희들의 목표는 소비자가 최소 부담으로 원하는 상품을 얻는 것에 있습니다. 운송 비용의 상승은 받아들일 수 없습니다."

"흥미롭군요. 시오크 지울비는 아직 왕위에 오르지도 않았을 뿐만 아니라 그의 조세권에 대한 논의는 있지도 않았습니다. 왜 그가 현재 징수하고 있는 도로 사용료 외의 수입을 바랄 거라고 생각하는 겁니까?"

당원은 분개하여 말했다.

"각하, 저희들을 희롱하지 마십시오. 당과 국가가 어찌 같겠습니까? 당은 당규로 당원만 구속할 뿐이지만 국가는 법으로 영토 내의 모든 사람을 구속할 수 있습니다. 지금껏 그들은 법을 가지고 있지 않았습니다. 아니, 한 가지 법뿐이었습니다. 돈을 내면 길을 이용할 수 있다는 거죠. 그 때문에 극악무도한 살인자라도 통행료만 내면 그들은 보호했습니다. 유료도로당이 국가가 되면 그들은 법을 가질 겁니다."

"극악한 살인자가 유료도로 위를 자유로이 돌아다닐 수는 없게 되겠군요."

"글쎄요. 그들이 어떤 법을 만들지는 저도 모릅니다. 어쩌면 그들의 강퍅한 성질을 드러내기 위해 살인자를 칭찬하는 법을 만들지도 모르지요. 그리고 저는 그들이 만들 법에 관심도 없습니다. 다만 저는 그 어떤 종류의 법이든 돈에 의해 지탱된다는 것은 알고 있습니다. 그들이 법을 만들면, 그들은 세금을 거둘 겁니다."

데라시는 크게 고개를 끄덕였다.

"자유무역당원이 말하니 참 어울리는군요."

"예?"

"윤리도 정의도 선의 실현도 공짜는 아니라는 말씀 말입니다. 좋습니다. 당신들의 우려가 합리적이라는 것에 동의하겠습니다. 하지만 당신들이 어떻게 규리하를 전복시키겠다는 겁니까?"

"잘 아시겠지만 두 번의 전쟁을 겪은 후 규리하의 재정은 악화되어 있습니다. 현재 규리하의 재정 중 상당 부분은 자유무역당의 자산에 근거하고 있습니다. 만약 병사들의 봉급을 중단하기만 하면 규리하는 간단히 내부에서부터 무너질 겁니다."

〈거짓말이다.〉

갑자기 들려온 니름에 데라시는 놀라서 당원을 외면했다.

〈폐하?〉

〈도깨비를 이용한 연초 사업을 구상할 만큼 영리한 비셀스나 그녀의 정부라면 재정 자립도가 그렇게 치명적인 수준까지 이르도록 내버려두진 않았을 것이다. 규리하는 하늘치를 다루는 비셀스의 능력을 믿고 군비를 확충하지 않았으며 대사업도 벌이지 않았다. 분명 쪼들리긴 하겠지만 그자가 말하는…….〉

데라시는 조심스럽게 닐렀다.

〈폐하, 알고 있습니다.〉

〈미안하다.〉

그리고 치천제는 침묵했다. 데라시는 슬픔을 느꼈다. 데라시가 알고 있는 황제는 그가 능히 짐작할 만한 일에 참견하지 않았다. 데라시는 정우와 그녀의 꿈을 본 후 황제가 느낀 충격이 도대체 얼마나 큰 것이었는지 궁금했다. 황제는 죽을 뻔했다는 니름만 했을 뿐 아무 설명도 하지 않았다. 그 꿈이 심상찮은 부작용을 주기는 하지만 목숨을 위협할 만한 것은 아니라고 생각한 데라시로서는 이해하기 어려운 진술이었다.

조금 기다렸지만 황제의 니름은 더 들려오지 않았다. 데라시는 앞쪽에 있는 거짓말쟁이가 진짜로 원하는 것이 무엇일지 궁리하며 말했다.

"믿기 어려운 이야기군요. 무향의 병사들이 그렇게 간단히 반란을 일으킬 거라고는 생각하기 어려운데요."

"물론 당장 그런 일이 벌어지지는 않을 겁니다. 특히나 이 하늘치가 눈에 잘 보이는 곳에 있는 상황에서는 더욱 그렇지요. 외부로부터의 공격은 사람들을 단결시킵니다."

"말리가 사라져야 한다는 겁니까?"

"그러면 저희들의 공작이 더 수월해질 겁니다. 그리고 폐하께서는 저희들이 약속을 지키는지 확인할 시간을 얻으실 겁니다. 폐하께서 저희들에 대해 어떻게 생각하시는지 잘 알고 있습니다. 먼저 물러나셔서 저희들이 약속을 지키는지 확인하시고, 유료도로당주에게 내려진 왕위는 그 후에 취소해 주시면 됩니다."

당원은 이 정도면 파격적인 제안이 아니냐는 듯 데라시의 얼굴을 똑바로 바라보았다. 데라시는 생각에 잠긴 표정으로 말했다.

"폐하의 충성스러운 대신인 율형부사와 산공부사가 이곳에 있는 것으로 알고 있습니다. 그들에게 어떤 위해가 가해지진 않았습니까?"

당원의 얼굴에 미세한 흔들림이 나타났다. 그런 것이 나타날 거라 예상하고 있지 않았다면 놓칠 만큼 작은 흔들림이었다.

"두 분은 잘 계십니다."

'오호라. 사라말이었군. 사라말이 일단 황제를 물러나게 할 생각으로 이 계획을 짠 거야. 그러잖아도 왜 우리를 찾아오지 않는지 궁금했는데. 규리하 공을 선택했나? 왜지? 일단 자유무역당은 확실히 규리하 공의 편이라고 생각해 둬야겠군…… 좋아.'

"흥미로운 계획입니다만 받아들이기 어렵군요."

"예?"

"말리가 물러난다 해도 외부의 적은 곧 올 겁니다. 아이저 규리하가 이곳으로 오고 있지요."

당원의 얼굴엔 이전보다 뚜렷한 흔들림이 나타났다. 데라시는 그를 동정하며 말했다.

"그러니 말리가 물러난다 해도 당신들에게 도움은 안 될 겁니다. 그리고 폐하도 반도의 무리가 이곳으로 오고 있는 이상 물러날 생각이 없으십니다. 폐하는 이곳에서 그를 기다려 폐하의 지엄함을 보이실 겁니다. 여러분은 폐하의 도움 없이 규리하에 반역을 일으켜야 되겠습니다. 어렵겠지만 성공한다면 여러분은 폐하의 후의를 받을 겁니다."

당원은 얼굴을 일그러뜨렸다. 그것이 좌절이 아닌 단순한 실망처럼 보이길 바라며.

지키멜 퍼스는 하얀 입김을 내뿜으며 자신 있게 말했다.
"다 들킨 거야, 율형부사."

사라말 아이솔은 얼굴을 일그러뜨리지 않았다. 그리고 특별히 침울한 표정도 짓지 않았다. 그저 담담하게 지키멜을 바라보았다.

원래 후작이었고 한때는 왕으로 자칭했던 사람치곤 그 모습이 험악했다. 지키멜은 다른 사람들이 물어보기도 전에 자신이 규리하 공과 무사장을 납치했음을 솔직하게 고백했고 그 때문에 고문은 받지 않았다. 고문해서 물어볼 것이 없기 때문이다. 그리고 그녀가 주장하는 왕위에 대해서는 의심의 여지가 있지만 후작의 지위는 누구나 인정할 수밖에 없기 때문에 아직 사형을 당하지도 않았다. 그런 고위 귀족을 함부로 사형시킬 수는 없다. 하지만 그녀는 넝마 비슷한 옷을 입고 규리하 성에서 가장 차가운 감옥에 갇혀 있는 꼴은 모면하지 못했다.

초라한 몰골이었지만 지키멜은 감옥으로 그녀를 찾아온 사라말에게 의연한 모습을 보여 주었다. 동상이 염려될 만큼 추운 감방에서 간신히 나체를 벗어날 정도의 옷만 걸치고 있었지만 지키멜은 기세등등했다.

"백작의 말은 아이저 규리하부터 손봐 주고 너를 잡아 주겠다는 뜻이야. 순순히 물러나서 우리가 아이저 규리하와 협상해 볼 시간을 주는 대신에. 다 들켰지."

지키멜의 입에서 뿜어져 나오는 입김을 보던 사라말은 되도록 입을 적게 움직이며 말했다.

"우리? 규리하가 규리하 공을 납치한 각하를 받아들여야 한다고 믿고 있습니까?"

"그건 규리하 공이 내 주장을 믿지 않았기 때문에 생긴 불상사였어. 하지만 상황은 내 주장이 맞았다는 것을 증명하고 있지. 황제의 며느리라고? 허튼소리. 황제는 규리하를 공격할 생각이었어! 기다렸다는 듯이 뛰쳐나온 나가들을 너도 보지 않았나? 누구보다도 먼저 황제의 진의를 깨달은 사람을 포기할 텐가?"

사라말은 고개를 들어 감방의 낮은 천장을 바라보았다. 약간 어울리지 않는 표현 같았지만 규리하의 감옥은 장엄했다. 규리하 성의 건물 전체에 만연한 고풍스러움은 감방에도 나타나 있었다. 윤곽을 알아보기 어려울 정도로 닳아서 매끄러워진 돌을 보석이나 되는 것처럼 바라보는 사라말에게 지키멜은 초조함이 약간 묻어나는 어조로 말했다.

"일단 황제를 물러나게 하고는 아이저 규리하를 설득해서 공동전선을 펴 보려는 것이었겠지. 아이저 규리하도 도움이 필요하고 이쪽에서도 마찬가지니까. 하지만 그 영리한 데라시 백작은 다 눈치 챘어. 무력으로 물러나게 할 수밖에 없어. 비셀스가 한 번 더 꿈을 해방시키면 될 거야. 세상에, 그런 것은 상상도 못했어! 나는 그녀가 말리를 밀어내면 다행이라고 생각했는데…….”

사라말이 팔을 들었다. 감방 안에 하나뿐이던 촛불이(사라말이 가져온 것이었다.) 흔들리며 벽에 무수히 많은 그림자들이 질주했다. 사라말은 지키멜의 말을 그렇게 자르고서 말했다.

“각하는 어떤 꿈을 보셨습니까?”

지키멜의 말이 뚝 멈췄다. 그녀는 사라말의 시선을 피하며 말했다.

“말할 의무가 없다.”

사라말은 빙퉁그러진 어조로 말했다.

“각하는 뭘 착각하고 계시는군요. 지금 드는 이상한 기분이 꿈의 내용 때문이라고 믿고 계시는 것이겠지요. 다른 사람들도 그렇게 생각하는 경우가 많습니다. 좀 예민한 내용의 꿈을 본 사람들은 그 때문에 자기가 우울해진 거라고 생각하고 있습니다. 하지만 꿈의 내용이 중요한 것은 아닙니다.”

지키멜은 흠칫하여 사라말을 바라보았다.

“우리를 그 순간 뒤흔들어 버린 것은 꿈 자체였습니다. 우리는 흔히 꿈이 현실과 부딪치면 부서진다고 알고 있었습니다만 역시 일방적인 관계는 없었던 모양입니다. 규리하 공이 보여 준 꿈은 현실을 부쉈습니다.”

지키멜은 뺨에 손을 얹었다. 추위 때문에 그녀의 볼에는 각질이 허옇게 일어나 있었다. 지키멜은 그것을 문질러 떼어 내듯 손을 움직였다.

“나는 노후작을 봤어. 증조부가…… 죽었는데 그 얼굴이 시오크였어.”

사라말은 지키멜이 '내가 준 독을 마시고'라는 부분을 생략한 거라 추측했다. 그리고 말로도 표정으로도 그 추측을 표현하지 않았다. 지키멜이 상체를 내밀고 매달리듯 말했다.

"그 내용 때문이 아니라고?"

"아닙니다."

"꿈이 현실을…… 부쉈다고?"

"헛된 꿈 때문에 신세 망친 사람들 이야기 못 들어 보셨습니까? 이것은 일종의 예일 뿐 꼭 그런 식은 아니라고 생각합니다. 밤의 다섯째 따님은 이런 단순한 예로는 설명하기 어려울 만큼 복잡한 성질을 가지고 있는 것 같습니다. 하지만 저는 더 괜찮은 예를 떠올릴 수가 없군요."

지키멜은 타오르는 눈으로 사라말을 노려보았다.

"헛된 꿈 때문에 신세를 망치느니 하는 말은 나를 겨냥한 것인가?"

"아니요. 우리들에게 일어났던 일을 이해해 보려는 노력의 일환입니다."

사라말에게 집중하고 있었기에 지키멜은 그 말에 어쩐지 절박함 같은 것이 묻어난다고 생각했다.

"꼭 이해하고 싶은 모양이군?"

사라말은 초를 돌아보았다. 눈이 아플 때까지 촛불의 가장 밝은 부분을 노려보다가 말했다.

"제 친구가 죽어 가고 있습니다."

"친구?"

"아트밀이 죽어 가고 있습니다."

"나가들에게 많이 다쳤나?"

사라말은 무릎에 얹은 손을 꽉 움켜쥐었다.
"많이 다쳤습니다만 지금 아트밀을 죽이는 것은 따로 있습니다. 그 꿈이지요."

파라말은 혀를 내밀어 메마른 입술을 적셨다.
"우스꽝스럽다고 해야 할지 비극적이라고 해야 할지 모르겠습니다. 아트밀은 자신이 되겠다고 외치며 허공의 전장으로 달려갔습니다. 그런데…… 그 순간 각하께서 꿈을 현실에 병존시킴으로써 그를 부수셨습니다. 그는 자신이 된다는 것이 무엇인지 알 수 없게 되었습니다. 정확하게 말할 순 없지만 아무래도 현실 속에서 자신이 되어야 하는지 꿈속에서 자신이 되어야 하는지 알 수 없게 된 것 같습니다. 지금 좌절하고 우울해하는 많은 사람들 중에 그는 가장 큰 좌절과 우울을 경험하고 있고, 거기에 나가들에게 입은 상처가 더하여 위태로운 상태입니다."
정우는 턱으로 가슴을 찌른 채 두 손을 얽었다. 탈해는 그런 정우에 대한 동정심과 파라말에 대한 불만을, 그리고 아트밀에 대한 슬픔을 동시에 느꼈다. 그 정신없는 감정의 뒤엉킴은 도깨비 무사장을 어지럽게 만들었다. 파라말은 기가 막히다는 듯이 중얼거렸다.
"각하께서는 그를 구하기 위해 그러셨는데 말입니다."
파라말이 안타까워하고 원망하는 것은 상황이었다. 결코 정우를 질타하는 것이 아니었다. 하지만 그녀의 눈에서는 뜨거운 눈물이 흘러내렸다. 파라말은 당황했다.
"각하, 죄송합니다. 각하를 원망하는 것이 아닙니다. 저는 그냥 상황이 너무 기막혀서 주절거린 겁니다. 제 허언 때문에……아, 각하."

황급히 다가온 탈해가 무릎을 꿇고 정우의 눈 주위를 닦았다. 파라말은 의자에서 일어나려다가 그 모습을 보고는 반쯤 일어선 채 멈췄다. 정우는 탈해의 정성스러운 손길을 조심스레 밀어냈다.

"저는 이해할 수 없어요. 저는 사람들이 민망하거나 화나는 꿈, 무서운 꿈을 봐서 저를 피하는 거라고 생각했어요. 그런데…… 그게 자신을 잃을 만한 일이었다고요? 왜 킴과 레콘과 나가는 꿈에 그렇게 당황하죠? 왜 아파하는 거죠? 저는 그 싸움을 꿈속의 일로 만들고 싶었을 뿐이에요. 잠에서 깨어나면 잊을 수 있는 일로. 그런데 그게 그렇게 끔찍한 폭력이었어요?"

파라말은 황급히 변명했다.

"각하, 제가 생각 없이 말했습니다. 분명 각하께서는 많은 사람을 구하셨습니다. 제가 끔찍하게 표현하기는 했지만 따지고 보면 지금 이곳에서 일어나고 있는 일은 유난히 선명한 꿈을 꾸고 일어난 직후에 느끼는 멍한 느낌을 확대해 놓은 것에 불과할 겁니다. 그런 건 곧 잊혀지지요. 현실이 그런 상태로 있도록 내버려두지 않으니까요."

"아트밀이 죽어 가고 있다면서요."

파라말은 어떻게 말해야 할지 알 수 없어졌다. 그리고 정우는 파라말의 말을 기다리지 않았다. 그녀는 작지만 단호한 목소리로 말했다.

"아트밀에게 가겠어요."

"각하?"

정우는 의자에서 일어났다. 그 동작의 끝에서 그녀는 잠깐 휘청거렸다. 다행히 곁에 있던 탈해가 재빨리 그녀를 부축했다. 불안한 눈으로 정우를 바라보던 파라말은 그녀의 이마에 맺힌 땀을 보았다. 그녀는 끔찍한 고통을 참고 있는 것처럼 보였다. 순간 파라말은 기겁하여 일어났다.

꿈은 정우의 화상을 꿈속의 일로 만들었다. 파라말은 그 사실에서 꿈이 정우를 떠나면 화상은 현실이 될 거라 추측했다.

"각하! 그 꿈이 밖으로 나왔을 때 화상이 진행된 겁니까?"

탈해가 커다란 어깨를 크게 움직이며 움찔했다. 정우를 부축하고 있는 그의 손이 파르르 떨렸다. 정우는 그 손등에 자신의 손을 얹으며 말했다.

"괜찮아, 탈해. 나는 괜찮아."

"정우, 정말이야? 부사님의 말대로야?"

"응. 하지만 다시 꿈이 되었어. 꿈속의 일이야. 이젠 아무렇지도 않아."

탈해 머리돌이 인간과 공유할 수 없는 것들 중 하나는 불에 타는 느낌이다. 도깨비는 불에 타지 않으니까. 탈해는 황급히 파라말을 돌아보았다. 파라말은 규리하의 하늘에서 꿈을 해방시켰던 순간 정우가 느꼈을 '몸이 타들어 가는 느낌'을 상상하며 얼굴을 일그러뜨렸다. 그 표정은 탈해에게 좋은 설명이 되었다. 탈해는 목이 졸린 듯한 목소리로 말했다.

"많이 아팠지?"

정우는 말하지 않았다. 그녀는 열심히 탈해의 손등을 두드리며 그의 부축에서 빠져나왔다.

"아트밀에게 가야 해."

파라말은 고개를 가로저었다. 탈해는 직접적으로 말했다.

마지막 불씨 29

"안 돼."

정우가 도리질하며 다시 설명하려 할 때였다. 갑자기 밖에서 다급한 발소리가 들려왔다. 거칠게 문 두드리는 소리에 파라말과 정우, 탈해는 겁먹은 얼굴로 문을 돌아보았다.

"들어와요."

문은 열리지 않았다. 대신 문 바깥에서 커다란 고함소리가 들렸다. 파라말은 사람들이 정우를 만나지 않으려 한다는 사실에 갑작스럽게 배신감 같은 것을 느꼈다. 하지만 곧 자신도 온갖 용기를 끌어내어 이곳에 왔다는 사실을 떠올렸다. 감정의 혼란 속에서 당황해하던 파라말은 조금 늦게서야 밖에서 들려온 소리를 이해했다. 그는 깜짝 놀라서 탈해와 정우를 보았다. 두 사람의 굳은 얼굴을 본 파라말은 자신이 들은 소리를 확인하기 위해 문 쪽으로 고함질렀다.

"다시 말해! 뭐라고 했지?"

병사임이 분명한 목소리가 우렁차게 외쳤다.

"지평선에 하늘치 한 마리가 나타났습니다! 이곳으로 곧장 오고 있습니다!"

니름으로도 대화를 나눌 수 있었지만 데라시는 황제를 직접 만나야겠다고 생각했다. 꿈을 본 이후로 황제의 상태는 심상치 않았고 데라시는 그녀에 대한 심각한 우려를 느끼고 있었다. 보온복에 물을 붓는 귀찮은 일을 하는 대신 데라시는 소드락을 먹은 다음 황제의 방으로 달려갔다.

초를 켜 두지 않은 방 안은 어두웠다. 황제는 뒷짐을 진 채 웅단 위를 거니는 자신의 그림자와 발 맞추어 방 안을 오락가락하고 있었다. 안으로 들어서는 데라시를 본 황제는 무슨 일이냐는 얼굴로 바라보았다.

〈하늘치가 나타났습니다, 폐하. 아이저 규리하의 것 같습니다.〉

〈알고 있다. 그래서?〉

그녀가 이미 알고 있다는 사실은 데라시를 조금 놀라게 했다. 데라시는 당황하여 널렀다.

〈전투 준비를 해야 하지 않겠습니까? 폐하, 아라짓 전사들을 깨워 소드락을 먹일까요?〉

황제는 데라시를 물끄러미 바라보다가 벽난로 가의 큰 의자에 앉았다.

〈무사장만 대비했는데 엉뚱하게 그 여자라니. 바우 성주는 도대체 왜…….〉

데라시는 황제가 자신의 보고에 아무 관심도 없음을 깨달았다. 황제의 모든 관심은 규리하 공 비셀스 규리하에게 향하고 있었다. 황제가 최우선 순위를 혼동하는 듯한 이런 상황은 데라시에게 익숙하지 않았다. 황제가 가장 중요한 것을 놓치고 있는 듯이 보일 땐 그것이 다른 이들의 판단과 달리 정말 중요하지 않은 것임을 그녀 혼자 알 때뿐이다. 하지만 지금 황제의 모습은 큰 충격으로 다른 것에 대해서는 생각할 수도 없는 자의 모습이었다.

〈폐하, 제가 도와드릴 것이 없습니까?〉

〈너희들은 어떻게 그것을 견디는지 널러 줘.〉

데라시는 황제가 말한 대명사들에 당혹했다. '너희들'이라는 것도 '그것'도 무엇인지 짐작할 수 없었다. 그는 솔직하게 당혹감을 내보였다.

〈폐하?〉

황제는 무성의한 동작으로 의자를 가리켰다. 앉으라는 동작이었지만 데라시는 주춤했다. 아이저 규리하가 다가오고 있는 상황에서 의자에 앉는 것은 황제가 빠져 있는 무기력함의 덫에 함께 빠져 드는 일처럼 느껴졌다. 현실에 발 딛고 황제를 끌어내야 한다고 생각하며 데라시가 말했다.

〈폐하, 아이저 규리하가…….〉

〈아이저 규리하는 없다! 거기에 앉아라. 당장!〉

데라시는 비늘이 빠질 것 같은 슬픔을 느끼며 공손히 의자에 앉았다. 황제는 팔걸이에 두 팔을 던진 채 의자에 몸을 눕혔다.

〈어떻게 그것을 견디는 거냐.〉

〈무엇을 니르시는 겁니까?〉

〈비셀스가 휘두른 그것 니름이다.〉

황제가 말하는 것은 꿈이었다. 데라시는 이성적인 황제가 왜 꿈이라는 니름조차 하지 않으려 하는지 이해할 수 없었다. 또 꿈을 한번도 꾼 적이 없다는 듯이 니르는 황제의 태도도 그를 혼란스럽게 했다. 데라시는 결국 일기를 쓰듯 닐렀다.

〈폐하, 그 꿈은 당혹스러웠습니다. 현실과 꿈이 함께 존재하게 되자 현실을 다루기 위해 습득해 온 모든 것이 한꺼번에 무의미해졌습니다. 팔다리를 모두 잃어버리고 정신마저 흐려진 것 같은 거대한 허무감을 느꼈습니다. 아마 감상적인 인간들은 더 큰 충격을 느꼈겠지요. 하지만 그것이 그냥 꿈일 뿐이라는 것을 생각한 후에는 무시할 수 있게 되었습니다.〉

〈어떻게? 그것을 어떻게 무시하지?〉

〈쉽지는 않았습니다. 지금도 그때가 떠오르면, 세상의 모든 것이 그대로 있는데 오직 저 하나만 사라진 것 같은, 그러니까 죽은 것과 같은 상황이 떠오르면 비늘이 일어섭니다. 하지만 다루어야 할 현실이 다시 돌아왔고…….〉

데라시는 그 시점에서 황제가 다가오는 아이저를 떠올리길 바랐다. 하지만 황제는 그런 것을 생각도 하지 않는 사람처럼 백작을 마주 보았다. 데라시는 절망감 속에서 니름을 이었다.

〈그것을 다루다 보면 꿈은 잊을 수 있습니다, 폐하. 그런 식으로 잊을 수 없을 만큼 끔찍한 꿈을 보셨습니까?〉

치천제는 넋이 나간 사람 같았다.

〈꽃을 보았다.〉

〈예?〉

〈처음 보는 꽃이었다. 그런 꽃이 세상에 있는지 모르겠다. 그렇지 않다는 느낌을 받았어.〉

데라시는 한 송이 꽃이 왜 그렇게 충격적이었느냐고 묻지 않았다. 꿈속에서는 모든 현실의 규칙이 무의미해진다. 꽃이 공포의 대상이 될 수도 있을 것이다. 그런데 황제는 다시 이상한 니름을 했다.

〈너는 그 꽃의 이름을 아느냐?〉

〈폐하? 저는 다른 꿈을 꾸었습니다.〉

황제는 의자에서 뛰쳐나오려는 사람처럼 팔걸이를 콱 움켜쥐었다. 데라시는 그녀의 몸에서 부딪치는 비늘을 보며 기겁했다. 황제는 니르며 말했다.

〈다른 꿈? 다른 것을 보았다고?〉

〈예? 예, 그렇습니다. 같은 것을 본 사람은 없을 거라고 생각합니다.〉

〈전부 다르다고?〉

데라시는 공포를 느꼈다. 황제는 아무래도 충격 때문에 정신이 어떻게 된 모양이다. 다른 사람들에게 확인해 본 것은 아니지만 데라시는 모든 사람이 각자 다른 것을 보았음을 직감적으로 알 수 있었다. 비셀스 규리하에게서 나온 것은 꿈이고 또한 꿈일 뿐이었다. 엉터리 같은 비유를 허락한다면 붓과 종이라고 할 수도 있을 것이다. 붓으로 종이에 무엇을 쓰느냐는 각자가 알아서 할 일이다. 데라시는 그것을 확신할 수 있었다. 그런데 황제는 그 사실을 깨닫지 못한 사람처럼 이야기하고 있었다.

데라시는 다가오는 아이저를 상대하는 것은 자신의 일이라고 판단했다. 황제는 쉬어야 한다. 낭비한 시간을 약간 후회하며(경애하는 황제와 함께한 시간이었기에 데라시에게 그 시간은 고귀했다. 따라서 후회는 그야말로 약간이었다.) 데라시는 일어서려는 시늉을 해 보였다.

〈폐하, 제 부족한 견식으로 폐하를 혼란스럽게 하는 것은 적절하지 않거니와 지금 그 소졸한 재주라도 보태어야 할 다른 일이 있는 바에야 물러나는 것이 타당하다고 생각합니다.〉

〈물러난다고?〉

데라시는 눈물이 나올 것 같았다.

〈예, 폐하. 칼리도 백이라면 그 위엄만으로도 어떤 적이든 무릎을 꿇리겠지만 저는 직접 상황을 살피고 있는 재주와 없는 재주를 모두 동원해야⋯⋯.〉

〈그렇군.〉

〈예?〉

황제가 안도하며 닐렀다.

〈맞아. 엘시가 있었군.〉

비록 그 스스로 엘시에 대한 찬사를 늘어놓았지만, 황제가 커다란 안도감으로 엘시의 이름을 니르자 데라시는 질투심 비슷한 아픔을 느꼈다. 하늘누리 위에서 그는 황제와 유일한 동족이었고 하늘누리가 폭주할 때도 그는 황제의 곁에 있었다. 그리고 그는 까마득한 미래로의 여행에도 함께하겠다고 약속했다. 그런데 지금 황제는 제국의 반대편 끝에 있는 것이나 다름없는 엘시에게서 위안을 얻고 있었다.

데라시는 불현듯 자신의 마음을 닫고 싶은 충동을 느꼈다. 하지만 인간이라면 손으로 귀를 덮는 것이나 다름없는 무례였기에 차마 그럴 수는 없었다. 황제는 데라시를 보지 않은 채 닐렀다.

〈엘시라면 꿈을 처리할 수 있겠군.〉

데라시는 호기심이 약간 되살아나는 것을 느꼈다. 황제의 니름은 전술적인 가치가 있는 것이었다.

〈백작이 꿈을 처리한다고요?〉

황제는 그 질문에 대답하지 않았다. 그녀는 세 번째 벽난로 방에 있는 뱀부리미들에게 니름을 보냈다.

〈들어라. 대장군 엘시 에더리에게 사어를 보내라. 황제가 대장군에게 명령한다. 대장군은 황제의 명령을 받는 즉시 완벽한 전투 준비를 갖춰 규리하로 출동하라. 수단 방법을 가리지 말고 최대한 빨리 도착해야 한다.〉

〈폐하!〉

황제는 데라시가 그곳에 있다는 것을 잊어버렸던 것처럼 백작을 돌아보았다.

〈뭐지?〉

'바보가 되셨습니까, 폐하?'

〈폐하, 제 무례를 용서하지 마십시오. 백작이 지금 몰두하고 있는 일은 규리하와 비교할 수도 없을 만큼 커다란 일입니다. 시모그라쥬 공이 일으킨 불을 뒷수습하고 시련의 경거망동을 경계하는 중차대한 일에서 백작을 제외하심은 니름도 안 되는 일이라 여겨집니다. 부디 그 명령을 취소하여 주십시오.〉

황제는 데라시를 바라보았다. 데라시가 느끼기엔 그가 방에 들어오고서 처음으로 본 진지한 눈빛이었다.

〈데라시.〉

황제의 니름은 상처 입은 자의 것이었다. 데라시는 그 니름에 슬픔을 느꼈지만 또한 황제가 자신의 외부를 민감하게 느낄 수 있음에 기쁨을 느꼈다. 데라시는 어깨를 움츠리며 황제를 바라보았다. 황제가 닐렀다.

〈언제까지 그런 헛된 것들에 연연해하며 짐을 괴롭힐 생각인가? 아이저 규리하는 없다. 시모그라쥬 공은 없다. 도시 연합은 없다.〉

〈폐하, 폐하의 한량없는 헤아림을 저도 잘 알고 있습니다만 저는 그들을 가벼이 여기는 것이 불필요한 낭비를 가져올까 두렵습니다.〉

〈데라시, 불필요한 낭비는 없다.〉

황제의 니름에는 자신감이 되살아나고 있었다. 데라시가 익히 잘 아는 불꽃의 자신감이었다. 주위 사람들의 기운을 북돋워 주는 것이 아니라 거부하면 상처를 입히는 자신감이 황제에게 되돌아온 것을 보며 데라시는 복잡한 기분을 느꼈다.

다른 사람들이 폭설을 뿌리고 있는 구름 중 하나라고 여기는 시점에 지멘은 그것이 하늘치임을 알아보았다. 그리고 사람들이 그것을 하늘치로 여기게 되었을 때 지멘은 그것이 말리임을 확신했다. 아실과 함께 그곳을 떠나온 것이 엊그제 같은데 이런 이상한 방법으로 다시 만나게 된 것을 어떻게 이해하면 좋을지 알 수 없었다.

문제는, 황제를 어떻게 해야 할지 그가 아직 결정하지 못했다는 것이다. 아실의 말을 따라 숙원을 포기할지, 그렇지 않으면 숙원을 성취할지. 지멘은 자신이 그런 고민을 가지게 될 거라고는 상상한 적이 없었다. 레콘의 숙원은 그런 고민의 대상이 아니다. 성취하느냐 그러지 못하느냐의 문제지 성취하느냐 그러지 않느냐의 문제가 아닌 것이다.

말리는 규리하의 하늘에 얼어붙은 듯한 모습으로 떠 있었다. 그 아래 도시는 희다. 전투의 소음은 들려오지 않았다. 꽃잎처럼 떨어지는 함박눈 속에 모든 것이 고요하다.

"황제의 하늘치죠?"

지멘의 겨드랑이 아래에서 눈을 피하고 있던 아실이 확인해 줄 필요가 없다는 듯한 어조로 말했다. 지멘은 대답하는 대신 주변을 살폈다. 아이저 규리하와 규리하 인들은 멀찌감치 떨어진 위치에서 규리하 시 상공에 떠 있는 하늘치에 대해 의논하고 있었고 그의 곁에 있는 것은 아실과 제이어 솔한뿐이었다.

소리의 등에도 눈이 쌓이기 시작했다. 규리하를 앞두고 이이타는 소리의 속도를 늦추고 있었다. 황제와의 조우가 점점 다가온다는 사실은 지멘을 크게 압박했다. 지멘은 툭 던지듯 말했다.

"앞뒤가 안 맞는 것이 있다."

아실이 고개를 들어 지멘을 흘깃 보고는 다시 앞쪽을 쳐다보며 말했다.

"뭐죠?"

"내가 황제를 죽이는 일."

"그게 왜?"

"사모 페이는 내게 설명했다. 황위 계승자에게는 황제도 경쟁자라고. 그래서 황제는 온갖 원망을 받은 후에 사망하고 엘시는 사람들의 환영 속에서 제위에 오를 거라고 설명했다. 그 경우 내가 하는 일은 폭군을 죽이는 일이지. 하지만 황제는 신이 될 거라고 했다. 그렇다면 나는 사후에 아라짓을 가호하는 신이 된 명군을 죽이는 것이 된다. 한 가지 일이 여러 가지 방식으로 해석될 수는 있지만 이렇게 정반대로 해석될 수는 없다."

아실은 대답하지 않았다. 지멘의 말에 대답한 것은 반대편에 서 있던 제이어였다.

"얼마든지 그럴 수 있습니다, 지멘. 오히려 그 편이 좋지요."

지멘은 제이어의 참견이 부당하다고 생각했다. 이것은 아실과 그의 대화였다. 하지만 지멘은 자신이 그런 분노를 표현하는 것이 타당한지 알 수 없었다. 그동안 제이어는 계속 설명했다.

"완전히 반대로 해석될 수 있는 일이야말로 사람들의 흥미를 끌지요. 게다가 헷갈리기에 좋은 조건도 구비되어 있지요. 나가 황제가 두 명이니까요."

"뭐?"

제이어는 씩 웃었다.

"사람들은 헷갈릴 거란 말입니다. 온갖 주장과 상이한 해석들, 전통적인 역사관에 대항하는 도발적인 역사관 등등이 난립하다가 최후에 '합리적인' 결정이 내려지겠지요. 좋은 일은 전부 원시제의 것이고 나쁜 일은 전부 치천제의 것이라고 말입니다. 그러고 나서 주름살이 권위의 증거라고 생각하는 자들은 '그들이 보여준 행적을 통해 볼 때 그렇게 해석하는 것이 합리적이며 다른 해석은 주목받고 싶은 사이비 학자의 소설에 불과하다.'는 이야기를 하게 되겠지요. 그러면 다른 사람의 주름살을 무서워하는 자들이 박수를 치겠지요."

지멘은 그 혼란스러운 이야기가 묘하게 잘 이해되는 것에 놀랐다. 그동안 복잡한 이야기를 지나치게 많이 들었기 때문일 것이다.

"그렇다면 신이 되는 것은 원시제인가? 사람들은 원시제가 신이 되었다고 생각하게 된다는 건가?"

"엘시 에더리에겐 마케로우의 이름이 내려질 겁니다. 신의 축복을 받아야 하니까."

"잠깐만! 그렇다면 라세가 일만육천 년 동안 사람들을 잘 이끌어도 그녀에게 돌아가는 건 증오뿐이라는 건가?"

제이어는 기발한 속임수를 자랑하는 재주꾼처럼 말했다.

"애정과 존경을 받겠지요. 다만 그리미 마케로우의 이름으로."

장구한 세월 동안 다른 사람에게 가는 애정과 존경을 받을 치천제를 생각해 본 지멘은 그녀를 동정하게 될까 두려워졌다. 그런 호감은 증오보다 더 끔찍하다. 그래서 지멘은 그 상황 자체가 일어날 가능성을 부정하기로 했다.

"역사적인 진실이 그렇게 간단히 은폐되고 조작될 수는 없어."

"아니요. 얼마든지 그렇게 됩니다. 사람들은 세상을 이해할 수 있는 것으로 만들려는 강력한 동기를 가지고 있지요. 착시 현상은 전부 그런 동기 때문에 생기는 겁니다. 역사적 착시도 얼마든지 일어날 수 있습니다."

지멘이 바로 그런 동기 때문에 사람들은 앞뒤가 안 맞는 것처럼 보이는 사실들을 끝까지 추적하여 마침내 진실을 밝혀낸다고 말하려 하는 것을 눈치 챈 제이어는 재빨리 말을 이었다.

"그런 현상에 대해서는 누구보다도 아실이 잘 알 겁니다. 사람들은 분리주의의 사조가 누구인가의 문제에 대해 사실과 다른 견해를 지지하고 있지요."

지멘은 부리를 닫았다. 말문이 막히기도 했거니와 아실에게 차가운 대꾸를 할 기회를 주기 위해서이기도 하다. 그런 일은 언제나 아실이 맡는 편이다. 망치와 주먹에 의한 교정은 지멘의 몫이고.

하지만 아실은 제이어의 말에 미소만 머금을 뿐 아무 말도 하지 않았다. 아실이 말하지 않을 것임을 깨달은 지멘은 뒤늦게나마 스스로 제이어의 말을 꾸짖어 볼까 생각했다. 하지만 타이모에 대해 함부로 말하는 것에 지멘이 불쾌해하고 있다는 것을 느낀 제이어는 화제를 바꿨다.

"사람들은 합리화할 수 없을 때, 예를 들어 꿈이 형체를 가지고 현실에 나타난다면 정말 큰 당혹감과 공포를 느끼겠지요. 합리화하려는 내부의 강력한 동기를 충족시킬 수 없으니까요."

지멘은 제이어를 똑바로 노려보며 말했다.

"너는 정신 억압을 당했다고 말했다."

"그렇습니다, 지멘."

"지금 네가 하는 말이 네 말이냐?"

지멘에겐 실망스럽게도 제이어는 조금도 기가 죽거나 놀라지 않았다. 오히려 그는 너털웃음을 터뜨렸다.
"황제의 꼭두각시 주제에 잘난 척하지 말라는 거죠? 알겠습니다. 방해하지 않겠습니다, 지멘."

제이어는 보는 사람이 화날 만큼 정중하게 인사하고 물러났다. 그가 걸어가는 모습을 보면서 지멘은 의아했다. 살인 기사는 아이저 규리하가 있는 쪽으로 걸어갔다. 이 넓은 하늘치의 등에서 하필이면 그를 싫어하는 사람에게 걸어가는 것은 어울리지 않는 일이다. 지멘은 제이어를 관리하겠다는 약속을 지키기 위해 그를 따라가야 하나 생각했다. 하지만 지멘은 사소한 것이나마 감정의 부딪침이 있은 직후에 그를 따라가는 것이 내키지 않았다. 그때 아실이 말했다.

"불쌍한 사람."

지멘은 아실을 내려다보았다. 아실은 제이어의 뒷모습을 보고 있었다.

"많은 재주를 가지고 태어났는데 정작 관심 둘 곳은 가지지 못했지요. 그래서 모든 사람에게 시시한 사람 취급당하지요. 하지만 정작 그런 모습을 가장 참기 힘든 사람은 바로 자신일 거예요. 그런데도 결코 화내지 않네요."

지멘은 아실을 물끄러미 내려다보았다. 그때 그의 눈이 아실의 발끝에 머물렀다. 아실의 발 앞에도 눈이 쌓여 있었다. 그 눈밭에 어떤 자취가 있었다. 아실이 발끝을 움직여 그려 놓은 자취였다. 지멘은 그것을 더욱 자세히 보았다.

그것은 짧은 단어였다. 천한 단어였고 사람에게 말했다간 싸움을 각오해야 할 단어였다. 지멘은 소리 로베자가 그에게 지나가는 말로 들려준 이야기를 떠올렸다. 아실이 써 둔 굉장한 욕설이 자신을 향한 것인 줄 알고 놀랐다는 내용이다. 순간 지멘은 의심에 찬 표정으로 아실을 바라보았다. 그의 머릿속에 아실의 목소리가 떠올랐다. 그것은 제이어에 대한 평가였다.

'정말 괜찮은 개새끼예요.'

지멘은 깃털이 조금씩 일어나는 것을 느꼈다. 그는 낮은 목소리로 말했다.

"아실."

"예."

"말리를 떠난 이후로 너는 한번도 욕을 하지 않았어."

"그랬나요?"

"아실."

"예."

아실은 지멘을 올려다보았다. 조금 벌어진 그녀의 입술 사이에서 말 대신 하얀 입김이 흘러나왔다. 지멘은 미세하게 떨리는 목소리로 말했다.

"황제가…… 황제가 너를 완전히 되돌려준 것 맞아?"

"무슨 말이죠?"

지멘도 자신이 무슨 말을 하는지 모르겠다고 생각했다. 하지만 그의 부리에선 명백한 질문이 흘러나왔다.

"네 증오는 어떻게 된 거지?"

사라말 아이솔은 규리하 성의 지하에 가득 고여 있던 차가운 공기가 갑자기 흔들리는 것을 느꼈다.

벽과 복도가 다급하게 달리는 발소리들을 전달했다. 미약한 외침들도 들려왔다. 규리하 성 전체가 마치 잠에서 깨어나 기지개를 켜는 것 같았다.

사라말은 입술을 깨물었다. 이런 식으로, 바로 이런 식으로 꿈에서 벗어날 수 있다. 결국 매일 아침마다 일어나는 일이잖은가? 눈을 뜨고 온힘을 다해 살아가야 할 시간을 마주하면 꿈은 쉽게 잊혀진다. 지난밤 꿈속에서 공격했던 누군가를 죄의식에 빠져 마주하는 사람은 드물다. 지난밤 꿈속에서 몸을 섞었던 누군가에게도 사람들은 얼마든지 냉랭하게 대할 수 있다. 꿈은 간단히 현실과 분리된다. 비록 정우가 보여 준 것이 현실 그 자체에 무자비하게 덧칠된 꿈이었기에 그것을 접한 사람들은 깊은 우울감을 느꼈지만 벅찬 현실이 다가오면 결국 사람들은 눈을 뜨고 일어난다. 규리하에 커다란 위기나 위기의 전조가 다가오는 것이 분명했지만 사라말은 그 때문에 사람들이 깨어날 거라 생각했다.

하지만 아트밀은 그러지 못할 것이다. 그의 현실에는 정신 억압의 손자국이 남아 있다. 꿈을 무시하고 현실로 돌아온다 해도 그는 자신이 정신 억압당했을 가능성에 고통스러워 할 것이다.

지키멜이 소리에 귀를 기울이며 말했다.

"황제가 다시 공격을 시작한 모양이군. 자, 사라말. 가서 규리하 공에게 말해. 겪은 시간은 적지만 나는 누구보다도 황제를 잘 알아. 그녀의 본심을 알기 때문이야. 따라서 황제가 어떤 속임수를 쓰든 나는 알아볼 수 있어. 그녀에겐 내 도움이 필요해."

사라말은 어두운 낯빛으로 지키멜을 바라보다가 몸을 일으켰다. 하지만 그는 밖으로 나가는 대신 품속에 손을 집어넣었다. 사라말은 그곳에서 열쇠 꾸러미를 꺼냈다. 지키멜이 당황하여 바라보는 가운데 사라말은 지키멜의 족쇄를 풀어 주었다.

튼튼한 사슬로 벽에 이어져 있던 족쇄가 풀리자 지키멜은 환희에 차서 말했다.

"규리하 공이 나를 데려오라고 했나?"

사라말은 대답 없이 열쇠를 다시 쑤셔 넣었다. 그는 촛대를 들고 감옥 문을 열었다. 지키멜은 그를 따라 밖으로 나왔다.

감방 바깥은 커다란 복도였다. 복도의 좌우벽을 따라 감방 문이 늘어서 있었다. 그것들은 전부 비어 있었다. 사라말은 촛대를 든 채 앞장서서 저벅저벅 걸었다. 그 뒤를 따르던 지키멜은 뭔가 이상하다고 생각했다. 규리하 공이 그녀를 풀어 주라고 명령했다면 밖에는 갈아입을 옷을 가진 하인이 대기하고 있어야 한다. 하지만 복도에는 아무도 없었다.

복도 끝에 도달한 사라말은 지키멜에게 문 옆의 벽을 가리켰다. 그곳에 서라는 몸짓임이 분명하기에 지키멜은 어리둥절해하면서도 그 손을 따랐다. 사라말은 반대편 벽에 선 다음 심호흡을 했다.

"후작이 탈출했다! 빨리 와!"

지키멜은 기겁하여 사라말을 바라보았다. 바깥에서 절그럭거리는 소리가 나더니 황급히 문이 열렸다. 그리고 칼자루를 움켜쥔 병사가 뛰어들었다. 문 옆에 서 있던 사라말이 딴죽을 걸었다.

병사는 우당탕 하는 소리를 내며 감방 복도에 쓰러졌다. 사라말은 병사의 칼을 집어 들고 병사에게 다가갔다. 하지만 그는 별다른 조처 없이 다시 허리를 펴고는 칼을 떨어뜨렸다.

"기절했군요."

사라말은 태연히 바깥으로 나갔다. 어처구니없는 표정으로 쓰러진 병사를 보던 지키멜이 그 뒤를 따랐다. 사라말은 계단을 따라 올랐다. 지키멜은 그의 뒤로 따라붙어 당혹하여 말했다.

"무슨 짓을 하는 거야?"

"각하를 탈출시키고 있습니다."

"잠깐, 잠깐! 네가 나를 탈출시키고 있다고?"

"그렇습니다."

"왜?"

사라말은 입을 다물고 계단 옆벽에 몸을 붙였다. 영문을 알 수 없었지만 지키멜 또한 사라말의 동작을 따랐다. 벽에 몸을 붙인 채 계단을 올라가 사라말은 계단 끝에 있는 문에 도달했다. 문에 있는 조그마한 감시창을 통해 밖을 확인한 다음 안도하며 문을 열었다.

지키멜은 밖으로 나가는 사라말을 따라 문을 나왔다. 감옥 위쪽에는 규리하 성 경비대 본부가 있었고 그들이 빠져나온 곳은 본부 중앙 통로였다. 바깥의 심상치 않은 소음 때문에 모든 경비대원이 출동한 것 같았다. 건물 안쪽에서는 아무 소음도 없었다. 지키멜은 빠져나가기가 어렵진 않겠다고 생각했다. 하지만 사라말은 더 걸어가는 대신 뒤로 돌아섰다. 그리고 지키멜의 어깨 너머로 그들이 빠져나온 문을 가리켰다.

"들어가십시오."

이 황당한 요구에 지키멜은 얼이 빠졌다. 사라말은 당황해하는 지키멜을 보고 좀 더 합리적인 설명을 덧붙였다.

"라수의 방으로 들어가란 말입니다. 이것도 문이니 라수의 방으로 통할 겁니다. 그렇지요?"

"아아, 그래. 그럴 수 있어. 그런데 왜 그래야 하지?"

"그 방에 들어가 있다가 밤중에 나오십시오. 이 앞으로 더 이상 잠긴 문은 없습니다. 경비대 본부니까 쉽게 출동할 수 있도록 문은 항상 열어 둡니다. 그러니 알아서 성을 탈출하도록 하십시오."

 초를 훅 불어 끈 사라말은 품속에서 점화통과 단검을 꺼내어 촛대와 함께 지키멜에게 내밀었다. 얼떨결에 그것을 받아 들고 지키멜은 의혹에 찬 표정으로 그를 바라보았다.

"왜 나를 탈출시키는 거지?"

"각하께서 한번도 하늘누리에 오른 적이 없기 때문입니다."

 지키멜은 입을 다문 채 사라말을 한참 동안 바라보았다. 사라말의 약간 피로한 듯한 얼굴에는 광기도 농담하는 기색도 보이지 않았다. 지키멜은 주의 깊게 물었다.

"그게 무슨 뜻이지?"

"저와 제 동생은 하늘누리에서 살았습니다. 탈해 머리돌 무사장도 한때 하늘누리에 있었습니다. 그리고 비셀스 규리하 각하도 하늘누리에 오른 적이 있습니다. 그분은 하늘누리 주변의 하늘에서 며칠 동안 떠 있기까지 하셨지요. 그리고 아트밀도 발케네 공격 당시 하늘누리에 올랐습니다. 이 성에 있는 유력인사 중 하늘누리에 오른 적이 없는 사람은 오직 각하뿐입니다."

"그런데?"

"따라서 각하는 정신 억압을 당했을 가능성이 적습니다."

"뭐? 정신 억압?"

 사라말은 단순한 어조로 자신은 치천제가 정신 억압자일 거라 믿는다고 말했다. 그 말에 귀를 기울이던 지키멜은 조금 후 자신이 그 어처구니없는 말을 믿고 싶어한다는 것을 깨달았다. 사람을 제멋대로 조종하는 악당상은 그녀가 치천제에게 부여하고 싶은 악평에 잘 부합했다. 사라말은 엄격하게 자신에겐 확증할 만한 증거가 없음을 인정하고 그렇지만 자신은 그것을 믿어 의심치 않는다는 투로 말했다.

"사람을 정신 억압할 수 있는 정신 억압자의 존재를 인정하게 되면 아무것도 제대로 판단할 수 없습니다. 어쩌면 이 모든 일이 폐하의 의지에 따라 펼쳐지는 일일지도 모릅니다. 어쩌면 아트밀의 공격과 비셀스 각하께서 꿈을 공개한 것까지도."

"설마……."

"그 무엇도 의심할 수 있다는 의미에서 드리는 말입니다. 그래서 저는 만약의 경우를 대비해 각하를 저의 전인으로 삼을까 합니다."

지키멜은 침을 삼켰다.

"전인이라고?"

"저에게는 폐하의 정신 억압 능력을 주장할 자격이 없습니다. 그렇게 믿고 싶지 않고 지금도 믿지는 않습니다만 항상 하늘누리에 있었던 저는 자신도 모르는 사이에 정신 억압을 당했을 수 있습니다. 조금 전에 말씀드린 것처럼 이 성에서 정신 억압을 당했을 가능성이 가장 적은 사람은 각하입니다. 그리고 각하에게는 비나간 인들과 시오크 지울비라는 든든한 동료가 있습니다. 각하, 도망쳐서 살아남으십시오. 그리고 만약 제가 황제와 싸우다 죽으면 저 대신 그것을 세상에 고발해 주십시오."

지키멜은 사라말의 얼굴을 뚫어지게 바라보았다.

"황제와 싸우겠다고?"

"그럴 겁니다."

"왜?"

"친구를 위해."

지키멜은 촛대를 꼭 움켜쥐었다. 사라말은 약간 더 설명하기로 했다.

"폐하께서 승하하시면 아트밀도 정신 억압에서 빠져나올 수 있을 겁니다."

"그래서……."

"지금 생각해 보니 각하가 라수의 방으로 들어가시는 모습을 제가 보지 않는 것이 좋겠군요. 제가 그 방법을 알면 정신 억압 때문에 말해 버릴지도 모르니까. 제가 떠난 다음에 라수의 방으로 들어가도록 하십시오. 그럼."

사라말은 말을 끝내자마자 몸을 돌려 획획 걸어갔다. 사라말의 모습이 복도 모퉁이를 따라 사라지는 것을 본 지키멜은 몸을 돌렸다. 사라말의 말에 대해 생각해 보는 것은 라수의 방에서도 충분히 할 수 있는 일이리라. 혼란에 빠져 있던 지키멜은 그렇게 판단하고 라수의 방으로 통하는 문을 열었다.

밖으로 나온 사라말은 성안을 달리는 사람들과 주랑으로 뛰어오르는 병사들을 보았다. 위급한 사태가 벌어진 것이 분명하다고 생각한 사라말은 하늘을 보았다. 사라말은 자신이 말리를 찾으리라 생각한 곳에 말리가 있다는 사실에 놀랐다. 그것은 여전히 규리하 시 교외에 떠 있었다. '말리가 움직인 것이 아니라면 왜 규리하 성이 갑자기 전투 태세에 돌입했을까?' 사라말은 지나가는 사람을 붙잡고 물어보려 했다. 그때 위쪽에서 고함이 들렸다.

"형님! 어디 계셨습니까?"

사라말은 본관에서 몸을 내밀고 있는 파라말을 보았다.

"무슨 일이지?"

"아이저 규리하가 하늘치와 함께 나타났습니다!"

〈혼란, 감금, 매혹, 은닉. 밤의 다른 네 딸이 즈믄누리에 한 기여는 잘 알려져 있지. 하지만 막내딸의 기여에 대해서는 아무도 알지 못했어. 이제 왜 그런지 알 것 같군. 꿈의 파괴적인 힘 때문에 숨겨져 있었던 거야. 꿈은 현실에 대한 사람들의 신념을 흔들 수도 있었던 거야. 그런데 그 신념이 없으면 사람은 존재하지 않는 것과 마찬가지지.〉

황제는 계속해서 꿈에 대해서만 이야기했다. 칼리도 백을 부르라는 명령을 내린 것으로 이 상황에 대한 모든 대처가 끝났다는 듯이 느긋하기까지 한 자세였다. 실제로 황제의 정신이 느긋한 것은 아니지만 어쨌든 다급함을 느끼지는 않는 것 같았다. 하지만 데라시는 느긋할 수가 없었다. 황제의 말이 맞다면 엘시는 정우의 꿈을 어떻게 할 수 있을지도 모른다. 하지만 지금 황제에게 가장 큰 위해가 되고 있는 것은 앞쪽에 있는 규리하가 아니라 뒤쪽에서 다가오는 규리하였다. 황제에 대한 적개심으로 불타고 있는 남자가 하늘치를 다루며 날아오는데 그 사실을 어떻게 간과할 수 있는가? 데라시는 황제의 니름을 건성으로 들으며 떠나겠다는 니름을 꺼낼 기회를 기다렸다. 그때 황제의 니름이 갑자기 멈춰졌다. 데라시가 닐렀다.

〈폐하, 물러나도록 해 주십시오.〉

황제는 굳은 얼굴로 그를 바라보았다. 데라시는 송구스러워 하다가 문득 황제의 마지막 니름이 무엇이었는지 떠올렸다. 황제가 물러가고 싶은 거냐고 물었다는 것을 떠올린 데라시는 갑자기 허물 벗기가 시작된 것 같은 느낌을 받았다.

〈죄송합니다, 폐하.〉

〈아이저 규리하가 그렇게 걱정되더냐? 그는 없다고 하지 않았느냐.〉

〈하지만 폐하.〉

〈보여 줘야겠구나.〉

〈예?〉

황제는 데라시를 무시한 채 정신을 집중했다. 그녀는 곧 방 가운데 환상벽을 만들어 내었다. 그것은 꽤 거대한 것이었지만 데라시는 당연히도 그녀가 만든 것을 보지 못했다. 하지만 황제는 그 환상벽을 데라시에게 보여 줄 작정이었다. 오직 나가들만이 가능한 방법으로. 그것은 서로를 상당히 신뢰하는 두 명의 나가만이 가능한 방법이다. 황제가 닐렀다.

〈마음을 열어라. 보낼 것이 있으니.〉

그리고 황제는 환상벽을 보고 있는 자신의 느낌을 그대로 데라시에게 보냈다.

데라시는 갑자기 자신의 시각이 바뀐 것을 느꼈다. 그는 자신이 아니라 황제의 눈으로 세상을 보았다. 황제가 무슨 일을 하려는 것인지 알고 있었던 데라시는 그런 급격한 시점의 변화에 놀라지는 않았다. 하지만 황제가 보고 있는 것을 보게 되자 데라시는 숨이 멎을 만큼 놀랐다.

황제의 방 한가운데 커다란 벽이 나타나 있었다. 가로세로가 그의 키보다 더 큰 벽에 어떤 영상이 떠올라 있었다. 그것은 높은 고도에서 하늘치를 내려다보는 모습이었다. 데라시는 하늘치

아래쪽의 눈 덮인 산야를 볼 수 있었다. 위에서 내려다보았기 때문에 눈송이들이 영상 가운데로 몰렸다.

영상은 계속 아래로 내려갔다. 데라시는 자신이 떨어지는 눈송이들 중 하나가 된 것 같은 기분을 느꼈다. 마침내 하늘치의 모습이 벽을 가득 채웠다. 데라시는 그것이 말리가 아니라는 것을 알 수 있었다. 그 하늘치의 등에는 인공적인 구조물이 하나도 없었다. 하지만 조금 후 데라시는 하늘치의 등에 서 있는 사람들의 모습을 보았다.

데라시는 영상 한쪽에 나타나 있는 검은 레콘과 그 곁에 서 있는 작은 소녀를 보았다. '지멘과 아실이다!' 하지만 영상은 다른 쪽으로 집중되고 있었고 그 때문에 두 사람의 모습은 곧 벽 바깥으로 사라졌다. 영상의 중심에는 몇 명의 인간들이 서 있었다. 그러다가 갑자기 영상의 각도가 바뀌었다. 데라시는 하늘치의 등에 서 있는 인간들의 모습을 옆에서 보게 되었다.

내리는 눈 사이에서 데라시는 한 사람의 얼굴을 알아보았다.

'아이저 규리하?'

아이저 규리하는 허리에 손을 얹은 채 어딘가를 보고 있었다. 그의 곁에는 아들로 짐작되는 두 명의 청년과 몇 명의 인간들이 같은 방향을 바라보고 있었다. 데라시는 그들이 보고 있는 쪽을 보았다. 조금 후 영상 한쪽에서 다른 인간이 나타났다. 그는 내리는 눈과 똑같은 빛깔의 옷을 입고 있었다.

'살인 기사. 저자가 아이저를 돕고 있었군.'

문득 데라시는 그것이 그냥 태연하게 바라볼 일이 아님을 깨달았다. 그는 명백히 늦은 경악을 드러내며 닐렀다.

〈이, 이게 뭡니까, 폐하?〉

황제가 대답했다.

〈환상벽이다.〉

〈환상벽이오?〉

〈라수 규리하와 원시제가 저것을 즐겨 사용했지. 환상 계단과 같은 것이다. 밟는 용도가 아니라 눈으로 보는 용도라는 점이 다를 뿐.〉

데라시는 일어선 비늘을 쓸어내리며 황제가 보내오는 환상벽의 영상에 집중했다. 그 영상 속에서 제이어 솔한은 그에게 험악한 표정을 짓고 있는 규리하 가문의 남자들을 향해 넉살 좋은 미소를 보내고 있었다. 데라시의 생각과 달리 그들의 사이는 별로 좋지 않은 것 같았다. 데라시가 질문했다.

〈저것이 지금 바깥에서 일어나는 일입니까? 여기로 다가오고 있는 하늘치의 등입니까?〉

〈그럴 가능성이 높긴 하지만 완벽하게 그렇다고 할 수는 없다. 환상 계단은 상상한 대로 나타나지 않더냐? 저런 모습이 펼쳐질 거라고 짐이 상상했기 때문에 저런 모습이 나타난 것일 수도 있다.〉

〈그렇다면 저건 아무 의미가 없습니까?〉

〈네가 밟을 수 있는 계단은 네게 의미가 있다. 너를 떠받쳐 주지. 저 영상도 실제로 일어난 일이거나 일어날 수 있는 일일 가능성이 대단히 높다. 세부 사항은 조금 다를 수도 있지만, 저것이 지금 바깥에서 일어나는 일이라고 생각해도 좋다. 그런데 그만 니르면 좋겠구나. 저 영상을 만들고 너에게 보내 주면서 동시에 너와 니르는 것은 힘들다.〉

〈아, 죄송합니다, 폐하. 불편하시다면 제게 보내 주지 않으셔

도 됩니다.〉

〈아니, 보도록 해라. 다만 니르지는 마라.〉

데라시는 조용히 황제가 보내오는 느낌을 바라보았다. 아이저 규리하는 성난 표정으로 무슨 말을 하고 있고 거기에 대해 제이어는 방어적인 웃음을 보내고 있었다. 아이저 규리하의 주변 사람들도 화가 난 것처럼 보였다. 어쩐지 언쟁이 벌어지는 것 같았다. 데라시는 혹시나 하는 생각에서 청력에 귀를 기울였지만 아무 소리도 들리지 않았다. 황제가 자신이 보고 있는 것만 데라시에게 보내고 있거나 아니면 처음부터 소리를 제외하고 영상만 만든 모양이다. 아쉬움을 느끼던 데라시는 곧 이것이 절대로 아쉬운 일이 아님을 떠올렸다.

'폐하는 위대하시다. 이것은 얼마나 놀라운 일인가!'

데라시는 황제가 어떻게 그런 놀라운 통찰력을 드러내는지 알 것 같다고 생각했다. 황제가 어떻게 아이저 규리하가 하늘치와 함께 다가오고 있음을 그에게 알려 줄 수 있었는가? 그녀는 직접 보았기 때문이다. 하늘치는 그의 생각보다 더 놀라운 존재였다. 데라시는 하늘치가 제국 어디에도 갈 수 있다는 것을 하늘치의 최대 장점으로 생각했지만, 하늘치의 환상 계단은 그것을 자유로이 다룰 수 있는 자에겐 엄청난 능력을 주고 있었다. 어쩌면 황제는 어디에도 가지 않은 채 제국 전체를 볼 수 있는지도 모른다. 황제를 방해하고 싶지 않았기에 니르지 않았지만 데라시는 얼마나 멀리까지 보실 수 있냐고 물어보고 싶었다.

영상 속의 언쟁은 더 격화되는 것 같았다. 아이저는 손짓까지 섞어 가며 제이어에게 화를 내고 있었다. 제이어는 무슨 변명 같은 말을 중얼거리는 것 같았다. 그는 탄원하듯 손을 내밀며 앞으로 걸어갔다. 그때 제이어의 발이 하늘치 위에 쌓여 있던 눈을 밟고 미끄러졌다. 제이어는 상당히 흉한 모습으로 쓰러졌다. 규리하 사람들은 그 모습에 아무 동정도 느끼지 못하는 것 같았다. 그때 쓰러진 제이어에게 가장 가까이 있는 인간 여자가 몸을 굽혔다.

'저 여자는 누구지?'

여자는 제이어를 부축하려고 손을 내밀었다. 제이어는 고맙다는 표정을 지으며 그녀의 손을 붙잡고 일어섰다. 일어서는 동작의 마지막에서 여자가 제이어에게 밀착했을 때 갑자기 제이어의 손이 움직였다.

제이어는 여자의 소매 속으로 손을 집어넣었다가 뺐다. 그 손에는 커다란 비수가 쥐어져 있었다. 제이어는 여자를 뒤에서 붙잡으며 여자의 목에 비수를 겨누었다.

'인질?'

규리하 인들이 경악하는 모습이 보였다. 제이어는 여자를 끌어안은 채 주춤주춤 물러나고 있었다. 확실히 인질극이었다. 그때 데라시는 황제의 니름을 들었다.

〈저 여자는 소리 로베자다. 아이저 규리하의 아들 이이타의 연인이지. 그리고 저 하늘치를 조종하는 사람이 바로 이이타다.〉

데라시는 어처구니없다는 표정으로 황제를 바라보려 했다. 하지만 그의 시각은 황제의 것이었기에 데라시는 황제가 보내오는 정신을 막지 않고서는 고개를 돌려 황제를 볼 수 없었다. 자신이 쓸데없는 시도를 하고 있다는 것을 깨달은 데라시는 다시 영상에 집중했다.

'폐하는 모든 것을 다 대비해 두셨단 말인가? 그래서…….'

〈아이저 규리하는 없다고 하지 않았더냐.〉

데라시는 황제가 니름을 허락해도 할 니름이 없다고 생각했다.

하늘하늘 떨어지는 눈이 이이타 규리하의 속눈썹에 묻었다. 이이타는 황급히 눈을 닦았다. 그러면서 동시에 자신이 본 모습도 닦아 내고 싶었다. 하지만 다시 앞을 보았을 때도 바뀐 것은 없었다. 제이어는 소리의 몸을 단단히 결박한 채 칼로 그녀의 목을 누르고 있었다.

제이어가 소리의 귀에 대고 말했다. 조금 떨어진 곳에 있던 그들도 그의 말을 들을 수 있었다.

"소리, 수상한 짓 하지 마. 나는 너를 무서워하기 때문에 조금만 이상한 낌새를 느끼면 당황해서 죽일지도 몰라. 너 자신과 나와 공자님을 위해 제발 얌전히 있어 줘."

소리는 제이어의 협박이 조금도 무섭지 않은 것처럼 거칠게 몸을 뒤틀었다. 보다 못한 이이타가 고함을 빽 질렀다.

"소리, 얌전히 있어!"

"공자님?"

"제발, 제발 가만히 있어. 부탁이야."

소리는 이이타의 말을 따랐다. 그러자마자 그녀의 얼굴은 울상이 되었다. 그녀는 눈물이 그렁한 눈으로 이이타를 바라보았다.

"공자님, 죄송해요. 공자님, 정말 죄송해요."

"아냐. 아무 말 하지 말고 가만히 있어. 내가 알아서 할 테니까. 그러니까 절대로 다치지 마. 가만히. 알았지? 가만히 있어."

소리는 눈물을 흘리며 고개를 끄덕였다. 이이타는 입술을 깨문 채 그 곁에 있는 제이어를 노려보았다.

아들과 함께 제이어를 바라보면서 아이저는 그에 대한 사람들의 평가를 떠올렸다. 그 무엇에도 한 달 이상 집중할 수 없는 성격, 벼락을 끌어내릴 수는 있지만 책 한 권을 읽을 만한 불빛은 유지할 수 없는 능력. 현명한 오세느가 저 남자를 가리켜 화려하고 위험한 남자라고 평가한 것은 지당하다. 사별한 부인이 제이어의 위험에 대해 경고했던 것을 떠올린 아이저는 오세느를 볼 낯이 없다고 생각했다. 아이저는 차갑게 말했다.

"그래서, 또 마음이 변한 거냐?"

아이저를 돌아본 제이어는 수수께끼 같은 미소만 지었다. 아이저는 칼자루를 움켜쥐었다.

"제국을 파괴하고 황제를 파멸시키겠다고 날뛰던 놈이 이젠 목숨을 바쳐 제국과 황제를 구하는 우국지사가 되기로 했군. 미친 자식, 너를 진작 죽였어야 했는데."

가슴을 에는 소리를 내며 칼날이 세차게 뽑혀 나왔다. 이이타는 사색이 되어 아버지를 바라보았다. 아들의 얼굴에 떠오른 충격을 본 아이저는 칼날을 옆으로 옮겼다.

"원하는 것이 뭐냐?"

제이어는 이죽거렸다.

"흐음. 딸의 목숨은 아무렇지도 않은데 예비 며느리의 목숨은 귀한 모양이군요."

아이저의 얼굴에 떠올랐던 경멸이 방어적인 분노로 바뀌었다. 시카트 규리하가 아버지를 변호하기 위해 외쳤다.

"입 조심해! 황제를 이롭게 하는 자는 친딸이라도 용서하지 않으시는 거다! 아버님은 강한 분이시다. 대의를 위해 혈육의 정도 포기하는 위대한 분을 너 따위 녀석이 비난할 수 없다!"

인질범을 앞에 두고 가족끼리 싸우는 흉측하기까지 한 일을 차마 벌일 수는 없었지만, 아이저는 막내아들에게 차라리 입 닥치라고 외치고 싶었다. 제이어는 억울하다는 표정으로 시카트를 바라보았다.

"시카트 공자님, 이제 그만하셔도 되잖습니까? 어서 이쪽으로 오세요. 형님의 연인을 붙잡았으니 이제 형님의 계승권은 공자님의 것입니다. 폐하는 공자님께 기꺼이 규리하를 주실 겁니다."

시카트는 기가 막혀서 제이어를 바라보다가 겁에 질린 얼굴로 아버지의 굳은 얼굴을 돌아보았다.

"아, 아, 아버님! 저자가 거짓말을 하고 있습니다! 저는 절대로 황제와 작당하지 않았습니다. 저자는 사악한 거짓말로 아버님과 저를 이간질하려……."

아이저는 더 참을 수 없었다.

"그만둬라, 멍청한 놈아! 제이어는 너를 놀리고 있는 거다!"

"예?"

"너 스스로 바보가 되는 거야 어쩔 수 없지만 네 아버지까지 저런 말에 속아 넘어갈 바보로 만들지는 마라! 입 닥치고 가만히 있어!"

놀란 얼굴로 아버지를 보던 시카트는 제이어의 킬킬거림이 들려왔을 때 비로소 상황을 이해했다. 시카트는 시선으로 제이어를 찢어 죽일 듯이 노려보았다. 제이어는 웃음을 지우지 않은 채 그에게 한쪽 눈을 찡긋했다. 시카트는 분노 때문에 돌아 버릴 것 같았다. 제이어가 말했다.

"아드님을 너무 탓하지 마십시오, 각하. 아버님을 존경하는 아들입니다."

"잡담은 그만두자. 원하는 것이 뭐냐?"

제이어는 비장한 어투로 말했다.

"오세느가 진짜 사랑했던 사람이 누군지 말해 보십시오."

"너……!"

제이어의 얼굴에서 비장미가 순식간에 사라졌다. 그는 다시 유쾌한 얼굴이 되어 말했다.

"좋습니다, 좋아요. 장난은 그만두지요. 좀 극적인 말을 해 보고 싶었던 것뿐입니다. 하지만 제가 할 수 있는 말은 무미건조한 것뿐이군요. 너무 시시하다고 탓하지는 마십시오."

그리고 제이어는 자신의 말이 정말 사무적인 것에 지나지 않음을 강조하려는 듯 색깔 없는 목소리로 말했다.

"이이타 규리하 공자님, 저 앞에 있는 하늘치는 폐하의 하늘치인 말리입니다. 소리를 말리에게 가까이 가져가십시오. 그 다음에 저와 소리, 지멘과 아실은 말리로 넘어갈 겁니다. 여러분은 이곳에 남아 황제의 명령을 기다리셔야 합니다."

"무슨 명령?"

"소리는 즈믄누리의 무사장이 혹 반항할 경우를 대비한 무기입니다."

"뭐? 무기?"

"그렇습니다. 성난 하늘치 같다는 말이 있지요. 바로 그겁니다. 탈해 머리돌 무사장이 날뛰면 공자님께서는 소리를 규리하에 충돌시켜야 합니다. 말리를 그런 용도로 쓸 수는 없으니까요."

규리하 삼부자의 얼굴이 창백하게 바뀌었다.

고전적인 인질극의 장면에서 명백한 관객으로 있을 수 있는 위치는, 여타 사건들에서 관객들이 선택할 수 있는 위치보다 사건의 중심에서 더 먼 편이다. 인질극은 첨예화된 갈등이 정면으로 부딪치는 사건이기 때문에 제3자의 위치에 있고 싶은 자도 어느 편에 설 것인가 결정을 강요당하게 된다. 그리고 하늘치 소리의 위에서 객관화가 가능한 거리는 더욱 확장되었다. 지멘과 아실은 지상이라면 상관없는 사람으로 취급될 만큼 인질극의 상황에서 멀리 떨어져 있지만 그들을 제외한 다른 사람들은 그들이 같은 방 안에 있는 듯한 느낌을 받았다. 물론 그 방이라는 것이 어지간한 중소 도시 몇 개는 들어설 만한 넓이이긴 하지만, 여타의 세계와 분리되어 있는 공간이라는 점에서 하나의 방과 같다. 그래서 아이저 규리하와 제이어 솔한은 고함을 지르기에도 애매한 거리에 있는 지멘과 아실의 모습을 곁눈질했다.

그들보다 훨씬 눈이 좋은 지멘은 제이어가 벌이는 짓을 똑똑히 보았다. 하지만 그에겐 그들에게 보낼 관심이 없었다. 지멘은 그 인질극을 풍경의 일부로 전락시켰다. 퍼붓듯 떨어지는 눈송이 속에서 지멘은 아실을 바라보았다.

아실이 말했다.

"증오요?"

"그래, 증오."

"글쎄요. 말리에서 내려온 후로 화낼 일이나 미워할 사람을 보지 못했는데요."

"그건 상관없잖아."

아실은 두 개의 눈으로 표현할 수 있는 어리둥절함을 하나의 눈으로 표현했다. 지멘 또한 자신의 말에 의혹을 느꼈다. 아실은 조심스럽게 말했다.

"화낼 일도 없는데 화를 내라는 거예요?"

"아니…… 아냐. 그래. 맞아."

아실은 손을 들어 지멘의 손등을 짚었다.

"지멘, 괜찮아요?"

"화낼 일이 없어도 화를 낼 수 있어."

아실은 지멘의 팔뚝에 묻은 눈을 보았다. 지멘이 깃털을 한 번 부풀리면 모두 날려 보낼 수 있겠지만 아실은 그것을 손으로 툭툭 털었다. 지멘은 아실의 손길이 닿는 부분이 근질거리는 기분을 느꼈다. 아실은 그렇게 지멘의 팔을 두드리며 말했다.

"지멘, 이상한 말이네요. 왜 화낼 일도 없는데 화를 내죠?"

설명할 수 없었던 지멘은 현상을 이용하기로 했다. 지멘은 손을 뻗어 바닥을 가리켰다.

"그러면 너는 왜 그런 욕설들을 써 놓았지?"

아실이 고개를 숙였을 때 지멘은 공포에 가까운 낭패감을 느꼈다. 지멘이 가리킨 곳엔 그가 보았던 글자가 없었다. 계속 쏟아지는 눈이 글자들을 뒤덮어 버렸다는 것을 가까스로 떠올리기 전까지 지멘은 자신이 미친 줄 알았다. 다행히 아실은 자신의 발로 글씨를 썼던 것을 떠올렸다.

"그냥 심심해서요."

"그런데 왜 전부 욕설이지?"

"지멘, 그냥 낙서일 뿐이에요. 누가 낙서로 연설문을 쓰나요? 논문을? 아무 글이나 쓴 거예요. 그게 다 욕설이었던 모양이네. 하지만 그게 어쨌다는 거죠?"

아실은 머리를 앞으로 숙였다. 그녀는 조금 전까지 자신이 털었던 지멘의 팔에 이마를 콩 부딪혔다. 다시 고개를 든 아실은 싱긋 웃었다.

"낙서로 아름다운 말만 써야 하나요?"

지멘이 맞이해야 했던 도전은 거대한 것이었다. 그가 아실에게 이야기를 할 수 있게 된 것도 그들이 함께해 온 시간에 비하면 조금 전이라 할 수 있다. 그런데 그는 지금 아실에게 반박해야 했다. 말없는 수용에서 갑자기 적극적 반박으로 비약하는 것은 지멘에게 커다란 거부감을 안겨 주었다. 지멘은 핏발 선 눈으로 아실을 바라보다가 말했다.

"제이어 솔한은 어떤 사람이지?"

"지멘, 당신 정말······."

"대답해 줘, 아실. 부탁이야."

아실은 안타까워하는 표정으로 지멘을 올려다보았다. 아실은 그를 걱정하고 있었다. 지멘은 그것을 감내하기 어려웠다. 그는 아실이 멍청한 질문 좀 그만하라고 외치길 바랐다. 분노는 반가울 것이다. 비아냥거림은 행복할 것이다.

하지만 아실은 분노하지도 비아냥거리지도 않았다. 그녀는 부드럽게 말했다.

"말했잖아요. 제이어는 불행한 사람이라고."

결국 지멘이 논쟁의 기술을, 특히 아실을 상대로 한 논쟁의 기술을 가지고 있지 않다는 것이 명확해졌다. 어떤 대답을 해야 할지 알 수 없었던 지멘은 어깨를 늘어뜨렸다. 그는 다른 질문을 꺼내기로 했다.

"라세는 어떤 사람이지?"

"당신도 저만큼 잘 알 텐데요? 기나긴 죽음을 과감하게 선택한 사람이지요. 제이어의 말을 들으니 그 희생에 대한 감사도 받을 수 없겠군요. 사람들은 그리미 마케로우의 이름으로 그녀를 칭송할 테니. 용감해서 슬픈, 슬퍼서 아름다운 사람이라고 생각해요."

지멘은 자포자기했다. 그저 아실이 대화를 끝내지 않았기에 자신도 끝내지 않아야 한다는 생각으로 아무 말이나 꺼냈다.

"나는 어떤 사람이지?"

"제가 제일 좋아하는 사람이죠."

지멘은 눈송이 사이로 보이는 아실의 조그마한 얼굴을 바라보다가 손을 내밀었다. 아실은 지멘의 손바닥을 바라보다가 그 위에 자신의 손을 얹었다.

지멘은 자신의 손바닥에 닿아 있는 그 작은 손이 자신이 바라던 모든 대답인 것 같다고 느꼈다. 그렇게 생각하지 말아야 할 하등의 이유가 없는 것 같다. 그 손의 주인보다 중요한 것은 아무것도 없다. 마침내 지멘은 기나긴 고민이 끝나는 것을 느꼈다. 숙원을 아직 달성하지 않았지만 그는 지멘이다. 그렇다면 숙원을 달성한 후에도 그는 지멘일 것이다. 따라서 황제가 죽고 사는 문제는 그가 지멘이 되는 것과 아무 상관이 없다. 그가 지멘이 되는 방법은 간단하다. 자신을 바라보는 하나의 눈이면 그는 언제나…….

하나의 눈?

지멘은 아실의 얼굴을 바라보았다. 반쪽 미소가 그를 마주하고 있었다. 나머지 반은 조그마한 얼굴 때문에 지나치게 커 보이는 안대로 가려져 있다. 지멘은 자신의 모습이 비치는 아실의 오른쪽 눈에서 시선을 옮겨 왼쪽 눈을 바라보았다. 그곳에 있는 암흑은 아무것도 반사하지 않았다. 그곳에 지멘은 없었다.

지멘은 몸을 낮췄다. 바닥에 앉는 것과 비슷한 정도까지 몸을 낮추고 아실의 얼굴 가까이 자신의 얼굴을 가져갔다. 그 오랜 세월 동안 보았던 그녀의 안대를 지멘은 처음 발견한 것처럼 바라보았다. 아실은 의아한 표정을 지었다.

"지멘?"

그 말이 신호가 된 것처럼 지멘의 손이 움직였다. 지멘은 아실의 왼쪽 눈을 향해 손을 뻗었다. 아실의 오른쪽 눈이 커졌다. 놀라움. 놀라움뿐이다. 다른 것은 없다.

'저 죽인 후에도 안대는 벗기지 마세요.'

지멘의 손가락이 아실의 안대에 닿았다.

아이저와 제이어는 지멘이 당장은 이 인질극에 개입하지 않을 것이라고 판단했다. 아이저는 그 사실에 분통을 터뜨렸지만 안도감도 느꼈다. 만약 지멘이 제이어를 편들고 나선다면 그는 사태를 도저히 통제할 수 없을 것이다. 그때 이이타가 의혹에 찬 어조로 말했다.

"무사장을 대비한 무기라고? 이 모든 것이 예정되어 있었다는 듯이 말하는군?"

제이어는 뒤로 더 물러나며 말했다.

"예정되어 있지는 않았습니다. 하지만 마찬가지죠."

"도대체 무슨 말이냐?"

제이어는 소리의 목을 누르고 있는 칼이 제자리에 잘 있는지 눈으로 확인하고 말했다.

"공자님, 포석은 감각입니다."

"무슨 헛소리냐?"

"입신의 기사라도 포석 단계에서 수십 수 뒤의 선수 끝내기를 구상하거나 하지는 않는단 말입니다. 공자님, 무사장을 견제할 도구는 소리가 아닌 다른 것이었을 수도 있습니다. 그리고 무사장을 견제할 장소는 규리하가 아닌 대륙 반대편의 즈믄누리였을 수도 있습니다. 하지만 무의미한 것처럼 놓였던 돌들이 흉중에 품은 깊은 뜻을 펼치기 시작하고, 가속되거나 감속되면서 이어진 흐름들이 마침내 하나로 모였을 때, 모든 것을 결정짓는 묘수가 갑자기 원래부터 예정되어 있던 것처럼 나타납니다. 따라서 그건 예정되어 있던 것이나 다름없지요."

이이타는 입매를 비틀었다.

"네 말은 꿈보다 해몽이라는 말 같군."

"그렇게 여기신다면 할 수 없군요. 하지만 황제 폐하께서 공자님의 하늘치를 장악하고 있음을 부정할 수는 없으실 겁니다."

뼈아픈 지적에 이이타는 얼굴을 일그러뜨렸다. 소리는 그들이 발케네로, 규리하로, 다시 하인샤 대사원으로 도망치며 가까스로 손에 넣은 복수의 무기였다. 그런데 복수를 다짐하며 오른 귀향길이 다름 아닌 황제의 도구를 가져다 주는 길이었다니. 미칠 것 같은 좌절감이 느껴졌지만 이이타는 그런 감정을 표현할 수 없었다. 제이어에게 붙잡힌 채 그만 바라보고 있는 소리가 있었다. 그는 소리를 걱정시키고 싶지 않았다.

순간 이이타는 끔찍한 충격을 느꼈다.

'하늘치 소리도, 내 사랑 소리도 적의 도구가 되어 있군.'

이이타는 순간 황제에 대한 형언할 수 없는 증오를 느꼈다. 그리고 오래전 암살성의 노대에서 암살공에게 받은 질문을 떠올렸다. 암살공은 삶을 어디에 써야 하느냐고 물었다. 그때 이이타는 신념을 위해 써야 한다고 대답했다. 하지만 지금 이이타는 그 질문에 대한 다른 답을 떠올렸다.

그의 삶은 황제를 제거하는 데 쓰일 것이다. 아이저 규리하도, 시카트 규리하도 지금 이이타가 황제에 대해 느끼는 것과 같은 증오는 가지고 있지 않았다. 그 순간 소리 위에는 황제 사냥꾼이 두 명이 되었다.

하지만 이이타에게는 다른 황제 사냥꾼이 가지고 있는 강대한 힘은커녕 미약한 힘조차 없었다. 그는 무력했다. 소리가 제이어에게 붙잡혀 있는 이상 그는 황제의 뜻을 따를 수밖에 없었다. 이이타는 시선으로 제이어를 난도질하듯 바라보았다.

그때 시카트 규리하가 외쳤다.

"황제의 뜻대로 되진 않을 것이다, 제이어!"

시카트는 맹렬하게 칼을 뽑아 들었고 그러자마자 앞으로 달리기 시작했다.

아버지에게 호통을 들은 이후로 시카트는 자신의 평가를 재조정하는 것밖에 생각할 수 없었다. 바보라고 불리는 것을 감수할 수는 없다. 행동으로 자신을 입증해 보여야 한다. 그리고 시카트는 자신이 무엇을 해야 하는지 잘 알고 있었다. 오래전 규리하 성에서 홀로 남았을 때 그가 시도했다가 실패한 일. 그 실패가 잘못된 것이었다. 그는 비셀스 규리하를 죽였어야 했다.

그의 눈에 소리 로베자는 비셀스 규리하로 보였다. 그는 소리를 죽여야 한다. 제이어는 천천히 상대해도 된다. 소리를 죽이는 것. 그것이 자신의 의무다. 차마 자신의 연인을 죽일 수 없는 형을 대신하여. 따라서 그것은 아버지에게 자신을 증명하는 것이며 동시에 형을 돕는 일이다. 시카트는 도취감을 느꼈다. 아버지도 형도 그에게 감사할 것이다. 그의 용감한 행동을…….

그런데 왜 형이 앞에 있지?

시카트는 황급히 걸음을 멈췄다. 어느새 그의 앞으로 달려온 이이타가 그에게 칼을 겨누고 있었다. 시카트는 형의 얼굴을 바라보다가 그 어깨 너머로 뒤쪽에 있는 제이어와 소리를 보았다. 소리가 기겁하여 외쳤다.

"공자님! 안 돼요!"

이이타는 어깨를 꿈틀했다. 하지만 시카트를 겨누고 있는 칼은 움직이지 않았다. 무의식적으로 방어 자세를 취한 시카트는 기가 막혀 고함을 질렀다.

"형!"

이이타는 시카트의 놀란 얼굴과 아버지의 일그러진 얼굴, 가신들의 당혹한 얼굴을 보고는 시선을 떨어뜨렸다. 그는 시카트가 들고 있는 칼끝을 보며 말했다.

"물러나라, 시카트. 네가 무슨 짓을 할 작정인지 안다. 용납할 수 없어."

그때 웃음소리가 들렸다. 이이타는 당장 뒤로 돌아 칼을 집어던지고 싶은 충동을 느꼈다. 웃고 있는 것은 제이어 솔한이었다.

"폐하의 계획은 완벽합니다. 완벽한 성공을 거둔 것을 보면 알 수 있지요. 그렇지 않습니까?"

그리고 제이어는 다시 웃었다. 그런데 그 웃음은 조금 신경질적이었다.

제이어를 바라보던 아이저의 눈이 갑자기 번뜩였다.

데라시는 숨이 막힐 것 같은 기분을 느낀 후에야 자신이 숨을 멈추고 있다는 것을 깨달았다. 그는 커다랗게 숨을 내쉬었다. 그러자 그의 눈에 숨을 몰아쉬고 있는 자신의 모습이 보였다. 그는 황제의 시각으로 세상을 보고 있었고 황제가 환상벽에서 시선을 돌려 그를 바라보았기 때문에 자신의 모습을 볼 수 있었다. 하지만 다른 사람의 눈으로 자신을 보니 당황스러웠다. 데라시의 당황을 깨달은 황제는 자신의 느낌을 데라시에게 전달하는 것을 멈추었다.

데라시는 다시 자신의 눈으로 세상을 보게 되었다. 황제가 닐렀다.

〈제이어를 보호하는 청년이 이이타 규리하다.〉

데라시는 고개를 끄덕였다. 아직 흥분이 채 가시지 않았다.

〈폐하, 살인 기사가 폐하의 수하인 줄은 꿈에도 몰랐습니다. 폐하의 깊고깊은 헤아림에 정녕 놀라움을 금할 수 없습니다. 그런데 왜 진작 아이저 규리하를 체포하지 않으신 겁니까? 제이어 솔한은 언제라도 아이저 규리하를 체포할 수 있었을 텐데요.〉

〈아이저 규리하에겐 별 쓸모가 없다. 하지만 저 하늘치와 하늘치를 다룰 줄 아는 청년은 쓸모가 있지.〉

〈저 하늘치를 무엇에 쓰실 작정입니까?〉

〈도깨비 무사장을 견제하기 위해.〉

데라시는 어리둥절해졌다. 하늘치가 불을 제어할 수 있나 하는 어처구니없는 생각을 해 보던 데라시는 갑자기 비늘이 일어서는 것을 느꼈다.

〈규리하에 저것을?〉

〈도깨비 무사장을 협박하기 위한 것이다.〉

데라시는 주먹을 움켜쥐었다가 황급히 폈다. 백작의 거부감을 본 황제가 차갑게 닐렀다.

〈짐 또한 저것을 규리하에 충돌시키고 싶지는 않다.〉

〈죄송합니다, 폐하. 하지만 그런 일이 일어나면 안 된다고 생각합니다.〉

〈그래. 그리고 당장은 그런 협박을 할 필요도 없을 것 같다. 무사장이 문제일 거라 예상했는데 비셀스 규리하가 문제였다. 하늘누리 주위의 하늘에서 엿새 동안이나 물 한 모금 마시지 않고 버텼을 때부터 주의했어야 했는데.〉

데라시는 다시 사과했다.

〈죄송합니다, 폐하. 제가 그녀를 살폈어야 했는데……. 적대적이지 않은 도깨비의 특성을 은연중 그녀에게 기대했던 모양입니다. 그녀가 신기하다고만 생각했지 문제가 될 거라고 생각해보진 못했습니다.〉

황제는 자리에서 일어났다. 벽난로 가에 쌓여 있는 장작을 들어 벽난로 속에 밀어넣었다. 장작에서 불티가 탁탁 튀었다.

〈지나간 일을 가지고 후회한들 무엇하겠나. 엘시가 온다면 해결할 수 있을 것이다. 그동안 저 하늘치는 다른 용도로 사용할 수 있을 것이다. 세퀴라도로 보내야겠구나.〉

〈지테를 당주에게요?〉

〈그래. 자유무역당은 완전히 규리하로 돌아섰다. 그들의 사절이 감히 짐을 속이려 했지. 그에게 경고를 보내야겠다. 지테를이 규리하에서 손을 뗀다면 저들은 엘시에게 저항할 힘을 잃겠지.〉

〈폐하, 죄송합니다만 저는 이해할 수 없습니다. 칼리도 백의 군사적 재능이야 두 번 니를 필요도 없는 일입니다만 백작이 꿈

을 상대할 수 있다 하심은 무슨 연유인지요.〉

황제는 벽난로를 등진 채 데라시를 바라보았다.

〈데라시, 너는 백작이 왜 차기 황제로 선택되었다고 생각하느냐?〉

〈백작의 충성심과 뛰어난 자질은 비교할 상대가 없습니다.〉

〈그것도 중요한 이유지. 하지만 백작에겐 더 중요한 자격이 있다.〉

〈그것이 무엇입니까?〉

황제가 대답하기에 앞서 커다란 계명성이 들렸다.

"하늘치가 다가온다—!"

비명에 가까운 계명성은 육성에 별로 신경 쓰지 않고 있던 데라시와 황제에게도 똑똑하게 들렸다. 데라시는 깜짝 놀랐다가 곧 짜증을 느꼈다.

〈뭄토가 이제야 소리를 본 모양이군요.〉

황제는 고개를 갸웃했다. 그녀는 다시 환상벽을 만들어 자신의 시야에 비치는 모습을 데라시에게 보냈다.

환상벽에 나타난 모습은 까마득한 고도의 하늘에서 비스듬히 내려다보는 모습이었다. 지평선이 약간 둥그스름하게 보일 정도로 높은 고도였기에 말리의 모습과 그것을 향해 다가오는 소리의 모습이 동시에 보였다. 폭설은 하얀 안개 같았지만 두 생물의 터무니없이 큰 모습은 뚜렷하게 보였다. 그 모습을 가만히 바라보던 데라시는 처음 보았을 때와 달라진 것이 없다고 생각했다.

그러나 조금 후 그는 의아함을 느꼈다.

달라진 것이 없었다. 그런데 그것은 있을 수 없는 일이었다. 소리는 계속 속도를 늦추고 있었으므로 지금은 상당히 느린 속도로 움직이고 있어야 한다. 그런데 소리의 속도는 처음 보았을 때와 똑같은 속도였다. 의아해하며 소리를 보던 데라시는 그것이 조금씩 빨라지고 있다는 것을 깨닫고 비늘을 부딪쳤다.

소리는 분명히 빨라지고 있었다. 가속할 만한 충분한 거리가 없으니 위험한 속도에 이르기는 어렵겠지만 그 궤도만으로도 치명적이었다. 소리는 말리를 향해 똑바로 날아오고 있었다. 충돌이라는 단어가 데라시의 머리에 떠올랐고 그 단어는 빠르게 현실성을 획득했다. 데라시는 겁에 질려 황제를 보려 했다. 하지만 그의 시각은 황제의 시각이었고 따라서 데라시는 황제를 볼 수 없었다. 시각의 부자유함은 데라시에게 꼼짝달싹할 수 없다는 두려움을 주었다. 데라시는 아득한 두려움 속에서 더듬더듬 들려오는 황제의 니름을 들었다.

〈또…… 관심사가…… 바뀌었나…… 또…… 실패를…… 좇게 되었나!〉

제이어 솔한은 불어오는 바람을 향해 두 팔을 펼친 채 쾌활하게 외쳤다.

"그림 잘 그리면 뭐하나? 끝내기가 승부지!"

풀어서 말한다면 포석 우아하게 해 봐야 쓸모 없으며 승부를 결정짓는 것은 끝내기라는 꽤나 실전적인 바둑 철학의 표현이다. 제이어는 자신의 말에 폭소를 터뜨렸다. 재미있어서 어쩔 줄 모르겠다는 투였다. 조금 떨어진 곳에서 두 손을 바닥에 짚은 채 무릎을 꿇고 있던 아이저는 그 모습을 보며 입술을 깨물었다. 그는 실패의 명인이 자신들을 돕기로 한 것을 어떻게 받아들여야 할지 알 수 없었다.

제이어가 갑자기 소리를 놓아주었을 때 이이타와 시카트, 소리는 대단히 놀랐지만 아이저 규리하만은 놀라지 않았다. 아니, 놀라긴 했지만 그곳에 있던 다른 자들만큼 놀라지는 않았다. 오세느의 지적은 정확했다. 제이어는 위험하다. 그 자신까지 포함하여 모두에게. 그 모두에는 황제도 포함된다. 제이어는 얼빠진 표정으로 자신을 바라보고 있는 이이타에게 히죽 웃어 보였다.

"그건 재미 없죠, 공자님. 소리를 가속시키십시오."

"뭐? 뭐라고?"

"황제를 상대하기 위해 이 하늘치를 가지지 않았습니까?"

제이어의 말을 듣던 이이타의 눈에서 살기가 뿜어져 나왔다. 그리고 갑자기 하늘치의 속도가 바뀌기 시작했다. 제이어의 기행에 크게 놀라지 않았던 아이저도 아들이 제이어의 말을 무턱대고 수용하는 것을 보았을 땐 상당히 놀랐다.

"이이타!"

이이타는 소리를 보듬어 안으며 단호하게 말했다.

"아버님, 엎드려 자세를 낮추십시오. 충격이 클 겁니다."

아버지였기에, 아이저는 이이타를 절대로 설득할 수 없다는 것을 곧장 깨달았다. 이이타는 소리와 함께 바닥에 엎드렸다. 아이저는 어쩔 수 없이 몸을 낮췄고 다른 사람들도 그 뒤를 따랐다. 하지만 제이어는 엎드리지 않았다. 그는 흩날리는 눈발 속에 똑바로 서서 말리를, 그리고 황제를 조롱했다. 아이저는 어쩐지 제이어가 자신까지 포함하여 조롱하는 것 같다고 생각했다.

소리의 속도가 상승하면서 눈송이들이 점점 거세게 날아들었다. 거대한 움직임에 휘말린 공기가 진저리를 쳤다. 소리의 몸

곳곳에서 작은 폭풍들이 일어났다. 그 폭풍들은 서로 부딪치고 휩쓸리며 더욱 큰 폭풍으로 재빨리 병합되었다. 후우, 후우, 후 아아아앙! 바람이 귀신의 울부짖음 같은 소리를 내며 질주했다. 엎드려 있던 사람들은 얼굴을 난타하는 눈송이 때문에 숨도 제대로 쉴 수 없었다. 아이저는 지멘과 아실을 살피려 했지만 송곳처럼 날아드는 눈송이와 그의 낮은 자세 때문에 두 사람의 모습은 볼 수 없었다. 그는 실눈을 뜬 채 앞을 바라보았다.

아이저는 점점 커지는 말리에서 움직임을 느꼈다. 그는 눈을 막기 위해 한 손을 들어 이마에 붙이고 더욱 자세히 바라보았다. 소리의 속도 때문에 느낀 착각이 아니었다. 말리가 움직이고 있었다. 그것은 천천히 위로 떠오르고 있었다. 다가오는 소리를 피하려는 것이 분명하다. 제이어는 비웃었지만 이이타의 눈에서는 불똥이 튀었다. 그는 헐떡이며 말했다.

"황제가 하늘치를 움직이고 있어! 더 빨리⋯⋯."

제이어가 고개를 홱 돌렸다. 분노에 휩싸여 있던 이이타도 순간적으로 그의 눈길에 움찔했다. 그 눈길은 무서운 광기를 담고 있었다. 쓰러지지 않기 위해 몸을 앞으로 기울이며 제이어는 이이타를 비웃었다.

"황제가? 하늘치를? 절대로 그렇게는 안 되지요!"

이이타는 자신도 모르게 소리를 보호하듯 끌어안으며 말했다.

"그게 무슨 말이지?"

"황제는 하늘치를 못 움직입니다!"

이이타는 하늘치를 움직이는 것이 다른 사람인가 보다 생각했다. 아이저가 질문했다.

"그래? 황제는 환상 계단을 잘 다루지 못하나 보지?"

제이어는 미쳤냐는 눈으로 아이저를 노려보았다.

"천만에요. 이 세상에서 환상 계단을 가장 능숙하게 이용할 수 있는 자는 황제일 겁니다. 하지만 환상 계단을 아무리 잘 이용한다 한들 황제는 하늘치를 움직일 수 없습니다! 능력의 문제가 아니라 자격의 문제가 있으니까!"

바람과 눈이 제이어를 당장이라도 갈기갈기 찢어 버릴 것 같았다. 그의 옷자락은 보이지 않는 실로 잡아당긴 것처럼 뒤로 잔뜩 끌어당겨져 있었다. 그래도 제이어는 무릎을 꿇지 않았다. 후우, 후우, 후아아아앙! 아이저는 정신없이 얼굴을 때리는 눈송이를 피하기 위해 고개를 옆으로 돌린 채 말했다.

"자격이라니?"

말리의 모습이 점점 커졌다. 필사적으로 떠오르고 있었지만 그 엄청나게 큰 몸의 대부분은 아직도 소리와의 충돌 궤도 안에 남아 있었다. 제이어는 끝내 한쪽 무릎을 꿇었다. 그는 한 손을 앞으로 뻗어 떠오르는 말리를 손가락질했다.

"그것이 약속이니까! 사람이 하늘치에 오르는 것이 아니라 하늘치가 사람에게 내려와야 합니다. 그렇기 때문에 하늘치를 움직이는 것은 사람뿐입니다!"

아이저는 약속이라는 말을 이해할 수 없었다. 하늘치가 사람에게 내려오길 기다리고 있다는 의미 같았지만 그들이 왜 그것을 기다리고 있단 말인가? 하지만 제이어의 말에는 아이저가 더 유념하고 싶은 결론이 내포되어 있었다. 아이저는 다른 것을 모두 뿌리치고 제이어의 마지막 말을 받아쳤다.

"사람뿐이라고? 그렇다면 네 말은 황제가 사람이 아니라는 거냐?"

제이어는 미친 듯이 웃었다. 이미 그의 상체와 얼굴은 달라붙은 눈으로 하얗게 뒤덮여 있었다. 마치 생물 아닌 것이 웃고 있는 것 같았다. 제이어는 갈라지는 목소리로 외쳤다.

"물론 아니지요. 황제는 나가도 아니고 사람도 아닙니다. 이라세오날은 아스화리탈의 포자에서 태어난 용입니다!"

9014 독립 중대 1소대장 다미갈 카루스 부위는 고개를 돌려 하늘 쪽을 보았다. 겨울 하늘은 푸른빛을 인색하게 내보였고 카루스는 구름의 흔적을 찾지 못했다. 카루스는 자신의 걸음을 멈추게 한 것이 천둥소리라는 가설을 포기해야 했다. 그 소리의 원인을 추측하던 카루스는 어디선가 소규모 눈사태가 일어난 거라는 결론을 내렸다. 하지만 그가 멈춰 선 이유는 다른 곳에 있다는 것을 솔직히 인정했다. 그는 니어엘 헨로 수교위에게 다가가고 싶지 않았다.

혹한에 발목이 잡혀 나나본에 도착하는 것이 지연될까 봐 그들은 상당히 고통스러운 행군을 했다. 그리고 병사들에겐 육체적 고통으로 끝났지만 니어엘에겐 모든 정신을 혹사시키는 고통이 추가되었다. 행군이 끊임없이 지속되려면 숙영지와 보급이 완벽하게 지원되어야 한다. 하늘누리와 함께 태위청 또한 사라졌으므로 니어엘 헨로는 아무런 상부의 지원 없이 홀로 행군로를 만들어 내어야 했다. 게다가 그 행군로는 제국을 종단하는 것에 가까운 거리이며, 제국 실종 후의 복잡미묘한 정세에 의해 거미줄만큼이나 가늘고 위태로운 것이 되어 있었다. 비록 황제가 제국 전체에 자신의 귀환을 고했지만 그 때문에 사람들은 더욱 혼란스러워 하고 있었다. 돌아온 황제가 자신의 부재 기간 동안 일어난 일들을 평가하고 그중 용납할 수 없는 것들에 대해서는 교정을 시도하리라는 사람들의 예상은 비난할 수 없을 만큼 합리적이다. 그 때문에 헨로 중대의 본부 귀환은 적지를 가로지르는 것 같은 인상마저 풍겼다.

 가솔들을 다 이끌고 나와 무릎을 꿇고 잘못을 비는 자들의 경우엔 차라리 나았다. 하지만 황제의 군대가 자신을 징벌하러 온 거라 판단하고 도망쳐 버린 자들은 헨로 중대에게 당혹스러운 일거리를 남겨 주었다. 얼떨결에 지배자를 잃은 백성들이 니어엘 헨로에게 모든 뒤처리를 요구했기 때문이다. 독립 중대의 지휘관일 뿐 그들에게 간섭할 권한이 없었던 니어엘은 할 수 있는 한 최대한의 조언으로 그들이 지배자 없는 겨울을 넘길 수 있도록 도와주었다. 가장 곤란한 자들은 죽을 때 죽더라도 맞서 싸우겠다는 자못 비장미 넘치는 결심을 한 자들이었다. 카루스는 하스테 남작령을 방문했을 때의 불쾌한 기억을 떠올렸다. 하스테 남작은 친절하게 그들을 맞이한 다음 밤중에 그들의 숙영지에 불을 지르려 했다. 빈틈없는 야간 경계 덕분에 불은 조기에 진화되었고 니어엘 헨로는 엄중한 조사를 통해 그들이 만난 하스테 남작이 사실은 진짜 하스테 남작의 사위였다는 것을 밝혀내었다. 남작의 딸이 남편과 짜고 아버지를 독살한 것이다. 빼앗은 남작령을 토대로 다가온 혼란기를 주름 잡는 패권자 중 한 명이 된다는 자못 웅대한 꿈을 품었던 부부는 결국 니어엘의 명령에 따라 나란히 교수대에 걸렸다. 매달린 두 구의 시체를 보며 카루스는 그들이 그냥 실패한 영웅들 중 두 명일지도 모르겠다는, 입맛이 꽤나 씁쓸해지는 생각을 떠올렸다. 황제가 끝까지 돌아오지 않고 그들이 꿈을 실현시켰다면 그들은 어떤 국가의 위대한 개조로 떠받들여졌을지도 모르는 일이다.

어쨌거나 행군 자체를 빈틈없이 지원한다는 어려운 임무에 그런 짜증나는 부가 임무들까지 더해졌기에 니어엘이 받아야 했던 압박은 엄청났다. 하지만 니어엘은 발케네에서 그러했던 것처럼 그들을 나나본 남쪽까지 안전하게 데려왔다. 헨로 중대의 병사들은 이제 니어엘의 묘기를 일상쯤으로 여겼기에 니어엘은 감사도 별로 받지 못했다. 하지만 카루스는 니어엘을 공정하게 평가했다. 그의 상관은 정말 위대한 행군을 성공시켰다. 따라서 그녀가 나나본을 지척에 둔 장소에서 파손된 다리를 복구하는 일을 카루스에게 맡겨 놓고 참으로 오래간만의 폭음에 빠진 것은 절대로 비난할 일이 아니다. 카루스는 그녀가 내키는 대로 마시고 마음껏 잠들 수 있도록 해 주고 싶었다.

그의 바람대로 니어엘은 내키는 대로 마셨다. 하지만 카루스는 지금 그녀의 잠을 방해해야 했다. 한숨을 내쉰 다음 카루스는 니어엘이 잠든 움막으로 들어섰다.

움막은 사냥꾼의 것이었고 안쪽에서는 오랫동안 밴 악취가 미미하게 흘러나왔다. 안쪽에 조명은 하나도 없었다. 카루스는 어둠에 눈이 익숙해지길 바라며 니어엘의 숨소리를 찾았다. 숨소리를 따라 허리를 숙인 카루스는 조금 후 작은 콧소리를 내며 자고 있는 상관을 보았다.

정확하게 말하면 카루스가 본 것은 니어엘의 하반신이었다. 니어엘은 원래 몸에 두르고 있었을 것 같은 모포로 머리와 상체를 덮은 채 잠들어 있었다. 모포 때문에 코 고는 소리가 작았던 것임을 안 카루스는 피식 웃고 모포를 조심스럽게 끌어내렸다. 코

고는 소리로 진급이 결정된다면 당장 장군급까지 진급할 수 있을 듯한 소리를 내며 자고 있는 니어엘의 얼굴이 나타났다.

카루스는 꽤나 파격적으로 흩어져 있는 니어엘의 머리카락을 밟거나 누르지 않으려 애쓰며 말했다.

"수교위님?"

코 고는 소리가 멈췄다. 니어엘이 눈을 떴다. 하지만 그녀는 눈을 몇 번 깜빡이다가 다시 잠들었다. 카루스는 조금 큰 소리로 말했다.

"수교위님?"

"아웅. 그래. 알았어."

니어엘의 팔이 위로 뻗어 올라왔다. 그녀는 카루스의 머리를 붙잡아 끌어내린 다음 입술을 내밀었다.

카루스는 눈이 빠질 뻔했다. 니어엘이 열렬한 입맞춤을 시도한 곳이 하필이면 부위의 오른쪽 눈이었기 때문이다. 카루스는 비명을 지르며 상체를 들었고 그 소리에 놀란 니어엘이 눈을 번쩍 떴다. 니어엘은 잠이 덜 깬 얼굴로 주위를 두리번거리다가 헐떡이고 있는 부위를 발견했다.

니어엘은 자신의 입술을 만지작거리다가 의심스럽다는 듯이 말했다.

"내가 귀관과?"

"누, 눈에!"

"눈?"

"예!"

니어엘은 그 대답을 생각해 보다가 고개를 끄덕였다.

"맛없었어."

니어엘은 모든 것이 해결되었다는 표정을 짓고 다시 드러누웠다. 카루스는 몹시 억울한 표정으로 그녀를 다시 깨웠고, 자신의 눈이 맛없다고 말한 여자는 수교위님이 처음이라는 상당히 쓸데없는 항변을 한 다음, 그제야 정신을 차리고서 그녀가 보아야 할 것이 있다고 말했다. 니어엘은 두 팔을 들고 입이 찢어져라 하품한 다음 목을 긁으며 말했다.

"눈 감을까? 귀관이 내 손 잡고 인도할 거야?"
"그런 것이 아니라서 유감입니다. 좀 곤란한 문제입니다."
"알았어. 가자."

니어엘은 부스스 일어나서 바닥에 뒹굴던 외투를 집어 망토처럼 어깨에 걸쳤다. 그리고 어딘가로 손을 뻗어 목도리를 집어서 목에 감았다. 자다가 일어나 정리하지도 않은 머리카락에 그런 느슨한 복장이 더해지자 니어엘은 자신을 헨로 산적단의 두목이라고 소개해도 될 것 같은 풍모가 되었다. 카루스는 그 모습 그대로 움막 밖으로 나가려는 니어엘을 황급히 만류했다.

"좀 정돈하시는 것이 좋겠습니다. 위엄을 보이는 편이 좋은 상대가 기다리고 있습니다."
"누군데?"
"어떤 레콘입니다."
"레콘? 그럼 됐어. 내가 완전무장하고 간다 해도 눈도 깜빡하지 않을 텐데."

그 말이 옳다고 생각했지만 카루스는 끝까지 고집을 부려 니어엘이 칼을 차도록 했다. 카루스는 제국검을 통해 장교의 위엄이라도 살려 보려 했지만 애석하게도 그 칼은 산적단 운영자의 풍모만을 부각시켰다. 실패에 좌절한 카루스를 뒤따르게 한 채 니어엘은 숲길을 걸었다.

"그래. 정확하게 무슨 문제야?"

카루스는 자신을 조금 추스르고 말했다.

"자신이 이라세오날의 사자라 말하는 레콘이 공사 현장에 나타났습니다. 그는 우리 장병들의 황폐화된 영에 대해 걱정하고 있습니다."

니어엘은 걸음을 멈추고 카루스를 돌아보았다.

"사자? 황폐화된 영?"

"예. 그는 지휘관에게, 그러니까 수교위님께 허락을 받아 살육과 증오로 더럽혀진 장병들의 영을 정화하는 시간을 가지고 싶다고 말했습니다. 저는 사양했습니다만 그는 지휘관을 데려오라고 강요하더군요. 안타깝게도 제가 만나기 전에 누군가가 그에게 중대 지휘관의 이름을 알려 준 모양입니다."

"전투 준비는 시켜 뒀나?"

"제일 잘 쏘는 병사들 몇 명에게 매복하라고 말해 뒀습니다. 그리고 힘 좋은 병사들에게 물동이를 들고 적당한 위치에 숨어 있으라고 말했습니다."

"우리는 다리 복구 공사를 하고 있었다. 그 레콘이 물이 있는 공사 현장에 나타났다는 건가?"

니어엘은 지멘을 떠올리고 있었다. 카루스가 그녀를 안심시켰다.

"강에서 몇 십 미터는 떨어진 곳입니다. 그리고 강 쪽은 쳐다보지도 않으려 하더군요. 그런 주제에 감히 우리에게 다가온 것을 보니 장병들의 영적 문제를 정말 걱정했던 모양입니다."

"알았어, 좋아. 그런데 이라세오날이라고? 익숙한 이름인데?"

카루스는 그 이름이 무엇인지 알려 주었다. 니어엘은 자신이 알게 된 사실을 고민하며 걸어갔다.

그 레콘이 헨로 중대원들의 영적 문제에 대해 깊이 걱정하고 있다는 카루스의 추측은 정확했다. 니어엘이 나타나자마자 레콘은 통탄해 마지않는 투로 말했다.

"지휘관의 모습으로 보건대 그대들은 이름만 군인인 살육자의 도당으로 전락한 것이 분명하군! 그것은 그대들의 잘못이 아니다. 죄악으로 가득 찬 이 세상이 그대들을 그렇게 만들었음이니. 하지만 후회와 반성은 그대들의 의무이며 그것을 게을리하는 것은 크나큰 죄다!"

니어엘은 어안이 벙벙하여 레콘을 올려다보았다. 그 레콘은 레콘이 아닌 자들에겐 언제나 위압감을 주는 커다란 덩치에 깃털까지 조금 부풀려 대단한 존재감을 뿜어내고 있었다. 살아온 나날이 평온하지는 않았던 듯 부리엔 잔상처가 많았고 벼슬 또한 여기저기 찢어져 있었지만 결코 초라해 보이지는 않았다.

레콘이 걸치고 있는 옷이 니어엘의 주의를 조금 끌었다. 선민 종족들 중 나가와 레콘은 보온과 피부 보호라는 의복의 가장 중요한 기능 두 가지를 필요로 하지 않는다. 나가에게는 차가운 피와 재생되는 피부가 있으며 레콘에게는 깃털과 강력한 근육이 있기 때문이다. 하지만 같은 원인이 항상 같은 결과를 낳지는 않기에 나가와 레콘은 전혀 다른 의복관을 가지게 되었다. 나가는 의복의 실질적 기능이 필요 없기에 대신 심미적 기능에 관심을 가졌다. 하지만 레콘은 의복을 최대한 간단하고 튼튼하게 만들어 버렸다. 격투를 즐기는 성격에 걸핏하면 부풀어 오르는 몸을 가진 자에게 완전한 의복은 오히려 불편한 것이다. 그래서 레콘은 다른 종족이라면 나신이나 반나신에 가깝다 할 옷차림을 선호하는 편이다. 하지만 헨로 중대원들의 타락한 영을 질타하고 있는 레콘은 레콘적 기준에서는 좀 우스꽝스럽다 할 만한 옷차림을 하고 있었다. 그 옷은 착용자가 부풀어도 찢어지지 않을 구조로 만들어져 있기는 했지만 달리거나 싸우는 것에 도움이 될 것 같지는 않았다. 니어엘은 그 옷을 무엇이라 불러야 할지 알 수 없었지만 어쩐지 승려들이 입는 옷을 연상시키는 면이 있다고 생각했다. 소박한 듯하지만 뜻밖에 엄격한, 그런 옷차림이었다.

니어엘은 주위를 슬쩍 둘러보았다. 다리 복구 공사는 중단되어 있었고 병사들은 목재와 수레, 대형톱 옆에서 상당한 집중력을 보이며 그들을 바라보고 있었다. 니어엘은 숨어 있는 병사들의 모습을 찾아보려 했고 자신이 그들을 찾지 못했다는 것에 만족했다. 카루스가 매복시킨 병사들은 뛰어난 감을 자랑하는 레콘에게 들키지 않도록 철저하게 숨어 있었다.

"제국군 수교위 니어엘 헨로입니다."

"나는 이라세오날의 사자다."

니어엘은 조금 기다렸지만 레콘은 자신의 이름을 덧붙이지 않았다. 이라세오날의 사자면 충분한 모양이다. 니어엘은 말하기 편하도록 목도리를 조금 끌어내렸다.

"좋습니다, 사자님. 저희 장병들의 영을 정화하도록 허락해 달라고 하셨습니까?"

사자는 혐오감에 가까운 눈으로 니어엘을 훑어보았다.

"그대의 지위를 존중하여 허락을 구할 생각이었지만 이제는 생각이 좀 흔들리는군. 이것은 내 선입관일지 모르겠지만, 그대의 모습으로 보건대 강요된 살육으로 고통스러워 하는 부하들의 영에 관심을 가지고 있을 것 같지 않군."

"뭐, 제가 부하들의 영적 문제보다는 육체적 문제에 더 신경 쓰고 있다는 건 확실합니다. 저 사람 되기 벅찬 녀석들을 먹이고 재우고 입혀서 사람 꼴을 유지하게 하는 일은 보통이 아니지요. 자식 천 명 키우는 것 같은 기분이 들 때가 한두 번이 아닙니다."

헨로 중대의 병사들은 품위 있는 미소로 니어엘의 말에 동의했다. 바꿔 말한다면 뻔뻔한 미소라고 할 수 있다. 니어엘은 사자가 그 말을 잡아채지 못하도록 부드럽게 이어 말했다.

"제겐 그래야 할 의무가 있으니까요. 그런데 사자님께서는 무슨 자격으로 제 장병들의 영을 정화하겠다는 겁니까?"

"나는 절망에 사로잡힌 자들의 구원자이며 죽음을 이겨 낸 부활자이신 이라세오날의 뜻을 받들어 그분의 복음을 널리 전파하기 위해 세상에 나선 그분의 사자다."

니어엘은 이라세오날이 황제의 이름이라는 것은 엔거 평원에서 들어 알고 있었지만 그 앞에 붙어 있는 어쩐지 신비스러운 수식어는 초면이라고 생각했다.

'어디 보자. 센시엣 특수 수용소에서 빠져나온 레콘들이 있었지. 절망에 사로잡힌 자들의 구원자라는 것은 절망도에서 레콘들을 구해 낸 자란 말인가? 그렇군. 그러면 죽음을 이겨 내었다는 것은 뭐지? 심장 적출을…… 아냐. 폐하께선 실종되었다가 돌아오셨지. 부활하신 것이로군. 그렇다면 황제께선 절망도의 죄수들을 세상에 풀어 자신의 복음을 전달하게 했다는 의미인데, 폐하의 복음이 뭐지?'

"그 복음이 뭡니까?"

사자는 갑자기 뻣뻣한 자세를 취했다. 방어적인 태도인가 생각하며 바라본 니어엘은 그것이 경건한 태도임을 깨달았다. 사자는 엄숙한 어조로 말했다.

"만물의 지배자이시며 하늘의 통치자이시며 우리 모두가 믿는 이라세오날의 거룩한 영광에 의지하여 말한다. 귀하디귀한 우리들은 사랑을 받기 위해 태어났다. 하지만 삶은 형극이고 시간은 잔인한 강탈자다. 풍요롭지 못하여 인색한 세상은 타인의 간난을 통해서만 나에게 행복을 줄 수 있을 뿐 스스로 행복을 자아내지 못한다. 결핍은 경쟁을 낳고 경쟁은 증오를 낳으며 증오는 죽음을 낳는다. 죽음의 사슬을 끊어야 한다. 우리는 사랑받기 위해 태어났지만 세상은 우리에게 줄 사랑을 가지고 있지 않다. 우리가 받을 수 있는 사랑은 우리가 서로에게 주는 것뿐이다. 세상이 주는 증오를 버리고 우리가 만들어 낸 사랑만이 남게 해라. 귀하디귀한 우리들은 사랑받기 위해 태어났으며, 우리가 일평생 쉼 없이 줄 수 있는 것도 사랑뿐이다."

지멘은 아실의 안대에 손가락을 댄 채 꿈쩍도 하지 않았다. 아실은 의아하다는 얼굴로 그를 마주 볼 뿐 그 손가락을 밀어내거나 얼굴을 돌리지 않았다. 아무런 제지가 없다는 것이 가장 적극적인 제지보다 더 강하게 지멘의 손가락을 얽어매었다. 지멘은 아실의 안대에 닿은 손가락을 움직일 수 없었다.

순간 지멘은 소멸의 공포를 느꼈다. 철의 대화는 소멸되었다. 이 상황에서 아실의 안대를 벗기는 것이 무슨 의미가 있겠는가. 아실은 그것을 제지하지 않았다. 벗기고 싶다면 마음대로 벗기라는 듯 쳐다볼 뿐이다. 하지만 지멘은 안대를 벗기면 그 뒤의 금속 의안이 독의 시선으로 그를 죽일 것이라 생각했다.

꼼짝할 수 없는 몸을 대신하여 지멘은 부리를 열었다.

"아실."

아실이 대답할 듯 입을 열었다. 하지만 그때 그녀의 얼굴이 지멘의 손 옆으로 미끄러졌다. 아실은 지멘의 품속으로 달려들듯 휘청거렸다. 지멘은 반사적으로 그녀를 끌어안았다. 아실이 당황하여 말했다.

"속도가?"

지멘은 날카로운 시선으로 주위를 살폈다. 하지만 눈보다 몸으로 느낄 수 있었다. 하늘치의 속도가 바뀌었다. 지금껏 느려지던 하늘치가 갑자기 빠른 속도로 앞을 향해 날아가고 있었다. 불안을 느낀 지멘은 한 팔로 아실을 안은 채 벌떡 일어났다. 아실이 말했다.

"가속하고 있어. 어떻게 된 거죠? 제이어에게 가 봐요!"

지멘은 온몸의 피가 잠깐 역류한 듯한 짜릿함을 느꼈다. 대답할 필요가 없는 말. 행동으로 대답하면 되는 지시. 철의 대화를 끝낸 것을 후회하지는 않지만 지멘은 아실이 말하고 그가 행동하는 그 익숙한 형식에 안락함과 비슷한 것을 느꼈다. 모든 것이 제대로 돌아가고 있으며 불안해할 필요가 조금도 없다는 듯한 안도감 속에서 지멘은 아실을 어깨 너머로 보냈다. 아실이 숙련된 동작으로 배낭끈과 그의 깃털 등을 붙잡고 움직여 배낭 안으로 들어가 자리를 잡자 지멘의 만족감은 더욱 커졌다. 심상찮은 상황이라고 생각하려고 애썼지만 하늘치 위를 달리는 지멘의 발걸음은 경쾌했다.

소리가 가속하고 있었기에 지멘의 진로는 자꾸만 뒤로 쏠렸다. 그는 도약하며 달리기로 했다. 성큼성큼 뛰던 지멘은 도약의 정점에서 엎드려 있는 규리하 인들과 그 사이에서 홀로 고함지르고 있는 제이어의 모습을 보았다. 그가 조금 전에 보았던 인질극의 상황이 아니었다. 지멘은 미심쩍은 표정으로 떨어졌다. 두 손으로 망치를 단단히 쥔 채 그들 사이로 내려섰을 때 지멘은 제이어의 외침을 들었다.

"이라세오날은 아스화리탈의 포자에서 태어난 용입니다!"

충격 때문에 지멘은 쓰러질 뻔했다. 만약 그가 뒤로 쓰러졌다면 배낭 안의 아실은 무사하기 힘들 것이다. 지멘은 일부러 쇠망치를 크게 휘둘러 몸의 중심을 회복했다. 그 소리를 들은 제이어가 그를 보았다. 제이어는 얼굴을 기괴하게 일그러뜨렸다. 지멘은 그것이 웃음이라고 생각했지만 확신할 수는 없었다.

"하! 황제 사냥꾼이군요. 먼저 겨냥한 자의 권리를 주장하러 오셨습니까? 미안하지만 황제는 내가 잡아야겠습니다!"

지멘은 묵직한 망치를 바닥에 내려놓고 그것을 부여잡았다.

"용의 탑이라는 것은……."

"나는 거짓말을 안 합니다. 용의 탑은 그녀의 몸이지요! 그녀가 남부로 간 것은 아라짓 전사들을 구하기 위해서였지요. 적출? 그런 건 그녀에게 필요하지 않아요!"

"왜 황제를 공격하는가? 넌 그 계획에 청혼이라도 하겠다고 했잖아?"

제이어는 숨넘어갈 듯이 웃었다. 몸을 때리는 폭설 속에서 그렇게 웃을 수 있다는 것이 신기해 보였다. 제이어는 눈물까지 흘리며 손을 흔들었다. 그 손길은 아무래도 아이저 규리하를 가리키려는 것 같았지만 질풍 때문에 이리저리 흔들렸다. 제이어가 단말마처럼 외쳤다.

"제 청혼은 승낙받지 못하는 것으로 유명한 것 모르셨습니까!"

아이저의 몸이 꿈틀거렸다. 지멘은 고개를 들어 다가오는 말리를 보고는 다리에 힘을 주었다. 충격을 피하려면 충돌하기 직전에 도약해야 한다. 지멘은 시시각각으로 커지는 말리에게 시선을 고정시킨 채 외쳤다.

"너는 황제에게 정신 억압을 당했잖아!"

"예?"

제이어는 지멘의 말을 이해할 수 없다는 얼굴로 그를 바라보았다. 엎드려 있던 규리하 인들은 그 말에 깜짝 놀라 머리를 들었다. 지멘은 다급하게 말했다.

"정신 억압! 황제가 너를 정신 억압했어. 네 입으로 그렇다고 했다! 그런데 네가 어떻게 황제에게 적대적인 행동을 하는 거냐?"

제이어는 입을 여닫았다. 정신 억압이라고 말하는 것 같았지만 소리는 나지 않았다. 말리는 점점 커지고 있었다. 소리는 말리의 뒤쪽에서부터 바람을 찢어발기며 돌진했고 위로 떠오르는 말리는 소리에게 배를 보였다. 지멘은 문득 말리 위에 있던 기묘한 병기를 떠올렸다. '왜 위쪽일까?' 불현듯 지멘은 말리가 위로 떠오르는 이유를 깨달았다. 말리 위쪽에서 '쿠르르릉!' 하는 우레 소리 같은 게 울려 퍼진 것은 그때였다.

말리의 등 위쪽에 쌓여 있던 눈이 폭발하며 무엇인가가 튀어나왔다. 절벽 아래에서 눈사태를 보는 것 같았다. 새하얀 폭발 속에서 포물선을 그리며 말리의 등에서부터 뛰쳐나온 것은 둥글게 다음은 돌들이었다. 하나하나의 무게가 1톤은 족히 넘을 듯한 거대한 석환들이었지만 말리와 소리가 워낙 비현실적으로 큰 탓에 그것은 조그맣고 가볍게 보였다. 마치 말리가 다가오는 소리를 환영하는 표시로 꽃잎을 뿌리는 것 같았다. 하지만 겉보기가 어떠하든 그것은 무서운 질량을 가진 돌들이었다.

위로 떠오르며 무작정 쏘아 보낸 것들이기에 많은 석환들이 땅으로 떨어졌다. 석환들의 낙하에 휘말린 눈송이들이 어지러이 나부꼈다. 그리고 규리하 시 외곽의 눈 덮인 평야에 석환이 충돌했다. 쾅, 쾅, 쾅, 콰과광! 부서진 돌이 눈과 흙을 날려 보내며 흑백의 폭발을 일으켰다. 눈으로 한 꺼풀 덮여 있지만 그 아래는 단단한 땅이다. 하지만 폭발이 일어난 순간의 평야는 마치 액체가 출렁이는 것 같았다. 평야 전체가 뒤집힐 듯했다.

모든 석환들이 빗나간 것은 아니다. 그런 일이 벌어지기엔 소리의 크기가 너무 크다. 많은 돌들이 소리에 부딪혀 부서지고 튕겨 올랐다. 석환이 낙하한 거리는 짧았지만 대신 소리가 돌진하고 있었기에 충돌은 강렬했다. 소리 위에 있던 자들 모두가 그 충격을 느낄 수 있었다. 그리고 그들은 두려움 속에서 소리의 분노를 느꼈다. 소리가 포효하거나 전율을 일으키지는 않았지만 소리의 몸에 밀착한 사람들은 석환이 벼락처럼 날아와 부딪칠 때마다 그 하늘치의 분노가 커지는 것을 느꼈다. 소리의 가속이 급격해졌다. 소리는 쏟아지는 돌비 속으로 돌진했다.

제이어의 몸은 춤을 추는 것 같았다. 이리저리 비틀거리고 어떤 순간엔 완전히 쓰러졌지만 제이어는 고집스럽게 바닥을 짚으며 허리를 폈다. 몇 초도 제대로 서 있기 힘들지만 그는 계속해서 일어서려고 했다. 그러다가 갑자기 제이어가 외쳤다.

"아아, 정신 억압? 그거요? 그것 말입니까? 아실이 알려 주었지요!"

"뭐?"

제이어는 태풍 속의 허수아비처럼 흔들렸다. 그리고 그의 웃음도 정신없이 흔들렸다.

"아실이 암살공에게 남겼던 편지 말입니다! 정신 억압을 당했는지 아닌지 알아낼 방도가 적혀 있더군요. 그 덕분에 제가 정신 억압을 당했다는 것을 알았습니다! 내가 왜 그런 빌어먹을 계획에 찬성했겠습니까? 어떤 저주받을 천재가 사람의 형상을 본떠 만들어 낸 신에게 인류를 맡긴다고요? 집어치워! 집어치우라고! 내가 그걸 따른 것은 정신 억압을 당했기 때문이야! 그래서였어! 고마워, 고마워! 아실! 그리고……."

지멘은 더 기다릴 수 없었다. 말리는 이미 모든 세계였다. 그는 알 수 없는 소리를 내며 뛰어올랐다.

소리가 말리의 옆구리에 베어들어 가듯 충돌했다.

정우가 비명을 질렀다.

그녀 외에도 비명을 지른 사람은 많았다. 규리하 성과 그 주변에서 하늘을 보고 있던 사람들은 대부분 비명을 질렀다. 하지만 그 비명은 누구의 귀에도 들리지 않았다. 두 마리의 하늘치가 부딪치며 일어난 충돌음은 세상의 소리를 모두 학살했다. 사람들은 귀를 틀어막고 주저앉거나 쓰러졌다.

다른 사람들처럼 사라말도 귀를 틀어막았다. 하지만 그의 몸 전체가 귀가 되어 충돌음에 전율하고 있었기에 그 미력한 보호는 큰 도움이 되지 않았다. 사라말은 뒤로 벌러덩 쓰러졌다. 머리가 부서질 수도 있는 위험한 동작이었지만 쌓여 있던 눈이 그의 몸을 받아 주었다. 사라말은 두 손으로 귀를 부여잡고 다리는 약간 벌린 모습으로 바닥에 드러누워 하늘을 바라보았다.

소리는 잘 맞지 않는 아륜이 억지로 맞물려 돌아가듯 말리의 허리를 따라 끼기기긱 미끄러졌다. 두 하늘치는 서로를 문지르며 묘하게 금속성을 닮은 굉음을 냈다. 그 소리는 듣는 이의 심장을 쥐어짰고 내장을 헝클어 놓을 것 같았다. 벼락이 튀지 않는 것이 이상할 지경이다. 사라말은 제아무리 단단한 물체라도 두 하늘치가 맞닿은 부분에 놓이면 가루도 찾기 힘들 정도로 부서질 거라 생각했다.

가혹한 충돌이 시작되었을 때 지멘은 도약을 통해 첫 번째 충격은 피할 수 있었다. 하지만 소리의 등에 다시 내려서면서 두 번째 도약은 불가능하다는 것을 확신했다. 그는 공중에서 배낭을 벗어 가슴에 안았다. 소리의 등에 내려선 지멘은 배낭을 꼭 끌어안은 채 몸을 웅크렸다. 도저히 눈을 떠서 주위를 살필 수 없었다. 바로 곁에서 두 마리의 하늘치가 비벼지는 것은 바로 곁에서 세상이 찢어지고 있는 것이나 다름없다. 혼을 찢어발기는 굉음 속에서 지멘은 눈을 뜨지 않았다. 분노한 세상의 손길을 눈꺼풀 안쪽의 어둠에 숨어서 피하려는 사람처럼 지멘은 꿈쩍도 하지 않았다.

역한 피비린내가 느껴졌을 때 지멘은 눈을 뜰 뻔했다. 하지만 그는 눈꺼풀을 억지로 닫으며 그 냄새를 무시했다. 그는 몸속으로 파고들어 뼈까지 흔드는 듯한 진동을 무시했고 모든 소리를 죽여 버린 충돌음을 무시했다. 그는 아실을 생각했다. 아실의 얼굴이나 모습, 성격 같은 것을 생각한 것은 아니다. 아실에 대한 그의 감정이나 생각, 의문을 정리한 것도 아니다. 아실과 공유할 수 있는 모든 추억들을 반추한 것도 아니다. 지멘이 생각한 것은 그냥 아실이다. 그도 자신이 무슨 생각을 하고 있는지 명확하게 설명할 수 없었다. 어차피 침착하게 생각할 수 있는 환경도 아니었다.

그러나 어느 순간 지멘은 자신이 중얼거리고 있음을 깨달았다. 그 소리를 들은 것은 아니다. 모든 소리가 죽었으니까. 지멘은 자신의 부리와 혀, 목구멍의 움직임을 느꼈다. 그는 자신이 무슨 말을 하고 있는지 느껴 보기로 했다.

'아실, 증오, 분리주의, 정신 억압, 용, 용의 지배, 사람의 신, 아실, 증오가 없어졌다, 분리주의의 숨은 전제, 사람들이 자신과 대등한 존재를 정말 자신과 똑같이 받아들인다는 것, 가짜 레콘, 철의 대화, 아실, 철의 대화는 끝났다, 아실, 타이모, 아실, 아실.'

사라말 아이솔은 갑자기 눈을 번쩍 떴다.

하늘치는 생물인가? 그렇게 생각할 수밖에 없다. 먹지도 자지도 새끼 치지도 않지만, 생물을 지극히 닮은 무생물이라고 생각하기도 힘든 모습을 가지고 있으니까. 그런데, 그것이 진짜 생물이라면 그 거대한 몸에도 피가 흐르는가? 생각하는 것만으로도 머리가 이상해진다. 성채만 한 크기의 약동하는 심장과 운하만 한 크기의 혈관 등을 상상해야 하니까. 그 속을 흐르는 폭포수 같은 피라니, 사람은 그 혈관에 빠져 죽을 수도 있을 것이다. 그런 것을 상상하는 것은 신성모독과도 같은…….

말리의 허리에서 피가 용출했다.

소리가 문지르고 지나간 부분의 피부가 쫙 벌어져 있었다. 하늘치의 크기에 비하면 살짝 긁힌 상처처럼 보였지만 사라말이 보기에는 두꺼운 성문이 열린 모습 같았다. 그리고 벌어진 피부 안쪽에서 커다란 둑이 무너진 것처럼 새빨간 피가 범람했다. 너무도 붉어 눈이 부셨다.

피가 억수같이 쏟아졌다.

폭포수처럼 울컥울컥 용출한 피는 높은 하늘에서 떨어지면서 빨간 비가 되었다. 폭설 때문에 하얗던 세상이 삽시간에 붉게 변했다. 석환의 낙하에 난자당했던 땅에 핏물이 떨어지자 땅이 상처 입어 피를 흘리는 것처럼 보였다. 이로써 겨울이 죽었다. 죽은 겨울의 시체 위에 모든 소리를 학살한 금속성의 절규가 끊임없이 울려 퍼졌다.

창가에 있던 파라말은 탈해에게 달려들었다. 꼭 필요한 행동은 아니었다. 바깥에서 심상치 않은 소리가 들려왔을 때부터 탈해는 바깥을 쳐다볼 수 없는 위치에 서서 눈을 꼭 감고 있었다. 따라서 파라말이 달려가 그의 눈을 가려 줄 필요는 없었다. 파라말이 그렇게 한 것은 자신이 그 광경을 볼 수 없었기 때문일 것이다. 그는 탈해의 등 뒤에 매달리듯 한 채 무사장의 눈을 두 손으로 덮었다. 그리고 탈해의 등에 얼굴을 문지르며 울었다.

파라말만 울고 있는 것은 아니었다. 부모와 자식이, 연인들이, 잘 알지도 못하는 이들이 서로를 부여잡았다. 손 뻗는 곳에 다른 이를 두지 못한 자들은 스스로를 끌어안았다. 그리고 그들은 울었다. 그들이 내지르는 울부짖음은 모두 살해당했기에 그들은 눈물을 흘릴 수밖에 없었다.

아이저 규리하는 눈을 감은 채 진동하는 소리의 위를 기어갔다. 그는 자신이 어디로 가는지 알지 못했지만 어디로든 가야 했다. 그곳을 견딜 수 없었고 사람이 필요했다. 충돌의 순간 아이저는 시위를 벗어난 화살처럼 소리의 등 위를 굴렀고 그 때문에 자신이 어디에 있는지, 주위에 누가 있는지 알지 못했다. 그래서 전 규리하 변경백은 진동하는 하늘치 위를 눈먼 벌레처럼 꿈틀꿈틀 기어갔다. 하늘치 바깥으로 떨어질 거라는 걱정은 하지 않았다. 하늘치는 그런 걱정이 필요 없을 만큼 넓었으니까. 그가 두려워한 것은 다른 사람을 만나지 못하는 것이었다. 두 아들이, 그리고 다른 사람들이 어디로 굴러갔는지 그는 알지 못했다. 차라리 한자리에 가만히 있는 것이 나을지도 모른다. 하지만 그는 그것을 견딜 수 없었다. 하늘치 바깥으로 떨어질 것을 걱정하지 않으면서도 아이저는 어디로 기어가든 결국 하늘치 위라는 것은 생각하지 못했다. 그의 세계는 어둡고 뒤죽박죽이었다. 결국 아이저는 세상과 사람을 모두 잃었다고 판단했다. 그는 두 주먹 위에 얼굴을 묻은 채 흐느꼈다.

영원보다 더 긴 순간이 끝나고 두 하늘치의 충돌이 끝났다.

말리는 피를 흘리며 솟아올랐다. 조금 전 말리가 있던 자리로 들어선 소리는 위에서 떨어지는 핏물을 흠씬 뒤집어썼다. 결국 소리의 커다란 몸에 비하면 그 핏물은 얼마 되지 않는 것이었다.

충돌 때문에 속도를 상당히 잃었지만 아직도 맹렬한 돌진의 기세를 많이 간직하고 있는 소리는 같은 방향을 유지하며 계속 날았다. 반면 위로 떠오른 말리는 속도를 거의 잃었고 그 자리에서 방향을 바꾸었다. 그것은 피를 쏟으며 동쪽으로 몸을 돌렸다.

그 모습을 보고 있던 사라말은 갑자기 모든 세상이 캄캄해지는 것을 느꼈다. 그는 자신이 기절하리라는 것을 깨달았다. 그런 것을 안다는 것이 기묘한 일이었지만 사라말은 확신했다. 정신을 잃기 전, 사라말은 그 충돌 때문에 황제가 죽었을지 의심해 보았다. 하늘누리가 빙해에 충돌한 후에도 살아 돌아온 황제가 그런 일로 죽었을 것 같지는 않다는 결론이 나왔다. 사라말은 그 결론에 실망하며 졸도했다.

기절한 사라말은 알지 못했지만 말리가 완전히 방향을 바꿔 움직이기 시작한 것은 한 시간 후의 일이었다. 피는 어느새 멎었고 그것은 동쪽을 향해 느릿한 속도로 움직였다. 소리가 돌진을 멈춘 것은 그보다 훨씬 뒤의 일이었다. 넋이 나간 규리하 사람들이 그들을 향해 날아오는 소리를 본 것은 이틀 뒤의 일이었다.

규리하 사람들에게 소리가 날아온 날로부터 이틀이 더 지났을 때 나나본 남쪽에서는 한 개의 독립 중대가 파손된 다리의 복구를 자축하고 있었다. 며칠 동안의 고된 노동 끝에 그들은 다리를 복구했고 다시 행군을 계속할 수 있게 되었다. 하지만 노동이 끝났다는 것과 행군을 계속할 수 있다는 것 말고 그들이 기뻐할 일은 한 가지 더 있었다. 그들은 이라세오날의 사자에게 이제 그만하라고 말할 수 있게 되었다.

헨로 중대원들의 타락한 영을 구제하길 바라는 이라세오날의 사자에게 니어엘 헨로 수교위는 단순한 해결책을 내놓았다. 일단 그녀는 다리 복구를 늦출 수 없다는 이유를 들어 모든 중대원을 한자리에 집결시켜 자신의 말을 듣게 해 달라는 사자의 요구를 거절했다. 그 대신 니어엘은 어차피 자신들은 다리를 복구할 동안 이곳에 머물 것이며 그 기간 동안 이곳에 함께 머무르며 휴식하거나 식사하는 병사들의 곁으로 다가가 그들의 영을 보살피는 것은 사자의 자유라고 선언했다. 이라세오날의 사자는 그 조건을 받아들였다.

　이라세오날의 사자는 헨로 중대와 함께 머무르며 한가해 보이는 병사들을 대상으로 이라세오날의 복음을 전파하기 시작했다. 사자가 전하는 복음에는 건전한 삶의 방식과 추구해야 할 목표, 타파해야 할 악덕에 대한 교훈적인 내용들이 잔뜩 들어 있었다. 병사들은 그 말이 듣기에 나쁘지 않다고 생각했고 사자가 말한 내용을 기록하는 열의를 보인 가리아 릿폴 부위처럼 상당한 관심으로 사자의 말을 대한 장병도 많았다. 하지만 하루가 지나자 병사들은 사자가 참 좋은 말을 하지만 곤란한 문제도 있다는 것을 알았다. 사자는 토론을 지양했다. 그리고 레콘이 토론을 지양한다는 것은 토론의 완전 금지나 다름없었다. 사자는 듣는 자들에게 필요한 것은 잘 들리는 귀와 열린 마음이면 충분하다고 믿는 것 같았고 청자의 입이 가진 유일한 기능은 기쁨의 미소를 머금는 것뿐이라고 생각하는 것 같았다. 하루가 더 지나자 병사들은 사자를 슬금슬금 피하기 시작했다. 그들은 갑자기 나나본의 본부에 대한 갈급한 애정을 느끼며 공사에 매진했다. 바꿔 말한다면 강변으로 몰려들었다고 할 수 있다. 결국 이라세오날의 사자는 청취자를 구하기가 어려워졌다는 것을 깨달았다. 병사들은 강을 노려보며 벼슬을 꿈틀거리는 사자의 모습을 못 본 척했다.

　하지만 사자의 열의는 식지 않았고, 아무리 다리 복구 공사라 해도 모든 인력이 강에만 매달려 있을 수는 없었다. 목재와 석재를 마련하고 다듬는 일을 하기 위해 강을 떠난 병사들이 사자의 목표가 되었다. 점점 병사들은 사자의 이야기를 들으며 침울해하기 시작했다. 그리고 공사 속도는 빨라졌다. 니어엘은 즐거워했다.

완공된 다리를 보며 미소 짓던 니어엘은 자신을 향해 다가오는 사자를 보았다. 사자의 얼굴에 떠오른 표정을 본 그녀는 사자가 조금 더 말미를 달라고 요청하리라는 것을 깨달았다. 그녀는 재빨리 말했다.

"아쉽게도 이만 헤어져야겠군요, 사자님."

사자는 속임수로 무엇인가 중요한 것을 뺏긴 사람 같은 표정을 지었다. 하지만 조금 후 고개를 조금 숙이며 말했다.

"보아서 알겠지만, 내가 부족하여 병사들의 영에 직접 닿는 복음을 전달하지 못한 것 같다, 니어엘."

니어엘은 눈을 깜빡거리다가 위로하는 미소를 지었다.

"아닙니다. 어디에서 사자님께서 주신 것 같은 귀한 말씀을 또 듣겠습니까."

"글쎄. 아무래도 이제 시작일 뿐이니까. 이런 표현이 어떨지 모르겠지만 나는 이것이 좋은 훈련이 되었다고 생각한다. 그대들은 좋은 스승이었다."

"네? 스승이오?"

"그렇다. 그대의 장병들은 내가 이라세오날의 복음을 전파하는 방법을 연마할 수 있도록 도와준 스승이다."

니어엘은 약간 놀란 얼굴로 레콘 사자를 바라보았다. 그녀 또한 공사 기간 동안 병사들의 곁에서 사자의 태도를 관찰할 수 있었다. 토론을 허용하지 않는 사자의 태도를 보며 니어엘은 그가 자기 확신에 차 있다고 생각했고 그것은 레콘으로서 당연한 일이라고도 생각했다. 그런데 지금 사자는 그녀로 하여금 그 평가를 조금 수정하게 만들었다. 물론 사자는 자신이 전달할 복음에 대해서는 확신을 가지고 있었다. 하지만 그것을 전달할 자신의 역량에 대해서는 무조건적인 확신 같은 것을 가지고 있지 않았다. 니어엘에게 그것은 꽤 놀라운 일처럼 생각되었다. 정확하게 무엇이 놀라운지는 설명하기 어려웠지만.

니어엘이 침묵하자 사자는 그것이 지연된 이별에 대한 무언의 항의라는 판단을 내린 듯했다. 그는 빙긋 웃었다.

"그래. 이만 떠나도록 하지. 긴 시간 동안 서툰 말들을 들어준 그대의 장병들에게 내 고마움의 뜻을 전해 주길 바란다. 한 가지만 더 말하지. 그대에게뿐만 아니라 다른 장병들에게도 하는 말이다."

"뭡니까, 사자님?"

"이왕이면 이 살육의 숙명을 가지고 있는 직업을 빨리 벗어나길 바라네, 니어엘."

니어엘은 레콘이 가지고 있는 투쟁의 숙명에 대한 말이 목구멍까지 올라오는 것을 느꼈다. 그러나 도저히 예의가 아니었기에 니어엘은 그것을 도로 삼켰다.

"감사합니다, 사자님. 노력해 보지요."

"그대와 그대의 장병들에게 항상 이라세오날의 가호가 함께하길."

니어엘은 이 낯선 인사에 어떻게 대답해야 할지 알 수 없었다. 사자는 그녀의 대답을 기다리지 않았다. 그는 경쾌하기까지 한 태도로 몸을 돌리고는 한번도 뒤돌아보지 않은 채 성큼성큼 걸어갔다.

니어엘은 턱을 만지작거리며 떠나는 레콘의 뒷모습을 바라보았다. 조금 후 그녀의 명령을 기다리다가 지친 카루스 부위가 그녀의 곁으로 다가왔다.

"수교위님, 사자가 뭐라고 했습니까?"

니어엘은 레콘의 뒷모습에 눈을 고정한 채 말했다.

"카루스."

"예."

"우리, 사랑하자."

카루스는 크나큰 당혹 속에서 존경하는 상관을 바라보았다. 니어엘의 말을 좀 특이한 구애로 생각하는 것보다는 자신이 뭔가를 착각했다고 생각하는 것이 더 낫다는 것을 깨달을 때까지 카루스는 숨도 제대로 쉬지 못했다. 가까스로 카루스가 자신을 진정시켰을 때 니어엘이 어깨를 으쓱였다.

"그랬잖아, 사자가."

"아아, 예. 그런 이야기들이더군요."

카루스의 불행은 니어엘이 고개를 돌렸을 때까지도 당혹의 흔적을 채 수습하지 못했다는 점이다. 그의 당혹과 그 이유를 대강 짐작한 니어엘은 카루스가 비명을 지르고 싶어질 때까지 그것을 가지고 놀려 댔다.

지러쿼터 산맥의 서사면을 따라 눈사태처럼 떨어지는 점들이 있었다. 표현하기에 따른 문제이긴 하겠지만, 그 모습을 본 대부분의 사람들은 그들이 달린다기보다는 떨어진다고 표현하고 싶을 것이다. 뿌리나 날개를 가지지 않은 그 어떤 생물이라도 곧장 추락할 수밖에 없는 급경사를 평지처럼 달리고 있으니.

그 점들은 생물이었지만 놀랍게도 뿌리나 날개는 없었다. 그 점에 관찰자는 꽤나 당혹할지도 모른다. 하지만 눈이 좋은 관찰자는 그 초자연적인 움직임을 이해할 단서를 얻을 수 있을 것이며 그 급경사에 대한 새로운 정의도 내릴 수 있을 것이다. 그 급경사에서는 뿌리나 날개를 가지고 있지 않거나 레콘이 아닌 생물은 곧장 추락할 수밖에 없다고.

추락하는 것보다 더 빠른 속도로 지러쿼터 산맥을 내려오는 자들은 레콘이었다. 견문이 남달리 넓은 자라도 이와 같은 광경은 보기 힘들 것이다. 바쁜 용건이나 단지 성급한 성격 때문에 대지를 울리며 질풍처럼 달리는 레콘의 모습을 보는 것은 그렇게 희귀한 일이 아니다. 하지만 천이백 명쯤 되는 레콘들이 한 방향을 향해 그렇게 달리는 모습은 보는 것만으로 평생의 자랑거리로 삼을 장관이었다.

그들의 발아래에서 조금 약한 암석들은 박살 나서 흩어졌고 급경사에 뿌리를 내린 단단한 나무들은 부드러운 풀잎처럼 흔들렸다. 어떤 곳에서는 겨우내 쌓여 있던 눈이 진동을 이기지 못해 쏟아지며 때이른 눈사태가 일어났다. 하지만 그들이 산 아래에 도착하고도 한참 후에 떨어질 눈에 대해 신경 쓰는 레콘은 없었다. 뒤처진 눈사태가 내는 굉음은 자신의 느린 속도에 화가 나서 내뱉는 투덜거림 같았다.

산맥의 사면을 다듬이질하듯 두드리며 쏟아져 내려온 레콘들은 조금 후 평지에 도달했다. 그들은 뒤를 따라오는 눈사태가 도달해도 안전한 지점까지 속도를 줄이지 않고 계속 달려갔다. 마침내 충분한 거리까지 도달하자 한 레콘이 계명성을 외쳤다.

"멈춰—!"

남아 있는 속도가 그들의 몸을 조금 더 움직이게 했고 속도에 취한 어떤 레콘은 그렇게 해야만 멈출 수 있다는 듯 위로 펄쩍 뛰어올랐다. 마침내 레콘들이 모두 멈춰 섰을 때 비로소 그들이 넘어온 산마루에서 눈사태가 땅을 강타했다.

꾸르르르릉!

거리가 대단히 멀었기에 눈사태에 관심을 둔 레콘은 별로 없었다. 대신 레콘들은 하늘 쪽을 보며 등 뒤로 손을 가져갔다. 조금 후 그들의 손에 완전무장한 인간이 들려 나왔다.

천이백 명쯤 되는 레콘의 등에서 내려온 천이백 명쯤 되는 인간들은 모두 제국군이었다. 튼튼한 갑옷과 투구를 가지고 있으며 날을 잘 세운 제국검과 방패도 지니고 있었지만 전사다운 얼굴을 하고 있는 자는 한 명도 없었다. 그들의 표정은 두 가지뿐이었다. 죽음과 기꺼이 악수하고 싶은 얼굴과 지극히 평화로운 얼굴. 후자는 물론 졸도한 자들이다. 졸도한 자들은 땅에 내려진 후에도 계속 그 상태를 유지하는 일관성을 보였다. 불행하게도 제정신을 유지하고 있던 병사들은 레콘의 등에서 해방되자마자 역동적인 구토를 시작했다. 구토할 힘도 없는 병사들은 땅에 드러누운 채 전우가 자신의 얼굴 바로 옆에다 토해도 꼼짝하지 않았다.

평화로운 얼굴을 하고 있는 병사를 내려놓은 레콘 중에는 커다란 도끼창을 지닌 검은 레콘도 있었다. 그 레콘은 다른 레콘들처럼 하늘을 관심 있게 바라보았다. 하지만 조금 후 자신이 눕혀놓은 병사에게 관심을 돌렸다. 비록 평화로운 얼굴을 하고 있지만 그렇게 누워 있으면 감기가 들 거라는 생각을 떠올렸기 때문이다. 그는 몸을 숙여 병사의 볼을 툭툭 건드렸다.

"어이, 일어나. 도착했다."

얼굴을 찌푸리다가 조금 후 병사가 눈을 떴다. 그는 땅에 누운 채 검은 레콘을 지그시 바라보다가 말했다.

"전역시켜 주십시오."

"틸러, 나는 그럴 권한이 없는데."

"탈영하겠습니다."

"그러려면 일단 일어나야 할걸."

"날카로운 지적이군요, 론솔피."

론솔피는 허리를 더 굽혀 틸러의 몸을 붙잡아 일으켰다. 땅에 앉은 틸러는 가슴이 부서질 것 같은 느낌에 조심스럽게 호흡했다. 조금 후 그럭저럭 숨이 가라앉자 품속으로 손을 집어넣었다. 그는 비녀 하나를 꺼내어 이마에 댔다. 이곳까지 오면서 몇 번 보았던 광경이기에 론솔피는 신경 쓰지 않았다. 대신 다시 하늘을 보려 했다. 하지만 저 멀리서 그를 향해 다가오는 레콘이 있었다.

론솔피는 방어적인 표정으로 웃으며 레콘을 맞이했다. 가까이 다가온 것은 몸에 무차별 학살을 감고 있는 그을린발이었고, 그 조합은 누구에게나 꽤 두려운 것이었지만, 론솔피가 두려워하는 것은 그을린발이나 무차별 학살이 아니었다. 론솔피는 자신이 할 수 없는 설명을 해야 하는 상황을 걱정하고 있었다.

점잖은 대화가 가능한 거리에 도착한 그을린발은 론솔피를 향해 말했다.

"자, 설명해 봐."

세련된 대응이라 하긴 어렵지만 론솔피는 못 알아들은 척하기로 했다.

"탈영이라는 것은 농담이야. 걱정하지 마. 그렇지, 틸러?"

기겁한 틸러는 왜 나를 끌어들이느냐는 얼굴로 론솔피를 바라보았다. 그을린발이 말했다.

"무슨 소리야? 그 너무 중대해서 말하다가 부리가 비뚤어질 것 같은 이유가 뭔지 말해 봐. 내가 왜 코끼리를 놔두고 엘시를 따라 여기까지 와야 하지?"

그을린발은 반드시 설명을 들어야겠다는 듯이 부리를 불쑥 내밀었다. 론솔피는 상대가 레콘이 아니라 도깨비였다 해도 무례라 생각할 만큼 끈질기게 부탁하여 그을린발로 하여금 제국을 종단하게 했다. 그러면서도 그에 대한 설명은 미루었다. 그을린발은 그 이유라는 것을 들을 작정이었다.

하지만 론솔피는 부리를 열어 말하는 대신 다른 곳을 바라보았다. 그을린발은 이 행동에 규칙성 같은 것을 발견했다. 지금껏 그가 설명을 요구할 때마다 론솔피는 같은 반응을 보였으니까. 그래서 그을린발은 론솔피의 시선을 따라가기도 전에 그가 주테카를 바라보고 있음을 짐작할 수 있었다. 고개를 돌려 짐작을 확인한 그을린발은 약간 지친 어조로 말했다.

"이봐, 론솔피."

"응? 응?"

"주테카가 그 이유와 관련 있나?"

론솔피는 멍한 얼굴로 말했다.

"그걸 모르겠어."

그을린발은 약간의 희망을 느꼈다. 모르겠다고 말하긴 했지만 그것은 지금껏 그를 격퇴한 론솔피의 퇴치법보다는 훨씬 친절한 대응이었기 때문이다. 그을린발은 무차별 학살을 절그렁거리며 론솔피에게 다가섰다. 하지만 다그치는 얼굴은 아니었다. 이미 제국을 종단하여 규리하 지방까지 온 이상 그냥 돌아갈 수도 없었다. 그을린발은 다급할 것이 없다는 투로 느긋하게 말했다.

"론솔피, 난 지금 슬슬 걱정되고 있어. 아무래도 혼자 감당하기 어려운 문제가 있는 것 같은데. 도대체 무슨 고민을 가지고 있는 거야? 그리고 그 고민이 나와 주테카와 무슨 관련이 있는 거지?"

론솔피는 도끼창을 쥔 손을 초조한 듯이 폈다 오므렸다 했다. 그을린발은 침착하게 기다렸고 땅에 앉아 있던 틸러도 호기심을 드러내며 두 레콘을 올려다보았다. 론솔피가 말했다.

"그을린발, 요술에 대해 좀 알아?"

그을린발은 미심쩍은 표정을 지어 보였다.

"나는 진지하게 대했는데 넌 농담을……."

"절대로 농담하는 것 아냐."

"얼굴이 그렇군. 좋아. 하지만 요술이라니? 손수건에서 비둘기 꺼내고 지팡이로 뱀 만드는 것 말이야? 나는 그런 것 관심 없는데."

론솔피는 갑자기 말하는 것에 애로를 느끼는 사람처럼 말했다.

"저, 그러면 뭘 보면 꼭 요술 같다고 생각할 수는 있겠지? 응? 그런 말 하잖아. '기차네!' 대신에 '요술 같다!'라고 말하기도 하잖아? 응? 그런 느낌은, 그러니까 느낄 수 있는 거지?"

"그렇게 말하기도 하지. 그래, 그런데?"

"그런 걸 보면 요술쟁이를 알아볼 수 있을까?"

"요술쟁이? 글쎄. 요술을 부리면 요술쟁이겠지."

"그러면 요술을 안 보여 주면 요술쟁이가 아닐까?"

그을린발은 미소를 지을 수밖에 없었다.

"재미있는 말이네. 글쎄, 그렇게 말할 수는 없겠지. 나무 찍는 모습을 안 보여 줘도 나무꾼이 아니라고 할 수는 없으니까. 요술을 안 보여 줘도 요술쟁이가 아니라고 말할 수는 없겠지. 그런데 론솔피, 그렇게 복잡한 방법보다 더 나은 것이 있잖아."

"그게 뭔데?"

"혼자 끙끙거리지 말고 주테카에게 너 요술쟁이냐고 물어보면 되잖아."

론솔피는 기겁하며 뒤로 물러났다.

"누, 누가 요술, 주테카가 요술쟁이라고 누가! 누가 그랬어!"

그을린발과 틸러는 맥 빠진 표정으로 마주 보았다. 두 사람은 론솔피를 무시한 채 대화를 나누었다.

"그러니까 주테카가 요술쟁이냐 아니냐가 문제군요."

"그런 것 같군. 주테카가 깃털 속에 비둘기 숨기는 것은 못 봤는데."

"저는 주테카 앞에 놓여 있던 음식이 요술처럼 순식간에 사라지는 것을 봤습니다."

"그거? 그 요술은 나도 부릴 수 있어."

"당신은 '코끼리와 말을 할 수 있습니다!' 요술이 전문이잖습니까."

두 사람은 당황한 론솔피를 무시한 채 낄낄거렸다. 하지만 곧 당황은 두 사람에게 옮겨졌다. 론솔피가 그을린발 격퇴법을 다시 시전했기 때문이다.

"그렇게 웃고 떠들 일이 아니야! 이건 중대한 일이라고. 아주 중요한 일이야. 정말 중요해! 제기랄. 그런데 왜 나한테? 왜 나한테 이걸 맡긴 거지? 난 이런 것 할 수 없어. 할 수 없다고! 내가 모든 것을 엉망진창으로 만들 거야. 그렇게 될 거라고. 내가, 내가 그녀를 실망시킬 거야. 그녀는 좌절할 거야. 나한테 이런 것을 부탁해선 안 되는 거였어. 내가 다 망칠 거야!"

그을린발과 틸러는 그녀가 누군지 모르지만 정말 사람 잘못 골랐다고 생각했다. 흥분해서 온갖 이야기를 늘어놓으며 자격지심에 빠져 버리는 레콘에게 중요 임무를 맡기다니. 다행스럽게도 론솔피의 넋두리가 정도 이상으로 진행되는 일은 없었다. 틸러와 그을린발은 그녀라는 사람이 론솔피에게 무언가 중요한 일을 맡겼고 론솔피는 반드시 그 일을 해내야 하지만 극심한 부담감을 느낀다는 것 정도만 짐작했다. 하지만 론솔피가 그렇게 두려움에 빠질 때마다 두 사람이 곤경을 겪는 것은 마찬가지였다.

결국 두 사람은 정례화된 행동에 들어갔다. 틸러는 론솔피가 똑똑하고 결단성 있으며 어떤 어려운 일이라도 반드시 해낼 수 있는 레콘임을 해가 동쪽에서 뜨는 것을 믿는 것과 마찬가지로 믿는다고 말했다. 그리고 그을린발은 자신이 무한한 인내심을 가지고 있으니 론솔피가 말할 준비가 될 때까지 무한히 기다릴 수 있다고 암시하는 듯한 말을 했다. 그들의 고군분투는 가까스로 론솔피를 진정시켰고 두 사람에겐 소화불량의 전조를 선사했다. 다그치는 듯한 인상을 주지 않기 위해 그을린발이 황급히 떠나자 론솔피는 땅에 앉아 지친 표정으로 하늘을 바라보았다. 틸러는 그 곁에서 자신의 팔다리를 움직이는 방법을 되새기려 애쓰며 함께 하늘을 올려다보았다.

그곳에는 하늘치가 떠 있었다. 엔거 평원에서 그들이 보았던 말리였다.

뱀단지를 통해 황제의 소환을 받은 대장군 엘시 에더리는 '수

단 방법을 가리지 말고 빨리 오라.'는 황제의 지시를 따르기 위해 민들레 여단을 이용하기로 했다. 하지만 엘시는 민들레 여단만 데리고 가는 것은 '완벽한 전투 준비를 갖춰서'라는 지시에 부합하지 않는다고 판단했다. 병종이 단순하면 약점이 생기는 법이다. 그래서 엘시는 시허릭 마지오 상장군과 가시나무 군단의 중대 하나를 데려가기로 했다. 선택된 것은 노련한 전투 지휘관인 쟈마 데시마스 수교위의 31중대였고 그래서 312소대장 틸러 달비 부위도 자신의 소대와 함께 레콘의 등을 이용한 제국 종단에 나서게 되었다. 지러쿼터 산맥을 넘을 때 그들은 말리를 목격했고 마침내 거의 일만 킬로미터에 가까운 험악한 여행도 끝나게 되었다. 틸러는 일생에 두 번 다시 할 만한 일이 아니라고 생각했지만 한 번쯤이라면 괜찮은 여행이라고 생각했다.

하늘을 올려다보고 있던 틸러는 말리를 향해 움직이는 대장군과 상장군을 발견했다.

대장군 엘시 에더리와 상장군 시허릭 마지오가 말리로 오르고 있었다. 두 사람에겐 보는 사람을 안타깝게 만드는 차이가 있었다. 엘시는 다리를 조금도 움직이지 않은 채 떠오르고 있었다. 아마도 이동 계단을 만든 모양이다. 하지만 상장군은 보이지 않은 계단을 터벅터벅 밟으며 오르고 있었다. 시허릭 마지오 상장군은 움직이는 환상 계단을 만들 만한 기량이 없었다. 다른 때라면 큰 문제가 되지 않겠지만 레콘의 등에서 방금 내려온 지금이었기에 안쓰러움은 컸다. 보다 못한 엘시가 옆에서 손을 잡아 주었지만 시허릭은 후들거리는 다리를 끌어올리느라 꽤 애먹고 있었다. 아래쪽에서 부하 장병들이 올려다보고 있으니 시허릭의 고통은 더욱 클 것이다. 그 모습을 보며 틸러는 결심했다. 자신의 다리가 안정되기 전까지는 소대원을 살피러 가지 않겠다고.
 그때 말리를 멍하니 바라보고 있던 론솔피가 말했다.
 "내가 할 수 있을까."
 틸러는 찔끔했다. '그을린발도 없는데 나 혼자서 3미터짜리 근심 덩어리를 달래야 하나? 나는 그런 훈련 안 받았는데!' 다시 한번 진지하게 전역을 고민하며 틸러는 론솔피를 바라보았다.
 "론솔피?"
 론솔피는 피곤한 눈으로 틸러를 돌아보았다. 문득 틸러는 그에게 동정심을 느꼈다. 그 당당한 종족의 눈에 담긴 부담감은 보는 사람을 가슴 아프게 했다.
 하지만 론솔피는 곧 레콘의 의지를 되찾았다. 그는 주먹을 움켜쥐며 담담하게 말했다.
 "해야 해."
 틸러는 목의 통증을 무시하며 고개를 힘차게 끄덕였다.
 "론솔피, 당신은 반드시 그녀의 소망을 이루어 줄 겁니다."
 론솔피의 힘을 북돋아 주고 싶었던 틸러의 뜻은 갸륵했지만 방법이 좋지 않았다. 자신이 무슨 말을 중얼거렸는지 기억하지 못하는 론솔피는 깜짝 놀라서 네가 그녀를 어떻게 아느냐고 틸러를 다그쳤다. 틸러는 결심했던 것보다 훨씬 빨리 소대원을 살피러 가기로 했다.

 말리의 나루터에 오르면서 시허릭은 자신이 더 이상 움직일 수 없음을 고백하기로 결정했다. 그토록 엄격한 장수에게 그것은 쉬운 결정이 아니었다. 하지만 다행스럽게도 나루터 위에는 레콘이 기다리고 있었다. 그들이 올라오는 것을 보고 있던 레콘은 자신을 뭄토라고 소개했다.

시허릭의 상태를 본 엘시는 뭄토에게 상장군을 안아 모실 수 있겠냐고 물었다. 뭄토는 그 요청을 받아들였고 시허릭은 체면을 차리지 않기로 했다. 뭄토는 시허릭을 아기처럼 가슴에 안은 채 엘시를 따라 걸었다.

"위에서 봤어. 레콘들의 등을 이용했더군. 그래서 이렇게 빨리 온 거지? 폐하께서는 대장군이 도착하길 손꼽아 기다리셨어."

엘시는 주위를 살폈다. 하늘누리에 비해 말리의 위쪽은 휑뎅그렁하다 할 정도로 단순했다. 하지만 말리의 등에 있는 구조물들의 크기는 모두 인상적이었다. 무기인 듯한 대형 구조물도 그렇거니와 거주 구역으로 쓰이는 건물들도 크고 튼튼했다. 하지만 엘시는 이곳저곳에서 이전에 보지 못했던 파손의 흔적을 발견했다. 엘시는 그 흔적에 유념하며 말했다.

"규리하를 정벌하는 거요?"

"이미 공격했지만 물러나야 했어."

"물러났다고? 이곳엔 절망도 출신의 레콘들도 있고 나가 병사들도 있는 걸로 아는데."

뭄토는 생각하니 화가 치민다는 듯이 말했다.

"레콘들은 대부분 폐하의 명령을 따라 떠났어. 그들에겐 따로 할 일이 있거든. 하지만 그들이 있었다 해도 큰 도움이 되었을지 모르겠군. 아이저 규리하가 하늘치를 끌고 나타나서는 감히 말리에 부딪혔어."

뭄토에게 안겨 있던 시허릭과 엘시는 깜짝 놀랐다.

"하늘치와 하늘치가 부딪쳤다고?"

"그래! 그걸 보지 못해서 유감이군. 정말 끔찍했어!"

뭄토는 수다스럽게 그 참극을 묘사하기 시작했다. 엘시는 뭄토의 말에 약간의 과장이 섞여 있는 것이 분명하지만 그것을 제외하더라도 예삿일은 아니었을 거라고 생각했다. 두 마리의 하늘치가 하늘에서 부딪쳤으니 참상이 오죽할까.

건물 안으로 들어서니 좀 더 직접적인 파손이 눈에 들어왔다. 쓰러진 기둥과 넘어진 문 등이 길을 막았고 천장에서 떨어진 파편들이 여기저기 흩어져 있었다. 벽에 금이 간 곳도 많았다. 황제가 있는 건물이 아니라 폐가에 들어선 것 같았다. 시허릭은 그 참상에 신음했고 엘시 또한 눈살을 찌푸렸다.

"왜 이곳을 치우지 않은 거요?"

"사람이 부족해. 여기 있는 사람들은 대부분 얼어붙어 있거든."

엘시는 전투보다 청소부터 해야겠다고 생각했다. 황제가 거처하는 곳이 이토록 난장판이라는 것은 황제의 대장군을 가슴 아프게 했다.

조금 후 그들은 황제의 벽난로 방에 안내되었다. 뭄토는 시허릭을 안은 채 엘시에게 말했다.

"당신만 데려오랬어. 시허릭은 비스그라쥬 백에게 데려갈게. 알현이 끝나면 오라고."

"알았습니다. 시허릭, 쉬고 있게."

황제 앞에서 꼿꼿한 자세를 취할 자신이 없었던 시허릭은 차라리 잘됐다는 표정을 지었다. 그를 안은 뭄토가 멀어지자 엘시는 문을 두드렸다. 들어오라는 황제의 목소리가 들렸다.

방 안으로 들어선 엘시는 벽난로 가에 서 있는 황제를 보았다.

하지만 벽난로에는 불이 없었고 황제는 흑사자 모피를 걸치고 있었다. 엘시는 경례하면서 방 안의 공기가 차갑다는 것을 깨달았다. 황제는 의자를 가리켰다.

"앉아라."

의자에 앉은 엘시는 벽난로 옆에 땔감이 없다는 것을 확인했다. 그의 시선을 본 황제가 말했다.

"땔감은 전부 비스그라쥬 백에게 보내도록 했다. 짐에겐 이것이 있으니까."

"폐하, 폐하를 모실 사람들을 데려오도록 하겠습니다. 이곳은 황제께서 머무시는 곳입니다."

"말리에 다른 사람은 필요 없다. 대호왕에게 설명을 듣지 않았느냐?"

엘시는 침을 삼켰다. 그 이야기를 하긴 해야 했지만 어떻게 그런 이야기를 할지 알 수 없었다. 그는 목이 메어 말했다.

"폐하께서 신이 되신다는 이야기를 들었습니다."

"너는 무엇이 된다더냐?"

"신의 몸종 황가의 개조가 될 거라 들었습니다."

황제는 미소를 지었다.

"신의 몸종이라니. 재미있는 표현이구나. 적절하기도 하고. 그렇다."

엘시는 가슴이 옥죄이는 기분을 느꼈다. 황제가 자신의 의향을 질문했을 때 무슨 대답을 할 것인지 그는 결정하지 못했다. 하지만 황제는 그의 의향을 묻지 않았다.

"너에게 줄 삼고 중 두 명이 사라졌다. 그리고 남은 한 명은 아직 효용성을 얻지 못했다."

뜻밖의 말에 놀란 엘시는 황제를 똑바로 바라보았다. 황제가 부연했다.

"유수로 삼으려던 아실은 쓸모가 없어졌다. 사도가 되었어야 할 제이어는 또 다른 실패를 추구하러 달려가 버렸다."

전혀 예상할 수 없었던 이름에 엘시는 놀랐다. 그는 삼고라는 말과 그 두 사람의 이름이 어울리기나 하는지 알 수 없었다.

"폐하, 저의 삼고라고 말씀하셨습니까? 제이어 솔한이 사도라고요?"

"그렇다."

"죄송합니다만, 폐하. 그에게는 그런 소임이 어울리지 않습니다."

그리고 엘시는 자신에게도 황제의 지위가 어울리는지 모르겠다고 말하려 했다. 하지만 황제는 차가운 목소리로 말했다.

"제이어가 어울리지 않는다 했느냐? 왜지?"

"그가 여러 분야에 걸쳐 상당한 수준에 이른 수완 좋은 인물임은 분명합니다. 하지만 그는 본질적으로 변덕이 심하고 한 가지에 집중할 수 없습니다. 어쩌면 실패할 것이 두려워 한 가지를 오래 붙잡고 있을 수 없는지도 모릅니다. 그와 실패는……."

"짐은 꿈과 제이어 솔한이 두렵다! 진정으로 두렵다. 너희들은 어찌 감히 제이어를 우습게 여길 수 있는가!"

황제는 벽력처럼 외쳤다. 엘시는 입을 꾹 다문 채 황제를 바라보았다. 그의 얼굴엔 이해할 수 없다는 표정이 명백하게 떠올랐지만 황제는 그의 말을 기다리듯 더 이상 말하지 않았다. 엘시는 화제를 바꾸는 편이 낫겠다고 생각했다.

"효용성을 얻지 못한 나머지 한 명은 누구입니까?"

황제는 제이어에 대해 더 말하고 싶었던 듯 약간 실망하는 기색을 보였다. 조금 고민하던 황제는 곧 차분한 목소리로 말했다.

"그가 아직 효용성을 얻지는 못했지만 너는 알 자격이 있는 것 같군. 레이헬 라보 태위다."

"예? 그분은 군령자이지 않습니까."

제국법은 군령자의 공무 담당을 허락하지 않는다. 도무지 속마음을 알 수 없다는 합리적인 이유에서다. 하지만 황제는 그런 것에 조금도 구애되지 않았다.

"그래. 가장 완벽한 군사 지도자지. 절대로 반란을 일으킬 수 없다. 내부에서든, 외부에서든."

엘시는 황제의 말을 이해했다. 대장군은 군령자가 황제와 태위 사이에 언제든 야기될 수 있는 갈등에 대한 완벽한 해답이 될 수도 있다는 것을 깨달았다. 군령자는 반심을 가질 수 없다. 자신이 살고 있는 시대와 그만큼 떨어져 있는 사람도 없을 테니까. 주퀘도 사르마크의 경우처럼 과거의 해묵은 원한에 사로잡힐 수는 있지만 바로 그렇기에 주퀘도는 현재를 지배하려 하지 않았다. 군령자가 태위라면 황제는 제국군의 우두머리가 자신을 공격할 거라는 걱정은 하지 않아도 될 것이다. 또한 황제는 반역자들이 태위를 죽일 경우에 대해서도 크게 걱정하지 않아도 될 것이다. 군령자는 전령할 수 있으니까.

"그는 아직 시험을 통과하지 못했다. 팔리탐 지소어와 함께 죽을 생각을 가지고 있지. 죽음의 시험을 통과하고 전령을 받아들여야 할 것이다."

엘시는 '죽음의 시험을 통과하지 못하고'라고 말해야 하는 것 아닌가 생각했다. 전령은 죽음을 받아들이지 않는 것이다.

"따라서 아직은 태위도 준비되지 않았다."

엘시는 황제가 주려 했던 삼고가 무엇인지 생각해 보았다. 분리하는 유수, 실패하는 사도, 죽은 태위. 그렇다면 나는 어떤 황제로 예정되어 있는가.

엘시는 무릎에 얹은 손바닥에 땀이 고이는 것을 느꼈다. 그는 고개를 떨어트린 채 말했다.

"폐하, 무엇 때문에 저를 입양하시어 차기 황제로 삼으셨습니까?"

황제는 발을 움직였다. 벽난로 곁을 떠난 황제는 방을 가로질렀다가 다시 몸을 돌려 원래의 위치로 돌아오며 말했다.

"너를 이곳으로 불러들일 생각은 없었다. 아이저 규리하나 제이어 솔한이 짐을 놀라게 했지만 그 문제는 짐이 처리할 수 있다. 하지만 짐이 도저히 처리할 수 없는 문제가 있다. 비셀스 규리하에게 짐이 상상조차 하지 못했던 능력이 있었다. 그 마지막 불씨를 짓밟는 일은 오직 너만이 할 수 있다."

엘시는 비셀스의 능력이 하늘치를 다루거나 허공에서 엿새를 버티는 등의 그가 알고 있는 능력이라고 생각했고 거기에 큰 관심을 두지 않았다. 그가 알고 싶은 것은 그것이 아니었다.

"폐하, 왜 저입니까?"

황제는 걸음을 멈췄다. 그녀는 엘시의 옆에 서 있었고 엘시는 고개를 돌려 그녀를 올려다보았다. 엘시의 눈을 똑바로 들여다보던 황제가 나직하게 말했다.

"그대가 짐이 아는 가장 부도덕한 사람이기 때문이다."

제 38 장

나가의 육성 언어는 언제나 좋은 사색 거리를 제공한다. 그들이 사용하는 문자는 비나가의 것과 같고 그 문자가 비나가의 말을 기본으로 만들어졌기 때문에 나가들은 니름을 쓸 수 있는데도 육성 언어 또한 습득한다. 육성 언어를 습득하지 않으면 문자를 이해할 수 없기 때문이다. 따라서 나가의 육성 언어는 문자 습득을 위한 보조 수단인 셈이다. 그런데 여기서 비나가의 사고 과정을 생각해 보자. 일반적으로 사고는 언어로 이루어진다고 믿어진다. 하지만 나가의 경우에도 언어로 사고할까? 전술했듯 그들에게 언어는 문자 습득의 보조 수단이다. 따라서 그들은 굳이 언어로 사고할 필요가 없다. 하지만 나가의 사고와 비나가의 사고에서 생태와 문화, 성장 환경의 차이 때문에 나타날 수 있는 것 이상의 현격한 차이를 발견한 자는 없다. 과연 우리의 사고는 언어로 이루어지는 것일까?

― 가이너 카쉬냅의 「생각하는 동물들」 중

돌의 추락, 바람의 복상

아라짓력 33년 1월, 비나간의 막막한 평야에서는 봄과 겨울의 싸움이 진행 중이다.

겨울이 해소할 길 없는 시름처럼 쌓아 둔 얼음들은 봄의 따스함 속에 녹았지만 비나간의 평평한 땅은 그것을 거센 물줄기로 바꾸는 대신 많은 실개천으로 바꾸었다. 이에 비나간의 들판은 공작이 꼬리를 펴듯 일시에 변모했다. 통통한 떡잎들이 땅을 뚫고 나오나 싶더니 어느새 초록이 대지를 탐욕스럽게 적셨다.

처음부터 승부가 정해져 있는 것이나 다름없지만, 패배를 인정하면서도 저항을 멈추지 않는 겨울의 태도가 비장하다. 아직 자신에게 호의적인 밤에 기대어 겨울은 유격전에 들어갔다. 아침마다 패퇴되면서도 저녁이 되면 다시 살아나는 겨울이 여명과 석양에 으르렁거리는 시기였다.

하지만 언젠가는 죽은 겨울이 저녁이 되어도 살아나지 않는 아침이 다가올 것이다.

팔리탐 지소어는 자신이 바라보고 있는 아침이 바로 그 아침이 아닐까 생각했다.

기복 없는 땅 때문에 광활하게 보이는 비나간의 새벽하늘은 물빛으로 깨끗하다. 한낮은 풍성한 햇빛의 향연장이 될 듯하다. 그리고 밤이 다가오면, 아마도 33년 최초의 봄밤을 보게 될 것이다. 봄밤은 아름답다. 동물들은 수치심 없이, 사람들은 머뭇거리며. 하지만 둘 모두 화분이 농밀하게 떠다니는 공기에 취한 채 짝짓기의 의식을 시작할 것이다.

하지만 팔리탐은 사라지는 겨울을 보며 한숨을 내쉬었다. 마지막에서 몇 번째 겨울일까? 또 한 번의 봄을 얻었다는 생각 대신 또 하나의 겨울을 잃었다는 생각이 앞서는 것에 팔리탐은 속으로 고소를 머금었다.

'이젠 더 이상 봄밤과 상관없는 나이가 되었기 때문이지.'

하지만 겨울을 잃는 것이 아쉬운 까닭은 무엇일까. 육체적으로 큰 문제는 없다. 모래가 낀 듯한 오른쪽 어깨나 하루 종일 누군가가 손을 댄 채 지그시 누르는 것 같은 왼쪽 무릎 외에는 건강한 상태였다. 의사에게 물어보지 않아도 팔리탐은 자신의 몸이 앞으로 열 번의 겨울은 더 가질 수 있다는 것을 잘 알 수 있었다. 운이 좋다면 스무 번도. 하지만 팔리탐은 다시는 겨울을 보지 못할 사람처럼 떠나는 겨울을 바라보았다.

'왜 이렇게 마음에 주름이 잡힐까?'

'시체들 때문이야.'

팔리탐은 결심했다. 시체들을 치워야겠다고. 스카리가 명령할 때까지 기다릴 필요가 없다. 스카리가 명령을 내리지 않는 것은 그것들을 더 매달아 두고 싶어서가 아니라 그것들이 매달려 있다는 것을 잊어버렸기 때문이다. 팔리탐은 몸을 돌려 창가를 떠났다. 사후 책임을 간단히하기 위해선 직접 시체를 끌어내리는 편이 좋겠지만 혼자서 그 시체들을 다룰 수는 없다. 팔리탐은 힌치오에게 부탁하기로 했다. 혹 스카리가 그 문제를 떠올리더라도 두 사람이 그랬다고 대답하면 불평하지 않을 것이다. 팔리탐은 힌치오에게 한가한 시간을 물어보려고 밖으로 나갔다. 아무리 그래도 아침도 먹기 전에 반쯤 썩은 시체를 치우고 싶진 않을 테니까.

이제는 익숙해진 후작궁의 지리 속에서 지름길을 찾아 걷던 팔리탐은 오현금 소리를 들었다. 팔리탐은 의아했다. 첫새벽에 어울리지 않는 일에는 죽어서 비나간의 우국지사가 된 자들의 시체를 치우는 것 외에 오현금을 타는 일도 포함될 것이다. 팔리탐은 소리가 들려오는 곳을 향해 걸었다.

팔리탐은 정원 한가운데 앉아 오현금을 타고 있는 스카리 빌파를 보았다.

아랫도리는 그럭저럭 챙겨 입고 있었다. 하지만 윗도리는 어깨의 맨살에 걸쳐 놓았고 발에는 아무것도 신고 있지 않았다. 옆의 땅에는 장검을 꽂아 두었지만 칼집은 어디 있는지 보이지도 않는다. 목에는 끈을 매단 술병을 목걸이처럼 걸고 있는데 몸을 흔들 때마다 가슴 위를 굴러다니는 모양을 봐선 거의 비어 있는 듯하다. 그리고 입에는 풀 가지 하나를 문 채 스카리는 무릎 위에 얹은 오현금을 뜯고 있다. 연주한다기보다는 오현금을 지분거리고 있는 것 같다.

주군이 놀라지 않도록 팔리탐은 발소리를 과장하며 스카리가 잘 볼 수 있는 위치로 걸어갔다. 팔리탐을 확인한 스카리는 빙그레 웃었다. 빛이 희박했지만 스카리의 얼굴은 환했다.

"잘 잤나, 팔리탐, 태위, 그리고 여러분."

"팔리탐입니다. 안녕히 주무셨습니까, 각하."

"내 팔리탐이군. 자다 깨다 했어. 도저히 잠이 안 와서 이렇게 나왔지."

"침소에 불편한 점이라도 있습니까?"

"아니, 팔리탐. 아냐. 불편한 것은 없어. 뭐가 불편할 수 있겠어?"

팔리탐은 스카리가 취한 것이 분명하지만 술에 빠졌다기보다는 술이 묻었다 정도라고 생각했다. 스카리는 술이 아닌 다른 것에 취해 있었다. 하지만 휘파람으로 연주해도 충분한 수준의 음악을 흩뿌리는 오현금이나 비나간의 새벽에 취한 것은 아닌 듯했다.

"자네 가면에 미소를 그려 넣을 생각은 없나? 미소는 좋은 거잖아. 아니야. 그러면 웃기는 목각인형 같겠지. 내 말 신경 쓰지 마. 지금이 좋아. 바꾸지 말게, 팔리탐."

"기분이 좋으신 것처럼 보이는군요."

스카리는 웃으며 오현금의 현을 차례대로 하나씩 뜯었다. 높은 음에서 낮은 음 순으로. 그리고 방향을 바꿔 낮은 음에서 높은 음 순으로 다시 현을 뜯었다. 스카리가 작은 비명처럼 말했다.

"아름다워."

팔리탐은 두 손을 공손히 모아 쥐었다.

"새벽까지 마셨는데 묘하게 잠이 안 오더라고."

그 즈음 후작궁에서는 비나간 유지들을 안심시키고 협조를 얻는다는 명분으로 이틀이 멀다 하고 연회가 벌어졌다. 하늘누리에서 그러했듯 스카리는 곧 젊은이들로부터 열광적인 추종을 얻었다. 그리고 처음에는 연회장 곳곳에 살벌한 표정으로 서 있는 사라티본 부대원들 때문에 불편해하던 중장년층도 아무 사고가 일어나지 않는 연회라는 것을 확인한 후에는 훨씬 편안한 마음으로 참석했다. 물론 스카리는 처음부터 연회를 완전하게 즐겼다. 어젯밤에도 그런 연회가 있었고, 강철 같은 체력을 가진 스카리는 가장 끈질기게 대작하던 젊은 추종자를 새벽에 격파해 버렸다. 팔리탐은 지금 연회장에는 수면인지 인사불성인지 구분하기 어려운 자들이 잔뜩 쓰러져 있을 거라 생각했다.

"방에 돌아가니 부냐는 이미 잠들어 있더군."

스카리에게 홀딱 반해 버렸거나, 정복자와 잠자리를 했다는 사실을 자랑하고 싶거나, 출세를 바라는 부친이나 후견인의 강력한 요구가 담긴 암시 때문에 스카리에게 몸을 던지려는 여인들은 많았지만 스카리는 술 때문에 피가 묽어질 정도로 퍼마신 후에도 항상 부냐에게 돌아갔다. 그런 태도는 여인들에겐 질투심을, 스카리 빌파에겐 꽤 호사스러운 도덕적 명성을 가져다 주었다.

"그래서 의자에 앉아 잠든 부냐를 바라보았지. 이 아름다운 땅에서 가장 아름다운 여인과 함께 있다는 것을 깨달았을 때 그나마 약간 남아 있던 취기도 모두 사라지더군."

그래서 옷을 벗어던지고 부냐의 위로 기어 올라갔나?

"꼼짝할 수가 없더군. 조금이라도 서툴게 움직이면 그……아, 이런. 도대체 표현할 수가 없어. 모든 것이 너무 아름답고 완벽했어, 팔리탐. 나보다 나이가 훨씬 많으니 그런 경험이 있겠지? 모든 것이 더할 나위 없이 완벽하고, 충만함이 지나쳐서 가만히 있어도 뻥 터져 버릴 것 같은 기분이 드는, 그런 때 말이야."

스카리는 팔리탐의 대답을 기다리지 않고 큰 한숨을 내쉬었다.

"새벽 일을 준비하는 하인들의 소리가 아니었다면 난 돌이 되었을 거야."

"각하께서 큰 행복을 느끼신 모양이군요."

팔리탐의 목소리가 조금 딱딱했지만 스카리는 그것을 느끼지 못했다.

"행복? 제기랄. 그런 시시한 말로는 표현이 안 돼! 당장 죽어도 상관없을 것 같은 기분이었다고. 다음번에 똑같은 상황이 와도 똑같은 기분을 느낄 수는 없을 거라고 생각하자 화가 나 죽을 것 같았어. 행복? 행복. 더 나은 말이 없을까!"

스카리는 오현금을 북처럼 탕탕탕 두드렸다. 모든 현들이 전율하며 내는 울부짖음이 한참 이어졌다. 스카리는 몸을 뒤로 젖히며 두 손으로 땅바닥을 짚었다. 뒤통수가 목에 파묻히도록 머리를 젖힌 스카리는 눈을 감은 채 신음했다.

"완벽했어."

스카리는 코와 입으로 숨을 쉬었다. 그의 가슴이 크게 부풀었다가 확 오그라드는 모습을 보면서 팔리탐이 말했다.

"주군께서 기쁘시다니 저 또한 즐겁습니다. 기쁨은 나누면 더욱 커지는 법이니, 부탁하건대 체포령을 거두시길 바랍니다."

스카리는 머리를 들어 의아한 눈으로 팔리탐을 바라보았다.

"체포령이라니? 뭐 말이야?"

"드라카의 아이들에 대한 긴급 체포령 말입니다, 각하."

스카리는 똑바로 앉아 두 손을 깍지 끼어 오현금 위에 얹었다.

"제정신인가, 팔리탐? 아무리 기쁘다 해도 범죄자를 체포하지 말자니. 그게 말이 되나."

팔리탐은 그동안 암시와 비유로 전달하려 애썼지만 결국 전달하지 못했던 내용을 직설적으로 말했다.

"각하, 드라카의 아이들은 그 긴급 체포령 때문에 더욱 번성하고 있습니다."

"계속 말이 안 되는 소리군. 잡아들이는데 번성한다고?"

"앉아도 되겠습니까, 각하?"

스카리는 손짓으로 허락했다. 팔리탐이 앞에 앉자 스카리는 오현금을 옆으로 치우고 그의 가면을 똑바로 바라보았다. 꽤 성의 있는 자세에 팔리탐은 기대감을 느꼈다.

"각하, 비나간 인이 왕을 가졌던 기간은 일 년도 되지 않습니다. 비나간 후가 키탈저 인들에게 구원병을 보내고 용을 부각시킨 것은 꽤 영리한 술책이었습니다. 그리고 지겹도록 오래 계속된 노후작의 통치에 염증을 내던 젊은이들이 그녀를 도왔습니다. 유료도로당의 젊은 당주가 그녀를 도왔습니다. 제가 비나간의 왕이 되려 한다 해도 그보다 더 좋은 조건은 만들 수 없을 겁니다. 그런데도 그녀에겐 마음대로 힘을 쓸 수 있는 기간이 너무 짧았습니다. 왕이 되는 것은 왕이라 자칭하는 것만으로 가능할지 몰라도 왕국은 그렇지 않습니다. 일 년 만에 비나간이 비나간 왕국이 될 수는 없습니다. 각하의 연회에 참여하는 자들도 자신이 비나간을 배신하고 있다거나 하는 생각은 하지 않을 겁니다."

"그래서?"

"그렇다면 무엇이 드라카의 아이들을 지탱하고 있겠습니까? 저는 조금 전 왕국 비나간에 대한 의리나 모국애가 비나간 인에게 자리 잡기엔 기간이 너무 짧았다고 말씀드렸습니다. 그런 걸로 드라카의 아이들을 설명하는 것은 어불성설입니다. 그들을 지탱하고 번성케 하는 것은 각하로 대표되는 점령군에 대한 증오입니다. 그들은 언제나 점령군을 보고 있고, 점령군에게 개 끌려가듯 끌려가는 이웃을 보며, 교수대에 매달린 자들을 봅니다. 그리고 증오를 키웁니다. 드라카의 아이들이 희박한 전망이나 박약한 주장에도 불구하고 번성하는 것은 증오 때문입니다."

스카리의 얼굴에 조금씩 지루해하는 표정이 나타났다. 팔리탐은 다급하게 말했다.

"황제 폐하의 명령 때문에 우리는 쉰 명의 비나간 인을 태워 죽였습니다. 이미 처음부터 빗나간 사이였습니다. 그런데 드라카의 아이들에 대한 탄압 때문에 관계를 회복하는 것은 더욱 어려워지고 있습니다. 위엄 있게 긴급 체포령을 거두십시오, 각하. 그들이 모여서 점령군에 대한 악담을 나누든 작당 모의를 하든 무시하십시오. 그런 말을 실컷 나눈 후에 자신감이 커지는 사람도 있긴 하지만 대부분의 사람들은 말로 욕구불만을 해소한 후에는 오히려 행동력을 잃는 법입니다. 그들에게 표현의 자유를 주십시오. 그들은 표현의 노예가 될 겁니다."

스카리는 불만스러운 표정을 지었다. 자신이 내린 명령을 번복하는 것이 즐겁지 않은 모양이라고 생각한 팔리탐은 위엄 있는 후퇴에 대한 미사여구를 재빨리 구상하기 시작했다. 그때 스카리가 미심쩍은 표정으로 팔리탐을 바라보았다. 말없이 노려보는 그 시선에 팔리탐은 입을 다물었다. 스카리가 말했다.

"그건 황제의 생각이지?"

"각하! 저는 팔리탐 지소어입니다."

"태위와 손잡고 우리 아버지를 배신할 생각을 했던 그 친구 말이군."

팔리탐은 우리 아버지라는 표현에 소름이 끼치는 것 같았다. 그는 락토 빌파의 사인이 무엇인지 똑똑히 기억하고 있다. 스카리 또한 그 사실을 떠올렸는지 고개를 홱 돌려 팔리탐을 외면했다. 하지만 그는 다시 팔리탐을 돌아보며 말했다.

"그래! 알았어. 비나간에 대한 내 장악력을 훼손하려는 거지? 에더리가 황제가 되었을 때 내가 얌전히 발케네로 돌아가길 바랄 테니까."

반박하려던 팔리탐은 그것이 쓸모없으리라는 깨달음에 입을 닫았다. 스카리는 벌떡 일어났다. 그 바람에 어깨에 걸려 있던 윗옷이 아래로 떨어졌다. 스카리는 상체를 드러낸 채 허리에 손을 얹었다.

"정말 걱정도 많으시군, 우리 폐하께서는. 그런 걱정 하지 않으셔도 돼! 네 마음대로 해, 팔리탐. 나는 부냐 외엔 아무것도 바라지 않고 그녀는 이미 내게 돌아왔어. 긴급 체포령을 철회하든 드라카의 아이들을 인정하든 마음대로 해. 내겐 발케네가 있어. 사나이의 고향이지. 이따위 똥구덩이 같은 고장엔 아무 관심 없어!"

팔리탐은 악의 속에서 비나간에 대한 스카리의 표현을 뒤섞었다. 그러자 아름다운 똥구덩이가 되었다. 할 말을 다한 스카리는 뒤로 홱 돌아섰다. 몇 걸음인가 걸었을 때 그의 모습이 사라졌다. 아마도 감투를 바지에 숨기고 있었던 모양이라고 생각하며 팔리탐은 주위를 둘러보았다. 오현금과 칼, 구겨진 윗옷이 어지럽게 흩어져 있었다.

유료도로당원들은 잔하일에 머무르고 있는 시오크 지울비의 태도가 마음에 들지 않았다. 당장 유료도로당사로 달려가 아버지와 아들의 대립 때문에 갈가리 찢어진 유료도로당을 봉합하는 어려운 일에 나서지 않는다는 이유 때문만은 아니다. 시오크는 잔하일에 머무를 만한 이유가 있었으며 꼭 원했다면 잔하일에서도 유료도로당 전체에 자신의 의사를 보낼 수 있다. 하지만 시오크는 어떤 내일이 올지 몰라 불안해하는 당원들에게 도움될 만한 것을 내놓지 않았다. 과거를 잊고 미래로 함께 나아가자고 외친다거나 적대자들의 서류를 보지 않고 불태운다거나 하는 등의 근사한 행위를 보여 주지 않았다는 뜻이다. 잔하일까지 시오크를 찾아온 측근들이 시오크에게 설명을 요구했을 때 그는 이렇게 말했다.

"덕을 과시하거나 화합하려는 의지를 보여 주기 위해 역사를 파괴하는 짓은 안 한다. 모든 기록은 그대로 남긴다."

하지만 화합 의지의 공개적 천명은 시오크의 입에서 나오지 않았다. 시오크의 측근들은 기록을 남긴다면 거기에 구애되지 않겠다는 선언 또한 있어야 한다고 주장했다. 하지만 시오크는 그들의 요구를 거절했다. 아직 그의 명령에 의해 또는 소리 소문 없이 축출당한 게라임 파의 일원은 없었다.

당내 극렬보수파의 영수쯤으로 받아들여지는 로세이즈 징수소장 마리번 도빈 같은 경우를 보면 시오크가 자신의 반대파를 어떻게 대접하는지 잘 알 수 있다. 시오크에게 불만 있는 당원들이나 게라임 파로 취급될 수 있는 자들과 공개적으로 접촉하는 것 정도는 마리번에겐 기행도 아니다. 마리번은 공개적으로 시오크를 패류아라고 부르는 폭거를 일삼음으로써 평화를 원하는 당원들을 불안에 떨게 만들었다. 그들은 분란을 일으키는 마리번을 탓하면서도 속으로는 잔하일에 머무르고 있는 시오크의 잘못도 크다고 생각했다. 시구리아트의 유료도로당사에 들어가는 것은 실용적인 의미보다는 상징적인 의미가 더 크지만, 바로 그렇기에 전통주의자이기도 한 마리번 도빈 징수소장을 입 다물게 할 수 있다. 시오크가 시구리아트 유료도로당사에 들어가 자신을 당주로 선언한다면 마리번도 더 이상 투덜거릴 수 없을 것이다.

하지만 시오크는 잔하일에서 움직이지 않았다. 결국 유료도로당의 평화주의자들은 마리번도, 시오크도 아닌 세 번째 사람을 원망하기로 했다.

평화주의자들의 원성을 한몸에 받고 있는 사람은 온갖 고생 끝에 지러쿼터 산맥을 넘어 잔하일의 징수소에 도착한 지키멜 퍼스였다. 징수소의 조용한 객실에 누워 있던 지키멜은 시오크가 가져온 쓴 약을 단숨에 비우고 말했다.

"왜 당의 결속에 관심이 없는지 알아. 황제가 모든 것을 화합시킬 거라고 믿는 거지? 그래서 네가 나설 필요가 없다고 생각하는 거지?"

시오크는 빈 약사발을 받아 들고 일어났다.

"누워, 지키멜. 푹 자도록 해."

"거기 앉아."

시오크는 방바닥에 앉아 있는 지키멜의 딱딱한 얼굴을 보다가 곁에 놓여 있던 소탁을 끌어당겼다. 그가 이부자리 옆에 정좌하여 앉자 지키멜은 안도했다. 그녀의 잘 드러나는 안도감이 시오크를 슬프게 했다. 그가 물구나무 서서 사랑한다고 다섯 번 외치기 위해 필요한 것은 지키멜의 요구뿐이지만, 지키멜은 이제 그렇게 생각할 수 없는 것 같았다.

"그런 태도로는 왕이 될 수 없어, 시오크."

시오크는 생각했다. 그러면 용의 깃발을 만들었던 너처럼 나도 산양의 깃발을 만들까? 당원들에게 우리는 산양의 아이들이라고 말할까?

"그리고 너도 그런 식으로는 왕이 될 수 없다는 것을 알아. 따라서 넌 왕이 될 생각이 없어. 황제가 제풀에 무너질 때까지 참고 기다릴 생각인 거지. 그렇지?"

지키멜은 긍정의 대답을 간구하는 눈으로 시오크를 바라보았다. 시오크는 방을 데우고 있던 화로를 바라보다가 툭 던지듯 말했다.

"내 아내가 되어 줘, 지키멜."

지키멜은 겁먹은 눈으로 시오크를 바라보다가 고개를 떨어뜨렸다. 그리고 그런 자신에 분노했다. 무의식중에 외면해 버렸기 때문에 다른 반응을, 그녀가 주도권을 쥐고 평안하게 사태를 다룰 수 있는 반응을 보이기 어려워졌다. 지키멜은 얼떨결에 말했다.

"징수소의 볼품없고 냄새나는 객실에서 청혼이라니. 나는 왕인데 너무하잖아."

담담하게 말하고 싶었지만 지키멜은 어느새 투정 부리는 소리를 냈다. 그런 자신의 목소리가 한심해서 지키멜은 눈물이 날 것 같았다. 지키멜은 이불을 거머쥐었다. 다행히 시오크는 허허 웃거나 자신감의 표현일 수밖에 없는 사과를 하지는 않았다. 대신 그는 진심을 말했다.

"그게 적합할 거야."

"그럴까."

시오크는 수염이 꺼슬꺼슬한 턱을 만지작거렸다.

"명백히 우리는 세상에서 가장 예쁜 사랑을 만들 수 있는 남녀는 아니겠지. 우리가 정말 잘 어울리는 한 쌍인지도 모르겠어.

하지만 내겐 확신이 하나 있어. 지키멜 퍼스와 결혼하지 않으면 나는 아무와도 결혼하지 않을 거야."

"왜?"

"네가 최고의 여자니까."

내용상 그렇게 들릴 수도 있지만 시오크의 말은 아첨하는 말도 아니고 열애의 표현도 아니었다. 그의 말투는 비가 올 때는 장화가 최고의 신발이라고 말하는 것 같았다. 비가 그치면 잘 말려서 어디 치워 둘 수도 있는 모양이다. 이어지는 시오크의 말은 그런 인상을 더욱 강조했다.

"그리고 네게도 내가 최고의 남자야. 잘 생각해 보면 알 거야."

물론 그녀가 빠져 있는 진구렁텅이를 빠져나오는 데에 시오크 지울비만 한 장화는 없다.

"우리는 서로에게 최고의 반려 감이고, 게다가 서로 사랑하니까 결혼하는 것이 적합해. 내 생각은 그래. 네 생각은 어때?"

지키멜은 손끝이 아파 오는 것을 느꼈다.

그녀가 그 순간만 기다려 왔다고 말할 수는 없다. 머릿속에서 다른 모든 것이 사라지고 시오크의 말만 남았다고 말할 수도 없다. 하지만 지키멜은 자신이 이 순간만 기다려 왔다고, 그리고 머릿속에서 시오크의 말만 되풀이되어 메아리친다고 생각하고픈 강렬한 유혹을 느꼈다.

불현듯 지키멜은 그것을 채색할 물감이 고통밖에 없었던 도주를 떠올렸다.

라수의 방에서 규리하 가문의 보물 몇 가지를 슬쩍해 오지 않았다면 그녀는 지러쿼터 산맥을 보기도 전에 비명횡사했을지 모른다. 그것이 다시 규리하 가문으로 돌아가길 바라며 지키멜은 골동품들을 팔았고 그 돈으로 말과 여비를 마련했다. 하지만 전란의 소문은 그녀의 뒤를 바짝 따라왔다. 며느릿감을 보러 갔던 황제가 규리하 성에서 어떤 공격을 받았는지, 그리고 왜 예비 고부의 상견례가 전쟁으로 비화되었는지를 설명하고 싶어하는 사람들은 많았고 가설들은 더욱 많았다. 어쨌든 그녀는 규리하 전체가 뒤숭숭해지기 전에 지러쿼터 산맥에 도달할 수 있었다.

하지만 과텔 시절에 도전이 곧 죽음으로 해석되었던 겨울의 지러쿼터 산맥은 수백 년이 지난 지금까지도 여전히 살인적이었다. 가까스로 산맥을 넘어 먼저 떠났던 시오크를 잔하일에서 따라잡았을 때 지키멜의 체중은 10킬로그램 이상 줄었고 몸 곳곳에 심한 동상을 입은 상태였다. 다행히 지러쿼터 산맥에 접한 잔하일 징수소의 당원들은 겨울 여행자들이 자주 걸리는 질환에 좋은 대처법을 가지고 있었다. 지키멜은 발가락 세 개를 잘라 내는 것으로 동상을 떨칠 수 있었던 것을 기막힌 행운으로 생각하기로 했다.

지키멜은 그 끔찍한 도주를 시오크에게 청혼받기 위한 대가로 생각하고 싶었다.

바꿔 말하면, 그녀는 그렇게 생각할 수 없었다.

지키멜의 왕국은 셋이다. 그리고 그 셋은 하나다. 시오크의 청혼은 그 셋이자 하나인 왕국을 두 개로 찢어 놓는 것이었다. 시오크와 결혼하면 그녀는 시오크 지울비의 왕이 될 수 있을 것이다. 하지만 그 순간 비나간과 분노의 왕국은 그녀의 지배를 벗어날 것이다. 지키멜은 확신할 수 있었다.

'하지만 비나간은 지금 내 왕국이 아니야. 스카리 빌파가 가지고 있지. 발케네 공에게서 그것을 빼앗을 수 있을까? 그리고 황제는 내 분노에 상처 입을 존재가 아니야. 사라말 아이솔도 황제에게서 도망쳐 살아남으라고 말했어. 자기가 황제와 싸울 테니 나에겐 전인이 되어 달라고 했지. 시오크를 포기하고 그 두 왕국을 추구한다 해도 그 둘을 얻을 가능성은 희박해. 하지만 두 왕국을 포기하면 나머지 왕국은 확실히 얻을 수 있어. 나의 왕국 시오크를.'

"싫어."

지키멜은 자신이 무슨 말을 했다는 것을 느꼈다. 하지만 그것이 무슨 말인지 알 수 없었다. 추리의 재료를 찾기 위해 지키멜은 시오크를 돌아보았다. 그의 표정은 담담한 편에 가까웠지만 지키멜은 자신이 무슨 말을 했는지 알 수 있었다.

지키멜은 손을 들어 서쪽을 가리키려 했다. 규리하와 말리가 있는 곳. 하지만 어디가 서쪽인지 알 수 없었다. 지키멜의 손이 허공을 잠시 표류하다가 위쪽을 가리켰다.

"저기에 황제가 있어."

얼떨결에 말한 자신의 말을 이해하기에 앞서 지키멜은 그 방향이 정확하다는 사실에 충격을 받았다. 그녀는 흠칫하여 손을 끌어내리고 그 손을 바라보았다.

시오크가 말했다.

"그래. 거기에 황제가 있지."

지키멜이 시오크를 보았다.

"하늘에 있지."

시오크는 무릎 위에 놓은 두 손을 펼쳐 그것을 바라보았다. 그의 눈은 그곳에 있지 않은 날카로운 발톱, 피에 젖은 발톱을 찾고 있었다.

"사람은 잔인한 맹수야. 고통 끝에 그 단순한 사실을 알았어. 어떻게 표현하든 결국 사람은 생물이고, 그것은 돌이나 바람 같은 것을 먹을 수 없어. 똑같은 생물을 먹을 수밖에 없지. 위로는 다른 생물의 피를 마시고 아래로는 문화니 예술이니 도덕이니 하는 배설물을 내보내지. 배설물은 먹을 수 없어. 손에 그것을 묻혀 자랑스럽게 주위를 장식한다 해도 그건 먹을 수 없는 배설물이야."

헐떡거리며 사춘기의 비탈을 오르고 있는 어린애도 할 수 있는 말이지만 그 말을 하는 시오크의 목소리는 노인처럼 쇠약했다. 지키멜은 눈을 깜빡거렸다. 그는 창백한 얼굴로 계속 말했다.

"그리고 같은 노력으로 가장 많은 피를 얻을 수 있는 사냥감은 역시 같은 사람이지. 사람에 가장 많은 피가 축적되어 있으니까. 따라서 사람을 공격하는 것이 가장 효율적인 사냥이지. 칼로 공격하든 붓으로 공격하든 마찬가지야. 붓이 칼보다 강하다고 하니까 붓이 나을지도 모르겠군."

시오크의 목소리가 잦아들었다. 그는 오랫동안 달린 사람처럼 힘겹게 말했다.

"우리는 서로를 판단하려 애쓸 필요가 없어. 판단 기준은 하나뿐이었고, 하나뿐이며, 하나뿐일 테니까. 거대한 굶주림을 가지고 태어난 우리는 모든 것을 먹을 수 있느냐 없느냐로만 판단해. 우리 모두는 피를 마시는 새지. 그 고약한 냄새 때문에 아무도 가까이 가지 않는 새야. 제국은 강압적 방법이 아니고서는 성립할 수 없다고 생각하지? 맞아. 동감해. 서로가 서로에게 가까이 다가가지 않으니 합쳐질 수 없는 거지."

지키멜은 힘을 주어 속삭였다.

"나는 먹을 수 있어서 너를 사랑하는 것이 아니야."

시오크는 잠시 숨을 멈추었다. 문득 지키멜은 그의 입에서 단검이나 화살이 튀어나올 것 같은 두려움을 느꼈다. 그녀는 시오크의 말을 막아야 한다고 생각했다. 하지만 그때 시오크가 말했다.

"사랑은 당연히 못 먹지. 그건 배설물이니까. 배설물은 못 먹는다고 했잖아."

지키멜은 분노도 슬픔도 느끼지 않았다. 그녀는 좌절을 느꼈다. 그녀의 세 왕국 중 그녀가 살고 싶은 왕국이 처참하도록 황폐화되어 있었다. 그리고 그녀가 그 황량함을 치유할 수 없으리라는 예감은 지키멜에게 더 큰 좌절을 주었다.

시오크가 침을 뱉듯 말했다.

"판단을 맡기면 먹을 수 있느냐와 없느냐로 구분할 줄밖에 모르는 이 맹수에겐 목자가 필요해."

시오크가 팔을 가만히 둔 채 손목만 조금 들어 지키멜이 조금 전에 가리켰던 방향을 가리켰다.

"하늘에서 맹수들을 관리할 목자 말이야. 대단한 일이지. 세상에서 그런 일을 감히 시도할 수 있는 사람은 한 명뿐일 거야. 그리고 그 유일한 사람이 그 일을 하고 있어. 더 이상 바랄 것도 참견할 것도 없어."

지키멜은 자신이 시오크에게 나가라고 말했는지 의심스러웠다. 시오크가 마치 그런 말을 들은 것처럼 자연스럽게 일어났기 때문이다. 처연한 눈으로 바라보는 지키멜을 외면한 채 시오크가 말했다.

"자도록 해, 지키멜."

시오크가 객실 밖으로 나갔다. 그의 모습을 좇던 지키멜은 문이 닫히고 나서도 한참 동안 문 쪽을 바라보았다.

지키멜은 누웠다. 이불을 머리 위까지 끌어올리고 몸을 옆으로 오그렸다. 그리고 숨이 막히도록 울었다.

유료도로당주이자 황제에게 왕위를 받은 자가 말을 달려서 사흘이 채 안 걸리는 잔하일에 머무르고 있다는 사실은 만시지탄에 빠져 있던 세퀴라도의 자유무역당원들을 동요시켰다. 그것은 두 번째 후회였다. 그들은 자신들이 왜 조금 더 기다리지 못했나 후회했다. 하지만 그들의 기다림이 부족하다고 단정지어 말하기는 어렵다. 유료도로당에 호의적이고 자신들에게 비호의적인 황제가 실종되었을 때도 자유무역당은 곧바로 준동하는 대신 침착하게 사태 추이를 보며 기다리기로 했다. 새 발케네 공이 사라티본 부대를 이끌고 거칠 것 없는 기세로 남하했을 때도 그들은 자신들의 안위만 보살폈을 뿐 발케네 공에게 자신을 팔지 않았다. 결국 무적으로 보이던 발케네 공이 규리하 공의 기적 같은 능력 앞에 쫓겨났을 때 그들은 자신들의 자제력을 마음껏 자찬할 수 있었다. 그리고 그들의 인내력은 시모그라쥬 공이 남부의 제국군을 규합하여 북진을 시작했을 때도, 숙적이라 할 수 있는 유료도로당이 비나간 후와 결탁하는 모습을 보였을 때도 유감없이 발휘되었다. 모험에 가까운 일을 시도한 대장군이 안정적으로 제국군을 규합하기 시작했을 때 그들은 비로소 오랜 인내를 청산하고 규리하 공에게 손을 내밀었다. 유료도로당의 행보에 비하면 참으로 오래 기다렸다 할 수 있을 것이다. 엘시가 비나간의 지척까지 이른 시모그라쥬군을 거침없이 몰아 엔거까지 밀어붙였을 때 그들은 지극한 만족감을 느꼈다.

모든 사람들에게 그렇겠지만 치천제의 귀환은 자유무역당원들에겐 혼절할 만한 충격이었다. 자유무역당이 인내력 부족을 후회한 것은 그때가 처음이었다. 만약 끝까지 침묵했더라면 그들에 대한 치천제의 악감정을 조금이라도 약화시킬 수 있었을 것이다. 아니, 오히려 황제의 감정을 호감으로 바꿀 수 있었을지도 모른다. 팔 상대가 없어서 세상을 사지 않는다는 농담이 따라다니는 자유무역당의 막대한 재산을 어떤 야심가에게도 제공하지 않았다는 것은 치천제의 상찬을 받기에 충분한 일이니까. 몇 달만 더 기다렸다면 받을 수 있는 치하를 날려 버리고 대신 황제의 분노를 살 짓을 저질렀다는 것은 자유무역당원들을 한없이 침울하게 만들었다. 그들은 숨소리마저 죽인 채 황제의 분노를 기다렸다.

치천제가 엘시 에더리를 자신의 양자로, 비셀스 규리하를 며느릿감으로 선택했다고 공표했을 때 자유무역당원들은 믿을 수 없는 기분을 느꼈다. 완벽한 실수였다고 판단했던 투자가 기적적인 성공을 이룬 것이다. 그들이 선택한 투자 대상은 차기 황제 부부였다. 비셀스 규리하가 실종 상태라는 사실이 약간 부담스러웠지만 그들은 마음껏 기뻐 날뛰었다. 그리고 당주가 몇 번이나 바뀌는 고통을 겪은 끝에 파당 이야기까지 흘러나오는 지경이 된 유료도로당을 희롱했다.

"투자는 상인의 일이야! 너희들은 땅이나 팠어야지!"

자유무역당이 보기에 유료도로당이 황제 실종 후 할거하기 시작한 주요 세력들 중 가장 약하면서도 누구도 시도하지 못한 칭

왕을 감행할 정도로 어리석은 비나간 후와 결탁했다는 것은 확실한 비웃음거리였다. 망각은 이럴 경우 상당히 도움이 된다. 스스로도 자신들의 투자가 완벽한 실패라고 생각했던 것을 간단히 잊어버린 채 자유무역당은 투자 감각을 자랑했다.

그러나 그들은 아트밀이 허공을 달리는 순간까지만 기뻐할 수 있었다. 먼저의 좌절보다 더 큰 두 번째 좌절이 다가왔기 때문이다.

규리하 사람들도 그것을 불가사의로 여겼지만 자유무역당은 시어머니와 며느리의 상견례가 어떻게 사소한 말다툼도 아닌 전쟁으로 비화할 수 있는지 이해할 수 없었다. 그리고 황제의 공격을 격퇴한 규리하 공의 능력에 대한 보고는 그들을 완전한 혼란으로 몰아넣었다.

"꿈이라니? 꿈이 어쨌다는 거지?"

꿈은 그림이나 말로 표현하기 어려운 것처럼 글자로도 표현하기 어려웠다. 게다가 자유무역당 화법이라는 말이 있을 정도로 자유무역당원들은 수사학에 관심이 없다. 규리하 성의 '당원'이 보내온 건조한 보고문에서 그들은 혼란만 읽었다. 결국 그들은 두 번째 만시지탄에 빠지는 것보다 더 나은 반응을 떠올리지 못했다. 어차피 좌절하기에 충분한 상황이다. 아이저 규리하가 느닷없이 하늘치를 몰고 나타나 황제의 하늘치에 충돌을 감행했다느니, 엉뚱한 투자를 했던 유료도로당주가 큰 낭패를 겪기는커녕 왕위를 받았다느니, 남쪽의 엘시 에더리가 황제의 소환을 받고 북상을 시작했다느니 하는 소식 앞에서 그들은 상황을 통제할 수 있다는 자신감을 완전히 상실했다. 도시 전체가 자유무역당사나 다름없는 세퀴라도에서 시민들은 비탄에 빠졌다.

그런 상황에서 시오크의 잔하일 주재에 대한 소식이 전달된 것이다. 그들이 가장 먼저 느낀 것이 화풀이에 대한 욕구였다 해서 그들을 천박하다고만 말하기는 어려울 것이다. 도무지 이해할 수 없어서 억울함만 느껴지는 곤경의 끝에서 화풀이를 하지 않으면 미칠 것 같은 기분을 느끼는 것은 인지상정이라 할 수 있으니까. 게다가 상대방은 숙적인 유료도로당의 당주이자 투자를 실패하고도 왕위를 얻어 돌아온 자였다. 소식을 접한 자유무역당원들은 모두 약이 오를 대로 올랐다.

시오크 지울비의 목을 베어 황제에 대한 총력 투쟁의 신호로 삼자는 이야기가 공공연히 오갔다. 꼭 감상적인 반응이라고만 볼 수는 없다. 황제가 봉한 왕을 살해한다면 자유무역당을 짓누르고 있는 우울감을 단번에 날려 버리고 당을 결속시킬 수 있을 것이다. 배수진을 치는 셈이다. 마침내 그 이야기는 고위 당원들의 회의장에도 등장했다. 말을 꾸미지 않는 그들답게 상당히 직설적인 설명이 이루어졌다.

"배수진을 치는 효과만 있는 게 아닙니다. 유료도로당이 혼란에 빠진다면 황제의 전쟁 운영에 큰 타격을 줄 수 있을 겁니다."

"어떻게 말인가?"

"황제에겐 말리가 있지만 현재 규리하에는 소리가 있습니다. 두 하늘치의 힘이 상쇄된다고 보면 규리하를 점령하기 위해 황제에겐 지상군이 필요합니다. 이미 칼리도 백이 지러쿼터 산맥을 넘었지만, 만약 규리하 공이 칼리도 백을 물리치거나 지구전을 시도할 수 있을 정도만 버텨 준다면 황제에겐 더 많은 지상군이 필요할 겁니다. 그때 도로망이 전면적인 혼란 상태에 빠진다면 어떻게 되겠습니까?"

"규리하에 대한 제국군의 추가 투입이 어려워진다는 것이군요."

"하지만 비나간에 있는 사라티본 부대가 있어."

"그렇군요. 그들이라면 도로가 혼란에 빠졌다는 것에 구애되지 않고 규리하로 진격할 수 있겠지요. 발케네 공은 현재 황제에게 협조적이지요."

"어제의 적이 오늘의 아군이라는 말이 있긴 하지만, 이건 좀 심하군. 도대체 누가 누구의 편이고 누가 누구의 적인지 짐작할 수가 없어."

"황제가 사라진 동안 제멋대로 분탕질을 치고 다녔던 발케네 공과 유료도로당은 황제와 화해하고 아무 짓도 하지 않았던 규리하 공과 우리는 황제와 적대하게 되다니. 이거 원 어이없어서."

세퀴라도를 흠뻑 적시고 있던 우울감이 다시 되살아났다. 회의실은 다시 불평과 한탄, 좌절감으로 가득 찼다. 하지만 그마저도 오래가진 않았다. 불평도 활력이 있을 때 가능한 일이다. 결국 자유무역당원들은 거북한 고요 속에 각자 자신을 팽개쳤다.

그때 상석에 앉아 있던 지테를 시야니 당주가 오래간만에 몸을 움직였다.

손을 탁자 위에 올려놓는 간단한 동작이었지만 그 상황에서는 상당히 효과적이었다. 회의 참가자들의 주의가 모두 당주에게 집중되었다. 지테를은 나직하게 말했다.

"시오크 지울비는 내버려두도록 하지."

재빠른 사고 활동을 유도하는 단도직입적인 선언이었다. 당원들은 우울감에서 빠져나와 그 말에 대해 생각했다. 당주가 말했다.

"유료도로당이 혼란에 빠진다 해서 제국군의 발이 묶일지는 알 수 없다. 하지만 우리가 곤경에 빠지는 것은 명백하지. 우리 또한 그들의 도로를 이용하니까."

옳은 말이다. 하지만 자유무역당주가 유료도로의 가치를 인정한 것은 당원들에게 금기를 깨트린 듯한 충격을 선사했다.

"알 수 없다고 투덜거리는 것은 도움이 안 된다. 우리가 할 수 있는 일을 생각하도록 하자. 만약 이 시점에서 규리하 공에 대한 원조를 끊는다면⋯⋯ 그런 생각은 해 본 적도 없다는 표정은 짓지 말게. 당원도 아닌 외손녀의 안위와 당의 안위 사이에 놓을 저울은 내게 없다."

당원들은 좀 더 엄숙한 표정으로 당주의 말을 경청했다.

"손익을 생각하도록 하자. 만약 원조를 중단한다면 어떻게 해야 하지? 칼리도 백을 지원할까? 그가 차기 황제니까? 하지만 치천제는 며느리의 나라도 공격했다. 칼리도 백에게 지금껏 주어진 것들을 생각해 보면 그의 황위 계승이 낙관적이라 생각되지만 확정적이라 말할 수는 없다. 이 자리에서 여러 번 나온 말처럼 우리는 황제의 의중을 도무지 짐작할 수가 없으니까. 내일이나 모레쯤 차기 황제는 발케네 공이라고 황제가 말한다면 우리가 놀라야 할까? 내 생각엔 그렇지 않다."

동의의 한숨들이 탁자 주변에서 흘러나왔다. 지테를은 팔짱을 끼었다.

"그리고 칼리도 백에게 우리의 지원이 필요한가? 물론 규리하에 대한 지원을 끊는 것만으로 칼리도 백에겐 도움이 되겠지만 직접적인 지원과 간접적인 지원은 아무래도 차이가 있다. 칼리도 백이나 황제가 그 사실에 대해 얼마나 고마워할지 의문이다. 지금도 우리에게 규리하에 대한 지원을 중단하라는 요청이 없으니까."

고위 당원들은 지테를이 말하고자 하는 것이 무엇인지 깨달았다. 그리고 그 깨달음이 그들에게 압박감을 주었다. 지테를이 선언했다.

"비셀스 규리하와 아이저 규리하를 지원한다. 물론 비밀리에."

어떤 당원이 힘겹게 말했다.

"그들이 황제를 격퇴할 수 있다고 생각하십니까?"

지테를이 긴 한숨을 내쉬고는 눈 주위의 살을 조금 떨었다. 당원들은 침착해 보이는 당주가 깊은 피로감을 느끼고 있음을 알게 되었다. 지테를이 말했다.

"모르겠다. 비셀스가 가지고 있다는 그 꿈이라든지 하늘치라든지, 모두 객관적으로 생각하기 힘든 문제다. 아무것도 제대로 예상할 수가 없다. 따라서 그 지원금은 사태의 추이를 관람하기 위한 요금으로 생각하도록 하자. 계속 지원이 이루어졌을 경우 과연 어떤 일이 벌어질지…… 지금 규리하에 있는 사람을 초월한 듯한 그자들이 무슨 일을 할 수 있는지 궁금하다. 그것을 알아내는 것은 돈의 흐름을 조절하는 우리들의 의무인 것 같다."

달력을 보며 시대착오적인 느낌을 받는 지역들 중 하나인 규리하에서 1월은 봄의 시작이 아니다. 물론 제국 어느 곳에서나 그러하듯 규리하에서도 1월 1일이면 낮과 밤의 길이가 똑같아진다. 하지만 계절은 낮과 밤의 길이만으로 결정되는 것은 아니다. 자보로나 듀앙, 칼리도 등의 지역이 차례로 움트는 꽃 때문에 풍경이 매일 바뀌는 것 같은 기분을 느낄 무렵인 1월에도 규리하의 기온은 간혹 빙점 아래로 떨어진다. 하지만 빙점을 넘는 때가 더 많기에 눈과 얼음, 고드름 등은 어느새 사라지고 그 대신 봄바람이 그 자리를 채운다. 당연하지만 이 봄바람은 보다 따스한 지역에서 부는 봄바람과 의미가 다르다. 예를 들어 올렌 사람이 규리하의 봄바람을 정확히 느끼려면 머릿속에서 겨울바람이라고 바꿔 이해하는 재주를 부려야 한다.

비셀스 규리하는 그런 규리하의 봄바람에 적절히 대처할 수 있는 두툼한 옷을 입은 채 규리하 성의 본관 계단 아래에 서 있었다. 그녀는 아버지를 만나러 갈 참이었고 그 자리에 오직 한 사람만 대동하기로 결정했다. 지금 그녀는 그 수행인을 기다리고 있었다. 많은 사람들이 어울리지 않는다는 기분을 느꼈지만 정우는 자신의 수행인을 기다리는 것에 대해 아무렇지도 않게 생각하는 듯했다. 기다리는 시간을 어떻게든 유용하게 쓰고 싶어하는 관료들이 그녀의 곁으로 다가와 짤막한 귀엣말들을 건네었기 때문에 정우는 지루함을 느낄 필요도 없었다.

아트밀의 방 창가에서 사라말 아이솔은 그 관료들이 무슨 말을 건네고 있을지 생각해 보았다.

어쩌면 그 말들은 그저 초조함과 혼란의 표현에 불과할지도 모른다. 아니, 확실히 그럴 것이다. 규리하의 관료들은 자신의 입장 변화에 혼란스러워 하고 있었다. 떨어지는 빗방울 아래에선 신분의 구분이 무의미하다. 고귀한 자에게 떨어지는 빗방울이 더 깨끗하거나 더 따스하지는 않는 법이다. 정우가 노출시킨 꿈과 말리와 소리의 충돌도 마찬가지다. 그것들은 세계 인식 자체를 바꿔 버릴 수 있는 사건들이었으므로 그 앞에서는 평소 남보다

민활하다고 자부하는 자와 둔하다는 평가를 듣는 자는 하나의 부류, 즉 자연적인 자들로 묶일 수밖에 없었다. 다른 이들보다 명백히 우수한 점을 지녔기에 그런 지위를 얻은 관료들의 정신은 초자연의 폭우 앞에서 다른 이와 똑같이 흠뻑 젖어 초라한 꼴이 되어 있었다.

 그럴 경우 자주 일어나는 일이 지난 한 달여 기간 동안 일어났다. 관료들은 눈코 뜰 새 없이 바쁜 척하며 자신들이 월등한 통찰력으로 상황을 인식하고 있으며 그들만이 할 수 있는 적절한 조치들을 취하고 있다는 환상을 가지려 애썼다. 물론 진정 남다른 통찰력을 가진 자들에게 그 상황은 동정심을 자극하는 것이었다. 병무대부 오니샤 퓨덴은 규리하군에게 촉발 경계 태세를 명령했다. 그들이 하늘치를 격추시키거나 그에 준하는 타격을 황제 측에 입힐 수 없다는 점을 제외한다면 무향의 군인들다운 퍽이나 훌륭한 자세였다. 또한 군수물자들의 면밀한 재고 파악과 징발이 이루어졌다. 하지만 그 군수물자들이 정확히 어떤 용도로 쓰여야 할 것인가? 그들이 모아들인 막대한 밧줄로 어쩌면 하늘치를 낚을 그물을 짜거나 전투병들에게 자살용 올가미를 공급할 수 있을지도 모른다. 하늘치를 끌어당길 권양기는 없다거나 모든 이들의 머리 위에 항상 적당한 들보가 있는 것은 아니라는 사소한 문제점만 제외한다면 그것도 괜찮은 사용법일 것이다. 어쨌거나 오니샤 대부는 끝없이 전쟁 관련 명령들을 생각해 냈고 할 일이 없다는 느낌을 싫어하는 점에서 상관과 마찬가지인 오니샤의 참모진은 거기에 자신의 발상을 덧붙였다. 덕분에 규리하군은 꽤나 분주한 시간을 보낼 수 있었다. 그들이 만들어 낸 환상이 대단히 훌륭했기에 오니샤 퓨덴이 당당하게 싸울 것인지 말 것인지 물었을 때 아무도 그에게 황제와 싸울 능력이 없다는 것을 지적하지 못할 지경이었다.

그리고 변경백의 외교 담당자들은 군대의 질문에 대답할 능력이 없었다. 그들은 지러쿼터 산맥 방면으로 물러난 황제보다 갑자기 나타난 아이저 규리하에 더 집중하고 있었다. 깜짝 놀랄 방법으로 잃어버린 왕국에 돌아온 옛 지배자는 규리하의 현 지배자를 어떻게 다루어야 할지 몰라 당황하고 있었다.

정우가 하늘치를 다루어 발케네군을 격퇴했기에 아이저 또한 하늘치를 손에 넣었다. 마침내 규리하를 지킬 수 있는 능력의 측면에서 딸과 대등한 입장이 되었다고 생각했지만 아이저는 딸의 무기가 그것만은 아님을 알았다. '꿈이라고?' 어처구니없는 기분 속에서 아이저는 즈믄누리로 가서 남는 꿈이 없냐고 물어봐야 하나 생각했다. 하지만 황제의 하늘치 말리는 지러쿼터 산맥을 넘지 않았고 따라서 여전히 규리하 위에 있었다. 그 사실 때문만은 아니겠지만 아이저는 그것을 규리하에 남는 이유로 선택했다.

문득 사라말은 아이저 규리하가 어떤 기분을 느낄지 궁금해졌다. 알려진 사실에 따르면 소리는 아이저의 하늘치라고 할 수 없다. 그것은 이이타 규리하가 연인의 이름을 붙인 그의 하늘치다. 비록 이이타가 아이저에게 공손한 태도를 유지하고 있는 것 같지만 만약 소유권 분쟁이 일어난다면, 그리고 그 때문에 전문가의 자문을 요구받는다면 율형부사는 고민 없이 이이타의 소유권을 인정해 줄 것이다. '하늘치가 그 사실에 반대하지 않는 한'이라는 단서를 붙이긴 하겠지만.

따라서 규리하를 보호할 실질적인 힘은 아이저가 아닌 그의 딸과 아들에게 있는 것이다. 사라말은 아이저 규리하가 그 사실을 어떻게 이해하고 있을지 궁금했다. 소리의 위에 오르는 것이 허락된 정우의 사절들은 자신을 맞이한 자들의 주체가 이이타가 아닌 아이저였다고 보고했다. 그리고 이이타가 그 사실에 못마땅해하는 기색은 없었다고도 말했다. 아이저가 아들에게 지위를 넘겨주어 딸과 대립하게 할 생각은 없는 모양이다. 아이저는 정식 계승 절차를 거치지 않은 딸이 규리하를 지배하고 있다는 사실에 짤막하게 불평했지만 그 상황이 어떻게 바뀌어야 하는지에 대해서는 말하지 않았다. 대신 아이저는 생필품들을 요구했다. 정우는 그것을 내주었고 아이저는 규리하 성의 상공에서 내려오지 않았다. 수직적인 높이 차는 꽤 있지만 수평적으로 볼 때 그들은 한 지점에 있는 셈이다. 실로 얄궂은 상황이다.

그 상황은 타개되어야 했고, 결국 아이저는 딸과 만나고 싶다는 제안을 보냈다. 한 명의 보호자만 대동하고 소리 위에 올라오라는 아이저의 요구는 정우의 조신들에게 냉담한 반응을 받았다. 하지만 정우는 그 요구를 받아들였다.

"탈해와 틸러가 하늘누리 주변의 하늘에서 저를 잡으려 애썼지만 실패했던 것을 떠올려 보세요. 저는 안전해요."

조신들은 도깨비 무사장을 데리고 간다는 조건으로 납득하겠다고 말했고 정우는 주저하다가 그 조건을 받아들였다. 사라말은 자신과 정우의 비밀을 생각하며 귓불을 만지작거렸다. 조신들은 세상에서 가장 강력한 경호원이 정우를 따라간다고 생각하고 있겠지만, 탈해는 연초에 불을 붙일 정도의 열기도 만들 수 없다. 사라말은 냉정하게 생각했다. 만약 정우가 소리 위에서 살해당한다면 탈해는, 설령 함께 살해당하더라도 어르신이 되어 자신의 목격담을 전할 수 있을 것이다. 사라말은 탈해에게 그 정도의 기대만 걸고 있었다.

그래서 탈해의 모습을 보았을 때도 사라말은 놀라기보다는 혀를 차고 싶은 기분을 느꼈다.

예의 바른 옷차림을 하고 나타난 탈해에게 파격이라 할 수 있는 부분은 하나뿐이었다. 그런데 그 파격이 예사롭지 않았다. 탈해는 허리에 장검을 차고 있었다.

사라말은 불을 못 쓰니 쓸 줄 모르는 칼이라도 차고 가야겠다고 결정한 탈해를 동정했다. 문맹자가 손에 책을 들고 있는 광경이나 마찬가지다. 무사장의 비밀을 알지 못하는 사람들은 그 모습에 꽤나 놀라고 당황한 것 같았다. 사라말은 정우의 반응을 살폈다. 정우는 다가오는 탈해의 허리를 유심히 바라보다가 곧 아무것도 보지 못했다는 얼굴을 했다. 그녀는 탈해에게 몇 마디 잡담을 건네고 대기하고 있던 딱정벌레 번뜩이를 가리켰다. 탈해가 번뜩이에 오르자 정우는 곧 하늘로 조용히 솟아올랐다. 그녀의 뒤를 따라 번뜩이도 날아올랐다.

번뜩이의 요란한 날개 소리가 울려 퍼졌다. 그러자 사라말의 등 뒤에서 무슨 소리가 들렸다. 사라말은 몸을 돌렸다.

방바닥엔 건초가 깔려 있고 그 위에 모포가 놓여 있었다. 아트밀이 그곳에 누워 있었다. 사라말은 그에게 다가갔다.

누워 있는 레콘의 모습은 장대한 폐허 같았다.

천신만고 끝에 아트밀을 벤 나가는 퍽이나 당혹스러운 느낌을 받았을 것이다. 사이커를 휘감는 깃털들을 뚫고 들어가 돌덩이 같은 근육을 찌르는 것은 어떤 느낌일까? 사람을 찌르는 느낌이 있을까? 사라말은 에스커 헬토의 명에 따라 연쇄 살인자 파델 미호린의 목을 베었을 때를 떠올렸다. 단 한 번의 일격으로 끝내기 위해 사라말은 몇 시간 동안이나 칼날을 갈고 동작을 연습하며 파델을 기다렸고 그 노고는 보답을 받았다. 사라말은 인간의 목을 베는 짓을 한 번만 경험할 수 있었다. 그러나 나가들이 느껴야 했던 감각은 전혀 다른 것이었으리라.

아트밀이 입은 험악한 상처는 그 생경한 느낌 때문이었을 것이다. 아트밀의 철극에 몸 어딘가가 파괴되기 전까지 나가들은 사람을 찌른다는 느낌 없이 두 번째, 세 번째 공격을 가했다. 칼로 얼어붙은 고기를 두드려 팬 요리사가 남겨 둔 것 같은 너덜너덜한 상처들. 흉측하다.

그러나 익히 알려져 있듯 거주자에게 성심껏 보호받는 건물들보다 시간의 폭력에 홀로 맞서온 폐허가 때론 더 큰 박력으로 관찰자를 압도한다. 아트밀의 상처는 결코 가볍지 않았지만 그 상처들 때문에 아트밀의 본질이 심대한 타격을 입은 것 같지는 않다. 사라말이 이미 고찰했듯 아트밀은 다른 이유로 죽어 가고 있었다.

사라말은 아트밀의 곁에 섰다. 아트밀이 천장을 물끄러미 바라보다가 말했다.

"사라말, 내 감각은 날카롭고 내 근육은 튼튼하다. 하지만 내 정신은 지저분한 것들로 가득 찬 구정물 같다."

아트밀이 언급한 물의 비유에 사라말은 흠칫했다. 최악의 혐오를 드러내기 위해 물을 언급한 거라고 해석할 수도 있겠지만 그것은 편향된 해석이다. 사라말은 생명에의 의지를 잃었기에 생명의 짝패인 죽음에 대해서도 무덤덤해진 자와 같다고 생각했다.

"나는 죽는다. 그 사실엔 화가 나지 않아. 하지만 이런 상태로 죽는 건 싫다. 아트밀인지 아닌지 모를 상태로 죽는 건 정말 화가 나."

아트밀의 몸이 서서히 부풀어 올랐다가 다시 가라앉았다.

"죽음이 내게 어떻게 살았냐고 물을 때 내가 뭐라고 대답해야 하지?"

사라말은 방 한쪽 벽에 기대어 세워 놓은 철극을 바라보았다. 당신의 인생은 저기에 있다. 그러나 사라말은 아트밀이 그것을 거기에 세워 놓은 후 한번도 건드리지 않았다는 것을 떠올리곤 입을 다물었다. 사라말의 시선을 본 아트밀이 말했다.

"납병도 할 수 없어."

아트밀의 은원을 지우는 것은 아트밀의 권리다. 사라말의 앞에 누워 있는 레콘은 자신이 아트밀이 아니라면 아트밀의 은원을 건드릴 자격이 없다고 생각하고 있었다. 아트밀은 맥이 풀린 어조로 말했다.

"네가 있으니 계속 넋두리만 하게 되는군. 거기 왜 있는 거야? 꺼져, 사라말."

"아트밀, 당신은 제 친구입니다."

아트밀은 가느다란 눈으로 사라말을 노려보았다.

"친구라고?"

"그렇습니다."

"어떻게? 나는 억압되어 있었던 거야. 너를 도와주라고. 그래서 바다 위를 달리는 미친 짓도 한 거지. 나는 너 같은 인간 녀석에겐 관심이 없어."

"아트밀, 저는……."

아트밀의 손이 갑자기 화살처럼 날아왔다. 아트밀은 누운 채서 있던 사라말의 목을 부여잡았다. 그 무서운 힘에 사라말은 숨이 턱 막혔다. 아트밀의 활활 타오르는 눈빛이 그의 얼굴을 지졌다.

"너는 오래전부터 그걸 알고 있었어!"

사라말은 눈도 감을 수 없었다. 아트밀은 팔을 전율시켰다.

"수상하다고 생각하곤 그 개울에서 시험해 봤던 거지? 그러곤 내가 훈련 잘된 개새끼나 다름없다는 것을 확인했어. 머릿속에 그런 명령이 들어 있으니까! 너는 마음대로 나를 이용했어. 너는…… 이게 뭐야!"

아트밀이 비명을 지른 순간 사라말은 호흡에 아무 문제가 없다는 것을 깨달았다. 피부에 닿는 아트밀의 손아귀에서는 그의 목뼈를 으스러뜨릴 수 있는 강력한 힘이 느껴졌지만 그것은 안으로 죄어들지 않았다. 아트밀의 손은 그저 커다란 목걸이인 양 사라말의 목에 닿아 있을 뿐이었다. 아트밀이 분노와 공포의 눈으로 바라보는 그의 손을 사라말 또한 비슷한 눈으로 바라보았다.

'나를 공격할 수 없어.'

"너를 공격할 수 없어."

'나를 보호해야 하니까.'

"너를 보호해야 하니까…… 제기랄!"

아트밀은 사라말의 목을 놓고 바닥을 후려쳤다. 아트밀의 주먹 아래 포석이 부서졌다. 규리하 성의 무거운 돌들이 진동했다. 포석 하나를 박살내 놓은 아트밀은 옆으로 홱 돌아누워서 머리를 감싸 쥔 채 온몸을 떨었다. 가슴을 향한 그의 부리에서 툭툭 끊어지는 파열음이 들려왔다.

사라말은 아트밀의 넓은 등을 바라보았다. 등 뒤에서 공격한 나가들이 남겨 놓은 상처들에서 흘러나온 피가 깃털에 말라붙어 있었다. 조금 전까지 아트밀의 등이 닿아 있던 모포에도 검붉은 핏자국이 가득했다. 무거운 그의 몸이 오랫동안 눌렀기 때문에 모포는 우묵하게 눌린 모습 그대로였다.

사라말의 입에서 갑작스럽게 말이 흘러나왔다.

"스쉬옴 뉘노리 가탄 생."

사라말이 한 말은 아라짓 어다. 아라짓 제국에서 쓰이는 말이라는 뜻은 아니다. 온 세상에 말은 한 가지뿐이고 시련의 나가들도 제국의 신민들과 같은 말을 쓴다. 하나뿐인 대상에 고유명사를 붙일 필요는 없기 때문에 해가 해이듯 말은 그냥 말이다. 고유명사인 아라짓 어는 고아라짓 왕국에서 쓰였던 옛날 말을 의미한다. 아트밀은 그 말에 아무 반응도 보이지 않았다.

사라말은 허리를 굽혔다. 부서진 포석 조각들로 손을 뻗어 밤톨보다 조금 더 큰 조각을 집어 들었다. 똑바로 선 사라말은 그 돌을 움켜쥐었다.

"저는 용을 기다리다 친구를 놓쳤습니다."

머리를 감싸 쥔 아트밀은 미동도 하지 않았다.

"당신은 제 친구입니다. 당신을 위해 제 용을 죽이겠습니다."

형언하기 힘든 굉음이 울려 퍼졌다. 아트밀은 뜻밖의 소리에 놀랐다. 무엇인가가 후드득 떨어지는 소리가 나더니 발소리가 났다. 곧 사라말이 문을 열고 밖으로 나가는 소리가 들렸다. 아트밀은 몸을 돌렸다.

조금 전 사라말이 서 있던 바닥을 본 아트밀은 잘 이해되지 않는 것을 발견했다. 그곳에는 새빨간 가루 같은 것이 떨어져 있었다. 자세히 보니 그것은 피에 젖은 모래였다. 하지만 왜 모래가 그곳에 있는지 아트밀은 이해할 수 없었다.

소리를 향해 솟아오른 정우는 땅에 내리는 찌르레기처럼 하늘치 위에 내려섰다. 하늘치 어디쯤에 아버지의 일행이 있는지 알아보기 위한 동작이었고, 그 때문에 소리의 등에 내려선 후에는 약간의 어지러움을 느꼈다. 정우는 눈을 꼭 감은 채 어지러움이 사라지길 기다렸다.

딱정벌레의 소리가 들려왔다. 정우는 재빨리 머리를 감싸 쥐었지만 딱정벌레는 꽤 먼 곳에 착륙했다. 눈을 뜬 정우는 먼 곳에 착륙한 탈해를 보았다. 번뜩이 위에서 내려온 탈해는 그녀에게 똑바로 다가왔다. 정우는 '봤어?' 하는 눈으로 탈해를 봤고 탈해는 고개를 끄덕였다. 그들은 동시에 방향을 바꿔 걸어갔고 잠시 후에야 어깨를 나란히하게 되었다. 번뜩이는 그들의 뒤를 따라 엉금엉금 걸었다.

그들의 앞쪽에 있던 구릉 너머에서 빠른 발소리가 들려왔다. 멈칫한 탈해는 서툰 동작으로 허리에 손을 가져갔다. 정우는 재빨리 그의 팔을 붙잡고 고개를 가로저었다. 탈해는 구릉과 정우를 번갈아 바라보다가 칼자루를 쥐고 있던 손을 놓았다. 그때 구릉 위편에 고함이 들려왔다.

"거기 서! 제이어!"

탈해는 다시 불안을 느꼈다. 정우는 그를 가로막듯 앞으로 나섰다. 잠시 후 언덕 위에 회색빛으로 보이는 옷차림의 인간이 나타났다. 정우와 탈해를 본 그 인간은 뒤를 향해 쉰 목소리로 외쳤다.

"여기 있습니다, 공자님!"

"그래, 알았어! 거기 서 있어!"

정우가 확인하듯 말했다.

"시카트의 목소리야."

시카트 규리하가 나타나 회색 옷의 남자 옆에 섰다. 그리고 아이저 규리하와 이이타 규리하, 그 밖에 여러 사람이 제이어의 뒤를 따라 구릉에 올랐다. 무지막지한 크기의 검은 레콘을 보고 불안감을 느낀 탈해는 아이저 규리하에게 그 레콘을 제외한 다른 누구와 함께 내려오라고 말하려 했다. 하지만 그때 정우가 구릉 위로 태연히 걸어 올라갔다.

탈해는 깜짝 놀라 정우를 붙잡으려 했다. 그러나 몇 걸음 올라가던 정우는 그대로 스르르 날아올랐다. 탈해는 황급히 달렸다. 구릉을 따라 부는 바람처럼 솟아오른 정우는 아이저 앞쪽에 조용히 내려섰다. 아이저의 곁에 있던 사람들이 그 움직임에 신음이나 감탄을 흘렸다. 숨을 약간 헐떡거리는 탈해가 도착하자 정우는 그에게 미안하다는 표정을 짓고 아버지에게 말했다.

"좋은 꿈 꾸셨어요, 아버지? 2년 만에 뵙는군요."

엄밀하게는 2년이 못 되는 기간이다. 두 사람이 소발굽 바위에서 기묘한 방식으로 헤어진 것은 31년 겨울이었고 지금은 33년 봄이니까. 정우는 두 동생들에게도 인사했다.

"좋은 꿈 꿨니, 이이타, 시카트?"

이이타는 무표정하게 고개를 꾸벅했고 시카트는 얼굴을 살짝 찌푸려 보였다. 아이저의 주위에 있는 자들 중 모르는 얼굴도 있다는 것을 깨달은 정우는 계속 말했다.

"저는 정우, 아, 킴 이름으로는 비셀스 규리하고 이 도깨비는 즈믄누리의 무사장 탈해 머리돌이에요. 모두 좋은 꿈 꾸셨어요?"

정우가 그들 모두를 대화의 장으로 끌어들이자 자신이 대화할 거라 믿고 있던 아이저와 옆에서 듣기만 할 거라 생각했던 다른 자들도 약간씩 당황했다. 어떤 이는 정우의 인사를 무시했고 어떤 이는 무의식중에 화답의 미소를 지었다. 이이타의 곁에 서 있는 여자 또한 그런 미소를 지은 사람이었다. 정우는 그 여자가 이이타의 연인이라는 소리 로베자일 거라 추측했다. 엄한 얼굴을 하고 있는 커다랗고 검은 레콘은 지멘일 테고 그 곁에 있는 외눈 여자는 아실일 것이다. 회색 옷의 남자를 본 정우는 그 옷이 때를 타서 그렇게 된 것일 뿐 원래는 흰색이라는 것을 깨닫고 그 남자가 제이어 솔한일 거라 짐작했다. 그때 아이저가 말했다.

"규리하의 말을 들었느냐?"

소발굽 바위에 있었던 정우와 시카트를 제외한 사람들은 아이저의 말을 이해할 수 없었다. 그들이 각자의 의문으로 아이저를 바라보는 것을 본 정우는 설명하듯 말했다.

"아뇨, 아버지. 규리하가 제게 목숨을 내놓으라고 말하는 것은 듣지 못했어요."

"하지만 너는 한 사람의 도움도 없이 혼자서 규리하를 지켰다. 발케네군을 쫓아낸 것도 너고 황제의 공격을 막은 것도 너였다."

"그 일을 한 것은 하늘치와 꿈이었어요, 제가 아니라."

"네가 다룰 수 있는 것은 네 것이지."

정우는 아이저의 말을 부정하듯 고개를 가로저었지만 말로 부정하지는 않았다. 아이저가 계속 말했다.

"규리하의 말을 듣지 못했다면 왜 그렇게 규리하를 지켰지?"

"그만두십시오, 각하."

자르듯 말한 사람은 제이어였다. 그가 투덜거렸다.

"규리하가 각하께 와서 나를 가지라는 말을 했습니까?"

아이저는 입술을 빨아들인 채 제이어를 노려보았다. 제이어는 파리를 쫓는 듯한 동작으로 손을 휘저었다.

"따님을 유도심문하지 마세요. 각하께 무슨 부끄러움이 있는지 궁금한 사람 아무도 없습니다. 그리고 누가 잘했나, 누가 잘못했나 따질 때도 아닙니다."

"내게 무슨 부끄러움이 있다는 거냐?"

"죽이려 했던 딸에게 규리하를 지켜 줘서 고맙다고 말하는 게 어려운 것 아닙니까. 그래서 따님이 규리하에 대한 책임감 때문에 그런 거라는 말씀을 하게 유도하시는 것이고요. 보고 있으면 재미있겠지만 지금은 재미를 따질 때가 아닙니다. 저를 보세요."

제이어는 정우를 향해 빙글 돌았다.

"각하, 아스캄에서 각하를 쏜 것은 저였습니다. 죄송합니다."

탈해는 경악하여 제이어를 바라보다가 다시 서툰 동작으로 허리에 손을 가져갔다. 도깨비에겐 어울리지 않는 착용물에 주의하던 무향인들은 탈해의 느린 동작을 보고는 그것을 장신구의 수준으로 격하시켰다. 정우가 다시 탈해의 손을 부여잡아 그를 만류하고 제이어를 바라보았다.

"그 사과는 받지 않겠어요. 미안해서 하는 사과가 아니라 일을 빨리빨리 진행시키려고 하는 사과니까. 하지만 그 때문에 늑장 부리지도 않겠어요."

제이어는 킥 웃듯이, 하지만 소리는 내지 않고 웃었다.

"감사합니다, 각하. 이건 진짜 감사입니다. 사실 늑장 부릴 시간이 없습니다. 우리는 신을 죽여야 하거든요."

정우는 어리둥절하여 말했다.

"신은 스스로 죽으시는데 왜 우리가?"

"예? 아, 자신을 죽이는 신을 말씀하시는 것이군요. 도깨비,

예, 도깨비들의 신을 말하는 것이 아닙니다. 제가 말하는 것은 인조신입니다."

"인...... 조...... 신이오?"

"그렇습니다. 공전절후의 천재가 무한한 가변성을 허용받은 용근을 재료 삼아 감히 만들어 낸 신이지요."

아이저는 제이어가 왜 화려하게 말하는지 알 것 같았다. 탈해와 정우를 가리켜 두 명의 도깨비라고 말할 수는 없다. 하지만 두 사람은 이야기에 대한 도깨비의 열광을 똑같이 보이며 제이어의 말에 집중했다.

정우가 솟아올라 소리의 등 위로 사라지는 것을 본 사람들은 재빨리 주위로 흩어졌다. 결코 그런 일이 일어나기를 바라는 사람은 없지만 만약 소리의 위쪽에서 정우의 시체가 떨어진다면 그들은 즉각 보복 공격을 가할 생각이었다. 하지만 하늘에 떠 있는 하늘치를 향해 어떤 공격을 가해야 할지 알고 있는 사람은 아무도 없었다. 그래서 규리하의 병사들은 지상을 통해 이루어지는 일반적인 공격에 대비하는 형태로 흩어졌다.

그들 중 어떤 이는 신뢰감 있는 눈으로 북쪽 주랑 위에 서 있는 단구의 무사를 바라보았다. 판사이 남작 발리츠 굴도하는 다른 이보다 훨씬 선명한 계획을 가지고 있었다. 최악의 경우 그는 말리를 향해 뛰어올랐던 것처럼 소리를 향해 뛰어오를 생각이었다. 미미한 차이나마 소리와 더 가까운 주랑 위에 서 있는 것도 그 때문이었다.

하지만 정우가 날아오르는 모습을 관찰한 지금 발리츠는 자신의 도움이 필요 없을지도 모르겠다고 생각하며 흉벽에 몸을 기댔다. 그가 본 정우의 비행은 날개를 가진 새를 능가한다 표현해도 무방한 수준이었다. 그녀가 하늘치 위에서 위험에 빠질 일은 없을 듯하다. 발리츠는 장창 또한 흉벽에 기대 세워 놓고 소리를 물끄러미 바라보았다.

"그래요, 각하. 안심하셔도 되겠군요."

금슬 좋은 부부는 나가가 아니라도 니름이 가능한지 모른다. 발리츠는 빙긋 웃으며 돌아보았다. 주랑 저편에서 아이넬 굴도하 남작 부인이 그를 향해 걸어오고 있었다. 남작의 자세를 본 순간 그의 마음을 읽은 그녀는 덧붙여 말했다.

"독수리라도 정우를 붙잡을 수 있을 것 같지는 않군요."

남작 부인은 남작의 곁에 서서 흉벽에 등을 기댔다. 멀리서 본다면 어머니와 아들쯤으로 보일 테고 실제로 하늘을 경계하던 병사들 중 일부가 그들의 모습을 보고 미소 짓는 일도 있었지만 양주는 그런 것에 신경 쓰지 않았다. 여름 저녁 툇마루에 앉아 마당을 뛰어다니는 병아리들을 보는 노부부와 규리하 성의 흉벽에 기대어 하늘치를 올려다보는 남작 부부의 모습은 크게 다른 것 같지 않았다.

남작 부인이 말했다.

"오라버니가 정우와 무슨 이야기를 나눌까요?"

"글쎄요. 처남이 규리하 탈환을 시도하려면 말리를 들이받은 직후에 그렇게 했어야지요. 압도적인 무력 시위니까요. 하지만 그렇게 하지 않았습니다. 소리를 방문했던 자들이 받은 인상도 그렇고 여러 가지 정황으로 보아 그 공격은 우발적으로 일어난 것 같습니다. 처남은 하늘치만 가지고 황제에 대항할 수는 없다고 생각했겠지요. 지상의 도움이 필요합니다. 따라서 부녀지간에 극적인 화해가 이루어질 공산은 있다고 생각합니다. 진심 어린 화해는 아니더라도 전략적인 화해는 충분히 가능하지요. 처조카에게도 저런 도움은 필요할 테니까요."

"둘이 화해한다면 황제에 맞서 이길 수 있을까요?"

"모르겠습니다. 나는 요즘 지러쿼터 산맥을 기준으로 세상이 둘로 나뉜 것 같다는 생각을 하곤 합니다. 지러쿼터 산맥 동쪽은 상식이 통하며 예측이 가능한 세상이지만 그 서쪽은 전혀 그렇지 않은 것 같습니다. 이쪽 동네에선 잘 통하지 않는 상식을 억지로 적용해 본다면 승산이 높지는 않습니다. 대장군이 민들레 여단과 함께 지러쿼터 산맥을 넘어왔다고 하니까요."

남작부인은 시무룩하게 말했다.

"칼리도 백은 무적이지요."

"상식의 세계에서는 그랬지요."

"칼리도 백이라면 비상식도 이길 거예요, 각하."

발리츠는 고개를 숙였다. 그는 주랑 바닥을 보며 중얼거렸다.

"그래도 어쩔 도리가 없지요. 우리는 칼리도 백과 싸워야 합니다. 황제와 싸워야 합니다. 말리를 향해 뛰어올랐을 때 내가 갈 길은 이미 결정되었습니다, 부인."

아이넬은 급히 숨을 들이쉬었다. 조금 후 그녀는 눈물이 그렁해진 눈으로 남편을 바라보았다. 아이넬은 아무 소리도 내지 않았지만 니름의 작용이라고밖에 설명할 수 없는 이유로 아래를 보던 발리츠는 아내의 눈물을 깨달았다. 그는 황급히 고개를 들어 아이넬을 올려다보았다. 아이넬이 목이 메어 말했다.

"저와 결혼하는 게 아니었어요, 각하."

발리츠는 아이넬의 눈물이 떨어지는 순간 세상이 파괴될 거라 믿는 사람처럼 당황하여 말했다.

"부인, 부인, 왜 그런 말을 합니까."

"판사이의 통일에 도움이 되기는커녕 각하를 사지로 끌고 왔어요."

"부인, 그러지 마요."

발리츠는 황급히 손을 뻗어 아내의 눈물을 닦았다. 발돋움을 해야 할 정도는 아니었지만 팔은 꽤 들어야 했다. 아내의 눈물을 정성껏 훔쳐 낸 발리츠는 그녀의 손을 부여잡았다. 아이넬의 눈에는 다시 눈물이 고이고 있었다. 벌어진 발리츠의 입에서 뜨거운 한숨이 흘러나왔다. 그는 떨리는 목소리로 시를 읊조렸다.

"사랑스러운 나의 아내여……."

아이넬은 갑자기 다리가 없어진 사람처럼 힘없이 주저앉았다. 그리고 폭소를 터뜨렸다.

"하하하하!"

발리츠는 얼빠진 얼굴로 아내를 바라보았다. 아이넬은 자제력을 완전히 잃은 사람처럼 눈물을 줄줄 흘리며 웃었다. 발리츠는 얼굴을 찡그리며 아내를 바라보았다.

"부인, 내가 시를 낭송하는 것이 그렇게 웃깁니까?"

"시!"

아이넬은 단말마처럼 외치고 다시 웃었다. 그녀는 질식할 것처럼 보였다. 눈살을 찌푸린 채 아내를 바라보던 발리츠는 못 말리겠다는 듯이 피식 웃었다. 조금 후 가까스로 진정한 아이넬이 흥건한 눈물을 닦으며 말했다.

"다시 해 보세요, 각하."

"싫소."

"오, 제발. 해 보세요. 이런. 다른 여자들이라면 정말 좋아할 텐데 나는 왜 이렇게 웃기지? 아냐. 이 말 못 들은 걸로 해요. 각하, 정말 고마워요. 들을게요. 낭송하세요. 그 시, 시, 컥, 시, 피힙! 아, 이런. 왜 이러지? 그러니까 시를, 풋! 푸픕!"

터져 나오려는 웃음을 참느라 얼굴이 새빨개진 아이넬을 보며 발리츠는 잔뜩 골이 났다.

"무슨 말을 하려는지 알았으니 하지 마요, 부인. 그리고 낭송은 안 합니다."

아이넬은 크게 심호흡을 하고 바닥을 짚고 일어섰다. 똑바로 선 남작 부인은 우람한 팔을 들어 올렸다. 그녀는 한쪽 눈을 찡긋 하고는 턱으로 자신의 가슴을 가리켰다. 그녀를 물끄러미 바라보던 남작은 포기하듯 몸을 앞으로 기울였다. 아이넬은 발리츠를 꼭 껴안았다.

"정말 고마워요. 각하에겐 진짜 어울리지 않아서 웃겼지만. 어떻게 그런 생각을 하셨지요?"

"부인 잘못입니다. 내 앞에서 그렇게 우는 것도 정말 부인답지 않다고 생각되지 않습니까?"

"아, 이런. 제 잘못이네요."

아이넬은 큰 손으로 남작의 등을 부드럽게 쓸어내렸다. 발리츠는 오싹해질 만큼 기분 좋은 손길이라고 생각했다. 아이넬이 유쾌하지만 약간 서러움도 묻어나는 목소리로 말했다.

"우리, 어렵겠지요?"

"같이 있으니까, 상관없어요."

"큰 말에 올라타 장창을 휘두르셔야 하는데. 일개 창병처럼 이렇게 땅에 서 있으시면 안 되는데."

발리츠는 그가 말하지도 않은 아쉬움을 아내가 정확히 집어낸 것에 놀라지 않았다. 그들 사이에서 그것은 놀랄 일이 아니다.

정우와 함께 황제에 맞서 싸워야 한다는 것은 이미 반론의 여지가 없다. 발리츠의 말처럼 허공에서 나가들과 싸웠을 때 그의 미래는 결정된 것이다. 그것이 판사이 통일에 아무 도움도 되지 않지만, 심지어 판사이를 잃거나 목숨까지 잃을지 모르는 위험한 길이지만 발리츠는 후회와 원망을 버리기로 했다. 억울할 것이 없다고 생각했기 때문은 아니다. 후회나 원망은 아무 도움이 안 되기 때문이다. 남작은 그럴 시간에 황제에 맞설 방도나 강구하는 편이 훨씬 낫다고 생각했다.

하지만 말을 탈 수 없다는 것은 여전히 가슴 아픈 일이었다. 세상의 그 어떤 말도 환상 계단을 만들어 낼 수 없다. 발리츠는 지상에서 싸우면 된다는 생각은 하지 않았다. 엘시가 이끌고 온 지상군은 민들레 여단의 레콘이었고 발리츠는 레콘을 상대로는 어떤 말에 타더라도 싸울 생각이 없었다. 서로 합의한 것은 아니었지만 발리츠는 자신의 상대가 나가 병사라고 은연중에 믿고 있었다. 그렇다면 대결은 지난번과 마찬가지로 허공에서 이루어질 것이고 그곳은 말들이 갈 수 없는 장소다. 두 다리를 이용해서 싸운다면, 남작의 짧은 다리는 확실히 약점이다.

남작은 불평을 그만두기로 했다. 역시 도움이 안 되는 것이기 때문이다. 환상 계단을 만들 수도 없었다면 그에게 허락된 전장은 하나도 없었을 것이다. 다행히 그는 환상 계단을 만들 수 있으니 두 다리로 서서 싸워야 한다 해도 나가들과 싸울 수는 있다. 발리츠는 아내를 안심시키기로 했다.

"환상 계단을 만들 수는 있지요."

발리츠를 안고 있던 아이넬의 몸이 움찔했다. 남편에게서 몸을 떼고 그녀는 놀란 얼굴로 그를 바라보았다.

"그것이 가능하다고 생각하세요?"

"예? 어, 가능하지 않습니까?"

아이넬의 얼굴이 허예졌다. 발리츠는 이유는 모르지만 아내가 졸도할지도 모르겠다고 생각했다. 그러나 아이넬은 졸도하는 대신 발리츠의 두 팔을 꽉 붙잡았다.

"정말요?"

아내를 대단히 사랑하는 발리츠는 아내가 어떻게 된 것인가 생각하기에 앞서 자신이 뭘 잘못 알고 있나 의심했다. 하지만 그가 환상 계단을 만들 수 있다는 것은 도무지 의심할 수 없는 사실이었다. 발리츠는 조심스럽게 말했다.

"정말이지요."

"대단하세요! 각하!"

아이넬은 남편을 와락 끌어안았다. 그녀는 허리를 폈고 그러자 발리츠의 두 발이 당장 땅에서 떨어졌다. 아이넬은 남편을 든 채 빙글빙글 돌았다. 발리츠는 기겁하여 외쳤다.

"다, 당장 그만두세요! 부인!"

아이넬은 남편을 내려놓았다.

"아, 죄송해요. 각하. 창피하셨지요?"

"창피? 아니요. 여긴 높은 곳이란 말입니다. 위험했어요."

그 대답에 아이넬은 다시 남편을 들어 빙글빙글 돌고 싶은 충동을 느꼈다. 아이넬은 자신을 자제하고 발리츠의 두 손을 붙잡는 걸로 만족하기로 했다. 그녀는 떨리는 목소리로 말했다.

"정말 대단하세요, 각하."

발리츠는 도대체 왜 자신이 이런 칭찬을 들어야 하는지 알 수 있으면 정말 좋겠다고 생각하며 아내의 정신 상태를 슬픔 속에서 의심했다. 아이넬은 그가 칭찬을 들어야 하는 이유를 설명해 주었다. 안타깝게도 설명이 끝나자 발리츠의 슬픔은 더욱 커졌다.

엘시 에더리는 말리의 나루터에 서서 지평선까지 펼쳐져 있는 규리하의 땅을 바라보았다.

전통적인 봄의 흔적은 아직 보이지 않았지만 흰빛 일색이었던 풍경은 이제 좀 다채로운 색깔로 변해 있었다. 검은색과 누런색, 회색, 그리고 다갈색과 암초록 등의 빛깔들이 겨울의 백색이 남겨 준 영토를 놓고 다투고 있었다.

엘시는 몸을 돌렸다. 그곳에는 파리한 안색의 인간 한 명이 꼿꼿하게 서 있었다. 엘시는 그에게 주머니 하나를 건넸다.

"험악한 여행이 될 테니까, 지울비 당주."

게라임 지울비는 그것을 받아 들었다. 게라임은 그것이 엘시가 개인적으로 주는 여비임을 알 수 있었다. 황제가 게라임을 대하는 태도는 귀찮으니까 버리고 가는 것에 가까웠다. 돈주머니를 갈무리한 게라임이 말했다.

"곧 규리하 성 공격이 시작될 모양이군요."

엘시는 아무 대답도 하지 않았다. 게라임 지울비 또한 대답을 기다리지 않았던 것처럼 계속 말했다.

"광기라고 생각되지 않으십니까?"

"떠나게, 당주."

게라임은 무거운 표정으로 엘시를 보았다.
"제가 아들을 어떻게 대해야 합니까? 뭔가 협박이나 조건 같은 것이 있어야 할 것 같은데요. 폐하는 제 아들을 왕위에 올리셨습니다. 제가 그것을 납득해야 한다거나, 납득할 수 없다면 조용히 숨죽이고 지내야 한다는 명령이 있어야 할 것 같은데요."
"폐하께서는 아무 말씀도 하지 않으셨다."
'버리고 가는 거야.' 게라임은 씩 웃었다. 어쩌면 대장군이 그를 배웅한 것조차도 엘시가 개인적으로 결정한 일일지 모른다. 아니, 그럴 확률이 높다. 황제는 '그 녀석은 필요 없으니까 버려라.' 정도로 말했을 것이다. 만물이 존재하는 이유는 자신의 명령을 기다리거나 수행하기 위해서라고 믿는 사람처럼.
게라임은 자신의 가설을 확인하지 않았다. 그는 입을 다문 채 환상 계단을 만들었다. 조금 후 당주는 아래로 내려갔다.
엘시는 나루터에서 그 모습을 바라보았다. 빛이 적은 저물 녘이었다. 게라임은 곧 검은 점이 되었다. 엘시는 땅을 바라보았다. 거리가 꽤 멀었지만 민들레 여단의 레콘들이 앉아 있거나 오락가락하는 모습을 확인할 수 있었다. 인간 병사들의 모습까지 확인하기는 어려웠다.
엘시는 허리를 숙였다. 그때 저편에서 비명이 들려왔다.
엘시는 비명이 들린 쪽을 돌아보았다. 이레 달비가 공포에 질린 표정으로 달려오고 있었다. 백작은 주위에 어떤 위험이 있나 살펴보았지만 그런 것은 보이지 않았다. 그는 의아한 표정으로 몸종의 도착을 기다렸고 충성스러운 몸종이 그의 어깨를 확 움켜쥐었을 때 조금 놀랐다. 이레는 자신의 옷으로 불장난을 하고 있는 아이를 본 어머니처럼 두려움과 분노에 빠져 외쳤다.

"위험합니다, 가주님!"

"위험하다고?"

"어쩌려고 이 끄트머리까지…… 갑자기 바람이 불면 어떡합니까?"

엘시는 이레의 걱정을 이해했다. 그는 이레의 손을 밀어내고 묵묵히 몸을 돌려 나루터 밖으로 걸어갔다. 기절할 뻔했던 이레는 엘시가 나루터 바깥의 허공에 서 있는 모습을 보고는 자신의 멍청함을 탓하기 시작했다.

이레가 조심스럽게 질문했다.

"계속 환상 계단 위에 서 계셨던 겁니까?"

"이런 위치라면 그것이 안전하지."

엘시는 다시 나루터 쪽으로 걸어왔다. 이레의 앞에 선 엘시는 무슨 일이냐는 얼굴로 몸종을 바라보았다.

"폐하께서 부르셨습니다."

황제의 방에는 여전히 온기가 없었다. 황제는 흑사자 모피를 몸에 두른 채 방 가운데 서서 엘시가 들어오는 모습을 바라보았다. 엘시가 멈춰 서서 경례하자 황제는 대답하듯 말했다.

"규리하로 진격해라."

황제가 불렀다는 말을 들었을 때부터 그런 말을 들으리라 예상했기에 엘시는 그 단도직입적인 명령에 놀라지 않았다. 하지만 엘시는 명령을 수행하러 나가지도 않았다. 그는 꿈쩍도 하지 않은 채 말했다.

"폐하, 왜 규리하를 공격해야 합니까?"

엘시의 말은 납득할 수 있는 이유를 요청하는 것이었다. 황제는 엘시의 뜻을 이해했다. 하지만 황제는 규리하가 제국에 끼치는 폐단에 대해서도, 황제를 공격한 딸과 아버지의 무도함에 대해서도, 일만육천 년 간 이어질 위대한 제국의 초석에 대해서도 말하지 않았다. 황제의 대답은 짧았다.

"짐이 명령하니까."

엘시는 목례하고 밖으로 나갔다.

대략 반 시간 후, 가시나무 군단 31중대원들을 한 명씩 등에 태운 민들레 여단이 서쪽을 향해 달리기 시작했다. 그리고 그들의 뒤를 따라 하늘치 말리가 서서히 움직였다. 아무도 특별한 의미를 두지 않았지만, 낙조를 향해 달리는 동반자는 하나 더 있었다. 말리보다 더 높은 곳에서 태양이 그들을 뒤따르고 있었다. 그리고 그들의 앞쪽에 있는 낙조의 땅에서는 겨울이 되살아나고 있었다. 비나간에서 겨울은 더 이상 부활할 수 없게 되었지만 이곳은 규리하였다.

그들은 겨울을 향해 달렸다.

바람 막는 것 없는 밋밋한 하늘치의 등 위에서 제이어 솔한은 열정적으로 말했다.

"모든 것이 뒤틀린 것은 대호왕이 한계선을 넘어 북부로 왔을 때였습니다. 사건을 정확하게 말해 줄 수 있는 관계자들이 사망하거나 함구하고 있기 때문에 정확하게는 알 수 없지만 아마도 제신이 대호왕과 함께 나가들을 징벌하러 남쪽으로 내려갔을 때, 남쪽으로 내려갔기 때문에 문제가 발생한 것 같습니다."

제이어 솔한은 몸을 돌려 아스라이 보이는 유적들을 가리켰다.

"모든 하늘치의 등에 있는 저 유적에 대해서는 다들 잘 아시겠지요? 티나한으로 하여금 올라가 만져 보고 싶다는 충동을 느끼게 했고 결국 하늘치 발굴대를 조직하게 한 유적 말입니다. 저것은 누가 남겨 둔 것이겠습니까? 네 선민 종족 중 누구도 저것을 건설했다는 기록을 가지고 있지 않았습니다. 건설하기는커녕 티나한의 하늘치 발굴대가 최초로 하늘치에 오르기 전까지는 아무도 하늘치의 등에 올라와 보지도 못했습니다. 그렇다면 저 유적은 누가 남겨 둔 것이겠습니까? 선민 종족은 넷이 아닙니다. 원래 다섯이었습니다. 우리가 더 이상 알지 못하는 첫 번째 종족이 있었습니다. 증거가 불충분한 이야기에 따르면 두억시니는 그 첫 번째 종족의 후예라고 알려져 있습니다."

제이어의 말을 듣는 사람들은 취향에 따라 앉거나 서서 제이어를 바라보고 있었다. 시카트는 눈을 동그랗게 떴다.

"두억시니가?"

"어디까지나 불확실한 이야기입니다. 첫 번째 선민 종족에 대한 증거는 하늘치와 하늘치 유적으로 충분합니다. 그들은 이제 더 이상 지상을 거닐지 않지만 다른 네 형제, 그러니까 인간과 레콘, 도깨비, 나가에게 어떤 약속을 남겨 두었습니다. 그 약속이 무엇인지 정확히 알 수 없지만 그때가 오면 하늘치는 네 선민 종족의 부름을 받고 지상으로 내려가게 되어 있었습니다. 그런데 나가를 징벌하기 위해 화신들이 하텐그라쥬로 달려간 사이에 하늘치 발굴대가 하늘치를 오르고 말았습니다. 그렇게 되자 다른 동물들도 하늘치에 오를 수 있게 되었습니다. 그 전까지 그것은 엄중히 금지되어 있었습니다. 무사장!"

탈해는 기겁하여 제이어를 바라보았다. 제이어는 무사장을 향해 한 발을 성큼 내밀며 말했다.

"티나한의 하늘치 발굴대가 하늘치에 오르기 전까지 딱정벌레들은 하늘치의 등에 내려서지 않으려 했습니다. 맞습니까?"

"아, 예. 맞습니다. 딱정벌레가 하늘치에 다가가는 것을 싫어했지요. 아무리 다그쳐도 말을 듣지 않았습니다. 그래서 티나한의 발굴대는 딱정벌레 없이 하늘치에 오르는 방법을 연구해야 했습니다."

"딱정벌레만이 아닙니다. 잘 알려진 사실은 아니지만 용들도 하늘치에 다가가지 못했습니다. 뇌룡공 륜 페이는 아스화리탈을 타고 하늘을 날 수 있었지만 그가 용을 타고 하늘치에 올랐다는 이야기는 없습니다. 아마도 다른 생물이 사람을 태우고 하늘치에 오르는 것을 막기 위해 그런 접근이 금지되어 있었을 겁니다. 하지만 발굴 대원들과 오레놀 선사가 하늘치에 오른 이후로는 딱정벌레들도 하늘치의 등에 내려설 수 있게 되었습니다. 물론 용도 마찬가지지요."

제이어는 감정을 고조시키며 외쳤다.

"하지만 티나한의 발굴대에 의해 약속이 뒤틀렸습니다! 우리가 하늘치에 올랐지만 하늘치는 자신이 내려가지 않았기 때문에 약속이 아직 이루어지지 않았다고 믿고 있습니다. 그리고 그리미 마케로우라는 희대의 천재가 나타났습니다. 선황에게 무엇이 주어졌는지 보십시오. 천재의 지능, 때가 이른데도 주어진 환상 유적, 용의 포자가 있었습니다. 아스화리탈이 뿌린 포자였지요."

이이타가 눈을 찌푸렸다.

"용근에는 잘 알려진 용도가 있는데. 용인이 되는 것."

"용인이 되면 초인적인 예민함을 얻습니다만 그것은 사실 대단히 위험한 일입니다. 자기 감정도 통제하기 힘든 판국에 타인의 감정까지 받아들여야 되니까요. 그래서 원시제께서는 용인이 되지 않으셨습니다. 용인이 되는 것 말고도 용근에는 놀라운 특징이 있습니다. 기르는 자에 따라 한계 지을 수 없을 만큼 다양한 모습의 용으로 자라난다는 것 말입니다. 그래서 원시제께서는 용을 재료 삼아 사람을 보살피는 신을 만들기로 결정하셨습니다. 그것이 바로 이라세오날, 라세, 치천제입니다."

그 사실을 처음 들은 사람들은 당연히 놀랐고 그 사실을 이미 들었던 자들도 호흡을 억누르는 거센 충격에 헐떡였다. 제이어 솔한은 충혈된 눈으로 사람들을 잡아먹을 듯이 노려보았다.

"왜 그런 것을 만들었는지 아십니까? 내버려두면 서로 끊임없이 죽여 댈 우리를 보호하기 위해서입니다. 우리를 오해했다고 말할 수는 없지요. 어디서든 볼 수 있습니다. 남편과 아내가 싸우는 모습, 형과 아우가 다투는 모습…… 아버지와 딸이 목숨을 노리는 모습을."

제이어는 동작을 숨기려는 노력 없이 아이저와 정우를 번갈아 바라보았다. 말과 표정으로 저지를 수 있는 폭력으로는 대단히 높은 수준에 해당했다. 정우는 검지를 자물쇠처럼 구부려 입술을 눌렀고 아이저는 창백한 얼굴로 제이어를 바라보았다. 그의 얼굴에 피어오르는 노기를 무시한 채 제이어가 말했다.

"그 꼴을 두고 볼 수 없어서 원시제께서는 우리에게 엄한 사육가를 주겠다고 결정하셨습니다. 엄중히 장악한 채 잘한 행동에 보상을 주고 잘못한 행동에 벌을 주면서 우리 품종을 개량하는 겁니다. 충실하고 애정과 인내심이 넘치며 쾌활하면서도 순종적인 후손을 얻으려는 거지요. 낯선 이야기는 아니지요? 우리가 이미 늑대에게 했던 일이니까요."

정신없이 제이어의 말을 듣던 소리가 입을 열어 자그마하게 말했다. "개." 이이타는 몸을 움찔하고 팔을 뻗어 소리의 어깨를 부여잡았다. 소리는 그곳이 세상에서 가장 적합한 자리인 것처럼 이이타의 가슴에 머리를 기댄 채 넋을 잃은 얼굴로 제이어를 바라보았다. 제이어가 냉소했다.

"맞아, 소리. 늑대를 개로 만드는 거지. 그런데 육종가는 육종 대상보다 오래 살아야 하거든? 일이 년 내에 쑥쑥 자라서 그 성질을 확인할 수 있는 짐승들과 사람은 다르지. 사람은 너무 느리게 자라. 그러니 라세는 일만육천 년 동안의 육종이라는 대담하기 짝이 없는 모험을 시도하는 거야."

제이어는 심장을 적출한 나가들과 냉동 장치, 그리고 징검다리를 건너듯 자신에게 잠깐잠깐 생존을 허락하며 일만육천 년 동안 살아갈 아라짓 전사에 대해 설명했다. 그 설명은 정우를 숨막히게 했고 탈해를 졸도할 지경으로 만들었다.

설명을 끝낸 제이어는 늘어뜨린 손을 움켜쥐었다. 탁한 목소리가 흘러나왔다.

"나는 숨이 막힙니다."

움켜쥔 주먹이 위로 떠올랐다. 제이어는 자신의 두 주먹을 바라보며 말했다.

"모든 생물이 범할 수 있는 최후의 퇴폐는 현실로부터 박리되는 것입니다. 흐림 없는 눈으로 현실을 바라보고 탐욕스러운 손을 뻗어 현실을 움켜쥐는 대신 그 어떤 이유를 대어서든 뒤로 한 발짝 물러날 때, 아름다운 것이든 추한 것이든 선한 것이든 악한 것이든 이유를 대어 현실을 외면할 때 생명은 죽음보다 참혹한 타락으로 침몰합니다. 치천제가 우리와 우리의 수십 대 후손들에게까지 요구하는 것은 바로 그런 삶입니다. 우리의 후손과 현실 사이에 언제나 이라세오날이라는 질기고 불투명한 막이 끼어들 테니까요."

제이어는 두 주먹을 그대로 앞으로 뻗어 사람들을 겨냥했다.

"결코, 결코 그런 일을 묵과해서는 안 됩니다. 우리가 서로를 찔러 죽이다 멸망한다면 그러라지요! 자기를 통제할 줄 모르고 현실을 통제할 줄 몰라서 멸종한 생물의 무덤에 나는 어떤 조의도 바치지 않을 겁니다. 하지만 그것이 어떤 생물이건 현실에 접촉할 기회마저 박탈당한다면 나는 그것을 반드시 구출할 겁니다. 하물며 그것이 우리의 후손이라면 그들을 구출하는 것은 우리의 의무이기까지 합니다! 우리의 후손들을 위해 라세를 죽여야 합니다!"

그곳에 있던 사람들 대부분이 다음 순간 아무도 입을 열지 못할 거라고 생각했다. 어떤 말도 불편한 것이 되는 시점이 있는데 제이어의 말이 끝난 순간이 바로 그러했다. 그랬기에 사람들은 제이어의 것이 아닌 목소리가 들려오자 깜짝 놀랐다.

"반짝거려 보세요, 제이어."

부드러운 말투였지만 사람들은 소름이 돋는 것을 느꼈다. 제이어와 다른 이들의 시선이 합류된 곳에서는 아실이 조그마한 바위처럼 앉아 있었다. 그 곁에는 지멘이 망치 자루에 두 손을 얹은 채 역시 그녀를 내려다보고 있었다.

주목 속에서 아실이 일어섰다. 아실은 양쪽 팔꿈치를 붙잡은 채 제이어를 바라보았다.

"흩어져 보세요. 흘러 보세요. 녹아 보세요. 줄어들어 보세요. 쪼개져 보세요. 납작해져 보세요. 끓어 보세요."

정우가 입을 움찔거렸다. '우슬라 사르마크'라고 말하는 것 같지만 목소리가 흘러나오지는 않았다. 제이어는 눈빛으로 상대를 화형시킬 듯이 아실을 노려보았다.

"무슨 말을 하고 싶은 거지, 아실?"

"짐작한다면 말씀해 보세요, 제이어."

"아무래도 너는 현실을 인식한다 하더라도 우리가 할 수 있는 일은 대단히 제한적이라는 것을 말하고 싶은 모양이군."

아실은 긍정도 부정도 없이 계속 말하라는 표정만 지었다. 제이어는 집게손가락으로 아실을 가리켰다.

"하지만 사르마크 부인은 현실을 통제할 수 없다는 뜻으로 그런 말을 한 것이 아니다. 무엇인가를 함으로써 자신을 증명할 수 있다고 믿는 어린 손자에게 모든 개체는 가능과 불가능의 종합이며 무엇인가를 할 수 없다는 것, 하지 않는다는 것도 자신을 구성하는 중요한 요소라는 것을 가르쳐 주기 위해 그렇게 말한 거지. 뭐든 다할 수 있다면 그건 아무것도 아니야. 제한성이나 불가능성은 가능성만큼이나 중요한 개별성의 요소야."

"고마워요, 제이어. 제가 하고 싶은 말을 해 주시는군요."

제이어의 사나운 눈초리 때문에 지멘은 아실을 보호하려는 동작을 취했다. 그는 깃털을 조금 부풀리고 부리를 조금 들어 올렸다. 단순하고 작은 동작이지만 그 동작을 끝내자 지멘의 모습은 훨씬 위압감 있는 모습으로 바뀌었다. 대부분의 사람들이 지멘과 아실에게서 거리를 두고 싶은 충동을 느꼈다.

"말씀하신 것처럼 모든 개체는 가능과 불가능의 종합이에요. 무엇인가를 해내는 것만으로 자신을 증명할 수는 없어요."

제이어를 바라보는 아실의 하나뿐인 눈은 진한 동정심으로 가득했다.

"바꿔 말한다면, 뭔가를 부정하는 것만으로 자신을 증명할 수도 없어요."

아실은 앞으로 걸어갈 듯 움직였지만 그녀가 선택한 최종 방향은 지멘이었다. 아실은 지멘의 다리에 몸을 붙이며 중얼거리듯 말했다.

"자신의 순수를 지키기 위해 먹기를 중단한 슬픈 짐승은 굶어 죽고 말겠지요."

제이어가 깊은 곳에서부터 울리는 목소리로 말했다.

"부정이라니?"

"당신은 이라세오날이라는 현실을 부정하고 있잖아요. 왜 그러는지도 모르면서."

"어처구니없는 소리를 하는군. 내가 지금까지 한 것이 뭐였는데? 귀를 막고 있었나? 왜 그녀를 제거해야 하는지 설명했잖아!"

"미안하지만 지적해야겠군요."

아실은 눈을 내리깔았다.

"화려한 말, 감정을 자극하는 말들은 많았어요. 그건 인정해요. 하지만 내용은 없었어요. 죽은 기사들을 조문해야 하는 이유도 모르지만 그런 척하려고 입는 당신의 하얀 옷과 마찬가지예요. 제이어, 당신은 황제의 계획에 반대해야 하는 이유를 몰라요."

민들레 여단과 가시나무 군단 31중대, 그리고 하늘치 말리는 지러쿼터 산맥에서 흘러 내려와 후사린 강의 지류가 되는 문 강 중류에서 밤을 보내기로 했다. 식수가 필요하다는 점 때문에 히도큰 하장군은 그 야영지를 반대하지 않았지만 대신 여단을 강이 보이지도 않는 위치로 이동시켰다. 하지만 31중대의 중대원들은 그럴 필요가 없었다. 강변 가까운 곳에 자리 잡은 그들은 쑤시는 팔다리의 통증을 잊기 위해 물소리에 귀를 기울였다. 지러쿼터 산맥에서 흘러 내려온 눈 녹은 차가운 강물이 쾌활한 소리를 내며 흘렀다.

레콘의 등에 얹혀 이동하는 중대원들의 고통을 알기에 쟈마 데시마스 수교위는 초병을 세우지 않기로 결정했다. 적지 한복판을 이동 중인 병력에겐 있을 수 없는 일이지만 아무도 수교위에게 항의하지 않았고 데시마스 수교위도 자신이 엄청난 파격을 저지르고 있다고 생각하지는 않았다. 야습의 가능성은 전무하다고 할 수 있다. 똑같은 레콘 병력을 가지고 있지 않는 이상 레콘 여단에 맞서 유격전이나 회전을 시도할 만큼 멍청한 장수는 규리하군에 없을 테니 규리하군이 선택할 수 있는 길은 농성뿐이다. 시허릭 마지오 상장군도 수교위의 결정을 받아들였다.

따라서 312소대장 틸러 달비 부위가 잠들지 않은 것은 야간 경계의 의무 때문은 아니다.

틸러는 강변의 커다란 바위에 앉아 검은 강물을 내려다보고 있었다. 1월이지만 규리하의 밤은 겨울이었고 틸러는 가끔 손바닥 안에 입김을 불어넣어야 했다.

군인의 지상 과제는 명령이다. 전투 준비를 갖춰 규리하로 이동하라는 명령을, 틸러는 전투 준비를 갖춰 규리하로 이동하라는 명령으로만 해석했을 뿐 그것이 무엇을 의미하는지 생각하지 않았다. 도무지 정신을 유지하기 어려운 론솔피의 등은 사고 행위를 주저 없이 포기하기에 적합한 장소였다. 하지만 틸러가 하고 있는 일의 의미를 파악하는 것은 대단한 군사적 지식이나 탁월한 사고력이 없어도 가능한 일이다. 규리하 시가 점점 가까이 다가오면서 틸러는 자기 기만이 불가능하다는 것을 인정할 수밖에 없었다. 문 강의 물결 위에서 보름달이 표류하는 것을 보며 틸러는 코를 한 번 들이마신 다음 자신의 태도를 규정했다.

'나는 규리하 공 아가씨와 싸우러 가고 있어.'

대단한 충격이나 감정적 동요 같은 것은 없었다. 그동안 심상화하지 않았을 뿐 악타그라쥬를 떠날 무렵부터 알고 있었던 사실이었다. 틸러는 차가운 콧방울과 콧등을 만지작거렸다.

제국 정치의 오묘함에 대해 틸러는 환상적인 느낌을 가지고 있었다. 물론 틸러는 자신에게 충성하겠다고 고집 부리는 변경백을 때려잡은 황제에 대해 놀라워할 정도로 정치 문외한은 아니었다. 그는 그 사실을 합리적으로 설명할 수도 있고 이미 한 번 정우를 대상으로 그렇게 했다.

'제가 사람으로 대접해 줄 테니 만족하면 좋겠군요.'

하지만 설명할 수 있다는 것과 그것을 인정한다는 것은 별개의 문제였다. 제국의 권력자들 사이에서 벌어지는 직접적 또는 간접적 갈등과 분쟁을 보며 틸러는 '이해는 되지만 나라면 다른 방도를 찾아볼 텐데.'라는 느낌을 받을 때가 많았다. 물론 틸러에게 의향을 물어본 사람은 아무도 없었고 틸러도 그들에게 조언할 생각은 없었다. 자신과 무관한 것이라고 생각했기에 틸러는 제국 정치에 대해 머리로는 이해하고 가슴으로는 생경함에 놀라워하는 이중적인 태도를 유지할 수 있었다.

'뭘 하고 계시죠, 여러분.'

귀뿌리가 조금 아팠다. 틸러는 어깨에 두르고 있던 모포를 머리 위까지 끌어올렸다. 그러면서 그가 아직 파악하지는 못했지만 황제가 정우를 공격하는 것에도 합리적으로 설명할 수 있는 이유가 있을 거라고 생각했다. 그리고 그 이유가 가슴으로는 받아들이고 싶지 않은 것일 거라고도 생각했다.

'틸러, 저도 죽는 건 싫어요.'

그와 정우가 처음 만났을 때와 같다. 틸러는 시카트가 자기 누나를 죽이려 한 것을 이해했고 인정하지는 않았다. 지금의 상황도 다를 것이 없었다. 틸러는 황제가 정우를 공격하는 것을 이해할 수 있을 것이고 인정할 수는 없을 것이다. 어차피 인정할 수 없는 이유일 테니 굳이 알고 싶지 않다. 틸러는 그렇게 생각하며 모포 자락을 턱 아래에서 여몄다.

'믿고 싶어요.'

모포를 흐트러뜨리지 않기 위해 조심스럽게 손을 내렸을 때 틸러는 단단한 막대기가 가슴을 누르는 것을 느꼈다. 틸러는 손바닥으로 그것을 눌러 보다가 한숨을 내쉬었다.

틸러는 머리와 어깨를 뒤로 젖혔다. 모포가 그의 등 뒤로 주르륵 흘러내렸다. 차가운 밤공기가 옷깃 사이로 파고드는 것을 느끼며 틸러는 품속에 손을 집어넣었다.

비녀는 그의 체온으로 미지근했다. 틸러는 그것의 양끝을 붙잡고 물끄러미 바라보았다.

갑자기 눈물이 흘러나왔다.

틸러는 눈을 감았고 조금 후에는 이를 악문 채 얼굴 전체를 일그러뜨렸다. 볼은 한껏 치켜 올라갔고 미간 아래엔 굵은 주름이 여러 개 생겼다. 틸러는 소리 없이 울었다.

'오니.'

황제는 돌아왔지만 하늘누리는 돌아오지 않았다. 그리고 하늘누리의 시민들 또한 많은 수가 사라졌다. 그런 미귀환자 중에는 하늘누리 수도국원이자 틸러의 고향 친구인 오니 보 또한 포함되어 있었다.

하늘누리가 폭주했고, 야심가들이 발호했고, 틸러는 제국군을 규합한다는 엄청난 모험에 나선 엘시를 따라다니느라 분주했다. 전 세계를 돌아다니는 여정이었다고 할 수 있다. 그리고 그 여정은 숨쉴 새도 없이 시모그라쥬군과의 전투로 이어졌다. 어쩌면 전설이 될 수도 있었을 그 여정은 엔거 평원에서 일어난 이상한 종말 때문에 아마 전설의 자격을 잃었을 것이다. 황제의 귀환이 더 극적인 전설 감이니까. 그런 바람을 가졌던 적이 없기에 틸러는 전설의 일부가 되지 못해 섭섭하지는 않았다. 틸러는 아무 불만 없이 남부의 질서를 재건하기 위한 엘시의 다음 여정을 따라갔다. 규리하를 떠난 이래 그의 나날은 눈, 코, 입을 흘렸다 해도 이상할 것이 없을 정도로 분주하게 흘러갔고 제국을 종단하는 최근의 여정은 자칫하면 영을 흘릴 만한 것이었다. 그리고 그는 규리하로, 떠났던 곳으로 질풍처럼 돌아왔다.

'오니.'

오니는 죽었을 것이다. 그렇지 않으면 오래전에 나타났을 테니까. 하늘누리와 함께 사라진 많은 것들처럼 틸러의 친구 오니 또한 세상에 더 이상 자기 그림자나 발자국을 남길 수 없고 다만 추억 속에서만 그럴 수 있게 된 것이다. 틸러는 추억 속에서 오니를 불렀다. 그러자 오니가 말했다.

'너 그 아가씨 지켜야 되냐?'

'아니. 그러기는커녕 지금 싸우러 가고 있어. 웃기는 일이지.'

'너 그 아가씨 지켜야 되냐?'

틸러는 신음했다. 추억 속의 인물은 새로운 말을 할 수 없다. 그는 무릎을 세워 거기에 얼굴을 파묻고 목멘 소리를 냈다.

"거기 누군가?"

틸러는 고개를 들었다. 소리가 들려온 곳에는 청회색 달빛 속에 한 사람이 서 있었다. 멍한 기분 속에서 틸러는 오늘 밤의 군호가 무엇인지 생각해 보았지만 떠오르지 않았다. 초병을 세우지 않았기에 군호도 정하지 않았다는 것을 틸러가 떠올린 것은 그 사람이 바위 위로 올라와서 대장군 엘시 에더리가 된 후의 일이었다.

"틸러 달비 부위인가?"

틸러는 일어나서 경례했다. 엘시가 말했다.

"무슨 안 좋은 일이라도 있나?"

"하늘누리와 함께 사라진 친구를 생각하고 있었습니다, 대장군님."

엘시는 틸러를 지그시 바라보다가 고개를 끄덕였다. 얼떨결에 대답하긴 했지만 그 때문에 당황하여 틸러는 머뭇거리며 말했다.

"그런데 뭣 때문에 주무시지 않고⋯⋯."

"잠이 오지 않더군. 앉게, 달비 부위."

두 사람은 바위 위에 앉았다. 감정적으로 혼란스러웠던 틸러는 안절부절못하다가 갑자기 생각난 듯 자신의 모포를 들어 대장군에게 내밀었다. 엘시는 그것을 사양했다. 침묵. 강물이 두 사람을 흘깃거리며 흘러갔고 보름달 아래로는 북쪽으로 돌아오는 철새의 그림자가 얼비쳤다. 엘시는 병사들의 사기를 점검하려는 장수처럼 말했다.

"부하들은 어떤가?"

"이동하는 방식이 편안하다고 하기는 어려워서 최적의 상태는 아닙니다."

"그건 나도 짐작할 수 있는 일이군. 몸 말고 그 안에 들어 있는 것은?"

틸러는 고민에 빠졌다.

"규리하 공이 왜 아버지와 손잡고 황제 폐하를 적대하게 된 것인지 모르겠다고 생각하는 것 같습니다. 이상한 일입니다."

그것이 공식적인 전쟁 이유다. 규리하 공 비셀스 규리하가 아버지에게 부화뇌동하여 규리하를 방문한 황제를 죽이려 했다는 것. 엘시는 틸러가 자신과 마찬가지로 그 이유를 믿지 않는다는 것을 깨달았다. 그와 틸러가 알고 있는 정우에 대해 고려하지 않더라도 그것은 말이 안 되는 이야기다. 황제가 그녀를 차기 황제의 아내로 지명했는데 정우가 왜 황제를 공격한단 말인가? '시집가기 싫어서'라고 대답하면 어울릴 듯한 멍청한 질문이다. 많은 전쟁이 그러하듯 이 전쟁에는 알려지지 않은 이유가 있다.

엘시는 자신이 왜 싸우는지 알고 있었다. 황제의 명령이니까. 하지만 엘시는 그런 대답이 틸러를 이해시킬 수 있을 것 같지 않다고 생각했다. 엘시는 약간 자신 없는 태도로 말했다.

"우리가 규리하를 떠난 후 이곳이 고요하지만은 않았을 것이다. 규리하 공에게 심정의 큰 변화를 일으킬 만한 일이 있었나 보지. 제국군이 규리하령 안으로 들어왔는데도 항의나 변명 어느 쪽도 없는 것으로 보아 규리하 공은 폐하께 대적하려는 결심을 굳힌 것이 분명하다. 그녀의 이유가 무엇이든 폐하께 적대하는 세력이라면 우리의 적이다."

다른 때였다면 틸러는 엘시의 말을 대화 종료의 의미로 해석했을 것이다. 하지만 심한 감정 변화와 엘시의 미지근한 어조 때문에 틸러는 그의 아버지가 놀랄 만한 반응을 보였다.

"폐하께서 폐하이시기 때문입니까?"

"무슨 말인가, 부위?"

"대장군님, 황제가 되는 방식은 두 가지가 있는 것 같습니다. 혼자 황제가 되는 것과 모든 사람과 함께 황제가 되는 것. 그런데 전자의 방식은 적절하지 않다고 생각합니다. 혼자서 자신을 황제로 만들 수는 없습니다. 레콘 부대를 가지고 있으니까, 남부의 제국군을 가지고 있으니까, 황제의 대장군이었으니까 황제가 될 수 있는 것이 아닙니다. 불손한 말 용서해 주시기 바랍니다. 모든 사람이 선택했기에 황제입니다. 만약 황제라 하더라도 천하만민이 모두 부정한다면 황제일 수 없습니다. 그래서 저는 대장군님이 귀족원 회의를 통한 새 황제의 선출을 주장하시는 것이 기뻤습니다."

엘시는 날카롭게 말했다.

"틀린 말은 아니지만 말을 조심하도록 하게. 그래서?"

"돌아오신 폐하께서⋯⋯ 거부하는 무리를 제거하는 일에 열중하시는 것이 아닌가 하는 끔찍한 생각이 들곤 합니다. 혼자 황제가 되려는 것처럼."

엘시는 어금니를 꽉 깨물었다. 모든 것을 부드럽게 바꾸는 달빛 때문에 그의 얼굴이 딱딱해진 것은 드러나지 않았다. 틸러는 자신의 입이 주인을 죽이기로 작정한 것이 아닌가 의심하면서도 계속 말했다.

"생각만 해도 몸서리쳐지는 일입니다만⋯⋯ 만약 폐하께서 반

대하는 자들을 설득하는 대신 모두 제거하려 하시는 거라면 폐하
께서는 발케네 공이나 시모그라쥬 공, 비나간 후 등과 다를 것이
없다고······ 생각합니다."

"그렇다면 그들에 대적했던 것처럼 나는 황제 폐하께 대적해야
하나?"

"대장군님!"

"그런가?"

명백히 겨울에 속한 밤이었지만 틸러는 진땀이 나는 것을 느꼈
다. 냉혹한 배신자인 입은 아무 말도 꺼내지 않았고 틸러는 차라
리 앞쪽에 있는 강물에 뛰어들고 싶었다.

'와.'

갑자기 틸러는 입을 자유롭게 움직일 수 있게 되었다. 틸러는
눈으로 하늘을 가리키고 스스로도 놀랄 만큼 또렷한 어조로 말
했다.

"저분은 대장군님의 황제입니까?"

엘시는 입을 다물었다. 짧은 침묵이 지나고 엘시가 말했다.

"나의 황제이시다."

대답하는 어조는 확고했지만 틸러가 들은 것은 대답에 선행한
침묵이었다. 틸러는 더 이상 말하지 않았고 엘시 또한 그러했다.
조금 후 그들은 잠자리로 돌아가야 할 사람들처럼 헤어졌다.

높이 뛰어올랐던 지멘이 떨어지기 시작했다. 지멘이 절대로 실
수하지 않을 거라 믿고 있던 아실은 피하려는 시도도 하지 않았
다. 그녀의 믿음은 정확했다. 쿵! 지멘은 아실의 옆에 내려섰다.

그녀는 다급하게 질문했다.

"찾았어요?"

지멘은 고개를 가로저었다. 아실은 실망한 얼굴을 하다가 곧 고개를 끄덕였다.

"알았어요. 저쪽으로 가 봐요."

아실은 대답도 기다리지 않고 걸음을 옮겼다. 지멘은 그 뒤를 따라 걸었다. 스멀스멀 피어오르는 불안감을 달래기 위해 그녀는 짐짓 낙담한 듯한 어조로 말했다.

"살아 있는 생물의 등 위에서 사람을 찾아다니다니, 좀 어이없는 일이죠?"

지멘은 긍정의 대답처럼 들리는 말을 웅얼거렸다. 기운이 북돋아지는 대답은 아니었다. 아실은 입을 다문 채 하늘치의 등에 있는 구릉 하나를 올라갔다.

해가 저물고 있었다. 밤이 와서 어둠이 내려앉는다면 제이어 솔한을 찾아내기가 더욱 어려울 것이다. 그러나 과연 밝기가 문제일까? 지멘과 아실 모두 말하지는 않았지만 자신들의 문제는 밝기가 아닌 높이인지도 모른다고 생각했다. 느닷없이 도망치기 직전, 제이어는 하늘치 밖으로 몸을 던질 것 같은 절망감에 찬 표정을 짓고 있었다. 아실이 기다리지 못하고 지멘과 함께 그를 찾아나선 것도 그 표정을 지울 수 없었기 때문이다.

구릉 위에 올라선 아실은 초조한 표정으로 주위를 둘러보다가 손나팔을 만들어 외쳤다.

"제이어!"

메아리는 없었다. 아실의 말소리는 허공 속으로 흩어졌다. 하지만 제이어가 그 소리를 들었다 해도 대답하지는 않을 것이다.

아실의 부탁으로 지멘이 내지른 계명성에도 제이어는 대답하지 않았다. 제이어가 하늘치의 등 위가 아니라 규리하의 차가운 땅에 쓰러져 있을지도 모른다는 의심에 진저리 치며 아실은 두 손바닥에 얼굴을 묻었다.

"제가 나빴어요. 그런 말을 하는 것이 아니었어요."

아실의 뒤에 선 지멘은 그녀를 내려다보았다. 아실의 몸이 미세하게 떨렸다. 지멘은 그녀의 앞쪽으로 걸어가 망치를 바닥에 내려놓고 무릎을 꿇었다. 그는 두 손으로 아실의 어깨를 살짝 감싸 쥐었다.

아실은 머리를 들지 않았다. 철의 대화가 해소되었다는 것에 감사하며 지멘이 부리를 열었다.

"네 잘못이 아냐."

두 손바닥으로 얼굴을 누른 채 아실이 도리질을 쳤다.

"아뇨, 제 잘못이에요. 스스로 알아차릴 수 있을 텐데 빨리 알려 주고 싶어서…… 괜한 참견이었어요. 도와주고 싶었을 뿐이지만 그런 도움은 주지 않느니만 못한 거였어요."

지멘의 팔이 꿈틀했다. 어깨에 닿은 그의 손을 통해 전율을 느낀 아실이 얼굴에서 손을 내렸다. 지멘은 두려움에 빠진 얼굴을 하고 있었다.

"지멘?"

"비난이 아니었어?"

"예? 비난이오?"

"자기가 뭘 바라는지도 모르는 그 멍청이의 멍청함을 비난한 것 아냐?"

"지멘, 불쌍한 사람을 왜 비난한다는 거죠?"

긴장 때문에 지멘의 목에서 깃털이 일어났다.

"넌 멍청이를 증오하니까."

"헤아림이 깊지 못하다는 것은 절대로 증오받을 일이……."

"너는 뭄토를 증오했어!"

아실은 입술을 깨물었다. 지멘은 무엇인가를 찾듯 아실의 작은 몸을 위아래로 훑어보며 말했다.

"최후의 대장간에서 제이어를 뭐라고 불렀지?"

"살인 기사요?"

"나이 처먹을 대로 처먹고도 인격이 미성숙한 작자라고 말했어."

아실은 지멘의 손에서 빠져나가려는 듯이 몸을 뒤틀었다. 지멘은 거칠지 않게, 하지만 단단히 그녀의 어깨를 붙잡았다. 그 힘을 느낀 아실은 저항을 곧 포기하고 지멘을 응시했다.

"대답할 수는 없었지만 들을 수는 있었어. 나는 네 말을 모두 기억해. 너는 나를 증오했어."

"지멘!"

"타이모가 죽고도 6년이 지난 후에야 내가 겨우 분리주의에 대해 이해했기 때문에 너는 나에게 화를 냈어. 너는 멍청함을 증오해."

"타이모가 태어났던 곳에 돌아가서 기분이 좀 들떴던 거예요. 예. 그래서 예민해진 거죠."

지멘은 아실의 대답이 들리지 않는 것처럼 말했다.

"너는 황제를 증오하고 가짜 레콘을 증오하고 제국을 증오해. 네 증오는…… 일인일인."

아실은 그 말이 낯익었다. 그녀가 그 말의 출처를 떠올렸을 때 지멘이 말했다.

"그래. 헤치카. 일인일인. 누구에게나 가지고 태어난 한 자루의 칼이 있어. 네 칼은 날카로워. 네 속에 있기 때문에 잃어버릴 수도 없고 부러지지도 않아. 거기 있기 때문에 항상 무엇인가를 찌르게 돼. 네 칼날. 네 증오. 그게 도대체 어디로 간 거지?"

지멘은 아실의 팽창된 동공, 벌름거리는 콧구멍, 가늘게 떨리는 입술, 창백해진 볼을 똑바로 응시하며 대답을 기다렸다. 그녀는 도리질을 치려는 듯 고개를 돌렸다가 그대로 기울였다. 아실은 어깨에 뺨을 기댄 채 말했다.

"무슨 말인지 알겠어요."

지멘은 기다렸다.

"알았어요. 기억나요. 내겐 증오가 있었지요. 황제가 나를 완전히 되돌려놓은 거냐고 물었죠. 그렇지 않아요. 내 증오는 돌려주지 않았군요."

거의 확신하고 있었던 사실이지만 지멘은 몸이 싸늘해지는 것을 느꼈다. 아실이 머리를 들어 그를 똑바로 바라보았다.

"그리고 나는 그 사실이 기뻐요."

지멘은 바람이 불지 않기를 바랐다. 바람이 불면 그의 몸에서 깃털이 다 빠져 날아갈 것 같았다.

기우는 태양의 빛이 마지막으로 쓰다듬고 있는 소리의 왼쪽 나라미에 네 사람의 규리하가 서 있었다. 그리고 규리하의 이름을 쓰지 않는 사람도 두 명 있었다.

소리 로베자는 자신이 이곳에 있는 것이 어울리지 않는 것 같앉다. 이이타는 소리 로베자가 소리 규리하가 되는 것은 확고부동한 사실이라고 믿고 있었지만 아직 소리는 로베자였다. 그래서 소리는 아이저 규리하와 정우 규리하의 작별에 자신이 배석하는 것이 주제넘은 일인 것 같았다. 소리는 다섯 번째로 이이타를 바라보았다. 그녀가 무슨 말을 하려는 건지 짐작한 이이타는 정우의 뒤편에 서 있는 탈해를 눈으로 가리켰다. '여기엔 무사장도 있잖아.' 하지만 소리는 무사장과 자신은 다르다고 생각했다. 정확히 어떻게 다른지 설명할 수 없었지만.

그녀의 걱정은 완전히 불필요했다. 정우는 규리하 사람 전체가 그곳에 있었다 해도 신경 쓰지 않았을 것이며 아이저 규리하는 소리가 그곳에 있다는 것을 거의 깨닫지 못하고 있었다. 게다가 아이저는 이이타와 시카트, 탈해의 존재도 지각하지 못했다.

정우만을 직시하던 아이저가 말했다.

"우습군. 황제가 너를 내게 겨눌 무기로 쓸 거라 생각했기에 너를 죽이려 했다. 그런데 지금 너는 황제에 대항하는 규리하의 무기군."

탈해가 얼굴을 약간 일그러뜨렸다.

"각하, 각하의 따님이나 꿈을 무기라 부르지 마셨으면 좋겠습니다. 무기는 사람을 해치는 것입니다. 하지만 꿈은 정우를 살렸고 또한 정우는 규리하 사람들을 살리기 위해 꿈의 도움을 받았습니다."

탈해의 존재를 잊어먹었던 아이저는 놀란 표정으로 무사장을 바라보았다. 탈해는 큰 결심을 한 사람처럼 목을 긴장시켰다. 대부분의 도깨비들은 완벽한 씨름꾼의 체형을 가지고 있으며 탈해가 목에 힘을 주자 그것은 인상적일 정도로 굵어졌다. 탈해는 단호하게 말했다.
"그리고 그 꿈이 다시 쓰일 일은 없을 겁니다."
정우가 뒤를 돌아보았다.
"탈해."
"아냐, 정우. 다시 꿈을 내보이면 안 돼. 꿈이 네 화상을 막고 있잖아. 다시 그때처럼 하면 넌 다칠 거야. 어쩌면 죽을지도 몰라."
탈해는 초조한 듯 손을 쥐었다 폈다 했지만 눈길만은 정우에게 똑바로 고정시켰다. 정우는 고개를 돌려 아버지의 발 근처를 바라보았다. 침묵이 사람을 간질였다. 참다 못한 시카트가 혼잣말처럼 말했다.
"규리하 가문의 사람은 규리하를 위해 목숨을 내놓아야 해. 태어나자마자 규리하를 떠난 규리하라도."
탈해는 울컥한 얼굴로 시카트를 바라보았다. 시카트는 아무것도 없는 곳을 바라보며 계속 중얼거렸다.
"내 칼 앞에 목숨을 내놓지 않았으면 규리하를 위해서라도 내놓아야 해. 그때 죽지 않은 것의 빚갚음이라고 생각하면 되잖아."
아이저마저도 입매를 일그러뜨리며 시카트를 바라보았다. 하지만 폭발은 엉뚱한 곳에서 일어났다.
"둘째 공자님! 그만두세요!"
시카트는 어이없다는 표정으로 고개를 돌렸다. 소리가 이이타의 앞으로 나서서 빨갛게 달아오른 얼굴로 시카트를 노려보았다.
"어떻게 그런 말씀을 하세요? 공자님의 누님이잖아요. 남매는, 피붙이는 그런 게 아니잖아요! 아끼고 지켜 주는 거잖아요. 따뜻한 말은 못할망정 어떻게 그런 표독한 말을. 누님께 사과하세요!"

시카트는 콧김을 내뿜으며 소리를 노려보았다. 그가 막 폭언을 터뜨리려 할 때 이이타가 움직였다. 이이타는 자신에게 시선을 집중시키는 동작으로 팔을 들어 소리의 어깨에 올려놓았다. 소리는 그 동작에 움찔했고 다음 순간 자신이 고함을 질렀다는 사실에 경악했다. 이이타는 겁에 질린 소리의 어깨에 손을 얹은 채 시카트의 얼굴을 똑바로 바라보았다.

이이타는 고개를 돌려 정우를 바라보았다.

"시카트를 대신해서 사과하겠습니다, 누님."

"형!"

시카트의 항의는 무시되었다. 이이타는 정중히 고개를 숙였다.

"남매 사이에 대신 사과하느니 하는 것이 좀 우습다고 생각됩니다만, 받아 주면 좋겠습니다."

사라말 아이솔이 만약 지금 아이저의 속마음을 알았다면 '규리하 성과 꿈은 정우에게, 소리는 이이타에게 속한 상태에 대해 아이저가 어떻게 생각하는가.' 하는 의문에 대한 대답을 얻었을 것이다. 아이저는 갑자기 자신이 옆으로 끌려 나가는 것 같았다. 이이타가 강조하지는 않았지만, 그리고 오직 아이저만이 느끼는 것인지도 모르지만 그 순간 규리하의 이름을 쓰는 세 남자의 무게중심은 이이타에게 있었다. 아이저는 갑자기 거대한 피로감을 느꼈다. 그러나 괴로운 피로는 아니었다.

정우는 슬픔이 깃들인 미소를 지었다.

"편하게 다시 말해 볼래, 이이타?"

이이타는 고개를 들어 누나를 보고 씩 웃었다.

"저 녀석 대신 내가 사과해도 될까?"

"난 화나지 않았지만 네가 그러고 싶다면 사과를 받을게."

"고마워, 누나."

그런 다음 이이타는 특별히 상징적인 행동을 하지 않은 채 그저 아버지를 바라보는 것으로 무게중심을 다시 아이저에게 옮겨 놓았다. 아이저는 그것을 느낄 수 있었다. 하지만 중심을 자유롭게 이동시킬 수 있는 사람이 누구인지는 잊지 않았다.

"비셀스, 황제와 싸우는 것은 내 일이다. 너는 나설 필요 없다."

"아버지?"

"우리가 승리한다면, 그건 그때 가서 생각해 보자. 만약 우리가 패퇴된다면 네가 유일한 규리하다. 너 스스로 결정해라…… 규리하 변경백으로서."

정우는 입을 벌린 채 아이저를 바라보았다. 아이저는 그 시간을 더 연장시키지 않았다. 그는 몸을 돌려 하늘치의 등 쪽을 향해 걸어갔다. 그 뒤를 따라 골난 표정의 시카트가 성큼성큼 걸어갔다. 이이타는 정우에게 눈인사를 했고 소리는 공손히 고개를 숙였다. 정우가 당황하여 마주 고개를 숙였다가 들었을 때 네 사람은 모두 등을 보인 채 걸어가고 있었다. 낮아진 태양 때문에 어두운 그림자가 진 하늘치의 등으로.

넓은 들판을 따라 도열한 병사들은 게으른 표정을 짓고 있었다. 패전에 낙담한 병사들처럼 시큰둥하게 움직였지만 사실 그들은 패하지 않았다. 그리고 승리하지도 않았다. 싸움은 아직 시작되지 않았다.

소대원들의 준비 상태를 관찰하던 틸러 달비는 시정해야 할 문

제점을 다른 사람의 손가락까지 빌려야 할 정도로 발견했고, 그
것을 전부 잊어버리기로 했다. 그들을 최악의 군인이라 할 수는
없다. 레콘에게 업혀 제국을 종단한 군인이라고 말하는 것이 공
정할 것이다. 그리고 그 전에도 그들은 전 세계를 누비는 대장군
의 편력에 동참했다. 그들 모두는 노련하고 인내심 있으며 상당
히 성깔 있지만 씩 웃을 줄도 아는 군인이며, 많은 장기를 가지
고 있지만 특히 보급 체계의 허술한 틈을 파고드는 능력에 있어
서는 쌍벽을 불허하는 병사들이며, 다른 누군가의 발목을 잡아챌
염려는 없는 전사들이다. 그들이 피로 때문에 챙기길 포기한 문
제에 대해서는 시정하려고 시도해 봐야 정력의 낭비일 것이다.
틸러는 그렇게 판단했다. 그래서 틸러는 앞쪽의 규리하 성을 바
라보았다.

기시감은 당연하다. 실제로 과거에 같은 경험이 있었으니까.
30년에도 틸러 달비는 자신의 소대와 함께 이곳에 서서 대장군의
돌격 명령을 기다리고 있었다. 장소도 같고 목적도 같고 주요 인
물들도 같지만 틸러 달비가 서 있는 33년의 풍경에는 과거의 것
과 다른 풍경들도 있었다. 우선 병사들의 숫자가 과거보다 훨씬
적다는 것이 눈에 들어왔다. 30년에는 가시나무 군단과 참나무
군단의 두 개 군단이 참가하고 있었지만 지금 이곳에는 중대 하
나와 여단 하나뿐이다. 하지만 틸러는 위험하다는 느낌을 받을
수 없었다. 그의 중대 앞쪽에 있는 민들레 여단이 풍기는 압박감
은 열 개 군단이 부럽지 않았다. 아스캄에서의 경험을 떠올린 틸
러는 눈앞에 있는 규리하 성의 모습에 골케 남작의 성이 겹쳐 보
인다고 생각했다. 민들레 여단은 규리하 성도 파묻을 수 있을 것
같았다. 물론 대장군은 규리하 공 아가씨처럼 성을 묻으라는 명

령은 내리지 않겠지만.

하늘의 풍경도 다르다. 3년 전에 하늘누리가 떠 있던 곳에는 말리가 떠 있었다. 하늘누리든 말리든 아래쪽에서 보면 차이점이 두드러지지 않지만 틸러는 대단한 차이가 있다고 느꼈다. 과거 하늘누리는 방관자 같은 태도로 떠 있었지만 말리는 전투의 흥분 때문에 신경이 곤두선 병사처럼 보였다. 틸러는 그 이유를 돌아보았다.

세 번째 차이점. 규리하 성의 상공에는 과거에 없었던 또 다른 하늘치가 떠 있다. 이름은 소리. 소리와 말리는 어제 오후부터 지정학적 규모의 신경전 중이었다. 말리가 왼쪽으로 조금 움직이면 소리는 오른쪽으로 조금 움직였고 말리가 슬쩍 전진하면 소리 또한 슬쩍 전진했다. 그러니까 대치하는 두 명의 검객과 같은 움직임이었다. 말리가 원하는 것은 규리하의 상공으로 날아가 돌을 퍼붓는 것이었고 소리는 그것을 저지하기 위해 언제든 말리에게 정면으로 충돌할 수 있는 위치로 움직였다. 코끼리 부리는 사람이나 거함을 다루는 뱃사람의 재주는 이에 비하면 기예의 수준에도 미치지 못하는 장난으로 보일 것이다. 움직이는 것 자체로 이미 신비의 범주에 들어가는 물체들이 그렇게 움직이는 것을 보면서 틸러는 우주의 신비를 깨닫거나 기저귀가 필요해질 거라고 확신했다. 다행히 양쪽 하늘치는 상대의 의도를 깨달았고 마주 본 채 더 이상 움직이지 않았다.

대장군 엘시 에더리의 참모장 역할을 맡고 있던 시허럭 마지오 상장군은 상황의 타개가 명백하게 민들레 여단의 책임이 되었다고 결정했지만 소리가 과연 지상에 있는 레콘 여단에게 돌격할 것인가에 대해서는 유보적인 태도를 취한 것으로 알려져 있었다.

하늘누리나 말리와 달리 소리의 등에는 충격으로 파괴될 구조물 같은 것이 없었다. 초거대 기병 돌격과 같은 일을 감행해도 손해 볼 것은 없는 셈이다. 지금은 말리를 견제하느라 하늘의 위치를 지키고 있지만 레콘들의 공격이 시작되면 막무가내로 지상을 향해 돌진할지도 모른다. 만약 자연재해의 범주에 포함시킨 다음 그 최고 반열에 놓아도 상관없을 그런 사태가 벌어진다면 민들레 여단의 난폭한 레콘으로서도 머리를 감싸 쥐고 도망칠 수밖에 없을 것이다. 하지만 소리가 지상으로 돌진한다면 말리는 재빨리 규리하 성으로 날아가 그 유서 깊은 성의 내구성을 상당히 독특한 방법으로 시험할 수 있다.

심사숙고 끝에 참모진은 민들레 여단의 3분의 1만 돌격시킨다는 작전 안을 내놓았다. 한 번의 공격으로 민들레 여단을 모조리 퇴치할 수 없다면 소리도 지상으로 돌격하는 것에 갈등을 느낄 것이 분명하다. 하지만 문제는 최악의 공수증 환자들이라 할 수 있는 민들레 여단병들이 물을 뿌리거나 흘리거나 쏟을 만반의 준비가 되어 있을 것이 뻔한 규리하 성으로 돌격하는 것을 받아들일까 하는 점이었다. 히도큰 하장군은 그곳에 '그것'이 없다는 의심할 수 없는 증거를 제시하라고 요구했다. 거짓말을 하라는 요구와 마찬가지다. 규리하 성은 실제로 그런 준비를 해 둔 상태였으니까. 해자에는 차가운 물이 넘실거렸고 흉벽 뒤에서는 소화차와 물통과 물동이가 창검 등과 동등한 대접을 받고 있었다.

참모들의 고심에 찬 말들을 경청한 엘시는 침묵 속에 고민하다가 사절을 파견할 것을 결정함으로써 다른 이들을 당황하게 했다. 진중의 분위기는 격자무늬 태양이 뜰 가능성과 전쟁이 일어나지 않을 가능성 중 전자가 월등히 높다는 쪽이었다. 그렇지 않다면 무엇 때문에 황제가 대장군에게 남부의 관리도 내팽개친 채 어처구니없는 여행을 하라고 명령했겠는가. 전쟁은 반드시 일어날 것이다. 그런 상황에서 화친이 가능하다는 듯이 사절을 파견하는 것은 기만 전술도 될 수 없다. 하지만 대장군은 최후통첩은 일종의 예의에 속한다는 암시를 함으로써 참모들을 진정시켰다. 그리하여 사절로 선택된 사람은…….

"틸러 달비 부위!"

틸러는 점검이 끝난(그렇게 믿고 싶은) 소대를 1분대장에게 넘기고 자신을 부른 사람에게 달려갔다. 그를 부른 것은 이레 달비였다. 대장군의 몸종일 뿐 원칙적으로는 제국군의 편제에 속하지 않는 이레이니만큼 이것은 상당히 부적절한 일이었지만 틸러는 상관없었다. 틸러 달비가 외교관의 덕목을 갖추었다고 믿는 사람은 아무도 없었지만 엘시는 규리하 공에게 친숙하다는 좀 수상한 이유를 들어 그를 사절로 임명했다. 틸러는 자신이 무슨 이야기를 들을지 알 것 같았다.

쟈마 데시마스 수교위를 비롯한 중대원들 모두가 호기심에 찬 표정으로 두 사촌을 바라보았다. 이레는 데리고 온 말을 주의 깊게 움직여 두 사람의 모습을 가렸다. 그는 말안장을 매만지는 시늉을 하며 나지막하게 속삭였다.

"하텐그라쥬."

틸러는 한숨을 내쉬었다. 예의상 하는 말로도 세련되다 할 수 없을 만큼 조잡하다. 하지만 엘시로서는 최대한의 극기였을 것이다. 틸러는 규리하 성까지 오면서 징발해 온 것들 중 하나인 말을 살펴보며 속삭였다.

"그게 옳을지도 모르겠군. 규리하 공 아가씨는 즈믄누리를 나와서는 안 되는 거였어."

이레는 아무 말도 하지 않았다. 틸러는 말 위에 가볍게 올랐다. 근심스러운 표정으로 올려다보는 종제에게 미소를 지어 준 틸러는 말을 돌려 규리하 성을 향해 위협적이지 않은 속도로 움직였다.

차가운 봄바람이 틸러를 스쳤다. 말은 전투마로 훈련받지 않은 온순한 놈이었고 더 정확히 말하면 늙은 것이었다. 그것은 가벼운 산책을 나선 지주를 태운 승용마처럼 움직였다. 이미 자신을 용감한 전령으로 생각하길 포기하고 있었기에 틸러는 말의 비호전적인 태도에 애석해하지 않았다. 그는 불안한 눈으로 하늘을 바라보았다. 사절임이 명백한 한 명의 기수에 소리가 반응할 것 같지는 않았지만 공포는 귀머거리라서 이성의 설득에 무감각하다.

소리는 움직이지 않았다. 편집광적인 관찰을 통한 결과였기에 틸러는 자신이 본 것을 믿기로 했다. 부위는 눈을 내려 규리하 성을 바라보았다.

'하텐그라쥬. 하텐그라쥬랍니다. 예. 고사가 가장 멋질 때는 재현될 때입니다. 규리하 성에 재난이 다가오고 있습니다. 오레놀 선사가 데려온 하늘치를 타고 하텐그라쥬를 탈출했던 대호왕의 고사를 재현할 때입니다. 소리에 사람들을 태워 탈출하세요. 춘부장께서는 그런 뜻으로 오신 것이 아니겠지만 결국 따님께 탈출 수단을 제공할 수 있게 되셨습니다. 규리하 공 아가씨는 무사장과 함께 번뜩이에 타셔도 되고 소리 곁에서 구름 근처를 나는 종달새처럼 날아도 되겠지만 사람들과 함께 소리에 오르는 편이 좋습니다. 대호왕께서 그랬으니까요. 즈믄누리로 가세요, 규리하 공 아가씨. 아가씨는 즈믄누리에서 나오지 마셨어야 했습니다. 아가씨는 누구든 설득할 수 있다고 믿고 싶으셨겠지만 그것은 불가능합니다. 언제나 옳은 성주님이 계시기에 제삼자라는 것이 없는 즈믄누리와 달리 이 바깥에는 제삼자가 있습니다. 설득되고 싶어도 제삼자 때문에 설득될 수 없는 경우가 있습니다! 저를 설득하실 수는 없습니다. 저에겐 아가씨를 공격하라고 명령하는 대장군님과 황제 폐하가 있습니다. 너무도 많은 관계와 관계와 관계. 저는 이 전쟁이 왜 일어나는지도 모릅니다만 그 무지에 대해 창피해하지도 않습니다. 너무도 익숙한 일이거든요!'

터덜터덜 걸어가는 말의 목에서 다듬지 않은 갈기가 출렁거렸다. 거치적거리지 않도록 바투 잘라 두는 전투마의 갈기와 다른 그 한가로운 움직임이 틸러를 자극했다. 밭갈이를 끝내고 집으로 돌아가는 농부가 된 기분이었다. 갑자기 틸러는 전역해야겠다는 생각을 했다. 고향으로 돌아가 오니의 소식도 전해야 하고 제국군에 복무했을 때의 이야기도 과장 잔뜩 섞어 이야기하며…… 늙은 아버지의 농토를 물려받을 준비를 하며 남아 있는 인생의 내리막길을 조용히 걷는 것이 어울릴 것 같다. 제국, 황제, 군웅할거, 충돌하는 하늘치, 레콘 대부대, 규리하 공 아가씨 같은 것은 잊어버리고. 시간 낭비는 아니었다. 그래도 비녀 하나는 얻지 않았는가.

손을 들어 눈언저리를 문지르던 틸러는 말이 멈춘 것을 깨달았다.

틸러는 엄격한 훈련을 모르는 말이 제멋대로 행동하는 거라 생각했다. 순간 한가로운 기분과 전원 생활에 대한 애잔한 동경 같은 것은 싹 사라졌다. 틸러는 자신이 제국군과 규리하군, 그리고 두 마리의 하늘치가 주시하고 있는 가운데 말을 다루지 못해 허둥대는 모습을 보일 것을 깨달았다. 맙소사. 즉석에서 전역하고 싶어지는 상황이다. 불명예 제대라도 무방하다…….

말은 제멋대로 행동한 것이 아니었다. 그 늙은 말은 멈춰야 하는 충분한 이유가 있었다. 앞쪽을 바라본 틸러 또한 그 이유를 보았다.

고사가 재현되었다. 하지만 그 고사는 틸러가 예상했던 것이 아니었다. 규리하의 성문 앞쪽 도개교의 자국이 남아 있는 곳에서 펼쳐진 고사는, 엄밀하게는 아직 고사가 아니지만, 고사가 될 가능성이 상당히 높은 그것은 율형부차사 사라말 아이솔에 관한 이야기였다.

틸러는 갑자기 근방의 토지 시세에 정통한 듯한 기분을 느끼며 앞쪽에 서 있는 사람을 바라보았다. 그곳에는 사라말 아이솔이 허리에 칼 한 자루를 찬 채 무심한 태도로 서 있었다.

파라말 아이솔은 달리면서 비명을 질렀다.
"아무도 나가시는 것을 못 봤다니! 그게 무슨 말이야!"
젊은 산공부사는 언행의 불일치를 보였다. 그의 말은 대답을 요청했지만 그의 발은 대답해 줄 사람에게서 계속 멀어졌다. 파라말은 성벽 위로 오르기 위해 미친 듯이 달리고 있었다. 질문을 받은 병사는 대답을 포기한 채 파라말을 따라 달렸다.

헐떡거리며 주랑 위에 도달한 파라말을 맞이한 것은 장창을 들고 물통 곁에 서 있던 발리츠 굴도하였다. 그의 곁에는 완전한 갑옷을 걸쳐 입은 아이넬 굴도하가 서 있었다. 발리츠가 그녀의 종자로 보일 지경이어서 파라말은 하마터면 남작을 무시하는 무례를 범할 뻔했다. 그때 발리츠가 성 바깥의 한 장소를 가리켰다. 남작이 가리키는 방향을 본 파라말은 숨이 턱 멎는 것을 느꼈다.

"남작님, 어떻게……."

남작은 얼굴을 일그러뜨렸다.

"내가 묻고 싶은 것이오. 부사도 왜 율형부사가 저곳에 있는지 모르는 모양이군."

소리 위에서는 아이저 규리하가 눈을 찌푸린 채 아래를 바라보고 있었다. 거리가 멀어서 사라말의 얼굴을 확인할 수 없었던 아이저는 누군가가 제국군의 사절을 맞이하기 위해 밖으로 나와 있다는 것만 확인할 수 있었다. 불현듯 아이저는 황제와 비셀스의 극적인 타협에 대해 섬뜩한 예상을 떠올리곤 몸을 경직시켰다. 그러나 아이저는 곧 그 생각을 지웠다. 그렇다면 단 한 사람이 밖으로 나와 사절을 맞이하는 저런 이상한 모양은 연출되지 않을 것이다.

"비셀스가 황제와 손잡으려는 겁니다! 형! 소리를 돌진시켜!"

아이저는 자신을 다스려야 한다고 다짐한 후에야 시카트의 성난 얼굴을 돌아보았다. 이이타가 말했다.

"글쎄. 그런 것치곤 모양이 좀 이상하지 않아?"

"그리고 타협은 황제 쪽에서 거절할 거예요."

아실의 목소리였다. 아실은 지멘의 곁에 서 있었고 그 곁에는 넋을 잃은 얼굴의 제이어가 앉아 있었다. 지멘과 아실이 그를 찾아낸 후로 제이어는 한마디도 하지 않은 채 자폐증 환자처럼 굴었다. 그러나 그 눈빛은 자폐증 환자의 것이 아니었다. 아실이 계속 말했다.

"황제가 원하는 것은 규리하의 정복이 아니라 폭군이 되는 거예요. 차기 황제가 큰 환영을 받을 수 있도록. 그러니 전쟁은 반드시 일어나야 하지요. 안타깝지만 타협의 가능성은 없어요, 공자님."

화를 내려던 시카트는 아실의 곁에 있는 지멘을 고려하여 불평의 수준으로 목소리를 낮췄다.

"네가 황제의 속마음을 다 아는 건 아니잖아."

아실은 어깨를 으쓱였을 뿐 더 이상 아무 말도 하지 않은 채 아래쪽의 광경을 바라보았다.

틸러 달비는 말에서 내릴까 말까 고민하며 율형부사를 바라보았다. 예상할 수 없는 인물이었고 예상할 수 없는 마중이기에 틸러는 일단 입보다 눈으로 말했다. 하지만 사라말의 얼굴은 무표정했다. 그의 손이 품속에 들어갔을 때 또한 변함이 없었다.

사라말은 품속에서 무엇인가를 꺼내 들고 틸러를 향해 뚜벅뚜벅 걸어왔다. 틸러는 충동적으로 말에서 내렸다. 그는 고삐를 쥔 채 사라말을 향해 마주 걸어갔다. 두 사람이 마주 섰다.

"오래간만이군요, 틸러 달비 부위."

"예. 오래간만입니다, 부사님."

사라말은 손을 앞으로 내밀어서 받으라는 몸짓을 했다. 틸러의 손에 넘겨진 것은 둥그런 쇠붙이였다. 틸러는 바보가 된 듯한 얼굴로 사라말을 볼 수밖에 없었다.

"당신을 다시 사자패주로 임명합니다. 한 번 해 봤으니 잘할 수 있겠지요."

틸러는 얼빠진 눈으로 손에 들고 있는 사자패를 바라보았다.

받을 수 없다고 말해야 한다는 느낌에 고개를 들었지만 사라말의 말은 계속되었다. 틸러는 그 말을 들으려 했지만 충격 때문에 집중할 수가 없었고, 사라말의 말은 법률 용어의 센범 폭포였다. 고귀한 원시제 폐하께서 어쩌고저쩌고해서 반포한 칙령 진짜야그래서에 따라 제국 율형부사에겐 체포권과 재판권이 이러쿵저러쿵 있으며 이런 아찔아찔짜릿짜릿한 경우 재판을 열기 위해 필요한 것은 고위 관리 한 명, 이를테면 사자패주 같은 자만 있으면 되니 원별말씀을다의 규정과 판례가 이를 뒷받침한다. 어머나세상에의 과정에 따라 거행된 재판에서 은근슬쩍얼렁뚱땅 재판관으로 임명된 율형부사 사라말 아이솔은…… 뭐?

"누구를 재판한다고요?"

"정숙하시오. 재판관 사라말 아이솔은 이라세오날, 라세 또는 치천제라 불리는 인물이 제국의 안위에 심대한 위협을 끼쳤다는 고발을 검토한 바……."

"잠깐만요, 부사님이 하신 고발이오? 그거요?"

"고발 사항이 사실에 부합한다는 판단을 내렸다. 이에 우리 재판부 전원은……."

"아니, 한 명도 전원이라 부르겠다면 말릴 수야 없지만……."

"피고 이라세오날에게 사형을 언도한다."

틸러는 쩍 벌린 입을 다물지 못했다. 사라말은 무뚝뚝한 얼굴로 재판 종결 선언과 형집행을 지금 당장 시행한다는 결정과 율형부사 사라말 아이솔을 집행관으로 임명하는 절차까지 끝냈다.

"수고했습니다, 부위. 그 사자패는 기념품으로 삼으십시오."

"부, 부, 부사님!"

"미안하지만 바빠서 안 되겠군요. 사형 집행이 있습니다."

사라말은 틸러의 곁을 쓱 스쳐 지나갔다. 틸러는 뒤로 홱 돌아서서 떠나는 율형부사의 어깨를 붙잡으려 했다. 하지만 이것이 자신이 감당할 문제가 아니라는 생각을 떠올렸다. 그는 재빨리 말에 올라타서 떠나왔던 곳으로 달렸다. 그가 사라말을 앞지를 때도 사라말은 걸음걸이를 바꾸지 않았다. 그리고 자꾸만 뒤를 돌아보는 틸러와 눈이 마주쳤을 때도 사라말은 아무 표정도 짓지 않았다.

틸러가 조그마하게 변하다가 제국군 안으로 뛰어들고 나서 얼마 후 먼 곳이지만 명백히 느낄 수 있는 소란이 일어났다. 사라말은 태평하게 앞으로 걸어갔다. 미풍이 만류하듯 부사의 옷자락을 붙잡고 늘어졌다. 규리하의 흙에서는 관대하게 봄 냄새라고 생각해 줄 수도 있는 냄새가 미세하게 퍼져 나왔다. 사라말은 눈을 몇 번 깜빡거리다가 눈을 감았다.

땅은 평탄했다. 사라말은 눈을 감은 채 걸어갔다. 눈꺼풀을 조심스럽게 두드리는 햇살과 발아래 흙이 뽀드득 짓눌리는 미세한 소리. 사라말은 그가 포기한 용을 생각했다. 세상에 흠결이 없다고 말할 수는 없다. 이상 사회란 존재할 수 없기에 이상이다. 하지만 서툴고 어쩌다가 상대에게 상처를 입힐 수도 있는 손길들을 내밀 때 맞닿은 손 사이에서 그것이, 도달하지 못해도 추구하는 것만으로 아름다운 무엇인가가 피어난다. 그것을 보여 줄 수 있는 사회는 만들 수 있을지도 모른다. 엘시 에더리의 지휘 아래에서.

그러나 치천제가 그 모든 것을 망가뜨렸다. 황제는 맞닿은 손끝 사이를 보는 대신 그 너머에 있는 상대의 손을 바라보게 하였다. 그 손은 누구의 손일까? 너는 누구냐? 나를 어쩌려는 거지?

손을 움츠린다. 뒷걸음친다. 네가 낯설다. 네 눈 속에 비치는 내가 낯설다. 나를 비참하게 만들기 전에 내가 먼저 너를 비참하게 만들련다. 내가 무엇인지는 모르지만 너보다 나은 무엇이 될 수는 있을 테니까. 그렇게만 된다면 내가 누군지는 중요하지 않다.

무거운 발소리에 사라말은 눈을 떴다.

두 명의 레콘이 터덜터덜 걸어오고 있었다. 민들레 여단병이 되기 위해 태어난 것이 아닌가 싶을 정도로 둘 다 사납게 생겼다. 하지만 그들의 태도에는 긴장감이나 전의 같은 것이 없었다. 쇠도리깨를 들고 있는 쪽은 짜증 난 얼굴을 하고 있었고 그보다 조금 작으며 양손에 철퇴를 들고 있는 쪽은 사라말의 허리 쪽을 보고 있었다. 그 레콘이 칼을 바라보나 생각했던 사라말은 곧 생각을 바꿨다. 레콘은 앞에 있는 미친놈이 물통을 차고 있을까 봐 걱정하는 것이었다.

사라말은 걸음을 멈췄다. 하지만 쇠도리깨와 쌍철퇴는 계속 성큼성큼 걸어왔다. 갑자기 사라말은 그들의 의도를 알 수 있었다. 두 레콘은 대화할 생각이 없었고 물론 조그마한 인간과 싸울 생각도 없었다. 그들은 그냥 물건을 주워 돌아가듯 사라말을 집어 들고 돌아갈 생각이었다. 그의 생각을 뒷받침하듯 쇠도리깨 쪽이 걸어오면서 팔을 들었다. 곧 그 커다란 손이 몸 어딘가에 닿을 판국이었다. 강단이 대단해도 뒷걸음치고 싶은 광경이었지만 사라말은 묘하게 슬픈 기분으로 생각했다.

'시작이군.'

쇠도리깨의 손바닥이 그의 몸 전체를 덮는 그림자를 만들며 머리 위까지 다가왔을 때 사라말은 환상 계단을 상상했다.

환상 계단은 상상한 자에게만 영향을 끼칠 뿐 다른 자에겐 보이지 않는다. 사라말의 손에 초점을 맞춰 본다면 환상 계단은 사라말의 손에는 영향을 끼칠 수 있지만 다른 자에겐 아무 영향도 주지 않는다. 그런데 사라말의 손 자체는 타인에게 영향을 줄 수 있다. 다른 사람을 만지거나 붙잡거나 악수하거나 볼을 살짝 꼬집어 준다거나…….

사라말의 왼쪽 손바닥이 쇠도리깨의 복부로 날아들었다.

사라말은 환상 계단을 이용하여 자신의 손을 앞으로 날려 보냈다. 환상 계단의 적용 대상은 엄격하게 제한되어 있지만 그 적용 한계는 얼마인지 짐작할 수도 없다. 지멘의 하늘누리 침입 사건에서 밝혀졌듯 그것은 물에 가라앉는 레콘의 무거운 몸을 지탱하는 10킬로미터 길이의 기둥 없는 고공 도로를 만들 수도 있다. 상상한 본인에 대한 환상 계단의 영향력은 무한대인 듯하고, 그것이 사실이라면 사라말은 자신의 손에 무한대의 힘을 실을 수 있다는 의미가 된다. 물론 팔이 찢어질지도 모른다는 걱정 때문에 사라말은 자신의 상상을 대폭 제한했지만 순간적으로 실린 힘은…….

철판 위에 철판을 떨어트린 듯한 소리가 울려 퍼졌다.

레콘의 비정상적으로 튼튼한 뼈대와 강인한 근육, 그리고 야수들을 능가하는 반사 능력이 없었다면 배에 구멍이 났을 것이다. 쇠도리깨는 가까스로 그런 꼴은 모면했지만 대신 꽤 놀라운 모습을 보여 주었다. 사라말이 손에 실은 환상의 힘과 무의식적으로 타격을 줄이기 위해 몸을 뒤로 던진 레콘의 반사 동작이 더해진 결과는 몸을 반으로 접다시피 한 레콘이 땅바닥에 쓰러지지도 못하고 몇 십 미터 이상 뒤로 주르륵 미끄러지는 것으로 나타났다. 불운한 레콘이 간신히 땅에 쓰러졌을 때도 쌍철퇴는 그 모습을 보지 않았다. 그리고 쓰러진 쇠도리깨도 사라말을 정신없이 바라보았다.

밀도 높은 침묵의 중심에서 사라말은 왼쪽 손바닥을 내민 채 꿈쩍도 하지 않았다.

환상 계단을, 아니, 환상 근육이라고 부르는 것이 적절한 것을 다루는 사라말의 솜씨는 나쁘지 않았다. 처음치고는 훌륭하다고 할 수 있다. 분명히 그런 일이 일어날 가능성이 있었지만 사라말은 자신의 팔이 어깨에서 분리되어 앞으로 날아가게 하지는 않았다. 하지만 속도 자체가 일으키는 충격은 어쩔 도리가 없었다. 사라말의 왼손에 실린 속도는 레콘의 몸에 부딪혀 저지당한 순간 그대로 파괴력으로 바뀌어 사라말의 손과 팔, 어깨, 온몸을 뒤흔들었다. 사라말은 자신의 왼손에서 낯선 기분을 느꼈다. 손뼈들이 어긋나 그의 왼손은 기이한 모양으로 변형되어 있었다.

혹독한 통증 속에서 사라말은 생각했다. 왼손을 쓰길 잘했군. 이제 땅으로 고꾸라져 전신을 떨며 비명을 지를 차례였다.

그러나 대신 사라말은 칼을 뽑아 들었다.

쌍철퇴가 무의식적으로 철퇴를 들어 올렸다. 그 순간 사라말의 몸이 위로 2미터 이상 솟아올랐다. 다리를 구부리지도 않은 채 솟아올랐기에 레콘은 그 상승을 예측하지 못했다. 눈으로 본 것을 머리로 이해할 때까지 극히 짧은 지체가 있었다. 하지만 사라말은 지체하지 않았다. 솟아오르면서 그는 환상 근육으로 자신의 오른팔이 회전하게끔 했다.

레콘과 사라말 사이에 철퇴와 그것을 쥐고 있는 레콘의 손이 쿵 떨어졌다.

레콘은 비명을 지르지 않았다. 뒤로 날듯 물러나서 남아 있는 손에 쥔 철퇴를 앞으로 내민 후에야 레콘은 희미한 신음을 흘렸다. 쇠도리깨를 든 레콘이 일어나 그의 곁으로 다가왔다. 그는 피가 왈칵왈칵 솟아나는 동료의 잘린 팔목을 보다가 부리로 뒤를 가리켰다.

"지혈해."

손목이 잘린 레콘은 잠시 머뭇거리다가 철퇴를 겨드랑이에 끼우고 잘린 팔목을 움켜쥔 채 뒤로 달려갔다. 홀로 남은 레콘은 쇠도리깨를 높이 들어 올린 채 사라말을 바라보았다. 사라말은 여전히 땅에서 2미터 떨어진 곳에 발을 둔 채 떠 있었다. 레콘이 말했다.

"무슨 괴물이냐."

팔목이 잘린 레콘이 도망친 방향에서 민들레 여단병들이 달려나왔다. 그리고 많은 레콘들이 하늘로 뛰어올랐다. 거대한 쇄파(碎波) 같았다. 그 육중한 몸들이 만들어 내는 쿵쿵쾅쾅 하는 진동에 땅에 있는 모든 것이 덜덜 떨었다. 환상에 의해 허공에 떠 있는 사라말은 공기의 진동만 느낄 수 있었지만 그것만으로도 땅이 얼마나 혹심한 고통을 겪고 있는지 짐작할 수 있었다. 쇠도리깨가 다시 질문했다.

"너는 뭐냐?"

사라말은 왼손을 들어 올리려 했다. 하지만 모진 통증 때문에 차마 그럴 수 없었다. 비명도 지를 수 없는 아픔 때문에 떨며 사라말은 환상 근육을 이용하여 왼팔을 들었다. 쇠도리깨는 천천히 떠오르는 그 왼손이 세상에서 가장 무서운 흉기인 양 눈을 둥그렇게 뜬 채 바라보았다. 하지만 그 손은 쇠도리깨가 있는 방향을 지나쳐 하늘로 올라갔다. 말리를 겨냥하게 되었을 때 팔을 멈춘 그는 집게손가락으로 말리를 가리켰다.

　벼슬을 빳빳하게 세운 쇠도리깨에게선 상당히 많은 관심을 받을 수 있었지만 말리에게선 아무런 반응도 얻지 못했다. 사라말은 실망하지 않았다. 그는 속삭이듯 말했다.

　"집행한다."

　레콘들의 쇄도가 그를 덮칠 듯 다가왔을 때 사라말은 파도 끝을 박차는 갈매기처럼 솟아올랐다. 그가 없어진 자리에 쏟아진 민들레 여단의 병사들은 몸을 부풀리며 위를 쏘아보았다. 사라말은 왼쪽 집게손가락으로 끌어올려지는 사람처럼 말리를 향해 치솟고 있었다. 환상 계단을 만들 줄 아는 레콘들이 곧 말리와 지상 사이에 계단을 만들었다. 그들은 허공을 짓밟으며 사라말의 뒤를 따랐다.

　제이어 솔한은 퀭한 눈으로 아래를 내려다보며 중얼거렸다.

　"환상 계단으로, 아니, 환상 근육인가? 그걸로 힘을 증폭시켰어! 세상에. 그럴 수도 있군!"

　그 설명 덕분에 상황을 이해할 수 있게 되었지만 아이저는 경계심 어린 표정으로 제이어를 바라보고 있었다. 움직이는 시체처럼 아무 말도 없었던 제이어가 느닷없이 광기 어린 집중력을 보이는 것에 놀라고 두려워하는 사람은 그만이 아니었다. 시카트조차 주저하며 말했다.

　"히, 힘을 증폭시키다니? 어, 어떻게?"

　제이어가 희번덕거리는 눈으로 시카트를 노려보았다. 목소리가 나오지는 않았지만 그의 입이 '이런 멍청이.'라고 말하는 것은 그를 보고 있던 사람들의 눈에 잘 들어왔다. 시카트는 분통을 터뜨려야 할지 주눅이 들어야 할지 모르는 사람처럼 보였다. 제이어가 말했다.

"공자님의 손과 말 한 마리를 밧줄로 묶고 말을 출발시키면 어떻게 되겠습니까? 질질 끌려간다는 대답은 하지 마십시오. 그건 중요하지 않으니까. 아주 빠른 속도로 주먹을 뻗을 수 있을 겁니다. 됐습니까? 이제 한심한 질문은 다른 사람에게 하십시오. 저는 할 일이 있습니다!"

제이어는 자신의 손을 뚫어지게 바라보다가 그것을 위아래로 움직였다. 하지만 그의 손은 보이지 않는 무엇인가에 부딪힌 듯 턱턱 멈추거나 이상한 방향으로 움직였다. 제이어가 무슨 일을 하려는지 짐작하는 것은 어렵지 않았고 사람들은 겁에 질린 표정으로 그를 바라보았다. 아실이 다급하게 말했다.

"제이어. 당신이 든 예를 스스로 생각해 보면 알겠지만 그럴 경우 팔이 빠질 수도 있어요. 하지 마요."

제이어가 고개를 홱 돌렸다. 환상 근육을 이용하여 목을 돌렸나 의심할 정도의 속도였다. 그는 살기등등한 눈으로 아실을 쏘아보았다.

"모르니까?"

"예?"

"내가 왜 이래야 하는지 모르니까 하지 말라는 거냐?"

지멘은 몸을 부풀렸다. 이 멍청한 놈. 아실은 너를 증오할 수 없어. 증오는 황제가 가져갔으니까. 너를 걱정하는 거야. 지멘은 망치 자루를 부서져라 움켜쥐었다. 아실이 두 손을 내밀었다.

"위험하니까 하지 말라는 거예요."

제이어는 지멘을 흘깃 보고는 거만한 표정으로 그녀를 외면했다. 그는 다시 사지를 움직이는 법을 연습하는 사람이 되었다. 걸음마를 익히느라 열중한 아기와 자기가 제대로 움직이고 있다고 믿는 포악한 술주정뱅이를 결합하면 제이어와 비슷한 모양이 될 것 같다. 그 기이한 모습을 바라보는 이들의 가슴엔 두려움과 거부감이 가득 찼다. 아실은 좀 말려 보라는 듯이 지멘의 손을 붙잡고 그를 올려다보았다. 하지만 지멘은 냉담한 시선으로 제이어를 볼 뿐이었다. 아실이 입술을 깨물고 제이어를 돌아보았을 때 갑자기 제이어가 움직임을 멈췄다.

아실은 그가 환상 계단으로 자기 목을 졸라 버리지나 않았나 걱정했다. 그랬다면 참으로 신비로운 자살법이 되었겠지만 다행히 제이어는 죽지 않았다. 죽은 사람은 아무것도 없는 허공을 멍하니 바라보며 입을 뻐끔뻐끔할 수 없으니까.

"알았다."

"예? 제이어, 괜찮아요?"

"알았다. 알았어."

"뭘 알았다는 거죠?"

제이어는 고개를 떨어트렸다. 체념의 동작이 아니라 아래를 바라보기 위한 동작이었다. 제이어는 발 딛고 있는 하늘치를 내려다보며 말했다.

"네가 무슨 약속을 기다리고 있는지…… 알겠어. 그거였어."

제이어는 무릎을 털썩 꿇었다. 진귀한 보물을 만지듯 그는 바닥을 쓸어 만졌다.

"알았어."

형에 대한 우정에는 한 점 변함이 없었지만 파라말 아이솔은 형의 모습을 보며 걱정보다는 경악을 느꼈다. 만약 그 순간 누군가가 뻣뻣하게 굳은 모습으로 규리하 성의 주랑 위에 서 있던 파라말에게 '저 사람 당신 형이지?'라고 물었다면 그는 놀란 얼굴로 '저게?'라며 물건을 지칭하듯 대답했을지도 모른다.

파라말이 서 있는 주랑 위에는 레콘을 베개 던지듯 날려 버리고 그 단단한 손목을 단숨에 잘라 버리는 사라말의 괴력을 설명해 줄 수 있는 제이어 솔한 같은 사람이 없었다. 두려움에 빠져 사라말을 바라보는 사람들 가운데는 조금 늦게 주랑으로 올라온 야리키도 있었다. 야리키는 파라말에게 너희 형이 어떻게 된 거냐고 물으려 했지만 파라말 또한 다른 이들처럼 넋 빠진 얼굴을 하고 있다는 것을 깨닫고 부리를 다물었다.

야리키는 벼슬을 주물럭거리며 생각했다. 다른 요인은 하나도 떠오르지 않았다. 명백히 환상 계단이 개입된 문제였다. 하늘치를 타고 돌아다니며 여행하곤 했던 야리키는 환상 계단을 꽤 능숙하게 다루는 편이었다. 하지만 밟고 오르락내리락하는 것이라는 고정관념 때문에 야리키는 사라말의 괴력과 환상 계단을 연결 지어 생각하지 못했다.

고심에 빠진 얼굴로 이리저리 고개를 돌리던 야리키는 덩치 큰 사람을 보았다. 야리키는 탈해가 밖에 나와 있나 하고 놀랐다. 혹 유혈 사태가 일어날 경우 위험하다는 이유에서 사람들은 탈해가 안전한 성내에 있기를 바랐다. 그리고 규리하의 변경백이지만 훌륭한 전투 지휘관이라 할 수 없는 경우 또한 차라리 건물 안쪽에 있는 편이 저격이나 기타 등등의 위험을 줄일 수 있어서 좋았다. 결국 사람들은 그 둘이 함께 안전한 곳에 있어야 한다고 주장했고 두 사람은 그것을 받아들였다. 만약 탈해가 호기심 때문에 밖에 나왔다가 레콘의 손목이 잘리는 모습을 목격했다면 위험한 노릇이다.

그러나 자세히 바라본 야리키는 자신이 오해했음을 깨달았다. 그가 본 것은 갑옷을 차려 입고 남편 옆에 서 있는 아이넬 굴도하였다. 평소 보던 옷차림이 아니어서 몰라보았을 뿐이다. 그때 그의 머릿속에 기묘한 생각이 떠올랐다. 조금 전까지 환상 계단에 대해 생각하다가 아이넬의 갑옷을 보았기 때문에 순간적으로 그의 머릿속에서 두 가지가 뒤섞여 버렸다. 만약 갑옷을……

야리키는 깨달았다.

"그거로군."

세레지 파림이 야리키를 돌아보았다. 그녀의 묻는 눈을 보았지만 야리키는 자신의 생각을 잘 설명할 수 없었다. 야리키는 아이넬의 갑옷을 가리키며 엉성하게 말했다.

"만약 환상 계단으로 갑옷을 만들면?"

환상 계단을 만들 줄 모르는 세레지였지만 그녀에겐 파림 가문의 최대 장기라 할 수 있는 능력이 있었다. 환상 갑옷, 다른 사람에겐 영향을 줄 수 없으니 칼이나 화살을 막지는 못하겠지만 안에 있는 사람은 영향을 받겠지. 환상 갑옷이 움직이면 안에 있는 사람도 움직인다. 환상 갑옷이 아주 빠르게 팔을 휘두르면 안에 있는 사람의 팔은 어떻게 될까?

"그렇군요! 환상으로 자기 몸을 움직이고 있어!"

그녀의 목소리가 들리는 범위 내에 있던 자들이 모두 세레지를 돌아보았다. 세레지가 외쳤다.

"맞아! 밟을 수 있다면 그걸 쥘 수도 있겠지. 몸에 두를 수도 있을 거야. 그리고 그걸 세게 움직이면, 몸도 세게 움직여! 상상한 사람에겐 영향을 끼친다면서요?"

이해의 표정은 순차적으로 떠올랐고 불운하게도 그 표정을 전혀 떠올리지 못하는 사람들도 있었다. 파라말은 빨리 이해한 축에 속했다. 그는 머리를 짚었다.

"맙소사. 환상 근육이군. 어떻게 그런 생각을······."

이해의 대열에 동참하지 못했던 사람들은 환상 근육이라는 파라말의 말에서 약간의 영감을 얻었다. 야리키 또한 갑옷 대신 근육이라고 생각하자 이해가 더 쉬워지는 것을 느꼈다. 파라말은 충혈된 눈으로 형을 바라보았다.

"하지만 잘못하면 자기 몸을 찢어 버릴 거야. 안 돼. 말려야 해. 야리키! 계명성을 질러요. 그만두고 이쪽으로 돌아오라고!"

야리키는 파라말의 부탁에 따라 가슴을 부풀렸다. 그러나 야리키는 부리를 열지 않았다. 몸을 다시 줄인 야리키는 말리를 미심쩍은 눈으로 바라보았다.

"뭐가 움직이는데."

율형부사의 믿기 어려운 움직임을 바라보던 엘시의 머릿속에서 서서히 이해의 빛이 깜빡였다. 제이어 솔한이 깨닫고 야리키가 깨달은 바로 그것이 엘시의 머릿속에서도 떠올랐다. 그리고 엘시는 사라말이 하는 일이 바로 자신이 평소에 하던 일이라는 것을 깨달았다.

엘시는 이동 계단을 만들 수 있다. 바꿔 말하면 발에 접촉한 환상 계단이 움직이게 하는 것이다. 그러면 그의 발도, 물론 몸 전체도 움직인다. 발을 손으로 바꾸면, 손으로 쥘 수 있거나 손을 감싸는 이동 계단을 만들어 그것을 움직이게 한다면 손도 그렇게 움직일 수 있다. 단순하다. 물론 모든 탁월한 발상은 그것을 이해한 후에는 단순해 보이게 마련이다. 엘시는 그 단순함이 사라말의 탁월함에 존경을 바치지 않아야 할 이유라고 생각하지는 않았다.

하지만 엘시는 사라말에게 보낼 존경을 보류했다. 틸러 달비가 전한 내용에 따르면 사라말은 자신을 고발자이자 재판관, 처형인으로 삼아 황제를 처벌하려 하고 있다. 엘시는 그것을 좌시할 수 없었다. 민들레 여단의 레콘들이 사라말의 뒤를 따르고 있었지만 레콘의 강철같은 팔뚝을 싹둑 잘라 버리는 사라말을 저지하기 위해서는 엘시 자신이 나을 것이다. 사라말의 방식을 이해한 엘시는 그와 같은 일을 시도할 수 있었다.

환상으로 자신을 감싸려 했던 엘시는 갑자기 들려오는 쿠르르릉 하는 소리에 집중력을 잃었다. 그것은 치명적인 재난을 암시하는 소리였다. 잠시 후 뚫어지게 바라보던 엘시의 눈에 말리를 박차고 튕겨 나오는 거석이 들어왔다.

규리하 사람들은 소리와 말리가 충돌하던 당시 그 낙석 공격을 직접 목격했지만 엘시나 그의 부하들은 말로만 들었을 뿐 보지 못했다. 그리고 두 눈으로 보게 된 낙석은 그들의 상상을 초월했다. 일반적으로 낙석이란 사과나 배 정도의 돌을 의미한다. 하지만 말리의 등에서 뛰쳐나온 석환은 인간들이 흔히 쓰는 돌절구통만 한 크기였다. 물론 속이 빈 절구통보다는 훨씬 무거울 것이다. 엘시가 다급하게 외쳤다.

"낙석이다! 낙석에 주의해라!"

하늘을 날며 사라말은 양쪽 팔과 어깨에서 느껴지는 통증에 신음했다. 기이하게 모양이 변한 왼손은 퉁퉁 부어올랐고 손목과 팔꿈치, 어깨 모두 불로 지지는 것 같았다. 왼팔을 영영 잃었을 가능성이 높았다. 회전시켰던 오른팔 역시 근육이 다 뒤틀린 것 같았다. 부딪치는 공기의 압력과 중력의 끌어당김은 그의 몸을 걸레 쥐어짜듯 비틀었다. 그 고통이 너무 끔찍하여 사라말은 첫 번째 석환이 그의 옆으로 몇 십 미터쯤 떨어진 곳을 지나쳤을 때 겨우 낙석을 깨달았다.

말리 쪽을 바라본 사라말은 잠깐 동안 통증을 잊었다.

그의 몸통보다, 아니 그보다 더 커 보이는 바위들이 화살처럼 날아오고 있었다. 그런 크기의 물건이라면 곧장 떨어지는 것이 자연스럽겠지만 경사로를 따라 가속된 그 석환들은 사라말을 향해 비스듬한 궤도로 날고 있었다. 물론 전체적으로 보면 커다란 포물선 같은 것을 그리다가 수직으로 떨어지겠지만 그 순간 사라말은 돌들이 의지를 가지고 그를 향해 날아오는 듯한 비이성적인 충격을 느꼈다.

그러나 동시에 사라말은 분노를 느꼈다. 그는 거리 때문에 제각기 다른 크기로 보이는, 하지만 한결같이 빠르게 커지는 돌들을 고도의 집중력으로 바라보았다. 돌과 그는 서로를 향해 날고 있었으므로 상대속도는 엄청나다. 사라말은 자신의 목숨이 판돈으로 걸린 위험한 도박에 통증을 잊었다.

저 돌은 괜찮아. 아래쪽이야. 똑바로 날아오는 저 돌도. 위험할까? 아냐. 아래로 떨어질 거야. 조금 높은 곳에 있는 돌. 저기에 집중해. 앞쪽에 있는 돌이 너무 크다! 정말 떨어질까? 제기랄, 피해야겠다!

옆으로 잽싸게 움직였다. 살인적인 기세로 다가오는 돌은 피할 수 있었지만 그 순간 계산이 흐트러졌다. 곧 사라말은 모든 돌이 자신을 향해 날아오는 듯한 느낌을 맛보았다. 그는 정신없이 비틀거리며 움직였다.

환상 계단을 만들어 사라말을 쫓아가던 민들레 여단병들 또한 석환들의 궤도에 들어가 있었다. 그들은 황급히 뒤로 돌아 달리거나 펄쩍 뛰어올랐다. 그러나 뛰어올랐다가 떨어지는 도중에는 레콘도 자유로이 움직일 수 없다. 그 점을 깨닫고는 타고난 무지막지한 속도와 힘에 의지하는 자들도 있었다. 몸을 휙휙 움직이며 돌을 피하다가 도저히 피할 수 없는 돌을 본 그들은 머리를 감싸 쥐고 몸을 웅크렸다. 빠악 하는 무시무시한 소리와 함께 돌은 레콘을 허공으로 튕겨 내었다. 환상 계단을 만들지 못했기에 아래쪽에 있던 자들은 그나마 운이 좋았다. 그들은 돌이 떨어질 때까지 충분한 시간이 있었고 어디로든 달릴 수 있는 넓은 땅이 있었다. 그러나 땅에 부딪혀 파괴된 돌들이 날려 보내는 파편들과 충돌음, 격렬한 진동에 그들은 비틀거렸다. 그러다가 돌에 직격당하는 레콘도 나타났다. 충돌에 대비한 위쪽의 레콘들과 달리 그런 레콘은 몸 한 부분이 으스러지는 봉변을 겪었다. 이곳저곳에서 거대하고 참혹한 비명들이 들려왔다.

사라말은 아래쪽에서 들려오는 비명을 듣지 못했다. 흙이 패고 돌이 부서지고 대지가 진동하는 소리를 듣지 못했다. 그는 우박을 피하는 날벌레였다. 돌에 약간 스치기만 해도, 아니 돌들이 일으키는 공기의 흐름에 휘말리기만 해도 치명적인 타격이 될 것이다. 다른 감각은 모두 사라진 채 사라말은 시각만 가진 존재가 되어 돌을 바라보았다. 어디선가 나타나 급속하게 커지는 돌들. 모두 그를 향해 날아온다. 제멋대로 날아다니는 돌들.

돌　　　　돌　　　　　　　돌
돌
　　　　　　　　돌　　　　돌　　돌 돌
　　　　　　돌　　돌　　　돌　　돌
　　　　　　　　돌　　　　　　돌
돌　　돌　　　돌　　돌　　돌

사라말은 말리의 허리 옆으로 솟아올랐다.

돌은 더 이상 없었다.

사라말은 지느러미 쪽으로 서서히 움직였다. 지느러미를 때리는 것을 피하기 위해 그쪽에는 낙석 장치가 없었다.

사라말은 자신이 연기가 된 것 같았다. 바람이 세차게 불면 단숨에 흩어져 자취를 감출 것 같았다. 다행히 바람은 없었다. 아니면 바람을 느끼는 그의 감각이 잘못되었는지도 모른다.

사라말은 지느러미 위에 내려섰다.

사라말은 허수아비처럼 하늘치 위에 섰다. 실제로 허수아비나 마찬가지다. 그는 자신의 두 다리가 아닌 환상 근육으로 서 있었고 그 환상은 그가 어떤 기묘한 자세를 취해도 그를 안정적으로 지탱했다. 사라말은 당장 쓰러지는 것이 어울리는 자세로 비스듬히 서서 특별히 보고 싶다는 생각 없이 앞쪽을 바라보았다.

그곳에 검은 여인이 있었다.

사라말은 눈을 크게 뜨려고 애썼다. 하지만 눈은 거꾸로 자꾸 감겼다. 무익한 시도 끝에 사라말은 눈꺼풀을 포기했다. 그는 환상을 이용하여 자신을 앞으로 움직이게 했다. 그는 발을 움직이지도 않고 앞으로 스르르 미끄러졌다. 여전히 삐딱한 자세로.

검은 여인은 검은 모피를 두른 나가로 바뀌었다. 치천제였다.

그의 신경들은 통증에 난도질당하다 못해 기절한 것에 가까운 상태였다. 통증이 존재한다는 것은 느낄 수 있었지만 사라말은 그것이 아무렇지도 않다고 생각했다. 모든 것이 둔하고 흐리고 희미하다. 사라말은 어두운 시야 속에서 황제를 바라보았다.

사라말의 몸이 멈췄다. 황제와의 거리를 자신할 수는 없지만 2미터쯤 되는 것 같다. 아름다운 목소리가 들려왔다.

"어서 오너라, 사라말 아이솔."

사라말은 자신의 입이 움직였다는 느낌을 받았다. 뭔가 말을 한 모양이다. 사라말은 그 소리를 듣지 못했다. 그러나 황제의 미성은 또렷하게 들렸다.

"처형이라. 제국법으로 법 위에 있는 짐을 처벌하겠다는 건가?"

사라말은 그녀가 처벌받아야 하는 이유를 설명하려 했다. 어쨌거나 뭐라고 웅얼거린 모양이다.

"정신 억압? 나는 그런 식으로 정신 억압하지 않는다. 사라말. 그런데 정신 억압이 왜 문제지?"

사라말은 황제의 질문을 이해할 수 없었다. 그는 이해할 수 없다고 말하려 했다. 그러나 자신이 다른 말을 한 것 같다는 느낌이 들었다.

"아아. 너희들의 정신적 자유 말인가. 자유롭게 관찰하고 자유롭게 결정하고 자유롭게 망가질 의지."

긴 침묵이 있었다.

사라말은 황제의 목을 베기로 했다. 사라말은 그녀가 파넬 미호린이라고 생각했다. 그러자 황제는 파넬이 되었다. 그는 자신이 환상을 본다고 생각했다. 하지만 환상을 보면서 환상이라고 생각하는 것은 조금 이상했다. 사라말은 정신을 차리려 했지만 여전히 앞쪽에 있는 것은 연쇄 살인마 파델 미호린이었다. 사라말은 환상 시각이라는 말을 떠올렸다. 하지만 그 말이 무슨 뜻인지 알 수 없었다.

파델 미호린이 나가의 미성으로 말했다.

"너는 용을 기다리고 있었지."

사라말은 고개를 갸웃했다. 목을 잘라야 한다. 사라말은 오른팔을 움직이려 했다. 하지만 오른팔이 어디 있는지 알 수 없었다. 환상 근육을 쓰려 해도 팔이 어디 있는지 알 수 없다면 소용없다.

살인자의 목소리가 들려왔다.

"네 소원은 이루어졌다."

사라말은 참 좋은 일이라고 생각했다. 그는 오른팔을 찾는 것을 포기하고 자신이 기다리던 용을 바라보았다.

사라말은 용을 보았다.

잠시 후 땅에 있던 사람들은 말리의 지느러미 위쪽에서 엄청난 빛이 번뜩이는 것을 보았다. 수백 개의 벼락이 한 장소를 때리는 것 같았다. 세상에서 모든 색깔이 추방되고 흰빛과 검은빛만 남는 듯한 광경에 사람들은 눈을 감거나 뒤로 돌아섰다.

그래서 사람들은 친구를 위해 죽은 한 남자의 재가 복상하는 듯한 부드러운 바람에 실려 흩어지는 것을 보지 못했다.

제 39 장

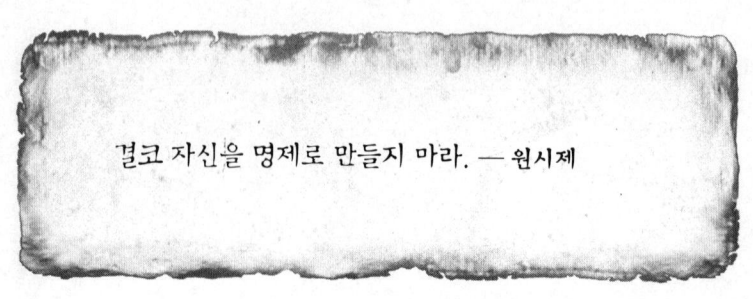

결코 자신을 명제로 만들지 마라. ─ 원시제

신을 긍정하는 태도

오밀조밀한 잎사귀 사이에 산들바람을 흠뻑 머금은 월귤나무가 없고 뻣뻣한 척하지만 기실 외로움을 잘 견디지 못하는 대나무가 없고 물안개를 사랑하는 끄레발 뚝버들이 없고 고갱이에 푸른빛 품은 얼룩빼기 물푸레나무가 없고 그 뿌리 근방에서 개구리 왜각대각 우는 오리나무가 없고,

뭉게구름을 넘을 듯 모둠빼기 뛰는 살판꾼이 없고 술잔을 벌컥벌컥 들이켜고는 곶감 집어 꼬맹이 입에 쏙 집어넣어 주는 주당이 없고 방시레 웃는 처녀들에게 한눈팔고 걷다가 개 꼬리 밟는 청년이 없고 깽깽거리며 세상 끝까지 달려갈 듯 도망치는 개가 없고 그 개 보고 웃다가 입에 들어 있던 곶감 떨어뜨리는 꼬맹이가 없고,

몇 사람의 경우엔 자기가 없는,

세상이라는 책의 아직 이름 붙지 않은 장절에서

파라말 아이솔이 비명을 질렀다.

파라말이 본 것도 다른 이들과 다르지 않아서 망막에 회갈색 손자국을 남기는 잔학한 섬광이 전부였다. 그것들이 사라졌을 때 세상은 다시 지루한, 마침표 없이 영원히 쉼표만 이어지는 자신의 연대기를 써 내려갔다. 하지만 파라말은 그 쉼표가 찍히면서 무엇인가가 영영 사라졌다는 것을 느낄 수 있었다. 그것이 무엇

인지는 알 수 없었지만 파라말은 커다란 상실감을 느꼈다. 보이지 않지만 그에게 달려 있는 사지 하나가 뜯겨 나간 것 같은 고통. 파라말은 두 손으로 얼굴을 쥐어뜯으며 비명을 질렀다.

내버려두면 주랑 아래나 홍벽 너머로 떨어질 지경이었기에 야리키는 비틀거리는 파라말의 팔목을 붙잡았다. 그 손길에 기겁한 파라말이 야리키의 손을 땅땅 두드리다가 그 손을 물어뜯으려 했다. 야리키는 파라말을 슬쩍 밀어 땅에 쓰러트렸다. 바닥에 엎어진 파라말은 자신의 비명으로부터 도망치려는 사람처럼 두 손으로 귀를 틀어막으며 비명을 질렀다.

형님이 죽었어!

아니요, 부사. 그냥 반짝임일 뿐이에요. 그는 환상을 마음대로 다루고 있었어. 하늘누리의 추락도, 얼어붙은 바다도, 레콘들의 쇄도와 낙석도 부사를 해치진 못했잖습니까. 돌아올 거야. 그런 말씀 마세요!

내겐 이제 형이 없어.

대지보다 더 대지 같은 하늘치, 그 그림자 속에서 당황하고 있는 거인들, 운석의 직격을 당한 듯한 구덩이들. 지나치게 크고 우악스러운 세상 속에는 형을 잃은 동생을 위해 준비된 것이 없다.

형이 없어!

"그게 무슨 말이지?"

황무지 같은 목소리가 들려왔다. 고개를 돌린 파라말은 계단 끝에 서 있는 아트밀을 보았다. 몸 이곳저곳이 불규칙적으로 전율하는 아트밀의 모습은 바람 부는 보리밭 같았다. 파라말의 감쳐물었던 입술이 떨리며 움직였다.

"형님이……."

 파라말의 말에서 아트밀은 레콘의 모든 용력을 동원해도 듣지 않은 것으로 하거나 어이없는 오해로 만들 수 없는 사실의 무게를 느꼈다. 아트밀은 그 무게에 짓눌려 속삭였다.

"따라갈 수 없나?"

 목이 멘 파라말이 표정과 몸짓으로 말했다. 결코 얼지 않는, 그래서 살아 있는 몸을 가진 자가 그 위를 걸을 수 없는 잿빛 바다가 있으며 사라말은 바로 그 바다를 넘어갔다고.

 아트밀은 레콘을 모방한 절망이 되었다.

 아트밀은 우주 전체가 한목소리로 그를 꾸짖고 천시하는 것을 느꼈다. 그 한없는 수치심과 치욕감. 그러나 아트밀은 자신을 불태울 듯한 그 부정적인 감정을 분석할 수 있었다. 사라말이 이미 말해 주었다. '정신 억압을 통해 당신에겐 사라말 아이솔을 따라가 그를 보호해야 한다는 강력한 욕구가 주어졌습니다.' 아트밀은 사라말을 보호하지 못했고 그 때문에 한없이 부끄럽고 비참한 것이다.

 그것은 거짓된 감정이다. '당신은 정신 억압을 당했습니다.' 아트밀은 자신을 기만하는 가짜 감정에서 빠져나와 그것을 바라볼 수 있었다. 그는 레콘이다. 그가 아닌 다른 누군가가 추구해야 한다고 결정한 것을 열심히 추구하는 것은, 그리고 그것을 획득하지 못했다고 해서 괴로워하는 것은 레콘인 아트밀에게 지극히 우스꽝스러운 일이다. 사라말의 삶과 죽음이 자신에게 연루되어야 하는 이유를 아트밀은 하나도 떠올릴 수 없었다.

 이 고통은 가짜다. 이 슬픔은 가짜다. 이 분노는 가짜다. 아트밀은 사라말에게서 완전히 고개를 돌릴 수 있다.

그 대신 무엇을 봐야 할지만 결정하면 된다.
뭔가 볼 만한 것이 있을 것이다.
있을까?

틸러 달비는 자신이 입을 움직이고 있다는 희미한 자각을 느꼈고, 거기에 대해 신경 쓰지 않았다. 그래서 그의 입은 주인의 제지를 받지 않은 채 사나운 욕설들을 흘려보냈다.
처형은 이루어졌다. 그가 본 빛에 부여할 수 있는 의미는 처형뿐이다. 하지만 누가 누구를 처형했는지는 불분명하다. 떨어지는 무거운 돌들을 피하며 지상에서 하늘로 이어지는 여정을 답파한 사라말 아이솔의 모습에서 틸러는 황제의 사망 가능성을 느낄 수 없었다. 사라말의 승천과 황제의 죽음은 별개라는 느낌이 들었다.
손이 아팠다. 틸러는 자신이 움켜쥐고 있는 사자패를 보았다. 그는 사라말이 황제를 처형하려 한다는 것만 보고했고 사자패에 대해서는 보고하지 않았다. 특별한 계획이 있어서 그런 것은 아니다. 자신이 사자패주에 임명되었다는 것을 비밀로 지켜야 하는 사자패주의 의무 때문에 무의식적으로 보고하지 않았을 뿐이다. 그 때문에 사자패는 그에게 남겨졌다.
사자패를 들여다보던 틸러는 의아했다. 주위를 살짝 둘러보았다. 모든 사람들이 말리를 올려다보고 있었기에 제국군 부위에게 신경 쓰는 사람은 없었다. 틸러는 사자패를 유심히 들여다보았다. 이전에 사자패를 가져 본 적은 한 번뿐이지만 평생 구경도 못 해본 많은 자들에 비하면 틸러는 사자패 전문가라고 할 수도 있다. 그것은 평범한 사자패였다. '치천제수사자패'라는 이름과 발행연월일, 발행처가 기재되어 있었고 뒷면엔 흑사자의 아름다운 모습이 양각되어 있었다. 특기할 만한 점은 아무것도 없었고, 바로 그 사실이 틸러에겐 특별하게 느껴졌다.

황제에 대한 저항 의지를 드러내고 싶었다면 하다못해 황제의 이름을 못이나 송곳으로 긁어 놓을 수도 있었을 것이다. 틸러는 자신이라면 치천제라는 이름이 씌어져 있는 부분에 먹으로 '틸러 달비'라고 썼을 거라 생각했다. 유치한 행동이라고 할 수도 있지만 제국군 부위 한 명을 사자패주로 임명하여 즉석 재판을 여는 행동도 실용주의적이라고 하기는 어렵다. 기왕 형식주의적으로 행동하려 했다면 왜 이 사자패에 새겨져 있는 황명은 내버려두었는가? 틸러는 앞뒤가 맞지 않는다고 생각했다.

아니, 정말 그럴까? 틸러는 잔혹한 연쇄 살인마 파넬 미호린과 율형부차사 사라말 아이솔의 야사를 떠올렸다. 그것은 요식행위의 결정판이라고 할 수 있고 거기에 실용주의의 개입은 눈을 씻고 찾아봐도 없다. 도로 구입과 즉석 재판. 틸러는 알 것 같다는 느낌을 받았다. 그만 한 능력을 가지고 있으면서도 사라말이 야음을 틈타 말리를 기습하지 않은 이유까지도.

'부사님은 제국 수반인 황제의 이름으로 이라세오날을 처형하려 한 겁니까?'

말장난에 지나지 않는다고 치부할 수 있지만 틸러는 서늘한 기분을 느꼈다. 거기에는 틸러가 표현하기 힘든 중대한 문제가 결부되어 있다는 느낌이 들었다. 틸러는 진땀이 나도록 그 행위에 대해 생각했다. 하지만 머릿속에 떠오르는 것은 엉뚱하게도 오래전 어느 황야에서 이루어졌던 대화였다.

규리하와 아스캄 사이의 어느 평원이다. 위치보다는 속도에 더 신경 썼기 때문에 정확한 위치는 기억나지 않지만 몹시도 황량한 땅이었다. 그곳에서 틸러는 정우에게 질문했다.

'골케 남작은 오래 살고 싶어서 파노의 피를 마셨습니다. 아가씨는 그런 일이 일어나서는 안 된다고 말씀하신 것 아닌가요?'

'아니죠. 저는 골케 남작이나 파노 영감님 때문에 길을 나선 것이 아니에요.'

규리하 공 아가씨가 길을 나선 것은…… 법의 집행을 막기 위해서다. 그 법은 대장군 엘시 에더리의 말로서 나타났다.

'공연한 무고인지 명백한 범죄인지 살핀 다음 범죄임이 확실하다면 조속히 사형을 언도할 것입니다.'

규리하 공 아가씨는 성을 파묻었다.

틸러는 무의식중에 자신의 가슴을 더듬었다. 조금 후 틸러는 양손에 비녀와 사자패를 들고 그것을 내려다보고 있었다. 하나는 길고 하나는 둥글다. 사람이 만든 물건이라는 공통점 외엔 두드러지는 공통점을 찾기 힘든 두 개의 물건을 보며 틸러는 설명할 수 없는 유사성을 느꼈다. 틸러는 얼굴을 잔뜩 찡그린 채 그 물건들을 바라보았다.

느닷없는 외침이 틸러의 사유를 방해했다.

틸러는 험악하다고까지 할 수 있는 얼굴로 그 외침의 방향을 돌아보았다. 그러나 조금 후 외침의 내용을 이해한 틸러는 저릿한 두려움 같은 것을 느꼈다.

고함을 지르고 있는 것은 시허릭 마지오 상장군이었다. 그리고 그 외침의 내용은…….

"황제의 은혜가 거부되었다!"

엘시는 자신의 입에서 나오지 않은 외침에 놀라 고개를 돌렸다. 흥분했을 때 뿜어내는 가공할 말 냄새와 양파 냄새 때문에 결코 매복 작전을 펼 수 없다는 농담의 주인공, 완벽주의자, 그가 신뢰하는 상장군이 칼을 뺄어 규리하 성을 가리키고 있었다.

"황제의 은혜를 거부한 자에게 제국군이 줄 것은 징벌뿐이다! 규리하 성으로 돌격해라! 모두 부숴라!"

"마지오!"

엘시가 외쳤지만 그 고함은 들리지 않았다. 사라말을 향해 돌격했다가 목표를 상실하고 그 이후에 일어난 일을 주시하느라 정신적으로 방황하고 있던 그들은 시허릭의 외침에 반사적으로 대응했다. 그들이 내뿜는 함성이 그 밖에 모든 소리를 뒤덮었다. 레콘에겐 북이나 나팔이 필요 없다. 그 악기들의 빈약한 소리는 레콘들의 전의를 고취시키기는커녕 감상적인 기분에 빠져 들게 만들 것이다. 그들의 계명성이 가장 훌륭한 진격 나팔이고 대지를 두드리는 그들의 두 발이 가장 훌륭한 북채다.

굉음과 함께 민들레 여단이 폭풍처럼 뛰쳐나갔다.

땅이 울리는 진동 속에서 엘시는 민들레 여단병들의 돌격에 아무런 제지도 가할 수 없음을 깨달았다. 의도는 충분하지만 능력이 문제다. 제방이 터진 직후에는 수위가 낮아지기를 기다릴 수밖에 없다. 레콘 병사들의 돌격이 그러했다. 엘시는 격노에 사로잡혀 시허릭을 돌아보았다.

시허릭은 벌게진 얼굴로 레콘들의 뒷모습을 보고 있었다. 그 옆얼굴에서 엘시는 복수의 성취감을 느꼈다. 목도하지는 않았지만 엘시는 사라티본 평야에서 일어난 일을 잘 알고 있다. 레콘 병사들에게 무참히 유린당했던 장수가 스스로 레콘 병사들을 지휘하면서 느낄 수 있는 만족감이 시허릭의 얼굴에 떠올라 있었다. 엘시는 칼자루에 손을 얹은 채 말했다.
"시허릭 마지오!"
시허릭이 고개를 돌렸다. 지우지 않은 흥분과 희열 속에서 시허릭은 엘시의 눈만 바라보았다. 대장군의 굳은 어깨나 칼을 쥐고 있는 손은 눈에 들어오지도 않는 모양이다.
엘시는 억지로 칼을 놓았다. 돌이킬 수 없는 일에 연연하면서 시간을 낭비할 수 없다. 돌격은 이미 취소할 수 없고 그런 상황에서 지휘부의 분열을 적나라하게 드러내는 것은 엘시의 군사적 감수성으로 도저히 용납할 수 없는 일이었다. 엘시는 목소리로 시허릭을 질타할 수조차 없었다.
그래서 눈빛들이 대화를 나누기 시작했다.
이미 엎지른 물이니 어쩔 수 없다만, 나는 이것을 용납할 수 없다.
무슨 말씀을 하십니까? 가야 합니다! 민들레 여단의 저 미치광이들이 자기 머리 위로 돌을 떨어뜨린 폐하에 대해 생각해 볼 여유를 줘선 안 된단 말입니다!
그것은 바르지 않다.
무엇이 바르지 않다는 겁니까? 그렇다면 민들레 여단병들이 일제히 황제에 대한 분노를 표현해야 한다는 겁니까? 분노한 레콘들이 말리 위에서 황제의 피와 찢어진 육신을 지상에 흩뿌려야 한단 말씀입니까?
바르지 않아.
대장군님, 황태자님! 지금은 줄타기를 할 시간이 아닙니다. 모두 살거나 모두 죽는 수밖에 없는 시점이 온다는 것은 아시잖습니까. 행동에 나서야 합니다! 저들의 분노를 규리하에 돌려야 합니다. 어차피 전투는 일어날 일이었으니 그것을 잘못되었다고 말할 수는 없습니다.

내 죄를…….
뭐라고 하셨습니까?
내 죄를 가져가지 마라!
시허릭 마지오가 사라졌다. 그것은 애초부터 시허릭이 아니었다. 대화는 독백이었다.
엘시는 시허릭이 사라진 자리에 나타난 한 남자를 보았다.
마른 우물에 갇혀 있는 남자였다. 쇠약하고 불결하고 천박한 짐승이었다. 그 남자의 몸을 비추는 빛은 없었고, 엘시의 눈에는 그 남자가 똑똑하게 보였지만 남자는 자신의 팔다리가 어디에 있는지도 알지 못하는 듯했다. 마른 우물이라는 표현은 기능성의 면에서는 정확하지만 사실 묘사에 있어서는 하자 있는 표현이다. 그 우물은 건조하지 않다. 바닥은 질퍽질퍽하고 공기는 눅눅하다. 생기를 북돋아 주는 습기와 거리가 아주 먼, 살갗을 문드러지게 할 것 같은 습기다. 그러나 곰팡이나 이끼의 냄새는 나지 않는다. 코를 찌르고 속을 뒤집는 악취뿐이다. 하지만 남자는 그 악취도 느끼지 못했다. 그는 우물 벽에 등을 기대어 앉은 채 머리를 떨어트리고 있다. 칡넝쿨 같은 머리카락이 늘어져 남자의 얼굴은 보이지 않았다.
남자의 주위에는 인간과 나가, 도깨비, 레콘의 모사물이 있었다. 우물의 둥근 벽면을 따라 그려져 있기에 모두 오목한 모습이다. 마치 가슴을 뒤로 빼는 것처럼 보인다. 아니면 두 팔을 내밀며 다가오는 것으로 볼 수도 있다. 해석하는 자의 의지에 따라 결론은 달라질 것이다. 그러나 가장 정확한 해석은 그들이 움직이지 않는다는 것이다. 실로 상식적인 해석.

그 상식이 파괴되었다.

남자의 주위에 있던 사람의 그림들 중 하나가 갑자기 움직였다. 그곳에 그런 그림이 있다는 것도 깨닫지 못했던 작은 여자의 모습이 벽에서 걸어 나와 남자의 곁에 섰다. 작은 여자는 남자를 내려다보다가 말했다.

"이 불쌍한 사람은 누구죠?"

"엘시 에더리지요. 시모그라쥬 공에게 나포되었을 때의 모습이에요."

"대장군님은? 아, 저기 계시네요. 자신의 모습을 떠올리고 계시는 것이군요. 그런데 이번엔 정말 안 주무시는 것 같아요."

"백일몽이에요."

"전쟁터에서요?"

"큰 충격을 받았지요. 그는 자기 죄를 가지고 싶어해요."

"죄를? 왜죠?"

"죄란 무엇일까요, 정우?"

엘시는 그것이 알고 싶었다. 그때 누군가가 갑자기 불을 켰다…….

탈해는 금방이라도 졸도할 듯한 얼굴로 정우를 바라보았다.

탈해는 그녀가 백일몽에 빠져 있다는 것을 깨달았다. 꿈에 대한 도깨비들의 특별한 사랑 때문에 깨달은 것은 아니다. 그녀의 옷 아래에서 얼비치는 꿈을 보았기 때문이다. 기묘한 광경이다. 불빛이나 색깔 등이 얼비치는 것과 좀 다르며 유사성을 통해 비유할 만한 것도 없는 광경이었다. 경이감을 가지고 관찰할 수도 있는 모습이었다. 하지만 탈해에겐 그런 여유가 없었다. 바깥에서 레콘들의 괴성이 들려온 순간 정우가 꿈에 빠져 들었다는 것은 탈해에게 한 가지 가능성만 의미했다. 공격받는 규리하 성을 구하기 위해 정우가 다시 꿈을 사용하려 한다는 것. 탈해는 비명을 질렀다.

"정우!"

탈해의 입에서는 외침뿐만 아니라 빛도 튀어나왔다. 자신의 말을 강조하는 무의식적인 손짓이나 표정과 마찬가지다. 탈해는 무의식적으로 자신의 외침에 도깨비불을 더했다. 탈해의 외침에 놀라 움찔했던 정우는 그 빛에 눈을 깜빡였다.

"탈해?"

"안 돼. 또 꿈을 써선 안 돼!"

"아냐. 탈해. 나는……."

정우는 말을 잇지 못했다. 벌떡 일어난 탈해가 황급히 탁자 쪽으로 달려갔기 때문이다. 갑자기 두려워진 정우는 탈해의 뒤를 따랐다.

탁자 위에는 칼집과 상자가 놓여 있었다. 탈해는 칼집을 집어 허리에 매달고 상자를 내려다보았다. 숟가락보다 더 긴 물건은 들어갈 수 없는 그 조그마한 상자는 기유 구마리가 건네주고 간 것이다. 정우가 말했다.

"탈해, 안 돼."

레콘들이 내는 괴성이 빠르게 커졌다. 소화차와 물동이에 관련

된 다급한 명령들도 들려왔다. 탈해는 떨리는 손으로 상자를 짚었다. 그때 정우가 그의 팔 아래로 파고들었다. 스며드는 듯한 동작으로 탈해와 탁자 사이에 선 정우는 두 손을 옆으로 뻗어 난간을 쥐듯 탈해의 두 팔을 짚어 눌렀다. 그리고 고개를 젖혀 탈해를 올려다보았다.

"안 돼."

"네가 꿈을 쓰게 놔둘 수는 없어."

"꿈을 쓴 것이 아니야. 꿈을 꿨을 뿐이야. 그…… 사람처럼."

"그 사람?"

정우는 혼란에 빠져 말했다.

"몰라. 누군지 모르겠어. 하지만 누구와 함께 꿈을 꾼 것 같아. 그러고 보니 여러 번 그런 일이 있었던 것 같은데."

탈해는 속이 타서 말했다.

"됐어. 어쨌든 꿈을 쓰지는 않을 거란 말이지?"

정우는 긍정의 대답을 말하려는 듯한 표정을 지어 보였다. 하지만 그녀의 입술 사이에서는 아무 말도 흘러나오지 않았다. 정우는 애원하듯 탈해를 바라보았다. 탈해는 그녀가 하려는 말을 충분히 짐작할 수 있었다. 거짓말을 하고 싶지는 않아. 사람들이 다칠 것 같으면 쓸 거야. 그들을 도울 방법이 있는데도 모르는 척할 수 없잖아. 그러나 정우는 그 말을 할 수 없었다. 그렇게 말한다면 탈해 또한 같은 대답을 할 것이다.

정우의 뒤편에서 달그락거리는 소리가 들려왔다. 그녀는 움찔해서 뒤를 돌아보았다. 상자 뚜껑이 열려 있었다. 정우가 바라보는 가운데 탈해의 손이 그 안에서 내용물을 꺼냈다.

그냥 칼자루라고 불러도 될 것이다. 아니, 그것이 정확한 명칭이다. 탈해가 꺼낸 것은 칼자루와 거기에 붙어 있는 코등이, 그리고 코등이 위로 약간 튀어나와 있는 칼몸테두리로 이루어진 물건이었다. 모종의 사정에 의해 칼날이 슴베째로 빠진 칼을 보는 것 같다. 도깨비도 안심하고 다룰 수 있도록 칼날을 달지 않은 칼이라 말한다면 괜찮은 농담이 될지 모르지만, 사실 그것은 농담이 아니다. 그것은 '도깨비도 안심하고 다룰 수 있도록 칼날을 달지 않은 칼'이기 때문이다.

탈해는 그것을 허리에 찬 칼집에 꽂아 넣었다. 짧은 칼몸테두리에 의해 고정될 뿐이니 손으로 칼자루를 툭 치기만 해도 빠질 것처럼 위태해 보였지만 탈해는 그런 걱정은 하지 않았다. 즈믄누리의 무사장이 꽂아 넣은 그 무인검(無刃劍)은 즈믄누리의 무사장이 뽑기 전에는 결코 칼집에서 빠져나오지 않을 것이다. 정우는 마치 버젓하게 칼날이 있는 칼인 양 칼집에 꽂혀 있는 무인검을 바라보다가 탈해를 보았다. 탈해는 정우가 꺼내지 않은 말을 꺼냈다.

"너를 도울 방법이 있는데도 모르는 척할 수는 없어."

"탈해……."

탈해는 괴로운 얼굴로 말했다.

"나도 개밥바라기를 쓰고 싶지는 않아. 이걸 쓰지 않을 방법이 있어."

"그게 뭔데?"

탈해는 무릎을 꿇었다. 정우와 눈맞춤한 탈해는 그녀의 두 어깨에 손을 얹고 간절하게 말했다.

"즈믄누리로 돌아가자, 정우."

정우는 고개를 떨어뜨렸다. 그녀는 밤을 부르는 별의 이름을 가진 칼을 안타까움 속에서 바라보았다.

민들레 여단의 레콘들이 규리하 성을 향해 쇄도했다. 굉음을 내며 달려오는 그들의 모습은 벼락 없이 천둥만 치는 구름덩이 같았다. 물론 구름보다는 훨씬 빠른 속도로 움직였다. 병무대부 오니샤 퓨덴은 지체 없이 외쳤다.
"살수! 살수해라!"
오니샤의 외침을 들은 야리키는 벼슬을 빳빳하게 세웠다. 그는 한 점 부끄러움 없는 태도로 몸을 돌려 주랑 아래로 뛰어내렸다. 성벽에서 멀찌감치 떨어진 후에야 야리키는 주랑을 바라보았다. 곧 그는 근심을 느꼈다. 아트밀이 여전히 파라말과 함께 주랑 위에 서 있었다. 규리하군은 다가오는 레콘들에 주의하느라 그 두 사람에 대해서는 신경을 쓸 수 없는 것 같았다. 야리키는 부리를 딱 부딪치고는 다시 올라가서 두 사람을 끌어내야겠다고 생각했다. 아트밀이 물 때문에 어떻게 될지도 모르거니와 파라말도 그런 상황에서는 성의 방어에 도움이 안 될 것 같았다.
하지만 야리키가 첫걸음을 떼기도 전에 병사들이 소화차에 달라붙었다. 야리키는 주춤하며 뒤로 물러났다. 양수 손잡이를 잡은 병사들과 살수관을 잡은 병사들은 달려오는 레콘을 보느라 두 사람은 쳐다보지도 않았다.
소화차의 양수 손잡이를 붙잡은 병사들이 용을 쓰자 곧 살수관에서 물이 세차게 뿜어 나왔다. 결코 반가워할 수 없는 소리에 야리키는 더 물러났다. 벽에 몸이 부딪힌 후에야 걸음을 멈추고 아트밀을 노려보았다. 아트밀은 물 뿜는 소리도 듣지 못하는 것 같았다. 야리키는 초조하게 주먹을 쥐었다 폈다 하며 하늘을 올려다보았다.

병사들이 든 살수관은 좀 더 먼 곳으로 물을 뿜기 위해 모두 비스듬히 하늘을 겨냥하고 있었다. 폭포의 기세에 비할 수야 없지만 성벽 위에서 튀어나온 수십 가닥의 물줄기는 허공에서 미세한 물방울로 흩어지며 무지개 어리는 물의 장막 같은 것으로 바뀌었다. 물의 방패인 셈이다.

돌격하던 레콘들은 양수 손잡이를 움직이던 병사들이 만족할 만큼 노성을 질렀다. 하지만 레콘들은 걸음을 멈추지는 않았다. 거세게 돌격하다가 갑자기 멈춘다면 그것만으로도 큰 타격을 입을 수 있기 때문에 레콘들은 멈추는 대신 방향을 바꾸었다. 레콘들의 돌격이 오른쪽으로 급격히 꺾였다.

레콘들은 그대로 성벽을 따라 달렸다.

성벽의 모든 지점을 방어하기엔 규리하 성이 보유한 소화차의 숫자가 부족했으므로 전면에 비해 측면에 배치된 소화차의 숫자는 적은 편이었다. 하지만 그곳에는 부족한 소화차를 보충하기 위해 물동이를 대기시켜 둔 병사들이 있었다. 병사들은 돌이나 화살을 쏘듯 물이 담긴 바가지를 휘둘렀다. 방비가 허술한 곳을 찾던 레콘들은 그런 병사들의 모습에 폭언을 내뱉으며 계속 달렸다. '두두두두' 소리를 내며 달리는 그들의 모습을 보며 성벽 위의 규리하 병사들은 위아래 턱이 부딪치는 느낌을 맛보았다.

성을 한 바퀴 돌 것처럼 무섭게 달렸지만 레콘들의 돌격은 성을 반 바퀴 정도 돌았을 때 멈출 수밖에 없었다. 규리하 성의 해자에 물을 공급하는 하천이 레콘들의 앞쪽에 나타났기 때문이다. 뒤에서 밀어붙이는 힘 때문에 하천에 빠질 것을 두려워한 레콘들은 다시 방향을 바꿨다. 레콘들의 무리는 규리하 성에서 멀어지는 방향으로 커다란 호를 그렸다.

뒤로 돌아선 레콘들은 말리를 향해 움직이는 소리의 모습을 목격했다.

레콘들의 움직임을 보며 인간 병사들의 투입 시기를 가늠하던 시허릭도 거대한 움직임을 느끼고 하늘을 바라보았다. 속도가 빠르다고 할 수는 없지만 소리는 움직이고 있었다. 말할 것도 없이 말리를 겨냥하는 방향이었다.

엘시 에더리가 수립한 규리하 성 공격 계획은 레콘들의 선제 돌격으로 규리하군이 물에 의한 방어 체제로 바꾸도록 한 다음 인간 병사를 돌격시키는 것을 골자로 하고 있었다. 성은 든든한 방어 체계이지만 그 활동 영역은 넓다고 할 수 없다. 애초에 성의 목적이 스스로 움직이지 않은 채 움직이는 상대를 막는 것이니 그것은 당연하다. 좁은 주랑 위에서 물에 의한 방어와 투사, 낙하 병기에 의한 전통적인 방어를 번갈아 시도하다 보면 분명히 혼란이 일어나 방어 효율이 떨어질 것이다. 알기 쉬운 간단한 계획이지만 섬세한 지휘 능력이 필요한 계획이기도 하다. 그리고 그런 것이 바로 대장군 엘시 에더리에게 기대할 수 있는 것이었다.

시허릭은 공격이 시작되면 엘시가 바로 그 능력을 발휘해 줄 거라 믿었지만 엘시는 그곳에 연기 많이 나는 등불이라도 있는 양 눈살을 찌푸린 채 시허릭을 바라볼 뿐이었다. 시허릭이 소리의 움직임을 느낀 것은 엘시를 독촉하기로 마음먹었을 때였다. 시허릭은 두려워하는 눈으로 소리를 바라보다가 고함질렀다.

"대장군님! 적들의 하늘치가 움직이기 시작했습니다!"

고개를 들지 않아도 충분히 확인할 수 있는 사실을 그렇게 외친 것은 엘시의 주의를 환기하기 위해서였다. 엘시는 고통스러운 표정으로 시허릭을 바라보다가 소리를 올려다보았다. 소리에 대한 대비책은 이미 결정되어 있었다. 아무 대비도 하지 않는다는 것이 대비책이었다. 그것은 상식적이고 현실적인 병력으로는 감당할 수 없는 대상이었다. 따라서 소리에 대한 대응은 말리에게 맡길 수밖에 없다. 시허릭의 고함은 소리를 저지하라는 뜻이 아니라 소리가 규리하 성의 상공을 떠났으니 빨리 규리하 성을 공격해야 한다는 의미다. 대장군의 입에서 건조한 목소리가 흘러나왔다.

"31중대에게 돌격 명령을 하달해라, 이레. 그을린발을 데려와."

엘시의 그림자인 양 서 있던 이레가 재빨리 움직였다. 그리고 대장군의 명령을 받은 쟈마 데시마스 중대장은 휘하의 31중대에게 돌격 명령을 내렸다.

레콘들의 돌격이 시작되자 규리하 성의 성벽 위에 있던 사람들이 더 이상 파라말에게 신경 쓸 수 없게 된 것처럼, 소리 위에 있던 자들도 레콘의 움직임을 보자 제이어 솔한에게 신경 쓸 수 없게 되었다. 아이저 규리하가 명령하기도 전에 이이타는 소리를 전진시켰다. 정지 상태에서 움직이기 시작한 것이라 속도는 빠르지 않았지만 소리의 기세만큼은 말리를 지러쿼터 산맥 동쪽으로 밀어낼 작정인 양 거세었다.

무슨 일이 일어날지 모르는 첫 번째보다 예상이 가능한 두 번째의 경험이 사람을 더 잔인하게 짓누른다. 말리와 소리의 첫 번째 충돌을 생생하게 기억하는 사람들은 침묵 속에 떨었다. 하지만 갑작스럽게 시작된 전투도, 소리의 움직임도, 무슨 일이 일어날지 알기에 두려워하는 사람들도 제이어에게는 아무 영향도 주지 못했다. 제이어는 자신이 알아낸 사실에 도취되어 있었다. 바닥을 향해 엎드린 채 제이어는 계속해서 하늘치의 등을 쓰다듬었다.

"알았다, 알았어."

하늘치의 등 위에서 아실은 그런 제이어를 바라보는 유일한 사람이었다. 지멘은 다가오는 말리의 모습이나 아래쪽에서 일어나는 레콘들의 움직임을 보지 않았지만 제이어도 보지 않았다. 그는 아실을 바라보고 있었다. 아실이 제이어를 향해 움직였을 때 지멘은 지진에 필적하는 충돌이 예정되어 있다는 것에 조금도 구애됨 없이 아실을 따라 움직였다.

아실은 제이어에게 팔을 뻗으면 닿을 거리까지 다가간 다음 한쪽 무릎을 꿇었다. 그녀는 진지하게 말했다.

"제이어, 하지 마요."

지멘은 제이어가 이전과 마찬가지로 왈칵 화를 낼 거라 생각했다. 하지만 그는 고함지르지 않았다. 부드럽지는 않지만 사납지도 않은 표정으로 제이어는 아실을 쳐다보았다.

"아실, 너는 뭘 모르고 있어."

"아니요, 저도 알아요."

지멘은 바람이 조금씩 거세지는 것을 느꼈다. 그 전까지도 고공의 바람은 난폭했지만 이제 소리의 움직임에 의한 공기의 압력이 느껴지기 시작했다. 움직이고 있다는 느낌이 확연했다. 지멘은 고개를 슬쩍 돌려 말리를 확인했다. 말리는 뒤쪽으로 움직이고 있었다. 지상군이 규리하 성을 초토화하는 동안 도망쳐 다니기만 할 작정인 모양이다. 하지만 구조물이 있는 말리의 한계 속도와 소리의 속도는 차이가 컸다. 지멘은 말리가 충돌을 피할 수 없을 거라 생각했다. 그것은 지멘에게 복잡한 고민을 선사했다.

제이어가 말했다.

"안다고?"

"예, 알아요."

"그럼 말해 봐."

아실은 제이어에게 손을 뻗고 싶은 것처럼 어깨를 꿈틀거렸다. 하지만 제이어는 온화한 얼굴이지만 그 어떤 손길도 단호하게 거부하는 태도를 취하고 있었다. 아실은 한숨을 쉬듯 말했다.

"환상 계단이 율형부사의 육체에 그런 극적인 힘을 주었다면 다른 것에도 그럴 수 있겠지요."

제이어의 얼굴이 환하게 바뀌었다. 그는 가늠할 수 없는 기쁨을 느끼는 양 벌쭉 웃었다. 아실은 조심스럽게 말했다.

"그것이 태고의 약속이 이루어졌던 이유인 거죠? 하긴 자신에게만 물리적인 영향을 끼치는 환상이라는 것은 좀 기묘한 선물이지요. 율형부사처럼 사용하는 방법도 있지만 그건 편법이라 할 수 있겠지요. 게다가 그의 몸은 그 충격으로 상당히 망가진 것 같아요."

"그리고 재가 되었지. 용이 그를 불태웠으니까."

아실은 꿈틀하다가 고개를 끄덕였다. 그리고 지멘은 새로운 충격에서 제이어를 바라보았다. 그는 그 섬광이 황제가 내뿜은 불길이었냐고 묻고 싶었다. 만약 그것이 사실이라면 기왕의 고민은 새로운 측면을 가지게 된다. 하지만 오랜 습관이 다시 지멘을 붙잡았다. 말을 하는 것은 아실의 역할이다.

거센 바람에 아실의 머리카락이 나부꼈다. 그녀는 한 손으로 머리를 쓸어 넘기며 말했다.

"그분의 죽음이 고통스럽지 않길 바라겠어요. 어쨌든 그분은 말리에 오르기 전에 이미 몸이 많이 망가졌을 거예요. 자신의 몸을 지렛대로 써서 하늘치가 주는 환상의 힘을 현실에 적용시키는 것은 역시 하늘치 환상의 올바른 이용 방법이 아니에요. 그것은 육체나 육체가 기대어 있는 바깥 세상을 위한 것이 아니었어요."

"그래서 하늘치가 사람에게 내려와야 하는 거야. 사람이 자기 몸을 이끌고 올라가는 것이 아니라. 승천하는 모습에도 불구하고 그건 오히려 몸에 매이는 짓이지. 몸이 아니야. 바깥 세상이 아니야."

아실은 침착하게, 하지만 약간의 두려움을 담아 말했다.

"예. 하늘치 환상은 상상한 자에게만 영향을 끼치지요. 그리고 우리에겐 바깥과 구분되는 안쪽 세상이 있어요. 하늘치 환상은 우리의 안쪽 세상을 위한 것이었죠. 제이어, 그것은 우리의 영에 작용할 예정이었어요."

제이어가 미소를 지었다. 꾸밈없는 투명한 미소였다.

끔찍한 열기가 한 사내를 불살랐던 장소에서 공기가 미쳐 날뛰었다. 소용돌이치는 바람에 떠밀리지 않기 위해 황제는 환상으로 자신을 감싸 고정시켰다. 마침내 열기가 흩어지고 바람도 조금 사그라졌다. 하지만 남아 있는 바람만으로도 사라말 아이솔의 재를 흩날리기엔 충분했다.

　치천제는 재를 피하지 않았다. 흐트러진 흑사자 모피를 추스르며 오히려 재를 향해 상체를 내밀었다. 그럴 권리를 가지고 있는 자들 중 아무도 그럴 능력이나 여건이 안 되었기 때문에 사라말의 죽음에 복상하는 것은 무심한 바람뿐이었다. 치천제는 그것을 좌시해서는 안 된다고 생각했다. 그랬기에 치천제는 살인자의 조문을 하기로 했다.

　하지만 치천제는 말이나 니름을 빚지는 않았다. 사라말은 이전에 존재하지 않았던 자였고 그런 이를 위한 조문의 말이나 니름은 없었다. 물론 지상에 태어나는 모든 이는 이전에 존재하지 않았고 앞으로도 존재하지 않을 유일무이한 존재들이고 그런 관점에서는 사라말도 다른 이들과 마찬가지다. 사라말의 죽음은 다른 죽음들처럼 희귀하고 독특한 존재의 소멸이다. 그리고 그의 삶 또한 대부분의 영역에서는 마찬가지다. 귀하고 독특하고 심미적이지만 그것은 다른 자들도 마찬가지다.

　그러나 삶과 죽음 사이의 짧은 시간 동안, 거리로 따진다면 지상에서 말리까지 이어지는 그 거리 동안 사라말은 자신을 유일한 구성원으로 하는 새로운 영역을 만들어 내었다. 사라말은 사람들이 그곳에 있는지도 몰랐던 경계를 뛰어넘음으로써 발견했다.

　상상한 자에게만 영향을 끼친다는 점에서 환상 계단이나 환상 벽, 환상 근육은 모두 동일하다. 사라말이 새로운 환상을 발견한 것은 아니다. 하지만 밟는 계단이나 보는 벽과 달리 환상 근육은 본질을 변화시킨다. 물론 보잘것없는 수준의 변화지만 최초의 것에는 그 규모에 구애되지 않는 크나큰 의미가 있다. 사라말은 개척자다.

그것은 아직 용납할 수 없는 일이다.

사라말이 개척한 영역에 들어선 자들은 새로운 획득에 잠시 놀라긴 할 것이다. 하지만 경이가 일상이 되면, 아니, 경이를 일상으로 만들기 위해 그들은 자신이 알고 있는 가장 가치 있는 사냥감을 향해 획득한 힘을 쓸 것이다. 자신을 무기로 만들 것이다. 살인자의 후손들은 그런 쪽으로는 비상한 편이다. 그들은 사라말의 위업이 초라해 보일 정도로 기발한 자기 무기화를 이루어 낼 것이다. 너를 죽여서 나를 살린다는 논리에 의해 계통을 보존한 살인자의 후손들에게는 너를 제압하여 나를 확인한다는 논리가 본능으로 틀어박혀 있다.

'그들은 자신에게 적용되는 환상의 힘으로 자신을 상냥한 이웃으로 만드는 대신 자신의 몸을 무기고로 만들 것이다.'

사라말이 그렇게 만든 것이 아니다. 철광을 발견한 최초의 광부는 강철 병기가 난무하는 전쟁터에 아무런 책임이 없다. 사라말 아이솔은 무엇이 있는지 모를 어둠 속을 파고 내려가 환상 광맥을 발견했을 뿐이다. 문제는 그의 발견이 지나치게 빨랐다는 것이다.

최초의 광부, 최초의 대장장이, 최초의 환상잡이. 그는 자신의 행적과 함께 소멸해야 한다. 그랬기에 치천제는 그를 불살랐다.

'그대의 잘못은 없다. 그것은 일어나지 말았어야 할 일이 아니라 오히려 일어나야만 하는 일이니까. 그것이 약속이니까. 다만 너무 빨랐다. 아직 떠나간 첫 번째 종족의 선물을 받을 자격이 너희들에겐 없다. 사라말 아이솔, 그대는 일만육천 년 후에 태어났어야 했다.'

그는 조문받아 마땅했다. 조문할 말이나 니름이 없기에 황제는 사라말의 죽음에 시간을 봉헌했다.

치천제는 오직 사라말을 생각하며 시간을 보냈다.

잠시 후 치천제는 현실의 문제를 향해 몸을 돌렸다. 아직 느린 속도였지만 소리는 가속하고 있었다. 그것을 보며 치천제는 안타까움과 만족감을 동시에 느꼈다.

안타까움은 소리를 자신에게 넘기지 않은 제이어의 배신에 대한 것이고 만족감은 그가 배신한 시점에 대한 것이다. 제이어가 더 늦게, 이를 테면 엘시의 사도가 된 후에 배신을 시도했다면 차기 황제는 큰 곤경을 겪었을 것이다. 차기 황제가 겪을 모든 고난의 싹을 잘라 버리려는 그녀에게 제이어의 때 이른 배신은 반갑기까지 했다.

'너에게 사도가 알아야 할 모든 것을 알려 주었다. 네 선민 종족이 걸어야 할 하나의 가느다란 길. 그리고 너는 그것이 가장 거창하고 화려한 실패가 될 수 있다는 것을 깨달았군.'

〈위로 떠올라라.〉

세 번째 벽난로 방에서 황제의 니름을 전달받은 데라시가 걱정스러운 니름을 보내왔다. 말리는 소리처럼 앞뒤 없는 가속을 할 수 없으니 도망친다 해도 끝내 따라잡힐 거라는 내용이었다. 데라시는 차라리 아라짓 전사들을 소리 위로 파견하여 소리의 조종자를 제압하는 것이 어떠냐는 제안을 보냈다. 합리적인 제안이지만 황제는 그것을 거부했다.

〈상관없다. 도망쳐라.〉

이윽고 말리가 떠오르기 시작했다. 말리를 향해 다가가는 소리의 위쪽에서 시카트가 외쳤다.

"황제가 도망치려 하고 있어! 더 빨리 움직여, 형!"

이이타는 동생을 곁눈질로 흘끔 바라보았지만 다른 조처를 취하지는 않았다. 소리를 더 가속하는 것은 가능하다. 하지만 그런 속도로 충돌한다면 소리의 위쪽에 있는 자들이 무사하기 어려울 것이다. 이이타는 황제가 도망친다면 차라리 아래로 내려가 지상군을 위협하는 것이 어떨까 생각했다.

그때 아이저가 갑작스럽게 말했다.

"계속 돌진해라."

이이타는 움찔하여 아버지를 보았다. 아이저는 차분하게 말했다.

"대장군은 살육광이 아니다. 황제의 패퇴나 죽음이 기정사실이 된다면 무익한 보복에 열을 올리지 않을 것이다. 말리에 치명적인 타격을 가하는 것이 규리하 성을 구하는 길이다."

똑같은 말을 명령처럼 할 수도 있을 것이다. 하지만 아이저의 어투는 일선에서 물러나 조언을 하는 고문의 어투 같았다. 흥분해 있기로는 시카트와 마찬가지였지만 이이타는 어렴풋이 그것을 느꼈다. 이이타는 의혹을 느꼈다. 아이저는 혹 책임 회피를 하려는 것일까? 마지막 순간이 다가오자 하늘치를 움직인 것은 내가 아니라 너라고 말하는 것일까?

이이타의 의심은 맞으면서 동시에 틀린 것이었다. 책임 이양과 책임 회피는 외견상으로는 똑같아 보이고 때론 구분할 수 없을 때도 있다. 그러나 아이저의 무의식은 전자에 가까웠다. 아이저는 규리하 변경백위에 도전할 수 있는 후보자들 중에서 자신이 도태되었음을 느끼고 있었다. 그가 지켜 온 나날을 무의미하게 만들 수 없기에 정우에게 변경백위를 넘겨줄 수는 없다고 생각하고 있었지만 정우가 물러난 자리에 오르는 것은 자신이 아니라 자신의 아들일 거라 믿기 시작했다.
　시대의 급류에서 빠져나와 강변에 오른다. 그곳에서 젖은 몸을 말리는 동안 도통 기다릴 줄 모르는 급류는 그를 내버려두고 멀어진다. 아이저 규리하에게 일어난 일은 그런 것이었다. 그것은 나이의 문제가 아니다. 괄하이드 규리하는 하얀 수염을 흩날리면서도 시대의 급류를 앞지를 듯이 달려갔고 죽는 순간까지 그러했다. 육체의 문제가 아니라 그 정신이 어떤 시대에 속하느냐의 문제다.
　하늘치, 꿈, 신이 되려는 용, 환상 근육. 시대가 바뀌고 있었다. 시대의 변화는 시간이 그렇듯이 비가역적이다. 바뀌기 전의 시대에 속해 있었기에 아이저는 사라지는 시대와 함께 물러날 수밖에 없다. 서약의 시대는 끝났다. 새로운 시대가 무엇인지는 알 수 없다. 아니, 새로운 시대는 아직 결정되지 않았다. 그것을 자신의 시대로 만들기 위해 투쟁하는 자들이 있을 뿐이다. 그리고 이이타는 소리와 함께 그 투쟁에 뛰어들었다.
　어느 소리? 질문할 필요도 없는 문제다. 무엇이 무엇의 이름을 땄는가. 아이저는 이이타의 곁에 있는 발케네 여인을 바라보았다. 일 년 전이었다면 상상도 할 수 없는 일이다. 사실 그 말은 그의 주위에서 일어나는 일 전체에 해당하는 표현이며, 바로 그 사실이 아이저가 사라지는 시대에 속한 인물임을 증명한다.
　아이저는 이이타에게 하늘치를 줄 수 있었던 것에 만족하기로 했다. 하늘치를 손에 넣은 것은 이이타의 역량이지만 그 지점까지 이이타를 인도한 것은 아이저였다.
　아버지가 할 수 있는 일이 그것 외에 무엇이 있겠는가.
　이이타는 아버지에 대한 의심을 잊기로, 최소한 옆으로 치워

두기로 결정했다. 좀 더 다급하면서 더 큰 문제가 앞쪽에 있었다. 하늘치에게 크다는 말 외에 무엇이 필요하겠는가. 이이타는 말리의 상승 속도를 가늠하다가 충돌을 감행하려면 소리 또한 상승시켜야 한다고 결정했다. 결정이 필요한 순간이었다. 지상군을 위협하려면 아래로, 말리를 공격하려면 위로 떠올려야 한다. 짧지만 깊은 고민을 한 이이타는 아버지의 말에 따라 충돌을 감행하기로 결정했다. 그는 주위의 사람들에게 상승하겠다고 말했다. 그리고 이이타는 지멘과 아실, 제이어가 있는 쪽을 향해서도 같은 말을 외쳤다.

이이타의 외침을 들은 지멘은 다시 말리 쪽을 바라보았다. 그러나 아실은 아무 소리도 들리지 않는 듯 차분하게 말했다.

"그래요, 제이어. 당신이 말한 그 첫 번째 종족은 우리가 좀 더 나은 존재가 되는 데 도움이 되도록 저것을 남겨 준 모양이에요. 더 강하고 더 빠른 존재가 아니에요. 더 사려 깊고 더 지혜롭고…… 표현할 수가 없네요. 아직 그런 존재가 되지 못해서. 하지만 동물과 사람의 차이만큼이나 큰 어떤 차이가 생기겠지요. 당신은 그걸 시도할 생각이지요? 하지 마요."

제이어는 아무 말 없이 아실을 바라보았다. 아실은 침을 삼켰다.

"율형부사의 두 팔에 일어났던 일이 당신의 정신에 일어날지도 몰라요. 아니, 그럴 가능성이 지극히 높아요. 그리고 팔과 정신은 비교할 수 없어요. 정신을 가지고 모험하면 안 돼요, 제이어."

제이어가 헐떡임처럼 말했다.

"내가 제정신인가? 내 정신은 이미 억압되어 있어."

"제이어."

제이어의 얼굴이 일그러졌다. 그는 기괴한 미소를 지으며 말했다.

"손해 볼 것이 없단 말이야. 알겠어, 아실? 내 정신은 이미 내 것이 아니야. 저 저주받은 용의 것이지. 내 것도 아닌 다른 녀석의 것으로 도박을 하는데 무서울 게 어디 있겠어?"

아실의 얼굴이 약간 창백해졌다. 그리고 높은 곳에서 그들을 내려다보고 있던 지멘의 경우엔 벼슬이 약간 뻣뻣해졌다. 그 두 사람은 사라진 아실의 증오에 대해 생각하고 있었다. 제이어에게 독심의 능력 같은 것은 없고, 설령 그런 능력이 있다 해도 그런 상황에선 발휘되지 않았을 것이다. 분노와 낙천성이 조화된다는 것은 언뜻 불가능한 일처럼 느껴지지만 제이어는 바로 그런 상태에서 말했다.

"고마워, 아실. 위험하다고 말해 줘서. 다른 녀석들이라면 실패하려고 그러는 거라면 집어치우라고 말했을 테지. 나는 실패를 추구한 적이 없어. 한번도! 그런데 모두들 내가 실패에 매료된 사람인 양 말한단 말이야. 어떤 바보가 그런 걸 추구한단 말이야?"

아실은 아랫입술을 깨물고 싶은 것을 참았다.

"당신이 실패를 추구하지 않아도 당신은 실패할 거예요. 너무 위험하다고요. 당신의 정신이 억압되어 있다 해도 그건 억압이지 변형은 아니에요. 억압이 사라지면 다시 원래대로 돌아갈 수 있어요. 하지만 당신이 하려는 일은 영 자체를 망가뜨릴 거예요."

제이어는 씩 웃었다.

"그렇다면 나는 용이 가지고 있는 영 하나를 망가뜨리는 것이 되겠지. 즐거운 일이야."

말이 통하지 않는다는 생각에 아실은 안타까움을 느끼며 입을 닫았다.

그 시각 의사소통의 문제를 고민하는 사람이 아실만은 아니었다. 규리하 성의 성벽 위에 있던 사람들 대부분은 성 주위를 질풍처럼 배회하는 레콘들에게 물을 쏟아 붓느라 바빴지만 바쁘지 않은 소수의 사람들은 전장 저편에서 들려오는 기이한 소리에 귀를 기울이고 있었다.

"산크이라리로둘둘하나셋마테하—!"

"셋하나셋리리마란리크하쿨—!"

발리츠 굴도하 남작은 바쁘지 않은 자들 중 하나였다. 신분에 걸맞지 않는 일이라 피한 것은 아니다. 흉벽 밖으로 물을 쏟아붓거나 양수 손잡이를 누르는 것, 살수관을 휘두르는 것 모두 그의 단구로는 어려운 일이었다. 그래서 남작은 장창을 옆구리에 끼우듯 세워 든 채 그 계명성에서 규칙성을 발견하려고 애썼다.

그것이 대장군의 지시를 담은 암호라는 것은 명백했다. 뜻 모를 계명성이 들려올 때마다 성 바깥에 있는 민들레 여단병의 움직임과 성을 향해 돌진하는 31중대의 모습이 조금씩 바뀌었다. 둘 중 더 인상적인 쪽은 31중대였다. 그들은 돌격이라는 표현이 부적절한 기묘한 모습으로 성을 향해 다가왔다. 성을 향해 멈춤 없이 쇄도하듯 달리다가 갑자기 속도를 늦췄고 오른쪽으로 움직이는 듯하다가 방향을 바꿔 왼쪽으로 움직였다. 31중대가 달려들 때마다 규리하병은 깜짝 놀라 물통과 살수관을 내려놓고 활과 투창, 돌 등을 집어 들었다. 하지만 그들이 그렇게 무장을 바꿀 때마다 성의 다른 쪽으로 움직였다고 생각하던 레콘들이 그들 앞에 불쑥 나타났다. 그러면 병사들은 기겁하여 다시 물을 뿌릴 채비를 갖추었다. 그런 혼란이 일어날 때마다 많은 물이 무의미하게 쏟아졌고 주랑 아래나 성 바깥으로 떨어지는 병장기들도 많았다.

결국 규리하군 측에서는 둘 중 하나의 적만 선택해야 한다고 결정했다. 주랑 위까지 물을 끌어올리는 것이 쉽지 않았기에 그들은 물을 아낄 겸 레콘을 내버려두기로 했다. 성 바깥은 이미 젖어 있었고 성벽 바로 옆에는 해자도 있었다. 그 습기와 해자가 레콘을 막아 주길 기대하며 규리하군은 어느새 성큼 다가온 31중대에 공격을 집중했다. 무수한 돌과 화살, 창이 31중대를 향해 쏟아졌다.

하지만 또다시 뜻 모를 계명성이 들려왔고 그러자 31중대원들은 머리 위로 방패를 든 채 바닥에 한쪽 무릎을 꿇었다. 몇몇 불운한 제국군 병사들이 날아온 무기에 꿰뚫려 애처로운 비명을 질렀지만 대부분의 무기는 방패에 맞고 튕겨 나갔다. 그러자 갑자기 31중대 곁으로 민들레 여단의 레콘들이 몰려들었다. 레콘들은 떨어진 병장기를 주워 들고 날아왔을 때의 몇 배나 되는 속도로 성벽 위로 돌려보냈다. 창과 돌이 몸을 으스러뜨릴 듯한 속도로 날아오자 주랑 위의 규리하군은 흉벽 뒤에 몸을 숨길 수밖에 없었다. 병장기를 던질 엄두를 낼 수 없게 된 규리하군은 다시 물을 쏟아 붓기로 했다. 그러나 날아온 계명성이 레콘들을 흐트러뜨렸고 쏟아지는 물속으로 뛰어든 것은 31중대원들이었다.

자신들의 공격이 별 소득을 얻지 못한다는 사실에 겁을 먹은 규리하 병사들은 물과 투사 병기 양쪽을 중구난방으로 날려 보냈다. 그런 공격은 일사불란하게 움직이는 제국군에 별다른 타격을 입히지 못했지만 수비 측에는 상당한 혼란을 주었다. 성벽 위에 연못이나 무기고가 있는 것도 아니었기에 곧 물과 병기 모두를 소진한 곳이 나타나기 시작했다. 그 순간 마치 비수로 찌르는 듯한 명령이 들려왔다.

"하나셋둘레크아리뛰어올라라—!"

코끼리는 도약할 수 없는 동물이기 때문에 그을린발이 사용하는 코끼리 부림말에는 뛰어오른다에 해당하는 명령이 없었다. 그래서 그을린발은 뛰어오르라는 명령만은 일상어로 외쳤다. 규리하 병사들도 당연히 그 말을 알아들었지만 그 말을 믿을 수는 없었다. 물론 해자는 강이 아니다. 그것은 실개천 정도의 넓이에 불과하고 아무리 레콘이라도 실개천은 뛰어넘을 수 있다. 하지만 레콘이 그런 도하를 하려면 반대쪽에 충분히 넓은 개활지가 있어야 한다. 해자처럼 물 반대편에 깎아지른 듯한 성벽이 서 있는 상황에서는 심리적인 거부감 때문에 뛰어오를 수 없다. 앞쪽이 막혀 있다는 느낌 때문에 레콘은 물에 빠질 거라는 두려움을 느낀다. 수직적인 장애물 때문에 해자가 강처럼 넓어지는 셈이다.

널리 알려져 있듯 레콘들은 아래쪽에 발 딛지 않을 다리라도 있지 않으면 뛰어넘을 수 있는 폭의 강이라도 결코 뛰어넘지 않는다. 하물며 규리하 성을 공격하고 있는 것은 민들레 여단이었다. 그 모든 사항들을 고려해 본 규리하 병사들은 뛰어오른다는 말도 어떤 암호일 거라 생각했다.

불운하게도 뛰어오르라는 명령은 암호가 아니었다. 그리고 민들레 여단의 병사들이 갑자기 그 유별난 공수증을 극복한 것도 아니다. 계명성의 여운이 사라졌을 때 민들레 여단병 사이에서 폭발하듯 뛰어오른 레콘은 민들레 여단과 상관없는 인물이었다.

규리하의 병사들은 넋이 빠진 얼굴로 그 믿을 수 없는 광경을 바라보았다. 레콘은 수십 수백 번 연습이라도 해 본 사람처럼 완벽한 각도와 능숙한 자세로 솟아올랐다. 뛰어오른 순간부터 그 레콘이 주랑 위에 설 것을 확신할 수 있을 정도였다. 뛰어오른 레콘의 머리에선 다른 레콘보다 월등히 큰 벼슬이 파라락 전율하고 있었고 손에는 검도 아니고 단봉도 아닌 기이한 병기가 쥐어져 있었다. 어찌 보면 날이 세 개인 칼이라고 말할 수도 있는 그 물건은 삼각 철봉이었다.

친구들에게 왕벼슬이라 불리는 레콘 쵸지는 침착한 얼굴로 주랑 위에 내려섰다. 도약의 정점이 성의 높이와 비슷했기 때문에 주랑에 내려서는 쵸지의 발소리는 별로 크지도 않았다. 비정상적인 광경에 비정상적으로 작은 소음 때문에 규리하 병사들은 꿈이라도 보는 기분으로 쵸지를 물끄러미 바라보았다. 좀 더 빨리 이성을 회복한 자들만이 자신에게 닥친 사태를 직감했다. 그것은 비장한 문장으로 쓰어져야 할 역사의 한 장이었다. 과텔 규리하에 의해 부흥했던 규리하 변경백 가문이 두 번째 멸망을 당할 순간인 것이다.

그러나 과텔의 업적은 그들의 예상보다는 좀 더 지속될 듯하다.

주랑 위에 선 쵸지는 규리하 병사들의 틈으로 어떤 레콘을 발견하고 주춤했다. 물동이와 소화차가 모든 효과를 발휘하던 장소에 레콘이 그렇게 멍하니 앉아 있다는 것은 퍽 기묘했다. 쵸지가 그 기묘한 레콘에 주의를 기울였을 때 어디선가 날아온 쇠사슬이 그의 발목에 착 감겼다.

깜짝 놀란 쵸지가 아래를 내려다보기도 전에 그 쇠사슬은 휙 잡아당겨졌다. 그 순간에도 쵸지는 설마 자신이 끌려가겠는가 생각했다. 하지만 쵸지의 예상이 무색하게도 그는 사지를 흔들며 허공으로 팽개쳐지는 꼴을 당했다. 성 안쪽의 바닥에 등부터 떨어진 쵸지는 고통보다도 정신적 충격에 신음했다.

'이건 레콘이다. 그렇다면……'

쵸지는 재빨리 몸을 일으켜 발목을 감고 있는 쇠사슬을 손으로 부여잡았다. 올바른 판단이었다. 그를 질질 끌고 갈 예정이던 쇠사슬은 그 저항에 덜컥 멈췄다. 쵸지는 무거운 쇠사슬이 팽팽해지도록 힘있게 끌어당기며 그 끝을 바라보았다.

공중에서 위아래로 진동하는 쇠사슬의 끝은 기다란 철봉에 연결되어 있었다. 그리고 그 철봉은 쵸지의 예상처럼 어떤 레콘의 두 손에 쥐어져 있었다. 쵸지는 쇠사슬을 힘껏 끌어당기고 발을 흔들며 말했다.

"야리키?"

"돌아가, 왕벼슬."

쵸지는 삼각 철봉을 앞으로 겨누고 성문 있는 쪽을 흘긋 바라보았다.

"저 문을 열려고 들어왔는데."

야리키는 낚싯줄을 낚싯대에 감고는 그것을 창처럼 움켜쥐었다. 쵸지는 삼각 철봉을 왼손으로 옮겼다 다시 오른손으로 옮기고는 그 팔을 한 바퀴 돌렸다.

"좋아, 하자."

두 레콘이 서로를 향해 돌격했다.

"즈믄누리로?"

즈믄누리를 말하는 정우의 목소리에는 생경함 같은 것이 담겨 있었다. 자신이 전혀 가 보지도 못했고 관계도 없는 땅을 말하는 듯한 정우의 어조에 놀라며 탈해는 다급하게 말했다.

"그래. 거기가 네 고향이야."

정우는 탈해를 물끄러미 바라보다가 고개를 가로저었다.

"하지만 나는 비셀스 규리하야."

"나는 탈해 머리돌이야. 머리돌에서 태어났지만 그것이 내게……."

"아냐, 탈해. 나는 정우 규리하가 아니라 비셀스 규리하라고 말했어."

"어? 그거, 킴들이 말하는 그거. 그래. 하지만 그 규리하는 너를 버렸어."

"그래도 내가 비셀스 규리하라는 것은 바뀌지 않아. 내가 아무리 원해도 도깨비가 될 수 없는 것처럼."

탈해는 눈을 크게 떴다. 정우는 자신의 몸을 내려다보았다.

"그날……."

탈해는 세상에서 가장 딱딱한 도깨비가 되었다. 정우는 그런 탈해를 보다가 그를 와락 끌어안았다. 차마 그의 얼굴을 볼 수 없었다. 정우는 탈해의 어깨에 얼굴을 묻은 채 말했다.

"난 아프지 않았어. 꿈이 내게 오자마자 그건 꿈속의 일이 되었으니까. 기억만 남았지 고통은 없었어. 그러니 제발 슬퍼하지 마. 정말 아프지 않았어. 그날 내게 일어난 다른 일을 설명하려고 그러는 거야. 그냥 들어 줘."

정우의 두 팔 속에서 탈해가 조금 부드러워졌다. 정우는 조심스럽게 말했다.

"있잖아. 그 이전까지는 내가 킴이라는 것을 머리로만 알고 있었거든. 어린애가 추억이니 그리움이니 하는 말의 뜻만 아는 것처럼 말이야. 나는 자기가 킴이라고 말하면서 도깨비처럼 살고 있었지. 하지만 그날 나는 내가 도깨비가 아니라는 것을 확실하게 깨달았어. 나는 말이지, 사라질 사람이었던 거야."

정우의 가냘프면서도 따스한 콧김이 탈해의 목을 쓰다듬었다. 불에 아무런 피해를 입지 않는 도깨비였지만 탈해는 그것이 뜨겁다고 생각했다.

"운이 좋다면 오래오래 살 수 있을지도 모르지. 하지만 언젠가는 죽을 테고, 그러면 나는 사라질 거야. 내가 알고 좋아했던 다른 도깨비들이 어르신이 되어 살아 있는 도깨비들과 재미나게 이야기할 때 나는 그곳에 없을 거야. 내가 만졌던 것도, 내가 걸었던 길도, 내가 읽었던 책도 그대로 있겠지만 나는 없을 거야. 처음엔 기억 속에 내가 있을 테지. 내 이야기를 나누는 어르신들이 있을 거야. 하지만 가을이 하나 둘 지나면 그 이야기도 점점 뜸해지겠지. 다른 이야기가 계속 생길 테니까. 그렇잖아? 새로 시작되는 많은 이야기가 있는데 옛날에 끝난 내 이야기를 왜 하겠어? 더 이상 아무도 내 이야기를 하지 않을 거야. 그걸 깨달았을 때, 너와 다른 도깨비들과 같이 가을들을 볼 수 없다는 것을 알았을 때 나는 정말 도깨비가 되고 싶었어."

탈해는 까마득한 과거로 추락하는 느낌이었다. 정우의 말은 바로 자신의 생각이었다. 그날, 도깨비불로 정우에게 치명적인 화상을 입혔던 날 탈해는 정우가 킴이라는 것을, 언젠가 그의 곁을 떠날 수밖에 없는 사람임을 깨달았다.

'탈해, 탈해야, 정우가 죽을 수도 있었잖니.'
'어르신이 된다고요?'
'아니, 킴은 어르신이 되지 않아.'
'무슨 말씀이죠? 어르신이 안 되면 뭐가 되는데요?'
'그냥 사라져.'

탈해는 다른 죽음이 있다는 것을 생각할 수도 없었다. 가까스로 그 의미를 깨달았을 때, 허무감이나 두려움, 거부감을 느낄 수도 있겠지만 탈해는 사라지는 것의 소중함을 느꼈다. 그리고 그 소중함의 크기가 커질수록 자신이 저지를 뻔한 일에 대한 공포도 커졌다. 얼마의 시간이 지났을 때 탈해는 자신이 더 이상 뜨거운 불을 만들지 못한다는 것을 알았다.

"하지만 우울해하는 것은 안 좋아. 나는 우울해하지 말자고 생각했지. 고맙게도 도깨비들은 내가 사라질 사람인 것처럼 대하지 않았어. 만나고 이야기하는 모든 사람들이 그렇게 행동하니까 나도 그것에 대해 더 이상 생각하지 않게 되더라. 내가 그런 생각을 했다는 것까지도 잊어버렸어. 이곳으로 올 때까지 나는 내 죽음에 대해 생각하지 않았지. 그리고 나는 쉽게 사라지는 것을 당연하게 느끼는 사람들을 만났어."

그녀를 죽이려 했던 시카트 규리하와 그녀를 살리려 애썼던 틸러 달비는 정우가 보기에 똑같았다. 둘 다 그녀의 죽음에만 관심 있을 뿐 그녀의 삶에 대해서는 별 생각이 없는 것 같았다. 그녀의 삶을 무시한 채 그녀를 죽이려 하는 것과 그녀의 삶을 무시한 채 그녀의 죽음을 막으려 하는 것이 무엇이 다르단 말인가? 정우는 그들이 쉽게 스러지는 자신들의 삶을 무시하기 때문에 정우의 삶 또한 무시하는 것이 아닐까 의심했다.

"쉽게 찾아오는 죽음에 대해 생각하지 않기 때문에 자기들이 죽을 수 있다는 것도 생각하지 않는 것 같았어. 그래서 영원히 살 것처럼 시시한 일들을 하는 것 같았어."

"시시한 일들……."

"그래. 하지만 나는 믿고 싶었어. 그들에겐 뭔가가 있을 거야. 시시하지 않은 것, 그들의 짧은 생명을 빛내는 것. 나는 비셀스규리하로서 그것을 찾아낼 거야. 즈믄누리로 돌아가는 것은 그들을 무시하는 것 같아."

탈해는 다급하게 말했다.

"정우, 킴들에게서 네가 찾는 것을 찾을 수 있다는 확신이 있어?"

"킴들? 아냐."

"아니라고?"

정우는 탈해의 품에서 빠져나왔다. 탈해의 두 어깨에 손을 얹은 채 정우는 그를 바라보았다. 조금 후 그녀는 머리를 숙여 정수리를 탈해의 가슴에 댔다.

"나는 레콘들이 신경 쓰여."

"레콘?"

"그래. 킴들은 자기들의 시시한 일을 많이 꾸며 놓기 때문에 그것이 정말 시시한지 그렇지 않은지 알아보기 어려워. 나가들은 많이 보지 못했고. 하지만 레콘들은 꾸미지 않아. 그리고 시시해 보이는 일은 하지 않고. 내가 그것을 찾아낸다면, 아마도 레콘에게서 찾아낼 것 같아."

그 순간 가까운 곳에서 무시무시하게 쇠 부딪치는 소리가 들려왔다.

탈해는 얼굴을 떨며 개밥바라기의 칼자루를 붙잡았다. 정우 또한 놀란 표정으로 굉음이 들려온 쪽을 보다가 말했다.
"레콘?"
발딱 일어난 정우는 탈해가 말릴 틈도 없이 창가로 다가갔다. 그녀는 덧창을 조금 열고 그 틈을 통해 바깥을 내다보았다. 정우가 중얼거리듯 말했다.
"레콘들이 싸우고 있어."

제국군 사령부에서는 엘시가 약간 충혈된 눈으로 규리하 성을 바라보고 있었다. 그을린발을 통해 내린 명령에 의해 31중대와 민들레 여단은 성에서 조금 떨어진 위치로 물러나 성문이 열리길 기다리고 있었다. 하지만 성 안쪽에서 들려오는 소리로 보건대 쵸지는 성문을 열 수 없는 난관에 빠진 듯했다.
해자와 성벽을 동시에 뛰어넘는 일을 하겠다고 나서는 레콘이 또 있을 리가 없다. 엘시는 쵸지가 그런 일을 하겠다고 제안했을 때도 믿기 어려웠다. 쵸지가 곤경에 빠진 것은 분명하지만 그가 직접 문을 열어 주기 전까지는 그를 도울 사람을 안으로 들여보낼 수가 없었다. 엘시는 얼굴을 딱딱하게 굳힌 채 규리하 성을 바라보았다.
초조한 얼굴로 규리하 성을 바라보던 주테카가 고함을 빽 지르듯 말했다.
"레콘이야. 레콘에게 걸린 거야. 무슨 수 없나, 엘시! 저기에 있는 녀석들 중 야리키는 네가 잘 아는 녀석이잖아. 그리고 그 아트밀인가 하는 놈은 원래 제국군이라면서. 그러면 네 말을 들지 않겠어?"

엘시는 별 가능성이 없다고 생각했지만 그을린발에게 외쳐야 할 말을 알려 주었다. 그을린발이 고함을 질렀다.

"칼리도 백 엘시 에더리가 말합니다! 야리키! 아트밀! 거기 들어간 쵸지와 협력하여 성문을 여십시오!"

대답은 없었다. 그을린발은 같은 내용을 한 번 더 외쳤지만 여전히 돌아오는 대답은 쇠 부딪치는 소리뿐이었다.

엘시는 근심스러운 얼굴로 하늘을 올려다보았다. 말리와 소리를 본 순간 둘이 당장 부딪칠 것 같은 느낌을 받고는 몸을 굳혔다. 그러나 조금 후 엘시는 두 하늘치의 어마어마한 크기를 간과했음을 깨달았다. 두 하늘치는 서로의 몸길이의 반 정도, 따라서 얼핏 보기엔 가까운 것처럼 보이는 거리를 사이에 두고 있었다. 하지만 하늘치의 몸길이 절반은 엄청나게 먼 거리다. 그리고 소리는 그 거리를 쉽게 줄이지 못하고 있었다.

엘시는 말리가 위로 떠오른 까닭을 이해했다. 하늘치 말리가 위로 떠오르면 그 위에 있는 구조물들은 아래로 눌리는 힘을 느끼며 바닥에 단단하게 고정된다. 말리가 충분한 가속을 하면서 도망칠 수 있는 방향은 위쪽뿐이었다. 말리는 규리하 성이 함락될 때까지 소리와의 충돌을 피하며 시간을 끌 작정인 것이다. 하지만 말리가 영원히 솟아오를 수는 없으니 그 시간이 충분하지는 않을 것이다. 엘시는 규리하 성의 문을 열 다른 방도를 떠올리려 애쓰며 성을 바라보았다.

그때 엘시는 누군가가 자신을 보고 있다는 느낌을 받았다. 규리하 성까지의 거리는 말을 달려도 한참이 걸릴 먼 거리였기 때문에 설령 누군가가 그를 향하고 있다 해도 그 모습을 확인할 수 없었다. 그런데도 주시당하고 있다는 느낌은 분명했다. 엘시는 미간을 살짝 찡그리며 규리하 성을 바라보다가 눈을 감았다. 의도적으로 눈을 감은 것은 아니다. 그저 늘 있는 눈 깜빡임일 뿐이다.

빠끔히 열린 덧창을 통해 아래를 보던 정우는 누군가가 자신을 바라보고 있다는 느낌을 받았다. 뒤쪽에 있는 탈해인가 생각했지만 곧 그 방향이 성 바깥쪽이라고 느꼈다. 정우는 규리하 성 바깥을 바라보았다. 하지만 얼굴을 확인할 수 있는 거리 안에는 황무지뿐이었다. 그 너머로 제국군 본영이라 할 수 있는 것이 있긴 했지만 정우는 그곳에서 사람의 모습도 분간할 수 없었다. 의아해하며 그곳을 보던 정우가 눈을 감았다. 의도적인 행동은 아니다. 언제나 일어나는 평범한 눈 깜빡임일 뿐이다.

정우와 엘시가 동시에 눈을 감았을 때, 두 사람이 동시에 어둠 속에 들어섰을 때 그들은 그 어둠 속에서 서로를 발견했다.

정우는 어둠 속에서 뚜렷하게 보이는 엘시 에더리를 보았다. 그의 모습은 초상화를 그릴 수 있을 정도로 크고 뚜렷했다. 일상의 공간에서 그렇게 뚜렷하게 보인다면 대화도 할 수 있는 가까운 거리지만 정우는 엘시가 대단히 멀리 있다고 느꼈다. 그리고 정우가 본 엘시의 모습은 똑바로 서 있는 것이었지만 정우는 그가 말에 타고 있다고 생각했다. 눈으로 보이는 모습과 그것에 대한 판단이 불일치했지만 정우에겐 그 불일치가 특별히 이상하게 느껴지지 않았다. 그래서 정우는 말을 걸 생각을 하지 않은 채 엘시를 바라보기만 했다.

엘시는 어둠 속에서 뚜렷하게 보이는 정우와 다른 여자를 보았다. 그가 보는 여자는 한 명뿐이지만 그곳에는 두 명의 여자가 있었다. 엘시에게 그 불일치는 기묘하게 느껴지지 않았다. 엘시의 마음을 흔든 것은 기시감이었다. 그는 이전에도 그런 모습을 보았다는 느낌을 받았다.

조금 후 엘시는 자신이 실제로 그 모습을 보았다는 것을 깨달았다. 그것도 한두 번이 아니다. 엘시는 잠바이에서, 민들레 요새에서, 엔거에서, 그리고 조금 전에도 그녀 또는 그녀들을 보았다. 엘시는 그 모든 만남을 떠올렸고 그것을 잊었다는 것까지 떠올렸다.

엘시는 그것이 이상하다고 생각하지 않았다.

정우이면서 정우가 아닌 여자가 말했다.

"죄란 무엇일까요, 정우?"

엘시는 그 여자가 밤의 다섯째 딸이라는 것도 깨달았다. 다시 그의 마음이 조금 흔들렸다. 이전의 모든 만남 동안 밤의 다섯째 딸은 한번도 엘시에게 말을 걸지 않았다. 꿈이 말을 거는 상대는 언제나 정우였다. 정우에게 꿈이 있기 때문이라고 생각할 수도 있지만 엘시는 다른 이유가 있다고 느꼈다.

엘시는 그만이 꿈을 상대할 수 있다고 확언한 황제를 떠올렸다.

꿈 또는 정우가 말했다.

"죄는 공동체가 발견해 낸 사람의 특징이에요."

"사람의 특징이오?"

"속이기, 훔치기, 빼앗기, 죽이기 같은 것을 금지하는 법은 있지만 반짝거리기나 쪼개지기, 끓기 등을 금지하는 법은 없어요.

앞에서 말한 것과 달리 그것들은 사람의 특징이 아니기 때문이지요. 그것은 죄가 될 수 없어요."

"죄는 사람 속에 항상 있다는 것이군요."

"사람의 일부죠. 그리고 생명의 일부죠."

"생명이오?"

"다른 동물들뿐만 아니라 식물조차도 죄를 가지고 있어요. 다만 식물들이나 동물들의 공동체는 아예 존재하지 않거나 사람의 그것에 비해 지극히 조악한 것이라서 잘 드러나지 않아요."

"식물에게도……?"

"그렇죠. 황제는 죄를 가지고 있어요. 식물이니까요."

엘시는 놀란 얼굴로 정우 또는 꿈을 바라보았다. 황제가 식물이라니? 꿈 또는 정우가 말했다.

"그렇죠, 용이니까. 용은 식물이지요. 불을 토하는 식물."

엘시는 혼란에 빠졌다. 그러자 정우이자 꿈이며 하나이지만 둘인 것이 무엇인지 알 수 없는 것으로 바뀌었다. 그 혼란 속에서 목소리가 들려왔다.

"죄는 생명의 일부예요. 죄가 없는 자는 살아 있지 않아요. 살아 있지 않은 자는 꿈과 대화할 수 없지요."

엘시는 가슴이 철렁하는 것을 느끼며 꿈과 정우와 정체 모를 무엇인가를 바라보았다. 꿈의 눈인지 정우의 눈인지는 명확히 구분할 수 없지만 어떤 눈이 그를 바라보고 있었다.

"저 사람에겐 죄가 없어요. 따라서 도덕도 없지요. 저 사람은 살아 있지 않으므로 내가 손을 댈 수 없어요, 정우. 황제가 저 사람을 부른 것은 그 때문이에요."

정우는 가깝고도 먼 엘시를 바라보았다.

그들을 둘러싸고 있는 어둠은 가장 깊은 동굴 속 같았다. 그리고 소리는 들리지 않았다. 사람이 존재한다면 호흡이나 맥박에서부터 옷자락 부딪치는 소리까지 온갖 소리가 들릴 테지만 그곳에는 귀 먹은 어둠밖에 없었다. 정우는 다른 곳으로 시선이나 주의를 돌리면 자신을 잃어버리고 영영 엘시의 모습을 되찾지 못할 것 같은 느낌을 받았다. 정우는 엘시를 직시했다.

엘시는 꿈과 그녀의 대화를 듣고 있었다. 서로 말을 할 수 없는 거리감이 있었지만 엘시가 그 대화를 듣고 있다는 것은 의심할 수 없었다. 그런 불일치는 정우에게 문제가 되지 않았다. 정우는 말했다.

"왜 저분은 죄가 없죠? 그건 생명의 특징이라면서요."

꿈은 잠시 침묵하다가 말했다.

"장애자를 생각해 보겠어요? 처음부터 시력이나 청력 또는 다른 것을 가지지 못한 채 태어나는 경우가 있지요. 하지만 이 비유는 좋은 비유라고 할 순 없어요. 엄밀하게 말한다면 사산아를 생각하는 편이 낫지요."

정우가 슬픈 표정을 지었다.

"사산아요?"

"예, 어떤 사산아가 기막힌 우연에 의해 몸의 구조가 살아 있는 것을 모방할 수 있는 형태로 자리 잡혀서, 시체인데도 기능하는 경우를 상상할 수 있겠어요? 맥박치고 호흡하고 말하고 생각할 수도 있을 정도로 기능하는 경우요. 그렇다면 그 사산아는 마치 살아 있는 것처럼 보이겠지요. 하지만 이것은 여러 가지로 오해의 소지가 많은 예지요. 그런 것을 가리켜 죽었다고 말하기도 애매하니까요. 그래서 장애자를 말한 거예요, 정우. 대장군은 시각이나 청각 대신 죄를 잃은 채 태어났다고 생각하면 될 거예요."

엘시는 눈을 감았다. 하지만 닫히는 눈꺼풀의 감각을 느꼈는데도 보이는 광경에는 변화가 없었다. 혼란에 빠진 혼란이었다. 정우가, 꿈이, 어둠이, 아무것이, 부재가 말했다.

"장애자요."

"예."

"킴으로 태어난 것이 제 장애라고 생각했어요. 한 번밖에 못 사는 삶, 불에 타는 몸, 짧은 이야기."

"정우. 당신은 죄를 가지고 있어요."

정우인 듯한 여자가 오른손을 들어 왼팔을 쓸어내렸다. 그녀는 정우가 아닌 듯한 여자에게 말했다.

"죄가 도대체 뭐죠? 그건 생물의 어떤 특징이지요?"

영원 같은 침묵이 이어졌다.

봄, 여름, 가을, 겨울, 봄여름, 가을겨울, 봄여름가을겨울······. 후위이이익! 후위이이익! 바뀌는 계절들의 빠른 속도 때문에 휘파람 같은 소리가 난다. 밤낮이 어찌나 빠르게 바뀌는지 더 이상 밤과 낮을 구분할 수 없다. 파르르 떨리는 어슴푸레한 빛이 있을 뿐이다. 후위이이익! 후위이이익! 사람들이 태어나고 자라고 늙고 죽는다. 나라가 수면 위의 소금쟁이처럼 대지 위를 정신없이 미끄러진다. 산맥이 무너져 들판이 되고 들판이 사막으로 바뀐다. 후위이이이······.

휘파람 소리가 갈매기 소리로 바뀐다.

검푸른 바다 위에 빛의 파편이 얄랑거린다. 황혼 무렵. 쇠약하게 이글거리는 태양이 바닷물 속으로 서서히 가라앉는다. 해변의 모래는 적금색. 그러나 거품 많은 물결이 스칠 때마다 모래는 흑갈색으로 변한다. 계속해서 색깔이 변하는 모래가 수다스럽게 보인다.

정우와 엘시는 붉은 모래 위에 검은 그림자가 어지러이 흩어져 있는 해변에 서 있다. 일만육천 년 또는 삼십만 년 후의 해변에 선 두 남녀는 서로를 바라본다. 가장 큰 인내심을 가진 자도 대답을 듣는 것을 포기할 만큼 긴 시간이다. 그 때문에 정우와 엘시는 질문을 잊었고 심지어 자신조차 잊었다. 그들은 그저 상대방만 바라본다.

바닷물 속으로 가라앉던 태양이 유언처럼 말한다.

"혼란을 퍼뜨리는 파렴치한 힘이지요."

정우와 엘시는 그 말이 무슨 뜻인지 알 수 없다. 침묵하는 그들에게 어둠이 찾아든다. 그리고 별빛이 빗줄기처럼 후드득후드득 떨어진다. 밤은 장막이고 별은 미세한 구멍이다. 그 구멍에서 명주실처럼 가느다란 빛줄기가 기다란 선을 그리며 떨어진다. 어두운 해안에 떨어진 빛들이 파사삭파사삭 부서진다.

엘시는 눈을 떴다.

의도적인 행동은 아니다. 호흡을 자각하는 것보다 더 드물게 자각하는, 그런 평범한 깜빡임일 뿐이다. 특별히 주의하지 않는다면 자신이 눈을 깜빡였다는 것을 깨닫는 사람은 없다. 제국 대장군이라고 해서 그런 것을 파악할 수 있는 능력을 가지고 있는 것은 아니다. 누군가에게 주시당한다는 느낌에 의아해하며 규리하 성을 보았을 때 일어났던 눈 깜빡임 또한 마찬가지다. 엘시는 자신이 눈을 깜빡였다는 것을 알지 못했다.

엘시가 느낀 것은 시야를 흐리는 눈물이었다.

엘시는 당혹하여 손을 들었다. 눈물의 양은 많지 않았다. 크게 하품한 후에 나오는 정도의 눈물이 눈 아래쪽을 살짝 적시고 있었다. 엘시는 이토록 긴박한 순간에 눈물이 흘렀다는 것을 이해할 수 없었다. 그는 손가락으로 눈을 쓱 비빈 다음 그것을 잊었다. 그리고 주시당하는 듯한 느낌도 잊었다. 그는 쵸지가 처해 있는 곤경을 타파할 방도를 고민했다.

정우는 눈을 떴다.

그녀는 자신이 눈을 떴다는 것을 알지 못했다. 감았다는 것도 알지 못했기 때문이다. 자신을 주시하고 있는 어떤 존재도 발견하지 못한 정우는 다시 아래쪽을 바라보았다. 쵸지와 야리키는 무서운 기세로 싸우고 있었다. 규리하 병사들은 감히 그 싸움에 끼어들 엄두를 내지 못했고 야리키의 안위를 걱정하여 물을 뿌리지도 못했다. 정우는 걱정스러운 어조로 말했다.

"레콘들이 싸우고 있어."

말을 끝낸 정우는 그 말을 이미 했던 것 같은 기분을 느꼈다. 하지만 그것은 아주 먼 옛날의 일처럼 느껴졌다. 정우는 지금의 상황이 아닌 다른 상황에 대해 그런 말을 했나 보다 생각하고 덧창을 닫고 창가에서 물러났다.

뒤로 돌아선 정우는 그녀를 향해 다가오다가 멈춘 탈해를 보았다. 탈해는 걱정스럽게 말했다.

"창가에 가까이 가면 안 돼, 정우. 그런데 레콘들이 싸운다고?"

"그래. 왕벼슬이 야리키와 싸우고 있어."

탈해는 움찔했다.

"그러면 침입이 일어났다는 말이잖아!"

"들어온 건 왕벼슬뿐인 것 같아. 성문을 열려고 들어온 모양이야. 야리키는 그걸 막으려 하고."

탈해에게 그 말은 규리하 성이 함락되었으며 점령군이 방문 앞까지 도달해 있다는 말처럼 들렸다. 무사장은 다급하게 말했다.

"정우, 네가 이 바깥 사람들에게서 무엇을 찾고 싶어하는지 솔직히 나는 이해하기 힘들어. 하지만 그것이 꼭 필요할까?"

"필요하다고 생각해."

"왜지?"

정우는 덧창 틈으로 불어 들어온 바람에 싸늘해진 볼을 쓸었다.

"탈해, 나는 킴이야. 나도 지금 바깥에서 싸우는 저 사람들처럼 한 번만 사는 사람이야. 그들의 짧은 삶을 의미 있게 하는 것이 있다면 나도 그것을 알아야 해. 내게도 그것이 필요할 테니까. 도깨비들에게선 그것을 찾을 수 없어. 그들의 죄가 나에게도 있다면……"

정우는 말을 멈추고는 깜짝 놀란 듯이 눈을 빠르게 깜빡거렸다. 그녀는 자신의 입술을 만지작거리다가 탈해에게 말했다.

"내가 방금 뭐라고 했지?"

"이상한 말을 했어. '그들의 죄가 나에게도 있다면'이라고 했는데."

"죄?"

탈해는 어깨를 으쓱일 수밖에 없었다. 정우는 혼란스러운 표정으로 덧창을 돌아보았다. 덧창 바깥에서 레콘들이 내는 격렬한 소리가 꽝꽝 들렸다. 정우가 속삭였다.

"죄라고? 죄……"

정우는 두 손을 깍지 껴 입술 아래에 붙였다.
"그거였어."

날아오는 조간을 삼각 철봉으로 쳐낸 쵸지는 부리로 계명성을 토해 내며 앞으로 달려들었다. 상대의 기를 꺾기 위해서가 아니라 자욱하게 피어오른 먼지구름을 날려 보내기 위해서였다. 확 날아오는 먼지에 당황한 야리키는 무의식적으로 몸을 낮추며 조간을 두 손으로 들어 올렸다. 그러자 무지막지한 기세로 날아온 삼각 철봉이 조간에 작렬했다.
 야리키는 팔이 저릿한 것을 무시하며 낚싯대를 비틀었다. 쵸지의 손이 미끄러지는 것을 본 야리키는 재빨리 머리를 내밀었다. 쵸지는 황급히 손을 끌어당겼지만 야리키의 부리가 그의 손등을 찢어 놓는 것을 피하지는 못했다. 손에서 핏방울을 뿌리며 물러나는 쵸지의 다리를 향해 야리키의 조간이 날아갔다. 그러나 쵸지는 풀쩍 뛰어 조간을 피하면서 동시에 야리키의 아랫부리를 무릎으로 쳐올렸다. 야리키는 머리가 홱 젖혀진 채 뒤로 주르륵 미끄러졌다.
 왕벼슬과 야리키가 어울린 시간은 이십여 초 정도였다. 하지만 그 결과는 참혹했다. 빠르게 움직이는 두 레콘의 발과 상대를 놓친 무기가 할퀴고 지나간 그들 주위의 땅은 흉터투성이였고 피와 깃털과 돌조각들이 너저분하게 흩어져 있어 말로 표현하기 어려울 정도의 참상이었다. 이십여 초가 짧은 시간은 아니지만 규리하 병사들은 아무도 그들 주변에 다가가지 않았다. 현명한 태도였다. 두 레콘이 싸우는 기세가 어찌나 흉흉한지 나무 토막을 던져 넣으면 톱밥 뭉치가 되어 땅에 떨어질 지경이었다.

그러나 규리하 병사들을 더욱 질리게 하는 것은 아무래도 두 레콘이 전력으로 싸운 게 아닌 것 같다는 인상이었다. 두 레콘은 겁에 질린 인간들이 그들에게 물을 뿜을까 봐 경계하고 있었고 그래서 한정된 장소를 벗어나지 않은 채 싸우려 애썼다. 만약 그들이 거치적거리는 것 없는 넓은 장소에서 전력으로 싸웠다면 격투의 규모는 지금보다 훨씬 커졌을 것이다. 그리고 규리하 병사들은 그런 격투를 상상도 하기 싫었다.

뒤로 미끄러지던 야리키는 돌벽에 등을 부딪히고서야 겨우 멈췄다. 야리키는 곧 날아올 삼각 철봉에 대비하여 조간으로 앞을 막았다. 하지만 기대하던 공격은 없었다. 무릎으로 야리키를 날려 보낸 쵸지는 그 자리에 서서 야리키를 쳐다보고 있었다. 야리키는 부리에서 느껴지는 저릿한 느낌을 무시하며 말했다.

"뭐야?"

쵸지는 삼각 철봉을 다른 손으로 옮겨 쥐어 어깨에 걸쳤다. 그는 야리키에게 쪼인 손등을 잠시 들여다보고는 야리키를 쳐다보았다. 쵸지가 아무 말도 하지 않자 야리키가 다시 말했다.

"뭐냐고?"

쵸지는 부리를 탁 부딪쳤다.

"생각해 보니 싸우러 들어온 건 아닌데 말이야."

"그래서?"

"목 안 말라?"

"술병 가지고 있나?"

쵸지는 머리를 좌우로 까딱까딱 움직였다. 야리키는 희한한 녀석 다 보겠다고 생각했다. 쵸지는 수염볏을 만지작거리며 말했다.

"물은 어때?"

돌벽에 몸을 기대고 있다는 것도 잊은 채 야리키는 뒤로 물러나려 했다. 그 덕분에 야리키는 발로 돌벽을 걷어차고 말았다. 야리키는 아파할 겨를도 없이 쵸지를 노려보았다.

쵸지는 삼각 철봉을 허리에 꽂아 넣고 뒤로 훌쩍 뛰었다. 그가 다시 발을 디딘 곳은 주랑 위였다. 그곳에 있던 규리하 병사들은 숨이 턱 막힌 채 쵸지를 바라보았다.

쵸지가 옆으로 손을 뻗었다. 쵸지가 움켜쥔 것은 가까이 있던 병사가 손에 들고 있던 살수관이었다. 레콘의 팔이 그렇게 길다는 것을 예상하지 못한 병사는 기겁하며 살수관을 놓았다. 살수관을 받아 든 쵸지는 그것을 쥔 채 양수 손잡이 곁으로 다가갔다.

믿을 수 없는 광경을 본 양수 손잡이 담당병들은 그것을 내버려둔 채 황급히 물러났다. 소화차 곁에 선 쵸지는 한 손에 살수관을 들고 다른 손으로는 양수 손잡이에 손을 얹은 채 아래쪽에 있는 야리키를 내려다보았다. 야리키의 몸은 당장이라도 폭발할 듯 부풀어 있었고 그 벼슬은 철판인 양 빳빳하게 서 있었다.

쵸지는 야리키에게 한쪽 눈을 찡긋해 주고는 머리를 뒤로 젖혔다. 그는 잔뜩 벌린 부리 사이로 살수관을 꽂아 넣었다. 마치 목구멍 안쪽으로 그것을 집어넣으려는 것 같았다. 그리고 쵸지는 다른 손으로 양수 손잡이를 잡아 눌렀다.

끼익끼익 소리가 나다가 흐늘흐늘하던 송수관이 내부에 있는 유체의 압력으로 통통해졌다. 곧 살수관을 통해 쵸지의 목구멍 안쪽으로 물이 분사되었다.

사람들은 자기 눈을 의심하며 그 광경을 바라보았다. 가장 냉철한 이들만이 그 광경에 내재되어 있는 합리성을 느꼈다. 물그릇을 부여잡고 그 안에 부리를 집어넣는 레콘들의 통상적인 음수법과 다를 것이 없다. 쵸지의 경우엔 부리가 그릇을 삼키는 형국이라는 것이 다를 뿐이다. 하지만 그런 자들도 자해하는 광경을 보는 듯한 충격을 느낀 것은 다른 자들과 마찬가지였다.

목을 불룩거리며 물을 꿀꺽꿀꺽 마시던 쵸지가 양수 손잡이를 멈추었다. 송수관이 다시 흐늘흐늘해졌다. 쵸지는 입에서 살수관을 뽑아내고 긴 탄성을 질렀다.

"커어!"

긴 한숨까지 뿜어낸 쵸지는 주의 깊게 살수관을 몸 바깥으로 휘둘러 관 안쪽에 남아 있던 물기를 뿌렸다. 합리적이지만, 역시 충격적인 광경이다. 쵸지는 흡족한 얼굴로 살수관을 쥔 손을 늘어뜨리고 야리키를 보았다.

야리키는 돌벽에 등을 기대 채 주랑 위의 쵸지를 바라보고 있었다. 주저앉지 않기 위해 몸을 기대고 있는 것인 양 불안해 보였다. 그의 얼굴은 레콘의 눈으로 보아도 무표정에 가까웠고 위아랫부리는 원래 하나인 양 단단하게 맞붙어 있었다. 쵸지는 고개를 끄덕이고 소화차의 손잡이를 붙잡았다. 살수관이 몸 바깥쪽으로 향하도록 쥔 쵸지는 소화차를 질질 끌며 주랑을 걸었다. 소화차를 주랑 위로 끌어올리기 위해 규리하군이 가설한 경사로에 도달한 쵸지는 소화차를 앞세워 내려갔다. 삐걱거리는 바퀴 소리와 출렁거리는 물소리가 불길하게 울려 퍼졌다.

쵸지는 바닥에 내려섰다. 그는 살수관을 야리키 쪽으로 겨냥하고는 양수 손잡이에 다시 손을 얹었다.

"한 모금?"

꽉 다물린 야리키의 부리 사이에서 가느다란 소리가 들려왔다.

사람들은 비를 맞고 있는 새끼 고양이나 둥지에서 떨어진 어린 새를 떠올렸다. 그 사실을 반가이 인정할 수 있는 사람은 아무도 없었지만 바위를 깨고 하늘을 나는 지상 최강의 종족이 두려움에 흐느끼고 있었다. 어떤 자들은 하얗게 질렸고, 어떤 자들은 덩달아 흐느꼈다.

쵸지는 즉시 살수관의 방향을 바꾸었다. 시선을 떨어뜨려 야리키의 눈을 피한 쵸지는 낮은 목소리로 말했다.

"가만히 있으면 괜찮아. 따라오지 마."

그는 소화차를 끌며 뒷걸음질로 성문 쪽으로 움직였다. 물을 가진 자들도, 다른 병기를 가진 자들도 쵸지를 저지할 생각을 떠올리지 못했다. 한 손에는 살수관을 쥐고 다른 손으로는 소화차 손잡이를 쥔 채 쵸지는 뒤를 흘깃흘깃 보면서 규리하 성 안쪽을 가로질렀다. 뒤로 걸어가지 않아도 상관없었을 것이다. 야리키는 벽에 부조된 레콘처럼 미동도 하지 않았다. 쵸지가 앞쪽을 보면서 걸어도 괜찮을 것 같다고 생각했을 때는 이미 성문 앞에 도달해 있었다.

끝났다고 생각했을 때 모든 것이 새로이 바뀌었다.

쵸지는 느닷없이 엄습하는 불안함을 느꼈다. 야리키를 바라보려던 쵸지는 생각을 바꿔 위를 보았다. 위쪽에서 육중한 무엇이 공기를 가르며 떨어지고 있었다. 손에 들고 있는 것이 그것이었기에 쵸지는 엉겁결에 살수관을 들어 올렸다. 그때 위에서 떨어진 것이 소화차를 덮쳤다.

쵸지는 그것이 육중하다고 생각했다. 하지만 그것은 육중하다는 것 이상으로 무거웠다. 그것은 거대했으며 물에 가라앉는 비중을 지니고 있었다. 그런 것의 충돌에 직면하자 소화차는 종이로 만든 것처럼 간단히 산산조각 났다.

쵸지는 눈을 감았다. 하지만 눈꺼풀이 내리닫히는 짧은 시간 동안 극도로 긴장한 쵸지는 많은 것을 보았다. 소화차가 파편으로 바뀌며 그 속에 있던 물이 커다란 꽃잎처럼 벌어지는 모습을 보았고 사방으로 흩어지는 물방울 하나하나를 또렷하게 보았다. 쵸지는 소화차를 짓밟아 부순 것이 레콘이라는 것을 확인했고 그 레콘의 일그러진 얼굴도 확인했다. 쵸지는 그렇게 분노한 레콘은 처음 보겠다고 생각했다. 두 눈은 맹렬한 적개심으로 이글이글 불타올랐고 수염볏은 분노로 푸들푸들 전율했다. 그 레콘은 오른팔을 뒤로 끌어당긴 채 굳어 있었다. 그 즈음 쵸지는 자신이 이미 눈을 감았으며 그가 보고 있는 것은 망막 속에 남아 있는 잔영이라는 것을 깨달았다. 그가 보는 광경 속의 모든 것이 멈춰 있는 것처럼 보인 것은 그 때문이다.

소화차가 부서지며 폭발한 물이 쵸지에게 닿았다.

그 소름 끼치는 느낌에 쵸지가 비명을 지르려 했을 때 레콘의 주먹이 그의 복부를 강타했다. 쵸지는 허리가 접힌 채 뒤로 날아가 성문에 부딪혔다. 도개교가 박살 나지 않은 것은 그 앞쪽에 있던 창살 때문일 것이다. 창살이 부서지며 파괴력이 줄어들었고 도개교는 부서지지 않은 채 다만 내리떨어졌다. 쵸지는 떨어진 도개교 위를 데굴데굴 구르며 규리하 성 바깥으로 나왔다. 규리하 성의 입장에서 보면 드나드는 방식이 모두 특이한 방문자인 셈이다.

규리하 성 쪽에서 들려온 충돌음에 놀란 주테카가 본 것은 도개교 위를 굴러 나오는 쵸지의 모습이었다. 주테카는 철저를 쥐고 있던 두 손을 힘껏 들어 올렸다.

"열렸다! 그런데 저게 뭐야. 몸으로 부딪쳤……."

주테카는 말끝을 삼켰다. 그의 동공은 팽창되었고 손에서는 힘이 빠졌다. 그의 손아귀에서 빠져나온 철저가 어깨를 강타했다. "꽥!" 주테카는 죽는 소리를 하며 어깨를 움켜쥐었지만 눈은 규리하 성의 성문에 고정시킨 채 움직이지 않았다.

론솔피와 히베리 또한 주테카의 그것에 한 점 부족함 없는 경악으로 성문을 바라보았다. 그들은 열린 성문을 통해 걸어 나오는 레콘을 보고 있었다.

목욕하던 중이었다고 말하면 어울릴 것이다. 인간일 경우에 그렇다는 말이다. 물에 흠뻑 젖은 채 뚜벅뚜벅 걸어 나온 레콘이 할 수 있는 말이 무엇인지 세 레콘은 도무지 떠올릴 수 없었다. 벼슬도 젖어 있고 부리도 젖어 있고 깃털도 모두 젖어 있었다. 발을 내딛을 때마다 몸 곳곳에서 물방울이 뚝뚝 떨어졌고 그의 뒤에 남는 것은 젖은 발자국이었다. 질주하는 소화차와 정면 충돌한 듯한 모습이었고, 그것은 명백히 사실이었다.

성문이 열리길 기다리던 민들레 여단병도 그 모습에 몸을 부풀리며 뒤로 물러났다. 히도큰 하장군은 부하들을 통제해야 할 임무 같은 것은 까맣게 잊었다는 얼굴로 아트밀을 바라보았다.

'센시엣 특수 소용소에서 일어날 수 있는 사건 중 가장 바람직한 것은?' 민들레 요새에서 거론되는 것 중 가장 한심한 농담이다. 그 답은 '어떤 수용자가 헤엄을 쳐 탈주하는 것.'이다. 그것이 가장 바람직한 사고인 까닭은 민들레 요새병들이 절망도로 건

너갈 필요가 없기 때문이다. 탈주범을 쫓아 땅 위를 뛰어다니는 것은 민들레 요새병들도 얼마든지 받아들일 수 있다. 하지만 그것은 자신에게 행운이란 있을 수 없다는 민들레 요새병들의 자조를 나타내는 농담일 뿐이다. 그런 일은 일어날 수 없다. 그러나 어디서 헤엄이라도 치다가 온 것이 아닌가 싶은 레콘이 눈앞에 나타나자 히도큰 하장군은 그 듣는 사람 화나게 하는 농담이 사실은 농담이 아니라 예언이 아니었나 의심했다.

31중대의 쟈마 데시마스 수교위는 히도큰 하장군보다 빨리 자제력을 회복했다. 용기의 차이가 아니라 연륜의 차이다. 민들레 요새에서 히도큰 하장군이 겪어야 했던 재난이 다종다양한 것은 사실이지만 동시에 그가 겪은 재난이 레콘이 저지를 수 있는 재난으로 한정되어 있었다는 것 또한 무시할 수 없다. 경험의 폭이 좁은 것이다. 하지만 쟈마 데시마스 수교위는 야전 전투 지휘관이었고 온갖 전장을 누비며 희한한 경험들을 많이 쌓은 인물이다. 아트밀의 모습에 충격을 받은 것은 그 역시 마찬가지였지만 수교위는 물에 젖었건 젖지 않았건 레콘은 위험하다는 상식적인 판단을 내렸고 그 즉시 부하 장병들에게 '신속정숙하게 퇴각'에 해당하는 손짓을 보냈다. 그 명령에 따라 31중대원들은 빠르게 물러났다. 그 모습을 본 민들레 여단병은 동요를 일으키기 시작했다. 그들은 간절하면서도 무시무시한 눈으로 히도큰 하장군을 바라보았다. 기어코 그중 한 명이 짓눌린 목소리로 말했다.

"어이, 히도큰! 어떻게 해?"

히도큰은 그 말에 대답하지 못했다. 아트밀의 불타는 눈이 그를 똑바로 노려보고 있었다.

히도큰의 생각과 달리 아트밀이 보고 있었던 것은 그가 아니다. 아트밀은 사라말의 죽음을 보고 있었다. 그 밖엔 볼 것이 없었다.

사라말의 죽음 때문에 느꼈던 고통과 분노, 수치심에 대해 아트밀은 거짓이라는 진단을 내렸다. 그리고 그것을 외면할 수 있기를 바라며 다른 것을 보려 했다. 하지만 마음의 눈을 어디로 돌려도 보이는 것은 고통과 분노, 수치심뿐이었다. 어렴풋이 아트밀은 자신에겐 다른 것이 없다는 것을 깨달았다. 거짓은 진실에 대비될 때 거짓이 될 수 있다. 하지만 진실이 존재하지 않는다면 그럴 때도 거짓은 거짓인가? 아트밀은 더 이상 그것을 거짓이라고 말할 수 없었다. 아트밀에겐 고통과 분노, 수치심뿐이었다.

아트밀은 철극을 들어 올렸다. 쓰러진 채 그 모습을 보던 쵸지가 재빨리 일어나 물러났다. 아트밀은 철극을 앞으로 내밀며 외쳤다.

"어느 놈이냐—!"

대답할 수 없는 질문이기에 아무도 대답하지 않았다. 아트밀은 그 침묵을 불손으로 여겼다. 사라말 살해자를 감추려는 소행으로 여겼다. 아트밀은 전신의 모든 기관으로 분노했다.

"어느 놈이 죽였냐—!"

아트밀은 대답을 기다리지 않았다. 그는 철극을 당겨 든 채 앞으로 뛰쳐나갔다. 물에 젖은 레콘이 격분하여 돌진하는 곳에 서 있을 수 있는 레콘은 거의 없다. 민들레 여단의 병사들은 겁에 질려 사방으로 흩어졌다. 멀찍감치 떨어진 곳에서 그 모습을 보던 시허릭 마지오 상장군은 치를 떨며 외쳤다.

"바보들아, 도망치려면 성 안쪽으로 도망쳐! 문이 열려 있잖아!"

심정적으로 민들레 여단병이나 다름없는 상태였지만 그을린발은 시허릭의 말을 이해했다. 흥분한 아트밀은 열린 성문을 내버려둔 채 뛰쳐나왔고 그 때문에 도개교가 내려온 성문은 완전히 개방되어 있었다. 도개교를 끌어올리는 장치와 창살 모두가 파괴되어 빠른 시간 안에는 다시 봉쇄할 수도 없었다. 그을린발은 몸을 부풀렸다.

"성안으로—! 성안으로 들어가라—!"

계명성을 끝낸 후에야 그을린발은 자신이 엘시의 명령이 아닌 시허릭의 바람을 따랐음을 깨달았다. 히베리는 자신의 행동에 당황하여 엘시를 돌아보았다.

엘시는 어두운 얼굴로 규리하 성을 바라보고 있었다. 히베리는 대장군의 입술이 무슨 말을 하듯 꿈틀거리는 것을 보았다. 하지만 그 말을 읽을 수는 없었다.

고공의 차가운 바람을 가르며 상승하는 말리는 지상에 있는 사람들을 구분 지어 보기 어려운 높이까지 도달해 있었다. 말리의 지느러미 위에 서 있던 치천제는 규리하 성에서 일어나는 일들을 눈으로 보기 어렵다는 것을 확인하고 환상벽을 상상했다. 그녀는 그 환상벽에 규리하 성의 모습을 떠올릴 생각이었다.

하지만 환상벽에는 규리하 성의 모습 대신 어떤 인간 남자의 뒷모습이 나타났다. 영상을 만드는 것이 황제였지만 황제도 환상벽 위에 무엇이 떠오를지 정확히 예상할 수는 없다. 치천제는 당황하지 않은 채 환상벽에 나타난 인간을 바라보았다. 황제는 곧 남자의 새하얀 옷을 확인했다. 환상벽에 나타난 것은 말리를 추적하는 소리 위에 서 있는 제이어 솔한이었다.

거침없이 상승하는 소리 위에서 제이어는 꼿꼿이 선 채 상상한 자에게 영향을 주는 환상의 힘을 다루기 시작했다.

제이어는 자신이 다룰 환상의 모습에 대해서는 신경 쓰지 않았다. 자신에게 물리적 영향을 주는 환상을 만들려 한 것이 아니기 때문이다. 두려워하는 얼굴의 아실이 바라보는 가운데 제이어는 자신의 정신에 영향을 주는 환상을 상상했다.

형태가 아닌 순수한 기능만을 상상하는 것은 간단한 일이 아니다. 먹는다는 기능은 음식의 심상이나 무엇인가를 씹는 입의 심상 등을 필요로 한다. 그 어떤 심상도 없이 먹는다는 기능만을 상상한다는 것은 감각으로 현실에 접근하는 것에 익숙한 사람에겐 지난한 일이다. 더군다나 제이어의 경우처럼 그 기능 자체에 대해 확실하게 알고 있지 않다면 사실상 불가능하다. 하늘치 환상으로 영을 변화시켜 더 나은 존재가 된다는 것은 무슨 의미인가? 아실의 말처럼 아직 그런 존재가 되지 못했는데 그 존재를 설명한다는 것은 모순이다.

"지멘. 제이어를 좀 말려 봐요. 내 말을 듣지도 않아요."

"아실."

하지만 제이어에겐 우회로라고 할 만한 것이 있었다.

제이어는 하늘치의 약속을 이용하기로 했다. 도구는 도구의 목적을 내포한다. 하늘치는 사람의 영에 영향을 주기 위한 도구이므로 그 도구는 사람의 영에 영향을 주는 방법을 알고 있을 것이다. 제이어는 하늘치를 자신의 도구이자 인도자로 삼기로 했다.

'네 약속을 떠올려라! 네가 해야 할 일을 떠올려라! 나에게 네

가 할 일을 해라!'

아무것도 달라지지 않았다.

제이어는 불쑥 치밀어 오르는 초조감을 애써 억눌렀다. 단번에 성공하기를 기대하는 것은 과욕일 것이다. 제이어는 자신의 조급함을 원망하고 다시 하늘치에 집중했다.

'너는 단순한 도구가 아니다. 네가 단순히 영의 용해로, 영의 대장간에 불과하다면 그토록 많은 눈이 달려 있지는 않겠지. 눈이 있다는 것은 바깥의 것을 받아들인다는 의미일 거야. 나를 받아들여라.'

"기절이라도 시켜요, 지멘. 제이어는 자기를 망가뜨릴 거예요. 막아야 해요."

"아실! 내 말을 들어!"

'얼마나 오랫동안 기다렸느냐? 그저 하늘에 뜬 채 아무것도 하지 않고 약속만 기다리며 세월을 보내었다. 네가 싫증이나 무료함을 느낄 수 있기나 한지 나는 짐작할 수 없다. 하지만 네가 견뎌야 하는 것을 누가 나에게 주려 한다면 나는 그를 죽이거나 자살할 것이다! 그 가없는 세월 동안 네가 할 수 있는 것은 약속을 기다리는 것뿐이겠지. 그것을 달성해라. 나에게 네 약속을 집행해라!'

"무슨 말이오? 제이어를 말릴 방법이 있어요?"

"그게 문제가 아냐. 나를 붙잡아! 곧 충돌할 거야!"

아실은 황급히 하늘을 보았다. 소리의 머리 너머로 수면 위로 머리를 내민 산처럼 말리의 넓은 배가 보였다. 아실은 그것이 그토록 가깝다는 것에 놀랐다.

거대한 추격이 끝나고 있었다. 위로 상승함으로써 말리는 소리를 다루는 이이타가 예상한 것보다 더 오랫동안 도주했지만 소리를 떨칠 정도로 빠르지는 못했다. 규리하에서 수직 방향으로 멀어지면서 이이타는 불안감을 느꼈다. 황제를 패퇴시킨 후 규리하로 돌아갔을 때 이이타는 완전히 파괴된 규리하를 볼까 봐 두려웠다. 그 두려움 때문에 이이타는 위험할 정도로 소리를 가속시켰다. 소리는 그의 의지를 정확히 수행했다. 앞으로 몇 분 내에 소리는 말리의 턱 아랫부분에 충돌할 것이다.

그 지점은 이이타가 흥분과 긴 숙고 끝에 결정한 위치였다. 치솟아 오르는 말리를 따라 상승하면서 이이타는 얼핏 황당하게까지 느껴지는 착상을 떠올렸다. 생각하는 것만으로도 소름이 돋는 계획이었지만 이이타는 만약 성공한다면 단번에 황제를 물리칠 수 있다는 것에 매료되었다. 황제가 패배를 인정할 때까지 계속해서 충돌을 감행한다는 것은 너무도 소모적이다. 그리고 그런 소모적인 공격에 사랑하는 연인을 계속 동참시킨다는 것을 참을 수 없었다. 이이타는 소리를 세게 끌어안았고 그러자 소리는 더 열렬한 기세로 그를 포옹했다. 그 포옹은 이이타에게 모든 것을 가능하게 하는 허락이었다. 이이타는 아무도 감히 상상할 수 없었던 시도를 감행했다.

이이타는 아래쪽에서 말리를 쳐올려 하늘치를 뒤집어 버리기로 결심했다. 말리가 그런 공격에 어떤 타격을 입을지는 짐작하기 어렵지만 그 위에 있는 어떤 것도 온전할 수 없을 것이다.

말리와 소리의 상대적인 위치를 볼 수 있는 자들은 모두 이이타의 계획을 짐작했다. 그 계획에 그들은 전율했다. 규모의 면에서 그것은 산맥을 뒤집는 것이나 다름없다 할 수 있다. 하늘치가, 유구한 세월 동안 유유히 하늘을 떠다닌 물체가 배를 하늘로 향하고 등을 땅으로 향한 모습으로 뒤집어지는 모습을 그들은 상상하기도 어려웠다.

커지는 말리의 모습을 본 아실도 이이타의 계획을 짐작했다. 아실은 다급한 표정으로 제이어를 바라보았지만 지멘은 아실을 집어 가슴에 끌어안았다. 검은 깃털 속에 푹 파묻힌 아실은 숨막히는 기분을 느꼈다.

아실을 끌어안은 지멘은 몸을 낮췄다. 이전처럼 뛰어서 충돌의 충격을 피할 생각이었다. 말리를 바라보며 다리를 긴장시키던 지멘은 제이어를 흘깃 바라보았다. 제이어는 눈을 뜨고 있었지만 아무것도 보지 못하는 사람의 시선으로 허공을 향하고 있었다.

제이어는 모든 마음으로 하늘치에 집중하고 있었다.

'약속을 떠올려라! 나를 봐!'

충돌까지는 1분도 채 남지 않은 시점이었다.

아트밀은 미친 듯이 철극을 휘두르며 민들레 여단의 병사들 사이를 종횡무진 누볐다. 하지만 분노에 차서 너무 많은 목표를 한꺼번에 추적하다 보니 오히려 갈팡질팡하고 말았다. 아트밀은 힘껏 뒤쫓던 상대를 내버려둔 채 갑자기 다른 상대를 향해 달려드는 짓을 반복했다. 민들레 여단의 병사들이 아트밀을 맞상대했다면 그런 두서없는 공격으로도 효과를 얻을 수 있었겠지만 물에 흠뻑 젖은 아트밀을 본 레콘들은 도망치기 바빴다. 지상 최강의 종족은 도망치는 능력도 발군이었다.

그렇게 도망다니던 레콘들 중 일부가 마침내 열린 성문 앞에 도달했다. 규리하 병사들은 다가오는 레콘들을 향해 결사적으로 물을 퍼부었지만 레콘들의 속도가 지나치게 빨랐다. 떨어지는 물이 잠깐 뜸해진 사이 레콘들은 성문 안쪽으로 날듯이 뛰어들었다. 도개교에는 발이 닿지도 않았다.

성안으로 뛰어든 레콘들은 분노의 계명성을 뿜어내었다.

규리하 성의 벽과 기둥, 천장과 바닥이 전율했다. 그 성을 이루는 돌들은 너무도 오래되었고 그 때문에 반쯤은 대지의 일부나 다름없었다. 하지만 레콘들의 계명성이 한꺼번에 터져 나오자 그 돌들은 이리저리 굴러다니는, 이끼가 끼지 않고 먼지도 쌓이지 않는 돌인 양 진저리를 쳤다. 성 자체가 자신의 죽음을 예감하며 비통해하는 듯한 모습에 규리하 병사들은 오한을 느꼈다.

그 소리는 정우와 탈해에게도 뚜렷하게 들렸다. 두 사람은 바깥을 내다볼 필요도 없이 성이 레콘들에게 침입당했다는 것을 알았다. 정우는 창백한 얼굴로 무사장을 보았다. 숨을 제대로 쉴 수 없었던 그녀는 앞섶을 움켜쥐었다. 그러자 탈해가 재빨리 그녀의 팔을 붙잡았다.

"안 돼!"

정우는 그것이 무슨 뜻인지 알 수 없었다. 탈해가 말했다.

"또 꿈을 써선 안 돼."

탈해는 정우가 옷을 벗으려 한다고 생각했다. 탈해의 오해를 깨달은 정우는 그것이 아니라고 말하려 했다. 꿈은 소용없을 것이다. 바깥에 엘시 에더리가 있기 때문에. 하지만 정우는 자신이 왜 그런 생각을 했는지 알 수 없었다. 정우는 칼리도 백과 꿈이 무슨 상관인지 의아했다. 그러나 엘시가 있다면 꿈은 무의미하다는 것만은 확신했다.

탈해가 말했다.

"네가 한 번 사는 자들을 관찰하고 싶다면 내가 도와줄게."

정우는 눈을 깜빡거리며 탈해를 보았다. 탈해는 입으로만 웃으며 말했다.

"내가 도와줄게."

탈해의 눈은 웃지 않았다. 정우는 그 눈 속에서 흔들리는 자신을 보았다. 뭔지 모를 안타까움에 손을 뻗으려 했지만 탈해는 뒷걸음쳐 물러났다. 그때 정우는 탈해의 왼손이 개밥바라기의 칼자루에 얹혀 있음을 발견했다. 그녀의 눈이 커졌다. 그러나 탈해는 오른손을 들어 집게손가락을 입 앞에 세워 보였다. 그 동작이 무색하게도 그 순간 바깥에서 계명성과 비명이 들려왔다. 그 처절한 비명에 정우와 탈해는 동시에 흠칫했다. 탈해가 이를 악물며 말했다.

"쫓아내겠어."

정우는 두 주먹으로 입을 틀어막은 채 탈해를 바라보며 고개를 도리질 쳤다. 탈해는 두 손을 모두 들어 정우를 진정시키듯 흔들었다.

"다치게 하지 않을 거야. 기다려. 쫓아 버리고 올 테니."

탈해는 더 이상 정우에게도 자신에게도 말을 할 수 없었다. 그는 도망치듯 달려가 문을 뛰쳐나갔다. 문이 닫히자 정우는 바닥에 주저앉고 말았다.

밖으로 나온 탈해는 잠시도 쉬지 않고 달렸다. 하지만 그동안에도 그의 오른손은 개밥바라기의 칼자루를 꽉 움켜쥐고 있었다. 본관 정문을 향해 달려가면서 즈믄누리의 무사장은 즈믄누리의 성주를 생각했다.

즈믄누리의 11대 성주 바우 머리돌은 열광적이지만 성공적이지는 못한 화훼 재배가였다. 밤의 다섯 딸의 도움으로 건설된 즈믄누리는 언제나 어두웠고 그 때문에 바우 성주의 화훼들은 부족한 햇빛이 식물에 주는 영향을 온몸으로 드러내며 시들었다. 재배자의 기술이나 열정과 상관없이 애초부터 여건 자체가 적합하지 않았던 것이다. 하지만 성주는 자신의 취미를 포기하지 않았고 즈믄누리의 성주가 매진하는 일에 잘못되었다고 말하는 도깨비들은 없었다. 농담의 소재로 삼거나 무시하기는 했지만, 그 짓을 그만두라고 성주에게 진지하게 조언하지는 않았다.

무수한 실패는 바꿔 말하면 무수한 경험이다. 바우 성주의 화훼 재배 기술은 비교할 대상이 드문 탁월한 수준에 도달했다. 단지 성공적인 결과가 나오지 않았기에 성주 자신을 포함하여 아무도 그 사실을 깨닫지 못했을 뿐이다. 명인의 자질을 가지고 있지만 여건의 방해 때문에 그 존재가 드러나지 않은 자들이 얼마나 되는지는, 말 그대로 그 존재가 드러나지 않았기 때문에 정확히 알 수 없다. 바우 머리돌 성주 또한 그런 드러나지 않은 명인 중 한 명이 될 처지였다. 대단히 모순적인 어떤 식물을 입수하지 않았다면 바우 머리돌은 자신이 명인이라는 것을 끝내 알지 못했을 것이다.

오래전 아스화리탈이 뿌린 포자에서 두 그루의 용화가 피어났고 그중 한 그루가 바우 성주에게 갔다. 바우 성주가 용화를 원한 이유는 오랫동안 명확하게 알려지지 않았다. 긴 세월이 흘러, 뜨거운 불을 사용할 수 없는 희귀한 도깨비를 무사장으로 임명한 바우 성주가 무사장에게 그동안 기른 용을 건네주었을 때 비로소 도깨비들은 왜 바우 성주가 용을 원했는지 알 것 같았다. 도깨비이면서도 불을 능란하게 사용할 수 없는 탈해를 위로하기 위해 무사장의 지위를 주면서 동시에 무사장의 책무를 수행할 수 있는 도구도 준비한 바우 성주의 지혜로움은 큰 칭송을 받았다. 그러나 좀 더 생각이 깊은 어르신들은 그 이유를 이전부터 뚜렷이 알고 있었다. 언제나 그렇지만 도깨비다운 품위 있는 이유가 있었다. 바우 성주는 용을 기르는 것이 재미있을 거라고 생각했으리라.

복도를 달리고 계단을 뛰어내린 탈해 머리돌 무사장은 본관 정문에 도달했다. 아직 건물 안쪽으로 들어온 레콘은 없었다. 바깥에 있는 병사들을 학살하는 일에 열중하고 있는 것이 분명했다. 비명이 끊임없이 들려왔다.

아마도 많은……

피가 있을 것이다.

전력 질주의 후유증과는 다른 이유에서 탈해는 거칠게 숨을 내쉬었다. 머리가 어지러웠다. 다리가 떨리고 입술이 떨렸다. 마침내 탈해가 움직였을 때 그것은 돌격이라기보다 주저앉지 않기 위한 동작이었다. 비틀거리며 걸어간 탈해는 정문에 부딪히고는 그것을 몸으로 얼굴로 밀면서 밖으로 빠져나왔다. 탈해는 바깥의 계단 앞에 섰다.

차가운 바람과 함께 짙은 피비린내가 탈해를 덮쳤다.

레콘들이 날뛰고 있었다. 인간을 집어던지고 걷어차고 때려부수고 있었다. 공깃돌처럼 날아간 인간이 돌벽에 부딪혀 포도알 터지듯 피를 뿜었다. 레콘의 발에 걷어차인 인간이 찢어진 배로 내장을 쏟으며 쓰러졌다. 인간 하나를 왼팔로 감싸 안고는 오른손으로 사지를 하나씩 뜯어내어 사방으로 집어던지는 레콘도 있었다. 민들레 요새병의 잔학함이 유감없이 드러나고 있었다.

레콘과 싸우는 레콘도 있었다. 야리키는 조간을 휘두르며 다가오는 레콘들과 싸우고 있었다. 하지만 물이라도 뒤집어쓰지 않는 한 야리키에게 승기는 없을 듯하다. 탈해는 굴도하 남작 부부를 보았다. 남작 부부는 주랑 위에 올려놓은 소화차에 올라서 있었다. 체격 좋은 남작 부인은 정신없이 양수 손잡이를 눌렀고 남작은 살수관을 창대에 연결하여 이리저리 휘둘렀다. 고군분투하고 있었지만 그들 또한 죽음을 목전에 두고 있었다.

피냄새가 너무 진하다. 숨이 막힐 것 같다.

"이봐요…… 이봐요."

탈해는 고함을 지르려 했지만 그의 입에서 나온 것은 신음에 불과했다. 탈해는 소리 없이 흐느꼈다. 아무도 도깨비 무사장을 보지 않았다. 탈해는 그 이유를 알 수 있을 것 같았다. 그가 조금이라도 위험한 존재였다면 감이 좋은 레콘들은 당장 탈해를 목격했을 것이다. 설령 탈해가 그들의 뒤통수 쪽에 있다 해도.

탈해는 조금도 위험하지 않았다. 뜨거운 불을 쓸 수 없는 도깨비니까.

그러나 용은 그렇지 않다.

탈해는 자신이 그런다는 의식도 없이 쥐고 있던 칼자루를 잡아당겼다. 밤을 부르는 별의 이름을 따 개밥바라기라 불리는 용은 무사장의 손길에 순응했다.

학살에 열중하고 있던 레콘들이 동시에 동작을 멈췄다.

모든 레콘들이 본관 계단 쪽을 향해 돌아섰다. 아직 살아 있던 규리하 병사들은 물론이거니와 레콘들도 자신의 행동에 놀란 듯했다. 그들이 본 광경은 이해할 수 없는 것이었다. 반쯤 죽은 것 같은 얼굴을 한 도깨비가 칼날도 없는 칼을 손에 들고서 그들을 내려다보고 있었다. 낭자한 피와 도깨비를 연결 지을 수 있다면 상당한 공포를 느꼈을 테지만 그 광경의 기괴함은 그런 상식적인 생각마저도 불가능하게 만들었다. 레콘들은 그저 어이없는 기분으로, 그러나 직감이 말하는 위험에 주의하며 도깨비가 칼날 없는 칼을 들어 올리는 모습을 보았다.

칼자루를 쥔 손이 하늘로 높이 들어 올려졌다. 그 순간 개밥바라기는 더 이상 칼날 없는 칼이 아니게 되었다. 그 비어 있는 칼몸테두리에서 도깨비에겐 조금도 위험하지 않지만 도깨비를 제외한 모든 자에겐 치명적인 칼날이 튀어나왔다.

하늘을 향해 이글거리는 화염이 치솟아 올랐다.

규리하 성의 앞쪽 황무지에는 날뛰는 레콘과 도망치는 레콘, 팔짱을 낀 채 서 있는 레콘이 있었다. 날뛰는 레콘은 아트밀이다. 철극이 휘어져라 휘둘러 대고 있는데도 쓰러뜨리는 상대가 없으니 싸운다고 말할 수는 없다. 세상은 그의 주변 십여 미터로 축소되었다. 그 바깥은 보이지도 않았다. 철극이 바람을 가르는 소리에 귀가 먹을 듯하다. 그 소리에 대항하기 위해 아트밀은 고함을 질렀다.

"칠일은 칠! 칠이 십사! 칠삼 이십일!"

아트밀은 이제 자신의 행동에 아무런 변호도 원하지 않았다. 황제가 그의 정신을 억압했건 어쨌건 사라말 아이솔은 그의 친구였다. 왜냐하면 그의 죽음 때문에 미치도록 슬프기 때문이다. 그것이 앞뒤가 맞는 논리인지 아닌지 하는 것은 아트밀의 관심 대상이 아니다.

"칠사 이십팔! 칠오 삼십오! 칠육 삼십, 아니 사십, 아니…… 제기랄!"

반가운 좌절도 있는 법이다. 구구단을 외다가 더듬거리는 자신에 대해 아트밀은 말할 수 없는 만족감을 느꼈다. 그것은 아트밀이다. 정신 억압이나 다른 무엇과 상관없는 아트밀의 특징이다.

"칠육이 뭐야! 칠육이 뭐냐고?"

"사십이."

아트밀은 대답이 들려온 곳을 향해 맹렬하게 철극을 돌렸다. 그곳에는 삼각 철봉을 손에 든 쵸지가 있었다. 팔짱을 낀 채 아트밀을 바라보는 레콘이었던 쵸지는 아트밀이 충분히 말랐다고 생각하고 성문에서 그가 한 일에 대한 토론을 시작하기로 결정했다. 그리고 도망치는 레콘들이었던 민들레 여단의 병사들은 아직도 아트밀을 건드리면 부서질 물통쯤으로 여기고 있었다.

"칠육은 사십이야. 그쪽이야말로 냉수 한 모금 마시고 정신 좀 차려야겠는데. 괜찮나?"

그런 사실을 알려 주는 것이 좀 우스꽝스럽기는 했지만 쵸지는 부리로 규리하 성문 쪽을 가리켰다.

"우리 쪽에서 지금 마음대로 성안으로 들어가고 있잖아. 성을 지켜야 하는 거…… 젠장!"

쵸지는 허리를 뒤로 홱 젖혀 날아온 철극을 피했다. 그 회피는 연속적인 회피 동작의 시발이 되었다. 상당히 어려운 동작으로 아트밀의 공격을 피하던 쵸지는 땅을 짚은 손으로 돌멩이 하나를 쥐어 올렸다. 아마도 규리하군이 아래쪽으로 집어던진 돌인 듯하다. 쵸지는 그것을 냅다 아트밀의 머리 쪽으로 집어던졌다.

아트밀은 부리를 벌려 돌을 꽉 물었다. 덕분에 계속되던 철극의 공격이 멈추었고 그동안 쵸지는 충분히 떨어진 거리까지 물러났다. 아트밀은 머리를 홱 돌리며 돌을 뱉어냈다.

"나늬도 만나기 전에 목에 구멍 날 뻔했잖아, 이 친구야."
"친구? 누가 네 친구야? 내 친구는 한 명뿐이고 그는 죽었다!"
쵸지는 고개를 갸웃했다.
"누가 죽였냐고 떠들었지. 친구가 전투 중에 죽었나 보지? 그래서 화가 났나?"
"왜? 화가 나면 안 되냐? 나 같은 놈은 화도 내면 안 되냐?"
"그게 무슨 말이야?"
"그래! 나는 내 것도 아닌 감정 때문에 화를 내고 있어. 그게 어쨌다는 거야? 할 일 없으면 남의 일에 신경 쓰지 말고 네 똥구멍에 낀 똥가루나 털어라, 개자식아!"
쵸지는 부리를 한 번 들썩하며 미소 지었다.
"알아듣기 어려운 말을 하는군. 화도 많이 난 것 같고. 하지만 그렇게 난동을 부려서야 되겠어? 병사들이 성안으로 들어갔으니 규리하 성은 곧 함락될 거야. 자네 친구는 자네가 도망치길 더 바라지 않겠어? 다행히 도망치기 좋은 조건이잖아. 아무도 자넬 건드리려 하지 않으니."
쵸지의 침착한 태도는 아트밀에게도 영향을 끼쳤다. 아트밀은 분노 때문에 잠시 방기해 두었던 슬픔이 되돌아와 자신을 포옹하는 것을 느꼈다. 그는 비통하게 말했다.
"도망쳐서 뭘 하라는 거야?"
"가고 싶은 곳으로 가서 하고 싶은 걸 하면 되지."
아트밀은 수염볏을 부르르 떨었다.
"나는 사막으로 가고 싶었어."
"사막?"
아트밀은 혼잣말처럼 말했다.

"하지만 그건 정신 억압 때문에 생긴 충동이야. 사라말이 말해 줬어. 나는 사라말을 보호하도록 정신 억압되어 있었어."

쵸지는 어처구니없는 표정을 지었지만 아트밀의 말을 막지 않았다. 아트밀이 계속 말했다.

"사라말을 보호하느라 나는 바다도 건너고 시냇물도 건널 수 있게 되었어. 하지만 나는 레콘이야. 그건 레콘에게 있을 수 없는 일이야. 그래서 나는 사라말에게 사막으로 가자고 했던 거야. 사막으로 가면 사라말도 보호할 수 있고 물도 밟지 않아도 되니까."

아트밀의 목소리가 조금씩 예리해졌다. 쵸지는 섬뜩했다.

"가고 싶은 곳으로 가서 하고 싶은 걸 하라고? 사라말의 곁이 내가 가고 싶은 곳이야. 사라말을 보호하는 것이 내가 하고 싶은 일이고. 정신 억압이 나를 그렇게 만들었어. 그런데 사라말이 죽었어. 내겐 아무것도 남아 있지 않아."

기괴한 이야기에 쵸지는 현실 감각을 잃을 것 같았다. 그래서 쵸지는 황급하게 말했다.

"율형부사가 자네 친구인가?"

아트밀은 무슨 말인지 모르겠다는 듯이 왕벼슬을 바라보다가 고개를 끄덕였다.

"그래. 나를 위해 용을 죽이러 갔지. 그리고 죽었어······. 그러면 용이군!"

아트밀은 철극 자루를 두 손으로 움켜쥐었다. 쵸지는 긴장했지만 이어지는 아트밀의 행동을 보곤 배신감과 황당함이 뒤섞인 감정을 느꼈다. 아트밀은 철극 자루로 자신의 이마를 땅 때렸다.

"이제 알았어! 용이야. 용이 사라말을 죽인 거야! 내가 멍청했어. 용을 찾아야 해. 용이 어디 있지?"

 쵸지는 하텐그라쥬에 가면 나무가 되어 있는 용 아스화리탈을 볼 수 있다고 말해 주는 게 친절한 일일까 의심했다. 그때 쵸지는 갑자기 시야가 환해지는 것을 느꼈다. 태양 외의 어떤 조명이 갑자기 세상에 더해진 것 같았다. 의아해하며 고개를 돌린 쵸지는 규리하 성에서 솟아오르는 불기둥을 보고 숨을 들이마셨다.

 불기둥은 수십 미터 높이로 치솟아 있었다. 쵸지는 불이 그런 식으로 꼿꼿하게 치솟는 것을 처음 보았다. 불길은 높이에 비해선 가느다란 편이지만 열기가 엄청난 듯했다. 쵸지는 불기둥 주위에서 요동치는 아지랑이를 보고 자신도 모르게 수염볏을 움켜쥐었다. 그때 아트밀이 비명처럼 외쳤다.

 "용이다! 용이야!"

 쵸지는 자신이 꽤 멍청해진 것 같았다. 그건 아트밀의 당연하다는 듯한 외침에 저도 모르게 고개를 끄덕인 후의 일이었다. 아트밀은 쵸지를 내버려둔 채 규리하 성을 향해 돌격했다. 어쩔까 고민하던 쵸지는 일단 그의 뒤를 따르기로 했다.

 파라말 아이솔은 흙벽에 기댄 채 바닥에 주저앉아 있었다. 반쯤 시체나 다름없는 꼴로 앉아 있던 그가 성을 침입한 민들레 여단에 난자당하지 않은 것은 산공부사를 구하기 위해 굴도하 남작이 기지를 발휘한 덕분이다. 남작 부인과 함께 소화차로 레콘들에게 대응하던 굴도하 남작은 체념한 듯한 얼굴로 앉아 있는 파라말을 발견하고는 그에게 물을 쏘아 보냈다. 레콘들은 전혀 저항하지 않는 자세로 앉아 있는 데다 푹 젖어 있는 산공부사를 무시했다.

물벼락을 맞았을 때 정신을 조금 되찾긴 했지만 파라말은 아직도 충격에서 빠져나오지 못했다. 슬픔이 너무 깊어 이제 파라말은 감정을 느끼는 능력이 둔화되어 있었다. 주변에서 레콘들이 벌이는 참극에도, 애처롭게 죽어 가는 규리하 병사들의 모습에도 파라말은 별다른 반응이 없었다. 하지만 탈해가 뽑아 든 개밥바라기는 그의 주의를 끌었다.

별다른 이유 없이 파라말은 생각했다. '저것은 용이다.' 파라말은 어째서 그것이 용인지 고민하지 않았다. 대신 형을 생각했다.

'쟁룡해에서 용이 빠져나왔다고 했습니까? 아닙니다, 형님. 용은 즈믄누리에 있었습니다. 쟁룡해에서 온 그자는 평범한 인간입니다.'

파라말은 정신적으로 고개를 가로저었다.

'아니, 평범함에도 못 미치는 인간일지도 모르지요. 저런 황제를 돕는 황태자에게 무슨 존경을 바치겠습니까? 황위에 눈이 어두워진 그는 황제에게 아부하려고 염치도 없는 인간처럼 행동하고 있습니다. 제정신이 박힌 황태자라면 이런 꼴을 말려야 할 겁니다.'

파라말은 분노가 끓어오르는 것을 느꼈다.

'비스그라쥬 백 데라시도 마찬가지입니다. 그 사악한 황제의 첩은 황제를 말릴 지위에 있으면서도 아무 행동도 하지 않았습니다. 왜…… 그런 자들도 가만히 있는데 형님께서 나섰습니까? 형님의 용을 위해서? 하지만 용은 즈믄누리에 있었단 말입니다.'

파라말은 홍벽에 등을 기대며 다리에 힘을 주었다. 그는 한 손으로 흉벽을 쥐고 비틀거리며 일어나 똑바로 섰다. 젖은 옷이 철벅철벅 소리를 냈지만 목구멍은 타들어 가는 듯 건조했다. 파라 말은 입 주위를 훔치며 엘시와 데라시를 생각했다.

'그들은 침묵했단 말입니다! 그들이 침묵으로 형님을 죽였습니다.'

본관 계단 위쪽에 서 있던 탈해는 산공부사가 일어나는 모습, 남작 부부가 소화차를 끌며 그에게 다가가는 모습을 보았다. 그 바퀴 소리에 레콘들이 고개를 돌리자 탈해는 황급히 개밥바라기를 이리저리 휘둘렀다. 기다란 화염이 흔들리자 레콘들은 몸을 부풀리며 그를 보았다.

"규리하 성을 나가십시오. 그렇지 않으면 다칩니다."

민들레 여단병 하나가 자신들을 위협하고 있는 것이 도깨비임을 깨달았다. 최악의 환란을 일으킬 수 있는 존재이긴 해도 어쨌거나 도깨비는 온순한 종족이다. 그 레콘은 후자에만 주의했다.

"도깨비 주제에 감히……."

레콘은 말을 맺을 수 없었다. 놀라운 속도로 움직인 개밥바라기의 화염인(火焰刃)이 어느새 그의 머리 위쪽에 와 있었기 때문이다. 탈해가 한 일은 손목을 조금 비튼 것뿐이었지만 그런 작은 움직임도 수십 미터 저편에 있는 칼끝 부분에서는 대단히 큰 움직임으로 바뀐다. 더군다나 그 칼날의 무게는 불꽃과 같았다. 탈해는 레콘들도 미처 피할 수 없는 속도로 칼날을 움직일 수 있었다. 그 사실을 깨달은 민들레 여단병은 깃털이 빠질 것 같은 느낌을 받았다.

탈해의 옷소매에 갑자기 불이 붙었다. 칼날에 가까운 그 부분의 온도는 불길에 닿지 않아도 옷자락이 타들어 갈 정도였다. 탈해는 왼손으로 소매를 탁탁 두드려 불을 끄고는 발을 들었다.

무사장은 계단을 내려갔다.

그는 개밥바라기를 좌우로 흔들며 내려갔다. 레콘들은 견딜 수 없는 열기에 주춤주춤 물러났다. 뭔가를 주워 탈해에게 집어던지려는 시도를 하는 레콘도 있었지만 그럴 때마다 탈해가 위협적으로 개밥바라기를 내밀어 그들로 하여금 얼굴을 가린 채 물러나게 했다.

"부탁합니다. 나가십시오."

그때 성문을 통해 아트밀이 뛰어들었다. 성안으로 들어선 아트밀은 탈해를 보고 놀라서 멈추어 섰다. 사라말을 죽인 용을 찾으러 왔지만 엉뚱하게도 불을 들고 있는 것은 도깨비였다. 작열하는 화염 때문에 탈해의 손에 쥐어진 것을 보지 못한 아트밀은 탈해가 도깨비불을 다루고 있다고 판단했다. 그렇다면 그것은 용이 아니다. 아트밀은 당혹감에 주위를 두리번거렸다. 어딘가에 사라말을 죽인 용이 있을 텐데…….

아트밀이 고개를 들어 하늘을 보았을 때 하늘이 무너지는 듯한 굉음이 들렸다. 모든 사람들이 깜짝 놀라서 위쪽을 보았다.

그들은 자신들이 본 광경에 압도되었다.

말리와 소리의 충돌이 지척에 이른 시점이었지만 치천제는 그 사실에 전혀 흥분하지 않았다. 그녀의 예상에 한 점 어긋남 없이 움직이는 소리의 모습에 황제는 경멸과 비슷한 차가운 흥미만 느꼈다.

이이타는 말리를 전복시키는 것이 자신의 계획이라고 믿었고 그것이 황제가 바라는 것이었다. 말리가 솟아오름으로써 배를 보여 주었을 때, 그것이 지상에 거주하는 자가 항상 보는 하늘치의 부위인데도 이이타에게는 어떤 발상의 전환을 이끌어 내는 광경으로 느껴졌을 것이다. 그리고 이이타는 황제의 하늘치를 전복시키겠다는 야욕으로 앞뒤를 돌보지 않고 돌진했다. 이이타는 머릿속으로 상상하기도 벅찬 광경을 목격할 거라 예상하고 있었지만, 그 거대한 추격전의 마지막 장면에 대해 황제는 좀 다른 생각을 가지고 있었다.

충돌 직전 황제는 낙석 투하를 명령할 것이다. 소리는 그 거대한 크기 때문에 사라말이 부렸던 것 같은 묘기는 부릴 수 없다. 낙석은 반드시 소리에 명중할 것이다. 물론 하늘치에 그 정도 크기의 돌을 던지는 것은 인간에게 쌀알을 던지는 것이나 다름없는 일이지만 쌀알도 충분히 빠른 속도로 충돌하면 달리는 인간의 방향을 바꿀 수 있다. 그것이 황제가 원하는 것이었다. 황제는 소리를 격추시킬 의도 같은 것은 없었다. 이이타가 황제에게 해 주려 하는 일, 바로 그것을 이이타에게 돌려주는 것이 황제의 목적이다. 말리를 전복시키려던 소리는 그 힘으로 자신을 뒤집을 것이다.

흥분해도 무방한 시점이다. 하지만 황제는 흥분하지 않았다.

대신 황제는 불쾌한 기분을 느꼈다.

인간이라면 으스스하다는 표현에 해당하는 나가판의 감정을 느끼며 황제는 주위를 둘러보았다. 이제 상승의 속도를 가늠할 수 있는 지표가 될 만한 물체는 존재하지 않았다. 지평선은 뒤로 후퇴하는 것에 지쳐 자신을 지우기 시작했고 하늘 또한 무거운 빛으로 짙어지고 있었다. 땅보다 하늘이 훨씬 단단해 보였다. 짓누르는 바람 속에 나부끼는 흑사자 모피를 단단히 움켜쥔 채 황제는 그리미 마케로우를 생각했다.

'597조라고 했습니까?'

라세는 쉬크톨에 손을 얹어 칼자루를 만지작거렸다.

'당신의 계산은 지나치게 낙관적인 것 아닌가요? 597조 명이 죽는다는 것은 597조 명의 후손을 생산해 낸다는 뜻이기도 하잖습니까. 저 사람들이 과연 그렇게 많은 후손을 생산할 만큼 버티기나 하겠습니까? 그보다 훨씬 빨리 멸망하지 않겠습니까? 아니, 아니군요. 그 최대치라는 것은 최악의 경우가 아니라 오히려 최선의 경우 중 하나로 이해해야 하는 것이군요. 저들의 대단한 능력으로 생존 기술과 살인 기술을 동시에 발달시켜…… 그 많은 숫자를 생산하고 또 제거한다는 것일 겁니다. 그렇지요?'

황제는 무서운 미소를 지으며 소리를 보았다. 그녀가 서 있는 곳은 지느러미였고 소리는 말리의 턱 쪽으로 솟아오르고 있었다. 황제는 세상의 그쪽 방면을 완전히 가려 버린 거체를 똑똑히 볼 수 있었다.

'규리하의 공자여, 사람이여. 너에겐 모든 것이 네 손안에서 뒤집히고 까불거리는 장난감이다. 그것은 아름답고 귀한 능력이지만 네 사냥감은 언제나 네 이웃이다! 지금 나에게 돌진하는 네 모습을 보아라. 네가 저지르는 일의 목록을 늘리는 것은 타인이 네게 저지를 일의 목록을 늘리는 짓이라는 것을 모르느냐?'

황제는 자신의 감상주의를 비웃었다. 곧 엘시에게 지상을 맡기고 이 시대를 떠날 것이기에 상실감 같은 것을 느끼고 있는지도 모른다. 황제는 자신이 떠날 것임을 믿어 의심치 않았다. 소리는 그녀가 직접 처리할 것이다. 다루는 자들이 사라지면 소리는 다시 이름 없는 하늘치로 돌아갈 것이다. 꿈을 다루는 묘한 여인은 엘시에게 제거될 것이다. 그런 여인이 또 나타나지는 않을 것이다. 나가들의 대담한 계획은 이라세오날의 사자들이 분쇄할 것이다. 레콘의 힘이 아니라 그들의 설득에 의해. 황제는 그 사실이 재미있었다. 몇 가지 소박한 것들이 남아 있기는 하지만 일만육천 년의 여정을 떠나기에 앞서 그녀가 직접 챙겨야 할 일은 거의 남아 있지 않다. 그녀가 처리하지 못한 사소한 것들은 엘시가 처리할 수 있을 것이다.

한 가지 신경 쓰이는 일이 있기는 하다. 황제는 그리미 마케로우의 영상이 경고했던 다른 용을 생각했다. 바우 머리돌 성주에게 건너간 그녀의 자매에 대해서 황제는 아무 예상도 할 수 없었다. 용은 기르는 자에 따라 무엇으로든 자라나니까. 그 용은······.

아래쪽을 바라보던 황제의 눈에 섬광이 들어왔다.

치천제는 온몸의 비늘을 부딪쳤다. 나가의 반응이지만 용의 경악이다. 그 때문에 흑사자 모피는 그 안쪽에 새 떼가 들어온 양 파라락 떨렸다.

용암의 분출이라 생각할 수도 있다. 규리하 성이 제국군의 공격으로 불타고 있는 것이라 여길 수도 있었다. 하지만 황제는 다른 추리로 그것이 다른 용의 화염임을 부정하지 않았다. 순간 황제는 바우 머리돌 성주가 그 용으로 무엇을 만들었는지, 누가 그것을 다루고 있는지 깨달았다. 황제는 무의식적으로 환상벽을 만들어 탈해의 모습을 빚어내었다.

환상벽 속에는 겁에 질려 제정신이 아닌 것 같은 도깨비가 손에 화염검을 들고 서 있었다. 열을 보는 눈으로 그 화염검을 본 황제는 그것이 가까이 다가가기만 해도 살이 익을 듯한 지독한 열기를 내뿜고 있음을 깨달았다. 그런 화염검이라면 굳이 휘두르지 않고 들고만 있어도 상대가 견디지 못하고 도망칠 것이다. 피화의 능력을 가진 도깨비만이 그런 검을 손에 들 수 있다.

'그런 모습이냐, 나의 자매여? 바우 성주의 기술이 놀랍구나. 그 작은 몸으로 그런 화염을 빛을 수 있느냐?'

규리하 성에 침입한 레콘들은 두려움에 차서 탈해를 바라보고 있었다. 탈해는 입을 억지로 움직이며 그들에게 무슨 말을 하는 것 같았지만 황제는 그 말을 듣지 못했다. 어차피 황제는 탈해가 무슨 말을 하는지에는 아무 관심이 없었다.

황제는 흑사자 모피 아래에서 비늘을 부딪쳤다.

'처음에는 군령자를 끌어 모으던 나가였어. 두 번째는 하늘치의 환상으로 자기를 증폭시키는 인간이었고, 이젠 손에 용을 들고 휘두르는 도깨비로군. 셋이 설쳐 댔으니 다음엔 하나가 오겠군. 다음번엔 레콘일 테지? 레콘은 도대체 뭘 가지고 덤빌 거지? 상상할 수도 없군.'

격노와 슬픔. 하지만 황제가 느낀 감정은 그것만이 아니었다. 황제는 자신에게 기쁨 또한 있음을 부정하지 않았다. 그러나 그 기쁨은 말이나 니름으로 표현할 수 없는 감정이었기에 황제는 격노와 슬픔으로 닐렀다.

〈내려가!〉

그것은 황제가 외칠 니름이 아니었다. 황제는 낙석을 명령했어야 했다. 하지만 세 번째 벽난로 방의 나가들은 충성스럽게 황제의 니름을 따랐다. 말리가 상승을 멈추었다.

살인 기사 제이어 솔한은 자신의 반복된 요구가 허공으로 흩어지는 대신 어떤 반응을 이끌어 내는 것을 느꼈다. 그것은 감각으로 표현할 수 없는 느낌이었지만 확실히 존재했다. 제이어는 그 희미한 반응이 사라질까 봐, 혹은 더 나쁘게도 그의 착각일까 봐 두려워 고함질렀다.

"약속을 지켜라!"

의심할 수 없는 반응이 되돌아왔다. 그의 영을 누르는 듯한 반응에 제이어는 취기를 느꼈다. 그는 어둠 때문에 알아볼 수 없는 종유석과 석순이 가득한 거대한 동굴을 날아가는 한 마리 나방이었다. 동굴의 끝에서 들어오는 빛을 향해 서슴없이 날아가는 나방. 바깥의 바람이 느껴지고 바깥의 냄새가 느껴진다. 빛이 더욱 커진다. 그것은 동굴 입구의 모양을 드러내듯 둥그렇지는 않다. 그보다는 칼날처럼 날카로웠다. 하지만 제이어는 그 빛 속으로 들어갈 수 있다고 생각했다. 나방보다 더 작은 먼지가 되어. 날개는 없어졌지만, 그것은 필요하지 않다.

그 순간 이이타의 예상보다 훨씬 빨리 소리가 말리의 아래턱에 충돌했다.

이이타 규리하는 자신의 머리 위로 하늘치가 떨어진 듯한 충격을 느꼈다.

폐가 짓눌리고 눈앞이 하얗게 변하는 충격 속에서 이이타 규리하는 바닥과의 접점을 잃었다. 팔다리를 허우적거리던 이이타는 자신이 공중에 떠 있음을 깨닫고 공포를 느꼈다. 이이타는 무엇인가를 보려 애썼다. 잠시 후 눈을 뒤덮은 백색 장막이 사라지며 무엇인가가 보였다. 그러나 이이타는 자신이 왜 눈을 감지 않았는가 후회했다. 그는 어이없는 각도로 있는 하늘치의 등과 자신의 위쪽에 있는 것이 아닌가 싶은 지면, 그리고 빙글빙글 도는 온갖 빛깔의 하늘을 보았다.

이이타는 자신이 지상에 대해 어떤 방향으로 떠 있는지도 알 수 없었다. 치솟는 것인지 추락하는 것인지, 이도 저도 아니라면 옆으로 날고 있는 것인지도 알 수 없었다. 그때 하늘치가 위에서 엄습하며 그의 왼쪽 어깨를 때렸다. 세상이 빠르게 회전했다. 이이타는 자신이 데굴데굴 구르고 있다는 것을 간신히 깨달았지만 그 상황에 어떻게 대처할지 알 수 없었다. 방향 감각은 여전히 뒤죽박죽이었고 그는 온갖 방향으로 굴렀다. 옆으로 구르다가 어깨로 구르고, 발바닥으로 뭔가를 디뎠다 싶으면 다시 머리가 무엇인가에 부딪혔다. 모든 곳에 바닥이 있었고 동시에 바닥은 어디에도 없었다. 이이타는 허공에서 익사할 듯한 공포를 느꼈다.

무엇인가가 그의 왼팔을 움켜쥐었다. 이이타는 그 사실에 눈물이 나도록 고마움을 느끼며 자신의 팔을 보았다. 그의 손목을 움켜쥐고 있는 것은 가느다란 팔이었고 그 뒤편에는 소리 로베자가 절벽에 매달린 것인지 바닥에 엎드려 있는 것인지 짐작하기 어려운 모습으로 누워 있었다.

"공자님!"

"소, 소리!"

"공자님! 두 손으로 저를 잡으세요!"

이이타는 그렇게 했다. 일단 자신의 오른손이 어디 있는지 찾아야 하긴 했지만 어떻겐가 이이타는 소리를 붙잡을 수 있었다. 그리고 소리가 하늘치의 등에 비수를 꽂은 채 그 칼자루에 매달려 있는 것을 발견했다.

소리는 비어 있는 손과 두 다리로 공자를 붙잡으려 애썼다. 공자는 자신이 어느 쪽으로 떨어질지 모르겠다고 생각하며 소리를 끌어안았다. 그러나 바닥은 두 사람을 집어던지려 하는 것 같았다. 계속해서 진동하는 바닥 때문에 두 사람의 하반신은 위로 둥실 떠올랐다 아래에 부딪히기를 반복했다. 턱을 바닥에 사정없이 부딪친 이이타는 피맛을 느끼고 갑자기 정신을 차렸다.

이이타는 소리의 등에 팔을 두른 채 주위를 살폈다. 몸이 키질을 당하는 콩처럼 위아래로 까불거렸지만 이이타는 어떻겐가 자신의 다리 방향에서 말리의 모습을 발견했다. 필사적으로 정신을 집중한 이이타는 자신이 소리의 꼬리 쪽을 향해 엎드려 있다는 것을 깨달았다.

'아버지는 어디 있지? 시카트는? 다른 사람들은 어디 있는 거야?'

엎드려 있어 시야가 좁은 데다 계속되는 진동 때문에 그 좁은 시야마저 마구 흔들렸다. 이이타는 팔다리나 머리 같은 사람의 일부를 여기저기서 보았지만 그것들은 언제나 시야 한구석을 얼핏 스쳐 지나갈 뿐이었다. 이이타는 사람들을 찾는 것을 포기하고 진동하는 소리의 허리를 끌어안았다.

"공자님, 공자님!"
"소리!"

산사태와 함께 굴러떨어지는 것 같다. 해일에 희롱당하는 판자 조각이 된 것 같다. 회오리바람에 휩쓸려 날개가 뜯기는 나비가 된 것 같다. 이이타는 당장이라도 자신의 몸이 산산조각 나 흩어질 거라 확신했다. 그런데도 그의 무의식은 한결 치열한 의지로 계속해서 소리를 조종했다.

'밀어 올려! 밀어 올리라고! 뒤집어!'

대장군 엘시 에더리는 불가사의한 화염에 놀라 다른 이들과 함께 규리하 성을 향해 말을 달렸다. 그때 머리 위에서 하늘이 무너져 내리는 듯한 소리가 들려왔다. 기겁하여 발길질을 하는 말을 가까스로 달래고서 위를 올려다본 엘시는 전대미문의 광경을 보게 되었다.

흥분하여 빙글빙글 도는 말 때문에 제대로 볼 수 없었지만 두 하늘치가 서로의 입을 물어뜯는 것 같았다. 거대한 두 하늘치는 머리를 붙인 채 공중에서 전율하고 있었다. 엘시는 말에서 뛰어내려 좀 더 자세히 관찰했다. 그리고 사태를 대강 짐작했다.

원래대로라면 소리는 돌 아래에 들어간 지렛대처럼 아래쪽에서 말리를 밀어 올렸을 것이다. 하지만 말리가 갑자기 아래쪽으로 움직이려 했기에 두 하늘치는 회전 방향이 다른 톱니바퀴처럼 부딪치고 말았다. 말리는 아래쪽으로, 소리는 위쪽으로 밀어 올렸고 두 하늘치의 주둥이가 맞닿은 곳에서는 붉은 구름 같은 것이 피어났다. 엘시는 그것이 피임을 깨닫고 아연했다. 그것은 사방으로 튀는 핏방울이었지만 거리가 아득하게 멀어 엘시에겐 빨간 구름처럼 보였다.

자욱한 피구름 속에서 두 하늘치의 머리가 조금씩 어긋나기 시작했다.

아래로 향하려던 말리는 소리의 방해를 받아 측면으로 미끄러졌다. 그리고 소리는 반대편으로 미끄러졌다. 엘시는 두 하늘치가 서로를 자연재해적 규모로 스친 다음 떨어질 것임을 확신했다. 하지만 너무나도 거대한 하늘치들의 크기 때문에 그 마찰이 끝나려면 스친다는 말이 무색할 정도로 많은 시간이 필요할 것이다. 엘시가 받은 인상만 놓고 말한다면 그것은 영원히 계속될 일에 가까웠다.

물론 영원히 계속되지는 않았다.

말리와 소리는 어긋나면서 갑자기 서로에게서 해방되었다. 소리는 붉은 연기처럼 보이는 피를 뿌리면서 옆으로 돌며 상승했다. 그리고 소리에게서 벗어난 말리는 반대 방향으로 돌며 하강했다. 말리는 규리하 성을 곁눈질하는 듯한 각도로 떨어졌다.

소리의 위쪽에 있던 지멘은 엘시가 본 것처럼 명확하게 사태를 이해하진 못했다. 그는 그저 끔찍한 충격과 그 뒤를 잇는 진동만 느꼈고 하늘치가 어떻게 되었는가 고민하기보다는 아실을 보호하는 일에 신경을 집중했다.

진동이 계속되는 동안 지멘은 두 팔과 다리를 벌리고 바닥에 드러누워 있었다. 아실은 그의 가슴에 엎드려 두 손으로 깃털을 꼭 움켜쥐었다. 소리의 전율은 레콘의 무거운 몸도 야생마에 오른 기수처럼 이리저리 나부끼게 했고 지멘은 뒤통수와 등, 다리를 계속 바닥에 부딪혔다. 그가 가까스로 뒤집어지지 않은 것에는 행운의 도움도 컸다. 아실은 몇 번이나 지멘을 놓치고 어딘가로 날아갈 뻔했지만 진동에 대한 오래된 적응 때문에 간신히 위기를 모면했다.

소리가 말리에서 벗어난 이후로도 한참 동안 지멘과 아실은 그 사실을 깨닫지 못했다. 통증 때문에 몸이 마비 상태에 가까웠고 평형 감각도 정상이 아니었다.

"끝났나?"

결코 빠르다 할 수 없는 시점에 아실이 머리를 들며 말했다.

지멘은 흐릿한 눈으로 그녀를 보았다. 아실은 지멘의 가슴에서 미끄러져 바닥으로 내려갔다. 그대로 잠들 수 없다는 사실에 안타까워하며 지멘은 바닥을 짚고 일어나 앉았다.

지멘은 시야가 빙글빙글 도는 것을 느끼고 눈을 꾹 감았다. 그걸로도 모자라 그는 두 손으로 머리 양쪽을 짓눌렀다. 욕지기를 참던 지멘은 누군가가 무릎걸음으로 움직이는 소리를 들었다. 지멘은 가늘게 눈을 떴다.

아실이 두 손바닥과 무릎을 이용하여 어딘가로 기어가고 있었다. 지멘은 그 모습을 보다가 한쪽 다리를 옆으로 뻗고 다른 손으로 바닥을 짚으며 앉은 채 그녀의 뒤를 따랐다. 묵직한 소리에 뒤를 돌아본 아실은 지멘을 확인하고 다시 기어갔다.

지멘은 아실이 어디로 기어가는지 알았다. 아실의 앞에 누군가가 쓰러져 있었다. 지멘은 억지로 다리에 힘을 주어 일어났다. 다시 주저앉을 뻔했지만 망치로 땅을 짚고 버텼다. 그는 망치를 지팡이처럼 써서 아실에게 걸어갔다.

아실은 쓰러진 사람 옆에 앉았다. 퍽 기이한 모습으로 엎어져 있었지만 얼굴을 보지 않아도 누군지 확인하기는 어렵지 않았다. 그 사람은 여기저기 얼룩이 많이 있었지만 원래는 흰색인 옷을 입고 있었다.

제이어 솔한이었다. 아실은 그의 팔을 붙잡고 똑바로 눕히려고 애썼다. 지멘이 그녀의 곁에 앉아서 제이어를 뒤집었다. 제이어는 눈을 크게 뜨고 입도 약간 벌어져 있었다. 확인할 필요도 없는 얼굴이었지만 아실은 손을 뻗어 제이어의 목을 짚었다.

지멘은 다른 사람들을 찾아 주위를 두리번거렸다. 어디선가 사람이 움직이는 소리, 작은 속삭임 같은 소리가 들려왔다. 지멘이 다시 아래를 내려다보았을 때 아실이 말했다.

"죽었어요."

아실은 자신의 말을 씹듯이 입을 오물거리다가 손을 내밀었다. 그녀는 제이어의 눈을 감겨 주었다. 그리고 가부좌를 하고 몸을 웅크려 두 팔꿈치로 허벅지를 짚고 주먹으로 이마를 받쳤다. 그녀는 아무 말도 하지 않았다.

지멘은 아실의 뒤편에 앉은 채 제이어의 시체와 그녀의 뒷모습을 번갈아 바라보았다. 오직 피로하다는 생각밖에 들지 않았다. 충돌조차도 의심스럽다고 생각했지만 충돌이 사실이 아니라면 설명할 수 없는 일이 너무 많기에 지멘은 충돌을 믿었다.

말리는 어떻게 되었을까?

지멘은 벼슬을 쓸어 넘겼다. 상처가 난 듯 벼슬이 쓰라렸다. 손도 부들부들 떨렸다. 지멘은 벼슬을 반도 쓸어 넘기지 않아서 손을 도로 내렸다. 일어나서 다른 사람을 찾아보아야겠다고 생각했다. 제이어가 죽었다면 다른 인간들에게도 불상사가 생겼을지 모른다. 만약 소리를 조종할 줄 아는 이이타에게 문제가 생겼다면 그들은 큰 곤란을 겪을 수도 있다.

마치 그의 염려를 알기라도 하는 것처럼 이이타의 외침이 들려왔다. 지멘은 안도했다. 그러나 지멘은 그 외침의 내용을 곱씹어 보고 깃털을 조금 부풀렸다. 이이타가 같은 말을 반복하여 외쳤다.

"내려가고 있어! 말리가 내려가고 있어!"

깨진 항아리 조각과 부러진 목재들, 먼지와 뱀 사이에 드러누운 채 비스그라쥬 백 데라시는 생각했다. 꽤 익숙한 일이라고.

'그러니까 말입니다. 그건 발케네 북부에서 있었던 일이지요. 그때 저는 황제의 잘나가는 측근이었고 제국의 영광스러운 내일을 믿어 의심치 않았던 청년 관리였습니다. 하지만 지나치게 자신감이 넘쳤는지도 모르지요…….'

문득 데라시는 그것이 수십 년 전의 이야기가 아니고 자신이 비스그라쥬의 온화한 햇빛을 즐기는 노백작이 아니라는 것을 깨달았다. 혼란 속에서 데라시는 머리를 들었다. 그가 있는 곳은 캄캄했지만 어둠을 잘 보는 나가의 눈은 그가 처해 있는 참상을 어렵잖게 확인해 주었다.

세 번째 벽난로 방은 반파되어 있었다. 구조물 자체는 꽤 튼튼한 듯 벽이나 지붕이 부서진 곳은 없었지만 뱀단지들이나 그것들이 놓여 있던 선반은 그렇지 못했다. 벽에 단단히 고정되어 있었던 것인데도 많은 선반들이 부서졌고 선반에서 뛰쳐나와 깨진 뱀단지의 조각들이 바닥 곳곳에 흩어져 있었다. 데라시는 죽은 뱀들 위로 힘없이 기어다니는 뱀을 보았다. 뱀부리미들의 안위를 확인하려던 데라시는 갑작스러운 추위를 느꼈다.

데라시는 겁에 질려 상체를 일으켰다. 그는 꺼져 있는 벽난로를 보았고 쓰러진 뱀부리미들을 보았다. 벽난로의 파괴는 심각했다. 굴뚝 안쪽에서 무엇이 무너져 내렸는지 내부엔 잡석들이 꽉 들어차 있었다. 뱀부리미들의 상태도 좋지 않았다. 대부분 튀어나온 항아리에 머리를 맞거나 뒤집힌 탁자에 깔려 비참한 꼴들을 하고 있었다. 다행히 심장을 적출한 나가들이기에 죽지는 않겠지만 벽난로가 꺼졌으므로 곧 꽁꽁 얼어붙을 것이다. 데라시 자신과 마찬가지로.

데라시는 몸의 감각이 사라지는 것을 느끼곤 빨리 소드락을 가져와야겠다고 생각했다. 하지만 얼어붙은 다리가 말을 듣지 않았다. 두려움에 빠져 있던 그에게 갑자기 황제의 니름이 들려왔다.

〈하강 속도를 줄여라! 이제 낙석을 퍼부어야 한다! 규리하 성을 지상에서 완전히 소멸시켜야 한다!〉

〈폐하?〉

데라시는 깜짝 놀라서 대답했다. 황제는 노여워하며 닐렀다.

〈하강 속도를 줄여라!〉

데라시는 정신을 차리려 애썼다. 그는 다시 주위를 둘러보았다. 하지만 시야가 이미 흐려져 사물을 제대로 볼 수 없었다. 데라시가 닐렀다.

〈폐하, 뱀부리미들이 다쳤습니다.〉

〈그게 어쨌다는 거냐! 나가는 죽지 않아!〉

〈벽난로가 꺼졌습니다, 폐하. 그걸 고쳐야만 이들이 의식을 회복할 수 있습니다.〉

〈뭐라고? 벽난로?〉

데라시는 어지러움을 느꼈다. 의식이 희미해지고 있었다.

〈그렇습니다, 폐하. 저희들에게…… 저희들에게 소드락을 가져다 주십시오. 저희들은 얼어붙고…… 있습니다. 곧 정신을 잃을 듯합니…….〉

데라시는 니름을 제대로 맺지 못하고 의식을 잃었다. 그의 몸이 뒤로 스르르 쓰러졌다.

치천제는 비늘을 타다닥 부딪치며 아래쪽을 내려다보았다.

말리는 규리하 성을 향해 하강하고 있었다. 그녀의 명령처럼 하강 속도를 늦추지 않는다면 조만간 땅에 부딪힐 것이다. 그러나 말리를 조작해야 할 뱀부리미들이 모두 의식불명 상태였다.

'벽난로라고!'

나가의 불사성만을 염두에 두었다. 약간 다치는 것은 나가에게 아무 문제가 되지 않는다. 뭄토나 다른 레콘들도 심하게 다치지는 않을 것이다. 그 때문에 황제는 거친 공격으로 소리를 밀쳐냈다. 하지만 벽난로가 꺼진다는 것은 예상 밖의 일이었다. 지금 말리 위에서 의식을 가지고 있는 자는 그녀를 제외하면 모두 레콘들뿐이다. 그리고 그들 중 하늘치를 움직일 수 있는 자는 아무도 없다.

황제는 절망감 속에서 환상을 조작했다. 하늘치 환상을 의식적으로 조작하는 능력에 있어 그녀는 최고다. 그녀는 동시에 수십 마리의 하늘치라도 다룰 수 있다.

하늘치가 허락하기만 한다면.

말리는 허락하지 않았다. 오래된 약속을 기다리는 하늘치는 황제의 조작을 거부했다. 그것은 거침없이 아래로 떨어졌다. 황제는 시시각각 커지는 규리하를 노려보았다.

충돌도 끔찍한 일이다. 두 번째 말리 같은 것은 없으며 따라서 아라짓 전사들을 수용할 냉동 시설도 없다. 만약 말리가 땅에 충돌한다면 모든 계획은 수포로 돌아갈 것이다. 하지만 황제는 말리가 땅에 충돌할 거라 생각하지 않았다. 규리하에는 하늘치를 다루는 여자가 있다. 만약 말리의 추락이 계속된다면 정우가 말리를 통제할 것이다. 그리고 통제자를 잃은 말리는 정우의 명령을 따를 것이다. 하지만 그것 또한 패배가 될 것이다. 황제는 꿈을 가지고 있는 그녀를 감당할 수 없다.

황제가 입을 열었다. 그 입에서 분노의 외침이 터져 나왔다.

"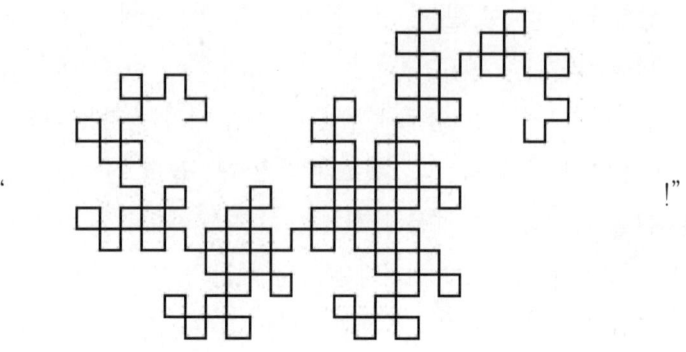!"

격분과 비통함으로 외친 황제가 두 팔을 좌우로 던졌다. 흑사자 모피가 바닥에 떨어졌다. 그녀는 꼿꼿하게 서서 두 팔을 벌린 채 몸을 떨었다.

갑자기 그녀의 일부가 변화했다.

만약 비스그라쥬 백 데라시가 의식을 가지고 그녀 곁에 있었다면 황제가 허물 벗기를 한다고 생각했을 것이다. 황제의 피부 이곳저곳이 윤기를 잃고 박리되는 모습은 허물 벗기와 똑같았다. 하지만 관찰을 계속한 데라시는 좀 이상한 허물 벗기라고 생각했을 것이다. 그것은 안쪽에 있는 것이 부풀며 겉이 찢어지는 것처럼 보였다.

탈해는 겁에 질려 몸을 떨었다. 하늘치가 규리하 성을 향해 똑바로 날아오고 있음은 이제 부정할 수 없는 사실이었다. 민들레 여단의 레콘들 또한 그 사실을 확신했다. 하늘이 떨어지는 것 같은 광경에 기겁한 그들은 성벽 바깥으로 도망쳤다. 레콘들이 단숨에 성벽을 뛰어넘어 도망치는 것을 본 탈해는 자신 또한 정우를 데리고 도망쳐야 한다고 생각했다. 그때 우렁찬 계명성이 들려왔다.

"정우—!"

탈해는 계명성이 들려온 곳을 보았다. 왕벼슬 쵸지가 그를 향해 달려오고 있었다. 그는 사방을 둘러보며 외쳤다.

"정우! 하늘치를 막아!"

탈해는 엉겁결에 쵸지를 향해 개밥바라기를 내밀었다. 쵸지는 벼슬을 탁 부딪쳤다.

"이거 치워, 도깨비. 정우 어디 있어? 정우! 말리가 떨어지고 있다! 조종자들에게 무슨 문제가 생겼을 거야! 그러니 네가 조종해! 말리를 막아!"

탈해는 그 말에 놀라며 엉겁결에 정우가 있는 방의 덧창을 바라보았다. 그가 올려다보자마자 덧창이 왈칵 열리며 정우의 모습이 나타났다. 창문 밖으로 상체를 내민 그녀는 말리를 바라보고 깜짝 놀랐다. 그때 탈해는 다급한 발소리와 말발굽 소리를 들었다.

고개를 돌린 탈해는 성문을 통해 쏟아져 들어오는 제국군을 보았다. 31중대 전체가 규리하 성 안으로 뛰어들었고 그 선두에는 말을 달리는 엘시와 그를 호위하듯 달리는 론솔피, 주테카, 이름 모를 레콘이 있었다. 엘시는 성안으로 들어오자마자 고함을 질렀다.

"정우! 정우!"

정우가 아래쪽을 내려다보았을 때 엘시 또한 그녀를 발견했다. 엘시가 헐떡이며 말했다.

"말리를 막아 주십시오, 정우."

탈해는 어떻게 된 것인지 알 것 같았다. 민들레 여단과 달리 지금 성안으로 뛰어든 제국군들은 바로 정우가 불러 준 하늘치를 타고 지러쿼터 산맥을 넘었던 자들이다. 레콘들처럼 빨리 도망칠 수 없었던 그들은 정우에게 희망을 걸고 성으로 달려온 것이다. 탈해는 개밥바라기를 다시 칼집에 꽂아 넣고 정우를 올려다보았다. 굴도하 남작 부부도, 형을 잃은 파라말 아이솔 산공부사도, 규리하의 병사들도 정우를 바라보았다.

정우는 대답하느라 시간을 낭비하지 않았다. 그녀는 위를 향해 외쳤다.

"멈춰! 오지 마. 사람들을 다치게 하지 마!"

정우를 향하던 사람들의 시선이 일제히 말리를 향했다. 처음에 말리의 속도는 변함없는 것 같았다. 그러나 공포와 절망에 빠져들던 사람들은 정우의 기뻐하는 목소리를 들었다.

"그래! 착하지, 착하지!"

사람들은 다시 하늘치를 보았다. 말리는 여전히 추락하고 있었다. 하지만 그들은 이제 희망을 가지고 그것을 바라보았다.

말리의 하강 속도가 느려졌다.

그것은 자신의 등에 태우고 있는 자들이 다치지 않도록 속도를 천천히 줄이고 있었다. 규리하 성의 모든 사람들은 그것이 분명히 느려졌음을 확인했다. 그들의 얼굴에 환희가 떠올랐다. 사람들은 함성을 지를 준비를 하고는 말리가 완전히 멈추기를 기다렸다.

말리가 멈추었다. 하지만 사람들의 입에서 나온 것은 환희가 아니었다.

그들은 비명을 질렀다.

말리를 뒤따라 내려가던 소리 위에서 시카트 규리하는 규리하 성에 있던 자들보다 먼저 그 광경을 보았다. 그는 자신이 본 것을 믿을 수 없었기에 아무에게도 말하지 않았다. 누군가가 그 사실을 확인해 주지 않는다면 시카트는 자신이 본 것을 무시할 작정이었다. 하지만 시카트의 바람에도 불구하고 소리가 겁먹은 목소리로 말했다.

　"저, 저게 뭐야?"

　시카트는 자신이 본 것을 사실로 받아들여야 했다.

　말리의 지느러미 위에서 무엇인가 혹 같은 것이 부풀어 올랐다. 그것은 폭발하는 황금처럼 보였다. 번뜩이는 누런 빛을 뿜어내며 부풀어 오른 그것은 곧 사방팔방으로 흩어졌다. 식물이 뿌리를 뻗는 광경을 아주 빠르게 재현하는 것 같았다. 굵은 뿌리와 가느다란 잔뿌리 같은 것들이 방사상으로 서서히 뻗어 가며 하늘치의 지느러미를 순식간에 잠식했다. 하늘치의 지느러미가 얼마나 큰 것인가를 떠올린 시카트는 거리가 멀어서 조그맣게 보이는 그 황금빛 물체의 진정한 크기에 현기증을 느낄 것 같았다. 그 퍼지는 속도 또한 충격적이었다. 망치로 빙판을 내리쳤을 때 빙판 위에 금이 가는 것과 거의 같은 속도로 황금 뿌리가 뻗어 나갔다.

　지느러미를 벗어난 뿌리들이 하늘치의 몸 위로 뻗어 나갔다. 거대한 황금빛 담쟁이덩굴이 하늘치의 몸을 휘감는 것 같았다. 시카트는 공황 상태에 빠질 것 같은 기분 속에서도 그 황금빛의 굵기를 가늠해 보았다. 가장 가느다란 것도 수미터. 그리고 굵은 것들은…… 하늘치의 크기로 볼 때…… 틀림없이 수백 미터에 달한다.

시카트는 미칠 듯한 기분을 느끼며 가족들을 돌아보았다. 아이저 규리하도, 소리 곁에 서 있는 이이타 규리하도 그 광경에 넋을 잃고 있었다. 가족들을 둘러보던 시카트의 눈에 지멘이 들어왔다. 한 손으로 아실을 안아 든 채 걸어오던 지멘은 아래쪽의 광경을 보고 몸을 확 부풀렸다. 시카트는 고개를 가로저으며 울 것 같은 얼굴로 말리를 내려다보았다.

그 금빛 물체는 이제 말리의 대부분을 뒤덮은 채 폭발적인 성장을 멈추고 있었다. 굵은 뿌리들은 더 이상 움직이지 않았고 가느다란 잔뿌리들만 느리게 생장하고 있었다. 그것이 무엇이건 이성으로는 절대로 긍정할 수 없는 물체였다.

그러나 아실은 차분하게 그 존재를 긍정했다.

"우리의 신이군요."

제 40 장

문 : 나가와 도깨비, 인간, 레콘이 살고 있는 집에서 누군가가 바닥에 바늘을 떨어뜨렸다. 잘 보이지 않는 바늘을 찾아내는 방법은?

답 : 도깨비가 바늘이 뜨거워질 정도의 도깨비불을 퍼뜨리고 나가가 뜨겁게 달아오른 바늘을 눈으로 확인하여 집어 올린다. 그리고 인간은 온 힘을 다해 레콘을 말려야 한다. 설득력이 충분하다면 레콘이 집을 들어 흔드는 것은 막을 수 있을 것이다.

— 칼리도 지방에 전하는 수수께끼

나는 것과 노는 것

　형성……　변화, 내재된 것의 발현, 또는 내재화, 실재는 임의적이지만 단속적이지 않다.
　한자리에 서서 아무 짓도 하지 않고 부피를 늘리는 것처럼 보이는 나무도 무에서 유를 창조하지는 않는다. 나무는 아래로부터 흡수한 땅과 물, 위로부터 흡수한 바람과 불로 자신을 빚는다. 그런 경이적인 능력으로 한 톨의 도토리는 거대한 참나무로 자라난다. 한 그루의 장려한 참나무는, 무시하고 싶을 정도로 작은 도토리 부분을 제외하면 결국 모습을 바꾼 땅과 물, 바람, 불인 셈이다.
　그러나 도토리와 참나무의 크기 차이를 신비로 받아들이지 않는 이성적인 자라 해도 아라짓 제국의 황제 앞에서는 신비주의로 도망치고픈 욕구를 느낄 것이다.
　아무것도 없는 듯한 허공에서 치천제는 햇빛이라는 불과 머무름 없는 바람, 바람 속을 떠다니는 보이지 않는 물과 먼지만을 이용하여 자신을 폭발시켰다. 자연이 자신의 일부를 바꾸고 싶을 때, 산을 돋우고 강줄기를 바꾸고 땅을 갈라 협곡을 만들고 싶을 때 노출시키곤 하는 변성의 힘과 맞먹는 힘의 현현에 바라보던 사람들은 넋을 잃었다. 하늘치를 하나의 섬으로 본다면 그것은 지형을 변화시키는 힘이기도 하다. 굴곡이 있긴 하지만 밋밋한 편인 하늘치의 모습은, 식물의 일부인 듯하지만 정확히 무엇이라 말할 수 없는 것들이 뒤엉켜 키보렌의 심장부를 뜯어내어 하늘에 띄운 듯한 모습으로 바뀌었다.

그것은 하늘에 뜬 숲이었다. 그러나 단 한 그루의 나무로 이루어진 밀림이다.

경사지고 휘고 비틀린 선들이 규칙 없이 흩어져 있다. 안개가 배어 나올 수도 있을 것 같은…… 배어 나온다. 과도하게 집중되었던 습기가 희푸른 안개가 되어 넝쿨과 뿌리 사이로 휘감아 돈다. 폭발적인 성장의 후유증으로 맥동하는 가지들이 우서석, 우서석 소리를 내며 안개 속에 많은 그림자를 떨어뜨린다. 그 때문에 숲 속엔 갖은 동물들이 뛰노는 듯하다.

바깥에서 보는 사람은 확인할 수 없었지만 한 레콘이 그 숲 속을 헐떡이며 달리고 있었다. 숲 속에서 방향을 가늠하는 것은 굉장히 어렵다. 자신만의 방향 체계를 따로 가지고 있는 듯한 숲은 앞과 뒤, 왼쪽과 오른쪽을 뒤섞어 버린다. 밤의 어둠과 극도의 혼란이 개입하면 때론 위아래마저도 자신의 위치를 벗어난다. 그 숲에는 밤의 어둠이 없었지만 어차피 까마득한 고공에 떠 있으니 위나 아래에 대한 정상적인 감각을 기대하기 어렵다. 숲이 계속 이어지길 기대하며 무작정 달렸다간 무시무시한 허공에 몸을 던지게 될지도 모른다. 이해할 수 없는 현상의 중심에 있었기에 혼란에 빠져 있던 레콘도 그 사실은 잊지 않았기에 질주하려는 자신의 다리를 애써 단속했다. 레콘의 걸음이 느린 이유 중엔 다른 것도 있었다. 그 숲은 지나치게 빽빽했다. 가장 형편없는 나무타기꾼도 바닥에 발을 딛지 않고 수킬로미터씩 갈 수 있을 정도였다. 어차피 뒤엉킨 뿌리들과 덩굴 때문에 바닥이 잘 보이지 않기도 했지만.

 햇빛과 그림자, 그리고 더 짙은 그림자 사이를 쉴 새 없이 드나드는 레콘의 이름은 뭄토였다. 하지만 혼란과 두려움과 긴장 때문에 자신이 뭄토라는 사실도 그에겐 더 이상 중요하지 않았다. 뭄토지만 그 사실을 반쯤 잊은 채 레콘은 탁 트인 곳, 하늘을 볼 수 있고 세상을 볼 수 있는 곳을 찾아 숲 속을 정신없이 헤매었다.

 자신이 폐소공포증으로 광기를 일으킬지도 모른다는 자각이 들었지만 뭄토는 멈출 수 없었다.

 숲이 그를 다져 으스러뜨릴 것 같았기 때문이다.

 숲이 아니다. 숲 속의 그림자와 어둠은 모두 검은색 레콘이었다. 벼슬을 빳빳이 세우고 깃털을 부풀린 채 대호를 닮은 망치를 휘두르며 달려오는 레콘. 그의 귀에 들리는 소리는 생장의 과정에서 우연히 어긋난 뿌리들이 비비적거리고 부러지는 소리가 아니라 레콘의 계명성이다. 그의 얼굴을 때리는 것들은 나뭇잎이나 늘어진 넝쿨이 아니라 분노한 레콘의 몸에서 튕겨 나온 깃털들이다. 뭄토는 눈을 반쯤 감은 채 두 팔을 마구 휘두르며 걸었다.

 숲은 진득진득했다. 잠시라도 멈추면 끈적끈적한 숲이 부리를 틀어막고 깃털 사이에 배어 들어 거미줄에 얽힌 날벌레처럼 그를 휘감을 것 같았다. 숲은 그의 귀로 파고들어……

 '뭄토!'

 뭄토는 진저리 쳤다. 그는 귀를 틀어막았다. 하지만 숲 속에서 숲의 말을 피할 수는 없었다.

 '뭄토! 비스그라쥬 백에게 가라! 백작을 냉동실로 데려가라! 뭄토! 비스그라쥬 백에게 가라! 백작을 냉동실로 데려가라! 뭄토!'

붙잡혔다는 느낌에 뭄토는 앞으로 나아갈 힘을 잃었다. 그는 쓰러지듯 주저앉았다. 넝쿨들이 그의 몸에 걸려 끊어졌다. 작은 언덕만 한 굵기의 뿌리 아래쪽에 주저앉은 뭄토는 머리를 뿌리에 대고 짓눌렀다.

"뭐야, 넌 뭐야?"

'뭄토! 비스그라쥬 백에게 가라!'

"안팎에서 말하지 마! 이 숲은 도대체 뭐야? 하늘치가 왜 숲이 된 거야?"

쓸모 없는 짓임을 깨달은 뭄토는 귀를 막고 있던 손을 떼어 두 주먹으로 바닥을 짚었다. 속이 메슥거리고 눈알이 자꾸 뒤집히는 것 같았다. 뭄토는 눈을 꼭 감은 채 헐떡였다.

"이라세오날, 이라세오날! 저를 살려 주세요, 구해 주세요!"

숲의 격분이 사라졌다. 몸을 웅크리고 있었지만 뭄토는 그것을 느낄 수 있었다. 뭄토는 긴장한 채 머리를 들었다. 숲이 미풍과 방향으로 말을 걸어왔다.

'뭄토, 내가 이라세오날이다.'

"네? 어디 계시죠?"

'네가 보는 모든 곳에 있다.'

뭄토는 한 마리 땅강아지나 된 것 같은 기분을 느끼게 만드는 거대한 뿌리들을 둘러보았다. 무의식이 해답을 찾았고, 거부하는 의식에게 강제로 그것을 넘겨주었다. 뭄토는 질겁하며 두 눈을 가렸다. 숲이 안팎에서 말했다.

'그래, 나다.'

뭄토는 눈을 가렸던 손을 조심스럽게 떼어 내며 말했다.

"이라세오날…… 이 숲이?"

'그렇다.'

받아들일 수 없는 사실을 손질하는 방법 중 가장 간단하면서도 강력한 방법은 그것을 말하는 것이다. 뭄토는 그렇게 했다.

"위대한 분이여, 당신은 이 숲이 되셨습니까?"

'그렇다.'

뭄토는 자신의 질문과 숲의, 아니 황제의 대답을 제삼자처럼 들었고 그것에 깊은 인상을 받았다. 엉겁결에 뿌리를 짚으려 했던 뭄토는 깜짝 놀라 손을 끌어당겼다. 그는 되도록 숲의 어느 부분도 건드리지 않으려 애쓰면서 일어났다. 몇 번이나 부리를 열었다 닫은 후에 뭄토는 힘겹게 말했다.

"당신은 무엇이든 될 수 있는 겁니까?"

'실로 그러하다.'

뭄토는 전신이 짜릿해지는 것을 느꼈다. 가시덤불에 빠진 것 같지만 결코 아프지는 않다. 그 느낌을 즐길 수도 있을 것 같다.

"저도 그렇게 될 수 있습니까?"

'비스그라쥬 백에게 가라, 뭄토. 그를 냉동실로 데려가 관에 넣어라.'

뭄토는 깨달았다. 황제이자 숲이며 그 이상의 모든 것인 자의 지시를 따르는 것은 곧 그 존재와 하나가 되는 것임을.

뭄토는 더 이상 생각하지 않았다. 어떻게 행동해야 한다는 생각 없이 뭄토는 움직였다. 그는 어디에 비스그라쥬 백이 있는지 몰랐고 자신이 어떻게 거기로 갈지도 몰랐지만 이미 무지는 상관 없는 문제가 되었다. 정맥을 흐르는 피는 심장의 위치를 몰라도 상관없다. 피와 정맥과 심장은 하나니까.

뭄토는 빠르게 움직였다. 그는 자신의 움직임을 따라 비켜 나는 것처럼 보이는 뿌리와 줄기들에는 눈길도 주지 않았다. 그리고 자신에게 일어나는 변화에 대해서 어떤 방식으로도 인지하지 못했다.

세상에서 가장 젊은 숲을 거니는 동안 뭄토의 몸에서 기묘한 변화가 일어났다. 그의 깃털들이 그때까지와 다른 모습으로 서서히 바뀌었다. 처마에 형성되는 고드름처럼 파악하기는 어렵지만 명백한 변화가 일어나면서 그의 깃털들은 은은한 초록빛을 띠었다. 잠시 후 그것은 더 이상 깃털도 아니고 다른 무엇도 아닌 모습으로 바뀌었다.

하지만 어쩐지 잎사귀처럼 보였다.

틸러 달비는 두 손바닥으로 관자놀이를 짓누른 채 하늘을 올려다보았다. 그의 모습은 할 수만 있다면 자기 머리를 떼어 어딘가에 숨겨 두고 싶은 사람 같았다.

하늘치와 키보렌을 뒤섞으라는 요구에 대한 대담한 대답 같은 것이 하늘에 나타나는 것을 보며 틸러는 자신의 의식을 의심하는 것조차 마음대로 할 수 없는 무력감을 느꼈다. 그의 심리는 체념한 사형수와 비슷했다. 오로지 자신에게 반대하기 위해 존재하는 세상의 냉막한 무시 앞에서 위엄도 잃고 오기도 잃고 자기 긍정조차 잃어버린 채 시시각각 비천한 미물로 바뀌어 가는 자신을 무력하게 바라보아야 하는 고통. 자신을 주체로 하는 어떤 목적도 남김없이 사라지는 것. 산문적으로 틸러 달비라는 인간은 살아 있었지만 시적인 측면에서 그는 이미 죽은 상태였다. 그리고 그런 죽음은 적어도 규리하 성에 뛰어 들어온 제국군 가운데서 희귀한 것이 아니었다.

그러나 원래부터 규리하 성에 있었던 자들의 경우는 제국군과 달랐다. 레콘들의 공격을 피하기 위해 몸에 물을 끼얹어 축축하게 젖어 있던 세레지 파림은 하늘을 보며 순수한 공포만 느꼈다. 공포와 웃음은 모두 자기 보존의 욕구에서 나오는 반응이다. 세레지는 지켜야 할 자신마저 잃어버린 듯한 제국군과 달리 자신을 지키기 위해 두려워했다. 아마도 그녀는 그곳에서 가장 이성적으로 두려워하고 있는 사람이었을 것이다.

정우가 피습당한 후로 세레지는 그녀의 상처를 돌보느라 몇 번이나 꿈을 보았다. 그 때문에 세레지에겐 자아가 미소해지다가 무의미해지는 감각은 크게 문제되지 않았다. 다른 사람 못지않게 두려워하고 있었지만 세레지는 그 두려움을 두려움에서 빠져나가기 위한 원동력으로 삼을 수 있었다. 논리적으로 볼 때 하늘에 나타난 그것은 나무였고 그래서 세레지는 탈해의 허리를 보았다. 무사장의 화염검이 저것을 불사를 수 있을까? 그래서 이 공포도 사라지게 할 수 있을까? 세레지는 탈해에게 달려가 그의 멱살이라도 붙잡고 물어봐야겠다고 생각했다.

그때 창문으로 몸을 내민 정우가 속삭이듯 말했다.

"잡혔어."

탈해는 즉각적으로 그 목소리에 반응했다. 아마도 탈해는 지평선 위에 흙손을 든 거대한 손이 나타났다가 누가 보고 있다는 것을 눈치 채고 황급히 사라지는 광경을 보았다 해도 정우의 목소리에 반응했을 것이다. 탈해는 주저 없이 말리의 모습에서 눈을 떼어 정우를 돌아보았다.

정우는 두 손으로 귀를 덮은 채 말리를 올려다보고 있었다. 그녀의 고통스러운 표정을 본 탈해는 가슴이 철렁했다.

"정우?"

정우는 무사장을 보지 않았다. 그녀는 산을 대지에 묶어 두는 데 쓰임 직한 뿌리들에게 휘감긴 말리를 애처롭게 바라보았다. 규리하 성을 잠식하고 있는 고요 때문에 그녀의 가느다란 목소리는 명징하게 들렸다.

"억지로, 힘으로? 하늘치를 조종할 수 없는 저것이 너를 억지로……? 살인 기사는 그녀가 용이라고 말했어. 저것이 용이야? 용이 너를?"

그녀의 말이 끝난 순간 규리하 성의 마당에 있던 자들 중 한 레콘이 갑자기 부풀었다. 감이 좋은 사람들, 즉 론솔피와 주테카, 쵸지, 그을린발, 야리키 등이 반사적으로 고개를 돌렸다. 그들의 시선이 모인 곳에서는 아트밀이 숨막힐 듯 거대한 모습으로 부풀어 있었다. 아트밀은 정우와 하늘치를 번갈아 바라보다가 쇠가 긁히는 듯한 목소리로 말했다.

"용?"

그 목소리에 담긴 살기는 레콘들보다 감이 떨어지는 자들도 움찔하여 아트밀을 돌아보게 했다. 깃털을 고슴도치처럼 세워 레콘을 그린 낙서 비슷한 모양으로 바뀐 아트밀은 나가의 눈으로 파라말을 돌아보았다. 파라말은 뱀의 주시를 당한 쥐처럼 얼어붙었다. 아트밀이 말했다.

"사라말이 어떻게 죽었지?"

파라말은 자신이 그 대답을 모른다고 생각했다. 하지만 아트밀의 목소리는 파라말의 입을 벌리고 그 안에서 대답을 끄집어내는 것 같았다.

"말리에 올라갔다가 불타서……."

대답한 후에야 파라말은 형이 어떻게 죽었는지 이해했다. 그의 형은 용에게 불타 죽었다. 파라말은 튀어나올 듯한 눈으로 말리를 쏘아보았다.

"저것이 형을……."

아트밀이 모골이 송연해지는 계명성을 질렀다.

인간들은 물론이거니와 레콘들도 충격으로 귀를 틀어막았다. 아트밀은 말이 아닌 소리를 길게 토해 내었다. 발리츠 굴도하 남작은 아트밀의 부리에서 핏줄기가 뿜어져 나오는 것을 보고 아연실색했다. 기나긴 포효 끝에 아트밀은 피에 젖은 부리로 외쳤다.

"저것이 사라말을 죽이고! 하늘치를 장악해서! 우리를 깔아뭉갤 거라고?"

아트밀의 말을 들은 사람들은 얼굴을 가린 채 주저앉거나 기절했고 그렇지 않은 자들은 규리하 공이 있는 창문을 황급히 돌아보았다. 그러나 그곳에는 열린 덧창뿐 정우의 모습은 보이지 않았다. 사람들이 그 부재에 초현실적인 공포를 느꼈을 때 무사장 탈해 머리돌은 본관 안쪽에서 들려오는 다급한 발소리에 고개를 돌렸다.

정우가 건물 안쪽에서 숨 가쁘게 달려와 그의 곁을 지나쳤다. 탈해는 얼떨결에 그녀의 어깨를 붙잡으려 했지만 정우는 잽싸게 계단을 뛰어내려 사람들 사이에 섰다. 탈해가 그녀를 향해 움직이기 시작했을 때 정우는 떨어지는 하늘치를 막으려는 듯 가느다란 두 팔을 하늘로 든 채 외쳤다.

"안 돼! 말리야, 하지 마!"

하늘치가 전율했다.

그에 비하면 폭발하는 활화산은 고즈넉한 전원 풍경에 해당했다.

그에 비하면 질주하는 폭풍은 뜨거운 차에 후후 불어넣는 입김이었다.

하늘치가 전율했다. 하늘이 출렁이거나 산산조각 나거나 부글부글 끓는 것은 논리적으로 불가능하고 구제할 수 없는 광기에 사로잡힌 화가도 시각적으로 구현하기 어렵겠지만 그 순간 하늘은 자신의 상궤를 일탈해 버렸다. 하늘은 태풍에 유린당하는 바다처럼 출렁였고 충격을 받은 살얼음처럼 수십만 조각으로 갈라졌고 가열한 아교처럼 역겹게 들끓었다. 전율하는 하늘치는 우레의 가장 끔찍한 친척쯤 될 듯한 굉음으로 공기를 움켜쥐어 흔들었다. 눈먼 광풍들이 하늘의 빛깔마저 바꿀 듯 사방으로 치달았다.

그 충격음은 규리하 성도 내버려두지 않았다. 규리하 성은 학질에 걸린 것처럼 부르르 떨며 신음했다. 성 안쪽에서 물건들이 떨어지는 소리가 와장창 울려 퍼졌고 진동에 쓰러진 사람들의 머리 위로는 흙먼지와 파편, 돌가루들이 비처럼 후드득 떨어졌다.

대장군 엘시 에더리는 광분하는 말에서 낙마했다. 재빨리 몸을 웅크리긴 했지만 땅에 충돌하면서 숨이 턱 막히는 충격을 받았다. 엘시는 충격으로 휘저어진 듯한 머리를 들어 멍한 눈으로 말을 바라보았다. 말은 사방으로 발길질을 하다가 열린 성문을 향해 돌진했다. 말발굽 소리가 멀어지는 것을 듣던 엘시는 힘겹게 일어났다. 비명을 지르며 다가온 이레 달비가 비틀거리는 상전을 부축했다. 이레는 뭐라 다급하게 떠들었지만 엘시는 그 말을 잘 알아들을 수 없었다. 엘시는 괜찮다는 투로 고개를 끄덕였고 그러자 이레의 흥분이 조금 잦아들었다. 엘시는 이레의 굵은 팔뚝에 몸을 의지한 채 하늘을 올려다보았다.

하늘치의 머리를 둘러싼 뿌리와 넝쿨 사이에서 말리의 눈들이 불타고 있었다.

말리는 더 이상 전율하지 않았지만 대신 분노로 눈을 불태우고 있었다. 엘시는 그것의 입이 벌어지는 것을 보았다. 말리의 입 주위에 붙어 있던 뿌리들이 끊어진 쇠사슬처럼 모질게 튕겨 나갔다. 가까이서 본다면 그것은 수백 미터에 달하는 채찍들이 광란하는 끔찍한 광경이었을 것이다. 그 순간 하늘치를 뒤덮고 있던 뿌리들이 다시 자라기 시작했다. 선상지를 급습하는 급류처럼 수십만 가닥으로 갈라진 새 뿌리들이 하늘치의 몸 위로 빠르게 뻗어 나갔다. 이레가 헐떡이며 말했다.

"가, 가주님, 얽어매고 있습니다!"

머릿속에 날뛰는 쥐가 들어온 것 같았지만 엘시는 억지로 정신을 수습했다. 이레의 말은 정확했다. 더 많은 뿌리들이 자라나 하늘치를 친친 동여매고 있었다. 악의를 가진 것처럼 자라나는 뿌리들에 붙잡힌 하늘치는 그물에 걸린 고기와 놀랍도록 비슷했다. 정우의 울먹이는 외침이 들려왔다.

"그러지 마요!"

엘시는 거듭된 충격 때문에 이해하지 못했던 정우의 말을 그제야 이해했다. 하늘치는 정우의 부탁에 따라 내려가는 것을 거부하고 있었다. 하지만 그것을 부여잡고 있는 어떤 전승에도 기록되지 않은 기괴한 모습의 용이 하늘치를 강제로 움직이려 하고 있었다. 그리고 그 용은······.

"폐하! 그러지 마세요! 제발!"

엘시는 다리에 힘이 빠지는 것을 느끼며 무너져 내렸다. 이레가 황급히 그를 붙잡았지만 엘시는 취한 사람처럼 몸종의 품속에서 힘없이 휘청거렸다. 의식과 무의식의 경계에서 부침하며 엘시는 어떤 문답을 떠올렸다.

'엘시, 그대는 확언받고 싶은 것이 없는가?'

'확언이라 하셨습니까?'

'그대의 인질에 대해서.'

인식 능력이 현저히 떨어져 있던 엘시는 보지 못했지만 말리를 뚫어져라 바라보고 있던 정우는 말리의 몸에서 일어나는 충격적인 광경을 보았다. 말리의 몸 여기저기서 붉은 기운이 배어 나왔다. 소리와 말리가 충돌했을 때 일어났던 피보라 비슷한 것이 말리를 둘러싸고 있는 뿌리들의 틈 사이로 번져 나왔다. 그 광경이 의미하는 바를 차마 해석하고 싶지 않았지만 정우의 몸은 이미 탈해를 향해 돌아서고 있었다. 정우는 쓰러질 듯 달리며 외쳤다.

"탈해! 보지 마!"

탈해 머리돌은 이성의 흔적을 찾기 힘든 눈길을 떨어뜨려 다가오는 정우를 보았다. 당장이라도 탈해의 품에 뛰어들 것처럼 달려오던 정우는 그 눈길을 보고 깜짝 놀라 속도를 늦추었다. 정우는 한 걸음씩 조심스럽게 내디디며 그를 바라보았다.

"탈해?"

탈해는 넋이 빠진 얼굴로 대답했다.

"뿌리가…… 자신을 죽이는 신이여! 용의 뿌리들이 말리의 몸으로 파고들고 있어."

정우는 그 말에 진저리를 쳤다. 하지만 그보다 더 큰 의문 때문에 그녀는 주위를 둘러보았다. 파괴적인 진동이 규리하 성을 덮쳤는데도 민들레 여단이 저지른 살육의 흔적들은 아직도 뚜렷하게 남아 있었다. 그리고 탈해는 그 광경을 뚜렷이 볼 수 있는 위치에 서 있었다. 정우는 탈해의 옆으로 다가가 소맷자락을 붙잡았다.

"탈해?"

탈해는 정우를 가만히 바라보았다.

"나는 괜찮아."

"괜찮아? 정말?"

탈해는 단어들을 얼기설기 엮어 놓은 것처럼 말했다.

"너를 도와주겠다고 했어. 저 피에 정신을 잃을 수는 없어."

정우는 말문이 막힌 얼굴로 탈해를 올려다보았다. 탈해는 구슬픈 미소를 짓고 다시 말리를 올려다보았다.

무사장의 말대로였다. 말리의 몸을 뒤덮은 뿌리들은 바위를 깨부수는 나무뿌리의 힘으로 하늘치의 견고한 몸을 파고들고 있었다. 그 상처들에서 피안개가 시뻘겋게 뿜어져 나왔다. 치명적인 상처는 아니었다. 인간에 비유한다면 피부를 가는 철사로 꿰는 것과 비슷하다. 하지만 하늘치의 몸을 파고든 뿌리들이 하늘치의 의지를 장악하리라는 것은 명백했다…… 내려가지 않으려는 의지를.

탈해가 개밥바라기의 칼자루를 움켜쥐며 가냘프게 말했다.

"다시 내려올 거야. 물러나."

정우는 영문을 모르겠다는 얼굴로 탈해를 보았다. 탈해는 칼자루를 쥐지 않은 손으로 정우를 밀어내는 시늉을 해 보였지만 실제로 움직인 것은 탈해 자신이었다. 탈해는 정우에게 몇 걸음 물러나서 개밥바라기를 뽑아 들었다.

지멘과 아실, 규리하 사람들을 태운 소리는 말리를 향해 쇄도하고 있었다. 거센 바람 때문에 대부분의 사람들은 땅에 엎드려 있었다. 시카트 규리하 또한 바닥에 납작 엎드린 채 외쳤다.
"규리하가 납작해지겠어! 형! 빨리!"
"그렇게 되진 않아!"
역시 엎드려 있던 이이타는 나부끼는 머리카락을 걷어내며 대답했다. 하지만 그의 마음속에는 그의 말에 담겼던 것의 반의반만큼도 자신감이 없었다.

위치가 나빴다. 소리는 말리보다 더 높은 곳에 있었다. 무작정 가속하여 말리에 부딪힌다면 그것은 오히려 말리의 규리하 공격을 돕는 꼴이 될 것이다. 옆이나 아래에서 충돌하지 않는 한 말리의 규리하 성 공격은 막을 수 없다. 그리고 필요한 시간 내에 소리는 결코 말리의 옆이나 아래쪽에 있을 수 없었다. 말리를 함부로 앞지르려 하다간 말리보다 소리가 먼저 규리하 성을 덮칠 것이다. 아실이 그 사실을 지적했다.

"공자님, 멈춰요! 이 각도로 부딪치면 말리를 규리하 성에 밀어붙이는 꼴이 될 거예요!"

이이타는 이를 악문 채 아실을 바라보았다. 아실은 뒤로 밀려나지 않기 위해 지멘의 몸에 기대어 엎드려 있었다. 이이타는 표정으로 그녀에게 말했다. 그러면 어쩌란 말이야? 아실은 빠른 말투로 그 표정에 대답했다.

"공자님껜 규리하를 구할 방도가 없어요. 차라리 이 틈을 타서 도망치세요. 이곳에 있는 가족들과 정인을 구하세요. 공자님이 아니면 누가 이분들을 구할 수 있지요? 이분들을 책임지셔야 해요."

"저건 규리하 성이야!"

"그리고 규리하 성을 공격하고 있는 것은 신이죠."

"저따위 신을 누가 원한다는 거야! 제이어 솔한의 말이 맞아. 원시제는 영원히 저주받아야 해! 저런 괴물 신을 만들어 우리와 우리의 후손 모두를 구속한다고? 결코 용납할 수 없어!"

이이타는 자신이 어떻게 해야 할지 갑자기 깨달았다. 그리고 그 생각을 가다듬을 겨를도 없이 입 밖으로 내뱉었다.

"규리하를 저것에게서 구할 수 없다면 저것을 규리하와 함께 묻어 버려야 해!"

아실은 어처구니없다는 듯 이이타를 바라보다가 갑자기 손을 옆으로 뻗었다. 그녀는 집게손가락으로 이이타의 곁에 엎드려 있는 소리 로베자를 가리키며 그를 노려보았다. 그 손가락은 몇 백 마디의 말을 함축한 것이었다. 이이타는 두려움에 빠진 눈으로 소리를 바라보았다. 아실이 날카롭게 말했다.

"그녀도 함께 규리하에 묻을 건가요? 그러려고 발케네에서 이곳까지 데려왔어요?"

아실의 말 한마디 한마디는 레콘의 주먹처럼 이이타를 후려쳤다. 소리는 창백한 얼굴로 아무 말을 못했고 이이타 또한 침묵한 채 그녀를 바라보았다.

시선을 그곳으로 보낼 수 있는 모든 사람이 이이타와 소리를 바라보았지만 지멘만은 그러지 않았다. 지멘은 어떤 기대감에 사로잡힌 눈으로 아실을 내려다보았다. 그는 아실이 증오를 드러내길 기원했다. 그 증오가 올바르냐 그렇지 않느냐는 상관없었다. 그는 소리를 죽음으로 이끄는 이이타를 향해 아실이 베일 듯이 날카로운 증오를 쏟아 내기를 애타게 바랐다.

그러나 아실은 간곡하게 말했다.

"소리를 똑바로 보세요, 공자님. 분노 때문에 모든 것을 망가뜨려서는 안 돼요. 공자님껜 지켜야 할 너무나 소중한 것이 있잖아요."

지멘은 속에서 무엇인가가 치밀어 오르는 것을 느끼며 황급히 부리를 부여잡았다. 그는 위아랫부리를 으스러지도록 단단히 붙인 채 이이타가 "크흑!" 하며 신음하는 것을, 그가 고개를 떨어뜨리는 것을, 그리고 그가 소리를 보듬어 안는 것을 보았다. 두 남녀가 자신의 팔로 부서질 듯 떨리는 상대방의 몸을 고정시키는 것을 보았고 하늘치의 속도가 서서히 느려지는 것을 느꼈다. 바닥에 엎드려 있던 사람들이 하나 둘 일어났다. 시카트는 일어나지 않았다. 그는 두 주먹으로 하늘치의 등을 탕탕 내리치며 울부짖었다. 둘째 아들에게 다가간 아이저는 하늘을 올려다보며 시카트의 등을 어루만졌다. 그 모든 것을 본 다음 지멘은 아실을 내려다보았다.

지멘의 시선을 느낀 아실이 뒤를 돌아보았다. 그녀는 자리에서 일어나 지멘을 마주 보았다. 그러나 지멘은 아무 말도 하지 않았다. 애처로워하는 것 같기도 하고 낯설어하는 것 같기도 한 눈으로 지멘을 쳐다보던 아실은 머뭇머뭇 뒤로 돌아섰다. 그녀는 목이 멘 소리로 이이타에게 말했다.

"공자님."

이이타는 소리의 어깨에 얼굴을 묻은 채 꼼짝도 하지 않았다. 아실은 목소리를 조금 높였다.

"공자님, 지금 당장 도망쳐야 해요. 어서 이곳을······."

"움직이지 마."

지하에서 들려오는 듯한 음산한 목소리에 사람들은 소름이 돋는 것을 느꼈다. 이이타와 소리도 질겁하여 고개를 돌렸다. 아실은 두려움에 빠져 뒤를 돌아보았다.

지멘이 일어섰다. 그는 망치를 들어 어깨에 걸치고는 몸을 조금 부풀렸다. 다시 오므라든 지멘이 똑바로 서서 말했다.

"이 하늘치는 아래로 내려간다."

"지멘!"

아실이 비명을 질렀지만 지멘은 그녀를 본체만체했다. 그는 의심스러운 눈으로 자신을 바라보는 이이타에게 말했다.

"우리를 말리 위나 땅에 내려놓고 떠나라."

"예? 내려놓고?"

아실은 두 손으로 지멘의 다리를 붙잡고 머리를 한껏 젖혀 그를 올려다보았다. 그 찌르는 듯한 시선을 아프도록 느꼈지만 지멘은 내려다보지 않았다. 대신 고개를 조금 돌려 부리로 어깨에 있는 망치를 가리켜 보였다. 그 의미심장한 동작에 아이저가 숨을 들이켰다.

지멘의 다리를 붙잡은 아실의 손에서 힘이 빠지며 그녀는 주르륵 미끄러지듯 주저앉았다. 아이저가 아실을 흘깃 보고는 지멘에게 말했다.

"지멘, 나도 당신만큼이나 황제와 싸우고 싶지만, 저런 것을 상대로 어떻게 싸운단 말입니까? 당신의 숙원이야 알지만……."

"숙원이 아니야."

"뭐라고요?"

"황제에게 받을 것이 있어."

"받을 것? 무엇 말입니까?"

아이저의 질문에 지멘은 부리를 다물었다. 그때 아실이 지멘의 다리에 이마를 부딪히며 말했다.

"지멘, 필요 없어요."

지멘은 머리를 들어 올렸다. 그 모습을 보던 아이저는 지멘이 혹 눈물을 숨기기 위해 그러는 것이 아닌가 생각했다. 아실은 지멘의 다리에 이마를 댄 채 속삭였다.

"증오가 무엇에 필요하지요? 증오는 사람을 망가뜨리기만 해요. 마음을 갉아먹고 의식을 흐트러뜨리고 비뚤어진 눈으로 사람을 보게 만들어요. 그런 것은 필요 없어요. 누가 준다 해도 사양해야 할 사악한 감정을 왜 목숨을 걸고 되찾는다는 거죠? 말이 안 되잖아요."

지멘은 하늘을 올려다보며 꿈쩍도 하지 않았다. 아실 또한 지친 듯 입을 다물고 지멘의 다리에 댄 이마를 이리저리 흔들었다. 그때 시카트의 목소리가 들려왔다.

"잠깐. 뭐가 좀 이상한데?"

시카트는 어느새 똑바로 일어나 말리를 내려다보고 있었다. 이이타와 아이저는 미심쩍은 표정으로 아래를 내려다보았다.

개밥바라기의 화염인을 꺼내려던 탈해는 갑자기 나타나 그것을 뒤덮는 손을 보고 깜짝 놀랐다.

"정우!"

정우가 개밥바라기의 칼몸테두리를 두 손으로 덮고 있었다. 탈해는 질겁하여 개밥바라기를 등 뒤로 숨겼다. 정우가 그의 옷자락에 매달리며 고개를 도리질했다.

"아냐, 잘못 생각했어!"

"무슨 소리야? 쫓아 버려야 해! 저것이 내려오면 규리하 성은 흔적도 없이……."

"내려오지 않아!"

탈해는 숨막힌 소리를 내었다. 정우는 탈해의 옷자락을 쥔 손을 마구 흔들었다.

"내려오지 않아, 내려오지 않아! 내려오려는 것이 아니야!"

정우의 말뜻을 깨달은 자들이 그들을 돌아보았다. 그녀는 울먹이며 말했다.

"내가 말리에게 멈추라고 했어. 하지만 황제 폐하께서 억지로 하늘치를 움직이려고 저런 일을 하시는 거야."

"그래. 황제가 억지로 하늘치를 규리하에 충돌시키려고……."

"뭐? 그게 아냐, 폐하는 도망치려는 거야!"

사람들은 경악에 빠졌다.

탈해는 비틀거리다가 바닥에 주저앉았다. 지나치게 커다란 소리가 '텅!' 하고 울렸다. 탈해는 자신이 그렇게 세게 주저앉았나 하고 놀랐지만 저편에 있는 아트밀을 보고 소리의 원인을 깨달았다. 그것은 주랑에서 뛰어내린 아트밀이 낸 소리였다.

아트밀은 철극을 꼬나든 채 정우와 탈해가 있는 본관 계단으로 돌진했다. 그가 계단 바로 앞에 도달했을 때 갑자기 쇠막대기가 그의 앞을 가로막았다. 아트밀은 몸을 부풀리며 멈춰 섰다. 쇠막대기의 뒤를 이어 나타난 것은 야리키였다.

야리키는 두 손으로 조간을 쥐어 앞으로 내밀었다. 자신을 막는 동작에 아트밀은 격분하여 말했다.

"비켜!"

야리키는 냉정하게 말했다.

"뭐 하려는 거야?"

아트밀은 잠깐 동안 야리키를 때려눕히려는 충동에 휩싸였다. 하지만 반대로 자신이 치명적인 피해를 입을 가능성도 있었다. 자신이 원하는 것은 한마디 질문이라는 것을 떠올린 아트밀은 야리키를 내버려둔 채 고함을 질렀다.

"규리하 공! 그게 무슨 말이야!"

야리키는 아트밀을 주시한 채 뒤쪽의 소리에 귀를 기울였다. 정우가 더듬거리며 말했다.

"폐, 폐하께서는 도망치려고 하고 있어요. 이곳에서 떠나려는 거예요. 하지만 제가, 제가 말리에게 멈추라고 했기 때문에 말리는 저 위치에서 움직이지 않으려고 했어요. 폐하께서는 용이기 때문에 말리를 움직일 수 없어요. 그래서 강제로 말리를 움직이려고 저렇게……."

황제가 용이라고 정우가 말한 순간 아트밀의 눈에서 불똥이 튀었다. 그러나 아트밀은 정우가 말한 다른 내용에 집중했다.

"용이 도망친다고? 공격하는 것이 아니라?"

"공격? 아니요. 그렇지 않아요."

"왜지? 지금껏 저 용이 하던 짓이 그것이잖아!"

정우의 눈길이 갈팡질팡했다. 그 모습을 본 아트밀은 불신에 사로잡혔다. 그러나 그가 고함을 지르려 할 때 정우가 한 곳을 바라보며 외쳤다.

"저기요!"

아트밀은 고개를 홱 돌렸다. 그리고 정우의 말에 귀 기울이고 있던 자들 모두가 그곳을 바라보았다.

그곳에는 이레 달비가 꼿꼿하게 서서 다가오는 시선들을 똑바로 받아 내고 있었다. 그리고 그의 충성스러운 팔은 이미 필요 없어진 부축을 자신의 주인에게 바치고 있었다.

엘시는 숨을 멈춘 채 정우를 마주 보았다. 정우가 말했다.

"대장군님 때문이에요. 대장군님이 이곳에 있기 때문에 폐하는 규리하를 공격하실 생각이 없어요. 그리고 저에게 말리를 뺏기거나 소리에게 공격당하는 것을 피하기 위해 억지로 말리를 끌고 도망치려 하시는 거예요."

아트밀은 말리를 올려다보았다가 다시 엘시를 바라보았다. 그의 살벌한 눈길을 받은 이레는 이를 악물며 물통이나 소화차가 어디 있는지 살폈다. 다행히도 물통이나 소화차만큼 든든한 것이 있었다. 쵸지와 론솔피, 주테카, 그을린발이 하나 둘 엘시에게 모여들었다. 그 모습을 본 아트밀이 얼굴을 험악하게 일그러뜨렸을 때 정우가 낭랑하게 외쳤다.

"말리야! 반항하지 마. 폐하의 뜻을 따라!"

아트밀이 기겁했다.

"저 용을 보내면 안 돼!"

아트밀이 훌쩍 뛰어올랐다. 단숨에 야리키를 뛰어넘어 정우에게 다가가려는 속셈이었지만 야리키는 침착하게 조간을 휘둘렀다. 기다란 조간은 아트밀의 다리를 후려쳤고 저항할 수 없는 공중에서 그런 공격을 당하자 아트밀은 균형을 잃고 불안정한 모습으로 떨어졌다. 어깨부터 떨어진 아트밀이 벼슬을 세우며 일어났을 때는 탈해가 정우의 앞을 가로막은 후였다. 탈해는 개밥바라기를 앞으로 내밀고 고개를 가로저었다. 탈해의 등 뒤에서 정우가 말했다.

"그래, 가!"

아트밀은 절망에 찬 눈으로 말리를 올려다보았다.

말리가 움직이고 있었다. 위도, 아래도 아닌 방향이었다. 말리는 남빛으로 변하고 있는 동쪽 하늘을 향해 피를 뿌리며 서서히 움직였다.

"안 돼! 돌아와! 돌아오라고!"

아트밀은 격분하여 달려갔다. 동쪽 성벽을 향해 달려간 아트밀은 단숨에 주랑 위로 뛰어올라서 흉벽에 한쪽 발을 올렸다. 그는 몸을 세 배로 부풀려 하늘을 향해 외쳤다.

"멈춰라—!"

아트밀의 필사적인 계명성에도 불구하고 말리의 움직임에는 변화가 없었다. 아니, 점점 속도가 빨라졌다. 그 터무니없이 큰 몸 때문에 오랜 시간이 걸렸지만 결국 말리는 빠른 속도에 도달하여 지러쿼터 산맥이 있는 곳, 규리하를 제외한 제국의 다른 모든 것이 있는 방향을 향해 날아갔다. 동쪽 하늘에서 피어오른 어둠이 말리를 삼키는 모습을 바라보던 아트밀은 찔러 죽일 듯한 눈으로 탈해의 뒤에 있는 정우를 노려보았다.

"돌아오게 해."

정우는 탈해의 뒤편에서 옆으로 걸어 나와 아트밀을 바라보았다.

"안 돼요, 아트밀."

아트밀은 철극을 내리쳤다. 그 아래에서 흉벽이 박살 나며 무너져 내렸다. 야리키가 차가운 눈으로 바라보았지만 아트밀은 아랑곳하지 않고 외쳤다.

"돌아오게 해! 나는 저 용에게 받을 것이 있다!"

"저도 그래요."

아트밀은 부리를 벌렸고 탈해는 숨을 들이쉬며 정우를 내려다보았다. 하지만 정우는 아트밀도 탈해도 보지 않았다. 정우는 엘시를 바라보며 말했다.

"저도 폐하에게 받을 것이 있어요. 그러니까…… 저와 함께 가요."

엘시는 그 말이 자신을 향한 것인지 알 수 없었다. 아트밀은 고민하지 않았다.

"함께 가자고? 어떻게! 어떻게 하늘치를 따라간다는 거냐!"

"그야 하늘치로."

정우는 고개를 돌려 하늘을 올려다보았다. 그곳을 본 아트밀은 또 하나의 하늘치 소리가 규리하 성을 향해 서서히 내려오는 것을 보았다. 아트밀은 손을 들어 소리를 가리키며 정우에게 말했다.

"저걸 타고? 저걸 타고 용을 추적한다는 거야?"

정우는 고개를 끄덕였다.

탈해는 의구심 가득한 얼굴로 정우를 바라보았다. 정우는 그것으로써 아트밀의 질문에 대한 대답을 끝냈다고 생각한 듯 생각에 잠긴 표정으로 소리가 내려오는 모습을 바라보았다. 아트밀은 정우의 동행 요청에 대한 생각에 빠져 야리키나 탈해를 긴장시킬 만한 행동은 하지 않았다.

가시나무 군단 31중대원들은 시허릭 마지오 상장군의 명령에 따라 한곳에 집결하고 있었다. 그리고 규리하의 병사들은 오니샤 퓨덴의 지휘에 따라 그들 맞은편에 집결했다. 그 자체는 전투를 대비한 듯한 움직임이긴 하지만 그 다음 명령에서 의미가 완전히 바뀌었다. 시허릭 마지오와 오니샤 퓨덴은 병사들을 바닥에 앉혔다. 그들이 원하는 것은 우발적인 충돌을 막는 것이었다. 통제할 수 없이 급변하는 상황에서 그것은 상식적으로 최선책이라 할 수 있을 것이다. 양군의 지휘관들이 상식적인 인물이라는 것은 다행스러운 일이었다.

발리츠 굴도하 남작과 남작 부인은 세레지 파림과 위체 파림, 파라말 아이솔과 함께 규리하의 조신들에게 합류했다. 탈해나 야리키의 모습에 주눅 든 그들은 무리를 이루어 변경백에게 다가올 심산인 듯하다. 조금 떨어진 곳에서는 엘시가 몸종과 네 명의 레콘들과 함께 정우를 향해 걸어오고 있었다. 그 움직임이 퍽이나 시사적이었다. 엘시는 제국군과 규리하군 사이를 걸어오고 있었다. 물론 그것이 체격 좋은 레콘들과 함께 움직일 수 있는 유일한 길이긴 하지만 탈해는 양군 사이를 가로지르는 대장군을 보며 이제 제국군과 규리하군의 전투는 아무 의미가 없다는 것이 확실해지는 것을 느꼈다.

엘시는 정우를 위협하는 것처럼 보이지 않기 위해 규리하의 조신들이 그녀에게 도착한 다음 도달하기 위해 천천히 움직였다. 사람들이 다가올 시점을 가늠하던 탈해는 그 전에 정우에게 말을 걸어야겠다고 생각했다. 그는 손을 들어 그녀의 어깨에 얹었다.

"정우."

정우는 의아한 얼굴로 자신의 어깨에 놓인 도깨비의 두툼한 손을 보다가 탈해를 바라보았다.

"응?"

탈해는 낮은 목소리로 속삭였다.

"황제를 추격하겠다고? 왜지?"

"폐하께선 하늘치와 하나가 되셨으니까 그분을 따라가려면 역시 하늘치가 필요해. 다행히 저기에 하나 있으니까 필요한 건 하늘치를 이끌 사람이겠지. 나나 이이타 중 한 명이 가야 해. 그런데 이이타는 여기 있는 편이 좋겠어. 올케 될 사람도 있고."

"너는 규리하 변경백이야."

"탈해, 내가 왜 변경백일 수 있었지?"

"그거야 킴들이 그렇게 하기 때문이잖아. 아버지의 것을 물려받을 가장 큰 권리가 장녀인 네게 있기 때문에……."

"아냐. 내가 하늘치를 다루기 때문이야. 오직 나만이."

정우는 머리를 기울여 탈해의 손등에 뺨을 대고 눌렀다.

"즈믄누리에서 자란 공녀는 이야깃거리의 소재로는 괜찮을 것 같지만 킴들을 다스리는 일에 적합할 것 같지는 않아. 너도 알잖아. 왜 발케네 공이 물러났는지, 왜 규리하의 킴들이 나라를 망가뜨릴지도 모르는 공녀에게서 규리하를 뺏으려 하지 않았는지, 왜 아버지가 나를 두고 하인샤 대사원으로 떠났는지. 그건 내가 하늘치에게 부탁할 수 있기 때문이야."

정우는 손을 살짝 들어 다가오는 소리를 가리켰다.

"이제 그런 사람이 한 명 더 있어. 그러니 난 규리하 변경백이 아니어도 돼."

정우는 잠깐 침묵했다가 말했다.

"규리하를 위해선 그것이 옳은 결정 같아."

탈해는 정색하여 정우를 바라보았다.

즈믄누리의 성주는 즈믄누리에서 언제나 옳은 결정만 내린다. 어쨌든 도깨비들은 그렇게 믿고 그런 믿음을 가지고 도깨비와 논쟁하고 싶어하는 비도깨비는 별로 없다. 그런데 규리하 성에도 라수의 방이라는 형태로 즈믄누리의 일부가 있다.

탈해는 규리하 성의 성주가 누군지 생각해 보았다.

탈해는 날카로운 물건이 등을 스치는 듯한 느낌을 받았다. 그의 몸이 경직되는 것을 느낀 정우는 다시 그를 돌아보았다.

"응? 왜?"

탈해는 반쯤 벌렸던 입을 도로 닫고 고개를 가로저었다. 지나친 확대 해석임이 분명하다. '정우가 인조새의 말을 언제나 정확하게 해석했다 한들 그것이 무류성의 증거가 된단 말인가?' 아이저 규리하도 규리하 성의 성주였지만 황제와 싸운다는 판단을 내린 덕분에 도망쳐야 했다. '그 덕분에 아이저 규리하가 아들에게 하늘치를 줄 수 있었다는 것이 중요한가?' 규리하 성에서 옳은 판단을 내린다면 정우는 성안에서 안전해야 하지만 그녀는 바로 규리하 성 안에서 지키멜 퍼스에게 납치당했다. '정우가 직접적인 목숨의 위협을 당한 것은 규리하 성이 아닌 아스캄이긴 하지만.'

탈해는 혼란스러워졌다. 그 가설에 대해 아무런 증거도, 반대 논리도 떠올릴 수 없자 그는 생각을 그만두었다. 탈해는 정우의 어깨에 얹었던 손을 끌어당겨 팔짱을 끼었다.

"좋아. 무슨 말인지 알겠어. 하지만 그건 네가 더 이상 변경백이 아니어도 되는 이유야. 네가 폐하를 따라가야 할 이유는 뭐지?"

어쩐지 그래야 할 것 같다는 대답은 탈해로 하여금 규리하 성의 성주는 즈믄누리의 성주와 같은 능력을 가지고 있다는 결론을 내리게 만들 것이다. 하지만 정우는 그렇게 대답하지 않았다.

"살인 기사가 말했지. 선황께서는 내버려두면 서로 끊임없이 죽일 우리를 보호하기 위해 신을 만드셨다고. 바꿔 말하면 선황은 우리의 죄를 빼앗아 갈 신을 만드신 거야. 그걸 뺏기면 안 돼."

"왜? 죄는 나쁜 거잖아."

정우는 말없이 탈해를 보다가 그에게 몸을 돌렸다. 그리고 파괴적인 불을 쓰지 못하는 도깨비를 끌어안았다. 양자의 체구 차이 때문에 안는다기보다는 붙는다에 가까웠지만 그들에게 다가가던 사람들이 정우가 무엇을 하는지 짐작할 정도는 되었다.

탈해 또한 알았다. 그래서 그는 조심스럽게 정우를 마주 끌어안았다.

"나는 너를 돕겠다고 약속했어."

정우는 고개를 살짝 끄덕였다.

조금 후 정우는 탈해의 품에서 빠져나왔다. 그녀가 고개를 돌렸을 때 규리하 성 안에 있던 대부분의 사람들이 그녀를 바라보았다. 그들에게 다가오던 자들은 야리키가 있는 곳을 기준으로 더 가까이 다가오지 못한 채 서 있었고 그 뒤로는 바닥에 앉은 채 주의 깊은 눈으로 그녀를 보는 병사들이 있었다. 정우는 그들 모두를 바라보고, 신음하는 부상병들과 쓰러져 있는 시체들을 바라보았다. 부상병들은 오니샤 퓨덴의 명령으로 보호받고 있었지만 시체들은 아직 수습되지 않았다.

정우는 입술을 질끈 깨물었다가 소리를 높여 말했다.

"여러분. 이이타가 제게 소리를 넘겨주면 저는 소리를 타고 황제 폐하를 따라갈 거예요. 규리하는 아버지와 동생들이 다스리면 좋을 거라고 생각해요. 이이타가 하늘치를 다룰 줄 아니까 규리하를 지키는 일에 큰 도움이 되겠지요."

명백히 비셀스 파라 말할 수 있는 규리하의 조신들은 그 선언에 질겁했다. 다친 팔을 천으로 고정시킨 리시오 느베라이 총리대부가 외쳤다.

"무슨 말씀입니까, 각하! 이 땅은 각하의 것입니다!"

"아버지도 이 땅을 잘 다스릴 거예요, 총리대부."

"그런 문제가 아니잖습니까! 이것은……."

그때 누군가가 인파를 헤치고 앞으로 뛰쳐나왔다. 야리키가 매서운 표정으로 노려보았지만 그자는 계단을 뛰어오르는 대신 방향을 바꿔 야리키를 향해 똑바로 달려왔다. 야리키는 상대가 판사이 남작 발리츠 굴도라는 것을 알고 긴장을 조금 늦추었다. 발리츠가 말했다.

"날 좀 높이 들어올려 주십시오, 야리키. 부탁합니다."

야리키는 남작을 바라보다가 묵묵히 그를 들어 올렸다. 남작은 그에게 감사했고 야리키는 필요할 경우 누군가에게 집어던지기 좋을 것 같아서 든 거라고 고백할 필요는 없다고 생각했다. 야리키의 왼쪽 어깨 위에 서서 그의 머리에 한 손을 얹고 균형을 잡은 발리츠는 크게 외쳤다.

"비록 내가 이곳 무향에서는 이방인이라 할 수 있지만, 몇 마디 서툰 조언을 할 만한 자격은 있을 거라 자부하오! 그러니 잠시만 나의 말에 귀를 기울여 주시오!"

그들과 함께 싸운 고명한 무장이자 그들과 마찬가지로 비셀스 파인 남작의 외침에 조신들은 입을 다물었다. 남작은 날카롭게 질문했다.

"그대들에게 묻겠소. 지금 아라짓 제국에 황제가 있소?"

느닷없는 질문에 대답하려던 사람들은 자신들의 대답이 의미하는 바를 깨닫고 흠칫했다. 발리츠는 급격한 심적 동요를 일으킨 그들을 억세게 휘어잡았다.

"그렇소! 변경백께서 말씀하신 것처럼 치천제는 용이었소! 우리는, 제국인들은 용의 지배를 받고 있던 것이었소! 그것이 서약을 거부한 것은 당연한 일이오. 용이니까 사람의 서약을 받을 수 없는 것이었소!"

정우는 황제의 정체와 서약은 별 상관없을 거라고 생각했지만 남작의 말에 끼어들 수가 없었다. 남작은 자신이 용이나 된 것처럼 불길 같은 말을 토해 내고 있었다.

"변경백께서 그것의 정체를 밝히지 않으셨다면 우리는 앞으로도 계속해서 사람이 아닌 것의 지배를 받았을 것이오. 용이 얼마나 사는지 누가 안단 말이오? 그 기간은 어쩌면 영원이었을지도 모르오!"

엘시는 자기도 모르게 진저리를 쳤다. '영원은 아니야. 일만육천 년이지.' 한 사람의 생애에 비한다면 그게 그거지만.

통찰이 무의미해지는 상황을 겪은 직후이기 때문에 통찰 능력에 관해서는 마비 상태나 다름없었던 처지의 사람들은 발리츠 굴도하의 말에 의심이나 이견을 떠올리지 못한 채 집중했다. 또한 발리츠 굴도하의 말에는 진심이 어려 있었다. 남작은 자신의 말을 신뢰했다. 그래서 남작의 말에선 진심 자체가 가지는 신뢰감이 묻어나고 있었다.

발리츠는 쥐딤과 규리하, 발케네에서 일어난 일들을 용의 조종하에 사람들이 서로 다툰 일로 만들었다. 머리로 피가 솟구치는 일이었다. 발리츠는 하늘누리가 사라졌던 시기를 사람에 의한 사람의 지배가 되돌아올 수 있었던 시대로 묘사했고 황권에 눈이 멀어 이전투구하느라 용이 되돌아올 시간을 벌어 준 자들을 사람에 대한 범죄자로 고발했다. 규리하 바깥으로 한 걸음도 나가지 않은 비셀스 규리하와 권력자들에게 이용당했을지도 모르는 제국군을 수습한 엘시 에더리는 당연히 그런 고발에서 제외되었다. 제국과 인류가 처한 무시무시한 위기에 대한 발리츠의 묘사는 사람들을 숨막히게 만들었다. 심지어 발리츠가 말한 것 중에는 원시제가 용에게 살해당했을지도 모른다는 암시까지 포함되어 있었다. 비록 심장을 적출하지는 않았지만 그렇다고 해서 왜 아라짓 제국의 황제가 그토록 젊은 나이에 죽었단 말인가? 우리는 인간을 지배하기로 작정한 용이 황제를 암살했을 경우를 의심해 보아야 한다. 발리츠 스스로도 그 의심에 대해서는 물음표를 붙이긴 했지만 이미 사람들은 용을 만악의 원천으로 받아들이고 있었기에 특별히 치천제의 죄가 경감되지는 않았다.

그리고 발리츠는 용의 손아귀에 거의 들어갔던 인류를 구원한 자로 비셀스 규리하를 소개했다.

"변경백께서는 용의 정체를 밝혀내셨을 뿐만 아니라 그 용을 처단하는 중책도 스스로 걸머지려 하시는 거요!"

발리츠는 비셀스의 규리하 잔류를 원하는 자들에게 직격을 날리지는 않았다. 하지만 이미 아버지와 딸의 권력 다툼을 말할 상태가 아니게 되었기에 직격을 날린 거나 다름없었다. 비셀스 규리하가 용을 추적하여 거꾸러뜨리는 것만이 세상을 구원하는 길임을 사람들이 공감했을 때 남작은 몸을 돌려 야리키에게 속삭였다.

"저를 내려 주십시오."

아래로 내려온 남작은 재빨리 계단을 뛰어올라 변경백 앞에 무름을 꿇고 머리를 조아렸다. 당혹한 정우가 말할 틈도 없이 발리츠가 속삭였다.

"각하의 결단에 찬성합니다. 규리하는 아버지에게 돌려주시고 각하께서는 황제가 되십시오."

정우는 입을 벌린 채 남작을 바라보았다. 남작이 빠르게 말했다.

"제 말이 탐욕스럽게 들렸습니까? 그렇게 들릴 수도 있겠지만 저는 떳떳합니다. 목숨을 걸고 괴수를 물리쳐 세상을 구한 자가 세상을 다스리는 것이 그렇게까지 잘못된 일 같지는 않군요. 그리고 각하의 목숨만 걸라고 말하지는 않겠습니다."

남작은 목소리를 높여 외쳤다.

"규리하 공 비셀스 규리하여! 가시라고 말하지 않겠습니다! 가자고 말하겠습니다! 저와 제 창이 각하를 모실 겁니다!"

정우는 아무 대답도 할 수 없었다. 극도로 흥분한 사람들이 용을 처단하기 위한 변경백의 추적에 동참하겠다고 우레 같은 소리로 외쳐 대었기 때문이다.

발리츠 굴도하가 설득한 것은 규리하 성의 사람들만이 아니었다.

정우가 한 손에는 인조새가 든 새장을 들고 허리춤에는 대금을 꽂은 채 많은 무리와 함께 소리 위에 나타났을 때 시카트 규리하는 그것을 공격이라고 생각했다. 황제가 격퇴된 지금 비셀스의 규리하 변경백위를 위협할 수 있는 자들은 소리 위에 있는 자들이고 그녀가 즉각 아버지에 대한 공격을 시작했다는 것은 상당히 합리적인 의심이었다. 하지만 정우의 뒤를 따라 소리 위에 오르는 자들을 본 시카트는 정우의 무장만 특이한 것이 아니라 공격군의 구성 또한 기괴하다는 것을 인정할 수밖에 없었다.

정우와 함께 소리 위로 올라온 자들은 탈해 머리돌과 야리키, 아트밀, 파라말, 그리고 발리츠 굴도하와 아이넬 굴도하를 제외하면 전부 제국군이었다. 대장군 엘시 에더리와 그의 몸종, 그를 따르고 있는 레콘들과 제국군 31중대원들이 나머지 구성원이었다. 시카트는 정우가 황제를 쫓아낸 직후에 제국군을 이끌고 아버지를 공격한다는 상황을 합리적으로 만들 방법을 떠올릴 수 없었다. 다행히 그 일을 맡을 사람은 따로 있었다. 아이저와 이이타, 다른 자들도 당황하여 어쩔 줄 몰라하고 있을 때 발리츠가 상황을 설명했다.

발리츠의 설명은 아래쪽에서 그러했던 것처럼 소리 위쪽에서도 설득력을 발휘했다. 사람들을 제멋대로 다루고 제국을 농단했던 용을 처단해야 한다는 사명 때문에 정우는 규리하를 아버지에게 돌려주고 위험한 추적행을 떠나는 것이다. 인력으로 어떻게 할 수 없는 상대이기에 그 위험은 나눌 수도 없으며 그 때문에 정우는 함께 가겠다는 규리하 인들을 물리쳤다. 그녀의 곁에는 규리하와 특별한 관계가 없으며 그녀의 충실한 친구인 탈해와 야리키, 굴도하 남작 부부만 있을 것이다. 아트밀과 파라말은 형이자 친구인 자의 보복을 위해 규리하 공을 따르는 것이다. 대장군 엘시 에더리와 제국군은? 그들의 본분은 제국을 지키는 것이다. 그리고 저 용은 이미 제국의 가장 큰 적이다. 그들이 변경백을 따르는 이유야 분명하지 않은가.

발리츠는 그 마지막 설명이 사실과 조금 다르다고 생각했다.

엘시 에더리나 다른 누구에게 말하지 않았지만 발리츠는 속으로 엘시를 인질이나 호부로 여기고 있었다. 황제는 엘시 에더리가 있는 규리하 성을 공격하지 않았다. 그리고 정우는 그 마지막 설명이 사실과 심히 다르다고 생각했다. 정우가 규리하 인들의 동행을 거절하면서 제국군과 함께 올라온 것은, 그들이 하늘치를 뒤덮은 용과 싸울 수 있다고 믿기 때문이 아니라 그들이 규리하 성에 남으면 꽤 불편하고 어색할 거라 생각했기 때문이다. 그래서 정우는 지러쿼터 산맥 너머에 도달한 다음 그들을 지상에 내려 줄 작정이었다.

발리츠는 차분하게 말을 맺었다.

"변경백께서는 자신을 따르던 자들에게 아무 보복도 하지 않는다는 조건으로 규리하를 돌려드리는 겁니다. 규리하는 이미 많은 상처를 입었습니다. 봄은 무향인들의 몸뿐만 아니라 마음에도 와야 한다고 생각합니다. 어쩌시겠습니까?"

아이저는 피로와 감정의 탁류 때문에 붉어진 눈으로 매제를 바라보다가 다른 사람들에게 들리지 않도록 속삭였다.

"그랬군. 그 작은 몸을 보면 알 수 없지만 자네의 포부는 훨씬 더 큰 것이었군. 자네는 매무자지만, 그 고명한 무예를 살 수 있는 것은 최소한 황제가 될 만한 자여야 했던 거야."

발리츠는 희미하게 미소 지었다.

"나와 황제의 싸움에 개입하지 않은 것은 내가 변경백에 불과하기 때문이었어. 자네가 판사이를 박차고 나온 것은 황제가 사라진 후의 일이었지. 자네는 비셀스에게 자네 운을 걸었군."

아이넬 굴도하가 머리를 숙였다.

"죄송해요. 오라버니."

아이저는 고개를 가로저었다.

"사과할 일은 없어. 판사이와 두 사람의 운명을 정정당당하게 걸고서 임한 도박이었으니까. 게다가 부도덕하거나 꺼림칙한 속임수도 없이 그 도박에 성공했군. 축하해."

발리츠는 아직 성공하지 못했다거나 아이저에게 걸지 않아서 미안하다는 등의 말을 하려다가 포기했다. 그런 말이 어울리는 시점이 아니다. 그래서 발리츠는 사무적으로 말했다.

"규리하를 맡으시겠습니까?"

아이저는 발리츠나 아이넬이 예상하지 못한 반응을 보였다.

"이이타?"

이이타는 당혹한 표정으로 아버지를 보았다. 발리츠와 아이넬은 곧 아이저의 태도를 이해했다. 처음부터 명백한 사실이었다. 비셀스에게서 규리하를 건네받는 사람은 그녀에 필적하는 능력을 가진 자, 즉 이이타여야 한다. 비셀스는 아버지가 아니라 이이타에게 규리하를 돌려주는 것이다.

자신의 시선에도 아이저가 아무 반응을 보이지 않자 이이타는 머뭇거리다가 정우에게 손을 내밀었다. 정우는 그 손을 맞잡았다. 목이 메어 아무 말도 하지 않는 이이타를 향해 그녀가 웃으며 말했다.

"좀 바빠서 결혼식엔 참석 못할지도 모르겠네. 급하면 누나는 신경 쓰지 말고 해."

이이타의 곁에 서 있던 소리 로베자가 황급히 머리를 숙였다. 무슨 말을 해야 할지 알 수 없었던 이이타는 괜스레 제국군을 둘러보고 말했다.

"사람들이 꽤 많은데 식량 같은 것은 안 보이는군. 누나가 가지고 있는 것도 그 새장뿐이고. 추적이 단기간에 끝나지 않으면 어쩔 생각이야?"

"그건 걱정하지 않아도 돼. 다 처리해 놓고 올라온 거야."

"그럼, 알았어. 몸조심해."

정우는 미소로 대답하고 시카트 규리하에게 몸을 돌렸다.

시카트는 규리하가 마침내 올바른 주인을 되찾았다는 내용의 말을 힘없이 중얼거렸다. 아무도 그 말에 대답하지 않았고 정우는 그저 웃기만 했다. 시카트는 다시 기세를 끌어 모아서 정우가 황제를 추적하는 것은 가문에 대한 배신의 죗값을 치르는 거라고 말했다. 하지만 말끝에 채 도달하기도 전에 시카트의 기세는 사라졌다. 시카트는 자신의 입에서 나오는 말을 자를 수 없어 애먹는 사람처럼 보였다. 눈을 깜빡거리며 시카트를 보던 정우가 말했다.

"거짓말."

"전에도 말했어, 누나. 거짓임을 분명히 알 수 있는 거짓말은 지적하지 않는 거라고."

"다음부터는 그렇게 할게."

시카트는 입을 닫았다. 정우는 마지막으로 아이저를 돌아보았다. 아버지의 늙고 피로한 얼굴을 본 정우는 가볍게 고개를 숙였다.

"다녀올게요."

이이타에게도, 시카트에게도, 아이저에게도 정우는 용과 싸우러 떠나는 사람처럼 말하지 않았다. 그녀는 머지않아 돌아올 사람처럼 이야기했다. 아이저는 그것이 자신감이 아니며 귀환의 의지는 더 더욱 아님을 알았다.

그래서 아이저는 곧 돌아올 사람에게 말하듯 말했다.

"잘 다녀와라."

아이저 규리하 일행이 아래로 내려갔다.

말리를 삼켰던 밤은 서쪽 하늘을 향해 진군하고 있었다.

탈해의 칼이 그 이름을 빌린 별이 반짝였다.

그리고 소리 위에는 검은 레콘이 먼저 도달한 밤처럼 서 있었다.

정우는 지멘과 아실을 바라보았다. 두 사람은 말을 걸려면 고함을 질러야 할 거리에 서서 그들을 똑바로 바라보고 있었다. 세상의 모든 목소리가 퇴거를 종용해도 물러나지 않을 것처럼 견고하게 서 있는 지멘 때문에 그 곁에 있는 아실의 모습은 바위와 땅의 틈에서 자라난 가냘픈 잡초처럼 보였다.

두 사람을 바라보던 정우가 발을 옮겼다.

제국군에 속한 자들은 제자리를 지켰고 그 밖에 사람들은 정우를 따라 움직였다. 지멘은 그들이 다가오는 것에 아무 반응도 보이지 않았다. 정우는 그녀의 안위를 걱정하는 야리키가 불편한 헛기침을 했을 때 걸음을 멈췄다. 이야기하기 편한 거리가 아니었기에 정우는 목소리를 조금 높여 말했다.

"길벗인가요?"

지멘은 정우를 물끄러미 바라보다가 무겁게 말했다.

"이 하늘치가 황제에게 간다면, 우리도 함께 간다."

"예, 황제에게 가요. 그런데 여기 있는 누구와 싸울 건가요?"

"먼저 덤빈다면."

정우는 고개를 끄덕였다.

"그럼 좋아요. 편한 곳에 계세요. 소리가 동의하면 지금 출발할 거예요."

정우는 아래를 내려다보았다. 소리의 등엔 짙은 어둠이 깔리고 있었다. 정우는 그 어둠을 향해 말했다.

"말리와 부딪쳐서 아플 텐데, 음. 움직여도 괜찮다면 동쪽으로 가 줄래?"

발리츠는 그것이 용을 잡고 세상을 구원할 자들의 적절한 출정식이라고 생각할 수 없었다. 하지만 출정식에 대해서는 아무 관심 없고 움직이는 것이 불편하지 않았던 소리는 정우의 말에 즉각 반응했다.

소리는 미끄러지듯 동쪽으로 움직이기 시작했다. 밤이 소리의 움직임을 감추었기에 규리하 성에 있는 자들은 그 떠나는 모습을 보지 못했다.

서쪽 방향을 장악하고 있는 거대한 지러쿼터 산맥이 태양의 마지막 여정을 가리고 있기 때문에 유료도로당 잔하일 징수소에는 밤이 빨리 찾아오는 편이다. 원칙적으로 유료도로당 징수소는 밤낮없이 징수 업무를 본다. 하지만 1월이라 해도 북부 지방인 잔하일의 밤 날씨는 싸늘한 편이었고 정세가 뒤숭숭했기 때문에 그즈음 잔하일에는 야간 여행자가 없었다. 그 때문에 징수소의 당원들은 어둠이 찾아오면 휴식 시간이 찾아온 것으로 간주했다.

시오크 지울비는 그들이 특별히 피로할 거라고 생각하지는 않았지만 그들의 휴식을 방해하지 않기로 했다. 그래서 그는 문을 벌컥 열지도 않았고 정신없이 달리지도 않았고 수색조를 편성하라고 외치지도 않았다. 대신 들고 있던 촛대를 차분하게 서랍장 위에 놓고 지키멜의 빈 침대로 걸어갔다.
 침대 위에는 곱게 접힌 도깨비지가 놓여 있었다. 침대에 걸터앉아 시오크는 그 종이를 집어 들어 펼쳤다. 씌어 있는 글은 단번에 알아볼 수 있을 정도로 짧았다.
 '잘 있어.'
 그 아래로 공백이 있었고 아래쪽엔 지키멜 퍼스의 서명이 있었다. 시오크는 짧은 인사말과 서명 사이의 공백에 무엇이 있는지 알 수 있었다. 작별의 입맞춤일 것이다. 그는 종이를 얼굴 가까이 가져왔다.
 그는 그것의 냄새를 맡았다. 별다른 냄새는 느껴지지 않았다.
 시오크는 종이를 쥔 두 손을 무릎에 떨어뜨렸다.
 웃음이나 울음, 그 어느 쪽도 나오지 않았다. 속 시원히 어떤 감정 표현을 할 수 있기를 애타게 바랐지만 도대체 어떻게 반응해야 할지 알 수 없었다. 화를 내는 것이 매력적으로 느껴졌지만 무엇에 대해 화를 내야 할지 알 수 없었다. 그가 그럭저럭 뚜렷하게 느낄 수 있는 것이라고는 초조감과 무력감뿐이었다.
 추적해야 하나? 시오크는 지키멜이 어디로 가고 있을지 눈으로 보는 것처럼 알고 있었다. 지키멜은 비나간으로 가고 있을 것이다. 다른 장소를 생각할 수가 없다. 그녀는 비나간의 왕이니까. 따라서 추적은 어렵지 않을 것이다. 하지만 지키멜은 누군가에게 붙잡혀 간 것이 아니라 스스로 떠났다. 추적에 나서서 그녀를 붙잡는 것이 무슨 쓸모가 있을까?
 '나에게 어떤 쓸모가 있지 않을까? 내 연인이니까…….'
 시오크는 그 생각에 역겨움을 느꼈다.
 그에게 지키멜을 사랑하지 않느냐고 물어볼 수는 없다. 시오크는 지키멜을 사랑하며 죽을 때까지 그녀 외에 다른 여자를 사랑하지 못할 가능성이 대단히 높다. 그리고 시오크는 지키멜 또한 자신을 사랑한다는 것을 의심하지 않았다. 하지만 시오크는 지키멜이 자신의 연인이라고 말할 수 없었다. 연인은 함께 사랑을 만들어 내는 두 사람을 의미한다. 혼자서는 만들 수 없는, 두 사람이 있을 때만 만들 수 있는 특정한 사랑이 있다. 그 사랑에 대해서는 입맞춤이 아마도 가장 간편한 비유가 될 것이다. 입맞춤은 절대로 혼자 할 수 없으니까. 시오크는 그런 사랑이 있다는 것을 알고 있었다. 바로 과거에 지키멜과 그가 이루곤 했던 사랑이었으니까.

서로에 대한 두 사람의 사랑은 그때나 지금이나 다름없지만 이제 두 사람은 그런 사랑을 만들 수 없다.

'서로를 사랑하지만, 사랑 속에 함께 있지는 않다는 것이군.'

시오크는 몸을 뒤로 눕혔다. 침대에 가로누워 촛불 빛으로 검붉게 변한 천장을 응시했다.

그가 왕이 아니고 그녀가 왕이 아닐 때, 그들은 한 쌍의 잘 어울리는 악당 연인이었다. 세상엔 그들이 뺏고 싶은 것이 잔뜩 있었고 그것을 자기 것으로 만들기 위한 계책을 짜며 웃고 울고 서로를 열렬히 끌어안았다.

이제 그녀는 작별의 말 한마디 할 수 없어서 시시한 편지를 남겨 두고 떠났고 빈 침대에 누운 그는 그녀를 따라가야 하는지 말아야 하는지 알 수 없었다.

시오크는 자신의 앞날을 생각했다. 이제 더 이상 잔하일에 머물 이유가 없으니 시구리아트 유료도로당사로 돌아가야 할 것이다. 그곳에서 예정에 따라 즉위한 다음 국경선도 없는 나라를 다스리다가 함께할 짝도 없이 외로이 죽어 갈 것이다. 그리고 그중 그가 기뻐하거나 만족할 수 있는 일은 하나도 없을 것이다.

시오크는 불빛에 물든 천장을 바라보는 것이 내키지 않았다. 그는 몸을 뒤집어 침대에 엎드렸다.

시오크는 알지 못했지만 그 순간 잔하일의 하늘에는 세상에 존재한 적이 없었던 기괴한 물체가 지나가고 있었다.

유료도로당원들과 마찬가지로 그 시각 잔하일의 다른 시민들도 일찌감치 집 안에 들어가 늦은 저녁을 먹거나 이른 잠자리에 들고 있었다. 그 때문에 하늘을 보는 자는 거의 없었다. 하지만 그것이 잔하일의 상공을 지나는 순간 사람들은 심상치 않은 기분을 느꼈다. 잔하일에 살지만 사람은 아닌 것들이 그것의 존재를 느꼈기 때문이다.

개들은 하늘을 향해 미친 듯이 짖거나 몸을 숨길 수 있는 곳으로 파고들어 칭얼거렸다. 그중에는 집 안으로 뛰어들려고 문을 긁는 것들도 있었다. 무시무시한 구애의 노래를 부를 때도 발소리는 내지 않는 것으로 유명한 고양이들은 자신들의 명성에 아랑곳하지 않은 채 지붕 위를 요란하게 뛰어다녀 일찌감치 잠자리에 든 자들을 놀랬다. 그런 고양이들의 위쪽에서는 이미 둥지로 찾아들어 잠들었어야 하는 새들이 박쥐들과 날아다니고 있었다. 하지만 사람들을 가장 놀라게 한 것은 사람과 가장 가까운 곳에 사는 야생동물인 쥐들이었다. 밝은 곳을 피하는 천성은 어디다 팽개쳤는지 쥐들은 불빛이 훤한 집 안에서 미친 듯이 날뛰었다. 쥐들은 서까래 위에서 떨어지고 기둥을 타고 미끄러지고 사람들이 잔뜩 있는 방 안을 가로질러 달렸다. 정신을 잃을 정도로 놀란 사람들 가운데 그럭저럭 상황을 살필 여유가 있는 자들은 쥐들이 낮은 곳으로 도망치려 애쓴다는 것을 깨달았다.

 지진이나 화산에 대한 이야기가 나올 법도 하지만 두 가지 모두 잔하일에서는 낯선 재난이었다. 그래서 잔하일 사람들은 화재를 떠올렸다. 그러나 황급히 바깥으로 나와 주위를 살핀 사람들은 어디에서도 화재의 흔적을 찾지 못했다. 그들 중에는 하늘을 올려다본 자도 있었다. 하지만 그 사람들은 잔하일의 동물들을 기겁하게 한 그 기괴한 물체를 발견하지 못했다. 잔하일의 상공을 지나치는 그것은 지나치게 컸고, 어떤 물체라기보다는 자연경관에 가까웠다. 그런 물체는 시선을 집중할 것을 찾으려 하는 사람에게는 잘 보이지 않는 법이다. 차라리 잔하일에서 훨씬 멀리 떨어진 곳에서 잔하일의 상공을 본 사람은 밤의 어둠에도 불구하고 그것을 볼 수 있었을지 모르지만, 잔하일 사람들은 보지 못했다. 그 때문에 그들은 이유 모를 불안감과 두려움만 느꼈다.

 시오크 지울비는 그런 불안을 느끼지 않았다.

 그는 외부의 자극을 느끼기엔 지나치게 위축되어 있었다. 바깥에서 들려오는 개 짖는 소리쯤은 그에게도 들렸지만 그 소리에 별다른 의미를 두지 않았다. 그는 지키멜에 대한 생기 없는 생각들의 단편들, 스스로에 대한 퇴폐적인 전망의 조각들과 함께 침대에 누워 꿈쩍도 하지 않았다. 잔하일을 뒤덮은 불길함을 느끼지 못했기에 시오크는 그것이 사라졌을 때도 사라졌다는 것을 느끼지 못했다. 잔하일 사람들이 해방감과 안도감 비슷한 것을 느꼈을 때 시오크는 잿빛 감정을 느리게 호흡했다.

 누가 그의 어깨를 황급히 흔들었다.

 시오크는 움찔하며 일어났다. 얼굴에 땀이 송골송골 맺힌 당원이 악을 쓸 듯한 얼굴로 속삭였다.

"당주님? 괜찮으십니까?"

"괜찮아. 왜?"

"세상에, 당주님!"

당원은 비난과 공포가 뒤범벅된 얼굴로 시오크의 위아래를 살폈다. 그가 재차 질문하자 당원은 숨막힌 어조로 말했다.

"문을 두드려도, 들어와서 당주님을 불러도 대답하지 않으셨습니다. 무슨 일이 생긴 줄 알았습니다. 깊이 주무셨던 겁니까?"

시오크는 고개를 끄덕였다. 다르게 설명할 방법도 떠오르지 않았다.

"그런데 왜 나를 찾아왔나?"

"당주님을 찾아온 사람이 있습니다."

시오크는 지키멜이 되돌아왔나 보다 생각했다. 그런 생각에서 흥분을 느껴야겠지만 별다른 감흥이 일지 않았다. 시오크의 감정은 돌아와도 그만, 그렇지 않아도 그만이라는 느낌에 가까웠다. 그래서 시오크는 당원에겐 꽤 침착한 태도로 보였지만 사실은 맥빠진 태도로 말했다.

"누군데?"

"아버님이십니다."

시오크는 당원을 물끄러미 바라보다가 갑자기 그를 밀어젖히고 뛰쳐나갔다.

징수소 안을 성난 황소처럼 달리는 시오크를 향해 당원들은 외침이나 손짓으로 방향을 가르쳐 주었다. 징수소 건물 바깥에 도착한 시오크는 무장한 당원들과 대치하고 있는 기수를 발견하고서 멈춰 섰다. 그는 숨을 몰아쉬며 기수를 바라보았다.

당원들 중 몇 명이 횃불을 들고 있었기에 기수의 모습은 똑똑히 보였다. 잠깐이지만 시오크는 자신이 시간을 뛰어넘어 과거로 간 것이 아닌가 생각했다. 기수의 모습은 지러쿼터 산맥을 넘어 잔하일 징수소에 도달했을 때의 지키멜과 비슷했다. 하지만 당황을 억누르고 보니 그 기수는 지키멜이 겪어야 했던 것과 같은 고초를 겪은 게라임 지울비가 분명했다.

"아버지?"

게라임은 갈가리 찢기고 얼었다 녹았다를 반복해서 구깃구깃해진 망토로 몸을 감싼 채 말 위에 올라앉아 있었다. 드러난 얼굴이나 머리카락 또한 피난민에게 동정심을 살 만한 꼴을 하고 있었다. 하지만 움푹 들어간 눈은 침착함을 담은 채 아들을 마주했다.

"시오크, 여기 있다고 하더니 사실이구나."

"어떻게…… 아버님, 어떻게?"

게라임은 말리가 엘시 에더리와 함께 규리하 성을 공격하러 떠날 때 자신을 내려 주었다고 짤막하게 설명했다.

"황제는 네가 지금쯤 유료도로당사로 돌아가 왕위에 올랐을 거라 생각하고 나를 놔줬다. 나도 마찬가지로 생각했다."

시오크는 뒤죽박죽된 머릿속을 정리하려 애쓰며 아버지의 말을 반복했다.

"마찬가지로 생각하셨다고요?"

"그래. 그래서 네가 어쩌나 보며 유람이나 다닐까 생각했지."

"유람이오?"

"명목상으론 그렇고 실질적으로는 반역 준비지. 왕을 쫓아내고 나라를 뺏는 건 반역이라고 불러야 할 테니까."

"반역이오?"

"물론 내 입장에선 반역이 아니지만."

"반역이 아니라고요?"

"머리에 구멍이 났으면 제때제때 기우고 다녀라. 골 흘리지 말고."

시오크는 입만 뼈끔거렸다. 퉁명스러운 얼굴로 아들을 바라보던 게라임은 느슨하게 쥐고 있던 말고삐를 당겨 쥐었다.

"그럼 나 간다."

머리 수선법에 대한 조언을 다시 들을 것 같았지만 시오크는 아버지의 말을 반복할 수밖에 없었다.

"가신다고요? 어디로요?"

"어디긴. 유료도로당사지."

게라임의 말이 뚜벅뚜벅 걸어갔다. 시오크가 얼빠진 표정으로 바라보는 가운데 게라임은 말을 가속시켰다. 곧 말은 빠른 속력으로 사라졌다.

말발굽 소리가 멀어지는 것을 듣던 시오크는 갑작스레 자신에 대한 당원들의 불만을 떠올렸다. 당원들은 시오크 지울비가 왕위에 오르지 않았다는 것에 불만을 가지고 있지는 않았다. 그들이 불만을 토로하는 부분은 시오크가 유료도로당사로 돌아가지 않는다는 것이었다. 유료도로당은 시구리아트 산맥을 넘는 유료도로 하나로 시작하여 지금의 규모로 자랐다. 따라서 시구리아트 유료도로당사는 그곳에 당사가 있다는 것 이상으로 유료도로당에게 중요한 장소다. 시구리아트의 유료도로당사에 들어가는 것은 실용적인 의미보다 상징적인 의미가 더 크지만, 바로 그렇기 때문에 시오크 지울비를 탐탁지 않아하는 당내 불만 세력에 대해 상징적 우위를 가질 수 있는 일이다. 간단히 말해 왕이든 당주든 유료도로당을 지배하려면 유료도로당사에 있어야 한다.

생각이 그 지점에 이르렀을 때 시오크는 비명을 빽 질렀다.

"아버지!"

게라임은 이미 말발굽 소리도 들리지 않을 정도로 멀어져 있었기에 시오크의 외침은 당원들만 놀라게 했다. 놀란 표정으로 그를 돌아보는 당원들에게 시오크는 황급히 말했다.

"말! 말을 가져와!"

당원들은 황망히 떠났다. 그리고 떠나지 않은 자들은 무슨 일이 일어났는지 깨달았다. 아버지와 아들의 경주가 시작된 것이다. 먼저 당사에 도달하는 자가 유료도로당을 지배하게 된다. 그들은 그 사실을 시오크에게 확인받고 싶었다. '당사로 가실 겁니까?' 하지만 시오크는 옷을 갈아입으러 이미 달려가고 없었다.

자신의 방으로 달려가 문을 열려 했을 때 시오크는 자신의 손에 무엇인가가 쥐어져 있다는 것을 깨달았다. 얼떨결에 집어던질 뻔했던 시오크는 그것이 지키멜의 편지라는 것을 깨닫고 황급히 손을 멈췄다. 그는 손으로 구겨진 편지를 펴며 발로 문을 걷어찼다. 방 안에 우뚝 선 시오크는 몇 글자 적혀 있지 않은 편지를 뚫어지게 바라보았다.

시오크는 그것을 얼굴로 가져왔다. 그리고 인사말과 서명 사이의 공백에 입을 맞췄다.

'작별이 아니야.'

시오크는 입에서 편지를 떼고 다시 바라보았다. 그의 입에서 말이 흘러나왔다.

"작별이 아니야."

잠시 후 시오크는 황급히 챙겨 입은 티가 나는 옷차림으로 징수소 건물 밖으로 나왔다. 그곳에는 힘센 말이 준비되어 있었다. 시오크는 재빨리 말 위에 올랐다. 그때까지 기다리고 있던 당원들 중 인내심이 조금 부족했던 이가 외쳤다.

"당주님! 당사로 가십니까?"

시오크의 갑작스러운 동작에 놀란 말이 이리저리 움직였다. 시오크는 말을 진정시키려 애쓰며 말했다.

"아냐."

당원들은 뜻하지 않은 대답에 놀라 입을 벌렸다. 질문을 꺼냈던 당원이 다시 기대감을 되살리며 다급하게 말했다.

"예? 뭐라고 하셨습니까?"

"당사에 가지 않아. 나는 비나간으로 간다."

"예? 하, 하지만 폐하께서 당주님에게 왕위에 오르라고……."

말이 시오크의 뜻에 순응했다. 시오크는 말고삐를 바짝 당겨 쥐고 질문한 당원을 돌아보았다.

"나는 지키멜에게 간다! 이랴!"

말이 재빨리 뛰쳐나갔다. 당원들은 질주에 휘말릴까 봐 황급히 몸을 뺐다. 그 사이에 말은 어둠 속으로 사라졌다. 당원들은 어이없는 얼굴로 멀어지는 말발굽 소리를 들었다.

그 밤 잔하일 징수소의 당원들에게 일어난 일은 최소한 몇 년, 그리고 그들 중 몇 명이 되풀이하길 좋아하는 노인이 된다면 몇 십 년 동안 이야기될 만한 것이었다. 그 밤으로 한정 지어 본다면 당원들은 그동안 좀 느슨해졌던 야간 업무 태도를 일신하기라도 한 것처럼 새벽이 가까워질 때까지 자신들이 목격한 사건들에 대해 이야기를 나눴다. 긴박한 논의 끝에 징수소장은 가까운 징수소로 이 소식을 전해야겠다고 생각했다. 몇 명의 말 잘 타는 당원들이 출발하느라 다시 소란이 일어났고 결국 당원들은 잠이 다 달아나고 말았다. 그 새벽 무렵 잔하일 징수소를 통과한 여행자가 있었다면 여행자는 당원들의 기묘하게 지친 얼굴에 놀랐을 것이다.

사실 잔하일 징수소를 지나간 여행자가 있긴 했다. 하지만 유로도로 위를 걸어간 것은 아니었다. 잔하일 징수소의 당원들 전부가 예기치 않은 숙직으로 피곤해하고 있을 때 그들의 머리 위를 지나친 여행자가 있었다. 그것은 잔하일에 살지만 사람이 아닌 것들만이 존재를 깨달았던 먼젓번의 물체와 비슷하게 생긴 것이었다. 하지만 두 번째 통과에서는 소란이 일어나지 않았다. 개도 고양이도 쥐도 날뛰지 않았다. 징수소의 당원들과 새벽 일찍 일어난 잔하일 시민들은 그것을 보기까지 했지만 그들도 놀라진 않았다. 왜냐하면 그것은 하늘치였기 때문이다. 인상적인 모습이긴 하지만, 그리고 잠시 멈춰 서서 바라볼 만한 것이기는 하지만 놀라자빠질 모습은 아니었다.

물론 하늘치 위쪽을 본다면 이야기가 좀 달라지겠지만 잔하일의 그 누구도 하늘치를 관통하여 그 위를 볼 수는 없었다. 그 하늘치는 하늘치가 받을 만한 관심만 받으며 조용히 잔하일의 하늘을 지나쳤다.

하늘치가 멈춰 선 것은 잔하일과 세퀴라도 중간의 이름 없는 분지였다.

엘시 에더리는 분지에서 기다리고 있던 사람들과 우마차, 짐더미를 바라보았다. 정우는 소리를 하강시켜서 배가 땅바닥에 닿을까 말까 한 높이에 멈춰 세웠다. 소리가 움직임을 멈추자 아래에서 기다리던 사람들이 지게를 이용하여 하늘치 위로 물건을 나르기 시작했다. 대장군의 옆에서 그 모습을 보던 쵸지가 부리를 탁 부딪치고 말했다.

"좀 도와줄까?"

엘시는 고개를 끄덕였다. 쵸지와 론솔피, 주테카, 그을린발이 아래로 내려갔다. 조금 후 아트밀과 야리키, 지멘도 그들에게 합류했다. 일곱 명의 레콘들이 나서자 물건을 실어 올리는 속도가 빨라졌다. 시허릭 마지오 상장군은 31중대에게 탑재 작업을 도우라고 명령하고 엘시에게 다가왔다.

엘시의 곁에 있던 이레가 상장군에게 목례하며 아는 척했다. 엘시는 아무 반응도 보이지 않았다. 시허릭은 투구를 벗어 이마를 닦고 씩씩한 동작으로 투구를 썼다.

"자유무역당이 확실히 도와주는군요. 이런 식이라면 보급에 문제될 것은 없을 겁니다. 전 세계에 자유무역당 사무소가 있으니까요. 세상 끝까지라도 용을 추적할 수 있을 겁니다."

시허릭의 장쾌한 전망을 들으며 엘시는 비좁은 바위틈에 끼이는 것 같은 느낌을 받았다. 옴짝달싹하려 해도 팔다리가 몸에 달라붙어 손가락 하나 움직이기 힘든 느낌이었다. 엘시는 입속에 있기에 마음대로 움직일 수 있는 혀로 어떤 말을 굴려 보았다.

'나는 황제의 대장군이다.'

"힘든 싸움이 되겠지요. 하지만 하늘치 위에 뛰어올라 불을 지른다면 그것도 어쩔 도리 없을 겁니다. 어쨌든 그건 나무처럼 보이니까요. 또 모습을 바꿀 가능성이 염려되긴 하지만."

'나는 황제의……'

시허릭은 조금 더 엘시에게 접근하여 은밀한 표정으로 말했다.

"굴도하 남작은 규리하 공 비셀스를 부각시키려 하는 것 같습니다. 사실상 이 하늘치를 움직이고 있는 사람이 규리하 공이고 자유무역당이 전력으로 지원하는 것 또한 규리하 공이니 그녀가 부각되는 것은 당연하겠지요. 남작은, 뭐, 어떤 방해가 있지 않다면 용을 물리친 업적을 그녀에게 돌릴 수 있을 것 같습니다. 그렇잖습니까?"

'나는……'

엘시의 무반응에 시허릭은 실망감을 조금 내비쳤다. 시허릭은 불분명한 말을 웅얼거리다가 다시 자신감 있게 말했다.

"하지만 규리하 공도 말했듯 그 용이 규리하 성을 공격하지 않은 것은 대장군님 덕분이지요. 좀 더 본질적인 의미에서 이 무리를 지키고 있는 사람은 대장군님이신 겁니다."

엘시는 암시와 비유로 대화를 나눌 기력이 없었다.

"내가 황제가 되어야 한다는 건가?"

이레는 걱정스러운 얼굴로 주인을 바라보았다. 상장군은 그런 이레를 흘깃 바라보고 나서 엘시에게 말했다.

"단도직입적으로 말하는 것이 좋으시다면, 예, 그렇습니다. 하지만 저는 남작과 다릅니다. 남작이 바라는 것은 처조카를 제위에 올려 판사이 공작이나 그 이상의 무엇이 되는 것입니다. 야심가이긴 하지만 그 손놀림이 깨끗하고 개인적으로는 마음에 듭니다. 하지만 공사는 구분해야 합니다. 경이적이긴 하지만 통치력이라 할 수 없는 것들만 가지고 있는 규리하 공에게 어울리는 것은 제위가 아니라 황제의 배필 자리입니다. 그 자리에서 황제를 보좌할 때 규리하 공의 재능은 가장 잘 쓰이게 될 겁니다."

"그러면 제위에 어울리는 사람은 누구란 말인가?"

"제국을 통치하는 힘은 군대입니다. 군대는 대장군님을 지지할 겁니다. 대장군님이 제위에 오르셔야만 불필요한 자질 시비나 소모적인 분쟁을 피할 수 있습니다. 굴도하 남작은 이성적인 사람이니 황비 자리에도 만족할 겁니다. 규리하 공과 굴도하 남작에게 그것을 명확히해 두셔야 합니다."

거절을 말하고픈 욕구가 너무 컸지만 엘시는 즉답을 피하기로 했다. '엘시가 황위를 고사한다면 그 다음으로 적격인 사람은 자기 자신'이라는 판단을 시허릭에게 내리게 하고 싶지 않았기 때문이다. 누가 차기 황제가 되건 제국군은 안정적으로 차기 황제에게 넘겨져야 하고 그러려면 엘시는 제국군을 장악하고 있어야 한다. 진부한 대답밖에 할 수 없다는 것에 무력감을 느끼며 엘시는 그 제안에 대해 생각해 보긴 하겠지만 당장은 우리 앞에 있을 고난에 더 집중하겠다고 말했다. 상장군은 썩 만족하지 않았지만 더 다그치지 않고 떠났다.

이레는 엘시의 건조한 얼굴을 바라보았다. 입술이나 콧등, 이마는 물론이거니와 그 눈도 건조했다. 모래와 흙먼지로 만들어져 소나기가 쏟아지면 그대로 무너져 내릴 것처럼 보이는 주인을 보며 이레는 가슴이 아팠다.

이레의 눈빛을 깨달은 엘시는 몸종을 돌아보았다. 그는 차가운 목소리로 말했다.

"내가 황제가 된다면 넌 시종장이 되겠구나. 백작위쯤은 가질 수 있겠지."

이레 달비는 상심했다. 그는 목소리를 높이지 않으려 애쓰며 말했다.

"너도 떡고물을 바라냐고 묻지 그러십니까?"

엘시의 건조한 얼굴에 약간의 표정이 떠올랐다. 이레는 머리를 조아려 엘시의 발치를 바라보며 말했다.

"저는 황제 가주님보다는 행복한 가주님을 모시고 싶습니다."

"미안하다, 이레."

"제게 사과하실 필요는 없습니다, 가주님."

"내 불만을 제멋대로 네게 투영하여 스스로를 꾸짖는 대신 너를 꾸짖었으니 사과해야 한다. 그리고 너의 주인이면서도 네 소망을 이루어 줄 자신이 없다는 것에 대해서도."

"가주…… 주인님?"

엘시는 눈을 빠르게 깜빡거리다가 허공을 바라보았다.

"나는 행복해질 수 있는 방법이 뭔지 모르겠다."

이레는 얼어붙은 얼굴로 엘시를 바라보았다.

"헨로 수교위는 어떻게 살아야 할지 모르면 그냥 사는 척해도 상관없다고 말하더군. 그건 큰 문제가 안 된다면서. 그래, 그런 대답이 속 편할지도 모르겠군."

이레는 안타까운 눈빛으로 엘시를 바라보았다. 허공을 바라보던 엘시는 조금 후 눈동자를 옮겼다. 그가 누군가를 보고 있다는 것을 알고 이레는 엘시의 시선을 좇았다.

손에 새장을 든 정우가 그들을 향해 다가오고 있었다. 그 다가오는 모습이 인상적이었다. 정우는 발을 움직이지도 않은 채 스르르 미끄러져 왔다. 이레는 그녀 곁에 탈해나 발리츠 남작 등이 없는 것을 보고 정우가 엘시와 단둘이 대화할 작정인가 싶어 물러나려고 했다. 하지만 엘시의 앞에 선 정우는 새장을 바닥에 내려놓고 두 사람 모두에게 인사했다.

"좋은 꿈 꾸셨어요, 대장군님? 이레?"

엘시와 이레는 그녀에게 목례했다. 정우는 아래쪽에서 올라온 짐들이 쌓이는 곳을 보면서 말했다.

"자유무역당에서는 음식과 물 외에 담요나 화로, 조리 기구 같은 것도 많이 올려 보냈어요. 이 위에서 취사를 해도 되는지는 잘 모르겠지만."

"도시를 얹어 두어도 끄떡없는 하늘치니 화로의 온도 정도는 문제가 안 될 겁니다."

"그렇겠네요. 알았어요. 그런데 드릴 말씀이 있어요."

"말씀하십시오."

"제국군과 함께 땅으로 내려가세요, 대장군님."

이레는 숨을 급히 들이마셨다. 엘시는 정우를 가만히 바라보며 설명을 기다렸다. 정우는 규리하에 남아 있으면 불편할까 봐 그들을 지러쿼터 산맥 동쪽으로 데려왔다는 것을 간단히 설명했다.

"저는 폐하께 받을 것이 있어요. 아트밀도 그렇고 지멘도 그런 것 같아요. 하지만 대장군님께서는 꼭 가셔야 할 이유가 없어요. 용과 싸우겠다고 말씀하시지만, 그리고 고모부님도 그렇게 말씀하시지만 저는 솔직히 왜 여러분이 용과 싸워야 하는지 모르겠어요. 모습이 바뀌긴 했지만 여전히 황제 폐하시잖아요."

"저도 모르겠습니다."

엘시의 대답은 이레를 질겁하게 했다. 하지만 정우는 눈을 빛내며 엘시를 바라보았다.

"이상하죠?"

"그렇습니다. 이상합니다."

정우는 살풋 웃었다.

"제가 도깨비들 사이에서 자란 킴이라 잘못 이해했나 생각했어요. 음. 꼭 싸워야 할 이유가 없다면, 위험하니까 같이 갈 필요는 없을 거예요. 그렇죠? 그러니까 대장군님과 제국군 병사들은 내려가는 것이 좋겠어요."

"폐하께 뭘 받을 생각이십니까?"

정우는 거리낌 없이 대답했다.

"죄요."

"죄?"

"예. 폐하는 신이 되셔서 우리가 서로에게 죄를 짓지 못하게 하려 하시죠. 저는 그것을 받아야겠어요."

"왜 죄를 원하십니까?"

"글쎄요. 죄가 아닌 다른 이름이 있을지도 모르겠어요. 하지만 제가 보기엔 죄예요."

정우는 새장을 잠시 내려다보았다. 엘시는 그녀가 설명할 때까지 말없이 기다렸다. 정우가 스쳐 지나가는 것처럼 말을 시작했다.

"즈믄누리에서 나와 제가 본 것은 서로를 끝없이 공격하는 사람들이었어요. 그건 이상했어요. 다른 사람들을 아프게 하는 일 대신 다른 일을 하는 것이 훨씬 나을 거예요."

이레는 꽤나 소박한 도덕이라고 생각했다. 이레는 알지 못했지만 그는 그의 종형과 똑같은 실수를 마음속으로 범하고 있었다.

"대장군님은 잘 아시겠지만 전 나쁜 일 하지 말고 착하게 살아야 한다는 이야기를 하는 것이 아니에요. 제가 말씀드리는 것은 시간의 문제에요. 다른 사람을 아프게 하는 일을 하면, 다른 사람들도 아픈 건 싫으니까 그 일을 방해할 거예요. 한 번밖에 못 사는 생에서 뭔가를 하려면 최소한 방해는 받지 않는 편이 좋지 않겠어요? 그런데 그러지를 않더라고요."

엘시는 무미건조한 어조로 말했다.

"가치 있는 것들은, 가치가 있기 때문에 다른 사람이 선점하고 있는 경우가 많지요. 그러니 그것을 가지려면 다른 사람을 공격해야 합니다."

이레는 꼭 그렇지는 않다고 생각했다. 이레는 다른 사람에게 뺏지 않아도 가질 수 있는 가치 있는 것들도 있다고 생각했다. 그러나 정우는 그렇게 말하지 않았다.

"맞아요, 대장군님. 제가 알아야 했던 것은 그것이었어요. 도깨비이기 때문에, 아니, 도깨비들 사이에서 자란 킴이기 때문에 저는 그것을 알지 못했어요. 도깨비들도 죄를 짓겠지요. 하지만 전 도깨비가 아니기 때문에 도깨비 식의 죄는 저지를 수 없어요. 킴으로서 살려면 제겐 킴의 죄가 필요해요. 하지만 황제 폐하께서는 그것을 없애려고 하시지요."

엘시가 손을 들어 올렸다. 그는 자신의 얼굴을 한 번 쓸어 내리고는 정우의 머리 너머를 바라보며 말했다.

"규리하 공, 그러면 죄를 저질러서 무엇을 가지고 싶으십니까? 어떤 가치를 발견하셨습니까?"

"글쎄요. 그건 아직 찾지 못했는데요."

"만약 그런 것을 끝내 찾지 못한다면? 그러면 죄도 필요 없을 텐데요."

"그렇겠네요. 하지만 찾을 수도 있잖아요. 암담한 전망을 가질 필요는 없겠지요."

엘시의 입술 사이에서 미약한 한숨 같은 것이 흘러나왔다.

"그렇지요. 그건 정말 암담한 일이지요."

정우는 동그래진 눈으로 엘시의 딱딱하게 굳어 있는 턱을 바라보았다.

"대장군님, 괜찮으세요?"

엘시는 대답하지 않았다. 걱정이 된 정우가 그에게 다가가려 할 때 엘시가 말했다.

"나와 제국군은 이곳에 계속 남겠습니다. 규리하 성이 공격받지 않은 이유가 나 때문이라면 내가 이곳에 있는 것이 규리하 공의 안전에 도움이 되겠지요. 그리고 제국군 병사들도 당분간 이곳에 있는 편이 좋습니다."

엘시는 그 편이 시허릭 마지오 상장군을 안심시킬 거라고 덧붙이지는 않았다. 정우는 엘시가 걱정된다는 듯이 바라보다가 머뭇머뭇 고개를 끄덕였다.

"대장군님이 그렇게 생각하신다면야…… 이곳에 계셔야 할 이유가 없지만 계시지 말아야 할 이유도 없으니까…… 그런데 괜찮으세요?"

"괜찮습니다. 염려 고맙습니다."

대화를 끝내자는 말이었다. 정우는 왼손으로 귓불을 만지작거리다가 고개를 끄덕였다.

"알겠어요. 그럼."

정우는 허리를 숙여 다시 새장을 집어 들었다. 그녀는 엘시와 목례를 나누고 몸을 돌려 미끄러져 갔다.

지멘은 묵직한 밀가루 포대 몇 개를 짐더미 옆에 내려놓았다. 기다리던 인간 병사들이 지멘이 내려놓은 것들을 가져가 정리했다. 그가 올라왔을 때 땅에는 짐이 별로 남아 있지 않았으므로 지멘은 내려가지 않기로 했다.

구태여 묻지는 않았지만 짐을 나르는 동안 사람들의 말을 들은 지멘은 그것들이 어떻게 준비된 것인지 알았다. 규리하 성에 있던 '당원'이 규리하 공의 부탁을 받고 자유무역당에 소리의 보급망을 준비하라는 지시를 보낸 것이다. 소리보다 먼저 소식이 도달한 것으로 보아 비둘기 같은 것이 이용된 모양이다. 당원의 지시를 받은 자유무역당은 괴물이 된 황제와 대적하기로 한 규리하 공을 총력 지원하기로 결정하고 이곳에 보급품을 쌓아 두고 소리를 기다린 것이다. 자유무역당의 목적이 발리츠 굴도하의 그것과 일맥상통하는 것임을 짐작하기는 지멘도 별로 어렵지 않았다. 물론 당주의 외손녀가 황위에 오를 경우 자유무역당의 앞날이 어떻게 될 것인가는 별다른 관심이 없었다. 지멘은 안정적인 보급을 받으며 황제를 추적할 수 있게 되었다는 것에 만족하며 짐더미 근처에 내려놓았던 망치를 집어 들었다. 몸을 가볍게 부풀려 짐을 나르는 동안 쌓인 먼지들을 털고 지멘은 아실이 있는 곳을 향해 성큼성큼 달려갔다.

달려가던 지멘은 아실 곁에 두 명의 레콘이 있는 것을 보고 벼슬을 꿈틀했다. 하지만 아실은 별다른 위협을 받는 것 같지 않았다. 두 레콘은 아실에게 아무 관심도 없다는 표정으로 그녀를 외면한 채 바닥에 앉아 있었다. 아실 또한 지멘의 배낭에 걸터앉아 하늘을 보고 있었다.

두 레콘이 지멘이 다가가는 것을 목격했다. 그들은 자리에서 일어나 지멘을 향해 다가왔다. 지멘은 그들이 자신을 만나기 위해 아실 근처에서 기다리고 있었음을 깨달았다. 만약의 경우를 대비해서 되도록 아실에게서 멀리 떨어진 곳에서 두 레콘을 만나야겠다고 판단한 지멘은 달리는 속도를 늦추다가 아예 멈춰 섰다. 그는 망치를 두 손으로 쥔 채 다가오는 레콘을 보았다. 그들은 론솔피와 그을린발이었다.

그을린발은 느릿느릿 움직였지만 론솔피는 약간 성급하다 할 정도의 걸음으로 다가왔다. 지멘 앞에 도달한 론솔피는 밑도 끝도 없이 외쳤다.

"난 머리가 터질 것 같아서 더 이상 못 견디겠어!"

지멘은 고개를 갸웃한 채 론솔피를 바라보았다. 론솔피는 깃털을 부풀렸다 움츠렸다를 반복하고 부리를 여기저기 돌려 대서 상당히 불안해 보였다. 그리고 뒤에서 느긋하게 걸어오는 그을린발은 자신이 기필코 웃음거리가 되고 말 거라 믿는 사람 같은 얼굴을 하고 있었다. 지멘은 아실을 흘깃 바라보고는 다시 론솔피를 노려보았다. 론솔피가 집어던지듯 말했다.

"네가 길잡이야."

그리고 론솔피는 지멘의 반응도 확인하지 않은 채 그을린발을 돌아보았다.

"네가 대적자고."

론솔피는 자신의 정체를 알게 된 두 사람의 경악을 기대했다. 하지만 지멘은 무관심을, 그을린발은 슬픔만을 돌려보냈다. 론솔피는 곧 흥분해 버렸다.

"네가 길잡이고 네가 대적자란 말이야. 아직 요술쟁이가 없긴 하지만, 어쨌든 그래!"

지멘은 무뚝뚝하게 말했다.

"나는 지멘이다."

론솔피의 뒤편에서 그을린발은 미소를 머금었지만 '그리고 나는 히베리야.'라고 말하지 않았다. 론솔피가 폭주할 것을 알기 때문이다. 그가 보기에 그 순간은 자신이 이곳까지 와야 했던 이유가 마침내 밝혀지는 순간이었고, 그을린발은 론솔피를 놀리는 것보다는 그 이유를 알고 싶었다. 어이없는 표정으로 지멘을 바라보던 론솔피가 빠른 어조로 말했다.
"그래, 넌 지멘이야. 그리고 길잡이지. 이쪽에 있는 친구는 히베리지만 동시에 대적자야. 요술쟁이만 찾으면 셋이 돼. 그러면 너희 셋은 레콘이 사람의 신을 어떻게 상대해야 할지 결정할 수 있어. 그 이야기를 하러 온 거야. 내 말 잘 들어. 일단 사람의 신에 대해 이야기하자. 너희들도 봤지? 황제 말이야. 그건 사람의 신이야."
그을린발과 지멘은 그제야 조금 관심 있는 태도를 보였다. 그을린발의 경우엔 처음 듣는 이야기이기에 놀랐고 지멘은 제이어에게 들었던 이야기가 론솔피의 부리에서 나오는 것에 놀랐다. 두 사람의 관심을 느낀 론솔피는 도끼창을 쥐었다 폈다 하며 숨막히도록 말했다.
"원시제가 용근으로 그걸 만들었어. 그 신은 네 종족을 모두 다스릴 거야. 레콘의 신, 도깨비의 신, 나가의 신, 인간의 신은 있지만 사람의 신은 없잖아? 원시제가 만든 것은 그것이지. 그 신은 앞으로 일만육천 년 동안 사람들을 다스릴 거야."
당황해하는 그을린발에게 론솔피는 사모 페이에게서 들었던 이야기를 간략히 정리해 들려주었다.
"자, 그 신이 나타났어. 도깨비나 인간, 나가들은 자기네들이 그 신을 어떻게 대해야 할지 결정할 수 있겠지. 그들은 합의하기 쉬운 구조를 가지고 있으니까. 하지만 우리 레콘은 그렇지 않아.

우리는 따로따로 다니잖아? 사실 이 위에 일곱 명이나 되는 레콘이 모여 있다는 것은 꽤 신기한 일이라고. 그렇지? 이런, 이야기가 다른 데로 새는군. 어쨌거나 우리는 레콘이 사람의 신을 어떻게 대할지 결정할 대행자들을 모아야 해. 하나를 상대하려면 셋이 있어야 되니까 세 명의 레콘이 필요해. 길잡이, 대적자, 요술쟁이 말이야."

음미할 시간이 꽤 필요한 이야기였고 론솔피는 능숙한 이야기꾼이라 할 수 없었기에 그을린발의 질문은 조금 후에 나왔다.

"그건 네 생각이야?"

"뭐? 어, 아냐. 내가 말 안 했나? 이런, 안 했군! 이건 대호왕의 생각이야. 난 대호왕의 사자지."

"대호왕이라고?"

"그래. 대호왕은 사람의 신이 나타날 것을 알고 있었지만 레콘이 사람의 신을 어떻게 대해야 할지 알 수 없어 당황할까 봐 걱정했어. 그래서 대호왕은 레콘들을 대표할 세 사람을 찾아내기로 결심했지. 분쟁으로 레콘을 끌어들일 수 있다고 판단한 대호왕은 시모그라쥬 공과 연합해서 전쟁을 벌인 거야. 그리고 대호왕은 그을린발 너를 찾아내었지. 생각해 봐. 시모그라쥬 공이 그 난리를 치지 않았다면 넌 켄테롭에서 코끼리 똥이나 밟고 있었을 거야. 그렇지?"

"흐으음. 계속해 봐."

"대호왕은 요술쟁이를 찾아내지 못했어. 그래서 나한테 그 일을 부탁하고 떠난 거야. 젠장, 우스운 일이지. 도대체 왜 나한테 그런 일을 맡긴 거야? 난 어쩌면 모든 것을 엉망진창으로……."

"만들지도 모른다고. 그래, 식상한 부분은 건너뛰고."

"뭐? 그래, 알았어. 어쨌거나 난 대호왕의 부탁을 받았으니까 요술쟁이를 찾아야 해. 하지만 난 도대체 누가 요술쟁이인지 모르겠어. 주테카일 것 같다고 생각되지만 확신이 서지 않아. 그래서 너희들에게 말하고 도움을 받아야겠다고 생각했어. 그래서 이야기하는 거야."

"그런데 내가 왜 대적자야?"

"젠장, 그걸 알면 누가 요술쟁이인지도 단박에 알았을걸? 지멘이 왜 길잡이인지, 그을린발, 네가 왜 대적자인지는 나도 모르겠어. 대호왕이 그렇게 말했으니까 그런가 보다 하는 거지. 하지만 아마 네가 거치적거리는 것들을 치우는 능력이 탁월하니까 대적자인 모양이야. 지멘은, 어, 이 세상의 레콘 중에서 가장 오랫동안 황제에게 도달하려고 애썼던 것은 지멘이잖아."

"말 되는 것 같네."

"그렇지? 자, 좀 생각해 봐. 누가 요술쟁이일까?"

그 질문에 대한 대답은 아니지만 지멘이 처음으로 부리를 열었다.

"늙은 나가의 헛소리야."

론솔피는 자신과 같은 깃털 빛깔을 가진 레콘을 물끄러미 노려보았다. 지멘은 그 시선을 담담히 받아 냈다.

다음 순간 론솔피는 도끼창을 높이 들어 올렸고 지멘은 두 손으로 쥔 망치를 허리 뒤로 보냈다. 두 사람 모두 상대방이 그렇게 움직일 것을 알고 있었고 자신의 동작을 멈출 생각도 없었지만, 그들은 멈춰야 했다. 두 사람과 마찬가지로 그들이 어떻게 움직일지 알고 있었던 그을린발이 두 사람 사이에 서 있었기 때문이다. 그을린발을 존중해서라기보다는 그를 잘못 공격할 경우 무차별 학살이 작동할 것을 염려한 두 레콘은 그을린발의 제지를 받아들였다. 그 모든 동작이 완료된 것은 순식간이었다.

론솔피가 도끼창을 높이 든 채 말했다.

"부리 조심해라. 확 뽑아 버리기 전에."

지멘 역시 언제라도 망치를 휘두를 수 있는 자세를 유지한 채 말했다.

"너야말로 아무 말이나 옮기는 그 부리 조심해."

"그을린발, 비켜."

두 사람 사이에 선 그을린발은 뒷짐을 진 채 허공을 조용히 바라보고 있었다. 지멘이 시큰둥하게 말했다.

"키탈저 사냥꾼의 저주잖아."

"뭐라고?"

"세 명을 모아야 하는 이유가 뭐야? 레콘들이 합의할 수 없기 때문이라고 했지. 그런데 레콘들이 합의할 수 없다면 레콘들은 그 세 명의 결정에도 동의하지 않을 것 아닌가. 그러면 셋을 모을 필요가 없지. 앞뒤가 안 맞아."

"이런 멍청이. 그 셋은 특별해. 하나를 상대하는 셋이니까. 너 따위가 대호왕의 생각을 가리켜 함부로 이렇다 저렇다 하는 건 자기 깃털로 불쏘시개 삼는 꼴이지."

"넌 길잡이의 말을 무시하는군."

지멘의 지적은 론솔피를 조금도 위축시키지 않았다. 론솔피는 기세 좋게 대꾸했다.

"하! 아직은 셋이 아니거든. 그러니 무시할 수 있어. 나를 납득시키고 싶으면 셋이 된 다음에 말하라고."

지멘은 부리를 탁 부딪치고는 망치를 몸 앞쪽으로 가져왔다.

망치를 어깨에 걸친 지멘은 두어 걸음 뒷걸음친 다음 말했다.

"마음대로 생각해. 난 관심 없으니까. 다른 길잡이 찾아봐."

지멘이 몸을 돌렸다. 론솔피는 도끼창을 비틀어 쥐며 말했다.

"다른 길잡이는 없어, 바보 녀석아. 대호왕이 너를 지명했어. 네가 길잡이야."

지멘은 뒤도 돌아보지 않고 떠났다. 그 뒷모습을 바라보던 론솔피는 홧김에 도끼창으로 바닥을 내리찍으려 했다. 그을린발이 짤막하게 말했다.

"하늘치다."

론솔피는 수염볏을 부르르 떨다가 바닥 대신 자신의 이마를 창자루로 후려쳤다. 어지러움을 느낀 론솔피는 비틀거리다가 창자루로 바닥을 짚고 섰다. 그는 이마를 짚은 채 그을린발을 바라보았다.

"너는 어쩔 거냐?"

그을린발은 손가락으로 수염볏을 슬슬 긁적거렸다.

"좀 더 현실적이고 합리적인 이야기가 아니라서 실망했소."

"엉터리라는 거냐!"

"깃털 눕혀라. 그렇게는 말 안 했다."

론솔피는 그러면 그 말이 무슨 뜻이냐고 따져물었다. 그을린발은 그 질문에 대답하는 대신 혼잣말처럼 말했다.

"뭐, 덕분에 내가 코끼리들과 조용히 살 수 없게 된 것이 정확히 누구 때문인지는 알았군. 대호왕이었다는 거지."

론솔피는 눈꺼풀을 껌뻑껌뻑하다가 갑자기 벼슬이 찢어지는 기분을 느꼈다. 그는 뒤로 두 걸음 미끄러지며 도끼창을 들었다. 그리고 자기 일을 방해한다는 이유로 시모그라쥬군을 전멸시킨 레콘을 겨냥했다. 그을린발이 무덤덤하게 말했다.

"뭐냐?"

"대호왕을 죽일 거냐?"

"뭣 하러? 너한테 세 레콘을 찾는 일을 맡겼다는 건 대호왕이 이젠 그 일을 할 수 없다는 뜻 아냐? 그럼 대호왕이 나를 방해할 일도 없다는 거잖아. 죽일 필요가 없지."

론솔피는 안도하며 도끼창을 내렸다. 그러나 그 동작을 채 마무리하지도 못한 채 론솔피는 황급히 도끼창을 들어 다시 그을린발을 겨냥했다.

"나를 죽일 거냐?"

도끼창이 오르락내리락하는 모습을 바라보고 있던 그을린발은 씩 웃었다.

"내가 시모그라쥬군을 치운 것 때문에 그러나 보군."

"방해된다고 없앴잖아."

"앞으로도 계속 방해될 것이 분명해서 처리한 거야. 그러니까 세 번째와 첫 번째를 내포하는 두 번째 부탁을 받았기 때문이지."

"무슨 말인지 모르겠어."

"두 번 한 놈은 세 번, 네 번도 한단 말이야. 베로시는 나를 두 번 방해했어. 난 두 번 방해받았다는 것이 싫어서가 아니라 나를 세 번, 네 번 방해할 것이 뻔하기 때문에 시모그라쥬군을 쓸어 버린 거야. 같은 맥락에서 대호왕을 죽일 필요가 없다고 말한 건 그 여자가 앞으로 나를 방해할 일이 없기 때문이고. 이해했어?"

론솔피는 생각해 보았다.

"음…… 대강. 그럼 나는?"

"너는 나를 한 번만 방해했지. 앞으로 나를 또 방해할지 알 수 없어. 그러니 너를 죽일 필요는 없지."

론솔피는 안도했다. 하지만 그날 론솔피는 안도감을 즐길 수 없는 운세임이 분명했다. 그을린발은 태연하게 말했다.

"그냥 널 놔두고 떠나면 그만이지."

론솔피의 벼슬이 뻣뻣하게 섰다. 그는 두려움에 빠진 눈으로 그을린발을 바라보았다. 대호왕에게서 세 레콘의 수탐을 명령받은 후로 한시도 그를 떠나지 않았던 두려움, 자신의 능력 부족으로 대호왕의 유지를 망가뜨리고 말 거라는 두려움이 현실화되고 있었다. 요술쟁이는 아직 찾지도 못했는데 길잡이는 그의 말을 무시했고 대적자는 떠나려 하고 있었다. 폭력적 해결책을 선호하는 레콘답게 론솔피는 그을린발의 다리라도 부러뜨리면 어떨까 하는 충동을 느꼈다. 무차별 학살이 아니었다면 론솔피는 그을린발의 말이 끝나자마자 그의 다리를 향해 달려들었을지도 모른다.

긴장하여 몸을 꿈틀거리는 론솔피를 향해 그을린발이 말했다.

"하지만 남겠어."

론솔피는 대답도 못한 채 그을린발을 바라보았다. 그을린발은 손가락을 가볍게 꺾었다.

"대호왕쯤 되는 사람이 허튼소리를 했을 것 같지는 않군. 그 말이 사실이라면 꽤나 중요한 일인가 보지. 솔직히 신을 어떻게 대할지 결정한다는 것이 무슨 의미인지 이해하기 어렵긴 해. 그냥 각자 자기가 상대하고 싶은 대로 신을 상대하면 되는 것 아닌가 싶기도 하고."

자신이 대호왕에게 질문했던 말이 그을린발의 부리에서 나오는 것을 듣자 론솔피의 부리가 갑작스럽게 열렸다. 하지만 그가 말하기도 전에 그을린발이 말했다.

"그리고 여기 있는 자들이 그 신인지 용인지 헷갈리는 것을 없애 버리면 레콘이 그것을 어떻게 대할지 결정할 필요도 없는 거지. 안 그래?"

"아, 그 때문에 내가 초조해진 거야. 만약 세 레콘이 모여서 내린 결론이 신을 해치우자는 것이라면 상관없어. 하지만 그들이 내린 결론이 신을 보호해야 한다는 거라면? 그러면 레콘은 다른 자들이 신을 어쩌지 못하도록 막아야 해."

"허, 그렇게 생각할 수도 있군."

그을린발은 고개를 끄덕이고 계속 말했다.

"좋아. 어차피 여기까지 와서 돌아가기도 좀 뭣하고, 게다가 네가 나를 곱게 돌려보낼 것 같지도 않군. 그렇지? 그러니 이게 어떻게 끝나는지는 보고 돌아가지. 그럼 됐지?"

감격한 론솔피는 도끼창을 땅에 떨어뜨리고 그을린발을 와락 끌어안으려 했다. 그을린발은 난처한 표정으로 물러나 자신의 몸에 주렁주렁 매달린 무차별 학살을 가리켰다.

"큰일난다. 참아라."

"고마워! 대호왕도 너에게 감사할 거야! 그리고 모든 레콘도! 이 세상 전체가 너의 결심에……."

그을린발은 끔찍스럽다는 표정으로 론솔피의 찬사를 중단시켰다. 그리고 그때 론솔피도 자신이 목표의 3분의 1밖에 도달하지 못했다는 것을 떠올리고 흥분을 가라앉혔다. 대적자의 승낙은 받아내었지만 길잡이는 그의 말을 광언으로 취급했고 요술쟁이는 찾아내지도 못했다. 론솔피는 지금 지멘을 설득하러 갔다간 그 머리통을 향해 도끼창을 날릴 가능성이 높다고 판단하고는 요술쟁이를 찾는 문제에 먼저 매진하기로 했다. 그는 걱정스러운 어조로 그을린발에게 요술쟁이를 찾을 괜찮은 방법이 없겠냐고 질문했다.

당연하다면 당연한 일이지만 그을린발에게도 적절한 해결책은 없었다. 그을린발은 수염볏을 주물럭거리며 말했다.

"자기가 알아서 나타날지도 모르지."

"젠장. 행운을 바라라는 거야?"

"글쎄. 셋이 하나를 상대한다고 했지? 그런데 이런 말도 있어. 하나는 셋을 부른다더군."

"그런 말도 있어?"

"그래. 그러니 어쩌면 자연스럽게 셋이 나타날지도 모르잖아."

론솔피는 그 말에서 희망을 느끼길 바라며 히베리의 말을 생각해 보았다. 하지만 그는 곧 불안감으로 회귀하는 익숙한 선택을 했다.

"행운을 바라서는 안 돼. 짐 다 실었으니까 소리는 곧 출발할 거야. 그 눈에 잘 띄는 것은 어디서든 목격될 테니까 목격자를 찾는 것은 어렵지 않아. 소리가 말리를 따라잡는 것은 시간문제라고."

하지만 론솔피의 예측은 틀렸다. 소리는 말리를 따라잡지 않았으니까.

소리와 말리의 조우는 말리가 거꾸로 소리에게 다가오는 방식으로 이루어졌다.

보급을 끝낸 소리는 말리의 목격자를 찾아 동쪽으로 무작정 날았다. 이름 없는 고원을 떠난 후 이틀째 되던 날, 소리는 세퀴라도와 상고토 지역 사이에 펼쳐진 느위텝 산지에 도달했다. 상고토의 북서쪽을 두르고 있는 그 척박한 땅에서 말리는 야음을 틈타 소리를 습격했다.

습격은 강렬하다기보다 섬세했다. 야음과 짙은 구름을 이용하여 말리는 소리의 위쪽으로 접근하는 데 성공했다. 그곳에서 말리는 소리의 등 위로 백여 명의 아라짓 전사들을 뿌려 놓았다.

아라짓 전사들은 환상 계단을 이용하여 소리의 등 위에 내려섰다. 그것은 소리의 탑승자들의 입장에서는 꽤 난처한 상황이었다. 밤의 어둠 때문에 소리의 탑승자들은 피아 구분은커녕 자기 주위도 제대로 볼 수 없었다. 하지만 나가들은 어둠을 잘 볼 수 있었고 양자의 뚜렷한 체온 차이 덕분에 피아 구분 또한 간단했다. 아라짓 전사들이 보기에 몸이 차가운 자들은 아군이고 뜨거운 자들은 모두 적이었다. 그런 아라짓 전사들에 비할 때 소리의 탑승자들은 눈을 가리고 있는 사람이나 다름없었다. 소리의 탑승자들이 눈 깜빡할 사이에 전멸당했다 해도 이상할 것이 없는 상황이었다.

그런 상황이 벌어지지 않은 것은 소리 위에 시허릭 마지오 상장군이 타고 있었기 때문이다. 시허릭이 그런 공격이 있으리라 예상한 것은 아니다. 시허릭이 31중대원들에게 매일 갱신되는 군호를 전달한 것은 그것이 제국군의 위엄을 지키는 데에 도움이 될 거라 생각했기 때문이다. 하지만 그 군호는 아라짓 전사들의 습격에서 상당한 위력을 발휘했다. 아라짓 전사들은 31중대원들의 군호에 대답할 수 없었다. 그들은 군호를 몰랐고 소리에 관심이 없었기에 군호를 묻는 질문을 듣지 못했다. 그들이 군호를 알고 그 질문을 들을 수 있었다 해도 상황은 마찬가지였을 것이다.

나가의 놀랍도록 아름다운 목소리는 어둠 속에서도 나가임을 알게 해 주는 식별 기호다.

물론 밤의 시야는 나가들 쪽이 월등히 낫고 제국군 병사들은 질문한 후에야 공격할지 말지 결정할 수 있었기에 여전히 상황은 나가들에게 유리했다. 하지만 나가들은 제국군을 공격하는 것에 관심이 없었다. 그들의 공격은 전부 정우에게 집중되었다.

상황을 가장 먼저 깨달은 것은 야리키였다. 야리키는 정우와 탈해에게 바닥에 엎드리라고 명령한 다음 아무도 가까이 오지 말라고 외쳤다. 그리고 야리키는 조간을 세차게 돌렸다. 가까이 다가가면 몸이 으스러질 기세인지라 정우에게 쇄도하던 나가들은 걸음을 멈출 수밖에 없었다. 그러느라 그들은 소드락의 지속 시간을 태반이나 소모하고 말았다. 더 이상 지체하다간 꽁꽁 얼어붙은 채 소리 위에 쓰러질지도 모른다고 판단한 아라짓 전사들은 환상 계단을 만들어 위로 도망쳤다.

하지만 공격에 동원된 것은 백여 명이었고 말리 위에는 오천여 명의 아라짓 전사들이 있었다. 첫 번째 무리가 물러나는 것과 동시에 또 다른 백여 명의 아라짓 전사들이 소드락을 복용하고 뛰어내렸다. 교대는 순식간에 이루어졌으므로 소리의 탑승자들은 아라짓 전사들이 교대했음을 파악하지 못했다. 17분만 버티면 그들이 물러날 거라 생각했던 사람들은 아라짓 전사들의 공격이 끊임없이 계속되자 몹시 당황했다. 정우에게 다가가는 것을 포기한 아라짓 전사들은 31중대를 향해 쇄도했다. 군호를 묻는 병사들의 얼굴을 향해 사이커가 날아들었고 31중대의 병사들이 단말마를 외치며 쓰러졌다.

그러나 조금 후 아라짓 전사들은 비늘이 빠질 것 같은 광경을 보았다.

 정우에 대한 공격이 사라졌다는 것을 느낀 야리키가 조간을 멈추자 탈해가 일어섰다. 그는 어둠 속을 향해 외쳤다.

 "말리는 어디에 있습니까!"

 주테카의 계명성이 들려왔다. 그는 밤눈이 좋은 편이었다.

 "위쪽! 위쪽이다!"

 탈해는 주저 없이 개밥바라기를 뽑아 들어 위를 겨냥했다. 개밥바라기에서 화염인이 솟구쳐 올랐다. 거대한 불길 때문에 소리 위쪽이 삽시간에 밝아졌다. 제국군 병사들은 서로의 모습과 나가들의 모습을 확인했다. 그리고 위를 바라본 자들은 위아래가 뒤바뀐 것 같은 느낌을 받았다. 그곳에는 굵은 뿌리가 뒤엉켜 있는 말리의 배가 있었다.

 수백 미터쯤 치솟아 오른 개밥바라기의 화염인이 말리의 배를 강타했다.

 말리의 배를 휘감고 있던 뿌리들은 개밥바라기의 칼날이 내뿜는 지독한 열기에 당장 불타올랐다. 탈해는 명필이 일필휘지하듯 개밥바라기의 불길을 말리의 배에 대고 휘둘렀다. 화염인이 스칠 때마다 채찍 자국처럼 불길의 선이 좍좍 그어졌다. 불타는 것은 뿌리들이었지만 사람들의 눈에는 말리의 배가 타는 것처럼 보였다. 제국군도 아라짓 전사들도 그 무시무시한 광경에 싸움을 잊었다.

 개밥바라기의 칼날이 워낙 길기 때문에 탈해는 손목의 가벼운 움직임만으로 수십, 수백 미터의 불의 직선을 그릴 수 있었다. 탈해는 불과 이삼 초 만에 말리의 배에 거대한 화인을 찍었다. 하지만 워낙 거대한 규모 때문에 사람들에겐 많은 시간이 걸린 것처럼 느껴졌다. 치천제가 탈해의 공격에 반응했을 때 사람들이 꽤 느리게 반응한다고 느낀 것은 그 때문이다.

말리에서 무시무시한 괴성이 들려왔다.

나무가 벽력에 쪼개지며 내는 소리 같았다. 숲 하나를 채운 나무들이 동시에 쪼개져야 그 비슷한 소리가 나겠지만. 그 괴성은 터무니없이 거대했지만 고통이나 분노를 느낄 수는 없었다. 그것은 식물의 소리였고 동물들인 인간과 도깨비, 레콘들은 그 소리에 감정을 이입할 수 없었다. 그들이 느낀 고통은 그 소리에 대해 느끼는 자신의 고통이었고 그들이 느낀 분노는 그 소리에 대한 자신의 분노였다.

그리고 그들이 느낀 두려움 또한 그들의 것이었다.

처절한 굉음에 소리의 탑승자들은 얼어붙었다. 탈해는 부들부들 떨며 화염인을 거두었다. 밝기가 줄어들자 말리의 배에 난 불길 자취들은 밤하늘 자체에 난 상처 자국처럼 보였다. 점이 아닌 직선 형태의 별들이 뜬 밤이라고나 할까.

그 기괴한 밤을 향해 아라짓 전사들이 뛰어올랐다.

직선의 별들이 뜬 밤하늘을 향해 비늘 덮인 전사들이 날아오르는 모습에 소리의 탑승자들은 숨을 멈췄다. 얼어붙어 있다가 소드락에 의해 방금 깨어났다는 것이 믿어지지 않을 정도로 나가들의 움직임은 우아했다. 그 냉혈의 종족들은 온혈의 종족들과 조금 다른 움직임의 구성 요소들을 가지고 있는지도 모른다. 계단을 뛰어오르는 단순한 동작일 뿐이지만 바라보는 사람들의 눈에 아라짓 전사들의 모습은 비현실적인 하늘을 향해 춤을 추며 날아오르는 비현실적 생명체처럼 보였다.

소리의 탑승자들이 아라짓 전사들의 뒤를 따라 말리 위로 올라가야 한다는 생각을 떠올린 것은 이미 그것이 불가능해진 후였다. 아라짓 전사를 태운 말리는 그 아래쪽으로 불을 떨어뜨리며 도주하는 밤의 일부가 되어 있었다. 하지만 불빛 때문에 다른 밤과 완벽히 구분되는 밤이기도 했다. 소리는 말리의 모습을 똑똑히 보며 그 뒤를 추적했다.

나나본에 주재하고 있는 9014 독립 중대의 중대장 니어엘 헨로 수교위는 자신을 꼼짝 못하게 하는 약점을 수십 가지라도 댈 수 있었지만, 현명한 지휘관답게 다른 이들이 그런 지적을 할 수 있게끔 내버려두지 않았다. 그렇지만 그녀의 갖은 노력에도 불구하고 니어엘과 다른 이들이 공통적으로 지적할 수밖에 없는 그녀의 약점이 있었다.
"어, 죄송합니다. 하장군님. 어젯밤은 너무 멋졌습니다. 하늘 색깔도 딱 알맞게 새까맸고 별들도 딱 알맞게 떠 있었고. 혹시 술이 마셔 달라고 징징거리는 소리가 들리는 것 같은 밤 아십니까?"
"몰라."
니어엘은 아쉽다는 듯 입맛을 다시고 말했다.
"영창에 들어가기 전에 한잔할 수 있을까요? 해장으로."
"같이 마시고 함께 들어가지."
니어엘은 정신을 차리려 애쓴 다음 다시 히도큰 하장군의 모습을 살폈다. 꽤나 험악한 길을 달려온 것이 분명하다는 첫인상은 바뀌지 않았지만 한 가지 첨부할 것이 생겼다. '머리에 이고 있는 고민 때문에' 그 길이 더욱 험악했던 모양이다.

니어엘은 두통을 참으며 사소한 잡담들로 히도큰의 부리를 좀 풀어 주었다. 처음부터 말할 작정을 하고 온 것이기 때문에 히도큰 하장군은 어렵지 않게 말문을 열었다. 규리하 성 앞에서 갑자기 괴물로 변한 말리를 보고 놀라서 도망쳤음. 민들레 여단의 현재 구성원은 본관 외 16명. 나는 부대를 잃은 지휘관임. 정신을 차린 후 알아보니 가장 가까운 제국군 주둔지가 나나본의 9014 독립 중대였기에 이곳으로 출두했음. 민들레 여단의 소멸을 보고하고 죄인 히도큰을 귀관에게 인도함. 어쩌실 텐가?

"한잔합시다."

히도큰은 근무 태만죄가 덧붙여지는 것쯤은 상관없다는 표정을 지었다. 니어엘은 술을 가져오라고 명령하고 콧잔등을 주물럭거리며 히도큰이 목격한 것에 대해 질문했다.

"괴물이라고 하셨습니까?"

"담쟁이덩굴에 붙잡힌 하늘치를 귀관이 떠올릴 수 있는 가장 괴상망측한 모습으로 상상한 다음 그것보다 더 괴상할 거라 생각해 보면, 그게 내가 본 거야."

"상상을 포기하죠. 그러면 황제 폐하께선 안녕하신지 그렇지 않은지 모르는 겁니까?"

"내게 정신 질환의 혐의를 추가해."

"네?"

"내 생각엔 내가 본 그것이 황제였던 것 같아."

니어엘은 히도큰에게 당신은 미쳤다고 말해 주는 대신 입을 다물고 이라세오날의 사자에 대해 생각했다.

그 레콘은 황제가 한 명의 훌륭한 지배자 이상의 존재인 것처럼 말했다. 그가 암시한 바에 따르면 생의 본질적 의미는 이라세오늘로부터 시작되며 사람은 자신의 삶 전체를 그녀에게 바치는 찬미가로 만들어야 하는 듯하다. 그리고 지금 부대를 잃어버린 지휘관이 그녀에게 와서 황제가 초현실적 존재가 되었다고 말하고 있다. 니어엘은 내리기 거북한 결론이 의식의 뒤편에서 문을 똑똑 두드리고 있는 것을 느꼈다. 조심성 없이 들어와도 좋다고 말하면 그것은······.

문이 벌컥 열렸다.

히도큰과 니어엘은 문을 바라보았다. 정신이 어떻게 된 것 같은 다미갈 카루스 부위가 헐떡거리며 상관을 바라보고 있었다.

"큰일났습니다!"

"술이 없나?"

"그것보다 더 큽니다."

자신의 의식 구조에 대해서도 긍정적인 판정을 내릴 수 없는 처지였지만 히도큰 하장군은 이런 대화를 태연하게 나누는 작자들의 의식 구조가 매우 궁금했다. 카루스가 외쳤다.

"뭐라 설명을 못 드리겠습니다. 나와서 보십시오!"

니어엘은 심각한 얼굴로 문 쪽을 향해 달렸다. 술이 없는 것보다 더 큰일이라서 그렇게 심각한 표정이냐고 묻고 싶은 기분을 억누르며 히도큰 하장군 역시 그 뒤를 따랐다. 하지만 건물 바깥 연병장으로 나섰을 때 히도큰 하장군은 모처럼 느낀 명랑한 기분이 싹 사라지며 공포가 되살아나는 것을 느꼈다.

히도큰 하장군의 악몽이 남쪽 하늘을 날고 있었다.

말리는 히도큰이 비명을 질렀을 거리 바로 바깥, 그러니까 나나본에서 30킬로미터는 떨어진 거리에서 날고 있었다. 눈으로 보는 것 외엔 아무 행동도 할 수 없는 먼 거리지만 충격을 전달하기엔 부족함 없는 거리였다. 두통이 심화되는 머리를 한 손으로 짚은 채 그 모습을 바라보던 니어엘은 몇 가지 사실을 깨달았다. 안심되게도 그것이 남동쪽을 향해 멀어지는 듯하다는 것, 자신은 그것과 절대로 조우하고 싶지 않다는 것, 그것이 히도큰 하장군의 서툰 설명과 일치한다는 것. 니어엘은 히도큰을 바라보았다. 잔뜩 부풀어 있던 히도큰이 말했다.

"맞아. 저거야."

니어엘은 깊은 근심에 빠진 얼굴로 말리의 이동을 관찰했다. 아마도 말리를 볼 수 있는 반경 수백 킬로미터 내의 사람들 모두가 그랬을 테지만 니어엘은 아무 말도 하지 않은 채 그 모습이 사라질 때까지 계속 바라보았다. 하지만 시간이 흘러 말리 뒤편에서 추적 중이라는 것이 여실히 드러나는 모습의 소리가 나타났을 때, 자신들의 경악을 더 연장시키기 시작한 사람들과 달리 니어엘 헨로는 재빨리 몸을 돌렸다. 그녀는 히도큰 하장군을 똑바로 바라보며 말했다.

"이곳에서 민들레 여단을 수배하십시오."

말리와 소리를 바라보느라 넋이 빠져 있던 히도큰은 니어엘이 다시 말했을 때 비로소 고개를 떨어뜨렸다.

"뭐?"

"이런 말씀 드려서 죄송합니다만 귀 여단에는 사회에 그냥 내보내기 곤란한 장병들이 많은 것으로 알고 있습니다. 책임 문제는 나중이고 일단 그들이 사고 치기 전에 다시 끌어 모으는 것이 더 중요합니다. 이곳을 집결지로 삼아 민들레 여단을 재결집시키십시오. 저희 중대가 적극 협조하겠습니다."

히도큰은 어정쩡하게 그 말에 동의했지만 니어엘은 그런 대답을 기다리지도 않은 듯이 행동했다. 니어엘은 곧 휘하의 행보관과 소대장들을 불러들였다. 제각기 살벌한 별호들을 가지고 있었고 외부인들에게는 한곳에 모인 영웅들쯤으로 취급되지만 그들 자신은 서로를 평범한 직장 동료쯤으로 생각하는 헨로 중대의 지휘관들이 한자리에 모이자 온갖 일들이 동시다발적으로 시작되었다. 레콘 일개 여단을 수용할 수 있는 부지를 나나본 태수에게 지원받는 일, 수용 시설을 건설하고 보급망을 증설하는 일, 민들레 여단을 집결시키기 위해 나나본을 중심으로 반경 300킬로미터 내의 모든 중요 도시에 포고문을 게시하는 일 등은 그 일부에 지나지 않았다. 그리고 까라면 깐다는 헨로 중대의 금과옥조를 가슴속 깊이 새기고 있는 헨로 중대원들은 그들의 지휘관이 센범폭포처럼 쏟아 내는 엄청난 명령들을 가늠하거나 해석하는 대신 그냥 시작해 버렸다. 해야 하는 일일 테고 할 수 있는 일일 테니까 시켰을 거라는 믿음은 말로 표현되진 않았지만 그들의 얼굴이나 행동에 뚜렷이 드러났다.

그 명령들이 독립 중대의 중대장이 가진 권한을 벗어난 명령이 될 소지들이 다분하다는 것을 눈치 챌 수 있는 사람은 한 사람뿐이었다. 헨로 중대와 무관한 히도큰 하장군이 바로 그 사람이다. 하지만 의심이나 반대가 뭔지 모르겠다는 듯이 행동하는 헨로 중대원들의 모습에 깊은 감명을 받은 히도큰은 그것을 깨닫지 못했다. 그는 당연한 일들이 당연히 시행되고 있다는 안도감 속에서 소리와 말리의 모습을 바라보았다.

소리와 말리의 두 번째 충돌은 러크 남서쪽 지역, 상고토의 동쪽 경계 지점에서 일어났다. 러크와 호라이체를 잇는 용재 숙박소의 유료도로당원들은 그들이 위치한 높은 고도 덕분에 두 하늘치의 모습을 볼 수 있었다. 하지만 관찰 대상과의 먼 거리는 그들을 오도했다. 그들 중 상당수가 하늘치가 짝짓기를 하는 생물임이 마침내 밝혀졌다는 낭패스러운 착각을 하고 말았던 것이다. 말리의 몸을 휘감고 있는 기이한 식물도 확인할 수 없는 먼 거리에서 그들은 두 하늘치가 접촉하고 있다는 것밖에 깨닫지 못했다.

실제로 일어난 일은 다음과 같다. 소리는 무서운 가속을 통해 말리의 꼬리까지 다가섰다. 황제에게 원하는 것들이 제각기 달랐기 때문에 최종적인 결말은 약간 불분명한 상태였지만 작전은 명확했다. 탈해가 개밥바라기로 황제의 몸을 불태워 무력화시키면 정우가 말리를 달래어 멈추게 한다는 것이 계획이었다.

마침내 소리가 적당한 거리까지 다가가 탈해가 개밥바라기를 움켜쥐었을 때 그들은 충격적인 광경을 보았다. 말리의 몸을 휘감고 있는 숲의 일부가 갑자기 허공으로 뛰쳐올라 소리의 몸으로 다가왔다. 사람들은 숲에서 거대한 새 떼가 일시에 날아오르는 것을 보는 듯한 인상을 받았다. 하지만 말리의 몸에서 뛰어오른 것은 새가 아니라 줄기와 넝쿨, 뿌리들이었다. 탈해는 황급히 개밥바라기를 휘둘러 그것에 불을 붙였다. 하지만 허공을 가로질러 소리의 등에 오른 용의 일부들은 몸에 불을 붙인 채 그 모습을 보던 병사들을 짓누르기 시작했다.

산불이 난 숲 속에 있는 것 같았다. 불붙은 뿌리와 줄기가 무너지듯 쓰러져 짓누르자 인간의 몸은 속절없이 부서졌다. 탈해는 황급히 개밥바라기를 거두었다. 그리고 병사들은 칼로 불붙은 용의 일부들을 후려쳤다. 하지만 도끼질로도 절단하려면 오랜 시간이 걸려야 할 듯한 그 뿌리들을 칼로 벤다는 것은 불가능했다. 병사들은 다가오는 뿌리들을 피해 반대쪽으로 도망칠 수밖에 없었다. 그러자 다가오는 뿌리들 앞에 남은 것은 일곱 명의 레콘들뿐이었다.

압도적인 민첩성 덕분에 그들은 뿌리에 깔리지 않았다. 하지만 철극을 가진 아트밀과 도끼창을 가진 론솔피를 제외하면 레콘들은 식물을 자르기에 적당한 무기들을 가지고 있지 않았다. 가만히 서 있는 나무라면 힘으로 부러뜨릴 수도 있겠지만 자의를 가진 채 꿈틀거리는 뿌리는 붙잡아 부러뜨리기도 쉽지 않았다. 어쩔 수 없이 그들은 망치와 철저, 삼각 철봉 등으로 뿌리를 후려쳤지만 나무를 상대로 거의 쓸모 없는 무차별 학살을 가진 그을린발과 낚싯대를 가진 야리키의 경우엔 맨손으로 싸워야 했다. 비교적 가느다란 뿌리 하나를 삼각 철봉으로 자르는 묘기를 부린 쵸지가 외쳤다.

"탈해! 몸통을 태워, 몸통을 태우라고!"

탈해는 개밥바라기를 움켜쥐었지만 뽑지는 않았다. 몸통 자체에 불을 지르라는 쵸지의 요청은 합리적이었지만 탈해는 레콘들과 소리를 향해 뻗어 오는 숲을 건너뛰어 그 너머의 말리를 겨냥할 수 없었다. 그러려면 높이 솟아올라야겠지만 딱정벌레를 이용하는 탈해는 환상 계단의 사용에 능숙하지 못했다. 그리고 번뜩이에 탄 채 개밥바라기를 쓰면 피해를 입힐까 봐 탈해는 자신의 딱정벌레를 데려오지 않았다. 당황하여 어쩔 줄 몰라하는 탈해에게 정우가 재빨리 손을 내밀었다.

"내 손을 잡아! 끌어올려 줄게!"

탈해는 얼떨결에 그녀의 손을 잡았다. 정우의 몸이 둥실 떠올랐다. 하지만 다음 순간 정우의 손이 탈해의 손을 놓치고 튕겨졌다. 정우의 환상 계단은 그녀에게만 작용할 뿐 탈해의 몸을 끌어올리는 것은 그녀 자신의 힘이었고 정우에게는 도깨비를 끌어올릴 완력이 없었다. 정우가 다시 탈해를 붙잡으려 할 때 탈해는 황급히 손을 끌어당겼다.

"안 돼. 개밥바라기를 쓸 때 가까이 있으면 너도 다칠……."

탈해는 말을 채 끝내지도 못한 채 허공으로 들어 올려졌다. 탈해는 누군가가 자신의 허리를 붙잡은 채 솟아오르고 있다는 것을 깨달았다. 당황하여 고개를 돌린 탈해는 야리키의 엄한 얼굴을 보았다. 야리키는 환상 계단을 뛰어오르고 있었다. 탈해가 황급히 말했다.

"안 됩니다! 개밥바라기를 쓰면 제 주위는 뜨거워집니다! 당신에게도 피해가 갈 수 있어요!"

야리키는 들은 척도 하지 않은 채 높이 솟아올랐다. 뻗어 오는 뿌리들과 싸우는 레콘들의 모습이 발아래로 내려오고 그 너머로 말리의 숲이 보이는 고도까지 솟아오르자 야리키는 재빨리 낚싯줄을 탈해의 허리와 가슴에 감았다. 탈해는 무슨 뜻인지 이해했다.

야리키는 탈해를 매단 낚시를 아래로 떨어뜨리고는 두 손으로 조간을 꽉 움켜쥐었다. 공중에 매달린 탈해는 개밥바라기를 뽑아 아래쪽으로 멀리 보이는 공중의 숲을 향해 휘둘렀다. 개밥바라기의 화염이 부채꼴을 그리며 기괴한 숲을 베었다.

화염의 칼날이 벤 자리에서 피가 용출하듯 불길이 화르륵 치솟았다. 숲이 포효했다. 소리로 뻗어 오는 뿌리들과 싸우던 레콘들은 그 뿌리들이 주춤하며 물러나는 것을 느끼고 쾌재를 올렸다. 그러나 하늘에 떠 있던 야리키는 심상치 않은 기분을 느끼고 개밥바라기가 벤 자리를 바라보았다. 그 순간 꿈틀거리던 그 불길이 갑자기 용권처럼 솟아올랐다. 그것은 허공에 떠 있는 야리키와 탈해를 향해 똑바로 날아왔다.

"제길!"

야리키는 추락하는 것과 비슷한 속도로 뛰어내렸다. 그들이 있던 자리로 불의 강이 황급히 스쳐 지나갔다. 소리 위에 있던 자들은 그 모습을 보며 비명을 올렸다.

개밥바라기의 화염인이 바늘이라면 그 불길은 무룬 강쯤 될 것 같다. 그런 불길이 위를 스쳐 지나가자 소리 위에서는 삽시간에 모든 그림자가 사라졌다. 사람들은 새하얀 세상 속에서 그 모습을 올려다보았다. 아트밀은 마침내 사라말이 어떻게 죽었는지 알았다.

불길의 직격은 피했지만 가혹한 열기는 환상 계단을 뛰어 내려가는 야리키를 덮쳤다. 등 뒤를 덮치는 열기에 통구이가 될 것 같은 느낌을 받은 야리키는 환상 계단을 없애곤 나머지 거리를 그냥 추락했다. 가까스로 깃털만 좀 그을린 채 소리 위에 내려선 야리키는 조간을 튕겨 그 끝에 매달려 있던 탈해를 가슴으로 받아 내었다. 그는 탈해를 내려놓고 깃털에 붙은 불을 털며 말리가 있는 방향을 바라보았다.

"용이지. 그래, 저 용이 불을 뿜었어."

"그, 그럼 왜 지금까지는 안 뿜었던……"

탈해는 말을 마치지 않은 채 고개를 돌렸다. 무사장은 제국군이 모여 있는 곳을 보았다. 함께 고개를 돌릴 필요도 없이 야리키는 탈해가 누구를 보는지 깨달았다.

굉음과 함께 말리가 도망치기 시작했다.

말리는 소리로 뻗었던 뿌리들을 늘어뜨린 채 남쪽으로 도망치기 시작했다. 소리 역시 지체 없이 그 뒤를 따랐다.

말리를 추적하는 소리의 등에서는 병사들이 부상자들을 치료하고 사체를 수습했다. 그때까지 죽은 병사들의 사체는 사실상 유기된 것에 가까웠다. 하늘치의 등에서는 매장이나 화장 모두 불가능했기에 그들은 이 추적이 끝난 다음 매장한다는 조건으로 느위템 산지에서 아라짓 전사들에게 죽은 병사들의 사체를 한곳에 쌓아 두었다. 하늘치의 등은 광활했기에 그들은 살아 있는 사람들에게 목격되지 않을 정도로 먼 곳에 시체들을 쌓아 둘 수 있었다. 하지만 조금 전 일어난 싸움에서 그들은 화장을 가능하게 하는 부산물을 얻었다. 레콘들이 잘라 놓은 뿌리들이 그것이었다.

병사들은 그것을 쪼개어 땔감을 만들고 그것으로 화장단을 만들었다. 소리는 그 위에서 불붙은 나무뿌리가 날뛰어도 괘념치 않았지만 병사들은 혹 화장의 열기가 소리를 불편하게 할 경우를 대비하여 화장단을 굉장히 높이, 그리고 불이 붙어도 잘 무너지지 않도록 만들었다. 그 위에 전우들의 시체를 얹은 병사들은 만약 소리가 불편해하는 기색이 있을 경우 당장 불을 끄기 위해 물통도 잔뜩 쌓아 둔 다음 화장단에 불을 붙였다.

화장단에는 불이 잘 붙지 않았다. 그들은 꽤 오랫동안 애쓴 후에야 겨우 사체들을 태울 만한 불길을 만들 수 있었다. 다행히도 불길이 사체를 재로 바꾸는 동안 소리는 별다른 거부 반응을 보이지 않았다. 소리는 화장 연기를 뒤로 흘려보내며 말리를 추적했다.

말리를 장악한 용이 불을 토할 수 있다는 사실, 그리고 황제가 대장군이 해를 입는 것을 결코 바라지 않는다는 것이 명백해졌다. 엘시는 그들을 지켜 주는 존재였고 정우는 소리를 움직여 그들을 이끄는 존재라는 것을 모든 사람이 깨달았다. 밤이 찾아왔을 때, 누구 한 사람 그런 명령을 내린 적이 없었지만 소리의 탑 승자들은 자신도 모르게 대장군과 정우를 향해 움직였다. 엘시와 정우는 자신들이 어느새 사람들이 이루는 동심원의 중심에 함께 놓여 있음을 깨달았다.

동심원 가장 바깥쪽에는 탈해와 레콘들, 즉 내습에 대비하여 최일선에서 싸워야 하는 자들이 일정한 거리를 두고 앉거나 누웠다. 소리의 다른 탑승자들과 따로 행동하듯 움직이던 지멘 역시 그 동심원의 바깥에 앉아 있었다. 동심원 바깥을 향해 앉아 있는 그의 어깨에는 아실이 반대쪽으로 걸터앉아서 동심원 안쪽을 바라보았다.

사람들의 머리 너머로 엘시와 정우를 보던 아실은 몸을 돌렸다. 등을 지멘의 머리로 향한 아실은 그의 옆머리에 등을 기대고 밤하늘을 올려다보았다.

"남쪽으로 가는군요. 아마도 시구리아트 산맥을 따라 비나간으로 갈 모양이에요. 그곳에는 사라티본 부대도 있고 도깨비감투를 가진 발케네 공도 있지요."

지멘은 고약하겠다고 생각했다. 스카리 빌파가 도깨비감투를 쓰고 소리 위에 잠입하여 대장군을 납치하는 것도, 사라티본 부대가 소리 위로 뛰어올라 그들을 공격하는 것도 모두 추적자들에겐 치명적인 일일 것이다. 어떻게든 비나간에 도착하기 전에 황제를 붙잡아야 한다. 아니면······.

"엘시를 황제에게 데려가면 황제가 네 증오를 돌려줄까?"
"지멘?"
"황제는 엘시를 지극히 원하는 것 같으니까."
아실은 지멘의 어깨에서 재빨리 뛰어내렸다. 그녀는 그에게서 몇 걸음 멀어져 등을 보인 채 이를 악물었다. 그녀는 소리 없이 흐느꼈다. 지멘은 앞에 놓아둔 자신의 망치를 바라보았다.
긴 시간이 지난 다음 아실이 그를 향해 돌아섰다. 지멘에게 다가가지 않은 채 그녀가 말했다.
"왜 제게 증오가 필요하지요?"
"그게 너니까."
"그럼 전 지금 제가 아닌가요?"
지멘은 납병례를 치르는 기분으로 대답했다.
"아냐."
"그래서 증오가 필요 없다는 제 말을 안 듣는군요."
"그래."
"저 스스로 증오를 포기할 수도 있잖아요. 이 차가운 세상에서 우리가 나눠야 할 것은 사랑이지 증오가 아니라는 건 분명하잖아요. 제가 증오를 돌려받은 다음 그것을 포기한다면, 처음부터 돌려받을 필요도 없는 거잖아요. 헛수고가 되잖아요."
지멘은 긴 침묵 후에 말했다.
"증오를 포기하지는 않을 거야."
"확신하나요?"
"확신해."
"어째서? 그런 나쁜 감정을 제가 왜?"
지멘은 다시 침묵했다.

별빛의 소곤거림이 길게 이어진 후 지멘이 부리를 열었다.
"증오가 있어야 네 삶을 시련으로 만들 수 있으니까."
'뭐? 시련이라니. 왜 시련으로 만든단 말이냐? 사람이 피하려 하는 것이 그것 아니냐?' 는 논조의 말을 하려던 아실은 갑작스러운 깨달음으로 입을 다물었다. 충분한 난폭함이 있다면 네 삶을 시련으로 만들어라. 지멘이 말한 것은 타이모의 말이었다. 아실은 입술을 핥았고, 한 번 더 핥은 다음 어렵게 말했다.
"글쎄요. 제가 지난 10년 가까운 세월 동안 겪은 시련이면 이미 충분하지 않나요?"
지멘은 아실을 돌아보았다. 무슨 말을 하려는 듯 벌어졌던 그의 부리가 조금 후 닫혔다. 지멘은 아실을 외면하며 말했다.
"엘시를 데려가는 것은 관두자. 아무래도 위험할 것 같다. 이곳에 있는 자들도 필사적이니."
아실은 지멘이 대화를 중단할 거라 생각했다. 그렇기에 지멘이 조금 후 다시 말했을 때 조금 놀랐다.
"아실."
"예?"
"내 생각에, 우리가 일평생 나눠야 할 것은 증오다."
아실은 그게 무슨 말도 안 되는 소리냐고 묻고 싶었다. 하지만 입이 잘 벌어지지 않았다. 그래서 입을 닫기로 했다.
그 순간 황제의 세 번째 공격이 시작되었다.
소리에 타고 있던 자들은 느위텝 산지에서 벌어진 첫 번째 공격도, 러크 남서쪽에서 일어났던 두 번째 공격도 미처 깨닫지 못했다. 그 때문에 그들은 대단한 긴장 태세를 유지하고 있었다. 하지만 막상 세 번째 공격이 시작되었을 때 그들은 여전히 공격이 시작되었다는 것을 알지 못했다. 황제의 공격이 대장군을 둘러싼 사람들 사이를 가로지를 때도, 그리고 대장군에게 도달했을 때도, 그것이 대장군에게 허리를 숙였을 때도 사람들은 그것이 황제의 공격이라고 생각하지 못했다. 잠이 오지 않아 앉아 있던 대장군은 자신을 내려다보는 자에게 말했다.

"무슨 일인가?"

"급히 보셔야 할 것이 있습니다. 나라미 쪽으로 갔으면 좋겠습니다."

엘시는 조금 떨어진 곳에 누워 있던 정우를 보고 자리에서 일어났다. 엘시는 사람들의 동심원 사이를 가로질러 걸어갔다. 사람들은 엘시가 사람들 사이를 빠져나가는 것이 약간 불안하긴 했지만 그를 제지하지는 않았다. 함께 걸어가는 자를 믿었기 때문이다.

사람들에게서 빠져나온 그들은 나라미가 있는 곳까지 말없이 걸었다. 오랜 시간이었다. 구릉을 몇 개나 넘은 후에 두 사람은 비로소 나라미에 도달했다. 두 사람은 넓은 지느러미를 가로질러 그 끝 가까운 곳에 도달했다. 엘시는 칠흑 같은 아래쪽을 살펴보며 말했다.

"무슨 일인가?"

그를 데려온 자는 머뭇거리며 귓속말을 하려는 듯 허리를 숙였다. 엘시는 의아해하며 귀를 상대방의 입가로 가져갔다.

상대방은 엘시의 허리에서 칼을 뽑아 들었다. 빠르지 않기에 흠칫할 수도 없고 느리지 않기에 제지할 수도 없는, 심리적으로 완벽히 어정쩡한 속도였다. 게다가 그는 엘시가 자신의 칼을 넘겨도 상관없다고 생각하는 인물이었다. 그래서 엘시는 자신의 칼이 상대방의 손에 넘어가는 것을 그냥 바라볼 수밖에 없었다.

칼을 쥔 상대방은 빙긋 웃었다. 차분한 웃음이었다. 엘시는 의아한 얼굴로 그를 바라보았다. 그가 말했다.

"이제 오래된 계획의 종지부를 찍어야 할 때가 된 것 같군요."

"오래된 계획?"

엘시의 머리보다 조금 높은 곳에서 웃음소리가 흘러나왔다.

"오래전 시모그라쥬에 허수아비라는 별명으로 불리던 전문가가 한 명 있었습니다. 그의 장기는 절도였지만 취급하는 품목이 대단히 한정적이었습니다. 사실 한 종류의 품목만 취급했지요. 그는 다른 이들의 방해를 피해 어떤 사람을 한 장소에서 다른 장소로 옮기는 일에 능숙했습니다. 그래서 그는 납치 전문가 또는 구조 전문가로 대접받았습니다. 보통은 납치 쪽에 더 무게가 실리는 편입니다만, 그거야 시모그라쥬의 풍토가 험해서지 그자가 납치를 더 좋아하기 때문은 아닙니다. 그자에겐 어느 쪽이나 마찬가지였습니다."

다시 웃음소리. 엘시는 자신이 잘 아는 그 이야기에서 새로움을 느끼지 못했다. 하지만 그 이야기는 곧 엘시가 전혀 알지 못하는 형태로 바뀌었다.

"그 허수아비는 어느 날 최고의 절도를 하기로 결심했습니다. 자신의 영역에서 신기원을 개척하기로 마음먹은 거죠. 그는 최고의 납치를 하기로 했습니다. 누구를 납치하면 최고라고 불릴 수 있을까요. 황제? 아니요, 아니요, 아니요. 황제 같은 것은 시시합니다. 그는 최고였지요. 그는 모든 사람을 납치하기로 결심했습니다. 어떻게 그럴 수 있냐고요? 그야 모든 사람의 미래를 훔치면 됩니다. 그러면 모든 사람을 납치하는 것이 되지요. 그는 다음 시대의 주인이 될 자가 누군지 따져 보았습니다. 곧 한 사람이 보이더군요. 칼리도의 백작으로 쥐덫에서 큰 공훈을 세운 장수였습니다. 그가 다음 시대의 주인이 될 것이 분명했습니다. 그래서 허수아비는 그 백작에게 접근하기로 했습니다. 허수아비는 의도적으로 체포된 다음 백작의 몸종이 되었습니다."

"이레……."

엘시의 신음을 들으며 이레는 무력한 사냥감의 단말마를 듣는 야수 같은 표정을 지었다. 느긋한 듯하지만 빈틈없는 자세로 선 채 이레는 담담하게 말했다.

"허수아비는 자신이 납치할 대상을 보호하며 기다렸습니다. 그의 판단은 정확했습니다. 그 백작은 황제의 대장군이자 제국 만병장이 되었습니다. 하지만 허수아비는 전문가였습니다. 그래서 완벽한 순간이 올 때까지 기다렸습니다. 마침내 그 백작은 황태자가 되었지요. 정말 아슬아슬한 순간이었습니다. 기나긴 기다림 끝에 모든 것을 엉망으로 만들 뻔했지요. 허수아비는 드디어 때가 되었다고 오판했던 겁니다. 하지만, 하지만 허수아비는 대관식 직전까지 기다리자고 작정했지요. 그리고 더 훌륭한 순간이 왔습니다. 보십시오. 황제가 용임이 밝혀지고 황태자는 그 용을 물리치기 위해 날아가고 있습니다. 이 순간이야말로 최고입니다. 황태자를 납치해서 황제에게 넘기는 겁니다. 그러면 다음 시대를 완벽하게 납치하는 것이 됩니다. 어떻습니까, 멋지지 않습니까?"

"이레, 도대체 무슨……."

이레는 아무런 예고 없이 엘시의 복부를 걷어찼다. 엘시는 숨 막히는 소리를 내며 쓰러졌다. 미끄러지듯 다가간 이레는 재빨리 칼을 뻗어 쓰러진 엘시의 목에 대고 눌렀다.

"어떻게 그렇게 멍청할 수 있지요? 10년 가까운 시간이 지나도록 제가 당신을 가주라고 부르는 버릇을 버리지 못하는 것을 보았을 때 제가 마음속으로 당신을 주인으로 여기지 않는다는 것을 눈치 챘어야 합니다."

엘시는 신음 한마디 내지 않은 채 이레를 올려다보았다. 이레가 우아하게 웃었다.

"당신이 베로시 토프탈에게 잡혀 갔을 땐 정말 돌아 버리는 것 같았습니다. 다음 시대의 납치자라는 이름을 그 얼빠진 시모그라쥬 공에게 넘겨줄 판국이었으니까요. 하지만 제가 누굽니까. 허수아비지요. 나가들이 득시글거리는 망고 군단으로 잠입해서 마침내 당신을 구출해 내었습니다. 저는 제 솜씨를 너무 보였다고 걱정했습니다. 그런데 당신은 단신으로 제국군 군단에 도전할 생각을 품을 수 있는 자라면 지나치게 위험하다는 단순한 의심도 못하더군요. 당신의 멍청함에 정말 두 손 두 발 다 들었습니다. 어떻게 그런 생각도 못했습니까?"

"그건 네가 각하를 사랑한다는 것을 각하께서 아시기 때문이야."

이레는 흠칫하며 고개를 돌렸다. 하지만 그 목소리에 놀란 엘시는 고개를 조금 천천히 돌렸다. 공간이 아니라 시간의 장벽 때문에 그것은 절대로 들려올 수 없는 목소리였다. 그 목소리의 주인공은 이 시간에 존재하지 않는다.

하지만 고개를 돌린 엘시는 하얀 옷을 입고 서 있는 제이어 솔한을 발견했다.

어둠 속이었지만 제이어의 모습은 비현실적으로 똑똑히 보였다. 어둠 속이니 회색 비슷하게 보여야겠지만 그 옷은 얼룩이나 그림자 하나 찾아볼 수 없이 새하얗다. 마치 혼자서 낮의 햇빛을 받고 있는 것 같았다. 이레는 재빨리 다른 손으로 단검을 뽑아들어 던질 태세를 갖추었지만 이해할 수 없다는 표정을 지었다.

"당신은 죽었다고 들었습니다."

"죽어? 흐음. 그렇게 말할 수도 있겠군. 내 시간으로는 죽은 것이 아니지만."

"무슨 말입니까?"

제이어는 턱을 만지작거리며 주위를 둘러보는 시늉을 했다. 갑자기 이레가 눈을 커다랗게 뜨며 말했다.

"당신은 유령입니까?"

제이어는 피식 웃었다.

"아니. 유령은 아냐. 이 시간에선 유령이나 마찬가지지만."

"무슨 소립니까?"

"내 시간을 멈춰 놨지."

"멈춰 놨다고요?"

"조금 전, 그러니까 내가 느끼는 조금 전에 소리는 말리의 턱에 충돌하고 있었어. 그리고 나는 죽기 직전이었고. 그 순간을 멈춰 놓고 여기로. 그러니까 내게는 미래이자 대장군님과 네겐 현재인 이 시간으로 잠시 온 거야. 책을 읽는 것을 잠시 멈춰 놓고 몇 장 뒤를 훔쳐보고 있다고 할까? 그래, 그런 비유면 적당하겠군. 다시 앞으로 돌아가 책 읽기를 재개하면 그 순간 나는 죽겠지. 하지만 난 아직 죽지 않았으니까 유령은 아니지."

이레는 어처구니없다는 듯이 말했다.

"말도 안 됩니다. 어떻게 그럴 수 있다는 말입니까?"

"응. 하늘치 환상을 내 영 자체에 적용시켜 버렸거든. 환상으로 자기 근육을 삼았던 율형부사처럼 나는 환상을 내 정신적 근육으로 만들었어. 내가 죽는 것도 그 때문이지."

"그런 말을 믿으라고요? 그렇군요. 죽었다는 것이 거짓말이었군요."

제이어는 히죽 웃었다.

"그렇게 생각하고 싶다면 마음대로 해. 그런데 지금 자네가 믿기 힘든 건 내가 아니라 자네 자신 아닐까? 이제 자신을 속이는 짓은 그만하는 것이 어떤가?"

"예? 자신을 속이다니요?"

"대장군을 납치하기 싫으면 그만두라고."

이레는 경계심을 드러내었다. 단검을 쥔 손을 더 뒤로 끌어당기며 이레가 말했다.

"가까이 오지 마시오. 그런 헛소리로 뭘 어쩌려는 겁니까? 나는 이 순간만 기다려 왔습니다. 나 외엔 아무도 이 오랜 시간을 버틸 수 없었을 겁니다. 그래서 나는……."

"아, 그래. 전문가라 이거지?"

이레는 입을 다물었다. 그는 갑자기 무서운 의심을 떠올린 것처럼 보였다. 이레는 어깨를 부들부들 떨며 제이어를 바라보았다. 제이어는 깔보는 듯한 미소를 지으며 말했다.

"그런데, 이레. 왜 전문가답게 대장군의 뒤통수에 한 방 먹인 다음 각하를 들쳐 업고 떠나지 않은 건가? 붙잡은 주인공에게 모든 상황을 설명해 주는 멍청한 악당 역할은 전문가 허수아비에게 안 어울리잖나?"

이레는 말을 하지 않았다. 그는 비명을 참는 사람처럼 입술을 악물었다. 제이어의 히죽거림은 그치지 않았다.

"이래서는 안 된다고 자네 마음이 외치는 소리가 들리는 것 같군."

그 단단한 몸에도 불구하고 이레는 금방이라도 녹아내릴 것처럼 흐물흐물해 보였다. 이레는 자신이 부서지는 것을 막기 위해 억지로 말을 꺼냈다.

"내가······."

"납치는 해야겠는데 속마음은 하기 싫고, 그래서 넋두리로 시간을 지연하는 꼴이 아주 가관이었어."

"이게······ 하기 싫은 일이면······."

"응? 아, 하기 싫은 일이면 왜 하는 거냐고? 그거야 자네가 정신 억압되어 있기 때문이지."

엘시는 자기도 모르게 손바닥을 바닥에 탕 때리고 말았다. 그리고 그것을 깨닫지도 못했다. 제이어는 히죽거림을 멈추고 조금 진지한 얼굴을 해 보였다. 하지만 비웃음은 태어날 때부터 붙어 있는 코처럼 그의 얼굴에 여전히 남아 있었다.

"황제는 범죄자를 원하는 대장군에게 붙여 주기 위해 자네를 골랐지. 차기 황제 감을 능히 보호할 만큼 능력자니까. 그리고 만약의 사태를 대비해서 자네를 정신 억압한 다음 대장군에게 보냈어. 자네야말로 자네처럼 인생의 밑바닥까지 떨어진 범죄자가 그런 충성스럽고 성실한 몸종이 되었다는 것을 이상하게 여겼어야 했어. 물론 그걸 합리화하기 위해 모든 것이 자기 계획이었다는 식으로 꾸며 대긴 했지만."

이레는 눈이 부시다는 듯 눈살을 찌푸렸다. 그는 깨닫지 못했지만 그 눈에선 눈물이 흘러내리고 있었다. 이레는 세레지의 질문을 떠올렸다. 어떻게 하면 납치 전문가가 될 수 있지?

'인생 포기하면 돼.'

제이어가 차분하게 말했다.

"그래도 그 짓을 계속할 텐가?"

엘시는 칼날이 사라지는 것을 느꼈다.

"망고 군단에 목숨을 걸고 뛰어들 정도로 사랑하는 주인을 납치할 건가?"

옆으로 움직인 이레의 손에서 장검과 단검이 떨어졌다.

"몸종보다는 가족이고 싶어서 가주님이라고 부르곤 했던 주인님을?"

이레는 뒤로 발을 옮겼다.

두세 걸음 물러난 이레는 고개를 돌렸다. 그는 엘시를 보았다. 엘시는 그 얼굴에 떠오른 고통스러운 미소를 보았다. 엘시는 갑자기 가슴이 옭죄는 것을 느꼈다. 그는 이레를 부르려 했다. 하지만 목소리가 나오지 않았다. 엘시는 손을 들었다. 허공을 긁는 그 손을 보던 이레가 얼굴을 더욱 찡그렸다. 줄줄 흘러내리는 눈물 속에서 구겨진 미소가 굴절되었다.

이레가 몸을 돌렸다.

이레는 어둠을 향해 빠르게 달렸다. 엘시는 일어났다. 곧 이레의 발소리가 사라졌다.

그저 어둠 속으로 몸을 숨긴 것일 수도 있다. 혼란을 정리할 시간을 가지기 위해 몸을 피한 것일 수도 있다. 그리고 다시 돌아올 것이다. 다시 돌아와 웃으며 가주님이라고 부를 것이다…….

이레가 떠난 방향은 나라미 끝부분이었다.

엘시는 덜덜 떨리는 얼굴을 제이어에게 돌렸다. 제이어는 한숨을 내쉬었다.

"밖으로 몸을 던졌군요."

엘시는 중풍이 든 노인처럼 무릎을 떨었다. 제이어는 이레가 사라진 방향을 바라보며 말했다.

"하긴 그것이 가주님을 가장 확실히 보호하는 방법이겠지. 너를 존경한다, 이레 달비."

제이어는 이레에게 보내는 묵도처럼 고개를 숙인 채 한참 동안 침묵했다. 엘시는 산 채로 난자당하는 고통을 느끼며 눈물을 흘렸다. 흘러내린 눈물이 뺨을 적시고 아롱져 바닥에 뚝뚝 떨어졌다.

제이어가 고개를 들었다. 그는 대장군을 향해 말했다.

"유감입니다."

엘시는 말하지 않았다. 제이어는 그 상황을 좀 어려워하는 것처럼 보였다. 하나의 인간 관계가 완전히 소멸되는 것을 옆에서 지켜보며 자신이 불청객 같다는 느낌을 받는, 그렇지만 모른 체할 수도 없어서 서툴게 행동하는 바로 그 상황이 제이어를 안절부절못하게 했다.

"정말 유감입니다. 조금 더 빠른 시간에 와서 알려 드렸어야 하는 건데, 늦었군요. 저도 뒷장을 펼쳐 보기 전엔 뒤쪽 이야기가 어떻게 되는지 알 수 없기 때문에 이런 시간에 왔습니다. 뭐 그래도 아주 늦지는 않아서 각하는 구할 수 있었군요. 아, 이런 말씀드려도 지금은 기쁘지 않으시겠지만."

엘시는 계속 침묵했다. 제이어는 주눅 든 듯한 얼굴로 말했다.

"이야기를 듣자하니 황제가 용이라는 것이 밝혀져 지금 소리를 타고 그것을 퇴치하러 가시는 중인 모양이군요."

엘시는 소름 끼치는 기분을 느꼈다. 과거의 어느 시간이 제이어처럼 갑자기 현재로 뛰어들어 오는 것 같았다. 엘시는 이레의 말을 떠올렸다. '어딘가에 퇴치해야 할 용이 나타났습니까?'

"그렇습니다. 황제는 용이자 정신 억압자이며 우리 미래의 강탈자입니다. 저, 그것을 꼭 퇴치하시길 바랍니다."

제이어는 결국 도망쳐야겠다고 생각한 것 같았다. 문득 엘시는 그가 불쌍했다. 왜 그런지 설명할 수 없었고, 자신의 고통 때문에 그 이유를 추리할 기력도 없었지만.

갑자기 엘시의 입이 열렸다.

"환상으로 그렇게 되었다고?"

엘시는 자신의 심리를 알 수 있었다. 자신이 겪은 상실을 직시할 수 없어 억지로 다른 일에 관심을 갖는 척하고 있었다. 실제로 엘시는 제이어가 겪은 일이 무엇인지 하나도 궁금하지 않았다. 그리고 제이어도 엘시가 관심 없다는 것을 알고 있었다. 하지만 그는 엘시가 정말 궁금해한다는 듯이 말했다.

"그렇습니다. 하늘치의 환상 유적은 우리가 받아들일 준비가 되었을 때 주어지도록 남겨져 있던 선물이었습니다. 지상에서 사라진 첫 번째 종족이 우리가 다음 단계로 올라서는 데 도움이 되도록 안배해 둔 것이지요."

제이어는 언젠가 소리 위에서 다른 청자들을 상대로 했던 이야기를 반복했다. 그때 그랬던 것보다는 훨씬 침착한 태도로. 엘시는 지대한 관심이 있다는 투로 들었다. 양자 모두 말하거나 듣기를 진심으로 바라는 것은 아니지만, 그들은 말하고 들었다.

하지만 제이어의 이야기가 끝날 때가 되었다. 제이어가 어렵게 말했다.

"그럼 저는 이만 돌아가겠습니다. 부디 기운 내십시오."

"죽으러 돌아간단 말인가?"

"예?"

"다시 자네 이야기로 돌아가면 자네는 죽는다고 들었는데."

"아아, 예. 글쎄요. 그렇습니다. 죽은 걸로 되어 있는 사람이 자꾸 나타나는 것은 안 좋지요. 하지만 자신할 수는 없군요. 그 순간으로 돌아갔다가 다시 책을 몇 장 더 건너뛸지도 모르겠습니다. 죽기 싫어서가 아니라 제가 죽은 다음에 무슨 일이 벌어지는지 궁금해서요. 아, 생각해 보니 그게 바로 죽기 싫은 이유군요. 이 하늘치가 하늘을 나는 동안 저는 계속해서 이 놀음을……."

문득 제이어는 자신이 실언을 했다는 것을 떠올렸다. 다시는 뒷이야기를 알 수 없게 된 몸종을 떠올린 엘시의 얼굴이 일그러지기 시작했다. 제이어는 자신을 질책하듯 한숨을 내쉬었다.

"제게 어울리지 않는 일이라 여기시겠지만 대장군님을 위로해 드리고 싶습니다. 하지만 저는 대장군님을 더 화나게 할 가능성이 높군요."

제이어가 아니라도 그럴 것이다. 유가족이 조문객들에게 바라는 것은 제발 자기를 좀 내버려두라는 것이니까. 그렇기 때문에 조문객은 더욱 유가족을 찾는 것이기도 하지만. 엘시는 침묵한 채 제이어를 바라보았다.

제이어는 작별의 말 대신 목례했다. 그리고 고개를 들지 않은 채 사라졌다.

홀로 남은 엘시는 이레가 사라진 방향을 물끄러미 바라보았다. 그의 발이 움직였다.

어둠 속을 향해 엘시가 걸음을 옮겼다. 한 걸음, 또 한 걸음. 엘시는 소리 없이 입으로 말했다.

'이레.'

 다시 한 걸음, 또 한 걸음. 엘시는 이레가 떠나간 방향으로 걸었다.

 '이레.'

 그의 무릎이 갑자기 구부러졌다. 엘시는 무릎을 꿇었다. 상체가 앞으로 기울고 엘시는 두 손으로 바닥을 짚었다.

 대장군은 하늘치의 나라미 위에 엎드려 통곡했다.

제 41 장

"모든 승부가 그렇듯이 결국 바둑도 이기기 위해 두는 것입니다. 저는 승리가 최고라고 말하는 것이 아닙니다. 승부에 임하다 보면 이길 수도 있고 질 수도 있습니다. 하지만 승리도 패배도 이기려고 노력한 후에 얻는 것이 가치 있습니다. 그래서 우리는 최선을 다한 패배자에게도 승리자에게 보내는 것과 똑같은 찬사를 보내는 것입니다. 승리나 패배보다 더 중요한 것은 이기고자 하는 마음입니다. 그래서 저는 이기기 위해 바둑을 둔다고 말씀드린 겁니다."

"그래서?"

"그렇다면 비기는 것이 왜 칭송받아야 합니까? 비기는 것도 이기거나 지는 것과 똑같은 승부의 결과 중 하나일 뿐입니다. 따라서 빅은 승이나 패와 똑같은 대접만 받으면 충분하다고 생각합니다. 저는 비기는 것을 화국(和局)이라 부르며 승리나 패배보다 더 귀한 무엇인 양 대하는 태도의 이면에는 이기고자 하는 마음을 짐짓 깔보는 천박한 엄숙주의, 순수주의가 있는 것 같아서 마음이 언짢습니다. 이기려는 마음을 깔본다면 그것은 이기기 위해 두는 바둑 자체를 모욕하는 것입니다."

"빅이 승이나 패와 마찬가지로 승부의 결과 중 하

나일 뿐이라는 것에는 동의한다. 그런데 한 가지 묻자꾸나. 이기기 위해서는 뭐가 필요하냐?"
"이기기 위해서요? 갈고닦은 기술, 투지와 집중력, 자제력……."
"이기기 위해서는 이길 상대가 필요하다."
제자가 침묵했다. 스승이 담담하게 말했다.
"상대가 있어야 계속 이기려 할 수 있지 않느냐. 화국이 칭송받는 것은, 우리가 이기려는 마음을 마음껏 펼쳐 보여도 바둑판 너머에 있는 또 다른 우리를 멸종시키지는 않을 거라는 확신을 그것이 주기 때문이다. 화국은 바둑이 영원히 계속된다는 것을 보장한다."
— 화국에 대한 어느 스승과 제자의 대화 중

장생

두어 번 성의 없는 태도로 말고삐를 건드렸다가, 발케네 공 스카리 빌파는 말에서 몸을 돌렸다. 그리고 봄의 태양에게 자신을 넘겨주고 눈을 감았다.

그 자세로 그는 세상에 자신과 햇살만이 존재한다는 태도를 취했다. 말로 다가가는 스카리를 보며 마음의 준비를 했던 구경꾼들은 당혹한 얼굴로 서로를 바라보았고 그중에는 신경질적인 동작으로 옷자락을 가다듬으며 스카리의 지연을 못 본 체하는 이들도 많았다. 스카리와 구경꾼들 모두를 보고, 그리고 바닥을 보며 잠시 기다린 다음, 팔리탐 지소어는 가만히 몸을 틀어 스카리의 얼굴에 그림자가 떨어지게 했다.

스카리는 입술로 쯧 하는 소리를 내고 눈을 떠 팔리탐과 그 밖에 다른 세상을 인정했다. 하지만 팔리탐이 원하는 말은 하지 않았다.

"그림자를 흘리고 다니는군. 잘 챙겨."

팔리탐은 출발하자는 말이 아니라는 것에도 화를 내지 않았다. 화를 내면 스카리는 틀림없이 감투를 쓰고 사라질 것이다. 아무리 사라티본 부대의 레콘들이 자기 지휘관에게서 용기를 얻지 않는다 해도 출정 직전에 총지휘관이 그렇게 모습을 감추는 것은 적절한 일이라 할 수 없다. 팔리탐은 차분하게 말했다.

"죄송합니다, 각하. 참관인 여러분이 기다리고 계십니다."

"환호나 박수만으로 인생을 편안하게 만들 수 있다고 믿는 놈들은 좀 기다려도 돼."

스카리 빌파가 심술을 부리는 것은 초대도 하지 않았는데 제멋대로 찾아와 아첨의 말을 건네려 하는 자들이 얄미워서가 아니라 숨막히도록 나부끼는 벚꽃 속에서 부냐 헨로와 단둘이 석별의 정을 나누지 못하게 되었기 때문이라는 것을 잘 알고 있었지만, 팔리탐은 그 말이 마음에 든다고 생각했다. 그도 참관인들의 존재가 내키지 않았기 때문이다. 그는 가면 뒤에 못마땅한 심정을 숨긴 채 참관인들을 바라보았다.

감상적인 이유에서 그들을 싫어하는 것은 아니다. 드라카의 아이들에 대한 긴급 체포령은 철회되었지만 이미 그들은 스스로 수그러들 수 있는 어떤 한계를 넘어 버렸다. 그들은 온갖 자질구레한 방법으로 비나간 점령군의 인내심을 시험하면서 자신의 세를 유지하고 있었다. 따라서 드라카의 아이들은 정복자가 사라진 직후에 대규모 봉기를 일으킬 가능성이 지극히 높다. 더 늦출 수는 없다. 역설적이지만 정복자와 반란자는 사실상 상호 의존적이고 점령군의 모습이 사라지면 반란군은 현실에 안주하고 있는 자기 이웃들을 상대로 무장 투쟁을 할 수밖에 없다. 그리고 그런 투쟁은 언제나 인기가 없다. 정복자의 기억이 뚜렷한 순간에 봉기를 일으킬 수밖에 없기에 그들은 스카리와 사라티본 부대가 비나간을 떠난 직후를 노릴 것이다. 그런 상황에서 비나간의 유력자들이 전부 이곳에 나와 있는 것은 팔리탐을 불안하게 했다.

팔리탐은 부냐 헨로를 보았다.

스카리가 자신의 출발을 치장하고 그것을 의미 깊게 만들 단

하나의 장식으로 선택한 여인은 지금 도저히 그 의무에 임할 처지가 아니었다. 완전 무장을 하고 사라티본 부대의 레콘들과 함께 서 있는 스카리 빌파에게 다가올 엄두를 내지 못한 구경꾼들은 장수 대신 말을 노리라는 옛말을 따라 부냐에게 접근하려 애썼다. 그런 자들을 상대로 부냐는 완벽히 정치적인 대응을 하고 있었다. 그녀가 완전히 비정치적이었기 때문이다. 부냐는 아무런 고려 없이 내키는 대로 말했고 그 때문에 교묘한 암시나 내락, 언질 같은 것을 기대했던 비나간 인들은 꽤 당혹했다. 그들은 부냐의 말만으로는 자신이 비나간의 새로운 권력층으로 이동하게 되었는지 스카리의 호의를 전혀 기대할 수 없는 위치로 떨어졌는지 알 수 없었다. 그들이 바라는 것은…….

"들어라, 비나간의 벗들아!"

팔리탐은 조금 놀라서 뒤를 돌아보았다. 스카리는 어느새 말 위에 올라앉아 있었다. 약간 지루해하던 구경꾼들은 화들짝 놀라 스카리를 바라보았다.

"나 스카리 빌파는 오늘 멋진 용기를 보았다. 무도한 반역자들은 그대들을 배신자로 지목할 테지. 어리석은 범죄자들은 그대들을 비겁자로 지목할 테지. 하지만 용감한 그대들은 그런 사악한 위협에 굴하지 않고 당당히 이곳에 나와 내 앞에 섰다. 한 사람도 이 자리에 나오지 않았다 해도 나는 오히려 기꺼워했을 것이다. 그대들이 자신들의 소중함을 잘 안다는 것을 알았을 테니까. 하지만 그것은 내 단견이었다."

구경꾼들은 사라티본 부대의 레콘들을 보면서도 불편함을 느끼지 않을 정도의 거리에 서 있었다. 스카리는 그들을 향해 말을 몇 걸음 몰아 가서 당당하게 외쳤다.

"그대들은 자신의 생명과 일신의 평안함을 뛰어넘는 것이 있음을 말없이 보여 주어 어리석은 나를 깨우쳐 주었다. 진정한 벗들이여! 나는 이 귀한 우정과 헌신을 결코 잊지 않을 것이다. 지금 비록 폐하의 소환을 받아 잠시 떠나지만 나는 떠나는 순간부터 그대들의 곁으로 돌아올 시간만을 기다릴 것이다! 발케네 바깥에서 만난 가장 용감한 자들인 그대들에게!"

이국에서 온 젊은 전쟁 군주에게 심취한 젊은이들이 먼저 함성을 질렀다. 그 함성은 곧 뒤처지지 않으려는 자들에게 옮겨졌다. 커다란 함성, 내두르는 손, 마침내 눈물을 펑펑 흘리는 사람들이 나타났다. 흥분이 소용돌이쳤다. 내버려두면 구경꾼들이 앞으로 뛰쳐나와 스카리와 그가 탄 말을 둘러쌀 지경이었다. 팔리탐은 재빨리 힌치오에게 간단한 손짓을 보냈다. 약속된 손짓 같은 것은 없었지만 그 의미를 직감한 힌치오는 이쑤시개를 높이 들며 크게 외쳤다.

"사라티본 부대—! 출발 준비—!"

두 시간 전에 끝난 출발 준비를 다시 외치는 힌치오에게 의아해하는 사람은 없었다. 사람들은 그냥 그 커다란 음량에 깊은 인상을 받았다. 구경꾼들의 흥분은 고조된 외침에서 좀 더 경의 어린 침묵으로 바뀌었다. 어울리게도 스카리는 아무 말도 하지 않았다. 그는 조용히 말을 돌려 부냐 헨로에게 다가갔다. 부냐의 곁에 있던 자들이 그 위엄에 눌려 저도 모르게 물러났다. 홀로 남은 부냐는 빛나는 눈으로 스카리를 마주 보았다.

부냐의 곁에 선 스카리는 말 옆으로 허리를 숙였다. 기다리고 있던 부냐는 그 목에 자신의 팔을 둘렀다. 두 사람의 입맞춤은 길고 고요하고 그것을 구성하는 모든 순간이 완성되어 있었다.

두 사람이 떨어졌다.

스카리는 말을 서서히 물러나게 하고는 부냐에게 목례했다. 허리를 낮추는 부냐에게 미소를 보낸 스카리는 아무 말 없이 손을 들었다. 팔리탐이 재빨리 말에 올랐다. 스카리의 손은 올라갔을 때처럼 소리 없이 앞으로 뻗었다. 소리를 지르는 것도 어울리는 자가 있는 법. "출발—!" 힌치오의 계명성과 함께 스카리의 말이 앞으로 뛰쳐나갔다. 그 뒤를 따라 팔리탐이, 그리고 제국군 낙오병을 규합하여 현재 전 세계에서 가장 큰 레콘 집단이 된 사라티본 부대가 달렸다.

그것은 사납지만 쉽게 흩어지는 격류의 기세와 느리지만 저지 불가능한 빙하의 힘이 묘하게 결합된 질주였다. 보통의 물체는 움직이면 당연히 최초의 힘이 줄어든다. 하지만 레콘들의 질주는 그 힘이 영원히 계속될 것 같은, 커지면 커졌지 절대로 줄어들지 않을 것 같은 인상을 풍겼다. 수평으로 진행되는 산사태라고 할까. 세차게 움직이는 그들의 발이 땅을 때리는 소리는 사람들에게 충격을 주었다. 물론 비틀거리거나 쓰러지는 사람은 없었다. 그 대신 사람들은 내장이 속에서 뒤흔들리고 뼈가 몸속에서 덜그럭거리는 느낌을 받았다. 마지막 레콘의 모습이 사라질 때까지 사람들은 숨도 제대로 쉬지 못했다.

등 바로 뒤쪽에서 그런 적나라한 힘이 따라오자 역전의 무사라 할 수 있는 팔리탐도 뒤통수가 선뜩해지는 느낌을 받을 수밖에 없었다. 비나간의 교외가 다가오는 것을 본 팔리탐은 앞서 달리는 주군의 옆으로 따라붙으려 애썼다. 하지만 스카리는 전력으로 달리고 있었고 팔리탐이 그의 곁에서 고함이라도 지를 수 있게 된 것은 비나간의 중심이 이미 멀어진 후의 일이었다.

"각하!"

스카리는 팔리탐을 곁눈질하고 씩 웃었다. 팔리탐은 갑자기 그 웃음을 이해할 수 있었다.

그 정도면 저 간사한 녀석들을 안심시키고 혹 미친 짓 할지 모르는 녀석들에겐 내가 반드시 돌아온다고 위협하는 것이 되었겠지?

팔리탐은 자신의 뜻도 전해지길 바라며 고개를 끄덕였다.

감사합니다, 각하. 감사합니다. 당신을 완전히 포기하지 않게 해 주셔서.

팔리탐의 뜻이 정확하게 전해졌는지는 알 수 없다. 스카리는 이를 드러내는 큰 미소로 화답했고 팔리탐은 그 미소를 해석할 수 없었다. 스카리는 다시 앞으로 고개를 돌려 말을 재촉했다. 말은 스카리의 재촉을 받아들였는지 뒤쪽에서 따라오는 레콘들에게 깔려 죽는 것이 두려워졌는지 확실하게 구분할 수 없는 기세로 달음박질쳤다.

뱀단지를 통해 온 황제의 명령은 단지 시간과 장소를 말하고 그곳에 대기하라는 것이었다. 황제가 지정한 장소는 좋은 말이 좋은 길로 달려 세 시간이면 도달할 수 있는 거리다. 전원 레콘으로 이루어진 사라티본 부대의 이동력을 고려하면 옆집이나 다름없는 거리인데도 멀리 떠나는 사람처럼 비나간을 떠나온 것은 사흘 치 식량을 지참하라는 조건 때문이었다. 스카리와 팔리탐은 황제가 지정한 장소에서 말리와 만난 다음 진정한 원정 목표를 전달받을 것이라 판단했다.

말리에 오른 후 어디로 갈 것인지는 짐작하기 어려웠지만 상관없었다. 자신이 통치할 땅은 비나간이 아닌 발케네라 믿고 있는 스카리도. 치안 활동과 전투 활동을 도무지 동일시할 수 없는 사라티본 부대의 레콘들도 비나간에 체류하는 것이 지겨웠다. 팔리탐의 임기응변과 힌치오의 통제력으로는 상황을 악화시키지 않는 것이 고작이었다. 따라서 무슨 전투인지는 아직 모르지만 전장을 향해 달려가는 것은 확실히 기분 전환의 효과가 있었다.

흐벅진 봄들이 꿈틀거리는 2월. 미풍에도 자지러지곤 하는 벚나무들은 레콘들의 돌진에 온몸을 전율시켰다. 연분홍 꽃잎들이 함박눈처럼 푸지게 쏟아졌다. 레콘들은 아지랑이로 몸을 휘감은 채 피할 수 없는 재앙처럼 달렸다. 베일 것 같은 햇발들. 세상엔 빛이 가득하다.

태양은 사라졌다. 세상이 너무도 밝아서. 위와 아래도 사라졌다. 앞과 뒤가 있을 뿐이다. 앞은 계속 다가온다. 소실점은 소실점이 아니다. 그곳에서부터 만물이 피어나는 소실점은 점이지만 우주다. 창조의 비밀은 바로 거기에 있다. 앞으로 달려가는 것으로써 점을 우주로 만들 수 있다. 창조는 완결된 사건이 아니라 진행되는 몸짓이다.

그들은 우주를 만들었다. 만든다. 만들 것이다.

썩 괜찮은, 그들의 우주다.

틸러 달비 부위는 하늘치를 바라보았다.

말리는 점점 커지고 있었다. 이제 그것이 멈춰서 그들을 기다리고 있음이 확실해졌다. 틸러 달비는 눈을 조금 찌푸렸다가 고개를 돌려 자신의 소대를 바라보았다. 소대원들은 고요했다. 그들이 상관에 대한 경애심으로 가득 찬 투철한 군인이라서 침착을 유지하고 있다 말해도 되고, 터무니없는 실족사로 종제를 잃고 실의에 빠진 소대장에 대한 동정심 때문에 정숙하고 있다 말해도 될 것이다. 틸러는 어느 것이 사실에 부합하는지 관심 없었다. 그가 관심을 두는 것은 그 현상에 대한 자신의 반응이었다. 틸러는 그들이 조용하다는 것에 만족했다.

틸러는 말없이 손짓으로만 최선임 수전사에게 지휘권을 넘기고 작전 회의가 열리는 곳으로 발을 옮겼다. 가까이 다가가자 아직 소대장들의 참석이 완료되지도 않았는데 말을 시작한 발리츠 굴도하 남작의 목소리가 들려왔다.

"황제는 틀림없이 발케네 공을 불렀을 겁니다. 지금 저기 저렇게 서 있는 것은 발케네 공이 곧 도착할 거라는 증거입니다. 지금 당장 공격을 시작해야 합니다."

틸러는 걷는 속도를 조금 높였다. 남작은 시허릭 마지오 상장군과 마주 앉아 있었고 그 뒤편으로 조금 떨어진 곳에 정우와 아이넬 굴도하, 탈해, 야리키 등이 모여앉아 있었다. 아트밀과 파라말은 조금 어정쩡한 거리에 앉아 있었고 지멘과 아실은 꽤 떨어진 곳에 서서 관련 없는 사람처럼 그들을 바라보고 있었다. 시허릭의 뒤편에는 엘시가 레콘들과 함께 있었다. 틸러는 다른 소대장들과 함께 엘시의 근처에 앉았다. 시허릭 마지오 상장군이 말했다.

"그렇기 때문에 공격을 서두르는 것은 곤란하다는 겁니다. 보십시오. 황제가 저런 괴물이었다는 사실을 알면 발케네 공 또한 우리에게 협조할지 모릅니다. 분명히 크나큰 힘이 될 공작의 병력을 우리가 포기해야 하는 이유가 뭡니까?"

발리츠 남작은 공작이 황제의 편을 들면 어쩔 거냐고 반박했다. 시허릭은 그 반박을 기다리고 있던 것이 분명하다. 그는 공작이 황제의 충복이라면 황제와 싸우다가 만신창이가 된 자신들에게 보복하려고 들 것이라고 대꾸했다. 또 상장군은 발케네 공이 황제의 충복이 아니라도 야심가인 것은 명백하니 귀찮은 황제를 없애 준 것에 고맙다고 말한 다음 자신들까지 쓸어 버리려 할 거라고 암시했다. 남작은 그 암시를 무시할 수 없었다. 일어날 일들이 눈에 보이는 듯하다. 황제 부재 기간 동안 저지른 죄(그게 무엇이든 상관없다.)가 밝혀질까 두려워진 배덕한 자들이 돌아오신 황제를 감히 죽이다. 진상을 안 정의로운 발케네 공은 배신자들을 제거하고 황제의 죽음에 눈물을 흘리며 신황제가 되다. 빌파 황조의 깔끔하고 근사한 개조 신화가 될 것이다.

남작의 동요를 본 시허릭은 자신의 논리를 계속 밀어붙였다. 시허릭은 정의는 만인의 손으로 이루어져야 한다고 역설했다. 물론 시허릭이 진짜 말하고 있는 것은 발케네 공에게 뒤통수 맞는 일을 피하려면 일단 그를 포섭한 다음 이쪽에서 그의 뒤통수를 칠 수 있게끔 안배해야 한다는 논리였다.

다른 소대장들과 나란히 바닥에 앉은 채 틸러 달비는 남작과 상장군 사이에서 장차 세상을 좌지우지할 합의가 이루어지는 것을 보았다. 물론 두 사람이 갑자기 손을 맞잡고 뜨거운 눈빛을 교환하거나 하는 직설적인 상황이 펼쳐진 것은 아니다. 모호한 눈빛과 간단한 몸 동작이 전부였고 그나마도 몇 개 되지 않았다. 하지만 소리를 타고 규리하 성을 떠난 이래 그 합의는 차근차근 구체화되었으므로 그런 애매한 태도만으로도 돌이킬 수 없이 확고해질 수 있었다.

두 사람의 합의는 이러하다. 칼리도 백과 규리하 공은 연합한다. 그 연합은 사실 두 사람만의 연합이지만 겉으로는 참가하고 픈 모든 자들에게 열려 있는 것처럼 보이는 구조를 취하도록 한다. 그런 구조를 통해 적으로 돌릴 자들을 모두 내부에 포함시킨 다음 하나씩 축출하여 제거한다. 그리고 최종적으로 두 사람만 남으면, 둘의 성별이 다르고 둘 다 미혼이라는 행운에 감사한 다음 둘이 결합하여 모든 것을 가진다. 누이 좋고 매부 좋은 일. 그렇지 않습니까, 차기 대장군? 동감합니다, 판사이 공. 좋습니다. 발케네 공을 끌어들입시다.

그 모습을 보며 틸러는 자신이 이 시간에 이곳에 있다는 것은 놀라운 행운임을 깨달았다. 요령 있게 군다면 그들이 피운 꽃에 걸터앉아 꿀을 핥을 수도 있을 것이다.

틸러는 그 행운을 주의 깊게 관찰한 다음 뻥 걷어찼다. 수의로 쓰기 위해 고상함을 잘 보존하려는 것은 아니다. 틸러는 자신의 묘비에 '방탕자, 잘 놀다 감.' 외에 다른 문구는 필요 없다고 생각했다. 하지만 꿀을 핥기 위해선 꽃잎 위에 앉아 있어야 한다. 바람만 불어도 흔들리는 꽃잎은 튼튼한 지지대가 아니다.

'미안하지만, 이레, 꽃잎 위에서 중심을 잡으며 네 몫만큼 화끈하게 사는 것은 내게 무리야. 나는 내려갈 거야.'

틸러는 정우를 보았다.

정우는 예의에 어긋나지 않을 정도의 관심만 회의에 남겨 두고 있었다. 그녀의 나머지 관심은 탈해와 간혹 눈짓을 교환하는 것 외에는 전부 엘시에게 쏠려 있었다. 엘시를 본 틸러는 정우가 왜 그러는지 알 것 같았다. 엘시는 확실히 관심 받을 만한 얼굴을 하고 있었다.

틸러는 만취한 인간 주정뱅이가 얼떨결에 적출식에 휘말려 들어갔다가 술김에 적출당한 이야기를 떠올렸다. 그 이야기에서 주정뱅이는 심장 적출이 아닌 퍽 외설적인 적출을 당하는 것으로 되어 있다. 물론 농담이나 우화에 불과한 이야기지만 틸러는 그 이야기가 엘시의 모습을 설명하기에 어울린다고 생각했다. 엘시는 심리적으로 심장에 해당하는 무엇인가를 적출당한 사람처럼 보였다. 틸러는 종제를 잃은 사람이 자신이 아니라 엘시 같다고 생각했다.

바꿔 말한다면 틸러는 종제를 잃었다는 것을 실감하지 못하고 있다고 할 수도 있다. 틸러는 확실히 그렇다고 생각했다. 다 큰 후에 우연히 만난 친척일 뿐이라서? 아니다. 명백히 전투 중인 그들 사이에서 누군가가 죽는 것은 일상적인 일이기 때문에? 그것도 아니다.

'우리 모두가 죽음으로 가고 있기 때문이야.'

문득 떠올린 생각에 틸러는 소름 끼치도록 공감했다. 틸러는 다시 사람들을 바라보았다. 그러자 지금까지와 완전히 다른 사람들의 모습이 보였다. 그의 눈에 남작과 상장군은 내일 있을 사형 집행을 잊기 위해 모래의 계획을 이야기하는 사형수들처럼 보였다. 정우의 모습은 체념한 것처럼 보였고 엘시는…….

'대장군을 되찾을 수만 있다면 황제는 우리를 다 죽일 수도 있지.'

틸러는 알고 있던 사실이 다른 의미로 되새겨지는 충격적인 느낌 속에 이를 악물었다. 엘시의 존재 때문에 황제가 무차별적인 공격을 가하지 않고 있다는 사실을, 틸러는 지금껏 다른 사람들처럼 엘시가 그들을 보호하고 있다는 의미로만 이해했다. 하지만 그 사실은 그들 모두가 황제에게 방해물이 되었다는 의미이기도 하다. 틸러는 이레의 죽음이 어떤 전조라는 느낌에 진저리 쳤다. 그는 몸을 돌려 더욱 커진 말리의 기괴한 모습을 바라보았다. 엘시와 함께 있기 때문에 그들은 황제에게 있어 죽어야 하는 존재가…….

더욱 커진?

틸러는 튕기듯 일어나 말리를 바라보았다. 한 소대장의 돌발 행동에 놀란 사람들도 틸러와 같은 방향을 바라보았다. 그곳에는 말리 외에 아무것도 없었다. 의아해하던 사람들은 갑자기 틸러가 깨달은 것을 깨달았다. 말리가 계속 커지고 있었다. 그것은 소리와 말리의 거리가 계속 줄어들고 있다는 의미다. 발리츠 남작이 당황하여 말했다.

"각하, 소리를 멈추지 않으셨습니까?"

남작의 질문에는 이것이 어처구니없는 실수이며 늦지 않게 깨달았기에 웃으며 교정할 수도 있는 상황이라는 의미가 잔뜩 담겨 있었다. 정우는 말없이 고모부를 바라보기만 했다. 남작의 얼굴에 불안이 스쳐 지나갔다. 그가 자리에서 일어나자 군인들도 뒤따라 일어났다.

"각하?"

소리와 말리의 거리는 계속 줄어들었다. 정우는 남작의 말에 고개를 들긴 했지만 말을 하지는 않았다. 아니, 무엇인가 할 말은 있는 것 같았다. 하지만 그것을 어떻게 말해야 하는지 알 수 없는 것 같았다.

"각하! 소리를 멈추십시오!"

정우가 말했다.

"죄송해요, 여러분. 대장군님이 멈추지 말고 계속 가라고 눈짓

하셨어요."

틸러와 마찬가지로 엘시를 송장 비슷하게 취급하던 사람들은 깜짝 놀란 얼굴로 대장군을 바라보았다. 다시 입을 다문 정우는 탈해의 손목을 부여잡으며 엘시를 바라보았다. 핏기 없는 얼굴의 대장군이 서서히 일어났다. 대장군은 말리를 흘깃 바라보고 나서 사람들을 둘러보았다.

"우리는 발케네 공이 도착하기 전에 이 일을 끝내야 한다."

"대장군님? 무슨 말씀이십니까? 발케네 공이 도착하면 우리를……."

"발케네 공을 설득할 수는 없다. 설득한다 해도 의미가 없다. 그가 설득되든 되지 않든 상관없이 폐하께서는 발케네 공에게 우리를 공격하라고 명령할 수 있으니까."

"예? 그게 무슨 말씀이십니까?"

"폐하는 사람을 정신 억압하실 수 있다."

충격적인 말에 사람들은 입을 크게 벌렸다. 엘시는 몇 번이나 꺼내려던 말을 되삼킨 후에 간신히 말했다.

"모두 내 몸종 이레 달비가 어둠 속에서 실족했다고 알고 있겠지. 아무것도 제대로 보이지 않아 환상 계단도 만들 수 없었기 때문에. 그것은 사실이 아니다. 이레는 정신 억압을 당했다. 그는 나를 납치해서 황제에게 데려가려고 했지. 하지만 자신이 정신 억압을 당했다는 것을 깨닫고는 그 자신으로부터 나를 지키기 위해 하늘치 밖으로 몸을 던진 것이다."

흔들림 없는 꼿꼿한 자세로 서 있었지만 엘시의 모습은 껍데기만 남은 사람 같았다. 그는 더 견디지 못하고 두 손을 깍지 껴 입술을 눌렀다. 그는 어깨를 들먹이다가 가까스로 말했다.

"왜 지금까지 그 이야기를 하지 않았는지 궁금하겠지. 정신 억압을 의심하기 시작하면 아무것도 신뢰할 수 없기 때문이다. 사람에 대한 정신 억압을 인정하면 누가 적이고 친구인지, 누가 행동으로 자신을 드러내고 있는지 누가 행동으로 허위를 구축하고 있는지 알 수 없다. 자신이라는 존재 자체도 믿을 수 없게 된다. 세상이 함정으로 바뀌고 삶은 추락으로 변한다."

"그만!"

노호하며 일어난 것은 아트밀이었다. 그 곁에서 산공부사 파라말이 증오에 찬 눈으로 사람들을 노려보았다. 아트밀이 말했다.

"그만해! 너는 그게 무슨 뜻인지 모르고 말하고 있어. 그걸 직접 당한 사람 앞에서 그렇게 말하면 안 돼!"

사람들은 아연실색했다. 엘시는 쉰 목소리로 혼잣말처럼 말했다.

"더 있을 거라 생각했지."

"그래. 나는 정신 억압을 당했다. 아이솔 형제의 보호자가 되도록 억압당했지. 레콘들을 저지할 수 있는 유일한 액체도 두 사람을 보호하려는 나를 막을 수 없어. 그것을 알았을 때 나는 더 이상 나를 믿을 수 없게 되었다. 그게 무슨 뜻인지, 그게 어떤 건지 짐작이나 할 수 있어? 맹세컨대 너희들은 그것을 꿈에서도 짐작할 수 없어. 나는 이레를 이해할 수 있다. 그럴 수밖에 없지."

아트밀의 벼슬이 부자연스럽게 꿈틀거렸다. 그는 물에 빠진 사람이 밧줄을 잡듯 자신의 철극을 움켜쥐었다.

"그런데 내가 목숨을 걸고 사라말을 보호하게 해 놓고서, 황제는 내게서 사라말을 빼앗아 갔다."

파라말은 울컥해서 고개를 홱 돌려 사람들을 외면했다. 산공부사는 두 손으로 귀를 틀어막았다. 아트밀이 말했다.

"나는 황제를 죽일 것이다. 사라말의 핏값을 받고 나를 해방시킬 것이다."

엘시는 움푹 들어간 눈으로 아트밀을 바라보았다. 그때 지멘이 앞으로 한 걸음 걸어 나왔다.

"황제는 아실을 정신 억압했다."

아트밀이 허기에 가까운 눈으로 지멘을 보다가 아실을 쏘아보았다. 지멘이 말했다.

"황제는 아실의 증오를 가져갔다. 아실은 이제 손으로 쓰는 글씨로만 누군가를 증오할 수 있다. 말이나 표정, 행동으로 누군가를 증오하는 것은 불가능하다. 황제는 내게 아실을 돌려준다고 약속했지만 그 약속은 이행되지 않았다."

아실을 제외한 모든 사람들은 아실의 거친 숨소리를 들었다. 아실은 현기증을 느끼는 사람처럼 조금 비틀거리다가 지멘의 다리를 붙잡았다. 지멘은 자꾸만 아실에게 향하려는 시선을 억지로 끌어올리며 말했다.

"나는 황제를 죽일 것이다. 아실이 다른 사람들을, 그리고 자기 자신을 증오할 수 있도록."

론솔피는 낭패스러운 심정으로 그을린발을 바라보았다. 아랫부리를 만지작거리던 그을린발은 론솔피의 시선을 느끼고 어깨를 가볍게 으쓱였다. 론솔피의 걱정이 무엇인지는 알 수 있었다. 만약 세 레콘의 결정이 황제를 보호하는 것이라면 황제가 죽는 것은 결코 피해야 하는 일이라는 것이 론솔피의 고민이었다. 하지만 그을린발은 그런 설명이 아트밀이나 지멘을 납득시킬 수 있을지 의문스러웠다. 자신이 하려는 일에 방해가 되는 것을 레콘이 어떻게 대하는지는 그을린발이 잘 알고 있다. 게다가 그을린발은 심정적으로 아트밀과 지멘에게 동의했다. 사람을 정신 억압할 수 있는 존재라니, 그건 너무 위험하다.

엘시가 말했다.

"이곳엔 정신 억압을 당했지만 그 사실을 모르는 사람들이 더 있을지도 모른다. 여러분도 짐작하겠지만 이런 의심은 끝날 수가 없다. 나 자신조차도 믿을 수 없으니 다른 사람을 어떻게 믿을 수 있을까. 그래서 나는 의미 없는 의심을 그만두기로 했다. 지금 의미 있는 단 한 가지의 행동은 폐하를 공격하는 것이다."

거듭된 충격 때문에 틸러는 약간 멍한 상태였지만 그의 분석력은 엘시의 말을 재빨리 이해했다. 엘시는 황제가 벌을 받아야 한다고 말하는 것이 아니다. 그는 세상의 만물 중에서 정신 억압의 결과일 가능성이 없는 것은 황제에 대한 공격일 뿐이라고 말하고 있었다. 그것을 뒷받침하는 힘은 분노나 정의에 대한 의지도 아니고 심지어 저열한 욕망도 아니다. 이 우주에서 그 내면의 의도를 의심할 수 없는 일이 그것뿐이라고 말하는 엘시의 모습을 보며 틸러는 바닥 없는 절망의 낭떠러지를 흘깃 훔쳐본 것 같은 오싹함을 느꼈다. 오직 한 가지밖에 할 일이 없기 때문에…….

"우리는 지금 당장 황제를 공격해야 한다. 지금은 무위조차도 의심스럽다."

멈춰 서서 아무 일도 하지 않아도 그것이 누군가에게 조작당한 결과일지 모른다. 틸러는 그 무서운 말에 소름이 쫙 돋는 것을 느끼며 말리를 다시 바라보았다.

세상의 모든 것이 사라지고 있었다. 그들이 딛고 있는 소리도,

하늘도, 땅도 사라졌다. 봄이나 태양, 바람도 그 존재를 믿기 어렵다. 세상에 존재하는 것은 하나의 점뿐이다. 아니, 그 점만이 세상이라고 해야 할 것이다.

그 점에는 말리가 있었다.

존재하지 않는 세상에서 다급한 외침이 들려왔다. 틸러는 그 외침에 귀를 기울였다.

"레콘들이 다가옵니다!"

처음 그것을 보았을 때, 스카리는 자신이 뭘 잘못 본 줄로 알고 다시 달리는 것에 집중했다. 그러나 조금 후 다시 고개를 들었을 때 스카리는 여전히 같은 광경을 보았다. 의아해하던 스카리는 뒤쪽의 레콘들이 내는 웅성거림을 듣고 그것을 본 사람이 자신만이 아님을 깨달았다.

스카리는 주위를 살짝 둘러보았다. 나뇌인지 보뇌인지 알기 위해서는 두 사람만 있어도 되지만 그보다 훨씬 많은 사람이 있어도 이곳이 산인지 평야인지 구분 지어 말하기는 어려울 것 같다. 퍽이나 길게 이어지고 있긴 했지만 산의 발치라고 부르는 것이 적절할 듯한 곳이었다. 그 때문에 시야는 괜찮은 편이었고 그 시야 내에 위험해 보이는 것은 없었다. 그리고 약속 장소였다. 모든 조건을 고찰하여 부대를 멈춰도 상관없다고 판단한 스카리는 손을 들어 멈추라는 신호를 보내었다.

조금 후 사라티본 부대는 기나긴 질주를 끝내고 멈춰 섰다. 하지만 소동은 멈추기는커녕 더욱 커졌다. 달리느라 그것을 보지 않았던 레콘들도 스카리가 본 것을 보게 되었다. 그들은 대단히 놀랐다. 다른 사람들 못지않게 놀라서 하늘을 보던 스카리는 조금 후에야 고개를 돌렸다. 그곳에는 팔리탐이 가면을 하늘로 향한 채 굳어 있었다. 스카리가 말했다.

"저게 뭐야? 여기는 말리와 만나기로 한 곳인데. 저건 말리가 아니잖아."

"저도 저것이 뭔지 모르겠습니다."

"태위를 앞으로 보내."

스카리나 팔리탐, 레이헬 라보 태위는 깨닫지 못했지만 그때 하늘을 쳐다보고 있던 레콘들 중 한 사람이 흠칫하여 그들을 바라보았다. 그리고 하늘을 손가락질하며 소란을 피우던 다른 레콘들과 달리 그는 다시 고개를 들지 않았다. 뚫어지게 스카리와 팔리탐을 바라보고 있는 것은 엉겅퀴 여단 1대대장이었던 팡탄 하 장군이었다.

의식의 겉면으로 떠오른 태위는 팔리탐이 보던 것을 보고 숨을 들이마셨다. 스카리가 참을성 없는 태도로 말했다.

"태위. 저게 도대체 뭡니까?"

"저건 말리입니다."

"그래요? 그러면 말리를 휘감고 있는 저건 도대체 뭡니까?"

레이헬 라보 태위는 약간 머뭇거리다가 저것은 말리의 비밀이며 황제의 허락 없이는 말할 수 없다는 암시를 담은 말을 중얼거렸다. 스카리는 그 대답을 받아들였다. 말리 그 자체나 아라짓 전사들의 존재도 충분히 놀라운 일이었기에 스카리는 그보다 더 기이한 것이라도 말리와 관련된 것이라면 현실로 받아들일 수 있었다.

"어쨌든 저것이 말리가 맞다면 우리는 저기에 타야 하는 것이군요. 다시 팔리탐을 앞으로 내보내십시오. 힌치오! 올라갈 준비를 해라!"

약간 뜨악해하는 목소리가 돌아왔다.

"어느 쪽에?"

스카리는 미심쩍은 표정으로 힌치오를 돌아보았다. 스카리의 시선을 느낀 힌치오는 무지막지한 이쑤시개를 지휘봉이나 되는 양 가볍게 들어 하늘을 가리켰다.

"저기에, 아니면 저쪽에 있는 하늘치에?"

"뭐? 하늘치가 또 있어?"

스카리는 등자를 밟고 일어나 하늘을 바라보았다. 힌치오가 이쑤시개로 가리킨 방향을 보니 말리를 향해 날아오고 있는 또 다른 하늘치가 보였다. 고맙게도 그것은 대단히 정상적인 모습을 하고 있었다. 그때 스카리는 다른 하늘치나 말리의 기괴한 모습도 단번에 잊어버리게 할 제삼의 물체를 발견했다.

그것은 하늘이 아니라 스카리의 앞쪽에 있었다. 못 보고 놓칠 만큼 작은 물체가 아니었지만 스카리는 그것이 거기에 있다는 것을 깨닫지 못했다. 그것을 유념하지도 않았다. 만약 약간 유념했다면 스카리는 그것을 수풀이나 좀 이상하게 생긴 나무쯤으로 이해했을 것이다.

하지만 두 다리로 일어나 걷는 관목이나 나무는 없다.

풍경의 일부였다가 다음 순간 도저히 풍경에 포함시킬 수 없는 존재가 된 그것이 스카리를 향해 뚜벅뚜벅 걸어왔다. 얼추 레콘 정도의 크기였고 걸음걸이도 레콘의 그것과 비슷했다. 하지만 그것을 뒤덮고 있는 것은 깃털이 아니라 나뭇잎 비슷한 무엇이었다. 하지만 그 인상이 나뭇잎과 닮았을 뿐 나뭇잎은 아니었다.

제멋대로 나 있어도 그 모양이 똑같기에 통일적인 느낌을 주는 나뭇잎들과 달리 그것을 뒤덮고 있는 것들은 모양이 천차만별이었다. 댓잎과 비슷한 무엇, 솔잎과 비슷한 무엇, 버들잎과 비슷한 무엇, 고사리와 비슷한 무엇 등등이 뒤섞여 있다고 말해야 할 것이다. 넋을 잃고 그 모습을 바라보던 스카리가 황급히 품속으로 손을 집어넣으며 말했다.

"두억시니?"

그것은 그럴듯한 설명으로 들렸기에 당황하던 레콘들은 안도했다. 레콘들은 각자의 무기를 꼬나쥐고 그 두억시니로 여기고 싶은 물체를 노려보았다. 그 물체는 멈춰 서더니 갑자기 부리를 벌렸다. 사람들은 그것이 열린 후에야 거기에 부리가 있다는 것을 깨달았다. 하지만 부리라기보다는 엉뚱하게 생긴 나뭇가지 같았다.

"제시간에 도착했군."

그 목소리를 들은 스카리는 생각을 바꾼 듯 품속에서 손을 뺐다.

"말을 하는군. 좋아, 너는 누구냐? 그리고 제시간에 도착했다는 것은 무슨 뜻이냐?"

"짐은 이라세오날이다."

스카리는 깜짝 놀라서 레이헬 태위를 돌아보았다. 하지만 가면으로 덮인 그 얼굴에서는 아무 표정도 읽을 수 없었다. 스카리는 날카로운 눈으로 이라세오날이라 주장하는 물체를 바라보았다.

"잠깐. 내가 아는 이라세오날이 한 명 있기는 하지만 그분은 아라짓 제국을 다스리는 어떤 나가이시지 레콘과 나무 몇 그루를 절구에 넣고 빻은 다음 바닥에 쏟아 놓은 것 같은 물건은 아닌

데."

 그 괴상함을 표현하기엔 스카리의 묘사로도 오히려 부족할 것 같은 물체가 다시 부리를 열었다.

 "말에서 내려라, 발케네 공 스카리 빌파. 짐은 너의 황제다."

 스카리는 혼란과 의혹 속에서 말에서 내렸다. 그때 힌치오가 갑자기 말했다.

 "뭄토?"

 스카리는 움찔하여 힌치오를 보았다. 힌치오는 자신의 외침에 놀란 사람처럼 더듬거렸다.

 "어, 비슷하게 생긴 부분은 없지만 목소리는 뭄토 같은데. 느낌도 그렇고."

 "네 느낌은 정확하다. 네가 보고 있는 이 부분은 한때 뭄토였지. 하지만 짐과 같은 것이 되려 간절히 소망해 왔던 그는 이제 짐의 일부다. 너는 짐을 이라세오날이라 불러야 한다."

 그 설명은 듣는 이들을 질겁하게 했다. 스카리는 다시 품속으로 손을 뻗고 싶은 충동을 느꼈다. 황제의 일부가 되었다니, 그것이 무슨 말인가? 그때 레이헬 라보 태위가 사람들이 자신의 당황을 무차별적으로 드러내지 못하게 하려는 것이 분명한 자세로 재빨리 말했다.

 "위대하신 치천제 폐하 만세. 폐하의 부르심을 받고 저희들이 이곳에 왔습니다. 폐하의 영광과 저희들의 명예를 살찌울 명령을 내려 주소서. 제 소견으로는 저희들이 받을 명령이 지금 말리를 향해 돌진하고 있는 저 하늘치와 관련된 것이리라 생각합니다."

 태도를 정할 수 없어 난처해하던 이들에게 태위의 확고한 태도는 그대로 지침이 되었다. 그들은 태위가 건넨 질문의 대답이 정말 궁금하다는 듯이 이라세오날의 일부인 물체를 바라보았다. 그것이 말했다.

"그렇다. 저 하늘치에는 반역자들이 있다. 너희들이 할 일은 그들을 물리치는 것이다."

태위가 약간 난감하다는 표정으로 소리를 바라보았다. 이라세오날은 그의 고민이 무엇인지 안다는 듯이 말했다.

"저 하늘치는 움직이고 있으므로 너희들이 오르기는 어려울 것이다. 너희들은 말리로 올라와라. 그리고 말리가 하늘치와 충돌한 직후에 저곳으로 옮겨 타라."

"위험한 계획이군요."

인간 병사들이 듣는 곳이라면 삼갔을 '위험'이라는 말을 태위가 굳이 꺼낸 이유야 분명하다. 그는 레콘들을 자극할 작정이었다. 그의 의도대로 레콘들은 반드시 그 일을 하겠다는 눈빛을 띠었다. 이라세오날이 말했다.

"짐을 따라라."

그것이 위로 쑥 솟아올랐다. 어떻게 보면 그것은 가만히 있고 세상이 갑자기 떨어지는 것처럼 보이기도 했다. 그만큼 그 물체는 움직임의 느낌 없이 치솟아 올랐다. 기막힌 얼굴로 그것을 바라보던 스카리에게 태위가 말했다.

"힌치오에게 올라가라고 명령하십시오."

스카리는 묻는 눈으로 가면을 바라보았다. 가면 뒤쪽의 남자가 말했다.

"태위입니다. 당분간은 그 편이 낫겠습니다."

"알겠습니다. 힌치오! 말리 위로 올라간다! 빨리! 제국군이 만들었던 레콘 계단 기억나지?"

물론 힌치오는 그것을 기억했다. 스카리는 그것을 전해 들었을 뿐이지만 힌치오는 직접 목격했으니까. 그는 곧 환상 계단을 만들 줄 아는 레콘들에게 빠르게 명령을 내렸다. 레콘들이 하늘로 치솟아 올랐다.

그 모습을 보던 태위는 자신도 말리에 올라가야겠다고 생각했다. 그는 말을 근처의 나무에 묶어 두려 했다. 그때 그의 곁으로 레콘 한 명이 쓱 다가왔다. 고개를 든 태위는 팡탄 하장군을 보았다. 팡탄이 말했다.

"군령자였어?"

"그렇다. 왜?"

"아, 그냥 내가 제대로 들었나 확인해 보려고."

팡탄은 그렇게만 말하고 환상 계단을 만들어 뛰어올랐다. 그 모습을 보던 태위는 고개를 갸웃하고 나무에 말고삐를 매었다. 조금 후 그와 스카리도 환상 계단을 따라 말리 위로 솟아올랐다.

말리를 향해 돌진하던 소리의 등에서는 레콘들이 말리로 솟아오르는 모습이 똑똑하게 보였다. 시허릭은 자신이 창안한 고속 탑승법이 사라티본 부대에 의해 재현되는 것을 보며 복잡한 심회를 느꼈다. 모든 사람들이 자신이 보는 것의 의미를 생각하며 침묵하고 있을 때 파라말 아이솔이 갑작스럽게 말했다.

"도망치실 겁니까?"

가까이 있던 사람들은 산공부사를 돌아보았다. 산공부사는 엘시를 노려보고 있었다. 그의 눈초리에 담긴 증오를 사람들은 이해하기 어려웠고 그중 상상력이 남달랐던 이들은 혹 파라말이 정신 억압된 것이 아닐까 하는 의심도 떠올렸다. 엘시는 다시 말리를 바라보다가 혼잣말처럼 말했다.

"도망은 무의미하다."

틸러 달비는 자신도 모르게 엘시의 말에 주석을 붙였다. '그것은 다른 모든 행동과 마찬가지로 정신 억압에 의한 것일 수 있으므로.' 그 해석의 끔찍함이 다시 틸러를 진감케 했다. 정신 억압은 세상을 사라지게 한다. 황제를 공격해야 한다. 그것이 옳거나 바르거나 필요해서가 아니라, 그것 외엔 할 수 있는 일이 아무것도 없기 때문이다. 심지어 아무 일을 하지 않을 수도 없기 때문이다. 하지만 파라말은 그 말이 충분히 용감하게 들리지 않는다는 것에 화가 났다. 그는 따지듯 말했다.

"각하께서 정말 황제를 공격할 수 있습니까? 황제의 대장군인 각하께서 그녀를 불살라 사라지게 할 수 있습니까? 그것이 바른 일입니까?"

틸러는 화가 났다. 엘시는 바르거나 바르지 않기 때문에 그 일을 하려는 것이 아니다. 무위조차 의심스럽다! 그토록 분명한 사실을 모르는 척하며 엘시의 말버릇으로 엘시를 공격하는 파라말의 모습을 틸러는 이해할 수 없었다. 엘시는 무거운 눈길로 산공부사를 바라보았다.

"그대에게 대답하는 것도 도망처럼 무의미하지만."

무의미, 무의미, 무의미. 틸러는 숨이 막혔다. 엘시가 옳다. 틸러가 생각했던 것보다 훨씬 더 큰 공허, 훨씬 더 끔찍한 절망이다.

"대답하겠다. 나는 황제를 공격할 것이다."

파라말은 사나운 눈으로 엘시를 바라보았다. 사람들이 다시 파라말의 정신 억압을 의심하게 되었을 때 파라말의 눈에 물기가 고였다. 그는 눈물 맺힌 눈으로 엘시를 보다가 축축한 목소리로 말했다.

"어떻게 하시겠습니까?"

그 목소리에는 낙심과 기대감이 함께 있었다. 사람들은 파라말이 제국이 낳은 최고의 장수에게 말하고 있음을 깨달았다. 그리고 사람들은 자신들에게 그런 존재가 필요함을 깨달았다. 말리는 불을 토하는 용이고 아라짓 전사들을 데리고 있다. 정신 억압의 문제도 있거니와 이제 레콘이라는 물질적 힘까지 갖추고 있다. 탈해의 개밥바라기 이상의 무엇이 필요했다. 파라말이 말했다.

"아뇨, 질문하지 않겠습니다. 명령을 받겠습니다. 저에게도 시키실 일이 있는지 모르겠습니다만."

엘시는 목이 굳어 있던 사람처럼 천천히 고개를 돌렸다. 그는 소리 위에 있는 무력을 점검하는 것처럼 보였다. 틸러도 그렇게 해 보았다. 천 명에 채 못 미치는 인간 병사들, 일곱 명의 레콘, 탈해 머리돌 무사장, 발리츠 굴도하 남작 외엔 실질적인 병력이 보이지 않았다. 물론 소리 그 자체도 훌륭한 병기이고 규리하 성에서 말리를 물러나게 했다는 정우의 꿈도 있지만 소리는 말리에 부딪히는 용도로밖에 쓸 수 없으므로 말리와 상쇄된다. 그리고 탈해 머리돌 무사장은 정우의 꿈을 쓰는 일에 신경질적으로 반응했다. 어차피 정우에게는 소리를 조종하는 일이 있다. 용과 탈해 머리돌 무사장 또한 상쇄된다고 보면 그 나머지 병력으로 사라티본 부대를 상대해야 한다. 틸러는 말도 안 된다고 생각했다. 엘시가 내릴 수 있는 가장 현명한 명령은, 그것이 비록 무의미하더라도 도망치라는 명령이다. 틸러는 그렇게 생각했다.

그 순간 틸러는 자신이 아직도 엘시가 본 공포스러운 공허를 제대로 보지 않았음을, 그리고 그것을 직시할 수도 없음을 깨달았다. 도망치는 것은 무의미하다. 그런데도 틸러는 도망치고 싶었다. 그 감정을 절대로 부정할 수 없다. 생에 진짜로 의미 있는 일은 또 무엇인가? 죽지 않기 위해 행하는 사소한 일들을 제외한다면 이것이 우주로부터 그 유의미함을 보증받았다고 말할 수 있는 일이 어디에 있단 말인가? 틸러는 뒤로 물러나고 싶었다. 의미는 스스로 부여하는 것이다. 그것이 설령 가짜이고 주입받은 것이라 해도 자신이 원하는 것이라면 그것은 이미 자신에게겐…….

"저게 좋겠군."

엘시의 말에 틸러는 따스한 잠자리에서 갑자기 끌려 나온 것 같은 느낌을 받았다. 그는 떨떠름한 눈으로 엘시의 시선을 따라갔다. 하지만 그는 그 시선 끝에서 신통한 것을 발견하지 못했다. 엘시가 보고 있는 것은 31중대도, 레콘들도, 도깨비 무사장도 아니었다. 대장군은 허공을 보고 있었다.

부위는 보지 못해도 상장군은 보았다. 시허릭 마지오 상장군이 말했다.

"구름 말씀입니까?"

시허릭의 말에 사람들은 다시 엘시의 시선을 따라갔다. 그리고 엘시가 무엇을 보았는지 깨달았다. 그것은 꽤 멀리 있는 것이지만 평평한 비나간의 지형 덕분에 확실하게 볼 수 있었다. 거리를 쉽게 가늠하기 어려울 정도로 먼 곳에 먹구름처럼 보이는 얼룩이 있었다. 어쩌면 비를 품고 있을지도 모른다. 레콘들은 좀 난처하다는 표정을 지었지만 사람들은 기쁜 표정으로 엘시를 보았다. 엘시가 정우에게 말했다.

"정우, 소리의 방향을 바꿔 저기 보이는 구름 쪽으로 데려가 주시겠습니까? 말리가 우리 뒤를 따라오도록."

정우는 고개를 끄덕이곤 아래를 내려다보았다. 그리고 참으로 전투적이지 못한 말을 꺼냈다.
"소리, 목욕 시간이야."
소리가 거대한 몸을 비틀기 시작했다.

자신의 죽음에 도달한 제이어 솔한은 한숨을 내쉬었다. 입을 벌리고 숨을 길게 내쉬는 한숨은 아니다. 그런 한숨을 내쉬면 제이어는 죽을 것이다. 죽음의 순간에서 제이어는 사실상 아무 일도 할 수 없었다. 보는 것이나 생각하는 것도 명백히 시간적인 활동이다. 시간이 흐르면 죽는다. 제이어는 자신의 죽음을 고정시켜 놓았지만, 바로 그 때문에 그 순간에 대해 아무 일도 할 수 없었다. 그래서 제이어는 그 순간에서 말 그대로 순간적으로 도피했다. 사고가 불가능하기에 그것은 사고의 작용이 아니라 반사적인 행동이다. 도망친 후에야 제이어는 그 순간으로 되돌아가기 위해 쌓았던 온갖 결심에도 불구하고 자신이 그 순간에서 튕겨 나왔음을 깨달았다. 그렇다면 한숨은? 그런 일은 일어나지 않았다. 제이어가 한숨을 내쉰 것 같은 기분을 느꼈을 뿐이다. 그것은 이미 수십 번도 넘게 해 본 일이었다.
　제이어는 내키지 않는 기분으로 주위를 둘러보았다. 무슨 일이 벌어질지는 뻔했다. 장소는 보나마나 소리의 등, 그리고 아무도 없을 것이다. 하늘을 보며 이리저리 산책하다가 소리의 등을 떠날 수 없다는 것에 분통을 터뜨리고, 그리고 다시 죽음으로 돌아갈 것이다. 물론 자기도 모르는 사이에 또 그곳에서 도망칠 것이다. 그가 갇힌 시간의 미궁에 출구는 하나뿐이고 그것은 죽음이라는 이름을 가지고 있다. 제이어는 자신이 시간의 틈바구니에서 미쳐 버릴지도 모른다고 생각했다.

비관적인 전망을 곱씹던 제이어는 멀찌감치 서 있는 사람들을 보았다.

제이어는 기쁜 나머지 환호도 지르지 못했다. 엘시와 이레를 본 후 처음 만나는 사람들이었다. 그들과 함께 산책보다는 훨씬 나은 일을 할 수 있을 것이다. 제이어는 바삐 그들을 향해 걸어갔다. 그리고 다른 것들도 관찰했다. 해가 기울어 있었다. 일몰인지 일출인지는 알 수 없었다. 소리의 방향을 알 수 없으므로. 약간 쌀쌀한 것이 가을이나 초봄인 듯하다. 물론 그런 것들이야 중요하지 않다. 지금은 어느 시대일까? 제이어는 지난번처럼 아는 얼굴이 있기를 바라며 사람들에게 다가갔다.

사람들이 제이어의 접근을 알아차리고 돌아보았다. 그들과 얼굴이 마주친 제이어는 걸음을 멈췄다. 아는 얼굴이 보이지 않았다. 그런데 더 나쁜 것이 있었다. 제이어는 그들을 사람이라고 생각할 수 없었다.

사람이 아니라고 말하기도 어렵다. 제이어는 그들이 많은 수의 인간들과 레콘들이라고 생각했다. 그 사실을 의심하기는 어렵다. 하지만 제이어는 그들의 모습을 보며 낯설다는 것 이상의 생경함을 느꼈다. 자신과 같은 사람이라고 생각하기 어려웠다. 하지만 그들의 어떤 점이 그에게 그런 느낌을 주었는지 묻는다면 제이어는 대답할 수 없었을 것이다.

제이어와 사람 아닌 것 같은 사람들은 서로를 물끄러미 바라보았다. 그때 누군가의 목소리가 들려왔다.

"****왕은 이것에******대해 항의할 수**도로가 아니다. 하늘치

******겠나? ***위해****되는 도로 사용료를********로 막을 수 없다. 동편 한 넢도****보라. 도로*****가증스러**연합은****짐의 군대가 지상에 내려서*****복해라. 그렇게***하면 그 유명한 편지 **번째 글자만 따서 읽****어먹을 숙취는 기어코 찾아**게 뭐야?"

제이어는 불분명한 목소리가 들려온 곳을 보았다. 인간 여자인 듯하지만 도무지 인간 여자라는 인상이 들지 않는 존재가 그녀의 말을 받아 적고 있는 것처럼 보이는 자를 옆에 둔 채 제이어를 바라보고 있었다. 제이어는 머뭇거리며 말했다.

"당신은 누구십니까?"

여자 아닌 여자는 제이어를 똑바로 바라보다가 한참 후에 말했다.

"말**이상하군. 사람들*****그 유령**왕이다."

"당신의 말을 알아듣기가 어렵습니다. 저는 제이어 솔한입니다."

"**마찬가****짐은**."

제이어는 입을 다문 채 잠시 생각에 잠겼다. 아무래도 저쪽에 들리는 자신의 말 또한 불분명한 것 같다. 제이어는 다시 사람들을 둘러보고 그들에게서 사람의 인상을 받을 수 없었던 것 또한 불분명한 말과 같은 이유에서일지 모른다고 생각했다. 무엇인지는 모르지만 그들 사이에 서로를 인지하는 것을 방해하는 것이 있는 듯하다. 타개책을 찾던 제이어는 같은 질문을 반복했다.

"지금이 몇 년입니까? 지금이 몇 년입니까? 지금이 몇 년입니까? 지금이 몇 년입니까?"

인간 여자는 제이어가 무슨 일을 하는지 깨달은 것 같았다. 반복되는 것 같은 대답이 들려왔다.

"***년, 아라짓력*3년, ***63년, 아라짓***년."

제이어는 아라짓력 63년이라고 생각했다. 물론 163년이나 1063년 같은 비관적인 경우도 가능하기야 하다. 제이어는 답답한 시선으로 여자를 바라보았다. 여자는 계속해서 무어라 말했다. 건성으로 그 말을 듣던 제이어는 갑자기 정신이 번쩍 드는 말을 들었다.

"잠깐만요. 지금 제이어 솔한이라고 했습니까? 저를 아십니까? 예. 제가 제이어 솔한입니다. 제이어 솔한입니다. 제이어 솔한입니다."

그의 말이 전달된 듯하다. 여자는 자기를 가리켰다.

"짐은******헨로. 왕이*******통치하는***로."

"헨로? 헨로 가의 사람입니까? 짐이라고요? 왕이란 말입니까? 왕입니까? 헨로, 왕입니까?"

여자는 고개를 끄덕이는 것처럼 보였다. 긍정을 의미하는 것처럼 보이지는 않았지만.

제이어는 재빨리 레콘 같지 않은 레콘들과 인간 같지 않은 인간들을 둘러보고 다시 여자 아닌 여자를 바라보았다. 저들이 사라티본 부대이고 이 여자는 왕이 된 부냐 헨로인 것일까? 아니면 확실히 능력자로 분류되는 그녀의 언니 니어엘 헨로인 걸까? 163년이라면 그들의 후손일 수도 있다. 하지만 130년이 지났는데도 자신의 이름을 기억하는 사람이 있을 수 있을까?

문득 제이어는 자신이 정말 중요한 것을 들었음을 깨달았다. 상대는 왕에 대해 이야기하고 있었다. 치천제의 계획대로 되었다면 미래는, 최소한 일만육천 년 동안의 미래는 황제의 시대일 것이다. 황제의 계획이 실패한 것일까? 아니면 황제가 존재하고 그

휘하에 왕 또한 있는 것일까?

제이어는 진상을 밝혀내겠다고 결심했다. 그것을 알아낸다 한들 그에겐 아무 쓸모가 없다는 것은 제이어에게 문제가 되지 않았다. 어차피 제이어가 자신을 위해 쓸 수 있는 지식이란 없다. 그의 죽음은 과거에 단단히 고정된 채 그를 기다리고 있었다. 지적 충족감은 유일하면서도 충분한 이유가 될 수 있다. 제이어는 파편화된 대화를 계속하기로 했다.

하지만 상대가 그것을 원치 않았다. 몇 번 알아듣기 어려운 대화가 오간 후 여자가 말했다.

"**오는 전투*******야 한다. ***하늘치*****짐은****유령과****가야**전투가*****."

그리고 여자는 뒤로 한 걸음 물러났다. 부서진 말보다는 동작으로 뜻을 전달하려는 것 같았다. 제이어는 그녀가 전투를 앞두고 있으며 그것을 위해 떠나려 함을 깨달았다. 그러고 보니 다른 자들은 이미 그 자리를 떠나서 무슨 일인지는 모르지만 바빠 보였다. 왕의 곁에는 그녀를 지키기 위해 서 있는 것처럼 보이는 사람들만 남아 있었다.

그리고 제이어는, 별로 중요하지 않을지 모르지만, 고가의 도로 사용료로 그녀를 막으려는 세력이 있으며(유료도로당일까?) 그 방해를 물리치기 위해 그녀가 하늘치를 이용하여 이동하고 있음도 짐작했다. 뭔가 소란스러운 시대인 듯하다. 그들이 과거의 유령보다는 현재를 다루느라 바쁜 것이 분명했다. 제이어는 왕의 뜻을 받들기로 했다. 왕에게 인사를 보낸 살인 기사는 좀 더 대화하기 쉬운 존재들을 만날 수 있기를 바라며 다른 시대로 움직였다.

세계가 이루어진 후에 한번도 일어난 적이 없고 다시 보기도 힘든 일이 비나간 북쪽의 이름 없는 황무지에서 펼쳐졌다. 안타깝게도 그곳은 상당히 황량한 지대였기에 그 장관을 보는 자들은 그것에 참여하고 있는 자들뿐이었다.

소리와 말리는 약 1킬로미터의 거리를 두고 대치한 채 신경을 혹사시키는 움직임을 하고 있었다. 소리는 말리를 먹구름 안쪽으로 끌어들이려 했다. 말리는 그에 응하지 않았다. 소리가 비구름 속으로 들어갈 지경이 되자 말리는 허공에 멈춰서 버렸다. 상대가 멈춰 선 것을 본 소리는 폭우 속으로 들어가는 대신 비가 내리는 영역 바깥을 따라 움직였다. 그러자 말리는 소리와의 거리를 변화시키지 않은 채 나란히 움직였다. 폭포 바로 곁에서 두 마리 새가 추격전을 벌이는 것 같았다.

소리는 상대의 실수를 끌어내기 위한 교묘한 이동을 감행했다. 모든 역사에서 위대한 장수로 기록될 엘시 에더리는 설령 부하가 사람이 아니라도 능숙하게 지휘할 수 있는 것 같았다. 대장군은 정우의 곁에 서서 날카로운 눈으로 말리를 바라보며 정우에게 짤막짤막하게 말했고 그때마다 소리는 오랫동안 훈련받은 군인의 기민함을 보여 주듯 정묘하게 움직였다. 하늘치 소리가 단 하나의 생물임을 인정한다면 그것은 전술가의 능력이라기보다는 조련사의 능력에 해당하는 것인지도 모른다. 하지만 하늘치는 하나의 생물이라기보다는 하나의 세계였다. 그것을 자유자재로 움직이는 능력은 수백만의 군대를 다루는 전술가의 그것이 분명했다.

엘시의 시도는 몇 번이나 성공 일보 직전까지 치달았다. 하지만 말리 또는 황제의 자제력이나 통찰력 또한 만만치 않았다. 관성을 제어하지 못하고 비구름 속에 빠져 들 것이 분명하다고 생각되는 순간 말리는 여지없이 방향을 바꿔 비구름에서 멀어졌다. 그러면 소리는 다시 처음부터 같은 움직임을 반복했다.

하지만 시간은 명백히 말리의 편이었다. 비록 가까이서 본 비구름이 대단한 양의 봄비를 뿌리고 있긴 했지만 말리는 비가 그치고 구름이 사라질 때까지 얼마든지 기다릴 수 있다는 태도였다. 이 근방의 기후에 해박한 이는 없었지만 그 비가 여름 장마가 아니라는 것은 누구에게도 분명했다. 머지않아 비는 그칠 것이다. 소리 위의 사람들은 말 못할 조바심에 가슴을 움켜쥐었다. 그들은 대장군에게 그 상황을 어떻게 대처할지 묻고 싶었지만 감히 대장군을 방해하지도 못했다.

그런 대장군의 모습을 보던 사람들 중엔 지멘의 곁에 있던 아실도 있었다. 아실은 고통스러운 눈으로 말리와 대장군을 번갈아 보기를 반복했다. 그러다가 그녀는 지멘을 올려다보았다.

먼 옛날부터 그녀의 시선을 기다리고 있었던 것 같은 지멘의 눈이 거기에 있었다.

"지멘, 황제를 죽이고 제 증오를 되찾겠다고 했죠."

"죽이는 것이 해결책이라면, 그렇게 한다."

"제 증오를 되찾을 수 있다면 세상이 망해도 된다는 건가요? 600조 가까운 사람의 목숨을 대가로 사랑도 아니고 동정심도 아니고…… 증오를?"

검은 레콘은 먹구름을 등진 채 꿈쩍도 하지 않았다.

"내 미래는 죽은 사람이 정해 놓았고, 내 과거는 내가 죽일 사람에 의해 되새겨지던 시절이 있었다."

아실은 숨소리를 낮추었다. 지멘이 말했다.

"기원 없는 나날이었다. 기원할 일이 없어서가 아니라 기원할 시간이 없어서. 움직임뿐이었지. 매일 제국군에게 쫓기고 한 달에 대여섯 도시를 떠돌고 반년에 한 번씩 황제의 세금 수송대를 습격하고 3년에 한 번꼴로 지붕 밑에서 자곤 하던 어느 때, 나는 물구덩이와 어둠에 붙잡혀 꼼짝할 수 없게 되었다."

아실은 그 밤을 기억했다. 얼어붙은 거대한 레콘과 비틀거리는 작은 인간이 밧줄로 서로를 묶은 채 신음하며 어둠을 가로지르는 밤이었다.

"너는 물구덩이를 증오하고 붙잡힌 자신의 상황을 증오하고 무기력한 나를 증오했다. 그 증오로 너는 나를 이끌고 거기를 벗어났다."

"증오가…… 그건 증오가……."

"증오였어. 너였어."

"내 소망 때문에…… 그것을 추구하기 위해……."

"황제와 제국을 증오했지."

아실은 신음하며 죽어 가던 즈라더를 떠올렸다. 즈라더는 그녀에게 자신과 황제의 차이가 무엇이냐고 질문했고 아실은 즈라더에게 싫어하는 것과 증오하는 것의 차이라고 대답했다. 그녀는 황제를 증오했다. 지멘이 말했다.

"너는 분리주의의 숨은 전제가 사람들이 자신과 대등한 존재를 정말 자신과 똑같이 받아들인다는 것이라고 했지. 그런데 그러려면 사람들은 서로를 증오해야 할 것 같아. 왜 그러냐고 묻지는 마. 내가 느끼는 것을 제대로 표현할 수가 없다. 그냥 레콘의 감이라고 설명하는 것이 속 편할지도 모르겠다."

지멘은 자신에게 짓눌린 것 같은 표정을 지었다가 망치를 힘있게 부여잡았다.

"나는 네 증오를 되찾을 거야, 반드시."

"반드시?"

"그래."

아실은 지멘을 바라보았다. 지멘이 그녀에게 되찾아 주고 싶어 하는 증오에는 아무 관심이 없었다. 하지만 아실은 지멘을 보며 생각했다.

'도와주고 싶어요.'

먹구름 사이에서 우르르릉 하는 천둥이 들려왔다. 방향성 없는 벼락의 번득임도 보이는 것 같다. 그들은 폭풍의 유년기에 해당하는 비구름 옆을 지나치고 있는지도 모른다. 다시 한번 구름의 포효가 멀리서 들려왔을 때 아실이 몸을 돌렸다. 그녀는 말리를 흘끔 바라보고 달리기 시작했다. 지멘이 그 뒤를 따르려 했지만 아실은 뒤도 돌아보지 않은 채 손을 들어 흔들었다. 따라오지 말라는 손짓이었다. 지멘은 걸음을 멈추고 아실의 모습을 보았다. 아실은 어떤 레콘에게 다가가고 있었다. 거대한 조간을 들고 불편한 표정으로 먹구름을 곁눈질하는 레콘은 야리키였다.

야리키에게 다가간 아실은 무엇인가를 빠르게 말했다. 조금 후 야리키의 몸이 확 부푸는 것을 보았을 때 지멘은 망치를 집어 들고 달리려 했다. 하지만 그는 야리키의 반응이 분노가 아니라 경악이라는 것을 깨달았다. 아실은 두 손을 바쁘게 움직이며 열성적으로 말했다. 그녀를 내려다보던 야리키의 몸에서 깃털이 수그러들었다. 야리키는 좀 더 가까이서 듣고 싶다는 듯 무릎을 굽히고 아실에게 집중했다. 먼 거리였지만 지멘은 야리키의 눈이 황홀함을 닮은 빛으로 반짝이는 것을 보았다.

조금 후 야리키는 몸을 일으켰다. 그는 아실을 향해 고개를 한 번 끄덕이고 어딘가로 성큼성큼 걸어갔다. 아실은 그 모습을 보며 지멘을 향해 터덜터덜 걸어왔다. 지멘은 아실을 향해 마주 걸었다. 그래서 지멘은 야리키가 무슨 일을 하는지 보지 못했다.

사실 눈을 그쪽으로 향했다 해도 그것을 볼 수 없었을 것이다.

야리키는 정우와 엘시가 있는 쪽으로 다가갔다. 사람들은 자신의 숙원을 이루어 줄지도 모르는 규리하 공을 지키기 위해 이곳까지 따라온 레콘에게 별다른 경계심을 보이지 않았다. 엘시는 말리를 주시하며 빠르게 말하고 있었고 정우는 그 말을 소리에게 전달하고 있었다. 그 모습을 보던 야리키가 말했다.

"잠깐 쉬어, 정우. 엘시."

정우와 엘시는 모두 의아한 얼굴로 야리키를 보았다. 야리키는 별다른 설명 없이 그들 옆을 지나가 말리가 잘 보이는 곳에 섰다. 정우가 말했다.

"야리키?"

"레콘의 감인가 보지."

"예?"

"너를 따라다니면 좋은 일이 있을 것 같다고 생각했어. 그렇게 됐군."

정우는 그 말을 이해할 수 없었다. 그리고 야리키는 설명해 주지 않았다. 말리를 똑바로 바라보며 그는 아실에게 들은 말을 한 마디씩 속으로 되뇌었다.

'환상은 상상한 자와 하늘치 자체에 영향을 준다.'

야리키, 불가능한 숙원에 도전하는 레콘, 그것이 자기 숙원이기에 도전하는 레콘, 그리고 이미 불가능과 가능의 구분에 특별한 의미를 두지 않게 된 레콘.

그래서 놀랍도록 희열은 없다.

야리키는 그저 이 이야기를 누군가에게 들려주는 상황을 떠올리는 것으로 만족했다. 그리고 그 상대는 정해져 있는 것이나 다름없다. 야리키는 눈을 감았고 그 안쪽에서 누군가를 찾았다. 곧 그녀가 나타났다. 여러 가지 의미로 굉장한 이야기들을 품고 있는 입매를 살짝 꿈틀거리며 반짝이는 눈으로 바라보는 여자.

'그러니까 당신이 원하는 건 하늘 낚시터라는 거죠?'

'세레지, 나는 멍청했다. 하늘 낚시터는 이미 있었다.'

눈꺼풀 속의 세레지 파림은 의아한 눈으로 그를 보다가 말했다.

'아무래도 악의 세력을 물리친 것 같군요?'

야리키는 고개를 끄덕였다.

'그런 것 같군.'

'그래요?'

'이제 내 세상은 참 재미있어질 것 같으니까.'

세레지는 눈을 동그랗게 뜬 채 그를 바라보았다. 그녀는 상대방이 자신의 이야기보다 더 굉장한 이야기를 가지고 있는 것이 분명하다고 생각하는 것 같았다. 야리키는 그것이 세레지를 약오르게 하지 않을까 잠깐 걱정했다. 완전한 기우다. 남성적인 우둔함이라고나 할까. 세레지는 씩 웃었다. 상쾌한 웃음이다.

'보여 줘요!'

야리키는 눈을 떴다.

언젠가 정우는 야리키가 이리저리 가늠해 보기에 앞서 무턱대고 시작부터 하는 성격이 아닌가 의심했다. 그 의심은 정확했다. 자신이 하려는 일이 얼마나 엄청난 것인지에 대한 생각은 깃털

반 조각만큼도 하지 않은 채, 야리키는 낚싯대를 바닥에 내려놓았다. 빈손으로 서서 야리키는 말리를 똑바로 바라보며 필요한 것을 상상하기 시작했다.

그 자신과 하늘치 말리에게 영향을 줄 환상 조간을.

그것의 자세한 모양은 그것을 상상한 야리키도 설명할 수 없었다. 양자의 무게 차이는 명백했기에 야리키는 무의식적으로 그 낚싯대를 소리의 일부로 만들었다. 대강 준비가 끝나자마자 야리키는 무턱대고 낚시를 던졌다.

"물어라—!"

계명성에 놀란 이들이 야리키를 보다가 말리를 보았다. 말리의 모습엔 아무 변화가 없었다. 어이없어 하던 사람들이 야리키에게 질문하려고 마음먹었을 때까지는.

먼저 말리가, 그리고 소리가 크게 전율했다.

제이어는 으르렁거리며 주위를 둘러보았다. 헨로 가의 어떤 왕을 만난 이래 그가 방문한 수십 번의 시대에서 제이어는 아무도 만나지 못했다. 소리의 등은 텅텅 비어 있었다. 제이어는 그것을 이해할 수 없었다. 이름 모를 헨로가 사용했던 것처럼 하늘치는 훌륭한 도구다. 분명히 그것을 다루는 방법이 많이 전파되었어야 한다. 그런데도 소리의 등은 언제나 황무지였다.

아무도 없다는 것을 확인한 제이어는 다시 반사적으로 다음 시기로 떠났다. 비어 있었다. 또 떠났다. 비어 있었다. 제이어는 시간 위를 질주했다. 밤일 때도 있고 낮일 때도 있다. 혹독한 추위가 덮칠 때도 있고 무서운 더위가 덮칠 때도 있었다. 하지만 사람의 모습은 보이지 않았…….

'저게 뭐지?'

제이어는 자신이 본 것을 확인하려 했다. 하늘치의 텅 빈 등이 아닌 다른 무엇인가가 있었다. 하지만 정신없이 도약하던 중이었기에 제이어는 자기도 모르게 그 시대에서 그냥 뛰쳐나왔다. 다음 시대에 도착했을 때야 비로소 제이어는 실수를 저질렀음을 깨닫고 화가 나서 고함을 빽 질렀다.

"너는 누구이기에 그****가?"

제이어는 충격 속에서 소리가 들려온 쪽을 보았다. 한낮이었고 계절은 가을쯤인 것 같았으며, 어떤 레콘이 홀로 서서 그를 바라보고 있었다. 제이어는 반가움을 느끼며 그에게 다가갔다. 헨로 가의 어떤 왕처럼 그 레콘도 기묘한 생경함을 풍겼다. 하지만 그 정도가 덜했다. 자신이 좀 취한 채 어떤 레콘을 보고 있는 것이 아닌가 싶은 정도의 느낌이었다. 제이어는 다급하게 말했다.

"갑자기 이런 질문을 하는 것을 이해해 주십시오. 지금이 몇 년입니까?"

"네 말이 이상하게 들리***금은 아라짓력 46년이다만."

말의 불분명함도 이전보다 덜했다. 헨로 가의 왕을 만난 것이 63년이나 163년일지도 모르는 시기였음을, 그리고 엘시와 이레를 만나서 아무 어려움 없이 대화했을 때는 33년이었음을 떠올린 제이어는 당장 어떤 가설을 떠올릴 수 있었다. 더 먼 미래로 가면 불분명함이 심화되는 것 같았다. 그 사실은 제이어에게 큰 충격을 주었다. 그는 미래 어느 때로도 갈 수 있지만 그가 도착한 미래를 그는 제대로 볼 수 없었다. 제이어가 당황해할 때 그를 뚫어지게 바라보던 레콘이 부리를 열었다.

"잠깐. 그 하얀 옷차림********는 제이어 솔한인가? 아아, 그래. 네***들었다."

"예? 제 이야기를 들었단 말입니까?"

"너는 대장군 엘시 에더리를 만났***고정시켜 둔 살인 기사에 대한 이야기를*****다. 흐음. 네 말의 불분명함은 추억에**이끼 같은 건가?"

"저는 살인 기사 제이어가 맞습니다. 당신은 누구입니까?"

레콘은 그를 물끄러미 바라보다가 점잖게 고개를 가로저었다.

"알려 주지 않는 것이 좋을***의 대화에 끼어드는 불분명함을 보건대 네가******은 네가 미래를 아는 것을 바라지 않는 것 같다. 너는 과거에 고정된******."

제이어는 멍한 눈으로 레콘을 바라보았다. 그 레콘은 제이어가 미래를 만나는 것을 금지하고 있는 어떤 것에 대해 이야기하고 있었다. 놀라운 것은 그것이 사실인 것 같다는 점이다.

"말씀하신 것이 맞는 것 같군요."

그 레콘은 동정심처럼 보이는 표정을 지었다. 제이어는 그를 가만히 바라보았다. 그가 만난 레콘 중에 이토록 점잖은 레콘이 있었는지 궁금해질 정도였다. 레콘들에게 어떤 변화가 일어난 것일까? 자신에게 금지된 미래에 대해 제이어는 다시 호기심을 느꼈다.

"요즘 세상이 어떤지 정도는 알려 주실 수 있습니까?"

레콘은 품위 있게 고개를 가로저었다.

"그러면 당신이 이 세상을 어떻게 생각하는지 알려 주는 식은 어떻습니까? 그것은 사람들이 각자 다르게 생각하는 것이니 내게 어떤 정보가 되지는 않을 것 같습니다."

"미안하지만 그럴 수가***요하다면 중요하니까. 그것은 의미가 ***."

불분명함은 덜했지만 그래도 이해하기 어려운 말이었다. 제이어는 목마름을 담은 시선으로 레콘을 보았다. 그런데 갑자기 다른 목소리가 들려왔다.

"폐하! 역시 여기 계셨**."

레콘이 당혹하여 뒤를 돌아보았다. 제이어는 깜짝 놀라서 레콘을 바라보았다. 폐하로 불린다면 이 레콘이 왕이란 말인가? 제이어는 고함지른 사람을 보려 했지만 레콘의 큰 체구 때문에 그를 확인할 수 없었다. 그는 옆으로 몸을 움직였다.

체격 좋은 도깨비 남자가 등 뒤에 딱정벌레를 놓아둔 채 걸어오고 있었다. 표정이나 인상이 불분명하긴 했지만 그 도깨비는 못마땅한 심정인 것 같았다. 그는 따지듯이 말했다.

"*****들이 이 사실을 알면 절대로 가만히 있지***무도 하늘치에 올라올 수 없다고******긴 저도 올라오긴 왔습니다만 폐하께서**누구십니까?"

마지막 질문은 제이어를 향한 것이었다. 하지만 제이어는 그 남자의 말을 생각하느라 정신이 없어서 대답할 수 없었다. 제이어는 왜 자신이 소리 위에서 사람들을 볼 수 없었던 것인지 깨달았다. 어떤 자들이 하늘치에 사람이 오르는 것을 금지하고 있었던 것이다. 63년이나 163년에는 그 금지가 사라지는 걸까? 제이어는 그렇지 않다고 생각했다. 그 헨로의 적들은 도로 사용료로 헨로를 막으려 했다. 그렇다면 그 왕의 적들은 헨로가 하늘치를 이용할 거라는 생각을 못했다는 뜻이 된다. 그 왕은 다른 사람들이 감히 사용하리라 생각할 수 없었던 도구를 과감하게 사용하여 적들을 물리치려 시도한 것이다. 그러고 보니 그의 앞에 있는 레콘 왕도 금지를 어기고 하늘치에 올라와 있었다. 제이어는 그자들이 누군지 알 수 없지만 왕들은 그들과 알력을 벌일 만한 모양이라고 생각했다.

그의 재빠른 생각이 얼굴에 드러나 레콘 왕에게 포착된 모양이다. 레콘은 안타깝다는 듯 미소를 지으며 새로 나타난 남자에게 조용하라는 신호를 보냈다. 그리고 레콘은 제이어를 돌아보았다.

"당신은 영민한 사람이****많은 것을 깨달은 것 같군."

"제가 보고 있는 분이 왕이십니까?"

레콘은 대답하지 않았다. 다만 침착하게 명령했다.

"떠나라, 제이어. 조용한 곳에서***하고 그대의 죽음으로******다."

제이어는 무슨 말을 하는지 알 것 같았다. 그는 아쉬운 눈으로 레콘을 바라보았지만 그 레콘이 절대로 부리를 열지 않을 것임을 확인할 수 있을 뿐이었다. 그는 목례하고 도깨비에게도 인사를 건넨 다음 다른 시대로 떠났다.

주위가 어두워졌다. 제이어는 새벽이나 해가 진 직후인 듯하다고 생각했다. 계절은 여름인 듯. 그리고 얼마 전에 하늘치에 비가 온 모양이다. 바닥이 여기저기 젖어 있었다. 주위에 아무도 없다는 것을 확인한 제이어는 그 박명 속을 천천히 걸으며 생각했다.

곤란한 상황이다. 미래로 가면 갈수록 인지하는 것이 불분명해진다. 또 사람들의 하늘치 등정을 막고 있는 어떤 금지가 있다. 그 말은 그런 금지를 어길 수 있는 몇몇 대범한 인물들을 제외하면 제이어가 만날 수 있는 사람이 없다는 뜻이 된다. 먼 미래에는 그런 금지가 사라질지도 모르지만 그 시대에서 제이어는 아무 것도 제대로 보고 듣지 못할 것이다.

제이어는 레콘 왕의 마지막 말을 떠올렸다. '그대의 죽음으로 돌아가는 것이 좋겠다.' 다른 의미일 가능성은 적다.

하지만 제이어는 쉽게 그 말을 따를 수 없었다. 좀 덜 젖은 자리를 찾아 바닥에 앉아서 하늘을 보았다. 어둠은 옅었지만 별들을 보는 것은 어렵지 않았다. 그가 도착한 곳이 어느 시대인지 알 수 없지만 별들은 낯설지 않았다.

알지 못하는 시대에 홀로 앉아 제이어는 익숙한 별들을 바라보았다.

격렬한 진동으로 사람들이 우당탕탕 쓰러졌다. 몸이 공중에 떠올랐던 정우는 누군가의 품안에 떨어졌다. 두 사람은 몸이 뒤엉키며 쓰러졌다. 정우는 정신을 수습하여 자신을 붙잡은 사람을 보았다. 그녀는 엘시와 함께 바닥에 쓰러져 있었다.

엘시는 끙 하는 소리를 내며 정우를 바닥에 엎드리게 했다. 논리적으로 가장 안전한 자세이긴 했지만 정우는 그 논리를 받아들이지 않았다. 그녀는 환상으로 자신을 감싸고는 그 환상을 움직였다. 조금 후 정우는 똑바로 선 자세가 되었다. 하늘치의 진동에 따라 정신없이 흔들리고 있다는 점만 제외하면 안정적인 자세였다. 정우는 멀미가 날 것 같았다.

정우의 모습을 본 엘시는 그녀를 따라 일어났다. 태풍에 휘말린 배에 탑승한 느낌 속에서 엘시는 사람들의 모습을 확인했다. 두 사람만큼 환상을 다루는 것에 익숙하지 못한 자들은 모두 호된 꼴을 당하고 있었다. 소리는 그저 소박한 경련을 하고 있는 것인지도 모르지만 그때마다 탑승자들은 수십 미터씩 떨어졌다가 다시 수십 미터씩 치솟아 올랐다. 지상에서 그런 높이로 추락한다면 당연히 죽을 테지만 소리의 진동 속도는 추락하는 것만큼 빠르지는 않았다. 그 커다란 몸이 그렇게 빠르게 진동한다면 찢어질지도 모른다. 목이 부러지거나 깨진 흉골이 가슴을 뚫고 튀쳐나오는 사람은 확실히 없었다. 하지만 모두 죽을 만큼 고통스러워하고 있는 것은 분명했다. 그리고 환상으로 자신을 고정시켜 둔 엘시나 정우도 진동에 따라 속이 뒤집히는 느낌을 받았다. 엘시는 손으로 입을 틀어막았다. 그때 야리키의 외침이 들려왔다.

"움직여—! 움직이라고—! 정우—!"

정우가 야리키를 보았다. 두 사람처럼 바닥에 몸을 고정시켜 둔 야리키가 외쳤다.

"정우—! 내가 말리를 잡고 있다—! 뒤로 잡아당겨—! 그래야 진동이 줄어든다—! 이대로 놔두면 우리가 뒤집혀—!"

정우는 부지불식간에 외쳤다.

"소리야! 끌어당겨!"

엘시는 이번에야말로 흉골이 피부 밖으로 노출되었을지도 모르겠다고 생각했다. 소리가 갑자기 뒤로 휙 움직였다. 몸속의 피가 한쪽으로 쏠리는 느낌과 함께 눈앞이 새카맣게 변했다. 엘시는 무슨 일이 일어났는지 파악할 수 없었다. 하지만 무슨 일인가가 일어난 모양이다.

잠시 후 정신을 수습한 엘시는 소리가 부르르 떨며 먹구름 쪽으로 움직이고 있음을, 그리고 저편에 있는 말리가 질질 끌려오는 것처럼 움직이고 있음을 깨달았다. 그는 야리키를 다시 보았고 그 레콘 조사가 했던 말을 떠올렸다. 그러자 받아들이는 것은 미친 후로 미루고 싶은 가설이 떠올랐다. 엘시는 감히 그 말을 꺼낼 수 없었다. 하지만 정우는 명쾌하리만큼 간단한 문장으로 그 질문을 꺼냈다.

"낚았어요?"

야리키는 하늘을 향해 크게 웃고 역시 간단한 말로 대답했다.

"낚았다!"

정우는 두 손으로 입을 가린 채 엘시를 돌아보았다. 그는 그냥 고개를 끄덕일 수밖에 없었다. 그도 자신의 몸짓이 무슨 뜻인지 알 수 없었지만 정우는 그 뜻을 알아차린 것 같았다. 정우는 고개를 끄덕이곤 다시 야리키를 보았다.

자신의 존재를 의심하게 하는 모진 진동. 정신 나간 바람들이 웅웅 소리를 내며 모든 방향을 향해 치달았다. 소리는 온힘을 다해 날려 했다. 그 몸 위에 서 있는 자들은 발아래 느껴지는 압도적인 힘에 머리카락이 곤두설 지경이었다. 산을 무너뜨리고 계곡을 메워 버릴 힘을 퍼붓고 있었지만 환상 낚싯줄로 연결된 또 하나의 하늘치가 소리의 움직임을 방해했다. 그 때문에 소리의 움직임은 느렸다. 때론 둘의 힘이 완전히 상쇄되어 소리가 멈출 때도 있었다. 하지만 그럴 때마다 야리키가 무슨 짓을 했고 그러면 말리가 진저리를 치며 뒤로 튕겨졌다. 잠깐 동안 말리는 통제를 잃은 것처럼 흐느적거렸고 소리는 그 틈을 타 다시 물러났다. 도저히 취미 활동의 범주에 포함시킬 수 없는 규모이긴 하지만 야리키는 줄을 당겼다 놓았다 하는 낚시 기술로 말리의 저항을 분쇄했다. 소리와 말리의 힘에 어느 정도의 차이가 있는지는 알 수 없지만 두 하늘치가 먹구름 쪽을 향해 느릿느릿 움직이는 것은 전적으로 야리키의 기술 덕분인 것 같았다.

그렇다. 두 하늘치는 구름을 향해 움직이고 있었다. 천둥소리가 더 가깝게 들려왔고 벽력이 내뿜는 섬광도 더 예리해졌다. 뒤를 돌아본 사람들은 어슴푸레하게 변한 풍경을 보았다. 아직 빗줄기 하나하나를 구분할 수는 없었지만 비의 장막 때문에 그 뒤의 풍경은 볼썽사납게 일그러졌다. 대지에 대한 잔학한 증오처럼 퍼부어지는 벼락들. 그러나 어떤 벼락들은 구름을 향해 땅에서 치솟는 것처럼 보이기도 한다. 사람들은 그 폭풍 아래에 있는 땅이 과연 무사할지 의심스러웠다. 각각이 세계라 할 수 있는 하늘치들이 이토록 얼토당토하지 않은 줄다리기를 하는 모습에 하늘이 격분한 것 같았다. '세계를 부수는 장난질은 다른 곳에 가서 해라!' 어쩌면 하늘은 그들에게 아무 관심이 없고 그들이 느끼는 불안감은 자기 보존의 감각에 의한 것일지도 모른다. 그들이 보고 있고 참여하고 있는 상황은 사람이 보고 겪어야 하는 일의 한계를 오래전에 넘은 것이었다. 한계 너머에 있는 것은 광기와 몰이성, 자기 소멸. 많은 병사들이 바닥에 엎드려 통곡했다. 하얗게 변한 얼굴로 졸도한 자들도 많았다. 찌푸린 눈으로 탑승자의 면면을 확인하던 엘시는 레콘들에 주의했다.

몇몇 특이한 레콘들이 보였다. 아트밀은 뒤쪽에 있는 폭우의 장막에는 조금도 주의를 기울이지 않았다. 그는 타오르는 눈으로 말리만 노려보았다. 지멘은 침착하게 뒤를 흘끔거리긴 했지만 그것은 기대하는 순간이 아직 오지 않았나 확인하는 것처럼 보였다. 쵸지 또한 두려움에 빠져 있지는 않았다. 그가 느끼는 것은 야리키의 위업에 대한 순수한 놀라움인 듯했다. 주테카와 그을린 발은 정상적인 레콘의 반응으로 취급될 수 있는 모습을 보이고 있었다. 즉 완전히 비정상적인 모습이었다. 그러나 펄쩍펄쩍 뛰고 모든 곳을 보려 하고 그와 동시에 소리의 등을 파헤칠 것처럼 굴며 광기를 제대로 드러내고 있는 주테카와 달리 그을린발은 론솔피의 참견 때문에 아직 이성을 유지하고 있는 것 같았다. 론솔피는 무슨 말을 자꾸 반복하며 야리키를 가리켰다. 그에 대해 그을린발은 잘 모르겠다는 반응을 애써 돌려주는 것 같았다. 그때 갑자기 야리키의 비명이 들려왔다.

"망할 녀석이!"

동시에 맹렬한 진동이 소리의 탑승자들을 휩쓸었다. 탈것이 급출발할 때의 충격이었다. 질식할 것 같은 고통 속에서 엘시는 얼굴이 터진 것 같았다. 얼굴을 어루만진 엘시는 입가에서 진득진득한 피를 느꼈다. 심장이 쿵쾅거리는 소리에 귀를 먹을 것 같다. 하지만 그 둔한 소음 속에서도 야리키의 날카로운 외침은 들려왔다.

"돌진한다! 물러나! 물러나—!"

엘시는 흐릿한 눈으로 말리 쪽을 보았다. 말리와 황제는 더 이상 야리키의 기술에 놀아나지 않겠다고 결심한 듯했다. 아니면 폭풍우 속에 들어가기 전에 소리를 붙잡으려는 것인지도 모른다. 그것이 소리를 향해 돌진해 오고 있었다. 최악의 상상을 넘어선 압박감이 열풍처럼 몸을 휩쓸었다. 엘시는 정우에게 빨리 도망치라고 말하려 했다. 그러나 정우는 이미 외치고 있었다. 엘시는 그 말이 무슨 뜻인지도 알 수 없었다. 그에겐 뜻 모를 새 울음소리 비슷하게 들렸다. 하지만 소리는 정우의 말을 이해했고 그대로 행동했다. 소리는 지금까지 얽매여 있던 것이 분하다는 듯 무서운 속도로 비구름을 향해 물러났다. 엘시는 피 냄새와 물 냄새를 맡았다. 습기 어린 공기의 습격. 그리고 갑자기 세상이 캄캄해졌다. 보이지 않는 것들이 몸을 때리는 것 같았다. 엘시는 손을 내려다보았다. 그것은 물에 젖어 있었다. 엘시는 그제야 소리의 등을 때리는 빗소리를, 그 다급한 소리를 들었다.

그들은 폭우 속에 들어와 있었다. 하늘은 번개가 일렁거리는 구름으로 가려졌고 검은 빗줄기 때문에 땅도 보이지 않았다. 세상이 사라진 곳에 벼락과 천둥, 억수 같은 빗줄기만 남아 광란하고 있었다. 엘시는 물에 젖은 눈 주위를 닦고 앞을 바라보았다. 말리가 있던 곳에는 시커먼 빗줄기만 보였다. 시간이 멎은 것 같은 순간 속에서 엘시는 검은 세상을 바라보았다. 그는 말리가 되돌아간 것이 아닐까 의심했다.

누군가가 외쳤다.

"온다!"

폭우의 검은 장막을 꿰뚫고 말리의 모습이 갑자기 나타났다.

무도하기까지 한 출현이다. 엘시는 숨을 멈춘 채 그 모습을 바라보았다. 빗줄기뿐이던 세상의 한 부분이 통째로 사라지며 그곳에 나타난 하늘치는 그 무게로 이성을 짓누르는 것 같았다. 그래서 비명이 들려왔을 때 엘시는 그것도 당연하다고 생각했다.

비명을 지른 것은 아트밀이었다. 하지만 아트밀은 말리의 모습에 위축되어 비명을 지른 것이 아니다. 그는 참을 수 없는 기쁨 때문에 포효했다.

엘시나 다른 인간들은 그것을 보지 못했지만 눈이 좋은 아트밀은 사라티본 부대의 모습을 똑똑히 볼 수 있었다. 그들은 쏟아지는 빗속에서 우왕좌왕의 고조 할아버지뻘 되는 움직임을 보여 주고 있었다. 엘시의 계획대로 사라티본 부대의 레콘들은 완전한 혼란에 빠져 있었다. 그 경우 많은 수의 레콘은 더 큰 재난을 의미할 뿐이다. 레콘들은 사방팔방으로 달리고 서로 부딪치고 가지고 있는 무기로 용의 뿌리를 후려치고 있었다. 어떤 레콘들은 자신들이 어디에 있는지 망각한 채 달리다가 빗줄기뿐인 허공에 몸을 던지기도 했다. 사라티본 부대는 와해되기 직전이었다.

아트밀이 무엇을 보고 기뻐하는지 몰랐지만 엘시에겐 뚜렷한 계획이 있었다. 엘시는 정우를 돌아보았다.

"소리를 멈추십시오."

정우는 젖은 머리카락을 쓸어 넘기며 낭패한 얼굴로 엘시를 바라보았다. 지금 소리가 정지하면 쇄도하는 말리가 그대로 소리를 들이받을 것이다. 엘시는 다시 말했다.

"부탁합니다. 이제 끝내야 합니다. 천천히 속도를 늦추십시오."

정우는 잠시 후 힘겹게 고개를 끄덕였다. 그녀는 아래를 내려다보았다.

"소리, 마지막 부탁이야. 이제 다시는 부탁하지 않을게. 천천히 멈춰."

문득 엘시는 하늘치에게 감정이 있는지, 그리고 감정이 있다면 지금 무슨 생각을 하고 있을지 궁금했다. 하지만 상상력을 발휘해 볼 시간은 없었다. 감정이 없는 것인지 그렇지 않으면 결단이 빠른 것인지 모르지만 소리는 정우의 부탁이 끝나자마자 속도를 낮추었다. 말리가 불쑥 다가오는 것을 본 소리의 탑승자들은 충돌을 기다리며 이를 악물었다. 그러나 잠시 후 말리 또한 속도를 늦추었다. 그들은 서로 쫓고 쫓기며 빗속에서 서서히 속도를 줄여 나갔다. 무슨 일이 벌어질지 깨달은 자들은 입을 다물었다.

빠르디빠른 빗소리만 들려왔다.

조금 후 두 하늘치가 충돌했다. 하지만 하늘치의 규모에서 그것은 충돌이라 하기 어려웠다. 그저 접촉이라고 해야 할 것이다. 사람들이 느낀 것은 몸이 한 번 비틀하는 정도의 충격이었다.

두 하늘치는 서로 몸을 맞댄 채 비 내리는 하늘에 정지했다.

쏴아아아…….

야리키는 뿌리들이 마치 두 하늘치 사이에 길을 놓듯 뻗어 오는 것을 보았다. 그는 뒤로 성큼성큼 달렸다. 물이 철벅거렸지만 야리키는 그것을 깨닫지 못했다. 죽어도 상관없다는 진부한 표현은 야리키를 위해 오래전에 개발되어 있었던 것인지도 모른다. 혹은 그 순간 야리키가 약간 돈 것인지도 모른다.

누가 뭐라 해도 야리키는 이제 완벽한 낚시꾼이다. 그리고 그 어떤 조사도 그 앞에서 대물을 자랑할 수 없을 것이다. 야리키는 씩 웃으며 다른 자들과 합류하기 위해 달렸다. 그의 등 뒤에서 사나운 계명성이 들려왔을 때도 야리키는 미소를 지우지 않았다.

"저들을 죽여라—! 그러면 너희들을 구해 주겠다—!"

소리에 있던 다른 탑승자들도 그 소리를 들었다. 지멘은 아실을 바라보았다. 아실은 눈물인지 빗물인지 구분하기 어려운 것으로 얼굴을 적신 채 속삭였다.

"저기군요."

아트밀은 철극을 매만지다가 파라말을 돌아보았다. 아무 말 없이 파라말을 보던 아트밀은 불쑥 손바닥을 내밀었다. 파라말은 그 손바닥을 보다가 얼굴을 훔치고 자신의 손바닥을 들어 거기에 댔다. 두 사람은 고개를 끄덕였다.

걱정에 사로잡혀 있던 론솔피는 전혀 비를 신경 쓰지 않았다.

마침내 황제에게 도달했지만 그는 아직까지도 요술쟁이를 찾지 못했다. 그는 다시 한번 절망적으로 그을린발에게 말했다.

"야리키일까? 하늘치를 낚은 야리키가 요술쟁이일까?"

그을린발은 물에 대한 공포 때문에 몸이 부푸는 것을 억누르느라 정신이 없었다. 그는 신음하듯 말했다.

"몰라. 하지만 저기엔 지금 정신 나간 레콘들이 많아. 싸워서 살아남는 것이 중요하다."

"어, 혹시 저기에 요술쟁이가 있다면?"

"그만둬. 도리가 없어."

그을린발은 몸을 돌려 발광하는 주테카를 부여잡았다. 주테카는 그의 손을 뿌리치고 허공으로 달려갈 기세였다. 그을린발이 비틀거릴 때 그를 돕는 손길이 나타났다. 반대쪽에서 주테카를 부여잡은 쵸지는 주테카의 머리에 대고 계명성을 내질렀다.

"주테카—! 안 싸우면 죽는다—!"

주테카의 난동이 멈췄다. 그는 두 손으로 머리를 짓누른 채 쵸지를 멍한 눈으로 바라보았다. 쵸지는 한쪽 눈을 찡긋하고 주테카의 팔 하나를 붙잡아 내렸다. 그는 목소리를 낮춰 말했다.

"그러니 싸우자고."

"싸워? 왜?"

쵸지는 자신이 잘못된 이유를 댔다는 것을 깨달았다. 그는 자신이 알고 있는 가장 확실한 이유를 댔다.

"정의를 위해."

주테카의 눈에 불꽃이 피어났다. 그 모습을 보자 그을린발과 론솔피도 조금 침착해졌다. 쵸지의 말에 공감해서가 아니라 어이가 없었기 때문이지만. 주테카는 물에 젖은 주먹을 들어 올리곤 그것을 바라보았다.

"정의를 위해?"

"용의 손아귀에서 사람을 구하고 싶지 않아?"

주테카는 철저를 움켜쥐었다.

엘시는 말리에서 계명성이 들려온 곳을 뚫어지게 바라보았다. 탈해는 개밥바라기를 꽉 움켜쥔 채 정우의 뒤에 바짝 붙어 섰다. 그리고 그 뒤편에는 시허릭 마지오 상장군과 굴도하 남작 부부, 31중대의 병사들이 몰려서 있었다. 상식적으로 가장 안전한 곳은 분명 엘시의 주위다. 조금 후 엘시가 고개를 돌려 정우를 바라보았다.

"말을 할 수 있는 부분이 있군요."

"그렇군요."

"그곳을 목표로 삼아야겠습니다."

엘시는 검을 뽑아 들었다.

말리의 등 위에서 힌치오는 떨리는 눈으로 부하들을 바라보았다. 레콘이 경험할 수 있는 최악의 공포가 아닐까. 하늘치의 등이므로 주위는 모두 낭떠러지, 도망칠 곳이 없다. 물론 바닥을 파헤칠 수도 없다. 그런 상황에서 폭우가 쏟아지고 있다. 사라티본 부대가 한 무리의 정신 나간 난동꾼들로 바뀌는 것은 당연하다. 힌치오는 한때 뭄토였지만 지금은 이라세오날인 초록빛 물체를 바라보았다. 쏟아지는 빗속에서 잎사귀 비슷한 무엇인가를 흔들며 그것은 위압적으로 말했다.

"팔리탐. 레콘들이 엘시를 죽이지 못하도록 막아라. 그 밖에는 재량껏 처리해라."

팔리탐 지소어의 겉모습을 가지고 있지만 레이헬 라보인 자가 몸으로 난처함을 드러냈다. 힌치오는 참을 수 없는 기분으로 말했다.

"잠깐! 이라세오날. 우리는……."

그 물체는 힌치오의 말을 끊었다.

"엘시만 데려오면 폭우 바깥으로 나갈 수 있다. 스카리, 따라와라."

그 물건은 말리를 뒤덮은 숲을 가로질러 걸어갔다. 스카리 빌파는 정신 나간 레콘들보다 차라리 두억시니 비슷한 물체가 낫다고 생각하는 것이 역력한 얼굴로 황제의 뒤를 따랐다. 크고 작고, 해괴하고 정상적인 두 존재가 물을 철벅거리며 멀어지자 곧 숲이 그들의 모습을 삼켰다. 은유적인 표현이 아니라 실제로 그러했다. 힌치오는 바닥을 뒤덮고 주변에 정신분열적인 숲을 만들고 있던 뿌리들이 조금씩 움직이며 그들이 걸어간 자리를 감추는 것을 보았다. 소름 끼친다고 생각해야겠지만 이미 그에겐 놀랄 기운도 없었다. 힌치오는 팔리탐을 돌아보았다.

레이헬 라보 태위는 고민하다가 지금 같은 순간이라면 팔리탐이 레콘들을 통솔하는 것이 낫겠다고 생각했다. 태위와 팔리탐이 자리를 바꿨다. 팔리탐은 목도한 상황에 놀라 몸이 굳었다. 태위가 그의 입을 장악하여 상황을 빠르게 속삭여 주었다.

"하늘치 위이고 비가 오고 있네. 레콘들이 날뛰고 있어. 그리고 적이 오고 있어. 레콘들을 통솔하여 그들을 막게. 단 적들 중 대장군 엘시 에더리는 안전하게 보호해야 해."

힌치오가 보기에 팔리탐은 알아듣기 힘든 혼잣말을 웅얼거리는 것 같았다. 팔리탐은 자신에게 주어진 힘겨운 의무에 암담해하며 힌치오와 레콘들을 둘러보았다.

그가 볼 수 있는 대부분의 레콘들은 자기 파괴적인 광태를 보이고 있었다. 힌치오와 그 주변의 몇몇 레콘들만이 정상적인, 아니 폭우라는 환경적인 측면을 놓고 본다면 오히려 비정상적인 모습으로 그를 바라보고 있었다. 급박한 상황이었지만 팔리탐은 왜 힌치오가 모든 깃털이 흠뻑 젖어 드는 이 빗속에서 폭주하지 않는지 궁금했다. 팔리탐은 자신이 보고 있는 것이 구새 먹은 힌치오일 가능성에 유의하며 조심스럽게 말했다.

"힌치오, 나와 레콘들과 자신을 도울 준비가 되었소?"

힌치오는 곧바로 대답하지 않았다. 비에 젖은 그 레콘은 조금 전 시력을 얻은 사람처럼 눈을 껌뻑거리며 사물을 주시했다. 힌치오의 시야에서 팔리탐은 다른 것들과 평등한 하나의 물체였다. 기괴한 용의 숲도, 죽죽 내리긋는 빗물도, 자신의 검도, 꿈틀거리는 하늘도 힌치오에겐 똑같았다. 하지만 레콘들에게 시선이 닿았을 때 힌치오는 그것에 집중했다. 눈앞에 있는 물건에 초점을 맞추려 애쓰는 신생아처럼, 복잡한 욕구도 없고 의심이나 기쁨도 없이 그저 똑바로 집중하는 눈길.

"내 말을 들어라—!"

바위도 고개를 들어 관심을 보일 것 같은 계명성이 숲을 관통했다. 힌치오 곁에 있던 비정상적인 레콘들과 정상적으로 광란하던 레콘들 일부가 힌치오를 돌아보았다. 힌치오는 커다란 손바닥으로 가슴을 쾅쾅 두드렸다.

"여기는 대피소다—!"

비를 만난 레콘들이 명백히 관심 가질 이야기였다. 그래서 레콘들은 그렇게 했다. 힌치오는 설명했다.

"빠져 죽지 않아! 제기랄, 우리는 떨어져 죽을 것을 걱정할 높이에 있다. 여기는 대피소야! 하늘에서 누가 익사하냐? 하늘에서 익사할 수가 있냐? 여기서는 절대로 빠져 죽지 않는단 말이다! 여기는 완벽한 대피소라고!"

팔리탐은 깜짝 놀라면서도 그럴듯하다고 생각했다. 대피소는 사실상 비를 피하는 것이 목적이지 물에 빠지는 것을 막기 위한 것은 아니다. '하늘이니까 침몰하지 않는다. 따라서 이곳은 대피소다.'라는 논리는 적절하지 않다. 하지만 설득력이 있었다. 여기저기서 힌치오의 말을 반복하는 소리가 들려왔다. 대피소다, 대피소. 빠져 죽지 않는다. 여기는 안전하다! 레콘들의 웅성거림이 커지는 것을 듣던 힌치오는 그제야 팔리탐에게 억눌린 목소리로 대답했다.

"되어 있길 바라."

팔리탐은 왜 힌치오가 통제 불능의 상태에 빠지지 않았는지 깨달았다. 힌치오에겐 돌봐 주고 싶은 빌어먹을 레콘들이 있었다. 그들의 본성을 억압하고 뒤틀어서라도. 그래서 힌치오는 자신의 본성까지도 뒤틀었다. 팔리탐은 가슴을 에는 온갖 말들을 그곳에 내버려두었다. 대신 검을 뽑아 들었다.

"적은 어느 쪽에?"

힌치오는 부리를 탁 부딪치고 행동으로 대답했다. 그는 이쑤시개를 어깨에 건 채 달렸다. 팔리탐이 그 뒤를 따랐고 뒤이어 비정상적인 레콘들이 따랐다. 그 즈음 비정상적인 레콘은 상당히 증가해 있었다. 하나 둘 움직이던 흐름이 곧 열 명, 스무 명으로 늘어났다. 물론 그중에는 도피하고 싶은 욕망 때문에 그저 다른 사람들을 따라 움직이는 자들도 있었다. 하지만 다른 이들과 보조를 맞추어 달리며 그런 자들도 공포를 조금씩 잊을 수 있었다.

물론 행복한 광경은 어디에도 없다.

공기가 차갑고 축축하다. 작은 언덕 같은 거대한 뿌리가 비에 젖어 검게 번들거렸다. 뿌리가 서로 얽혀 웅덩이 같은 것을 이룬 곳에는 물구덩이가 나타나 빗물에 후드득 들끓었다. 조그마한 폭포 같은 것이 나타난 곳도 있었다. 복잡한 용의 구조를 따라 흐르다 어쩌다가 모인 물줄기들이 콸콸 흘러내렸다. 그리고 머리 위에서 끊임없이 떨어지는 회색 빗줄기. 까마득히 높은 곳에 있는 숲의 상부 구조는 빗물을 어느 정도 막아 주었지만 그 아래쪽에서는 물안개가 자욱이 피어날 지경이었다. 그 안개의 일부는 흥분한 레콘들이 내뿜는 날숨이다. 레콘들을 이끌고 달리면서 힌치오는 만일 달리기를 멈추면 다시는 달릴 수 없을지도 모르겠다고 생각했다. 그들은 모두 멈춰 서서 자기가 누군지도 모르는 혼란 속에 빠질 것이다. 떨어지고 흐르고 튀어오르는 물의 악몽 속에서.

하지만 힌치오는 멈춰야 했다.

앞쪽에 거대한 뿌리가 있었다. 절벽을 보는 듯한 크기였고 레콘의 힘으로도 뛰어오르기 쉽지 않은 높이였다. 수많은 레콘이 동시에 도약한다면 사고가 생길 거라 생각한 힌치오는 방향을 바꾸려 했다. 그런데 그 순간 젖은 암흑이 그 뿌리 위에 나타나 도전의 외침을 내뿜었다.

계명성이 나무를 뒤흔들어 고여 있던 물들을 비산시켰다. 빗속을 달려왔는데도 곳곳에서 튀어오르는 물방울들은 힌치오를 곤혹스럽게 했다. 그의 뒤편에는 두 팔로 얼굴을 가리며 비명을 지르는 레콘도 있었다. 부하들에게 공황이 일어날 것을 두려워한 힌치오는 그 암흑을 향해 냅다 고함질렀다.

"뭐냐!"

그것은 이글거리는 눈으로 그들을 내려다보는 검은 레콘으로 바뀌었다. 힌치오는 그것이 황제 사냥꾼 지멘임을 알아보았다.

퍼붓는 빗속에서 지멘의 검은 깃털이 몸에 달라붙어 무겁게 늘어져 있었다. 벼슬과 부리, 팔뚝, 비스듬히 든 망치에서 물을 뚝뚝 떨어뜨리며 황제 사냥꾼은 힌치오를 노려보았다. 힌치오는 손바닥으로 젖은 부리를 훑어 내리고 옆으로 물을 휙 뿌렸다.

"나늬는 잘 있냐?"

지멘은 무슨 말인가 하다가 쥐덤에서 불리던 아실의 별명을 떠올렸다. 힌치오는 쥐덤에 있었다. 지멘은 고개를 끄덕였다.

"아실을 위해 왔다."

"무슨 말이지?"

"황제는 어디 있나? 말을 하는 황제 말이다."

힌치오는 부하들을 의식하여 비웃는 어조로 말했다.

"줏대 없는 자식."

지멘은 고개를 갸웃했다. 힌치오가 설명했다.

"황제를 죽이는 것이 숙원이니 어쩌니 설치더니 어느 순간 마음을 바꿔 황제를 도왔어. 그런데 이젠 또 저쪽에 붙었군. 도대체 뭐 하는 물건이냐, 너는?"

지멘은 그 질문을 무시하고 같은 질문을 반복했다.

"황제는 어디 있나?"

"알아서 뭐 하려고? 죽을 텐데."

지멘은 힌치오를 물끄러미 바라보다가 씩 웃었다. 힌치오 또한 시원한 미소를 지었다.
물보라를 폭발시키며 두 레콘이 동시에 서로를 향해 도약했다.

앉아서 별들을 바라보던 제이어가 일어났다.
그는 걸으면서 시간을 바꾸었다. 다른 시간, 같은 장소, 겨울, 밤이다. 제이어는 걸음을 멈추지 않았다. 또 다른 시간, 같은 장소, 초봄, 오전인 듯하다. 제이어는 계속 걸으며 시간을 바꾸었다. 일출, 일몰, 낮, 밤이 규칙 없이 지나갔고 사계절이 뒤죽박죽 나타났다 사라졌다. 하지만 사람의 모습은 보이지 않았다. 그런 식으로 몇 백 세기인지도 모를 시기를 걸어다니던 제이어가 걸음을 멈췄다.
정면에서 붉은 태양이 가라앉고 있었다. 일출인지도 모르지만 제이어가 보기엔 일몰 같았다. 그는 소리의 왼쪽 나라미를 바라보는 방향에 서 있었다. 그렇다면 소리는 북쪽을 향해 날고 있는 모양이다.
제이어는 자신이 의지하고 있는 하늘치를 동정했다. 그가 경험한 시간들은 소리가 경험할 시간에 비하면 찰나에 불과할 것이다. 제이어는 천천히 허리를 굽혀 소리를 내려다보았다. 하늘치의 등은 핏빛처럼 붉었다.
"너는 고독을 느낄 수 있나?"
그것은 너무도 끔찍한 일이다. 제이어는 하늘치를 남긴 첫 번째 선민 종족이 그렇게 잔인하지 않을 거라 생각했다. 하지만 고독한 눈으로 바라보자 하늘치는 고독해 보였다. 알지도 못하는 시대에 홀로 서 있는 사람처럼 고독한 것도 별로 없을 것이다.

제이어는 희미하게 웃었다.

"죽음은 이런 느낌으로 찾아오는 모양이군. 죽음을 고정시켜 둔 자에게도."

"너는 *구냐?"

제이어는 천천히 몸을 돌렸다. 한 인간 남자가 있었다. 그리고 그 뒤로 훨씬 많은 사람들이 있었다. 얼핏 보아도 스무 명은 됨 직한 사람들이 그를 바라보고 있었다. 놀란 제이어는 잠깐 동안 아무 말도 하지 않은 채 그들을 바라보았다.

그에게 말을 건 인간 남자는 침착한 얼굴을 하고 있었다. 제이어는 그가 상당히 인간처럼 보인다는 것을 깨달았다. 그을린 몸을 보건대 출생지가 열대 가까운 곳이며 나이는 서른 전후, 큼직한 손이나 건장한 어깨 등을 보니 육체 노동자임이 분명하다는 것까지 알 수 있었다. 그런데 옷차림이 특이했다. 최소한 제이어가 아는 인간의 복식 중에 그런 옷은 없었다. 제이어는 시간이 많이 지나서 복식이 변화되었나 보다 생각했다. 하지만 뚜렷이 인간처럼 보이는 그의 모습을 보건대 많은 시간이 흐른 것 같지는 않았다. 제이어는 그것부터 확인하기로 했다.

"미안합니다만 지금이 몇 년입니까?"

인간은 고개를 갸웃했다. 제이어는 아마 질문 내용도 말투도 이상하게 느껴졌을 거라 생각했다. 그가 말했다.

"아라짓력 38년**왜 그러지?"

제이어가 죽음을 고정시켜 둔 시기로부터 5년 뒤였다. 복식이 그렇게 심각하게 바뀔 시간이 아니었다. 제이어는 태연히 하대하는 남자의 모습을 다시 관찰했다. 귀족인가? 그렇게 보이지는 않았다. 목수나 대장장이처럼 보이는 젊은이였다. 퍽이나 가까운 미래지만 그 어느 때보다 이해하기 어려운 상황이다. 제이어가 침묵하자 남자는 얼굴을 찌푸리며 말했다.

"이 하늘치에 언***거지? 여기에 있는 것을 허락할 수 없다."

제이어는 그 말이 재미있다고 생각했다.

"저는 이곳을 떠날 수 없습니다. 그런데 너 나이가 몇이나 되기에 말투가 그 모양이냐?"

남자가 어처구니없다는 투로 제이어를 바라보았다. 이윽고 나온 말은 제이어를 놀라게 했다.

"그럼 남자에게 공대라도 하라는***도 남자지. 그렇군. 네겐 그렇게 보이겠군."

제이어는 앞에 있는 인간이 사실은 인간이 아님을 깨달았다. 제이어는 이상하게 보였던 의복이 왜 그렇게 보였는지도 깨달았다. 그것은 시련의 나가들이 입는 나가의 고풍스러운 옷이었다.

"군령자, 그리고 나가 여성이시군요."

"네 실수를 용서하****는 나가다."

그리고 아마도 최근에 군령자가 된 모양이고. 제이어는 그렇게 판단했다. 아직 자신이 인간의 모습을 하고 있다는 것에 익숙하지 않은 것이다. 군령자가 의아해하며 말했다.

"그런데 네 말이 왜 그렇**리는 거지? 말을 더듬는 것 같지도 않은데?"

"설명하자면 깁니다. 그리고 사실 설명할 자신도 없고요. 그냥 제 말이 당신에게 전달되는 것을 막는 어떤 힘이 있다고 생각하시면 됩니다."

남자는 미심쩍은 얼굴로 손을 허리 쪽으로 가져갔다. 그제야 제이어는 남자가 허리에 사이커를 차고 있다는 것을 깨달았다.

주춤하는 제이어에게 남자가 날카롭게 말했다.

"네 정체를 신뢰할 수 없군. 우***제 폐하께 가는 중이다. 잡인을 이곳에 둘 수 없다."

"황제? 치천제?"

그 질문은 어쩐지 남자의 의심을 더욱 커지게 만든 모양이다. 남자는 이제 명백한 불신을 드러내었다.

"너는 누구냐? 산 사람***냐? 언제 적 이야기를…… 제이어 솔한! 유령이?"

남자는 반사적으로 사이커를 뽑아 들었다. 그는 믿을 수 없다는 투로 제이어를 바라보았다. 제이어는 두 손을 내밀며 설명하려 했지만 남자는 기다리지 않았다. 그는 곧장 사이커를 휘둘렀다. 제이어는 속으로 욕설을 중얼거리며 다른 시간으로 옮겨갔다.

오래전 지멘을 추적하기로 했을 때 엘시는 무작위로 한가한 레콘을 모은 것은 아니다. 대장군은 그 어려운 임무에 어울리는 능력을 갖춘 자들을 선별했다. 땅에 발을 딛지 않는 생명체의 등 위에, 세상에 둘도 없는 뿌리들이 미궁을 만들고 차가운 빗줄기가 쏟아 붓듯 떨어지는 전장에서 그 레콘들은 엘시가 왜 그들을 선택했는지 증명해 보였다.

가장 두드러지는 활약을 보여 준 것은 대장군만이 그 자질을 알아본 왕벼슬 쵸지였다. 그가 가장 무시무시했다는 뜻은 아니다. 가장 의외였다 할 것이다. 신부 탐색자이면서도 그 존재가 의심스러운 나늬를 찾느라 투쟁의 경험이 적은 쵸지였지만, 사라티본 부대의 레콘들을 상대하며 기세를 올리는 쵸지의 모습은 그런 사람이라고 믿기 어려울 지경이었다. 쵸지는 세계 최강의 레콘이 되는 것을 숙원으로 삼기라도 한 사람처럼 사납게 삼각 철봉을 휘둘렀다. 그다지 틀린 말은 아니다. 싸워서 신부를 얻는 레콘의 관습을 놓고 본다면 나늬를 얻기 위해서도, 그리고 나늬를 지키기 위해서도 가장 강력한 레콘이 되어야 하니까. 쵸지는 이제 그것을 알고 있었다. 젖은 벼슬을 펄럭이며 폭우에 발광하여 날뛰는 레콘들을 거꾸러뜨리는 쵸지의 모습에는 경쾌함마저 있었다.

"나늬는 있어! 가자, 주테카!"

주테카가 두 팔을 좌우로 던지며 울부짖었다.

쵸지에 비하면 주테카의 나날은 확실히 투쟁의 연속이다. 정의 구현의 사명으로 가슴을 불태우며 먼지투성이 바람을 벗삼아 온 세상을 누벼 온 세월의 끝에서 그는 이제 가장 큰 정의의 완성에 도전하고 있었다. 사람에게 통치받을 사람의 권리는 지켜져야 한다. 사람 아닌 것에 의해 사람이 죽는 판국이라면 정의는 한낱 광언일 뿐이다. 그런 일은 결코 좌시할 수 없다. 센범 폭포에 던져져도 수면을 부글부글 끓이며 타오를 일편단심을 일개 폭우가 꺼트릴 수는 없다. 젖은 깃털을 꼿꼿하게 세워 뭐라 말할 수 없이 흉흉한 모습이 된 주테카는 자신을 향해 돌진하는 레콘을 보며 철저를 집어던졌다.

"이것이 정의다!"

핑핑 돌며 날아간 정의가 돌진하던 레콘의 다리를 강타했다. 우지끈 소리가 나며 레콘은 공중제비를 넘었다. 부러진 다리로 경험하는 추락은 충격적이었다. 레콘은 살벌한 비명을 질렀다.

하지만 주테카는 그쪽으로 눈길도 주지 않은 채 떨어진 철저를 집어 들고 성큼성큼 걸어갔다.

주테카가 보기에 사악한 용의 농간에 놀아난 죄밖에 없는 자들의 목숨을 앗는 것은 정의가 아니었다. 그는 다가오는 모든 레콘을 옆으로 치워 놓았고 어떤 레콘의 목숨도 끊지 않았다. 하지만 앞을 막는 것은 무엇이든 때려부수겠다는 듯이 물구덩이를 철벅철벅 걸어가는 주테카의 모습은 사라티본 부대원들에게 깊은 인상을 주었다. 세상에 정의가 사라졌음을 슬퍼하는 이들이 그 모습을 보았다면 샘솟는 생의 의지에 전율할 것이다.

자신의 모든 것을 불사르는 사람이 있는가 하면, 자신을 억제하기 위해 애쓰는 사람도 있었다. 그을린발 히베리는 전투의 열기에 자신을 집어던질 수 없었다. 그가 흥분하면 주변은 온갖 죽음들의 각축장이 된다. 물론 무차별 학살은 쇄도하는 레콘을 일격에 저지할 정도로 강력하지는 않다. 하지만 그 독특한 전장에는 그을린발의 동료들도 있었고 그중에는 연약한 인간들도 있었다. 그을린발은 자신을 최대한 억제해야 했다. 하지만 그런 자기 통제는 그을린발에게 새로운 이점을 제공하기도 했다. 통찰력을 충분히 발휘할 수 있었던 그을린발은 몸을 어딘가에 세게 부딪히면 그것이 안쪽에서 압력을 가하는 것이나 다름없다는 것을 깨달았다.

그을린발은 그것을 시험해 보았다. 물에 대한 공포 때문에 곧 부서져 내릴 것 같은 레콘 한 명이 철퇴를 마구잡이로 휘두르며 달려들었다. 내버려두면 철퇴로 자기 머리를 때릴 지경이었다. 하지만 면밀히 관찰한 그을린발은 아무래도 그 머리가 자신의 것이 될 것 같다고 생각했다. 판단을 내린 그을린발은 날아오는 레콘의 철퇴를 요령 있게 피하며 상대방의 몸에 오른쪽 어깨와 팔로 부딪혔다.

철퇴를 휘두르던 레콘은 숨이 끊어지는 소리를 내질렀다. 그도 그럴 것이 충돌 부분에서 철침이 튀쳐나가 그의 몸에 잔뜩 박혔기 때문이다. 선혈로 젖어 드는 자신의 가슴과 복부를 내려다보며 비틀거리는 레콘에게 그을린발은 정성껏 준비한 선물처럼 주먹을 내찔렀다. 레콘은 통렬한 소리와 함께 쓰러졌다. 몸을 펴는 그을린발에게 익숙한 소리가 들려왔다.

"마다라크리라리—!"

그을린발은 맞고함을 질렀다.

"히베리테하—!"

대답이 곧 돌아왔다. 그을린발은 그 대답을 해석해 보고 방향을 결정했다. 그의 몸이 신속하게 숲 사이로 움직였다.

아트밀은 숲 속에서 들려오는 이상한 말이 무엇인지 알고 있었다. 그것은 대장군이 숲 속에서 레콘들의 위치를 파악하고 지시를 내리는 소리였다. 하지만 아트밀은 그 이상한 말을 알지 못했기에 대장군의 지시와 상관없이 움직였다. 그는 혼자서도 용을 찾아내어 사라말의 복수를 끝낼 자신이 있었다. 그가 찾는 것은 대장군이 찾는 것과 마찬가지로 말을 할 수 있는 부분이었다. 숲 전체가 용이긴 하지만 아트밀은 말을 할 수 있는 부분, 숲에서 가장 중요한 부분이 따로 있을 거라 생각했다. 물론 논리적인 이유는 없지만.

하지만 광대한 용의 숲을 헤맨 지 얼마 후 아트밀의 자신감은 퇴색하지는 않았지만 인내심과 결합할 필요를 느꼈다. 용의 숲은 광활했다. 물론 지상에는 그보다 더 광대한 영역에 걸쳐 뻗어 있는 숲도 많았지만 수종의 특이함 때문에 용의 숲은 내부의 추적자를 곤혹스럽게 만들었다. 그것 전체가 단 하나의 생물이기 때문에 숲을 이루고 있는 구조 사이에는 단락이 없었다. 물론 첨단은 많이 있었다. 여기저기서 가늘어지며 뒤엉키는 뿌리의 끝들이 보였다. 하지만 나무의 가지들이 뿌리 쪽으로 향하면 결국엔 다 이어지듯 그 숲의 구조물들은 모두 연결되어 있었다. 그 때문에 하나하나의 사물을 구분하여 볼 수 없었다. 게다가 그 크기의 차이가 심각했다. 가느다란 것은 그야말로 실뿌리처럼 가늘었다. 하지만 굵은 부분들은 지형의 일부로 취급될 크기였다. 게다가 그런 복잡함이 바닥에서부터 이백 미터 이상 되는 높이까지 이어져 있었다. 그것은 평면이 아닌 입체적인 복잡함을 지녔고 같은 지점이라도 방향이나 높이를 바꿔서 보면 전혀 달라 보였다. 게다가 힌치오를 곤혹스럽게 했던 물줄기들이 있었다. 아트밀은 그 물에 당황하지는 않았지만 함부로 뛰다가 미끄러지는 문제는 역시 곤혹스러웠다. 참지 못한 아트밀은 고함을 내질렀다.

"이라세오날—! 어디 있나—!"

그 외침은 용을 부르는 대신 레콘들을 불러들였다. 그를 향해 다가오는 빠르고 무거운 발소리를 들은 아트밀은 벼슬을 부르르 떨고 그들을 피하려 했다. 그의 목표는 용의 제거였지 레콘들의 학살이 아니다. 게다가 그 과정에서 자신이 다칠 가능성도 있었다. 하지만 가까이 다가온 레콘을 본 아트밀은 주춤하며 멈춰섰다.

아트밀은 지멘이 망치를 휘두르며 양손검을 든 어떤 레콘과 싸우는 것을 보았다. 양자는 꽤 잘 어울렸지만 아무래도 무기의 차이 때문에 지멘이 어려워하는 것 같았다. 망치는 칼을 상대로 좋은 무기라 하기 어렵다. 물론 힌치오의 칼은 4미터에 달하는, 칼이라기보다 창에 가까웠지만 창이라고 해도 망치에게 부담스러운 병기인 것은 마찬가지다. 지멘이 아직 잘 버티고 있는 것은 지독하게 많은 전투 경험 때문인 듯했다. 하지만 그들의 주위에는 다른 레콘들도 있었다. 그리고 그 레콘들은 싸움에 뛰어들 기회만 노리고 있었다.

아트밀은 고민했다. 지멘은 지금까지는 복잡한 지형과 특출한 기민성을 이용하여 다른 레콘들이 싸움에 끼어들지 못하도록 잘 싸웠지만 오래가지는 못할 것이다. 초조함에 수염볏을 비틀던 아트밀은 문득 그 양손검이 눈에 익다고 생각했다. 다음 순간 아트밀은 그 레콘의 이름을 떠올리고 철극을 움켜쥐었다. 그는 지형을 살폈다. 지멘과 그 사이에는 거대한 뿌리들이 양쪽에 있어 병의 입구 같은 지형이 있었다. 마음을 결정한 아트밀은 고함을 냅다 질렀다.

"힌치오—!"

힌치오는 이쑤시개를 거칠게 휘둘렀지만 지멘은 그 자리를 벗어나서 다른 레콘들이 없는 방향으로, 즉 아트밀을 향해 이동하고 있었다. 그를 따라가려다가 힌치오는 생각을 바꿔 고함이 들려온 쪽을 보았다. 저편에 철극을 든 체격 좋은 레콘이 보였다. 힌치오는 그가 누군가 생각하다가 파르바리 계곡을 떠올렸다.

"아하, 곡차?"

"고추냉이 여단의 아트밀 교위다."

"오래간만이군, 교위."

아트밀은 지멘을 슬쩍 보고 부리를 딱 부딪쳤다.

"어울리는 걸로 싸워야지. 못 박는 망치는 물러나."

지멘은 레콘들과 힌치오의 모습에서 눈을 떼지 않으며 말했다.
"뭐 하는 거냐?"
"네가 막고 내가 찾는 것보다 내가 막고 네가 찾는 것이 낫겠다. 용을 찾아."
아트밀은 철극을 머리 위로 붕붕 돌리며 힌치오를 향해 걸어갔다. 지형을 살핀 지멘은 아트밀의 의도를 깨달았다. 지멘은 오래 생각하지 않았다. 그는 성큼성큼 뛰었다. 힌치오와 레콘들은 그를 뒤쫓아 달려왔다. 곧 아트밀과 지멘이 서로 엇갈렸다. 지멘이 속삭였다.
"왼쪽 팔꿈치 아래. 빨리 찔러 봐. 내 결론 못하겠더군."
지멘은 숲 저편으로 뛰어갔다. 아트밀은 부리를 딱 부딪치고 달려오는 힌치오의 정면으로 뛰어들었다. 좁은 골목 같은 곳이었고 긴 철극을 든 레콘이 막기엔 안성맞춤인 장소였다.
지멘은 아트밀이 내지르는 괴성을 뒤로 하며 달려갔다. 그을린 발, 쵸지, 주테카 등이 내지르는 괴상한 계명성, 정신 나간 레콘들이 지르는 어처구니없는 말들이 두서없이 들려왔다. 지멘은 의도적으로 그 소리가 들려올 때마다 그 방향을 피하는 쪽으로 달렸다. 아트밀의 말처럼 그는 용을 찾는 것이 중요했다. 어딘가 이 말도 안 되는 숲의 가장 중요한 부분이 있을 것이다. 그런 것이 없다면 없다는 것이라도 알아내야 한다. 그래야 이 숲을 다 불태워 버릴 수 있으니까.
철벅거리고 미끄러졌다. 풍덩풍덩 달리고 철썩 뛰어올랐다. 지멘이 달리는 숲의 좋은 점이 한 가지 있다면 흙덩이가 달라붙지 않는다는 것이었다. 말리 위에는 해묵은 먼지는 있을지언정 진구렁탕이 될 흙은 없었다. 하지만 빗속을 달린 경험이 많지 않은 지멘은 그것도 깨닫지 못했다. 그는 익사할 것 같은 습기만 고통스럽게 느꼈다.

다시 한번 계명성에 방향을 바꿨을 때, 지멘은 갑자기 무엇인가를 보았다.

지멘은 부리를 조금 벌린 채 그것을 바라보았다. 그것은 가느다란 뿌리로 친친 감겨 있는 건축물의 벽이었다. 뜻밖의 광경에 놀란 지멘은 곧 말리 위에 원래 건축물과 기괴한 병기들이 있었음을 떠올렸다. 지멘은 그 벽을 바라보며 생각했다. 이 안에…….

무엇인가가 빠르게 달려왔다. 지멘은 깃털을 부풀리며 망치를 들었다. 숲의 틈에서 레콘 한 명이 뛰어들어 왔다. 지멘은 그가 쵸지라는 것을 깨닫고 안심했다.

"지멘? 어라, 건물이군."

쵸지는 성큼 다가와 지멘이 보고 있던 벽을 바라보았다. 조금 후 그가 의심스러운 말투로 말했다.

"이 안에 있을까?"

지멘은 대답 대신 망치를 들어 올렸다. 그러나 그는 그것을 내리치지 못했다. 건물을 감싸고 있던 뿌리들이 갑자기 모양이 변했다. 놀란 눈으로 그것을 바라보던 쵸지가 갑작스럽게 외쳤다.

"피해!"

지멘은 그 말을 따랐다. 두 사람은 재빨리 그곳을 벗어났고 그래서 뿌리들의 모양이 어떻게 변했는지 보지 못했다. 하지만 그것이 어떤 일을 저지르는지는 똑똑히 보았다.

그들의 뒤를 따라 거대한 화염이 화르륵 뿜어져 나왔다. 숲은 폭우에 젖어 있는데도 확 타올랐다. 쵸지는 물구덩이에 몸을 던지듯 하며 가까스로 불길을 피했다. 깃털이 그을린 듯했다. 쵸지는 물구덩이에서 상체를 들어 목청껏 외쳤다.
"찾았다—! 이라리—!"

론솔피는 엘시의 금군이 되기로 한 사람답게 엘시의 곁에 있었다. 계명성으로 엘시의 지시를 전달하던 론솔피는 먼 곳에서 들려온 계명성에 흠칫하여 엘시를 돌아보았다. 엘시는 지체 없이 말했다.
"히베리, 라리, 하쿨, 리, 리, 주테카, 도리, 하쿨, 리, 지크, 리."
론솔피는 그 말을 계명성으로 바꿔 외쳤다. 그 곁에서는 시허릭 마지오 상장군이 질렸다는 표정을 짓고 있었다. 그들은 말리 위에 있었지만 그곳은 숲의 외곽에 해당했다. 용을 찾기 위해 숲의 내부로 들어간 것은 다섯 명의 레콘뿐이었다. 따라서 그들은 현재 다섯 명의 레콘들이 어디에 있는지 알지 못했다. 하지만 엘시는 그중 세 명의 움직임에 대해서는 확실히 알고 있었다. 바둑의 명인이 필연의 수순을 모조리 기억하듯 엘시는 그울린발과 주테카, 쵸지의 위치를 머릿속에 완전히 그려 놓고 있었다. 그리고 그 머릿속의 그림을 참조하여 지금 엘시는 그들을 움직이고 있었다. 조금 후 엘시가 움직이라고 명령했을 때, 시허릭은 반대하고 싶어도 어떻게 반대할지 모르겠다고 생각했다. 어차피 반대할 생각은 없었으니 다행이었다.
31중대의 중대원 천여 명은 엘시와 정우, 그리고 아실과 남작 부부 등을 가운데 둔 밀집 대형으로 용의 숲 안으로 들어섰다. 엘시는 정우와 아실이 소리 위에 남기를 바랐지만 두 사람은 그것을 거절했다. 탈해는 일행의 가장 앞쪽에서 개밥바라기를 뽑아 든 채 론솔피와 함께 섰다. 정우의 곁에는 탈해 대신 야리키가 있었다.

 기괴한 숲을 가로지른 지 얼마 후 그들은 그을린발을 만났다. 그을린발은 다가오는 중대원들을 보고는 잠자코 후미에 붙어 섰다. 조금 후에는 주테카가 피범벅이 된 모습으로 나타나 그을린발의 곁에 섰다. 그래서 그들은 다음에 만나는 것은 쵸지일 거라 생각했다. 하지만 중대가 맞닥뜨린 것은 힌치오와 대적하고 있는 아트밀이었다.

 아트밀은 곳곳에 상처를 입었지만 아직도 씩씩하게 철극을 휘두르며 힌치오를 막고 있었다. 힌치오 또한 험악한 꼴이었다. 문제는 31중대원들이 아트밀의 뒤쪽이 아니라 힌치오의 뒤편, 즉 싸움에 끼어들지 못해 안달하고 있던 힌치오의 부하들이 있는 쪽으로 들어섰다는 점이다. 거기에는 가면으로 얼굴을 가린 팔리탐도 있었다. 팔리탐은 중대를 보자마자 공격을 명령했다.

 "붙잡아라!"

 힌치오의 부하들은 괴성을 지르며 달려왔다. 탈해는 기다렸다는 듯이 개밥바라기를 뽑아 맹렬하게 휘둘렀다. 하지만 거기엔 미리 약속된 속임수가 있었다. 탈해가 뽑아 든 개밥바라기의 칼날은 용의 화염이 아니라 탈해가 만든 도깨비불이었다. 즉 거기에는 열이 없었다. 그들의 목적은 사라티본 부대를 학살하는 것이 아니라는 것, 그리고 중대원들이 가까이 있는 곳에서 개밥바라기의 화염인을 휘두르는 것은 위험하다는 이유에서 내린 결정이었다. 중대원들은 진짜와 흡사한 화염인에 속으로 감탄했고 사라티본 부대의 레콘들은 기겁했다. 엘시가 외쳤다.

"들어 올리시오!"

론솔피가 탈해를 높이 들어 올렸다. 탈해는 론솔피의 어깨에 목말을 탄 채 가짜 화염인을 정신없이 휘둘렀다. 레콘들은 그것이 진짜인지 확인할 생각도 못한 채 도망치거나 뿌리 뒤로 몸을 숨겼다. 그 틈을 타 31중대원들은 론솔피의 곁을 지나쳐 달렸다. 제일 뒤에 있던 그을린발과 주테카도 지나치자 론솔피는 탈해를 내려놓고 그 뒤를 따라 달렸다. 완벽한 기만 전술이 완성되려는 찰나였다.

그런데 한 명의 레콘이 그들의 뒤를 따라왔다.

"멈춰—!"

론솔피와 그을린발, 탈해는 당황하여 뒤를 보았다. 머리를 감싸 쥐고 도망치기 바쁜 레콘들과 완전히 다른 모습으로 용감하게 달려오는 레콘이 있었다. 놀란 탈해가 다시 가짜 화염인을 만들어서 레콘의 머리 높이보다 조금 높은 곳에서 위협적으로 흔들었다. 하지만 그 레콘은 화염인에 불타든 말든 상관없다는 듯이 달려왔다. 가짜라는 것이 발각되었다고 생각한 탈해는 경악했다. 주테카가 외쳤다.

"내가 맡지! 계속 가!"

그는 철저를 휘두르며 앞으로 달려갔다. 그러나 채 두 걸음도 걷기 전에 주테카는 예상치 못한 곳에서 무엇인가가 날아온다는 느낌을 받았다. 주테카는 거의 무의식적으로 앞에 있는 적을 무시하고 위험을 느낀 방향으로 철저를 내밀었다. 그 덕에 주테카는 안면이 으깨어지는 것을 모면했다. 빗속을 가로지르며 날아온 유성추가 철저에 부딪혔다.

얼굴이 으깨어지진 않았지만 유성추와 부딪친 철저가 얼굴을 강타하는 충격도 만만치 않았다. 머리가 띵해진 주테카는 몇 번 비틀거렸다. 그 틈을 타 유성추를 든 레콘은 주테카의 곁을 지나쳤다. 그을린발과 론솔피가 다급하게 막아섰지만 레콘은 그들을 무시하며 뛰어올랐다. 탈해는 당황하여 개밥바라기를 들어 올렸다.

극히 짧은 순간, 탈해는 의아함을 느꼈다. 레콘은 마치 찔러보라는 듯이 가슴을 내민 채 내려오고 있었고 개밥바라기의 칼날이 다가오자 눈을 꾹 감긴 했지만 그 얼굴은 오히려 만족하는 것 같았다. 탈해는 개밥바라기로 레콘을 찔렀다.

거기엔 열이 없었다. 레콘은 아무 이상 없이 바닥에 내려섰다.

유성추를 든 레콘은 중대 한가운데 섰다. 눈을 뜬 그는 자신에게 아무 이상이 없다는 것을 발견하고 탈해를 돌아보았다. 탈해는 그 얼굴이 분명히 당황한 얼굴이라고 생각했다. 하지만 그 생각은 계속 이어지지 못했다. 레콘의 곁에 누가 있는지 목격한 탈해는 숨이 멎을 것 같았다.

정우가 새장을 안고 이상하다는 표정으로 레콘을 보고 있었다.

정우의 곁에 있던 야리키가 벼슬을 빳빳하게 세우며 낚싯대를 휘둘렀다. 레콘은 반사적으로 유성추의 사슬을 두 손으로 쥐어 낚싯대를 막았다. 하지만 그는 자신이 무슨 일을 하고 있는지도 모르는 것 같았다. 레콘은 야리키를 보고, 다시 정우를 보았다. 눈길이 마주치자 정우는 무의식적으로 말했다.

"팡탄 하장군님? 좋은 꿈 꾸셨어요?"

팡탄 하장군은 영문을 모르겠다는 얼굴로 정우를 보았다. 그

때 물러났던 야리키의 낚싯대가 다시 돌아왔다. 움찔하며 막으려던 하장군은 갑자기 손을 주춤했다. 제때 쇠사슬을 들어 올리지 못한 팡탄은 낚싯대에 옆머리를 강타당했다. 정우가 외쳤다.

"하지 마요! 야리키!"

아실은 입을 다물며 하나뿐인 눈을 커다랗게 떴다. 찢어진 옆머리에서 피를 흘리며 팡탄은 비틀비틀 물러났다. 야리키의 낚싯대가 굵직한 철봉이긴 하지만 레콘을 한 방에 때려죽일 능력은 없었다. 팡탄은 몇 걸음만에 다시 중심을 바로잡았다. 팡탄은 얼굴을 찡그리며 말했다.

"그걸론 안 되겠는데?"

팡탄은 어느새 짧게 잡은 유성추를 철퇴처럼 휘둘렀다. 그것은 야리키의 복부를 강타하여 뒤로 날려 보냈다. 중대원들은 비명을 지르며 물러났다. 팡탄은 정우에게 성큼 다가왔다. 그때 정우의 곁에 있던 엘시와 발리츠 굴도하, 아이넬 굴도하가 동시에 정우의 앞을 막아섰다. 엘시가 말했다.

"팡탄 하장군."

팡탄은 우울하게 느껴지는 눈으로 대장군을 보다가 옆을 돌아보았다. 그을린발과 주테카, 론솔피, 탈해가 황급히 다가서고 있었다. 그 모습을 본 팡탄은 그쪽이 더 마음에 든다는 듯 엘시와 정우 등을 깨끗이 무시한 채 터벅터벅 걸어갔다. 하지만 정우는 그가 가도록 내버려두지 않았다. 그녀는 다른 사람들이 미처 말릴 틈도 없이 달려가서 걸어가는 팡탄의 앞을 가로막았다.

"하장군님! 멈추세요! 당신은……."

팡탄은 부리를 탁 부딪치더니 손을 들어 올렸다. 마치 귀찮은 파리를 쫓아 버리려는 몸짓이었다. 정우의 눈이 커다랗게 변했다. 팡탄이 손을 휘둘렀다.
 그 손이 무엇인가에 맞았다. 하지만 정우는 아무 이상 없는 모습으로 서 있었다. 사람들은 어느새 정우를 막아선 아이넬 굴도하가 팡탄의 손바닥에 맞아 저 멀리 날아가는 것을 보았다. 뿌리에 부딪혀 컥 하는 소리를 내는 아이넬을 보며 발리츠가 비명을 질렀다.
 "아이넬!"
 그 순간 발리츠 굴도하의 몸 아래쪽의 허공에서 무엇인가가 소용돌이치며 나타났다.
 그것은 말과 폭풍이 교접하여 태어난 것 같았다. 말이라면 응당 그러해야 되는 것과 달리 그것은 치렁치렁 늘어지는 털을 가지고 있었다. 아니, 그것은 털이라고 말하기 어렵다. 바람의 머리카락이라고나 할까. 몸 앞쪽에는 근사한 머리가 있었지만 눈 같은 것은 달려 있지 않다. 열풍이 들락거리는 흉폭한 입은 기병 접전에서 상대편 말의 머리를 물어 두개골을 부숴 놓을 것 같다. 우람한 몸통 아래 있는 다리들은 얼핏 보기에 네 개 같지만 확실하지 않다. 그 다리들은 몸을 지탱하는 다리의 고유한 기능을 수행할 수 없어 보인다. 대신 몸을 전진시키는 능력만 괴이하리만큼 강조되어 남아 있었다. 어쩌면 그것은 다리처럼 보이는 여러 장의 날개인지도 모른다. 하지만 그것이 무엇인지 말할 수 있는 사람은 아무도 없었다. 그것은 오직 발리츠 굴도하의 눈에만 보였고, 발리츠는 그것을 내려다보지 않았기 때문이다. 발리츠는 아내를 공격한 레콘을 향해 돌진했다.
 말 위에 있을 때 판사이 남작 발리츠 굴도하는 그 어떤 인간 무사에게도 자제력의 발로가 될 수 있다. 그리고 그는 지금 말

같지도 않은 괴수에 타고 있었다. 발리츠가 창을 내찔렀을 때, 그것은 시간이 되어 팡탄을 관통했다. 저지 불가능하다는 점에서.

창이 부러진 것이 천만다행이다. 그렇지 않으면 발리츠의 팔도 무사하기 어려웠을 테니까. 팡탄 하장군은 부러진 창대에 꿰인 채 우당탕 날아갔다. 팡탄은 숲의 상당 부분을 파괴하는 극적인 모습을 보여 주었지만 발리츠는 그가 어떻게 되었는지 보지 않았다. 팔이 박살 난 것 같은 고통 속에서 무의식적으로 말 아닌 말을 멈춰 세운 남작은 겁먹은 얼굴로 아이넬을 보았다. 뿌리에 몸을 기댄 채 반쯤 누운 모습으로 있던 아이넬은 경악한 얼굴로 남편을 올려다보고 있었다.

아이넬의 눈에, 남편은 허공에 앉아 있는 것처럼 보였다. 몸에 익은 기수의 감각으로 무의식적으로 만든 환상 괴수는 아이넬에게 보이지 않았다. 하지만 아이넬에겐 그 어처구니없는 광경을 설명할 가설이 있었다. 그녀는 쿨럭거리다가 말했다.

"성공……하셨군요, 각하. 환상마를 만들어 내셨어요."

"예? 뭘 만들었다고요?"

발리츠는 그 대답에 타고 있었다. 아래를 내려다본 발리츠는 자신의 몸을 지탱하고 있는 괴수의 모습에 깜짝 놀랐다. 그러나 당황하기에 앞서 발리츠는 언젠가 규리하 성의 주랑에서 아내가 들려준 이야기를 떠올렸다. 말을 탈 수 없는 것이 문제라면 환상계단으로 그에게 걸맞은 환상마를 만들 수도 있다는 이야기를, 발리츠는 아내의 사랑스러움을 강조하는 흥미로운 상상력 정도로만 여겼다. 하지만 지금 그는 그것에 타고 있었다.

"내가 만들었군요."

아이넬은 몸을 떨면서도 웃었다.

"성공하실 줄 알았어요."

발리츠는 말에서 내려섰다. 그는 아내의 상태를 살폈고 다행히 갑옷 덕분에 치명상은 입지 않은 것을 알고 안도했다. 하지만 다리가 부러진 아이넬은 일어나지 못했다. 그녀가 움직이기 힘들다는 것을 확인한 발리츠는 빠르게 생각했다. 그리고 남작은 일행들을 돌아보며 외쳤다.

"가시오! 내가 막을 테니까!"

다른 사람들도 발리츠가 무엇을 만들어 내었는지는 보지 못했다. 하지만 그 작은 무사가 건장한 레콘을 조약돌처럼 날려 보낸 것은 확실히 보았다. 그리고 시허릭은 그 점을 중시하기로 했다.

"가야 합니다, 대장군님!"

엘시는 결정했다. 그는 남작에게 가까이 있던 병사들에게 창을 주라고 외쳤다. 그리고 멍하니 서 있는 정우를 발견하고 그녀의 팔뚝을 붙잡았다. 정신을 차린 정우는 의아하기 짝이 없다는 얼굴로 엘시를 보며 말했다.

"일부러 죽으려고 했어요."

"예?"

"팡탄 하장군님…… 일부러…… 왜?"

아실이 눈으로 그 말에 동의했다. 엘시는 그 의미에 놀랐지만 그것을 다룰 시간은 없었다.

"천천히 생각해 봐야겠군요. 지금은 가야 합니다, 정우."

정우는 얼떨떨하게 고개를 끄덕였다. 대장군은 팡탄의 습격으로 흩어졌던 일행을 다시 불러모아 전진시켰다. 그들은 쵸지가 있는 곳을 향해 빠르게 달려갔다.

장생 483

멀찌감치 떨어진 곳에서 힌치오와 싸우던 아트밀도 중대가 떠나는 것을 보았다. 몸을 빼내야겠다고 판단한 아트밀은 철극을 고의로 흔들어 빈틈을 노출시켰다. 힌치오가 세찬 기세로 이쑤시개를 휘두를 때, 아트밀은 오래전부터 머릿속으로 그려 두었던 공격을 시도했다. 그는 힌치오의 왼쪽 팔꿈치 아래를 세차게 찔렀다.

그 공격은 적중했다. 힌치오는 옆구리가 크게 찢어진 채 비틀거리며 물러났다. 힌치오는 벼슬을 빳빳하게 세운 채 비스듬한 자세로 이쑤시개를 들어 올렸다. 투지는 한결같았지만 힌치오는 환상을 품지는 않았다. 치명상은 아니다. 하지만 호각의 싸움 중이니 치명상이나 다름없다.

"이번에야말로 곡차 한잔 부탁해야겠군, 아트밀 교위."

아트밀은 공격하지 않았다. 그는 철극으로 몸을 가리며 물러났다.

"그 부탁 이번에도 사절이야."

"뭐?"

"그때도 그랬지만, 바쁜 일이 있어서. 치료 잘해."

아트밀은 힌치오를 내버려둔 채 숲 사이로 사라졌다. 의아한 눈으로 아트밀을 보던 힌치오는 그의 모습이 사라진 것을 확인하고 그제야 한 손으로 옆구리를 짚었다. 힌치오는 정말 곡차 한잔 생각이 간절하다고 생각하며 부하들을 향해 움직였다. 그는 이미 오래전부터 비에 대해 아무 생각도 하지 않았고, 그 사실을 깨닫지도 못했다. 힌치오는 옆구리가 찢어진 사람치곤 퍽 건강한 목소리로 부하들을 불러모았다. 그의 앞에는 아트밀 못지않게 당혹스러운 남작이 버티고 있었다. 힌치오는 정말 운수 사나운 날이라고 생각했다. 하지만 그가 생각하는 사나운 운수에도 폭우는 포함되어 있지 않았다.

 팔리탐 지소어도 아트밀의 외침을 들었다. 남작이 무슨 짓을 하고 있는지 짐작하는 팔리탐은 힌치오에게 그것을 가르쳐 주기로 했다. 그것을 어떻게 해결해야 하는지는 알 수 없었지만. 그런데 달려가는 그의 발 앞에 갑자기 어떤 손이 나타났다.
 멈춰 선 팔리탐은 손을 따라갔다. 그곳에는 꽝탄 하장군이 가슴에 부러진 창대를 꽂고 뿌리에 몸을 기대어 비스듬히 누워 있었다. 팔리탐은 황급히 허리를 굽혔다.
 "꽝탄?"
 그는 부러진 창대의 끄트머리를 두 손으로 부여잡았다. 하지만 그것을 뽑으려 하자 꽝탄이 부리 사이로 피거품을 뿜으며 격하게 말했다.
 "내버려둬. 가망 없다."
 팔리탐은 입을 다물었다. 꽝탄은 그의 가면에 초점을 맞추려 애썼다. 그의 부리에서 빗줄기가 부서졌다.
 "부탁이야. 전령(傳靈)시켜 줘."
 팔리탐은 흠칫했다. 꽝탄은 자신의 영을 군령자의 일부로 받아 들여 달라고 부탁하고 있었다. 팔리탐은 침착하려 애쓰며 말했다.
 "꽝탄, 내가 군령자인 것은 맞지만 나는 전령 없는 죽음을 맞을 생각이오. 내게 들어와 봐야 영생할 수 없소. 그것은 내 속에 있는 영들도 모두 아는 일이오."

"빌어먹을. 누가 영생에 관심 있다고. 내가 원하는 것은 복수야. 잠깐만, 아주 짧은 시간만 있으면 돼."

팔리탐은 처음에 그렇게 말하는 자도 많다고 생각했다. 그는 자신의 속에 있는 영들에 대해 많은 것을 알고 있었다. 그냥 죽는 것이 아쉬워서, 잠깐만 더 세상을 보기 위해 전령하는 거라 말한 자들은 많았다. 하지만 군령자가 사라지지 않고 팔리탐에게까지 이어졌다는 것은 결국 그들이 자신의 말을 지키지 못했다는 뜻이다. 팔리탐은 자신도 막상 죽을 때가 되면 다른 자의 육을 노리지 않을까 하는 생각까지도 떠올렸다. 팔리탐은 그 생각을 떨치며 팡탄을 바라보았다. 부질없는 짓이라고, 멋진 생의 마지막에 사족을 붙이는 짓이라고, 즐길 만했던 생의 추억만 간직한 채 모든 이보다 낮은 여신께 가라고 말하기 위해서.

하지만 팔리탐은 그 말을 꺼낼 수가 없었다. 가슴에 부러진 창이 박힌 채 폭우 속에 비스듬히 누워 있는 팡탄의 모습은 비참했다. 팔리탐은 그것이 즐길 만한 생의 마지막 모습이라고 확신할 수 없었다. 주저하는 그에게 팡탄이 피를 토하며 말했다.

"제발."

"지금 전령하더라도 당장 복수할 수는 없습니다. 내 몸에 익숙하지 않을 테니까."

"볼 수만 있으면 돼. 그것도 안 되나?"

그렇지는 않다. 팔리탐은 고개를 내젓고 마지막 조건을 붙이듯 말했다.

"내가 죽을 때까지입니다."

팡탄은 동의의 표정을 지었다. 팔리탐은 한 손으로 팡탄의 눈을 덮었다.

"나를 믿고 내게 마음을 여십시오."

팡탄은 그렇게 했다. 팔리탐은 아직도 불안과 의문을 느끼는 자신의 마음을 다잡으려 애썼다. 전령이 실패할지도 모른다. 팔리탐은 조심스럽게 자신의 마음을 열었다.

"내게 오십시오, 팡탄."

전령이 이루어졌다.

팡탄의 육에 있던 영이 어느 순간 팔리탐의 육으로 옮겨졌다. 팡탄은 그 사실을 깨닫지 못했다. 그가 본 것은 어둠뿐이었다. 팔리탐은 그에게 사실을 확인시켜 주기 위해, 그리고 정신 속에서 길을 잃지 않도록 하기 위해 뒤로 물러나며 그를 앞에 내세웠다. 팡탄은 팔리탐의 눈으로 세상을 보게 되었다.

팡탄은 시력이 조금 나빠진 것을 느꼈지만 곧 거기에 신경 쓰지 않았다. 그의 눈앞에는 자신이 창에 꽂혀 죽어 있었다. 그 모습은 팡탄에게 충격을 주었다. 팡탄은 깃털을 부풀리려 했다. 당연히 소득이 없었다. 팔리탐이 입을 움직여 설명했다.

"내 몸엔 깃털이 없습니다, 팡탄. 입을 움직여 보겠습니까?"

팔리탐은 입을 내버려둔 채 물러났다. 팡탄은 그것을 움직여 대답하려 했다. 하지만 부리에 익숙한 그는 아직 인간의 입을 마음대로 다룰 수 없었다. 그는 이어, 우우 하는 소리만 내었다. 조금 기다리던 팔리탐은 다시 입을 가져가서 말했다.

"처음이니 어려울 겁니다. 잠시 동안 뒤로 물러나십시오. 당신에게 연습할 시간을 주는 것은 뒤로 미루어야겠습니다."

팡탄은 뒤로 물러났다. 보이는 것은 암흑뿐이었다. 하지만 곧 그곳에 무엇인가가 나타났다.

그것은 레이헬 라보 태위였다. 제국군 하장군이었던 팡탄은 당연히 태위의 얼굴을 알아보았다. 놀란 팡탄에게 태위가 말했다.
"왜 이런 선택을 했는지 모르지만 나를 따라오게. 사람의 의식 가장 밑바닥에는 헤어 나올 수 없는 미궁이 있어. 일단 나를 따라와서 안전한 곳에 자리를 잡고 이야기를 좀 해 보도록 하지."
"어. 말을 할 수…… 있군."
"그래. 이것은 말이나 다름없지. 따라오게."
태위는 앞장서서 움직였다. 팡탄은 아래를 내려다보았고 어둠 속에 완전한 모습으로 있는 자신의 몸을 발견했다. 그것은 그가 존재하기를 바라기에 있는 모습일 뿐이지만 팡탄은 아직 그것을 알지 못했다. 그는 몸이 있다면 웃을 수도 있을 거라 생각했다. 그래서 팡탄은 태위의 뒤를 따라가며 웃었다.
사실, 웃을 만한 상황이었다. 팡탄은 모든 이보다 낮은 여신께 걸고 한 맹세를 완벽하게 지켰다. 그의 죽음은 자살적인 공격에 의한 것이지 자살은 아니다. 그리고 이제 죽은 그는 맹세에서 자유롭다. 팡탄은 그 사실을 어떻게 즐길 것인가 생각하며 태위의 뒤를 따랐다.

커다란 뿌리 뒤에 몸을 숨기고 있던 쵸지는 31중대원들이 다가오는 모습을 보고 황급히 외쳤다.
"멈춰! 불이 날아온다!"
중대원들은 재빨리 멈춰 서서 몸을 낮추었다. 쵸지는 건물이 있는 방향을 손으로 가리켰다. 그러자 중대원들 사이에서 엘시가 걸어 나왔다.
엘시는 쵸지가 가리킨 방향을 보고는 그쪽으로 성큼성큼 걸어갔다. 쵸지가 그 뒤를 따랐고 다른 자들도 시허릭의 명령에 따라 조심스럽게 엘시의 뒤에 섰다. 엘시는 곧 건물을 발견했다. 그때 그의 곁으로 지멘이 다가왔다. 지멘을 본 아실이 그에게 다가갔다. 지멘은 눈을 찌푸렸다.

"아실, 소리 위에……."

아실이 고개를 빠르게 가로저었고 지멘은 말을 맺지 않았다. 그때 뒤편에서 아트밀이 달려왔다. 뿌리에 뒤덮인 건물을 본 아트밀이 고개를 끄덕였다.

"이거야?"

그 질문에 사람들은 쵸지를 보았다. 쵸지가 말했다.

"벽을 부수려 하니까 불을 내뿜었어."

사람들은 벽을 뒤덮고 있는 뿌리들을 보며 흠칫했다. 지멘이 망치를 들어 올리고는 엘시를 보았다. 엘시는 고개를 끄덕였다.

"다른 사람들은 피하시오. 지멘, 하겠습니까?"

지멘은 망치를 한 번 흔드는 것으로 대답을 대신했다. 쵸지는 경험했던 것에 따라 사람들을 안전한 거리까지 데리고 물러났다. 엘시와 지멘만 건물 앞에 남았다. 지멘은 뒤를 홀끔 바라보고는 망치를 높이 들어 올렸다. 파편에 맞는 것을 피하기 위해 엘시가 뒤로 돌아선 후, 지멘은 있는 힘껏 벽을 후려쳤다.

단 일격에 벽이 깨졌다. 굵은 금들이 사방으로 확 뻗어 나갔다. 무너져야 마땅하지만 벽을 뒤덮고 있는 뿌리들이 붙잡고 있어서 무너지지 않았다. 지멘은 한 번 더 망치를 휘두르려 했다. 그때 뒤로 돌아선 엘시가 말했다.

"부수지 말고 밀도록 하시오. 되도록 파괴되지 않도록."

지멘은 그 말을 따랐다. 그는 파편을 힘껏 밀었다. 뿌리들의 저항은 별로 크지 않았다. 곧 넓은 석판 조각들이 뒤로 쓰러지며 벽에 커다란 구멍이 나타났다. 레콘이 똑바로 서서 걸어 들어갈 수 있을 크기의 구멍이었다. 안쪽은 어두웠다. 그것을 가만히 들여다보던 엘시가 중얼거렸다.

"퇴로를 확보하는 건 무의미하겠지."

안쪽에 있을 또 다른 적을 염려한 엘시는 뒤에 사람들을 남겨 두지 않기로 했다. 그는 탈해를 불러들였다. 탈해가 앞장 서서 구멍 안으로 들어섰고 다른 사람들이 그 뒤를 따랐다. 엘시는 뒤편에 남아 있는 사람들에게 화염이 뿜어질 것을 대비하여 계속 구멍 곁에 남아 있다가 마지막에 들어갔다. 곧 바깥에는 폭우만 남아서 용의 숲을 두드렸다.

어둠 속에서 탈해가 빛의 공 같은 것을 몇 개 만들어 냈다. 그가 만든 도깨비불들이 각 소대장들에게 전달되었다. 소대장들은 탈해의 지시에 따라 그것을 투구에 붙였다.

안쪽에는 커다란 복도가 가로놓여 있었다. 왼쪽으로 커다란 공간 같은 것이 보였기에 그들은 그쪽으로 걸어갔다. 곧 그들은 별다른 장식이 없는 대단히 넓은 홀처럼 보이는 곳에 들어섰다. 천여 명이나 되는 사람들이 들어와 있었지만 아직도 공간은 충분했다. 그리고 사면 중 세 군데의 벽에는 커다란 복도들이 하나씩 놓여 있었다. 주위를 둘러본 사람들은 건물 안쪽의 벽에는 뿌리들이 없는 것을 확인하고 안도했다. 도망칠 곳도 없는 건물 내부에서 불을 뿜는 뿌리들을 만나면 굉장히 곤혹스러웠을 것이다.

이전에 말리의 건물 안으로 들어와 본 적이 있지만 엘시는 이곳이 어디인지 알기 어려웠다. 역시 들어온 적이 있었던 지멘도 지리를 알 수 없었다. 엘시는 고민하다가 말했다.

"5소대는 뒤로 돌아가서 레콘들이 올 경우를 대비하여 구멍을 막아라. 쓰러진 석재들을 세워 짜 맞추면 위장이 가능할 것이다. 나머지 소대들은……."

그때 부드러운 발소리 같은 것들이 들려왔다. 아주 많은 사람들이 민첩하게 움직이는 소리였다. 엘시는 얼굴을 찡그렸다. 또 다른 적이 벌써 다가오고 있었다. 어쩌면 기다리고 있었는지도 모른다. 발소리에 당황한 병사들을 향해 엘시가 말했다.

"5소대 명령 취소한다. 전원 전투 준비! 아라짓 전사들이 온다!"

보병이 기병을 제압하려면 말을 노리는 편이 간단하다. 하지만 발리츠 굴도하 남작의 말은 보이지도 않았고, 그것이 있을 만한 곳에 무기를 휘둘러 봐도 걸리는 것이 없었다. 그것은 남작에게만 존재하는 말이었으니까. 레콘은 보기(步騎) 어느 쪽으로 구분할 필요 없이 그냥 레콘이지만 어쨌거나 사라티본 부대원들도 남작의 말을 공격 대상으로 삼을 수는 없었다. 따라서 논리적이게 그들은 남작 자신을 노렸다. 하지만 남작의 체구는 작았고 그 속도는 상상을 초월했다. 실제의 말이라면 절대로 불가능할 방향 전환을 간단히 해치우며 환상마는 사라티본 부대원들이 가장 싫어할 위치로 남작을 데려갔다.

팔리탐과 힌치오는 당분간 남작을 잡는 것이 불가능하다고 판단했다. 그들은 제정신을 유지하고 있던 얼마 되지 않은 레콘들을 둘로 나눴다. 상처 입은 힌치오가 뒤에 남고 팔리탐이 열댓 명 남짓한 레콘들을 데리고 남작을 우회하여 제국군을 쫓았다.

천여 명이 뛰어갔지만 흙이 없는 말리에 발자국은 남지 않는다. 팔리탐과 레콘들은 자취를 찾느라 애를 먹었다. 그 와중에 그들은 광란을 부리는 레콘들을 만나 더 지체하기도 했다. 의지를 소모시키는 추적이 한참 계속된 후에야 그들은 숲의 한가운데 난 구멍 같은 것을 발견했다. 팔리탐은 그것이 구멍 뚫린 건물의 벽이라는 것을 깨달았다. 그들은 그 안으로 뛰어들었다.

건물 안쪽은 어두웠다. 팔리탐은 지끈거리는 머리로 창문이 모두 뿌리로 뒤덮여 그런가 보다 생각했다. 그런데 저편에서 신음이 들려왔다. 그 소리를 따라가니 넓은 광장 같은 것이 있었다.

그곳엔 빛이 있었다. 여러 명의 사람들이 부러진 창대나 칼집 등으로 급조한 듯한 횃불을 들고 움직이고 있었다. 팔리탐은 그들 중 어떤 인간 여자의 머리에 불이 붙어 있는 것을 보곤 놀라서 걸음을 멈췄다.

그녀는 투구에 도깨비불을 붙이고 있는 제국군 장교였다. 팔리탐과 레콘들을 본 그녀는 당혹했지만 곧 침착한 목소리로 말했다.

"가시나무 군단 315소대장 젠야 스리그 부위입니다. 우리는 부상병입니다."

그제야 팔리탐은 그녀가 다른 몇몇 병사들과 함께 바닥에 쓰러진 병사들을 끌어 모으고 있다는 것을 깨달았다. 바닥엔 쓰러진 사람들 때문에 발 디딜 틈이 없었다. 그런데 그들 중에는 인간이 아닌 자들도 보였다. 그들은 나가였다. 모진 부상을 입은 자들이 대부분이었다. 팔리탐은 무슨 일이 일어났는지 깨달았다. 제국군과 아라짓 전사들이 전투를 벌였고, 천 대 오천이라는 압도적인 숫자 차이에도 레콘들의 분전과 대장군의 지휘로 소드락의 효과가 떨어지는 시기까지 버틴 것이다. 얼어붙어서 무력해질 것을 걱정한 아라짓 전사들은 움직일 수 없는 자들을 내버려둔 채 물러났고 엘시는 부상병을 수습할 인력만 남겨 두고 떠났다. 그곳에 쓰러져 있는 제국군과 그들을 수습하는 자들의 숫자를 대강 가늠해 본 팔리탐은 엘시가 완전한 상태의 2개 소대를 데리고 떠났다고 판단했다.

"대장군은 어디로 갔소?"

"알아도 대답하지 않겠지만, 모릅니다. 이 안쪽이 어떻게 생겨 먹었는지 모르니까요. 어쩌시겠습니까?"

젠야 부위는 피로에 지친 미소를 지었다. 팔리탐은 잠깐 생각한 다음 젠야 부위에게 말했다.

"칼을 주시오."

부위를 도와 부상병들을 다루던 병사들이 적개심을 드러내었다. 하지만 머뭇거리던 부위는 탐탁지 않은 표정으로 칼을 건넸다. 팔리탐은 그것을 받아 든 다음 자신의 칼을 부위에게 주었다. 놀란 젠야에게 팔리탐이 말했다.

"부상병들을 데리고 이곳을 빨리 떠나 소리로 가시오. 막는 사람이 있으면 그 칼을 보여 주고 상황을 설명하시오. 하지만 제정신이 아니라서 그걸 못 알아볼 레콘들이 더 많을 테니 조심하는 것이 좋을 거요."

젠야 부위는 팔리탐의 생각을 이해했다. 어차피 이것은 모든 것이 결판나는 싸움이다. 포로를 잡아 두거나 할 필요도 없다. 그저 거치적거리지 않도록 물러나 주면 그만이다. 젠야는 고개를 끄덕였다.

"감사합니다."

팔리탐은 젠야에게 횃불 하나를 얻었다. 그리고 그는 레콘들을 데리고 피에 젖은 발자국이 가장 많이 남아 있는 복도로 움직였다. 그때 태위가 입을 가져갔다.
"대전으로 가세. 아무래도 거기일 것 같군."
"대전이 있습니까? 어디지요?"
"내가 맡지."
팔리탐이 뒤로 물러났다. 그 몸을 획득한 태위는 주위를 둘러보며 기억을 더듬었다. 자신의 위치를 알게 된 태위는 곧 자신 있는 걸음으로 레콘들을 이끌고 움직였다.

태위가 말한 것처럼 말리에도 하늘누리와 마찬가지로 대전이 있었다. 하지만 양자의 구조는 비슷하면서도 취지가 다르기 때문에 약간 달랐다. 말리의 대전은 많은 알현자들을 위한 곳이 아니라 신을 만날 자격을 획득한 몇몇 사람을 위한 곳이었다. 복층이었던 하늘누리의 대전과 달리 그곳은 단층이었고 방의 폭은 하늘누리의 대전보다 조금 좁았지만 길이는 신께 걸어가는 기쁨을 오랫동안 느낄 수 있도록 더 길었다. 커다란 창문들이 한쪽에 있었고 그곳은 뿌리들이 가리고 있는데도 많은 빛을 대전에 부어 넣고 있었다. 물론 폭우 때문에 환하지는 않았지만 불이 없어도 사물을 분간할 만했다. 대전 끝에는 하늘누리에 있던 것과 비슷한 단이 있고 그 위에 화려한 옥좌가 있었다.
용은 그곳에 있었다.
용의 역사는 반복될 수 없다. 계보는 있으되 전례는 무의미한 셈이다. 용은 언제나 새로 시작한다. 그리고 각기 다른 끝을 맞이한다.

이라세오날은 자신의 끝이 다가온다고 생각했다. 지나치게 긴 끝이다. 일만육천 년이나 걸리는 끝이니까. 이라세오날은 그 끝이 어떻게 시작될지 궁금했다.

끝의 발소리가 들렸다.

용은 옥좌에 앉은 채 대전으로 들어서는 누군가를 보았다. 인간 남자였다. 그는 자신이 발견한 것에 놀란 듯 멈칫하다가 뒤를 돌아보며 고함질렀다. 조금 후 더 많은 사람들이 나타났다. 용은 그들이 마음대로 움직이도록 내버려두었다.

잠시 후 침입자들이 대전 끝에 도열했다. 제일 앞쪽에는 대장군과 정우가 서 있었다. 그 뒤에는 탈해와 론솔피, 야리키, 쉰 명 정도의 병사들이 있었다. 아라짓 전사들과의 전투가 끝난 후 엘시는 사백여 명의 병사들과 함께 출발했다. 하지만 수색 때문에 병사들이 흩어져 대전에 도착한 것은 그 정도였다. 물론 병사들은 계속 모여들었고 기다리면 나머지 병사들이 모두 도착하겠지만 엘시는 그들 모두의 도착을 기다릴 필요가 없다고 생각했다. 그리고 용도 더 기다리지 않았다. 초록빛—불가사의—레콘—비현실—용은 옥좌에 비스듬히 앉은 채 말했다.

"어서 오너라, 황태자여."

그 호칭은 엘시의 뒤편에 있던 자들을 불안하게 만들었다. 하지만 엘시는 아무런 감정적 동요도 느낄 수 없는 얼굴로 말했다.

"폐하시군요."

"그렇다."

"폐하를 죽이겠습니다."

"반역인가?"

"아닙니다. 저는 만병장입니다. 만명 이하의 단위에서 제가 하는 모든 일은 위법성이 조각됩니다. 그러니 이들 모두 반역자가 아닙니다."

"그렇군. 그렇다면 이유는 무엇인가?"

"폐하께서 사람을 정신 억압하기 때문입니다. 정신 억압에 의한 것이 아닐 가능성이 있는 유일한 일은 정신 억압자 자신을 공격하는 일뿐입니다. 그것 외에는 아무 일도 하지 않는 것도, 자살도 자의에 의한 것이라 믿을 수 없습니다. 할 수 있는 일이 그것뿐이기에 저는 그렇게 합니다."

"자살을 원하는 정신 억압자가 너를 억압하는 경우는 어떤가? 그러면 너는 자살의 도구지. 또는 다른 사람을 그 정신 억압자로 믿게 된 경우는 어떤가? 그러면 너는 살인의 도구지. 네가 보는 것이 나라고 확신할 수도 없잖나."

황제가 제기한 의심은 잔혹한 것이었기에 사람들은 급히 숨을 들이마셨다. 하지만 엘시는 슬퍼 보이는 눈빛을 조금도 바꾸지 않았다.

"저는 그것 외엔 할 수 있는 일이 아무것도 없다 말씀드렸습니다."

"그래서?"

"의심도 할 수 없습니다."

엘시의 무뚝뚝한 말에 황제는 고개를 끄덕였다. 그제야 사람들은 그것에게 머리가 있다는 것을 깨달았다. 조금 후 치천제는 다시 고개를 끄덕였다.

"그렇군. 의심조차도……."

둔탁한 발소리가 들렸다. 엘시의 뒤편에 있던 자들은 지멘이 아실을 안아 들고 도착하는 것을 보았다. 옥좌에 있는 황제를 본 지멘은 멈칫했다.
"뭄토?"
아실은 눈을 크게 떠 황제를 바라보았다. 치천제는 엘시에게 말했다.
"짐은 너를 정신 억압하지 않았다."
아실이 숨을 들이마셨다. 지멘은 그녀를 놓칠까 두렵다는 듯 꼭 끌어안으며 황제를 노려보았다. 다시 발소리가 들렸다. 쵸지와 주테카가 몇 명의 병사들과 함께 도착했다. 엘시가 대답했다.
"신뢰도 불가능합니다."
통렬한 절망을 말하는 건조한 목소리.
"그렇겠지. 하지만 그것은 사실이다."
"폐하, 모두 무의미합니다. 저는 폐하를 공격……."
"짐은 그런 식으로 정신 억압하지 않는다!"
엘시는 입을 다물었다. 그는 그런 말도 무의미하다고 생각했다. 그때 새장을 끌어안고 있던 정우가 말했다.
"어떤 식인가요, 폐하?"
황제는 그제야 정우가 거기 있다는 것을 깨달은 사람처럼 그녀를 바라보았다. 주테카가 난폭하게 외쳤다.
"그래! 어떤 식으로 사람을 주물럭거렸냐, 이 괴물아!"
지멘이 사람들을 헤치며 앞으로 걸어 나왔다. 정우 곁에 선 그는 아실을 바닥에 내려놓고 두 손으로 망치를 쥐었다.
"어떤 식인가? 어떤 식으로 아실의 증오를 가져갔나?"
황제의 눈이 아실을 향했다. 아실은 그것에게 눈이 있다는 것을 깨닫고 하나의 눈으로 황제를 바라보았다. 아실의 눈은 모든 것을 하나로 만든다. 황제가 부지불식간에 부리를 열었다.
"짐은 너희들이 하고 싶은 것을 하도록 정신 억압했다."

어둠 속을 무작정 달리던 아트밀은 자신이 뭔가를 놓친 것 같았다. 그는 뒤로 몇 걸음 되돌아갔다. 그러자 옆으로 이어지는 복도가 보이며 그곳에 많은 사람들이 있는 것이 보였다. 그들은 제국군이었다. 그들에게 다가간 아트밀은 가까이 있는 병사에게 말했다.
"여기야?"
"예."
아트밀은 복도에 면한 문에 사람이 꽉 들어차 있는 것을 보았다. 그리고 문 너머로 대전이 보였다. 옥좌에 있는 괴상한 물체를 본 아트밀은 의아해하며 사람들을 헤치고 들어갔다. 하지만 병사들이 많아서 앞으로 다가가는 것이 어려웠다. 아트밀은 억지로 그 커다란 몸을 사람들 틈 사이로 밀어 넣으며 방 안의 목소리에 집중했다. 그때 주테카의 당황 어린 외침이 들려왔다.
"그게 무슨 말이야? 하고 싶은 것을 하고 하기 싫은 것을 안 하면…… 그건 정신 억압 안 했다는 것과 마찬가지잖아?"
치천제는 주테카에게 고개를 가로저었다.
"그것이 짐의 정신 억압이다. 짐은 너희들이 하고 싶은 것을 하도록 했다."
"미친 소리—!"
지멘이 비명 비슷한 계명성을 질렀다. 그는 아실을 가리키며 말했다.

"너는 아실의 증오를 빼앗아 갔어!"

아실은 휘청거리다가 지멘의 다리에 몸을 기댔다. 황급히 아실을 부축했지만 지멘의 사나운 눈은 황제에게 고정되어 있었다. 치천제가 말했다.

"증오에 지친 여자가 있었다. 차마 그것을 버릴 수는 없었지만, 사실 그 증오는 그녀에게 짐이 되고 있었다. 제국의 수도를 빙해 아래로 침몰시켰을 때 이미 증오의 성취를 느꼈기 때문이지. 짐은 그녀가 하고 싶은 대로 하게 했다. 그러자 그녀는 증오를 버렸다."

"글씨로 표현했어!"

"옛 추억을 뒤적거렸나 보군."

지멘은 몸을 부풀리며 부리를 다물었다. 아실은 그의 다리에 기댄 채 어깨로 숨을 쉬며 말했다.

"제이어 솔한은?"

"짐은 그를 제대로 설명할 수 없다. 그는 짐이 아는 가장 두려운 자들 중 하나다. 짐은 성공을 원한다는 그의 말을 믿고 그가 하고 싶은 것을 할 수 있도록 해 주었다. 오판이었다. 그는 가장 화려한 실패의 무대를 만들어 내더군. 감히 신의 의지에 대항하다가 장엄하게 실패하는 비극적 영웅."

엘시가 동굴 속에서 울려 퍼지는 것 같은 목소리로 말했다.

"제 몸종은 어떻게 된 겁니까?"

"포기한 인생을 되찾고 싶어했다. 하지만 스스로 너무 망가뜨렸기 때문에 누군가의 도움 없이는 그것을 구할 수 없다고도 믿고 있었다. 하고 싶은 대로 하게 하자 그는 의지할 주인을 찾아 나섰다."

"하지만 이레는 저를 납치하려다가 자신으로부터 자신을 막기 위해 자결했습니다. 그것이 그가 원한 일입니까?"

"그랬나? 왜 그랬는지 알 것 같군. 위험에 처한 주인을 구하고 싶었던 거지. 주인은 황제의 대장군이며 황제에게 돌아가야 하니까. 하지만 현재의 그는 주인을 거부할 수 없었기에, 과거의 난폭한 자신을 불러들였을 것이다. 분리된 자신이 서로 싸우는 거야 짐보다 너희들이 더 잘 아는 일 아닌가. 심지어 자신을 비비 꼬기까지 하지. 그렇잖나, 시허릭 마지오 상장군?"

시허릭은 깜짝 놀라 황제를 바라보았다. 황제는 그를 직시했다.

"장제황제여, 짐은 그대가 황제가 되길 바라는 줄 알았다. 그래서 그대가 자신의 영달을 위해 싸울 것을 기대하고 그대가 하고 싶은 대로 하게 했다. 그대는 짐의 생각처럼 행동하는 것 같더군. 그런데 어느 순간 그대는 황제가 되는 사람을 시허릭에서 엘시로 바꿨지. 너 자신이든 누구든 황제로 만들면 된다는 건가? 아니면 그대가 원한 것은 자신이 황제가 되는 것이 아니라 제국에 훌륭한 황제가 있어야 한다는 것이었나? 짐은 모른다. 하지만 그 꼬장꼬장한 군인이 노련한 정치가처럼 굴었어. 정말 놀랍다. 짐은 너희들이 무슨 일을 할지 모른다. 다만 너희들이 하고 싶은 일을 하게 해 주었을 뿐이다! 그것이 짐의 정신 억압이다!"

"거짓말!"

아트밀이 놀란 사람들을 밀어젖히며 앞으로 뛰쳐나왔다.

"그럴 리 없어! 내가 하고 싶은 대로 했다고? 하지만 내가 어떻게 빙해를 건넜다는 거냐! 내가 그것을 원했을 리 없잖아!"

황제는 아트밀을 살펴보고는 알았다는 표정을 지었다. 그것은 표정도 지을 수 있었다.

"아아. 짐의 드문 성공작이로군."

"뭐라고?"

"하늘누리가 추락할 때 환상벽으로 너희들이 잘 도망치는지 보았다. 그때 사라말을 데리고 가며 폭소하던 레콘을 봤지."

아트밀은 가슴이 철렁하는 것을 느꼈다. 그는 추락하던 하늘누리에서 도망칠 때 사라말이 중얼거렸던 농담을 떠올렸다. 목말과 삼촌과 머리 냄새에 관한, 그런 상황에서 태연히 꺼냈다는 것을 믿을 수 없는 농담. 치천제는 아트밀의 생각이 맞다는 듯 고개를 끄덕였다.

"너는 사라말에 호의를 가진 것 같더군. 퍽 재미있는 녀석이라고 생각하는 것 같았다. 그래서 네가 하고 싶은 대로 하게 해 주었다. 고맙게도 너만은 짐의 예상대로 행동했다. 사라말을 보호했어."

"하지만, 하지만 내가 하고 싶은 대로…… 빙해는 어떻게!"

"그야 간단하지. 너는 물을 두려워하지 않아. 그 두려움에 대한 종족의 기억을 가지고 있을 뿐이지."

"무슨 소리! 나는 레콘이야!"

"여기엔 젖은 레콘이 가득하다!"

그을린발과 주테카, 론솔피, 쵸지, 지멘, 야리키, 아트밀. 내려다보지 않아도 알 수 있는 일이지만, 일곱 레콘은 새삼스럽다는 듯이 자신의 몸을 내려다보았다. 마치 내려다보면 그 습기가, 몸을 뒤덮고 있는 물이 사라지기라도 할 것처럼. 하지만 그들의 깃털은 젖어 번들거렸고 거대한 몸에서는 물이 뚝뚝 떨어졌다. 황제가 말했다.

"너희들은 변화한다."

그 말은 사람들을 후벼 팠다. 황제가 갑작스러운 질문을 던졌다.

"나가들이 왜 군령자를 모으는지 말해 봐라, 엘시."

뜻밖의 질문에 엘시는 반사적으로 책을 읽듯 말했다.

"나가들의 가장 큰 문제는 그들이 한계선을 넘을 수 없다는 점입니다. 다른 세 종족은 그들을 방문할 수 있지만 그들은 올 수 없습니다. 비단 군사적인 측면에서만이 아니라 다른 모든 분야에서 그것은 심각한 불이익을 낳는 문제입니다. 그래서 그들은 그 문제를 해결하기로 결심했습니다. 갈로텍이나 주퀘도 사르마크를 찾는다느니 하는 것은 비밀 유지를 위한 핑계 거리일 뿐입니다. 그들이 정말 관심을 두고 있었던 것은 군령자의 영이 아니라 그 육이었습니다."

엘시가 내리려는 결론을 짐작한 사람들은 깃털을 세우거나 동공을 팽창시켰다. 하지만 엘시는 자신의 결론에 아무런 영향도 받지 않은 투로 말했다.

"그들은 군령자를 방한복으로 이용할 작정입니다."

무거운 침묵이 신의 대전을 뒤덮었다. 치천제는 말했다.

"그들은 원래 자기들의 목숨을 거는 일에 익숙하지. 감히 심장을 빼낼 수 있는 생물이니. 하지만 이 사건은 좀 다른 관점으로 보아야 한다. 나가들이 그토록 소중히 여기는 육을 감히 포기하고 다른 자의 육으로 들어간다는 식으로. 그들도 변화하고 있는 것이다. 도시 연합이라는 엉성한 형태에서 국가로 발전할지도 모르지. 다른 이들을 위해 자기 육을 포기하는 자들이 나타났으니."

새장을 안은 정우가 조용히 말했다.

"탈해도 변화한 건가요?"

탈해는 흠칫하다가 황제를 보았다. 황제는 정우를 똑바로 보지 않은 채 말했다.

"유혈로 몸을 물들인 채 태연히 서 있는 도깨비에게 다른 설명이 필요할까."

그러했다. 거듭된 전투를 뚫고 이곳에 도달한 탈해는 피범벅이었다. 탈해의 곁에서 그를 바라보며 수염볏을 비틀던 야리키가 갑작스럽게 무엇인가가 떠올랐다는 듯 말했다.

"잠깐. 우리가 뭘 할지 모르면서 우리가 하고 싶은 대로 하게 도와줬다면, 그렇다면 너는 은인이라는 건가?"

"은인이자 원수지요."

엘시가 건조하게 말했다. 정우는 엘시를 말끄러미 바라보았다.

"저희가 하고 싶은 대로 하게 하셨지만, 폐하께서는 저희가 해도 되는 일의 한계를 저희와 상의 없이 만드셨습니다. 그리고 지상에 발을 딛지 않은 채 하늘에서 저희를 보시다가 폐하의 한계를 벗어나는 것은 가차 없이 처단하셨습니다. 분리주의자와 서약 지지파를 분쇄하셨습니다. 발케네와 규리하를 파괴하려 하셨습니다. 신에게 도전한 율형부사를 불태웠습니다."

치천제는 옥좌에 뒷머리를, 어쨌든 그렇게 보이는 것을 가져다 댔다. 황제는 천장을 바라보며 중얼거렸다.

"그래. 한계…… 한계다. 그것이 짐이지."

갑자기 황제가 벌떡 일어났다. 동시에 방과 바깥의 복도를 채우고 있던 사람들이 뒤로 주춤 물러났다. 단 위에 똑바로 선 황제가 외쳤다.

"짐은 절대적 한계다! 짐은 마지막 한계다! 네가 짐을 어떻게 하겠는가? 짐을 어쩔 텐가!"

엘시는 가늘어진 눈으로 황제를 바라보다가 몸을 옆으로 기울였다. 그곳에는 정우가 있었다.

순간 황제는 깨달았다. 황제가 본 것은 새장을 안고 있는 정우에게 엘시가 몸을 숙인 것뿐이다. 하지만 용의 눈에 그것은 앞날에 대한 완벽한 예고나 다름없었다. 그런 일이 있을 것을 예상하고 있었기 때문이다. 이라세오날은 엘시가 정우에게 꿈의 노출을 부탁하리라는 것을, 그 꿈이 치천제 자신을 포함한 모든 사람을 무력화시키리라는 것을, 그러나 엘시는 그 꿈에 영향 받지 않으리라는 것을, 그리고 그가 무력한 자신에게 공격을 가하리라는 것을 깨달았다. 엘시는 옥좌에 있는 치천제를 죽이고 말리를 뒤덮은 숲을 불태울 것이다. 엘시의 입술이 움직이기 시작했을 때 이라세오날이 외쳤다.

"죽여라!"

그 자신이 공격 대상이라 생각했던 엘시는 주춤하며 황제를 보았다. 그때 보이지 않는 힘이 갑자기 날아와 새장을 날려 보냈다. 그녀는 새장을 놓치고 비틀거렸다. 인조새의 안위를 걱정한 정우는 얼떨결에 그것을 보았고 그녀가 왜 새장을 집어던졌는지 알 수 없었던 다른 사람들도 그것을 바라보았다. 오직 한 사람만 빼고.

틸러 달비는 사람들이 왜 그것을 깨닫지 못하는지 알 수 없었다.

죽어라가 아닌 죽여라였다. 거기엔 누군가가 있다. 새장을 날려 보낸 자. 도깨비감투를 가진 자. 언젠가 그의 손에서 달아났던 자. 틸러는 그자를 막아야 한다고 생각했다. 하지만 어떻게 막아야 하는지 알 수 없었다. 고민하던 틸러는, 그러나 자신이 이미 정우의 앞을 가로막고 있음을 깨달았다. 생각보다 먼저 움직여 버린 몸에 틸러는 탄식했다. 아버지, 제가 이 모양이라니까요.

'아직 내려가지 못했는데 벌써 꽃잎이 흔들리나.'

무엇인가가 찢어지는 날카로운 소리가 들렸다. 섬세하지 못한 소리다.

정우는 하얗게 질린 얼굴로 틸러의 등을 보았다. 찰나의 순간 정우도 무슨 일이 일어났는지 깨달았다. 그리고 틸러가 보이지 않는 칼날에 가슴을 내밀었음도. 정우는 겁에 질려 틸러의 팔을 붙잡았다.

"틸러…… 틸러!"

의아해하는 목소리가 들려왔다.

"규리하 공 아가씨?"

눈에 보이는 모든 사람은 물론이거니와 보이지 않는 한 사람도 그 소리에 깜짝 놀랐다. 틸러는 살아 있었다. 스스로도 그것을 믿을 수 없었던 틸러는 자신의 가슴을 내려다보았다. 찢어진 옷자락 사이로 금속성 빛이 보였다. 그의 가슴을 베던 칼날을 막아 그것이 굴러 미끄러지게 한 것. 틸러의 앞쪽 허공에서 얼빠진 목소리가 들려왔다.

"비녀?"

틸러는 이해했다. 뭘 이해했는지 몰랐지만 어쨌든 이해했다.

그는 씩 웃었다.

"사자패주……."

앞쪽에서 무엇인가가 움직이는 느낌이 들었다. 공기의 흔들림 같은 것이 느껴졌다. 틸러는 지체 없이 팔을 휘둘렀다. 그 손에는 어느새 사자패가 쥐어져 있었다. 그것은 어떤 남자의 유품이고, 하늘치도 놀라 진동할 권위의 상징이지만, 또한 꽤나 딱딱한 쇠붙이기도 하다.

"출두야!"

허공에서 '빡!' 하는 경쾌한 소리가 났다. 손가락 하나가 부러진 것 같았지만 틸러는 히죽 웃었다. 위대한 권위에 명중당한 스카리 빌파가 코피를 쏟으며 시각적인 모습으로 나타났기 때문이다.

스카리는 옆으로 허물어졌다. 틸러는 그의 머리를 벗어나 떨어지는 감투를 공중에서 낚아챘다. 쓰러진 스카리의 몸을 밟은 틸러는 조금 고민하다가 감투를 찢었다. 몇몇 사람들은 당혹했지만 몇몇 사람들은 이해의 눈빛을 보냈다. 위험하기 짝이 없는 물건이다. 감투를 망가뜨린 틸러는 스카리의 칼을 집어 그의 목을 겨냥했다. 스카리는 피에 젖은 입술을 떨며 신음했다.

"네놈이……."

"햇수로 4년째군요."

스카리는 입을 뻐끔거렸다. 틸러는 싱긋 웃고 정우를 보았다. 웃어야 할지 울어야 할지 모르겠다는 눈으로 쳐다보는 규리하 공 아가씨에게 가볍게 목례한 다음 틸러는 스카리에게 말했다.

"각하를 체포합니다."

"잘했어!"

쵸지가 기쁨의 함성을 질렀다. 조금 후 충격에서 벗어난 다른 사람들도 그 함성에 동참했다. 틸러는 퍽 부끄럽다고 생각하며 다시 정우를 보았다. 정우는 발을 동동 구를 것 같은 얼굴을 하고 있었지만 그 눈은 기쁨으로 가득했다. 그녀가 입을 열어 뭐라 말하려 했다. 그러나 틸러는 그 소리를 듣지 못했다. 사람들의 환호를 뒤덮은 날카로운 비명이 들려왔다.

"각하!"

주테카와 쵸지가 흠칫하며 뒤를 돌아보았다. 하지만 뒤쪽에는 아무도 없었다. 고함을 지른 자는 대전으로 통하는 다른 문을 통해 들어왔기 때문이다. 소리가 들려온 곳을 본 틸러는 가면을 쓴 팔리탐 지소어와 레콘들을 보았다.

팔리탐의 가면에는 아무 표정이 없었지만 그 흔들리는 몸과 헐떡이는 숨소리는 듣기 고통스러웠다. 틸러는 빈손으로 스카리를 가리키며 외쳤다.

"가까이 오지 마시오! 주군을 살리고 싶다면!"

팔리탐을 따라온 레콘들은 흠칫하며 몸을 긴장시켰다. 그러나 다음 순간 그들은 앞으로 걸어가는 팔리탐을 보며 당황했다. 틸러가 다시 외쳤다.

"오지 마시오!"

팔리탐은 멈칫하더니 다시 움직였다. 틸러는 그 가면을 보았지만 그곳에서는 아무 표정을 찾을 수 없었다. 그의 다리는 생물의 것이 아닌 것처럼 기묘하게 움직였다. 두 다리가 각자 다른 각도로 움직이려는 것 같았다. 틸러는 공포마저도 느꼈다. 가면 뒤에서 짓눌린 목소리가 들려온 것은 그때였다.

"이게 무슨 짓, 죽여 봐! 그 녀석을, 다리를 멈, 왜? 겁나냐? 입을!"

틸러는 어처구니없는 표정으로 가면을 보았다. 그러나 계속 보고 있을 수는 없었다. 팔리탐은 상당히 가까운 거리까지 다가와 있었고 더 곤란한 것은 그의 손이 칼을 쥐고 있다는 것이었다. 틸러는 갈등을 느꼈다. 마지막 순간에 그는 스카리의 다리를 베는 것을 시도하려 마음먹었다. 그때 엘시가 갑작스럽게 말했다.

"너는 누구냐? 누구의 영이지?"

틸러의 입이 꿈틀거렸다. '군령자?' 틸러는 상황을 이해했지만 실리적인 측면에서는 차라리 이해하지 않는 것이 나았다. 그가 생각하느라 지체한 짧은 시간 동안 팔리탐은 칼을 뽑아 들었다. 스카리의 다리를 베려다간 자기 목이 날아갈 판국임을 깨달은 틸러는 황급히 칼을 들어 올렸다. 그대로 팔리탐을 찌르려던 틸러는 이상한 것을 느끼고 멈췄다. 칼을 쥔 팔리탐의 손이 이상했다. 그는 칼을 거꾸로 들고 있었다. 역수로 베는 것도 가능하기야 하지만 그러려면 뽑자마자 베어야 할 것이다. 그런데 팔리탐은 칼을 거꾸로 든 채 움직이지 않았다. 그의 가면 뒤에서 노성이 들려왔다.

"놔라, 팔리탐! 그 팔을, 팡탄! 네가 말하던 복수가 이거, 그렇다. 너는 각하께 충성을 맹세했, 죽을 때까지다! 이젠 맹세에서 자유롭, 그래서 전령을 원했군. 스카리를 죽일 테다!"

영들이 싸우고 있다. 틸러는 입술을 떨었다. 군령자의 영들이 싸우고 있었다. 스카리를 죽이려는 팡탄의 영과 그것을 막으려는 팔리탐의 영. 정신분열의 광기도 이보다는 보기에 덜 끔찍할 것이다. 칼을 쥔 손이 움직이는 것을 보던 틸러는 어느 쪽 영이 승리했는지 깨달았다. 그리고 그 깨달음에 진저리 쳤다.

제국검처럼 보이는 그 칼은 팔리탐의 목을 향했다.

"팔리탐!"

팔리탐의 칼은 자신의 목을 겨눈 채 부들부들 떨렸다. 팡탄의 영은 그 팔을 제어하려 애썼고 그 때문에 팔리탐의 영은 입을 되찾았다. 그는 온몸을 그렇게 떠는 사람답지 않은 침착한 목소리로 말했다.

"각하, 이 일이 지금 일어난 것이 다행입니다. 이자는 아직 이 몸을 완벽하게 제어하지 못합니다. 그런데도 이 지독한 의지로 제 몸을 빼앗아 가는군요. 앞으로 제가 이자를 제어하지 못할 날이 올 겁니다. 다행히 그걸 막을 방법이 있군요."

잠깐 멈췄던 팔리탐은 쓴 목소리로 말을 이었다.

"이 패륜아야. 제발 좀 잘해 봐라!"

틸러는 팔리탐이 무슨 일을 하는지 깨달았다. 팔리탐은 팔 대신 다리를 움직였다. 칼을 목에 겨눈 채 그의 몸이 쓰러졌다. 가면 뒤에서 처절한 비명이 들려왔다. 그러나 땅에 부딪힌 칼은 무자비하게 그 목을 관통하며 비명의 뒷부분도 잘라 내었다. 틸러는 눈을 질끈 감았다.

그때 스카리가 거칠게 몸을 흔들었다. 틸러는 뒤로 우당탕 쓰러졌다. 똑바로 일어선 스카리는 증오에 찬 눈으로 사람들을 쏘아보다가 엘시에 그 시선을 고정시켰다. 그리고 품속으로 손을 집어넣었다.

빌파가에 내려오는 감투는 세 개다. 그중 하나는 헤어릿에게 넘어갔지만 스카리에겐 두 개가 남아 있었다. 스카리는 두 번째 감투를 꺼내어 썼고 그러자 그 모습이 사라졌다. 론솔피와 야리키, 탈해 등이 재빨리 엘시와 정우를 에워쌌다. 하지만 사람들은 멀어지는 발소리를 들었다. 사람들은 팔리탐이 들어온 문을 통해 스카리가 떠났음을 깨달았다. 팔리탐을 따라왔던 사라티본 병사들은 어리둥절해하다가 스카리의 발소리를 따라갔다. 목 뒤로 칼날이 삐죽 튀어나온 팔리탐의 시체만 남았다.

섣불리 입을 열 수 없는 침묵을 끝낸 것은 이라세오날이었다. 치천제는 팔리탐의 시체를 보며 짙은 비탄이 담긴 목소리로 말했다.
"네게 주려 했던 삼고가 다 사라졌군."
엘시는 전령 없는 죽음을 맞이한 군령자를 바라보았다. 그것은 하나의 죽음이지만 동시에 지연되었던 수십, 수백 개의 죽음이다. 엘시는 그 영들이 죽음을 미루며 보려 했던 것들을 과연 보았을지 궁금했다. 그런 것이 있을까?
"다른 삼고를 찾을 수 있겠지. 너만 있으면 된다, 엘시. 다시 시작할 수 있어. 조금 지체되는 것뿐이야. 짐에게 오너라, 황태자여."
엘시는 이라세오날을 바라보다가 손을 들었다. 황제가 전율했다. 하지만 그녀가 제지를 말할 기회는 없었다. 정신 억압도 불가능했다. 그녀의 정신 억압은 하고 싶은 것을 하게 하는 것이므로. 그래서 이라세오날은 정우가 옷자락을 살짝 벌려 꿈을 노출시키는 것을 저지할 수 없었다.
사람과 용의 눈앞에 꿈이 나타났다.
정우는 꿈을 조금만 노출시켰다. 그곳에 있는 사백여 명의 사람들에게 그것은 백일몽, 취기 또는 비몽사몽 같은 가벼운 꿈이었다. 하지만 용에게는 끔찍한 타격이었다. 이라세오날은 눈을 감았다. 눈을 뽑아도 소용없었을 것이다. 꿈에 대해서는 외면할 수도, 눈을 감을 수도 없으므로. 꿈은 다룰 수 없는 것들을 제공한다. 다룰 수 없는 현상들은 악몽의 소재도, 길몽의 소재도 될 수 있다. 이라세오날에겐 견딜 수 없다는 점에서 어느 쪽이든 마찬가지다.

꿈에 취해 비틀거리는 사람들 사이에서 엘시는 똑바로 서 있었다. 그는 꿈에 영향 받지 않았다. 엘시는 자신이 다른 사람과 다르다는 것에 슬픔 같은 것을 느꼈지만 그 슬픔도 무의미했다. 옥좌에는 정신 억압자가 있었다. 이라세오날이 하고 싶은 것을 하게 만드는 정신 억압자라 해도 그녀는 여전히 정신 억압자다. 그리고 정신 억압은 모든 것을 무의미하게 만든다. 그것을 공격하는 것만이 유의미할 가능성을 가지고 있다. 엘시는 검을 움켜쥐었다.

엘시는 단을 올라갔다. 이라세오날은 그가 다가오는 것을 보았다. 하지만 꿈을 꾸고 있는 자가 깨어 있는 자에게 반응하는 것은 불가능하다. 엘시는 깨어 있었다. 그가 다가오는 것에 대해 이라세오날은 잎사귀도 아니고 깃털도 아닌 것을 떠는 것 외엔 아무 대응도 하지 못했다.

엘시는 옥좌 앞에 섰다. 가까이서 이라세오날을 보자 엘시는 자신이 나무를 찔러 죽이려는 사람처럼 느껴졌다. 엘시는 고개를 가로젓고 그것이 레콘이라고 생각했다. 레콘의 심장이 있을 만한 부분을 골라 그 위로 몸을 숙였다. 칼을 쥔 그의 팔이 뒤로 한껏 당겨졌다.

엘시는 황제의 눈을 보았다.

이라세오날은 악몽 속에서 두려워하고 있었다. 엘시는 그것은 무의미하다고 생각했다. 하지만 무엇인가가 그의 팔이 내리 찌르는 것을 막았다. 엘시는 그것이 어디 있는지 살폈다. 온갖 기이한 것들, 이치에 닿지 않는 것들을 보고 있는 다른 자들과 달리 엘시의 눈에 주변 풍경은 조금 전과 똑같았다. 엘시는 정우를 보았다. 그녀의 얼굴은 고통스러워 보였다. 꿈이 해방되자 정우는 다시 화상의 통증을 느꼈다. 엘시는 자신이 쓸데없이 시간을 낭비하고 있다고 생각했다.

'그녀가 고통스러워 한다. 빨리 끝내야 해.'

엘시는 다시 칼을 쥔 손에 힘을 주고 이라세오날의 심장을 겨냥했다. 하지만 그의 팔은 움직이지 않았다. 엘시는 이해할 수 없는 기분으로 자기 팔을 보다가 다시 정우를 보았다.

'내가 지금 뭐 하는 거지? 그녀가 아파하는데.'

정우를 보던 엘시의 눈이 갑자기 그 옆으로 움직였다. 그곳에는 탈해가 있었다. 그런데 탈해의 모습이 조금 이상했다. 그것은 탈해가 아니었다. 엘시는 그를 지그시 바라보다가 갑자기 숨을 들이마셨다.

"바우 성주?"

엘시가 보고 있는 도깨비는 탈해의 몸을 하고 있었지만 그 얼굴은 바우 머리돌 성주였다. 질겁한 표정으로 바라보는 엘시에게 바우의 얼굴이 웃었다. 바우 성주는 한쪽 눈을 찡긋하고 말했다.

"결코 신념을 잃지 않도록 조심하게. 가장 위험한 순간은 신념이 부족할 때가 아니라 신념으로 충만하다고 생각할 때야."

엘시는 그게 무슨 말이냐고 물으려 했다. 하지만 그것이 잘되지 않았다. 엘시는 바우 성주가 왜 그런 말을 하는지 생각했다. 내 신념이 어쨌다는 건가? 어차피 내가 할 수 있는 일은……

엘시는 이라세오날을 죽여야 한다는 믿음으로 충만해 있었다.

대장군은 흠칫하며 탈해를 보았다. 그런데 탈해는 다시 탈해의 얼굴을 하고 있었다. 엘시는 뭐가 뭔지 알 수 없는 기분으로 이라세오날을 보았다. 그리고 엘시는 다시 깜짝 놀랐다.

레콘이고 용이고 나무인 그것이 아니었다. 엘시를 마주 보고 있는 것은 나가의 얼굴이었다. 엘시는 이라세오날이 다시 나가의 모습으로 돌아왔나 생각했지만 그 얼굴은 황제의 것이 아니었다. 엘시는 신음했다.

"대호왕?"

그의 칼날 앞에 침착한 얼굴로 앉아 있는 것은 대호왕 사모 페이였다. 충격으로 굳은 엘시에게 대호왕은 그녀만이 보여 줄 수 있는 위엄으로 말했다.

"용기를 가지고 패배해라."

대호왕은 다시 이라세오날로 바뀌었다. 엘시는 자신의 심장이 쿵쾅거리는 소리를 들었다. 몸이 끈적끈적하면서도 영문 모를 상쾌함이 입속에 느껴졌다. 너무도 길어서 영영 끝나지 않을 것 같은 여름 오후를 홀로 거닐고 있는 느낌. 엘시는 그것이 꿈 같다고 생각했고, 그것이 꿈이라고 확신했다.

'나는 꿈을 보고 있어.'

엘시는 다시 사람들을 보았다. 가관이라고 할 수 있을 것이다. 무사장 탈해 머리돌은 개밥바라기를 입에 물고 연기를 뻐끔뻐끔 뿜어내며 야리키의 낚시를 구경하고 있었다. 야리키는 낚싯대로 야리키를 낚아 올리고 있었고, 야리키에게 끌려가지 않으려 쩔쩔 맸다. 야리키는 한 명뿐이지만 어쨌거나 그런 식이었다. 엘시는 아실이 안대 밑으로 손가락을 집어넣는 것을 보았다. 그 손은 방금 뽑아낸 듯한 눈알 하나를 꺼냈지만 엘시는 끔찍하다거나 혐오스럽다는 느낌을 받지 않았다. 아실은 그 눈알을 들어 보이며 말했다. "한잔?" 엘시는 나쁘지 않다고 생각했다. 하지만 그는 레콘 하객들과 함께 지멘과 결혼하러 가야 했다. 그것이 정우와의 약속이었다. 지멘의 신랑이 되는 것. 그러자 파라말 아이솔이 분통을 터뜨리며 사라말의 목소리로 말했다. "축복받은 위법이다!" 주테카는 정의의 이름으로 이 결혼식은 하늘치에서 개최되어야 한다고 맞섰다. 어머니, 저는 어쩌면 좋을까요? 엘시는 정우를 보았다.

정우의 얼굴은 정우가 아니었다. 그것은 어머니의 얼굴이었다. 엘시는 이상할 것이 하나도 없다고 생각했다.

"겨울이 찾아오면 불씨를 지켜라."

창에 드리운 뿌리 사이로 햇살이 미끄러졌다. 넓은 대전의 어둠을 미끄러지는 광선들. 비가 그쳤나 보다.

엘시는 자신이 꿈을 꾸고 있다는 것을 깨달았다. 얼마든지 가능한 일이다. 꿈속에서 이것이 꿈이라는 것을 아는 것은. 꿈이라는 것을 아는 꿈이니까. 꿈이란, 그렇다. 엘시는 이라세오날을 보았다.

고통스러워 하는 신이 그곳에 있었다.

엘시는 칼을 내려놓고 뒤로 물러났다.

칼을 다시 꽂아 넣은 엘시는 정우에게 다가갔다. 그는 정우의 옷자락을 붙잡아 여며 주었다. 정우가 신음을 토하며 주저앉으려 했다. 엘시는 그녀를 붙잡았다. 그가 다시 옥좌를 보았을 때 이라세오날이 뒤늦은 비명을 질렀다.

"그만둬…… 그만둬!"

말리가 거세게 진동했다. 말리를 뒤덮은 용 전체가 꿈틀거렸기 때문이다. 그 충격은 힌치오와 대적하던 발리츠 굴도하 남작에게 작은 틈을 주었고 더 이상 버티기 어렵다고 생각하던 남작은 창을 집어던지고 아내를 들어 올렸다. 아이넬은 믿을 수 없었지만, 그리고 남작의 얼굴은 시뻘겋게 변했지만, 남작은 거구의 아내를 두 팔로 안아 올릴 수 있었다. 그리고 남작은 환상마를 조종하여 비틀거리는 레콘들을 뚫고 소리로 도망쳤다. 기겁했지만 환희도 느낀 아이넬은 발리츠를 사족 못 쓰게 만드는 웃음을 터뜨렸다.
"뭐훠훠훠! 각하는 역시 저의 마루나래예요!" 그 진동은 또한 환상 계단을 만들어 땅으로 도망치던 스카리 빌파를 덮쳤다. 스카리는 계단에서 튕겨 나갔지만 다행히도 땅 가까운 곳이었다. 스카리가 입은 피해는 발목이 접질린 것뿐이다. 일어선 스카리는 자신의 머리를 만져 보곤 감투가 그대로 있다는 것에 안도했다. 그는 하늘을 향해 불경스러운 손짓을 하고 절뚝거리며 도망쳤다.
그 진동은 신의 대전에 있던 자들을 쓰러트렸다. 레콘들조차 중심을 잃고 쓰러졌고 엘시와 정우도 무사하지 못했다. 그들은 바닥에 주저앉았다. 비명을 지르던 이라세오날도 진동 때문에 옥좌에서 미끄러졌다. 그녀는 쿵 소리와 함께 옥좌 아래에 주저앉았고, 갑자기 자신이 꿈에서 깨어났음을 깨달았다.
진동이 끝났다. 이라세오날은 멍한 눈으로 사방을 보다가 엘시를 보았다. 황태자는 한쪽 무릎을 꿇은 채 그녀를 마주 보고 있었다. 이라세오날이 말했다.
"너마저도…… 죄를…….'"
정우가 일어났다. 고통은 이미 꿈속의 일이 되었다. 그녀는 아픔 없이 죄를 말하는 황제를 바라보았다. 황제가 탄식했다.
"너도 잃었군."

엘시가 말했다.

"폐하."

그리고 대장군은 입을 다물었다. 그는 자신이 무슨 말을 해야 할지 알 수 없었다. 황제는 기다리지 않았다. 하나 둘 일어나는 사람들을 보던 이라세오날이 갑자기 벌떡 일어섰다.

단 위에 똑바로 서는 순간 그녀는 좀 더 나가에 가까운, 엘시가 알고 다른 사람들이 아는 치천제의 모습에 가까운 것으로 바뀌었다. 사람들은 왜 그녀가 옥좌에 앉아 있었는지 모르겠다고 생각했다. 똑바로 선 그녀는 훨씬 위대해 보였다. 그녀는 불길 같은 눈으로 사람들을 바라보며 말했다.

"이라세오날이 축복한다. 너희들은 한없이 서로를 증오해라. 아낌없이 서로에게 죄를 지어라. 대담하게 서로를 죽여라."

뜻밖의 말에 놀란 사람들 가운데서 파라말 아이솔이 헐떡였다.

"역겨운……."

이라세오날이 노호했다.

"너로써 너를 저주한다! 어디서 역겹다고 말하느냐, 파라말 아이솔!"

파라말은 증오에 찬 눈으로 이라세오날을 바라보았다. 이라세오날이 말했다.

"규범보다 무의미한 것은 없다. 엄밀히 말해서 규칙은, 규범은, 윤리는 한계 짓는 능력밖에 없다. 반짝거리거나 흐르기, 끓기를 금지하는 도덕이나 법은 존재하지 않는다. 규칙과 규범과 윤리는 할 수 없는 일이 아니라 할 수 있는 일들을 대상으로 한다. 그래서 그것들은 밖으로 나아가는 대신 안으로 한계 짓는다. 죄를 저질러라! 증오해라! 죽여라! 규범을 무시하고 죄를 저지를 때, 타인이 안간힘을 다해 지키는 것을 거리낌 없이 빼앗아 마실 때 생은 장절한 날개를 펼치고 미답의 하늘로 날아간다! 그 하늘에서 너희들은 반짝거리고 흐르고 끓을 수 있다!"

파라말의 얼굴이 한없이 일그러졌다.

"그 하늘에서…… 사람이…… 사라질 수도 있어."

이라세오날은 베일 것 같은 냉소를 머금었다.

"그렇다. 최대 600조가 죽을 수도 있다. 그게 어쨌다는 거냐? 나는 그것을 막으려 했다. 너희들이 하고 싶은 것을 마음대로 하게 해 주는 대신 너희들이 서로 죽이는 것만을 막으려 했다. 하지만 너희들이 원하지 않았다! 나는 너희들을 더 견딜 수 없다. 꿈을 견딜 수 없다. 나의 아들을 오염시킨 너희들을 견딜 수 없다. 자유롭게 생을 누리고 모두 멸망해 버려라!"

준열한 저주에 사람들은 할 말을 잃었다. 그러나 우거진 침묵 속에서 길을 잃고 헤매는 사람 대신 다른 것이 조용히, 퍽 이상한 목소리로 말했다.

"바꿔 말하면, 너희 사람들은 600조의 개체가 죽을 때까지도 존재할 수 있다."

정우는 그 목소리를 알고 있었다. 그녀는 자신이 놓쳤던 새장을 바라보았다. 그 안에서 인조새는 기이한 모습으로 쓰러져 있었다. 창문으로 들어오는 햇살이 그것에 닿아 있었고, 인조새는 그 햇빛에 의지하여 말했다. 정우가 말했다.

"새님?"

용과 사람이 침묵한 가운데 사람이 만든 새가 끽끽거리는 소리로 말했다.

"그것이 사람의 힘이다. 너희들은 결코 쉽게 사라지지 않는다.

멸망을, 후손에게 저지르는 죄를, 갈피를 잡을 수 없어 낭비하는 시간을 두려워하지 마라. 무엇이 그리 급하고, 무엇이 그리 두렵고, 무엇이 그리 슬픈가? 너희들은 강하다. 600조의 개체가 죽을 수 있다는 것은 찬사로 받아들여야 한다. 너희들의 힘에 바치는."

인조새가 부리를 닫았다. 그 겉모습에서 변한 것은 아무것도 없었지만 사람들은, 그리고 정우는 그것이 완전히 부서졌음을 깨달았다. 정우는 어느새 흐른 눈물을 닦으며 이라세오날을 보았다.

이라세오날은 무거운 얼굴을 옆으로 돌렸다.

그 순간 건물 바깥으로부터 기이한 소리가 들려왔다. 잠시 후 벽이 부서지며 뿌리가 안으로 침투해 들어왔다. 건물을 뒤덮고 있는 뿌리들이 벽을 부수고 있었다. 산산조각 난 석재들이 떨어지고 흙먼지가 떨어져 내렸다. 얼굴을 가리며 몸을 피했던 사람들이 다시 고개를 들어 보았을 때 그곳에는 더 이상 벽도 뿌리들도 존재하지 않았다.

뒤이어 바깥의 숲에서도 놀라운 변화가 일어났다. 말리를 뒤덮고 있던 뿌리들이 좌우로 움직였다. 세상이 재조립되는 듯한 굉음이 우르릉, 우르릉 들려왔다. 넋을 잃고 바라보는 사람들의 눈앞에서 말리의 등이 햇빛 아래 노출되었다. 숲이 갈라지며 길이 나는 것 같았다. 아니, 실제로 길이 나고 있었다. 숲을 가로지르며 나타난 길이 말리의 끝에 도달했을 때, 사람들은 갈라진 숲 사이로 소리의 모습을 보았다. 젖어 있는 소리는 햇빛에 반짝였다.

숲 여기저기서 혼란스러운 얼굴의 레콘들이 나타나 길로 들어섰다. 그들이 나타나자 사람들은 그 길이 정말 넓다는 것을 알 수 있었다. 지멘은 얼굴을 들어 이라세오날을 보았다. 이제 그것은 초록빛 나가처럼 보였다.

"가라. 증오와 죄와 죽음은 너희들의 것이다. 나는 그것에 손대지 않겠다. 믿고 싶다면 그 도깨비 장난감의 희언을 믿어라. 빨리 가는 것이 좋다."

마지막 말은 분명히 경고였다. 그것이 무슨 뜻인지 궁금해하던 사람들에게 이라세오날은 대답을 보여 주었다.

숲 여기저기에서 불줄기들이 치솟아 올랐다.

일견 나가들의 심장탑을 연상시키는 모습이었다. 밀림 한가운데서 곧고 높이 뻗어 오르는 모습이 심장탑과 비슷했다. 하지만 돌로 이루어진 심장탑과 달리 그것은 이글거리는 불꽃이었다. 하나 둘 솟아오른 불줄기들이 곧 여러 개로 바뀌었다. 숲 곳곳에서 불의 나무들이 자라나는 것 같았다. 곧 하늘에서 불티가 떨어지기 시작했다. 정우가 놀란 얼굴로 외쳤다.

"폐하!"

이라세오날은 정우를 보려 하지 않았다. 그녀는 다만 묵묵히 손을 들어 숲에 난 길을 가리켰다. 사람들은 그것이 무슨 뜻인지 알 수 있었다. 이곳에 있으면 모두 불타 죽는다는 뜻이었다.

그 사실에 누구보다도 겁을 먹은 것이 탈해라는 것은, 꼭 의외라고 할 수는 없다. 도깨비인 그가 불에 타 죽을 리는 없지만 탈해는 정우에게 또다시 화재가 다가오는 것을 견딜 수 없었다. 그는 재빨리 정우를 안아 들었다. 놀란 정우가 발버둥칠 때 탈해는 이미 숲 사이로 난 길로 뛰어들었다. 작은 불꽃도 정우에 닿지 않도록 그는 몸을 최대한 웅크린 채 달렸다.

그 모습을 보자 사람들은 너나 할 것 없이 비명을 지르며 구멍을 통해 뛰쳐나갔다. 불줄기는 점점 늘어나고 있었다. 이제 용의 숲은 불의 숲이라고 바꿔 불러야 할 것 같았다. 길 양쪽의 숲에서 열풍이 훅훅 뿜어져 나왔고 머리 위에서는 재와 불티가 떨어져 내렸다. 길이 넓었기에 망정이지 그렇지 않으면 사람들은 열기에 쓰러졌을 것이다.

이라세오날은 사람들의 뒷모습을 보곤 비늘을 살짝 부딪쳤다. 그녀에겐 이미 비늘까지 있었다. 그 어디에도 레콘의 모습은 남아 있지 않았고, 나무의 특징도 비늘에 약간 남아 있는 초록빛 외엔 보이지 않았다. 그녀는 비스그라쥬 백 데라시를 생각했다. 이 불꽃의 열기 속이라면 데라시도 제대로 달릴 수 있을 것이다. 물론 더 늦으면 불타 버릴 테고. 이라세오날은 데라시가 죄와 증오와 죽음의 나날을 보낼 수 있도록 다른 사람들과 함께 보내 주려 했다. 그러나 돌아서던 황제는 대전을 보곤 멈춰 섰다. 그곳에는 한 사람이 아직 남아 있었다.

대장군 엘시 에더리가 그녀를 보고 있었다.

달리던 사람들 사이에서 쵸지가 멈춰 섰다. 쵸지는 불길이 치솟는 숲을 질린 얼굴로 바라보며 외쳤다.

"사라티본 레콘들—! 이리 와—! 타 죽기 싫으면 이리 와—!"

숲 사이에서 레콘들의 모습이 나타났다. 그 모습을 본 주테카가 멈춰 섰다. 주테카는 숲을 향해 외쳤다. 이리 오라고, 빨리 오라고. 뒤이어 야리키와 론솔피, 지멘, 아트밀, 그을린발 히베리도 그 외침에 동참했다. 그들은 길을 따라 띄엄띄엄 간격을 둔 채 사라티본 부대의 레콘들을 불러모았다.

비가 그치는 대신 불길이 치솟아 오른 숲에서 레콘들이 뛰쳐나왔다. 조금 전까지의 폭우가 오히려 그들에겐 도움이 되었다. 몸을 흠뻑 적신 물기가 열기를 상당히 막아 주고 있었다. 숲 사이에서 그들이 나타날 때마다 일곱 레콘은 소리의 방향을 가리켰다.

"저리로! 저리로 가!"

사라티본 부대의 레콘들은 주저 없이 소리를 향해 달려갔다. 방향을 지시하다가 문득 위를 올려다본 야리키는 경악했다. 한껏 치솟아 올랐던 불길이 이제 옆으로 기울고 있었다. 온갖 방향으로 쓰러지는 불길을 본 야리키가 계명성을 질렀다. 그 외침에 하늘을 본 레콘들도 벼슬이 찢어지는 기분을 느꼈다.

"도망쳐—!"

산불과 지진이 동시에 일어난 숲의 모습을 수십 배 확대한 것 같았다. 곳곳에서 쓰러지는 불기둥들은, 너무나 높은 곳에서 떨어졌기 때문에 한동안은 그것의 접근을 눈치 채기 어려웠다. 머리 가까이 왔을 때에야 비로소 알게 되고 피할 시간은 언제나 빠듯했다. 하지만 레콘들은 머리 위쪽에만 신경 쓸 수 없었다. 산불과 지진에 덧붙여 끔찍한 재난 몇 개가 더 일어난 숲에서도 볼 수 없는 광경이 말리 위에 나타났기 때문이다.

불붙은 뿌리들이 굵은 동체를 비틀었다. 길 양쪽에서 그것은 불타는 뱀처럼 파동을 그렸고 그중 어떤 것은 고통을 참을 수 없다는 듯 난폭하게 꿈틀거렸다. 길 가운데를 달려가는 레콘들에게 채찍처럼 날아오는 것들도 있었다. 화형의 고통 때문에 뿌리들은 더 이상 길을 유지할 수 없는 것처럼 보였다.

양쪽을 둘러본 주테카는 그 의심이 맞았음을 알았다. 길이 점점 좁아졌다. 양쪽에서 불타는 덩굴과 뿌리, 줄기들이 물거품 대신 불꽃을 피워 올리며 느린 파도처럼 다가왔다. 깃털이 그을리는 것을 느낀 주테카는 악을 쓰며 달렸다. 다른 레콘들도 있는 힘껏 달렸다. 마지막 순간 그들의 속도는 사냥감을 노리고 떨어지는 매의 속도 이상이었다.

소리가 지척에 나타났다. 소리의 등 위에서는 이미 그곳에 타고 있던 자들이 빨리 오라고 고함질렀다. 레콘들이 차례로 소리에 오르고 맨 마지막으로 론솔피가 소리에 뛰어오르자 먼저 와 있던 누군가가 외쳤다.

"뒤로! 뒤로!"

소리가 뒤로 물러나기 시작했다. 무섭도록 증가된 속도를 줄일 수 없었던 론솔피는 한참 동안 달려가다가 그냥 바닥에 굴러 버렸다. 그리고 그 밖에 다양한 방법으로 멈춰 선 다른 레콘들의 곁에 누웠다. 그는 하늘을 보며 가슴을 크게 벌렁거렸다. 하지만 레콘은 어지간해서 달리기로 지치지 않는다. 그들을 지치게 만든 것은 산 채로 통구이가 될 뻔한 공포와 거기서 벗어났다는 안도감이었다. 곧 론솔피의 호흡이 안정되었다. 그는 일어나 앉아서 띵한 머리를 움켜쥐었다.

인간들은 대부분 땅에 쓰러진 채 일어날 줄 몰랐지만 레콘들은 론솔피와 마찬가지로 앉거나 서 있었다. 사라티본 부대의 레콘들은 제정신이 아닌 모습이었지만 현재의 상황을 어떻게 처리해야 하는지 몰라 불안해하는 표정도 조금씩 보였다. 론솔피는 사실 그런 문제는 아무것도 아니라고 생각했다. 살아났으니 그런 문제를 생각해 볼 시간도 있을 것이다. 론솔피는 다시 눕는 것이 좋겠다고 생각했다. 그때 정우가 그에게 다가왔다.

"론솔피, 대장군님은 어디 있죠?"

론솔피는 그 말에 경악했다. 인간이었다면 그 검은 몸이 하얗게 변했을지도 모르지만 대신 그는 깃털을 부풀리며 말했다.

"여기 없어?"

정우는 눈을 크게 떴다. 그녀는 고개를 돌렸고 론솔피 또한 그곳을 보았다. 그 위쪽 전체에 폭염이 꿈틀거리는 말리가 멀어지고 있었다. 소리가 뒤로 물러나는 것과 동시에 말리도 멀어졌기에 둘 사이의 거리는 꽤 멀었다. 론솔피는 믿을 수 없다는 듯 벌떡 일어났다. 그는 소리의 등을 향해 외쳤다.

"엘시―!"

깜짝 놀라는 사람들의 얼굴들 사이에는 엘시의 얼굴이 없었다. 대답하는 소리가 있나 귀 기울이던 론솔피는 그것이 없다는 것에 사색이 되었다. 정우가 비명을 질렀다. 그녀는 날아오르려 했다. 하지만 야리키가 재빨리 그녀의 허리를 안아 쥐었다.

"안 돼! 이미 늦었다. 일부러 남았어!"

발버둥치던 정우는 놀라서 야리키를 돌아보았다.

"뭐라고요?"

"내가 봤다. 대전에 가만히 서서 움직이지 않았어. 왜 그랬는지는 모르겠지만."

엘시의 금군이 되길 바라던 론솔피가 비통한 비명을 지르며 엎드렸다. 야리키의 품에 안긴 채 정우는 아연실색하여 말리를 바라보았다. 그 위에서는 불붙은 용의 일부들이 마치 바람에 나부끼는 들판의 풀잎처럼 흔들거렸다.

그때 갑자기 말리가 꿈틀거렸다. 사람들은 말리를 바라보았다.

이라세오날은 바깥에서 작열하는 불을 바라보았다. 바깥에서 불타고 있는 것은 곧 그녀 자신이었다. 이라세오날은 그 고통의 감각을 옆으로 치워 놓고 엘시에게 말했다.

"뭘 하는 거지?"

엘시는 대전 아래 가만히 서 있는 것처럼 보였다. 하지만 그의 얼굴은 뭔가 대단히 어려운 정신적 노동에 빠진 사람처럼 일그러져 있었다. 말리가 다시 꿈틀했을 때 이라세오날이 말했다.

"뭘 하는 건가, 엘시?"

엘시가 고개를 들어 이라세오날을 보았다.

"폐하를 죽이려 했을 때 저는 꿈을 볼 수 있게 되었습니다."

용의 일부가 불타는 화르르 소리가 사방에서 엄습해 왔다. 불타는 덩쿨과 뿌리들은 서로 부딪치고 바닥을 때리며 천둥 같은 소리를 내뿜었다. 건물 어딘가가 무너지는 소리도 들렸다. 이라세오날은 아무 말 없이 엘시를 보았다.

"예, 저희들은 파렴치하게 죄를 저지를 겁니다. 혼란을 퍼뜨려 생전 보도 듣도 못한 것들이 나타나게 하고, 그중 아름다운 것들을 게걸스럽게 취하고 불필요한 것들은 규범에 묶어 치워 둘 겁니다. 그리고 규범이 뭔지도 모르는 양 다시 혼란을 퍼뜨릴 겁니다. 한계인 규범은 길잡이가 아니라 그냥 불필요한 것들을 치워 두는 곳이지요. 우리는 혼란을 퍼뜨릴 겁니다."

이라세오날은 비늘을 부딪쳤다.

"그리고 그 혼란 속에서 모두 죽을 거다."

엘시는 슬픈 눈으로 이라세오날을 보다가 말했다.

"그러지 않게 도와주십시오."

"닥쳐! 너희들이 그것을 거부했어! 이 파렴치한……."

이라세오날은 말을 삼켰다. 그녀는 믿을 수 없다는 듯이 엘시를 바라보다가 말했다.

"너는 나에게 죄를 지으려는 거냐?"

엘시는 물끄러미 이라세오날을 보다가 말했다.

"이 하늘치를 고공으로 데려가고 싶습니다. 저는 하늘치를 움직이는 법을 잘 모릅니다. 도와주십시오."

이라세오날은 무서운 것을 보듯 뒤로 주춤 물러났다. 엘시는 그 모습을 보다가 앞으로 걸어갔다. 그가 단을 오르는 모습을 본 이라세오날은 더 물러났다. 하지만 벽이 그녀를 막았다. 엘시가 단 위로 올라오는 것을 본 이라세오날은 고개를 가로저었다.

"용은 하늘치를 움직일 수 없다. 억지로 움직이는 것은 가능하지만 지금 나는 불에 타는 고통을 피하기 위해 다른 나와 잠시 끊어져 있다. 연결이 다시 이루어지면 고통 때문에 아무것도 할 수 없을 것이다. 나는 너를 도와줄 수 없다."

엘시는 입술을 깨물었다가 말했다.

"그러면 불을 내뿜는 것이라도 멈춰 주십시오."

"그건 이미 멈췄어! 지금은 내가 타고 있다."

엘시는 말없이 고개를 숙이고 다시 정신을 집중했다. 그는 하늘치를 움직여 보려 애썼다. 이라세오날은 비늘을 조금씩 부딪치며 그 모습을 바라보았다.

소리에 있던 자들은 하늘치가 다시 꿈틀거리는 것을 보았다. 어떤 자들은 하늘치가 불의 고통 때문에 경련하는 거라 말했고 어떤 자들은 황제의 경련이 하늘치에 전달되는 거라 말했다. 하지만 그 누구도 자신의 말을 확신하지 못했다.

론솔피는 다른 사람들의 말에 신경 쓰지 않은 채 비통함을 곱씹으며 앉아 있었다. 엘시의 금군이 되어야 하는데, 그 엘시가 불길 속에서 사라졌다. 론솔피는 그것을 믿을 수 없었다. 그래서 론솔피는 자신을 부르는 소리를 한동안 듣지 못했다. 하지만 그 소리는 계속 반복되어 마침내 론솔피의 주의를 끌었다. 론솔피는 옆을 돌아보았다. 그곳에 그을린발이 서 있었다.

"뭐?"

"요술쟁이를 못 찾았다고 말했어."

론솔피는 한참 동안 그 말을 이해하지 못했다. 가까스로 그것을 이해하게 되었을 때 론솔피는 그을린발이 미치지 않았나 의심했다.

"그게 무슨 상관이야? 사람의 신은 자살하고 있어."

자신의 말을 들은 후에야 론솔피는 자신이 보고 있는 것이 무엇인지 알았다. 신이 되려 했던 용은 자신의 화염으로 스스로를 불태우고 있었다. 사람들이 죄와 증오와 죽음을 마음대로 다루도록 내버려둔 채. 론솔피는 그 뜻을 정확하게 이해할 수 없었지만 한량없는 슬픔과 두려움 같은 것을 느꼈다. 그가 다시 망아 상태로 빠져 들려 할 때 히베리가 참을성 있게 말했다.

"그걸 막는 것이 세 레콘의 결정일지도 모르잖아."

"막는다고?"

"그래. 신의 자살을 막는 것."

론솔피는 머리가 혼란스러워서 히베리의 말을 잘 이해할 수 없었다. 시간이 없다고 생각한 히베리는 다그치듯 말했다.

"생각해 봐. 요술쟁이가 누구지? 응? 대호왕이 너를 믿고 그것을 맡겼어."

 의도한 것은 아니지만 대호왕의 이름은 론솔피로 하여금 정신이 번쩍 들게 만들었다. 론솔피는 초조한 표정으로 말했다. 하지만 그 말은 고무적이지 않았다.

 "누굴까? 응? 히베리! 그래. 내가 그 임무를 맡았어. 시간이 없는데. 누가 요술쟁이지?"

 히베리는 자신을 억눌렀다. 그을린발은 아직 깨닫지 못했지만 무차별 학살을 착용한 나날은 그에게 큰 참을성을 기르게 해 주었다. 그는 차분하게 말했다.

 "대호왕이 말해 준 것 없어? 요술쟁이를 찾을 단서 같은 것."

 "몰라. 대호왕은 그 레콘이 모든 사람에게 영향을 주는 숙원을 가지고 있을 거라고 했어. 네가 코끼리를 가축으로 만들면 모든 사람이 코끼리를 가지게 되잖아? 그런 것처럼 숙원 자체가 모든 사람과 관련 있어. 그리고 요술쟁이는 같은 것을 다르게, 다른 것을 같게 만드는 거라고······."

 빠르게 대답하던 론솔피는 그을린발이 눈을 크게 뜨는 것을 보았다. 그을린발은 몸을 부풀릴 것처럼 보였다. 가까스로 자신을 다시 통제하여 소리 위의 생존자 상당수를 학살해 버릴 고비를 넘긴 그을린발은 몸을 돌려 고함을 질렀다.

 "쵸지! 쵸지 어디 있어? 서로 다른 종족에게 똑같이 예쁘게 보이는 말도 안 되는 미녀를 찾는 정신 나간 놈 어디 있냐고!"

 그리고 숙원에 성공한다면 세상의 모든 종족이 그의 아내에게서 아름다움을 느낄 테고. 론솔피는 납병례를 치르고 싶은 충동을 느꼈다. 난 너를 줄 자격이 없어.

 쵸지가 달려오자 그을린발은 그를 이끌고 지멘에게 달려갔다.

론솔피도 황급히 그 뒤를 따랐다. 지멘에게 도착한 그을린발은 신속하게 사정을 설명했다. 근처에 있던 정우와 아실, 탈해, 그리고 다른 사람들도 놀란 눈으로 그을린발의 설명을 들었다. 빠르게 설명을 끝낸 그을린발이 말했다.

"자, 어떻게 하면 좋을까?"

사람들은 말리를 바라보았다. 그것은 아직도 간헐적인 진동을 하고 있었다. 경외감 같은 것을 느끼며 그것을 바라보는 사람들에게 쵸지가 시원스럽게 말했다.

"길잡이가 결정하는 사람이지? 지멘, 네가 결정해."

지멘은 뜻밖의 말에 당황하여 말리를 바라보았다. 그는 하늘치의 등에서 불타고 있는 신을 어떻게 할지 알 수 없었다. 그을린발이 조급하게 말했다.

"빨리 결정하지 않으면 영영 결정하지 못할 것 같은데."

"그럼 일단 저 불부터 끄고……."

지멘은 말을 삼켰다. 그런 대화재를 진화하려면 폭풍우가 몇 묶음씩 필요할 것이다. 다른 자들도 같은 판단에 입을 다물었다. 그때 아실이 이상한 소리를 냈다. 당황한 사람들에게 아실이 외쳤다.

"불을 끄려는 거야! 규리하 공!"

정우는 '아!' 하듯 입을 벌렸다. 그녀는 말리를 향해 외쳤다.

"말리야, 올라가! 올라가!"

아실은 그녀의 곁에서 자신의 방법으로 말리를 움직였다. 말리를 통째로 감싸는 환상을 만든 아실은 그것이 솟아오르게 했다. 곧 사람들은 말리가 위로 솟아오르는 것을 보았다. 당황한 사람들이 돌아보자 정우가 설명했다.

"높이 올라가서, 추운 곳에 가서 불을 끌 생각이에요. 그래서 저렇게 꿈틀거리는 거예요."

쵸지가 고개를 갸웃했다.

"하지만 저렇게 큰불이 좀 추워진다고 꺼질까?"

"모르겠어요. 하지만 그러려고 하고 있어요. 다른 방법도 떠오르지 않고요."

정우는 소리 또한 말리를 뒤따라 상승하게 했다. 그들은 속도를 점점 높였다.

소리와 말리는 폭우를 뿌렸다가 흩어지기 시작한 구름들 사이로 치솟았다. 가까이서 본 구름은 안개 비슷하게 보였고, 그들이 구름 위로 올라온 후에는 찢어서 던져 놓은 도깨비지처럼 보였다. 그 틈으로 대지를 내려다본 사람들은 봄으로 물든 대지의 흐릿한 음영들을 보았다. 명백히 눈으로 구분할 수 있는 지형은 거의 없었다.

소리와 말리가 계속 상승했다.

지평선이 희미해지고 낮아졌다. 사람들 사이에서 틸러 달비는 걱정스러운 눈으로 지평선을 바라보았다. 그곳에는 조금 전까지 보이지 않던 톱니 같은 지형이 보였다. 불편한 기분으로 틸러는 그것이 시구리아트 산맥일 거라고 생각했다.

지상에서는 보이지 않던 그 산맥이 나타났다는 것은 그들이 까마득한 고도에 도달했다는 뜻이다. 틸러는 귀가 멍멍해지는 것을 느끼곤 침을 삼켰다. 으슬으슬한 추위를 느꼈고 호흡이 조금 힘들어지는 것을 느꼈다. 의식적으로 심호흡을 하는 사람이 늘어났다. 하지만 그것은 속시원한 느낌보다 구토감과 현기증을 주었다. 목이 말랐다. 그리고 추위가 머리를 띵하게 했다. 인간들의 얼굴은 검푸르게 변했다.

그때 소리의 속도가 점점 느려졌다.

틸러는 일어나려다가 혹심한 추위를 느끼며 몸을 움켜쥐었다. 그는 팔짱을 낀 채 정우와 아실에게 다가갔다. 아실은 지멘에게 안겨 바들바들 떨고 있었다. 그녀는 야리키에게 비슷한 모습으로 안겨 있는 정우에게 말했다.

"더는 못하겠어요. 땅과 거리가 너무 멀어서, 바닥이 제대로 안 보여서 상상할 수가 없어요."

정우 또한 말리가 말을 잘 듣지 않는다는 것을 느끼며 당혹했다. 무엇보다도 소리가 더 상승하면 그 위에 있는 자들이 얼어 죽을지도 모른다. 그녀는 떨리는 눈으로 말리를 바라보았다. 그것은 소리보다 오륙백 미터쯤 더 높은 고도에 있었다. 그 불길은 조금 사그라졌지만 아직도 쉽사리 꺼질 것 같지 않았다. 안타까운 눈으로 그것을 바라보는 정우에게 야리키가 말했다.

"이젠 됐다. 레콘들은 괜찮지만 인간들은 얼어 죽는다. 내려가자."

정우는 떨리는 얼굴로 지멘을 돌아보았다.

"결정했어요?"

지멘은 끌어안고 있는 아실을 바라보았다. 새들도 쉽사리 날아오르지 않는 수천 미터 가까운 상승 끝에 마침내 지멘은 결정을 내렸다. 그가 말했다.

"나는 저것을 살려야 한다고 생각해."

정우가 물었다.

"왜죠?"

이라세오날은 바닥에 쓰러진 엘시를 보다가 그에게 다가갔다. 엘시는 부들부들 떨고 있었다. 이미 지상의 사람은 호흡이 힘든 높이에 도달해 있었다. 엘시는 기이한 숨소리를 내며 떨고 있었다. 호흡을 갈구하는 몸은 그를 격한 피로로 몰아가고 있었다.

이라세오날은 그의 곁에 무릎을 꿇고 엘시의 머리를 들어 올렸다. 그녀는 엘시가 원하는 것이 무엇인지 알았고, 그래서 그 이유를 물었다.

"왜지?"

엘시는 무슨 말인가 웅얼거렸다. 알아듣기 힘든 소리였지만 이라세오날은 고개를 끄덕였다.

"하지만 너는 할 수 없다. 저 바깥의 사람들도······."

그때 하늘치가 다시 상승하기 시작했다. 이라세오날은 놀라서 바깥을 바라보았다.

"올라가—! 올라가—! 올라가—!"

소리 위에 있는 레콘들이 계명성을 질렀다. 말리를 공격했던 일곱 명의 레콘은 물론이거니와 사라티본 부대의 모든 레콘들이 똑같은 외침을 토했다. 인간들은 귀를 틀어막아야 했다. 그들로서는 천둥이 만들어지는 구름 속에 있는 것 같은 기분이었다. 하지만 두 귀를 막은 그들은 놀란 눈으로 말리를 바라보았다.

"올라가—! 올라가—! 올라가—!"

그들의 외침 자체가 말리를 밀어 올리는 것 같았다. 말리는 지금까지 그러했던 것처럼 하늘로 치솟아 올랐다. 다른 레콘들과 함께 계명성을 지르면서도 론솔피는 말리에 일어나는 일을 경악하며 바라보았다. 그는 요술쟁이 쵸지를 보았다.

쵸지는 아실과 정우에게 어떻게 하늘치를 움직이냐고 물어본 다음, 아실의 방법이 이해하기 힘들다는 이유에서 정우의 방법을 따른다고 결정했다. 지멘과 히베리는 어처구니없는 기분을 느꼈지만 더 그럴듯한 방법을 떠올릴 수 없었기에 어쩔 수 없이 쵸지의 방법을 따랐다. 잠시 후 다른 레콘들이 그들을 돕듯 참여했고, 그러자 말리가 실제로 움직이기 시작했다. 그 충격적인 모습을 본 모든 레콘들이 앞다투어 계명성에 동참했다.

"올라가—! 올라가—! 올라가—!"

말리는 이제 가속하고 있었다. 상승 속도가 점점 빨라지는 것을 본 레콘은 더욱 커다랗게 계명성을 질렀다. 그들은 하늘치를 별들에게 보낼 듯 펄쩍펄쩍 뛰며 외쳤다. 그리고 하늘치는 그들의 바람처럼 별들에게까지 날아갈 듯 솟아올랐다.

이라세오날은 솟아오르는 하늘치의 가속을 느꼈다. 그것은 점점 빨라졌다. 황제는 목 근처의 비늘을 조금 일으켜 세웠다가 엘시를 내려다보았다.

엘시의 볼에 물방울 같은 것이 떨어졌다. 그것은 은빛이면서 은은한 초록빛을 머금고 있었다. 볼을 훔친 이라세오날은 손바닥에 묻어나는 눈물을 보았다. 그것은 은초록으로 은은하게 반짝였다.

그녀는 엘시를 들어 올렸다. 두 팔로 건장한 그의 몸을 떠받친 이라세오날은 밖으로 걸어 나갔다. 숲을 집어삼키던 불길은 사그라지고 있었다. 그녀는 흑자색 하늘 아래 사그라지는 화염 사이를 걸어갔다. 불티가 툭툭 떨어지고 탄화된 뿌리들이 연기로 신음하는 기묘한 숲을.

말리가 어느 정도의 속도를 갖추자 그을린발은 주저 없이 정우에게 내려가라고 말했다. 소리는 아래쪽으로, 좀 더 따스한 쪽으로 내려가기 시작했다. 하지만 흥분한 레콘들은 소리가 내려가는 도중에도 계속해서 말리에게 계명성을 질렀다. 말리가 손바닥만 한 크기로 줄어들었을 때야 비로소 그들도 계명성을 멈추었다.

소리 주변의 공기도 다시 따스해졌다. 하지만 고공에서 인간들이 얻은 피해는 쉽게 사라지지 않았다. 사람들은 귀가 간질간질하다느니 속이 뒤집히는 것 같다느니 여러 가지 증상을 토로했다. 하지만 그런 불평은 그다지 크지 않았다. 그들은 방금 사람들의 함성만으로 하늘치를 움직인 모습을 보았기 때문이다.

땅이 점점 분명한 모습으로 변하는 것을 보던 그을린발이 갑작스럽게 말했다.

"우리가 제대로 결정한 건가? 불이 꺼진 다음 다시 내려와 우리를 장악하려고 하면 어쩌지?"

지멘은 그 말에 아실을 보았다. 아실은 미간을 찡그리고 있었다. 그러나 쵸지는 어려울 것 없다는 듯이 말했다.

"다시 올려 보내지."

지멘과 히베리는 기막힌 표정으로 쵸지를 보다가 '헛!' 소리를 냈다. 아실도 미간을 조금 펴고는 그 미소에 동참했다. 문득 그녀는 주위를 둘러보고 말했다.

"규리하 공은 어디 있죠?"

쵸지가 손을 들었다. 그들은 멀찌감치 떨어진 둔덕에 서서 하늘을 올려다보고 있는 정우를 발견했다. 그 곁에는 탈해와 야리키가 서 있었다.

세 사람은 레콘들이 내지르는 계명성을 피하기 위해 그곳으로 옮겨 와 있었다. 탈해는 뒤를 돌아보았다. 사라티본 부대와 제국군 사이에는 이제 경계심이 보이지 않았다. 물론 더 아래로 내려가면 상황이 어떻게 바뀔지 모른다. 그들은 죄와 증오와 죽음의 권리를 지켰으니까. 탈해는 그것이 사람들 사이를 횡행하게 둔 것이 과연 잘한 일인지 알 수 없었다. 불을 쓰지 못하는 도깨비는 걱정스러운 눈으로 정우를 내려다보았다.

탈해의 눈길을 느낀 정우는 뒤를 돌아보았다. 고개를 갸웃한 채 탈해를 보다가 그녀는 싱긋 웃었다.

"다 괜찮을 거야."

탈해는 엉거주춤한 표정을 짓다가 그냥 따라 웃었다. 그 말에 화답하려던 탈해는, 갑자기 정우의 뒤편에 나타난 사람을 보고 질겁했다. 두려움에 정우를 와락 끌어안으며 그를 자세히 본 탈해는 조금 후에야 그 사람이 자신의 두려움처럼 스카리 빌파가 아님을 깨달았다. 하지만 그 사람은 나타날 수 없는 사람이었다. 야리키 또한 어이없는 목소리로 말했다.

"제이어 솔한?"

정우는 탈해에게 안긴 채 놀란 눈으로 하얀 옷차림의 사내를 바라보았다. 그것은 분명히 죽은 살인 기사였다. 제이어는 빙그레 웃으며 정우를 바라보았다.

"안녕하세요, 규리하 공."

"좋은 꿈 꾸셨…… 어르신이세요?"

제이어는 껄껄 웃었다.

"저는 킴입니다."

세 사람은 영문을 모르겠다는 얼굴로 제이어를 바라보았다. 그때 세 사람 앞에 나타난 이방인을 본 소리의 탑승자들이 의아해하며 달려왔다. 제이어는 그 모습을 보다가 말했다.

"그나저나 규리하 공, 혼례 이야기가 나온 것이 4년 전인데 아직도 미혼이시지요. 하늘에서 신랑감이 떨어지길 기다리고 있습니까?"

당황한 정우는 고분고분 대답했다.

"아뇨. 아직 찾지 못했는데요."

"그런데 정말 하늘에서 떨어질 수도 있습니다."

정우는 입을 조금 벌린 채 제이어를 보다가 위를 올려다보았다. 그녀가 다시 고개를 숙여 반신반의하는 눈으로 바라보자 제이어는 씩 웃었다.

"지금 가셔야 합니다."

정우는 갑자기 미소를 지었다. 그녀는 탈해의 품에서 빠져나오더니 위로 쑥 솟아올랐다. 탈해는 "어, 어?" 하며 위로 손을 휘저었지만 이미 정우는 높은 고도로 치솟아 오른 후였다. 탈해는 어이없는 눈으로 그 모습을 좇다가 제이어를 보았다. 야리키가 말했다.

"무슨 짓이냐?"

제이어는 배부른 표정으로 달려오는 자들을 보았다. 그들은 갑자기 솟아오른 규리하 공에게 놀라 걸음을 늦추었다. 제이어는 빠르게 말했다.

"저는 많은 것을 알고 있습니다. 하지만 그렇다고 해서 이곳에 있는 두 번째 영웅왕이나 제국의 분열에 대해서 말하는 것은 어울리지 않겠지요. 이런, 제가 다 말했나요? 큰일이군요. 더 떠들기 전에 작별을 고해야겠습니다. 걱정 마십시오. 규리하 공은 안전하게 돌아올 겁니다."

제이어는 정중하게 목례했다. 그러고는 고개를 숙인 채 사라졌다. 야리키와 탈해는 서로를 쳐다볼 수밖에 없었다. 그것은 별로 신통찮았기에 그들은 정우가 사라진 하늘을 보았다.

어둠과 암흑 속을 헤매던 엘시는 무시무시한 속도감과 몸을 짓누르는 압력을 느꼈다. 그는 그것을 직시하려 했고 결과적으로 눈을 떴다.

잠깐 동안 엘시는 자신의 상태를 이해할 수 없었다. 무엇인가가 번쩍이며 빠르게 움직인다는 것은 알 수 있었지만 그 밖에는 아무것도, 심지어 어디가 위고 어디가 아래인지도 알 수 없었다. 엘시는 몸을 움직여 보려 했다. 하지만 팔다리는 물속에 있는 것처럼 움직임이 부자연스러웠다.

숙고를 거듭한 끝에, 그리고 빙글빙글 도는 대지를 발견한 후에 엘시는 자신이 추락하고 있음을 알았다.

엘시는 팔다리를 움직여 대지에 대해 안정된 자세를 취하게 하려 노력했다. 몇 번의 시행착오 끝에 그는 몸을 아래로 향한 채 엎드린 자세로 떨어지게 되었다. 그것에 만족하려던 엘시는 문득 쓴웃음을 지었다.

'안정된 자세로 죽겠군.'

엘시는 자신의 노력을 비웃지 않았다. 남은 순간을 조금 고상하게 보낸다 해도 나쁠 것은 없었다. 그래서 엘시는 그 자세를 유지하며 희미한 구름이 파문처럼 퍼져 있는 하늘과 대지의 풍경을 감상했다. 그러다가 엘시는 말리가 어떻게 되었을지 궁금했다. 비로소 그는 자신이 왜 추락하고 있는지 궁금해졌다.

'누가…… 폐하께서 나를 던졌나?'

엘시는 말리가 어디 있는지 보기 위해 몸을 뒤집으려 했다. 다시 몇 번의 시행착오가 있었고, 어쩌다가 엘시는 위쪽인 듯한 방향을 보게 되었다. 하지만 말리는 보이지 않았다. 바람의 영향 때문에 그는 똑바로 떨어지지 않았다. 말리를 찾을 수 없다는 것을 깨달은 엘시는 다시 땅을 향해 몸을 돌리고 머릿속으로 말리를 상상했다.

그는 그것이 어떤 모습이 될지 알고 있었다.

말리는 공기도 없고 무섭도록 추운 곳, 사람이 가진 어떤 능력으로도 가 닿을 수 없는 캄캄한 별들의 공간에 도달했을 것이다. 그곳에서는 불이 탈 수 없다. 자기 소멸의 불은 꺼질 것이고 황제와 아라짓 전사들은 그 추위 속에서 냉동 장치의 도움 없이 얼어붙을 것이다. 그 영원한 겨울 속에 얼어붙은 불씨는 일만육천 년 동안 잠들 것이다. 사람들이 지나치게 어리석다면 그보다 훨씬 짧은 기간 동안.

그러나 그 깨어남은 에더리 황조의 한두 사람이 좌우할 수 없는 일이 될 것이다. 그것은 너무나도 높은 곳에 있기 때문에. 그것을 거기에 도달하게 한 것과 같은 힘만이 그것을 아래로 끌어내릴 수 있을 것이다. 엘시는 그 힘이 무엇일지 궁금했다. 하지만 그의 감정 대부분은 자신의 죄를 끌어낸 이라세오날에게 돌려져 있었다.

'용서하십시오. 우리에게 허락된 죄와 증오와 죽음은 너무도 강력합니다. 우리가 스스로를 돌볼 수 없을 때가 있을 겁니다. 하지만 그런 때가 언제인지는 폐하도 아니고 우리 중 한두 사람도 아닌, 우리 모두가 결정하고 싶습니다. 그런 능력조차 없다면 우리는 멸망해 마땅합니다.'

엘시 에더리, 신의 아들. 하지만 신에게 죄를 저지른 자가 유성처럼 떨어져 내렸다.

신이 그를 땅에 던졌고 그는 영원을 느꼈다.

눈을 감으려 했을 때 엘시는 이질적인 것을 보았다.

엘시는 눈을 깜빡이며 그것을 보았다. 무엇인가가 낮은 하늘에서 나비처럼 날아다니고 있었다. 엘시는 그것에 더 집중했고 조금 후 웃음을 터뜨렸다. 놀라운 속도로 떨어지고 있었기에 그 웃음은 좀 이상했다.

엘시는 그녀를 사랑한다고 말할 수는 없다. 그녀 또한 엘시를 사랑하지 않았다. 어쨌든 지금까지는 그러했다. 엘시는 살아 있지도 않았으니까.

하지만 지금 엘시는 살아 있었다. 그는 신에게 죄를 지었고 그것으로 자신의 도덕을 창조할 수 있었다. 사랑도? 엘시는 확신하지 못했다. 그때 엘시는 니어엘을 떠올렸다.

'아무 상관 없습니다.'

'그런가.'

엘시는 고개를 끄덕였다. 그는 확실히 살아 있었지만, 지금 추세대로라면 오랫동안 그러지는 못할 것 같았다. 엘시는 방향을 바꾸려는 서툰 시도를 해 보았다. 몇 번의 시행착오 끝에 그는 목적한 방향에 도달할 수 있었다. 엘시는 그녀를 향해 날아갔다.

그때 그녀 또한 엘시를 발견했다. 그녀는 나비 같은 움직임을 멈추고 엘시를 향해 똑바로 날아왔다.

엘시는 두 팔을 벌렸다. 약간 쑥스럽게.

정우가 환한 미소를 지은 채 그를 향해 날아왔다.

바람을 자아낼 공기도 없고 기온은 무섭도록 낮은 곳, 지상의 모든 지형은 무의미하게 뭉개지고 지평선은 세상의 모양을 나타내는 곡선을 그리는 곳, 반짝임 없는 별들이 작은 태양처럼 활활 타오르는 곳.

그곳에 얼어붙은 신과 얼어붙은 신의 전사들을 태운 하늘치가 있었다.

하늘치는 그런 궤도에 오르지 않는다. 지상의 사람들에게 모습을 보여 그들이 약속을 떠올리게 하는 것이 하늘치의 목적이므로. 그리하여 마침내 사람들이 그것을 불러 내릴 때 약속은 이루어진다. 그렇기에 하늘치는 사람들이 볼 수 있는 높이에서, 그것을 보고 거대한 희구를 느낄 수 있는 높이에서 날아다닌다. 하늘치에게 그 궤도는 낯설었다.

하지만 사람들이 그것을 올려 보냈다. 약속의 방향과 반대 방향이긴 하지만 하늘치는 그것을 받아들였고, 그래서 얼어붙은 신과 얼어붙은 신의 전사들을 태운 채 공기도 없고 열기도 없는 별의 바다를 헤엄치는 것에 동의했다. 어쩌면 그것도 약속이 이루어지는 한 가지 방법일지도 모른다.

하늘치는 고독을 알지 못한다. 그것은 세상의 둥근 경계를 따라 별의 바다 속을 고요히 헤엄쳤다.

—「피를 마시는 새」끝

남은 이야기

정석이란 바둑에서 흑과 백이 만족할 수 있는 일련의 포석이다. 한쪽이 일방적으로 유리하거나 불리하면 정석이라고 부르지 않는다.

정석

감상적인 이유에서, 그는 그 일이 과음과 한여름 햇빛 때문에 머리가 반쯤 돌아 버린 일꾼들이 주머니칼을 휘둘러 대는 싸움판이나 서류 더미가 무더기로 쌓여 있는 서재, 혹은 아버지의 딱딱한 시신 곁 같은 곳에서 일어나길 바랐다. 하지만 그 일은 녹인 구리를 뿌려 놓은 것 같은 석양의 언덕에서 일어났다. 그날, 정신이 어떻게 될 것 같은 질주 끝에 두 볼이 붉게 물든 여동생이 그의 귓가에 입을 가져와 떨리는 목소리로 속삭였던 것이다.

"나를 죽여."

그는 대답 대신 여동생의 손목을 붙잡아 끌어당겼다. 하지만 여동생은 손목을 잡아 뺐다. 그녀의 팔목은 가늘었고 땀에 흠뻑 젖어 있었다. 그는 동생을 놓쳤다. 그녀는 뒤로 휘청했다가 그대로 땅바닥에 주저앉았다. 작은 비명처럼 그녀가 말했다.

"나를 죽여."

그는 여전히 말하지 않았다. 그리고 여동생에게 다가가 그녀를 들어 올리려 했다. 하지만 그녀는 다리를 구르며 그의 가슴을 떠밀었다. 두 사람은 땅바닥에 굴렀다.

하지만 욕설을 중얼거리며 일어난 그는 여동생의 모습을 보고선 주춤했다. 그녀는 땅에 똑바로 누워 양손으로 풀잎을 그러쥔 채 오라비를 올려다보고 있었다. 그 풀잎들이 튼튼한 손잡이가 되어 줄 거라 믿기는 어려웠지만 그녀의 태도만은 땅에서 영원히 떨어지지 않을 사람처럼 보였다. 그는 분노와 두려움, 혼란 속에서 그녀를 내려다보았다. 그녀가 말했다.

"생각해 봤어."

그는 그 생각이라는 말이 싫었다.

"오빠와 난 그저 지위를 뺏긴 남매일 뿐이야. 물론 세상엔 그런 무력한 남매를 위해 자신을 바칠 용감하고 정의로운 자들이 있을지도 모르지. 하지만 그런 자들은 바로 그런 성격 때문에 별다른 힘이 없을 테고, 따라서 우리에겐 쓸모가 없어. 우리에게 필요한 건 우리에게 빌려 줄 만한 충분한 힘을 가진 자야. 그런 자들은 그런 힘을 모을 만큼 영리하고 냉정하지. 그들에게 우리가 쓸모 있다는 것을 보여 줘야 해. 그런데 우리에게 뭐가 있지? 이미 말한 것처럼 우리는 모든 걸 다 뺏긴 힘없는 오누이일 뿐이잖아."

그는 피로 때문에 떨리는 손을 아래로 내밀었다.

"일어나."

그녀는 풀잎을 쥐고 있던 오른손을 놓았다. 하지만 그 오른손은 오빠의 손을 마주 쥐는 대신 허리로 옮겨 갔다. 그녀는 예리한 단검을 빼내어 자신의 목을 겨누었다. 허리를 숙이던 그의 동작이 멎었다.

"오빠, 우리에겐 제공할 것이 없어. 하지만 죽으면 그런 것이 생겨."

"칼 치워."

그녀는 그의 눈을 똑바로 바라보며 말했다.

"복수야. 알겠어? 살아 있는 우리는 쓸모없어. 하지만 죽으면 쓸모 있지. 아버지의 친구들이든, 그냥 황제와 싸우고 싶은 자들이든 그들에겐 명분이 필요해. 죽은 자의 복수라는 건 꽤 그럴듯한 명분이야. 다행히 우리는 두 명이야. 둘 중 하나만 죽으면 돼. 그러면 살아남은 자는 죽은 남매의 복수를 해 달라고 호소력 있게 요구할 수 있으니까. 그럼 누가 죽어야 할까? 물론 나야. 오빠가 나보다 더 강하고 빠르니까 도망칠 가능성도 높아. 내가 죽어야 해. 이해하겠지? 그러니, 나를 좀 도와줘. 부탁이야. 대답해 봐. 내 말 이해했지?"

그는 여동생의 말을 이해했다.

"네유, 또 나를 가르치려고 하는 거야?"

네유의 얼굴에 어리둥절함이 떠올랐다. 그는 단검을 쥔 여동생의 팔을 밟거나 붙잡을 수 있을지 가늠하며 말했다.

"꼭 나를 가르쳐야겠어? 이런 때에? 이런 식으로? 관두고 일어나."

네유는 슬픈 표정을 지었다. 하지만 그 표정 속에는 짜증도 약간 섞여 있었다. 그는 그 표정이 멍청한 배우를 향한 연출가의 불만 같다고 생각했다. 그런 발견이 그를 행복하게 만들지는 않았다.

네유가 말했다.

"바보 같은 자존심 내세우지 마, 오빠. 낭만은 버려. 이건 현실이야. 도저히 받아들일 수 없겠지만 어쩔 수 없어. 인정할 것은 인정해야 해. 이건 현실이라고."

"내가 무슨 비현실적인 행동을 하고 있는데?"

"몸에 걸친 것 빼고는 아무것도 없이 추적자들에게 쫓기고 있어도 여동생만은 보호할 수 있다고 믿고 있잖아! 그게 오빠의 문제라고. 다른 사람과 똑같이 눈이 두 개인데 오빠는 도무지 현실을 볼 줄 몰라!"

석양에 하늘이 거렇게 타들어 가고 있었다. 동쪽 하늘은 이미 잿빛이다. 몇 시간 만에 달리기를 멈춘 몸에 찬바람이 닿자 그는 소름이 돋는 것을 느꼈다.

그는 허리를 폈다.

"알았으니 일어나, 네유 시그린트."

네유는 모욕을 당한 사람처럼 그를 바라보았다.

"네 말 잘 알았어. 하지만 그건 좀 더 있다가 생각해 보자. 곧 밤이 올 거야. 그러면 몸을 숨길 수 있어. 추적하는 녀석들은 이미 포기한 것 같아. 최소한 오늘 치 추적은 그만두기로 한 것이 분명해. 따라오는 기척이 없어."

뒤이어 그는 조금만 더 가면 주카마스이며 그곳에서는 츨란으로 가거나 자보빈 강을 따라 카시다로 갈 수도 있고 템모렐 고개를 넘어 사펜으로 갈 수도 있기 때문에 추적자들을 따돌릴 방법이 다양해진다고 설명하려 했다. 그리고 사펜에는 그들을 도와줄 아지도 있었다…… 하지만 갑작스러운 깨달음에 그는 혀뿌리까지 차오른 말을 도로 삼켰다. 네유는 그 모든 설명을 오빠의 비현실성을 나타내는 증거로 치부할 것이다. 그 어떤 말도 소용이 없다. 그리고 그는 피곤했다.

그래서 페온 시그린트는 여동생에게서 등을 돌렸다.

"피곤하면 좀 쉬도록 해. 하긴 하루 종일 도망쳤으니까."

"페온."

"내가 먼저 가면서 앞쪽 살필 테니까 움직일 만하면 따라와. 너무 늦지는 마. 오늘은 달이 늦게 뜨니까."

"페온 시그린트!"

페온은 대답하지 않았다. 네유의 입술 뒤에 있는 것이 무엇인지는 분명하다. 오빠만은 도망칠 수 있게 해야 한다는 희생정신도 아니고 모든 것을 던져서라도 성취하고픈 복수를 향한 열망 또한 아니다. 도주나 복수 같은 것을 부차적인 문제로 만들어 버리는 것. 우월함의 확인. 네유는 자신이 오빠보다 더 탁월한 통찰력을 가지고 있으며 복수에 대한 의무도 더 무겁게 느끼며 결단력 또한 더 우수하다는 것을 보여 주고 싶은 것이다. 그것을 알려 주고 오빠로 하여금 동의하게 하고 싶은 것이다. 뽑아 든 칼을 멈춘 채 그토록 장황한 설명을 늘어놓는 것은 그 때문이다.

따라서 그 단검이 다음에 머무를 장소는 네유의 목 안쪽이 아니라 칼집 안쪽이 될 것이다. 네유는 일어날 것이며, 오빠를 따라올 것이며, 그리고 다시 오빠를 멍텅구리로 만드는 작업에 착수할 것이다. 페온은 네유가 그 작업에 필요한 준비를 끝내는 데 얼마나 걸릴지 추측해 보았다. 지금까지의 사례를 통해 보면 보통 일 분을 넘지 않는다. 페온은 그 짧은 시간을 조금이나마 연장시키기 위해 걸음을 재촉했다. 단 몇 분간만이라도 도망치는 일만 할 수 있다면 그는 정말 행복할 것 같았다. 그의 머리의 최근 시세를 알고 싶어하는 사람 사냥꾼들에게 쫓기고 있다 해도 말이다.

페온에겐 그런 행운이 없었다.

네유는 곧 그의 발목을 붙잡았다. 하지만 그를 붙잡은 것은 제 성질을 이기지 못해 내지르는 째지는 외침도 아니었고 자기 확신에 차서 성큼성큼 걸어오는 발소리도 아니었다.

페온은 콧잔등을 세게 맞은 것 같은 기분을 느꼈다.

짙은 피 냄새가 풍겨 왔기에.

'그럴 리가 없어.'

폐온은 불신감에 차서 고개를 돌렸다. 그리고 그는 싸움판이나 서재, 혹은 아버지의 침실에서 일어나길 바랐던 일이 그 순간 벌어졌음을 알게 되었다.

실용적인 이유에서, 그녀는 그 일이 반딧불이가 춤추는 밤의 호반이나 수향으로 흠뻑 젖어 있는 아침의 정원, 혹은 보슬비 내리는 황금해의 백사장 같은 곳에서 일어나길 바랐다. 하지만 그 일은 어느 날 아침 잠에서 깨어난 그녀가 무거운 머리를 침대에 떼어 놓고 일어날 수 없다는 사실에 비통해하며 옷장 문을 열었을 때 일어났다.

"너도 죽어?"

그녀는 옷장 문을 쥔 채 목소리가 들려온 곳을 내려다보았다. 옷장 안쪽에는 나가 소녀가, 아니 나가 소녀와 비슷한, 아니 나가 소녀와 닮으려고 부단히 노력 중이지만 그다지 큰 성취를 이루지 못한 듯한 무엇이 쪼그려 앉은 채 그녀를 올려다보고 있었다. 두 시선이 매듭지어졌고, 팽팽히 당겨지다가, 약간 느슨해졌다. 조만간 매듭이 풀릴 지경이 되었을 때 그녀는 포기하는 심정으로 이런 일쯤은 레콘 몸 부풀리는 일이나 마찬가지라는 표정을 짓기로 했다.

〈물론이야.〉

"왜?"

그녀는 옷장 안으로 손을 뻗었다. 무거운 모피 하나와 검 한

자루를 집어 든 그녀는 벽장문을 닫고 물러났다.

그녀는 옷장에서 꺼낸 흑사자 모피를 차가운 몸 위에 두르고 검을 착용했다. 그녀가 침대에 걸터앉았을 때 옷장 문이 다시 열렸다.

"왜 죽냐고 물었어."

그녀는 시간에 대해 생각했다. 그녀의 머리처럼 떼어 놓을 수 없는 의무에 착수하기 전 그녀에겐 밤 동안 차가워진 몸을 데우는 시간이 필요했다. 그녀는 잡담을 나눌 시간이 있다고 판단했고, 또 옷장 안에 있는 나가 유사물이 왜 이 시간을 선택했는지도 깨달았다. 그녀가 닐렀다.

〈그건 적절하지 않아.〉

"뭐라고?"

〈네 의도가 대답을 얻는 것이 아니라 짐을 당황시키는 것에 있는 척하는 것 말이다. 물론 좋은 수법이야. 상대방의 목적이 아닌 이유에 주의를 기울이는 영리한 자들은 바로 그 영리함 때문에 그런 속임수에 걸리기도 할 거다. 하지만 지난 3년 동안 네 의사 표현을 기다렸던 사람을 상대로는 적절한 수법이라고 할 수가…….〉

그녀는 문득 스스로를 향해 고소했다. 그녀가 이미 닐렀듯 그 나가 유사물은 3년 만에 입을 열었건만 그녀는 그 사실에 대한 아무런 감상도 표현하지 않은 채 곧장 실용 지식을 주입하려 애쓰고 있었다.

'호반도, 정원도, 백사장도 아닌 옷장이기 때문이지.'

사람을 겸손하게 만드는 그런 곳이었다면 그녀는 자신의 거대한 자신감을 잠시 마비시킨 채 니를 수 있었을 것이다. 창조자의 단어 대신 동반자의 단어를 쓸 수 있었을 것이다. 그녀는 성취되지 못한 소망에 조금 아쉬워하며 닐렀다.

〈어쨌든 축하한다. 드디어 의사 표현이 가능해졌구나.〉

3년 만에 의사 표현이 가능해진 나가 유사물은 잠시 침묵했다가 말했다.

"왜 죽는 거지?"

흑사자 모피가 내뿜는 열이 그녀의 차가운 몸으로 스며들었다. 그녀는 그 순간을 좋아하지 않았다. 안팎이 뒤섞이는 것 같고 어디부터가 자신이고 어디부터가 모피인지 알 수 없어진다. 경계가 허물어지는 듯한 어렴풋함 속에서 그녀가 닐렀다.

〈죽은 이의 자손이기 때문이지.〉

벽장 속의 나가 유사물은 그녀를 물끄러미 바라보았다. 손도 아니고 발도 아닌 무엇인가가 뻗어 나와 벽장문을 잡았다. 문이 닫혔다.

그녀는 닫힌 문을 바라보았다.

거동이 불편하지 않을 정도로 몸이 훈훈해졌다. 그녀는 밖으로 나가기 위해 일어섰고, 또한 그럼으로써 아라짓 제국의 초대 황제 원시제가 되었다. 무릇 황제는 한꺼번에 많은 일을 처리할 수 있어야 하는 법이다.

문으로 다가간 원시제는 밖에서 기다리던 자들이 놀라지 않도록 천천히 그것을 열었다. 황제의 기침을 기다리고 있던 자들이 일제히 머리를 조아렸다. 물론 제국의 통치는 황제가 잠에서 깨어나면서 시작되는 것은 아니다. 잠든 동안에도 심장이 쉼 없이 혈액을 순환시키듯 광활한 제국을 운영하는 일 또한 황제의 수면과 관련 없이 계속된다. 그러나 생물에게도 각성의 순간은 매일 필요하며 제국 또한 마찬가지다.

깨어난 황제만이 할 수 있는 중대한 일들이 있다. 이를테면 황제의 조신에게 그 누구도 이해하지 못한 황제의 깊은 뜻을 이해해 준 자는 오직 그대뿐이라고 말해 주는 일이다. 이런 일은 해당 조신을 파멸시킬 준비가 아직 충분히 갖춰지지 않은 경우엔 꼭 필요하다. 그리고 황제의 명을 받들어 전장으로 나가는 장수에게 지휘권을 부여하는 일 또한 그러하다. 그런 것을 줘야만 그 장수가 근면과 용기로 자신의 삶을 잘 꾸려 왔다고 자신 있게 말할 수 있는 자들의 삶을 능률적으로 파괴할 수 있으니까. 그리고 제국 신민들을 향해 황제가 오로지 원하는 것은 사람들이 행복할 수 있는 제국을 만드는 일뿐이라고 천명하는 일이 특히 그러하다. 그래야만 얼간이들이 자신의 문제점을 끝내 발견하지 못하고 모든 불운을 황제 탓으로 돌릴 수 있을 테니까. 얼간이들에게 필요한 것은 그런 것뿐이며 그 이상의 선물은 그들에게 버거운 부담이다.

황제의 침소 밖에서 기다리는 자들은 황제가 그런 일들을 해 주길 기다리고 있었다. 그들은 매일 아침 황제의 기침을 기다려야 하는데, 왜냐하면 그런 일은 매일 필요하기 때문이다.

'황제란 참 전망이 밝은 직업이야.'

원시제는 앞으로 걸어갔다.

다채로운 하루가 흘렀고, 황제는 되돌아왔다.

황제는 떠났을 때와 별반 다르지 않은 모습을 하고 있었지만 원래 침전물은 용기의 모습을 변화시키지 않는 법. 황제는 자기 내부의 침전물이 굴러다니는 느낌에 짜증이 치미는 것을 억누르며 걸음을 멈췄다. 그러자 그녀의 약간 뒤쪽에서 걷고 있던 시종장 바신 백작 또한 멈춰 섰다.

황제의 시종장은 위엄 있는 태도로 두 손을 내밀었다. 원시제는 시종장의 소박하지만 필사적인 소망을 받아들이기로 했다. 그녀는 제국의 귀한 보물이나 페온 시그린트의 최근 소재를 기록한 극비 문서 따위를 건네받는 듯한 태도로 백작에게서 고양이를 건네받았다.

바신 백작은 고개를 숙인 채 뒤로 두 걸음 물러났다. 만약 고양이가 종말을 직감해서, 혹은 단지 고양이다운 거만함 때문에 황제를 할퀴거나 울부짖기라도 했다면 원시제가 애써 지켜 주었던 시종장의 위신은 비명횡사하고 말겠지만 다행히 고양이는 황제의 품 안에 얌전히 안긴 채 방 안으로 들어섰다. 상당히 멍청한 고양이임이 분명하다. 문이 닫혔고, 백작은 나가 황제를 모시느라 자주 위험에 빠지는 자신의 위엄에 대해 번뇌하며 몸을 돌렸다.

방 안에 선 원시제는 고양이를 바닥에 내려놓았다. 고양이는 잠시 어리둥절한 표정으로 주위를 둘러보다가 앞뒷발을 모으고 등을 잔뜩 구부린 고양이 특유의 자세로 바닥에 얌전히 앉았다. 바신 백작은 비슷한 직무를 가진 다른 자들이 음식의 맛이나 향 등에 기울이는 주의를 동물의 성격에 기울임으로써 만족감을 느끼는 것이 분명하다.

황제는 옷장으로 다가가 문을 열었다.

〈네 이름을 결정했다. 너는 이라세오날이다. 라세라고 부르지.〉

물론 황제가 자신의 의상에 이름을 부여한 것은 아니다. 황제의 그리 많지 않은 의상들은 황제의 의상실에 따로 보관되며 그 옷장에는 오직 흑사자 모피와 황제의 검 쉬크톨만이 보관된다. 그리고 그 두 가지 물건은 현재 원시제가 착용하고 있었다. 황제가 이름을 부여한 것은 옷장 안에 웅크리고 있는 나가 유사물이었다. 그것이 말했다.

"그 이름의 시작과 끝은 어디에 있지?"

〈시작은 나에게, 끝은 네게 있지. 라세, 밖으로 나와.〉

라세는 움직이지 않았다. 황제가 날카롭게 닐렀다.

〈밖으로 나와. 햇빛을 피한다 해서 죽지는 않아. 내가 그렇게 만들었으니까.〉

라세의 어깨가 파르르 떨렸다. 황제는 불쑥 손을 내밀어 라세의 어깨를 움켜쥐었다. 라세는 벽장에서 끌려 나와 방바닥에 나동그라졌다. 라세에겐 팔과 다리뿐만 아니라 작은 잎사귀들이 달린 덩굴, 부드러운 가지 등도 있었고 그 모든 것들이 바닥에 부딪히자 황제나 황제가 대표할 수 있는 것들과 무관한 듯한 소리가 울렸다.

라세는 부러진 나뭇가지와 떨어진 잎사귀들 사이에 앉아 황제를 바라보았다. 그것은 그런 난폭한 취급에 별 영향을 받지 않은 얼굴이었고 황제 또한 자신이 노여워했다는 것을 전혀 기억하지 못하는 사람처럼 차분하게 닐렀다.

〈그리고 말도 그만둬라. 니르도록 해. 내 방에서 말소리가 들리면 사람들이 당황할 거다.〉

〈그러지.〉

라세는 원시제의 요구대로 닐렀다. 사람들 사이에서 그런 반응은 굴복으로 해석되겠지만 원시제와 라세 사이에서는 그런 기미를 찾을 수 없었다. 황제는 만족감이나 승리감을 조금도 느끼지 못했고 그런 것을 느껴야 한다는 생각조차 하지 않았다. 황제는 필요 때문에 비전문가에게 설명해 주는 것 같은 태도로 닐렀다.

〈네가 햇볕을 적게 마셔도 되도록 길러 왔다. 햇볕을 마시는 쪽이 편리하긴 하지. 하지만 나가처럼 되려면 한계선 북부에선 실내 활동만 해야 할 테고 그렇다면 태양에 지나치게 의존하는 것도 곤란해. 지금의 네가 일광 부족으로 고사하려면 옷장 속에 오륙 개월은 틀어박혀 있어야 할 거다.〉

〈그렇다면 내가 죽을까 봐 화를 낸 것은 아니군. 당신 피조물의 첫 번째 자발적 행동이 자해 시도라는 것 때문에 화를 낸 거야?〉

〈시간 낭비에 화를 낸 거야.〉

라세는 마음을 닫았다. 잠시 후 라세는 문 안쪽에서 말하듯 마음 안쪽에서 닐렀다.

〈황제, 내가 죽으려 한 것이 네겐 아무 의미가 없어?〉

〈충분한 의미가 있지. 대단히 반가운 일이야.〉

〈반가워? 왜지?〉

시간 낭비를 싫어하는 황제는 움직이기 시작했다. 그녀는 라세에게 다가서며 닐렀다.

〈자해를 시도했다는 것은 네가 내게 소중하다는 것을 너 스스로 알고 있다는 증거니까.〉

라세는 나가의 그것과 상당히 유사하지만 나가는 결코 담지 않는 눈빛이 담긴 눈으로 황제를 바라보았다. 황제는 허리를 굽혀 라세 주위에 떨어진 나뭇가지와 잎들을 주워 모았다. 그리고 벽난로 쪽으로 다가가 아무 거리낌 없이 그것들을 벽난로 안에 던져 넣었다. 벽난로 속에 불은 없었다. 황제의 모습을 좇던 라세는 벽난로 속에 떨어진 자신의 일부들을 물끄러미 바라보았다. 원시제는 계속 움직였고, 흑사자 모피와 쉬크톨을 옷장 안에 넣고 문을 닫은 후에야 라세를 향해 돌아섰다.

〈불을 붙여.〉

라세는 휘파람을 불듯 입술을 오므렸다. 라세가 나가가 아님을 분명케 하는 모습이다. 나가는 휘파람을 불지 않으니까. 하지만 라세의 입술 사이에서 나온 것은 휘파람이 아니었다. 거기에서 나온 것은 불의 화살 같은 것이었고 그것은 세차게 날아가 벽난로에 꽂혔다. 불길은 자신이 어디에 있는지 몰라 어리둥절한 양 쌓여 있는 장작을 어루만지다가 곧 기세 좋게 타올랐다.

원시제는 제국에서 가장 소탈하게 사는 사람인 양 벽난로 옆에 털썩 주저앉았다. 라세가 닐렀다.

〈그 해석은 거기서 끝나면 안 될 것 같은데, 황제. 네게 소중한 것을 내가 파괴하려 했다는 결론이 뒤따라야 하지 않아?〉

원시제는 불길을 응시하며 귀찮다는 듯이 닐렀다.

〈너를 나위 없이 그렇지.〉

〈그건 반가워할 수 없는 일이라고 생각되는데.〉

황제는 정신적인 폭소를 터뜨렸다.

라세는 미심쩍은 눈으로 황제를 바라보았다. 정신적인 은루를 줄줄 흘리지야 않았지만 황제는 제대로 된 니름을 보내기 어려울 정도로 즐거워했다. 한참 후 황제가 가까스로 닐렀다.

〈라세, 나는 제국을 만들었다.〉

조금 기다린 후 라세는 깨달았다. 황제는 그 짧고 엉뚱하게 들리는 니름이 충분하고 완벽한 대답이 된다고 생각하고 있었다.

약간 늦게 이어진 황제의 니름은 라세의 질문에 대한 답이 아니었다.

〈그리고 너도 만들었지. 어린 용아. 너는 이 전대미문의 화장실을 상속받을 거다.〉

어린 용 라세는 황제가 왜 즐거워했는지 알 것 같았다. 황제는 자신의 소중한 것을 파괴하려는 자들을 싫어하기는커녕 오히려 반가워했다. 그녀가 제국을 만든 것을 보면 그런 사실을 알 수 있다. 황제의 니름은 대략 그런 식으로 해석된다. 그런데 라세는 그 둘 사이에 어떤 논리의 계단이 놓여 있는지 알 수 없었다.

계단이 안 보여? 그럼 뛰어오르렴, 라세.

〈나를 도약시키려고 애쓰는 것 같군, 황제.〉

〈너에겐 도약이 아니야. 항상성은 용에겐 별 의미 없는 니름이지. 본능이라는 니름이 용에게 그런 것처럼.〉

라세는 황제의 니름에 비늘을 부딪쳤다. 용은 몸을 옹송그렸다.

〈그래. 나의 가소성. 그게 문제의 핵심이야.〉

〈무슨 뜻이지?〉

라세는 시선으로 문신을 새길 듯 황제를 노려보았다.

〈원시제 그리미 마케로우, 너는 세계의 정복자야. 더 이상 정복할 세계는 남아 있지 않아. 도시 연합의 나가들이 뭐라고 주장하든 그들은 자력으로 독립을 영위하는 것이 아니야. 네 제국에 경쟁 상대가 필요하기 때문에 네가 일부러 그들을 내버려둔 것이지. 따라서 눈에 보이는 네 통치 대상은 아라짓 제국뿐이지만 사실 네 진정한 제국은 아라짓 제국과 도시 연합을 모두 포함해. 네 국가의 왕이자 네 적의 창조자이기 때문에 너는 왕이 아닌 황제야. 더 이상의 정복은 없어. 그러니 계승에 대해 생각하는 것은 당연하지. 그리고 너는 정말 희한한 계승자를 생각해 냈어.〉

황제는 미소를 머금은 채 용의 니름을 경청했다. 이미 찰랑거리고 있던 라세는 황제의 표정이 흘러넘치도록 내버려두었다.

〈너는 무엇이든 될 수 있는 용을 네 후계자로 삼기로 했어. 용은 무엇이든 될 수 있으니까 '완벽한 후계자'도 될 수 있지. 얼핏 보면 합리적이야.〉

라세는 니름을 멈추고 황제가 긴장하는지 살폈다. 하지만 황제에겐 그런 기색이 없었다. 라세는 고통스럽게 닐렀다.

〈하지만 그 가소성은 반대 방향으로 작용할 수도 있어.〉

〈반대 방향?〉

〈무엇이든 될 수 있는 나는 네 제국의 파괴자가 될 수도 있어.〉

황제는 흥미롭다는 표정으로 라세를 마주 보았다.

〈네 제국을 보호할 방법이라면, 효과가 좀 뒤떨어지더라도 훨씬 안전하고 심미적인 즐거움도 있는 방법이 수백 가지는 있을 거야. 하지만 지금 네가 시도하는 방법은 위험해. 네 후손들에게 불사의 보호자를 줄 수도 있지만 반대로 절대로 물리칠 수 없는 적을 선물할 수도 있어. 나는 그 어느 쪽이든 될 수 있으니까. 그렇다면…….〉

라세는 니름을 멈추고 황제를 바라보았다. 황제는 미소 지었다.

〈오, 천만에. 라세. 나에 대한 맹목적인 사랑이나 제국에 대한 비가역적인 책임감 따위를 네게 집어넣을 계획은 없어.〉

〈그런 것을 내게 각인시켜야 해. 세계와 미래를 가지고 도박을

할 생각이 아니라면.〉

황제는 귀찮다는 듯 손을 내저었다. 라세는 그녀가 귀찮아하는 것이 자신의 의견인지 세계와 미래인지 알 수 없었고 그것을 모른다는 것이 두려웠다. 그 두려움은 라세를 참을 수 없게 만들었다.

〈결국 자기기만을 원하는 거야?〉

〈그게 무슨 뜻이지?〉

〈그건 이런 뜻이야. 너는 네 제국의 파괴를 원해!〉

라세는 자신이 부글부글 끓어 넘치는 것 같았다. 하지만 황제는 화강암처럼 차갑게 대답했다.

〈내가?〉

〈그것이 아니라면 왜 하필 후계자가 용인지 설명할 수 없어! 어째서인지 모르지만 너는 네 제국을 증오해. 하지만 네가 만들었기 때문에 차마 그것을 파괴할 수 없지. 그것은 자기 전체를 부정하는 일이 될 테니까. 그래서 너는 용에게 제국을 상속시킨다는 기만책을 고른 거야. 그 용이 네게 상속받은 제국을 파괴한다 해도 그것은 네 잘못이 아니야. 너는 단지 제국이 받을 수 있는 최고의 선물을 주려 했다고 발뺌할 수 있어. 그리고 그것도 사실이야. 용은 최고의 상속인도 될 수 있으니까.〉

〈좋아, 라세. 네가 지금껏 니른 것들의 결론은?〉

〈네가 나약한 광인이라는 결론이 나오는군.〉

〈성공적이군.〉

라세는 분노 어린 피로감을 느꼈다. 황제가 부연했다.

〈내가 지금까지 네게 주입한 것들의 기반 위에서 네가 그런 결론을 내리는 것은 당연해, 라세.〉

그 설명은 황제에게 진력을 내던 라세에게 호기심을 불러일으켰다. 용은 황제에게 다가가 그 곁에 무릎을 꿇었다. 그녀는 황제에게 손을 뻗으며 닐렀다.

〈그러면 더 많은 것이 내 속에 들어오면 너를 이해할 수 있는 거야? 네가 왜 나를 나가의 형태로 만들었는지 알아. 다른 여러 이유들도 있지만, 무엇보다도 상대가 나가라면 너는 네 의식 자체를 전달할 수 있기 때문이지.〉

황제는 고개를 끄덕였다. 용의 니름처럼 정신적 언어를 사용하는 나가들은 필요한 정보들을 곧장 상대방의 머리에 집어넣을 수 있다. 하지만 정제되지 않은 의식이 상대방의 머릿속에서 무슨 일을 일으킬지 알 수 없고, 용이 잠깐 시사했던 것처럼 상대방의 동의 없이 고정관념을 주입할 수도 있기 때문에 나가들은 다른 종족들과 별로 다르지 않은 방식으로 교육을 시행한다. 하지만 나가들이 그런 일을 할 수 있다는 것은 사실이고 황제가 한 그루 식물이었던 용을 지금의 라세로 만든 방법도 바로 그것이었다.

〈내 마음을 열겠어, 황제. 지금 너를 내게 넣어 줘. 너를 이해하게 해 줘.〉

라세의 손이 황제에게 가까이 갔다. 그 손이 황제의 어깨에 닿기 전, 황제가 손을 뻗어 부드럽게 용의 손을 붙잡았.

황제는 그 손을 옆으로 이끌어 문 쪽을 가리켰다.

〈지금 네 속에 들어가야 하는 건 저기 있단다.〉

라세는 황당하다는 표정으로 고양이를 바라보았다. 자신에게 고양이의 정신이 왜 필요한지 고민하던 라세는 조금 후에야 자신이 나가처럼 먹는 법 또한 주입받았다는 것을 깨달았다. '네가 햇빛을 적게 마셔도 되도록 길러 왔다.' 그러면 다른 것을 먹어야 할 것이다.

〈저건 필요 없어. 너를 이해하게 해 줘.〉

황제는 일어났다. 그녀는 무릎을 꿇고 있는 용의 팔을 붙잡아 일으켜 세웠다. 라세는 황제의 손을 뿌리치기 위해 바닥을 똑바로 밟으려 했지만 황제는 그럴 틈을 주지 않았다. 황제는 집어던지듯 라세를 고양이 쪽으로 밀었다.

라세는 쓰러지지 않기 위해 비틀거리며 고양이에게 다가갔다. 깜짝 놀란 고양이는 뒤로 펄쩍 뛰었지만 등의 털을 곤두세우지는 않았다. 어쩌면 그 고양이는 용을 최강의 육식동물이 아니라 돌풍에 나부끼는 풀 정도로 받아들였는지도 모른다. 똑바로 선 라세는 두 주먹을 노골적으로 내보이며 황제를 쏘아보았다. 황제가 닐렀다.

〈고양이를 먹고 몸을 더 키워라.〉

라세는 멈칫했다. 황제는 싱긋 웃으며 닐렀다.

〈몸을 거추장스러운 부가물쯤으로 여기는 태도가 고상하다고 생각하는 자들은 어르신들이 살아 있는 도깨비의 곁을 떠나지 못하는 것을 봐야 할 거다. 몸을 더 키워라, 라세. 네가 몸을 더 키운 후에 더 많은 것을 너에게 넣어 주지.〉

라세가 니르려 했다. 하지만 황제는 고개를 가로저었다.

〈하지만 내 모든 것을 네게 넣어 준다고 해서 나를 이해할 수는 없을 거다. 그리고 너를 또 하나의 나로 만들 생각도 없고. 그럴 거라면 차라리 나 스스로 군령자가 되었을 것이다.〉

라세는 사납게 으르렁거렸다. 그렇다. 황제에겐 용을 자신의 상속자로 만드는 것 외에 다른 방법도 있었다. 장구한 세월 동안 사람들의 몸에서 몸으로 옮겨 가며 자신의 제국을 직접 다스리는 방법. 하지만 원시제는 그것을 선택하지 않았다.

〈역시 수준 낮은 도박이었군, 황제. 너 대신 네 제국을 파괴해 줄 자가 필요했던 거야.〉

〈그걸 먹어라.〉

라세는 보란 듯이 고양이에게 다가가 그것을 안아 올렸다. 고양이는 약간 긴장했지만 붙임성 좋게 용의 품에 안겼다. 라세는 방구석에 쪼그려 앉았다. 가르랑거리는 고양이를 품에 안은 채 용은 황제를 지그시 바라보았다.

황제는 오늘 치 토론은 끝났다고 생각했다. 전도유망한 직업인으로서 황제는 자신을 휴식으로 보내기로 결정했다. 황제는 용의 타오르는 시선을 무시한 채 침대에 누웠다. 그리고 곧 잠들었다.

그 제국은 넓었다. 인간에겐 여행이 일탈이 아닌 인생이 될 정도로.

만약 이용할 수 있는 수단이 두 다리로 걷는 인간 심부름꾼뿐인 상태에서 제국의 한쪽 끝에서 다른 쪽 끝으로 편지를 보내야 한다면, 그 편지는 절대로 시급한 내용을 다루어서는 안 된다. 6년쯤 후에 답장을 받게 될 테니까. 따라서 제국 반대편으로 보내는 편지가 '지젤이 어떤 놈팡이에게 눈이 멀어서 결혼을 결심했어요! 어쩌면 좋죠?' 같은 내용이라면 인간 심부름꾼을 이용하는 것은 도무지 권장할 만한 일이 아니다. '마토라에 대규모 폭동 발생, 오갈피나무 군단과 철쭉나무 군단은 즉시 마토라로 진군하여 폭동을 진압하고 폭도들에게 억류된 마토라 백을 구출하라.' 같은 지시야 두말할 나위도 없다.

내버려둘 경우 대규모 민란이나 반란으로까지 비화될 수 있는 격렬한 폭동이 마토라에서 발생했다. 제국 정부가 직접 대처에 나서야 했고, 황제의 정부에는 그럴 능력이 있었다. 보고를 받은 황제는 즉각 뱀부리미들이 있는 난로 방으로 지시를 보냈다. 황제의 지시를 받은 뱀부리미들은 오갈피나무 군단과 철쭉나무 군단에 있는 뱀단지들과 연결된 뱀단지들을 꺼내어 그 속의 뱀들을 탁자 위에 쏟았다. 정신 억압자인 뱀부리미들은 뱀들을 정신 억압하여 자신의 뜻대로 움직이게 했다. 그 순간 두 군단에 있는 뱀들도 똑같은 모습으로 움직였다. 두 군단은 뱀들의 움직임에서 황제의 뜻을 읽고 그대로 시행했다.

숙원 사업을 위한 자금을 모으던 한 레콘이 마토라 백 수질림 돌리테오의 화급한 구조 요청을 가지고 황제에게 오는 데는 엿새가 걸렸다. 하지만 레콘이 제국의 수도에 도착하고 나서 반 시간 후에는 뤼도파와 듀앙에서 두 개의 군단이 조직적으로 움직이기 시작했다. 제국군의 군단장에겐 그 지위에 걸맞은 능력이 요구되며, 이 요구는 당위 이상으로 혹독하다. 며칠 내에 폭동이 진압되고 엄격한 조사와 신상필벌이 이루어질 것을 확신하는 원시제는 더 이상의 추가 지시를 내리지 않았다.

그런 신속한 일 처리는 폭동이라는 사건에 흥분해 있던 시종장 바신 백작에게 깊은 인상을 심어 주었다. 구조 요청을 가져온 레콘에게 마토라 백이 약속한 액수의 두 배가 되는 금편을 직접 전달하고 황제를 대신하여 칭찬까지 한 후 돌아온 바신 백작은 안절부절못하는 모습으로 황제를 바라보았다.

원시제는 이미 다른 일거리에 매진하고 있었지만 자신의 시종장이 처한 상황을 깨닫고 잠시 그에게 주의를 기울였다. 황제의 관심에 감사를 표한 바신 백작은 칭송의 말들을 쏟아 내었다. 그것은 아첨과 무관한 자발적인 칭송들이었다. 바신 백작은 원시제가 창건한 제국이 얼마나 광활한지, 그리고 그것이 얼마나 빠르고 효율적으로 다스려지는지에 대해 인상적인 단어를 남용하며 말했다. 영토의 면적과 통치력의 전파는 반비례하게 마련이지만 아라짓 제국은 그런 법칙을 무시했다. 이것은 인류가 발견한 최초이자 최후의 완벽한 국가이며, 이제 인류는 영원히 제국이 주는 행복을 누리기만 하면 된다. 아라짓 제국을 창건한 원시제에게 지극한 영광 있으라.

감격에 목이 멘 바신 백작이 입을 다물자 원시제는 건조한 목소리로 중얼거렸다.

"뜨거운 피 때문에 일사병에 취약한 정치 이상주의자들과 좋았던 옛날을 거론하길 즐기는 일부 역사가에겐 실망스럽겠지만, 행복을 만들어 내는 정치 체제는 존재한 적도 없었고 없으며 없을 것이다."

바신 백작은 당황했다. 하지만 탁월한 시종장답게 백작은 곧장 반론을 개진하지 않았다. 황제가 제국을 통치하는 힘겨운 의무 때문에 우울함을 느끼는 거라 판단한 백작은 한 발 물러서듯 말했다.

"어째서 그런 비관적인 말씀을 하시는지요, 폐하?"

"진실을 말하는 거야."

"폐하, 사람을 행복하게 만드는 정치 체제가 없다면 모든 정치는 악정이라는 말이 됩니다."

"그 악정이 불행을 만들어 내는 정치 체제를 말한다면 그런 것도 없었고 없으며 없을 것이다."

황제의 시종장은 곤혹스러운 표정을 지을 수밖에 없었다. 황제가 설명했다.

"사람을 진정 행복하게 만드는 건 다른 사람뿐이지. 사람을 진정 불행하게 만드는 것도 다른 사람뿐이고. 오직 사람만이 행복과 불행을 생산한다. 정치 체제는 사람들이 생산한 행복과 불행을 이리저리 운반할 뿐 스스로는 쌀알 한 톨만큼의 행복이나 불행도 만들어 내지 못해."

"지당하신 말씀입니다만, 폐하……."

"순전히 정치 체제의 우수성만 놓고 말한다면 최악의 폭군이 가졌던 통치 구조도 위대한 성군이 가졌던 것만큼이나 우수한 것이었을 것이다. 불행을 훌륭하게 운반했으니까. 어설픈 통치 구조 가지고는 폭군이 되기도 어렵지."

바신 백작은 그 말이 옳다는 것을 인정했다. 만약 사악한 황제가 아라짓 제국의 제위에 오른다면 그 황제는 세계가 일찍이 경험하지 못한 악몽을 세계에 줄 수도 있을 것이다.

"하지만 폐하께선 폭군이 제위에 오를 수 없는 정부를, 혹은 폭군조차도 성정을 펼칠 수밖에 없는 제국을 완성하실 겁니다."

원시제는 피로한 미소를 지었다. 바신 백작은 고독한 황제에게 더 많은 부담을 준 것인가 의심했다. 하지만 세계를 이해하는 방식을 바꾼 사람이 사소한 말 한마디에 부담감을 느낀다는 것은 어쩐지 어울리지 않는 일이었다. 또 그의 경험을 통해 볼 때 황제의 표정은 부담감에 힘겨워 하는 얼굴이 아니었다. 그보다는 천형과도 같은 자신의 고독에 힘겨워 하는 것처럼 보였다.

바신 백작은 아픔을 느꼈다. 그는 황제의 시종장이지만 고독한 젊은 처녀를 보호하고 있는 나이 지긋한 사내이기도 했다. 백작이 황제에게 느끼는 감정에는 의무감뿐만 아니라 연민도 있었다.
 원시제는 비상한 존재로 태어났지만 그녀의 어린 시절은 고독하지 않았다. 어린 그녀의 곁엔 전설적인 영웅들이 있었다. 돌아온 대호왕, 승천한 티나한, 괄하이드 규리하와 라수 규리하…… 몇 십 년에 한두 명씩 나타날 만한 영웅들이 무더기로 나타난 특별한 시기였고, 어쩌면 그런 특별한 시기였기에 원시제 같은 특별한 존재가 태어났는지도 모른다. 어쨌든 어린 그녀의 곁에는 그녀와 격이 맞는 자들이 충분히 많았다. 하지만 그 영웅들도 가차 없는 시간의 흐름은 피하지 못했다. 늘그막에나 느낄 수 있는, 친구들을 하나 둘 박탈당하는 고통을 그녀는 지나치게 이른 시기에 겪었다. 영웅들은 떠나고 남은 것은 영웅을 추억하는 자들뿐이다. 그녀는 너무 늦게 태어났기에 홀로 남은 영웅시대의 마지막 영웅이다. 그리고 그 마지막 영웅은 제국을 만들었다.
 냉철하게 말하길 즐기는 자들은 원시제의 위업이 원시제만의 것인지에 대해 의문을 제기한다. 북부의 수많은 세력이 하나의 깃발 아래 결집될 수 있다는 것을 먼저 증명해 보인 것은 대호왕이며, 제국에게 적지 않은 위협이 되었을 남부의 나가들은 괄하이드 규리하와 라수 규리하가 다 물리쳐 주었으며, 제국의 이동수도인 하늘누리는 티나한이 찾아 주었다는 등의 논리다. 물론 그것들은 사실이다. 하지만 바신 백작은 그런 의문을 제기하는 자들에게 되묻고 싶었다. '그런 유산을 받았다면 자네도 아라짓 제국을 만들 수 있다는 건가?'
 제국 창건의 영광은 오롯이 원시제의 것이다. 하지만 사라지지 않았다면 노고를 분담해 주었을 영웅들이 없기에 그 힘겨운 고통 또한 오롯이 원시제의 것이다. 위대한 업적을 이루었지만 그것을 음미하거나 거기에 동참할 격이 맞는 친구들이 주위에 없는, 심지어 동포들도 거의 없는 비상한 존재. 그것이 원시제다. 그리고 그녀는 스물다섯 살의 처녀다.

바신 백작은 왜 황제가 나가 남자에게서 위안을 얻지 않는지 알 수 없었다. 인간 남자 지배자가 여성 편력에 나서기 전에 검토해야 하는 불안 요소들은 나가 여자와 관계없다. 설령 황제가 수백 명의 나가 남자와 놀아난다 해도, 그 결과로 황제가 임신하게 된다 해도 아무 문제가 되지 않는다. 나가는 아버지를 인정하지 않으므로 황제의 짝에겐 어떤 특권도 주어지지 않을 것이다. 따라서 황제는 아무 부담 없이 남자들을 만날 수 있다. 황제의 고독을 덜어 주고 싶다는 사소한 이유와 황위 계승권자를 확립하고 싶다는 진지한 이유에서 바신 백작은 여러 번 그런 제안을 황제에게 암시했다. 하지만 황제는 시종장의 제안을 받아들이지 않았다. 바신 백작은 다시 그 제안을 꺼낼 시기라고 생각했다.

바신 백작은 마침 마토라의 폭동 건이 있어서 하는 말임을 전제하고는 황제에게 한계선 남쪽의 순방을 제안했다. 마토라를 방문한 다음 쟁룡해를 따라 그대로 남하하면 한계선 남쪽이다. 나가에게 가장 적합한 환경인 그곳이라면 황제의 건강에 유리할뿐더러 동포와 친지들도 만날 수 있다. 어쩌면 은거하고 있는 대호왕을 만날 수 있을지도 모른다…….

"그리고 귀여운 남자들도 찾아보고? 그대의 의무에 뚜쟁이 노릇은 없어."

"폐하. 폐하께서 아무런 관심을 느끼지 않으시는 것은 어쩌면 남자 자체가 없는 환경에 계시기 때문인지도 모릅니다. 한계선 남쪽으로 가서서 남자들을 직접 보신다면 생각이 바뀔지도 모릅니다. 그리고 꼭 그런 일이 아니라도 폐하께 적합한 기후를 방문하는 것은 여러 모로 유익할 거라 사료됩니다."

원시제는 미소를 머금은 채 이 난관을 어떻게 빠져나갈지 고민했다. 그때 앵돌아진 니름이 들려왔다.

〈고양이 먹을 것 가져와.〉

"지금 짐이 있는 환경도 짐에겐 충분히 바람직하다. 그대에게 감사해야 할 일이겠지."〈좀 더 집중해서 닐러. 황궁엔 뱀부리미들도 있으니까.〉

"황공합니다. 하지만 제 미력한 재주를 다 동원한다 해도 이 북부를 남부처럼 따뜻하게 만들 수는 없습니다."

〈고양이 먹을 것 가져와.〉

"짐이 안락함을 원하는 사람이었다면 제국은 없었을 것이다. 염려하지 않아도 좋다."〈나중에 가져다주지. 이제 조용히해라.〉

황제의 태도엔 거의 변화가 없었지만 나름대로 황제를 잘 아는 바신 백작은 황제의 대화 상대가 자신만이 아님을 눈치 챘다. 하지만 시종장은 황제가 기르고 있는 용이 그 대화 상대일 거라는 황당한 상상을 하지는 못했다. 황제의 대화 상대가 난로 방의 뱀부리미들 중 하나일 거라 짐작한 바신 백작은 잠깐 잡담을 나눌 시간조차 스스로에게 허락하지 않고 제국 운영에 몰두하는 황제에게 감탄과 연민을 함께 느끼며 그녀의 주의력을 더 빼앗지 않기로 결심했다. 하지만 황제가 그의 침묵을 허락하지 않았다.

"그보다 시그린트에 대한 보고를 듣고 싶군."

"페온 시그린트 말씀이십니까?"

"그래, 페온 시그린트. 시그린트 가문의 유일한 생존자. 짐의 깜찍한 골칫거리. 전에 그대는 짐에게 그 녀석의 약점을 찾아낸 것 같다고 말했지."

"그렇습니다. 대단히 유서 깊은 약점이지요."

"여자가 있었나? 어울리지 않는군. 약점이 될 걸 당연히 짐작할 텐데."

바신 백작은 어울리지 않는 건 오히려 당신이라고 말하고 싶었다. 의지라는 말을 타고 이상이라는 새를 쫓는 사냥꾼들은 언제나 이성이라는 돌부리에 걸려 넘어지게 마련이다. 그보다 덜 위험하게 사는 자들은 도박이나 놀이, 술 따위에 걸려 넘어지고. 따라서 이성에 끌려 자제력을 잃는 것은 투철하게 살았다는 반증이기도 하다. 하지만 시종장이 스스럼없이 구는 것을 황제가 별로 신경 쓰지 않는다 해도 그는 그런 말을 할 수는 없었다. 그 자신이 용납할 수 없었으니까. 황제가 질문했다.

"어떤 여자지?"

"낙관적 몽상가라고 할까요. 페온을 살리는 길은 그가 폐하께 체포되도록 협조하는 길뿐이라고 믿고 있습니다."

"대강 알 것 같군. 뭐 하는 여자지? 설마 페온이 가끔 변장한 채 방문하는 주막의 소녀는 아니겠지?"

시종장은 빙그레 웃었다. 황제는 고개를 살짝 저었다.

"페온은 짐을 약 올리는 것에 지나친 열의를 쏟아서 자기 인생에 개성을 부여할 여력은 없나 보군."

"체포할까요? 스레빈 후작은 지금 한계 상황에 처한 것 같습니다."

"후작에게 인심을 베풀지. 체포해."

고양이는 황제의 하사품을 받는 자에 걸맞은 열의를 보였다. 사실 고양이를 열광하게 한 것은 허기였겠지만 어쨌거나 생선에 달려드는 모습은 갸륵하리만큼 열성적이었다. 무엇인가를 먹는 행위를 처음 보는 라세는 생선을 먹는 고양이를 관심 있게 바라보다가 갑작스럽게 닐렀다.

〈페온 시그린트가 뭐야?〉

벽장에 흑사자 모피를 걸고 벽난로로 걸어가던 황제는 의아한 눈으로 라세를 바라보았다. 어떤 사람들은 우주에서 다섯 번째로 영리하다고 믿는 머리가(부연하자면 그 다섯은 네 신과 황제다.) 재빨리 회전했다.

〈흐음. 내 마음속으로 들어오려고 했군. 하지만 들어오지는 못했어. 그 대신 내가 바신에게 말하기 직전의 생각들 몇 개를 주웠군.〉

〈그 페온 시그린트라는 것에 대해 모종의 계획을 가지고 있지? 그것도 제국 파괴 도구야?〉

황제는 벽난로를 턱으로 가리켰다. 용은 거기로 불을 던졌다. 활짝 핀 불꽃 앞에 주저앉은 황제가 닐렀다.

〈그것은 어떤 인간의 이름이다. 대대로 림츠의 마립간을 맡아 왔던 시그린트 가문은 한 사람이 다스리기에 세계는 너무 넓다는 믿음을 견지하고 있었지. 그들 중 좀 더 솔직한 자들은 자기 밥그릇에 대해 그들 자신이 아닌 다른 자에게 감사하는 것이 마음에 들지 않는 것이라고 말해 줄지도 모르고.〉

〈통일에 반감을 품은 토호군.〉

〈그래. 재작년 림츠를 다스리던 쿨리산 마립간이 죽었을 때 림츠 사람들은 그 아들인 페온 시그린트가 새 마립간이 될 거라 생

각했지. 하지만 마립간에 오른 것은 고인의 조카인 스레빈 시그린트였어.〉

〈네가 개입했군.〉

〈스레빈 시그린트는 나를 위해 제국을 좁혔고, 림츠 후작이 되었지. 그리고 얼마 후 페온 시그린트와 그 여동생이 사라졌어.〉

〈후작 견제용으로 네가 빼돌렸군.〉

〈아니. 두 사람의 존재를 귀찮게 여긴 스레빈이 시도한 암살이 실패한 거야. 여동생은 도망치는 도중에 죽었지만 페온은 성공적으로 도망쳐서 자취를 감췄어. 그리고 림츠 후와 나의 골칫거리가 되었지.〉

라세는 고개를 갸웃했다.

〈그자가 후작의 골칫거리인 이유는 알겠지만 네 골칫거리인 이유는 뭐지? 사촌 형제에게 쫓겨 다니기도 바쁠 텐데.〉

〈명망 깊은 시그린트 가문은 많은 지인을 가지고 있지. 그리고 페온은 통일 제국에 반대하는 자들에겐 하나의 상징이 될 수 있어. 자기 야욕을 위해 배신자들을 후원하길 즐기는 황제에 의해 모든 것을 잃은 남자. 대강 이해가 되지? 시그린트 가문에 대한 의리 때문에 또는 단지 세상을 통일해 버린 자가 싫어서 페온을 후원하는 자들은 많아. 그 조력들을 이용해서 페온은 상당히 성가실 것이 분명한 사고를 계획하고 있어. 하지만 그것은 큰 문제가 아니야.〉

〈그러면 큰 문제는 뭐지?〉

황제는 날카로운 눈으로 라세를 바라보다가 좀 엉뚱하게 들리는 니름을 꺼냈다.

〈너의 존재에 대해 아는 자들은 몇 명 있다. 네 어머니인 뇌룡 아스화리탈과 용화 두 그루를 발견한 대호왕 사모 페이, 그중 한 그루를 가져간 즈믄누리의 성주 바우 머리돌, 그리고 바우 성주를 따라 즈믄누리로 간 너의 자매. 하지만 그들은 내가 용화 하나를 가져갔다는 것을 알고 있을 뿐 내가 용을 사람처럼 길러 내었다는 사실은 알지 못한다. 이라세오날의 진정한 정체를 알고 있는 것은 셋뿐이다. 우선 내가 알고, 그 다음 네가 알지.〉

라세는 놀랐다.

〈페온 시그린트가 나에 대해 알고 있다는 거야?〉

〈그럴 가능성이 있다.〉

〈그가 어떻게 나에 대해 알 수 있다는 거지?〉

〈용인에 대해 떠올려 봐.〉

라세는 황제가 자신에게 집어넣은 것들 중 용인에 대한 것을 떠올렸다. 용인은 용근을 먹은 자이며 그 대가로 초인적인 예민함을 얻게 된다. 그들은……

〈용인은 용을 탐지할 수 있어.〉

배불리 먹은 고양이가 뒤로 물러나 앞발을 핥았다. 라세는 그 모습을 보며 닐렀다.

〈하지만 페온 시그린트가 용인일 리는 없어. 용근을 먹어야 용인이 될 수 있으니까. 용화가 두 그루뿐이었고 그 둘의 소재가 모두 분명하다면, 페온 시그린트가 어떻게 용인이 될 수 있지?〉

〈현재는 불가능하지. 하지만 과거라면 가능하지.〉

〈군령자?〉

〈오래전 하인샤 대사원에 수행에 힘쓰던 늙은 군령자가 있었다. 어느 날 그가 참선에 빠져 있을 때 깊이 잠들어 있던 그의 군령 중 하나가 갑자기 깨어나 용근이 눈을 떴다고 외쳤지. 그 영은 바로 고대의 용인이었던 거야. 그리고 그 용인이 깨달은 용이 바로 네 어머니인 뇌룡 아스화리탈이었고. 그 용인은 그 후 다시 잠들었고 얼마 후엔 그 군령자도 죽었어. 그런데 당시 하인샤 대사원에는 유학 생활을 하던 페온 시그린트가 있었지.〉

〈전령했군.〉

〈맞아. 대사원에서 정진했음에도 죽음을 담담히 받아들이지 못한 군령자는 유학생 페온에게 전령했다. 그 용인이 그 후에 다시 깨어났다는 보고는 없어. 그토록 오래된 영들은 거의 깨어나지 않지. 하지만 만약 다시 깨어난다면, 그는 어떤 존재일까?〉

라세는 하루 종일 본 동물의 표정을 흉내 내기 적합한 시점이라고 생각했다: 그 용은 고양이 같은 시선으로 황제를 바라보며 대답했다.

〈황제의 계승자가 겉보기와 달리 나가가 아닌 용임을 간파할 수 있는 유일한 자. 멋지군.〉

〈뭐가 멋있다는 거지?〉

〈그 페온 시그린트는 절대로 후작에게 넘겨줄 수 없겠군. 때가 되었을 때 내가 용이라는 것을 폭로하는 역할이지? 군령자니까 죽지도 않을 테고. 제국잡이용 덫이 서서히 완성되는군.〉

황제는 아무 대답도 하지 않았다.

페온 시그린트는 두건을 뒤로 넘겼다. 땀에 젖어 있던 머리카락에 바람이 닿았지만 크게 시원하지는 않았다.

더운 여름밤이었고 논의는 더위를 가중시켰다. 페온은 논의를 지지부진한 것으로 만들고 있는 두 명의 동지들을 바라보았다.

탁자 저편에 있는 그 두 사람을, 페온은 진심으로 동지로 여겼다. 그들이 멍청하기 때문이다. 영악한 황제는 그녀 자신처럼 영악한 도구를 즐겨 쓴다. 영리한 자들이 진실로 위험하다…… 하지만 두 사람은 페온을 속여 넘길 정도의 재주는 없었다. 대신 그들의 멍청함으로 페온의 화를 돋우고 있었다.

동지들. 그 많은 제국군 군단장들 중 황제에게 불만을 품고 있는 자가 하나도 없다는 것은 말도 안 됩니다. 북부인에게 왕위를 돌려주겠다던 대호왕의 약속이 깨진 것에 분노하는 자들은 많습니다. 뭐라고요? 원시제는 왕이 아니라 황제라고요? 제기랄. 지금이 그런 말장난을 할 때입니까? 아니요. 아닙니다. 더위 때문에 좀 날카로워진 것 같습니다. 미안합니다. 시원한 거라도 좀 마시도록 하지요. 빌어먹을 더위군요.

"아지, 곡차 좀 더 가져와."

주막 안에 손님이라곤 그들 셋뿐이었지만 아지는 조금 늦게야 페온의 말을 알아들은 척했다. 페온은 그 눈치 빠른 행동에 흡족함을 느꼈다. 아지가 계속 그들에게 주의를 기울였다는 것을 깨닫는다면 두 동지는 더욱 불안해할 것이다. 곡차를 가져온 아지는 주막 종업원들이 던질 만한 농담 한마디도, 또는 '아저씨들 꽤 무게 잡고 있는데, 뭐 하는 사람들이에요?' 하지도 않았고 페온은 다시 만족감을 느꼈다. 아지는 그저 부드러운 미소를 지은 채 조용히 페온의 어깨를 쓸어 만졌다. 현명하게 침묵하면서도 애정의 표현은 아끼지 않는 그녀를 페온은 깊이 사랑했다.

그런데 왜 떨고 있지?

페온은 놀란 표정으로 아지를 바라보았다. 그제야 페온은 아지의 침묵이 터져 나오려는 비명이나 울음을 막기 위해 입술을 깨물었기 때문임을 깨달았다. 뭔가가 잘못되었다. 아지가 그의 어깨를 붙잡은 것은 애정의 표현이 아니라…….

"그놈인가? 됐어. 꼼짝 마라—!"

무서운 계명성과 함께 주막의 벽이 박살 났다. 마치 고함소리에 벽이 부서지는 것 같았지만 그 벽을 부순 것은 레콘의 발이었다. 곧이어 부서진 벽을 통해 레콘이 안으로 성큼 들어섰다. 키 때문에 허리를 펴지 못하는 레콘은 등의 윗부분과 뒤통수를 천장에 댄 채 그들을 내려다보았다. 두려움과 답답함 때문에 숨이 막힐 것 같았다. 동지들 중 한 명은 기절했고 나머지 하나는 뒤통수를 움켜쥔 채 바닥에 엎드렸다. 하지만 페온은 꼼짝도 하지 못했다. 활활 불타오르는 레콘의 두 눈이 쏘아보고 있는 것은 바로 페온이었다.

갑자기 그 레콘이 오른손을 끌어당겼다. 그 손에는 실내에 들어온다는 것이 언어도단으로 느껴지는 거대한 양날 도끼가 들려 있었다. 그는 그 도끼를 두 동지 위로 가져갔다. 레콘이 그것을 휘둘렀는가? 아니다. 레콘은 그냥 도끼로 두 인간을 덮었다. 그러자 그것은 그 무게와 크기만으로 훌륭한 구속 장치가 되었다. 도끼에 깔려서 숨넘어가는 소리를 내는 인간들을 본 페온은 레콘을 다시 올려다보았다.

"금군 즈라더?"

레콘은 아무 대답 없이 손을 뻗었다. 저항할 틈도 없이 끌려 올라간 페온은 사냥꾼의 포획물처럼 레콘의 허리에 자리 잡게 되었다. 손발이 묶인 것은 아니므로 버둥거리면 빠져나갈 수도 있겠지만 무의미한 일이다. 레콘은 손쉽게 그를 되잡을 것이고 어쩌면 귀찮은 나머지 그의 다리를 부러뜨릴지도 모른다.

레콘은 두 사람을 덮어 둔 도끼를 집어 들었다. 두 사람은 어디가 부러졌는지 꼼짝도 못한 채 신음했다. 레콘은 그대로 몸을 돌렸다. 그때 아지가 외쳤다.

"약속을 지켜 줘요!"

놀랍게도 아지는 레콘의 다리를 붙잡으며 외쳤다. 허리를 굽히고 있던 레콘은 좀 어렵게 아지를 돌아보았다.

"함께 데려가 달라고 했잖아요! 약속하셨잖아요! 저도 함께 데려간다고……."

"물론이야. 일단 좀 나가자. 허리 펴고 싶다고."

아지가 멍한 눈으로 바라보는 가운데 레콘은 밖으로 나갔다. 그제야 자신의 거대한 몸을 곧추세운 레콘은 부서진 벽을 통해 아지에게 손을 흔들었다.

"이리 나와."

아지가 비틀걸음으로 나왔다. 공포에 질려 있던 페온은 그제야 판단력을 어느 정도 회복했다. 그는 비통하게 중얼거렸다.

"아지, 네가 왜 나를 배신……."

아지가 다가와 즈라더의 허리에 매달린 페온의 목을 끌어안았다. 그러느라 그녀는 발돋움해야 했다.

"페온, 나는 절대로 배신자가 아냐. 내가 배신자라면 너를 따라가겠어? 너는 자수하는 거야. 페온, 알겠어? 이건 자수라고. 아무도 폐하를 이길 수 없어. 페온, 그분은……."

아지는 더 이상 자신의 입장을 설명하지 못했다. 금군 즈라더는 시종장 바신 백작에게 모습을 많이 노출시키지 말라는 지시를 받았다. 황제가 시그린트 가문의 계승에 손을 댔다는 것은 공공연한 비밀이지만 그래도 비밀은 비밀이므로, 황제의 금군이 페온 시그린트를 체포했다는 것을 떠벌릴 수는 없었다. 자신이 지체하면 지체할수록 목격자가 늘어날 것을 염려한 즈라더는 아지를 불쑥 집어 들었다.

두 사람을 든 채 몇 걸음 걸어간 즈라더는 주막 옆의 수풀 속에 숨겨 둔 괴상한 물체를 꺼냈다. 그것은 커다란 새장 같았고 한쪽에는 어깨 끈처럼 보이는 두 개의 끈이 있었다. 사실 그것은 눈에 보이는 그대로 어깨 끈 달린 감옥이었다. 즈라더는 두 남녀를 감옥 안에 넣고 그것을 어깨에 멨다. 즈라더는 곧 달리기 시작했고 그러자 두 남녀는 말을 나누기는커녕 숨 쉬기도 힘들어졌다.

페온에게 변명과 설득의 말을 하려 애쓰던 아지는 채 몇 분도 지나지 않아 철창을 꼭 붙잡은 채 기절 비슷한 상태에 빠졌다. 질주하는 레콘은 질주하는 마차와 다르다. 마차는 수십 미터씩 뛰어오르거나 추락하는 일은 없다. 하지만 즈라더는 그렇게 했다. 페온은 자신 또한 오래 버티기 어려울 것을 직감했다. 정신을 잃기 전에 할 수 있는 일이 없을까 고민해 본 페온은 그 감옥에서 탈출할 방법을 찾아보았다. 탈출한 것이 페온이라면 즈라더는 걸음을 멈출 테지만 아지라면 귀찮아서 내버려둘지도 모른다. 페온은 아지를 탈출시키기 위해 감옥의 잠금장치를 살폈다. 그것은 육중했지만 허술했다. 하지만 즈라더의 속도는 함부로 뛰어내렸다간 죽을지도 모를 속도였다. 지형 때문에 즈라더가 속도를 조금 늦추는 시점이 올지도 모르지만 페온은 그때까지 자신이 제정신을 유지할 거라 확신할 수 없었다.

페온의 짐작대로 그의 의식이 점점 흐려졌다. 잠이 든 것은 아니다. 잠을 잘 수 있는 환경이 아니니까. 하지만 제대로 된 판단력을 유지할 수 없다는 점에서 그것은 잠과 비슷했다. 혼돈 속에서 페온은 아지의 말이 사실일지도 모른다고 생각했다. 아지는 배신자가 아니다. 아무도 황제를 이길 수 없다. 그는 자수하러 가는 것이다.

그의 눈에서 흘러나와 볼을 적시는 것은 회한의 눈물이 아닐 것이다.

세계가 모든 방향으로부터 허물어졌다.

〈저게 인간이군.〉

〈그 밖에 또 무엇을 알 수 있지?〉

〈저것이 남자고 저건 여자야. 남자는 페온 시그린트일 텐데 여자는 뭐지?〉

〈페온 시그린트의 애인이야. 그의 체포에 협조했지.〉

〈애인을 팔았으면 보상금 탕진하러 가야지 여긴 왜 온 거야?〉

〈저 여자는 자기가 나와 계약을 했다고 생각하고 있어. 체포에 협조하는 대신 페온의 목숨은 보장한다는 내용으로. 페온을 따라온 것도 고집 센 애인이 황제의 비위를 건드릴까 봐 걱정돼서지.〉

〈그런데 인간은 눈을 뜬 채 잠들 수 있어?〉

〈저건 잠든 것이 아니야. 망아 상태라고 할까. 난폭한 레콘에게 천 킬로미터쯤 끌려 다녔기 때문에 생긴 증세지.〉

〈언제 정신을 차리지?〉

〈이제 곧 그럴 것처럼 보이는군.〉

페온 시그린트는 자신이 오래전에 정신을 차렸다는 것을 깨달았다.

그를 둘러싸고 있던 무의미한 형태와 질감들이 차츰 천장과 벽으로 재편되었다. 페온 시그린트는 자신이 어떤 방에 누워 있음을 깨달았다.

그는 일어나 앉으려 했지만 순간적으로 어디가 머리고 어디가 손인지 알 수 없었다. 페온은 한참 후에야 자신의 모습을 제대로 이해했다.

입 안 가득 모래와 흙이 느껴졌지만 침을 뱉기도 어려웠다. 그는 입 안을 깨끗이하기를 포기하고 일어났다. 그 평범한 동작이 자학이 되었다. 페온은 숨을 멈추며 몸을 와들와들 떨었다. 전신이 멍투성이였고 피 맺힌 상처들도 있었다. 기절만이 유일한 구원이다. 페온은 기절하려 했다.

"폐하……?"

흐느낌에 가까운 목소리가 페온의 의식을 붙잡았다. 페온은 그 소리를 향해 잘 안 돌아가는 목을 억지로 움직였다. 심하게 구겨진 여자가 바닥에 엎드려 있었다.

아지가 넋이 빠진 듯한 얼굴로 누워 있었다. 페온은 무의식적으로 그녀를 보듬으려다가 그녀가 뭐라 말했는지 떠올렸다. '폐하?' 페온은 주위를 천천히 둘러보았다.

품격 있지만 약간 밋밋해 보이는 침실이었다. 천장은 레콘이라도 머리 부딪칠 염려 없이 돌아다닐 만한 높이였지만 방의 넓이는 높이보다 조금 좁았다. 한쪽 벽에는 불이 활활 타오르는 벽난로가 있었다. 여름에 어울리지 않는 모습이다. 이곳이 아주 추운 지방일 수도 있지만 페온은 이곳에 나가가 있다고 판단했다. 방의 모습이 좀 수수하다 싶을 정도로 밋밋했던 이유를 페온은 알 것 같았다. 나가는 색채에 의한 장식엔 관심이 별로 없다. 이 방이 수수해 보이는 까닭은 색채가 별로 사용되지 않았기 때문이다.

이곳은 나가의 방이었다. 그리고 그 나가는 침대에 걸터앉아 있었다.

하지만 그 나가는 황제가 아니었다.

페온은 미심쩍은 눈으로 침대에 걸터앉은 나가를 바라보았다. 원시제는 그런 위업을 이루었다는 것이 믿어지지 않을 정도로 젊었지만 그래도 스물다섯 살이다. 그런데 침대에 걸터앉아 있는 비늘 덮인 소녀는 그 나이의 절반에도 미치지 못할 것처럼 보였다.

그 나가 소녀는 무릎에 고양이 한 마리를 올려놓은 채 날카로운 눈으로 페온을 바라보았다. 페온은 머뭇거리며 그 나가에게 당신이 황제냐고 물으려 했다. 그때 다른 방향에서 아름다운 목소리가 들려왔다.

"이쪽이다, 페온 시그린트."

고개를 돌린 페온은 무심코 지나쳤던 거무튀튀한 얼룩을 보았다. 사실 그것은 얼룩이 아니라 옆에서 나오는 벽난로의 불빛 때문에 한쪽만 비춰지고 있는 사람이었다. 분명 스무 살은 넘었을 것 같은 나가 여인의 얼굴이 보였다.

페온은 바싹 마른 입술을 핥았다. 혀가 아플 지경이었다.

그곳에 있는 것은 세계의 정복자인 원시제였다.

말을 하기도 어려웠지만 페온은 전략적으로 침묵하기로 했다. 일단 정보를 모으고 상황을 파악해야 했다. 이곳은 침실인 듯하다. 경비나 호위는 보이지 않았다. 그와 아지를 제외하면 방 안에 있는 것은 황제와 고양이를 안고 있는 소녀뿐이었다. 페온은 그 소녀가 누구일지 생각해 보았다. 황제의 곁에 태연히 앉아 있는 것을 보니 꽤 가까운 사이인 것 같았다. '황제의 딸인가?' 원시제는 남자에게 별 관심 없는 것으로 알려져 있지만 그녀 또한 악수하듯 마음 편하게 남자들을 만나는 나가 여인이므로 어쩌면 어떤 남자에게서 딸을 얻었을지도 모른다. 그렇다면 왜 진작 공개하지 않았을까? 사생아는 나가에겐 황당한 개념…… 아니, 그렇지 않다. 나가들은 자녀가 적출식을 받을 때까지 집 안에 보호한다. 어쩌면 나가의 관습 때문에 황제는 자기 딸을 공개하지 않고 집 안에 두고 있는 것일지도 모른다. 페온은 그것이 답이라고 생각했다. 저 소녀는 황제의 알려지지 않은 딸이다.

페온은 갑자기 심장이 뛰는 것을 느꼈다. 그의 지금 상태에 비춰 보면 버거운 일이 분명하지만, 만약 그 소녀를 제압할 수 있다면 그는 황제에 대한 아주 훌륭한 인질을 얻을 것이다.

페온은 초조한 기분으로 자신의 몸 이곳저곳에 힘을 주어 보았다. 참담했다. 나가 소녀를 붙잡기는커녕 눈먼 거북 한 마리도 잡기 어려운 상황이었다. 하지만 페온은 자신의 몸을 가혹하게 다그쳤다. 이런 기회가 다시 올 리는 없다.

갑자기 페온은 자신이 바보짓을 하고 있음을 깨달았다. 그는 나가 소녀를 빤히 바라보고 있었다. 자신이 그 소녀를 노리고 있다는 것을 황제에게 알려 주는 것은 정말 멍청한 짓이다. 페온은 재빨리 시선을 돌렸다.

"그 소녀를 계속 보아라, 페온 시그린트."

페온은 비명을 지를 뻔했다. 그는 절뚝거리는 시선으로 황제를 보았다. 황제는 자신의 말을 강조하듯 손을 들어 소녀를 가리켰다.

"보아라."

페온은 나가 소녀를 보았다.

시선을 그녀에게 돌렸지만, 어떻게 하면 그 소녀를 잡을 수 있을까 하는 생각으로 머리가 꽉 차 있었기 때문에 눈에 보이는 것은 별로 없었다. 페온은 곧 집중력을 잃고 다시 황제와 아지를 보았다. 하지만 황제는 그에게 나가 소녀를 보라고 재차 명령했다. 페온은 팔다리를 조금씩 비틀며 그렇게 했다.

그것은 그냥 나가 소녀일 뿐이었다.

페온이 라세를 보는 것보다 훨씬 더 진지한 자세로 라세는 페온을 관찰했다. 라세를 기르면서 원시제는 자신이 알고 있는 인간의 특징들을 그녀에게 주입시켰으므로 라세는 최초로 입을 열기 전부터 인간에 대해 알 만큼은 알고 있었다. 눈으로 직접 본다는 것은 자극적인 경험이긴 하지만 충격적이라 할 만한 것은 아니었다. 그녀는 페온보다 황제에게 더 관심이 있었다. 하지만 라세는 페온을 통해 황제를 이해해 보려 하고 있었다.

라세는 이 상황을 이해하는 것은 숨 쉬는 것만큼이나 쉽다고 생각했다. (사실 그녀가 식물이 아닌 동물로서 호흡하게 된 것은 오래되지 않았지만.) 라세는 황제의 계획을 두 개로 나누고 있었다. 하나는 제국 보호용이고 다른 하나는 보다 비밀스러운 제국 암살용이다. 후자의 계획에서 페온 시그린트는 때가 되었을 때 원시제의 계승자가 용임을 폭로하는 역할을 맡고 있다. 그러면 제국은 자신이 용의 지배를 받고 있다는 사실에 분노하여 라세를 공격할 것이다. 라세는 황제가 정말 주도면밀하다고 생각했다. 만일 라세가 제국을 공격하지 않을 경우에 대비하여 제국이 라세를 공격하는 경우도 준비해 두고 있었다. 제국은 실로 고약한 암살자를 만났다. 역설적이게도 그 암살자는 제국의 창조자다.

하지만 황제는 페온 시그린트를 살려 둘 수 없다. 림츠 후의 불만은 별 문제가 아니다. 황제 자신이 그것을 용납할 수 없다는 것이 문제다. 제국의 증진만을 생각하는 또 하나의 황제는 후계자의 정체를 폭로할 위험인물을 제거해야 한다. 자가당착이라는 말조차 우스꽝스러워질 상황이지만 천재적인 황제는 그 문제를 손쉽게 해결했다. 라세는 아지를 흘끔 쳐다보았다.

'알겠어, 인간 여자? 당신은 자기가 연인을 위해 목숨을 건 모험을 하고 있다고 믿겠지만, 틀렸어. 황제(암살자)에게 필요한 것은 페온이 아니라 그 군령 중의 하나인 용인이지. 그래서 당신이 오게 된 거야. 황제(암살자)가 당신을 원한 거지. 이곳에서 페온 시그린트는 황제(보호자)에게 죽어. 그리고 그의 내부에 있는 군령은 그 곁에 있던 사람, 바로 당신에게 전령하는 거야! 그것이 황제(암살자)의 복안이지. 하지만 황제(보호자)는 그걸 알 수 없어. 자신이 제국과 후계자를 보호하기 위해 필요한 모든 조치를 다 취했다고 믿고 편히 잠들겠지.'

지금 이 방에 있는 사람 셋과 용 하나라는 기이한 구성을 설명할 수 있는 길은 그것뿐이다. 라세가 궁금한 것은 하나뿐이었다. 왜 황제는 자신이 건설한 제국의 발밑에 피할 길 없는 함정을 파고 있을까?

〈너를 못 알아보는군. 용인이 깨어나질 않아.〉

라세는 황제 쪽을 바라보았다. 황제는 페온을 바라보며 그녀에게 니르고 있었다.

〈그렇다면 용에게 제국을 계승시킨다는 네 계획은 안전해진 거

야? 그렇지 않지. 확실히하기 위해선 페온을 제거해야 될 테지.〉

황제는 대답하지 않았다. 그녀는 생각에 잠긴 얼굴로 페온을 바라보았다. 라세는 타인과 자신을 동시에 속이는 황제의 허위가 지겨웠다. 파괴하기 위한 창건이었나? 왜지? 페온이 말했다.

"보았습니다, 원시제 폐하."

"저 소녀가 누군지 알겠나?"

"모르겠습니다. 나가 아이 같은 것은 본 적도 없습니다. 저는 한계선 아래로 내려간 적도 없습니다."

"남부 제국군의 엄정한 군기 때문에?"

페온은 이를 갈았다. 분노보다는 고통의 표현처럼 보였다.

"네가 군에 대한 접촉을 지속적으로 시도했다는 것을 알고 있다. 상대적으로 군기가 약한 북부의 장병들을 대상으로 한 것이라지만 조금 무모할 정도더군. 그 돈은 다 어디에서 구했나?"

"망부에겐 신의 있는 친구 분들이 많이 있었습니다. 집안의 독충은 발견하지 못하셨지만."

"네 아버지는 좋은 사람이었지."

"더러운 입에 그분을 함부로 담지 마라."

"페온!"

아지가 자지러지는 소리를 냈다. 페온은 흠칫하여 아지를 바라보았다. 그처럼 놀라지는 않았지만 황제와 라세도 천천히 아지를 돌아보았다. 아지는 일어서는 것을 포기한 듯 두 팔로 바닥을 기며 황제에게 다가갔다. 황제의 발 앞에 다가간 그녀는 황제의 발 끝에 조심스럽게 두 손을 얹었다. 황제는 피하지 않았다.

"자비로우신 황제 폐하, 페온과 저는 보시는 것처럼 무력합니다. 저희들은 벌레입니다."

페온은 입술을 깨물었다. 아지는 지금까지 속으로 준비했던 것처럼 빠르게 말했다.

"폐하께서는 강대하세요. 폐하께서는 페온이 한 일이 아무 쓸모도 없다는 것을 증명해 보이셨어요. 예, 폐하께서는 다 아셨어요. 어떻게 폐하께 대적하겠어요? 페온에겐 그럴 힘이 없어요. 그는 나약하고 어리석어요. 제가 대신 사죄드리겠습니다. 부디 제 남자를 살려 주세요. 아무 위험도 되지 않는 보잘것없는 적을 죽이는 것이 폐하께 무슨 영광이 되겠어요? 무력한 저희들에게 자비를 베풀어 주세요. 제발······."

감정이 북받친 아지는 황제의 발목을 얼싸안았다. 그 행동을 제지하려던 황제에게 갑자기 니름이 들려왔다.

〈무력하다는 것이 살아야 하는 이유라니, 흥미로워.〉

황제는 라세를 보았다. 라세는 무심한 얼굴로 고양이를 어루만지고 있었다.

〈이 여자는 자비를 구하는 거야, 라세.〉

〈나도 그것은 알아. '우리는 서로에게 빚지고 사는 동물들이에요. 그리고 좋은 기억력을 가지고 있는 우리는 채권 회수도 참 잘하죠.' 네가 지금의 손실을 감수하고 자비로운 사람이라는 명성을 얻으면 언젠가는 그 명성이 너에게 이익을 가져다주리라는 거지. 사람은 좋은 기억력을 가지고 있고, 독특하게도 개인이 죽어도 기록을 통해 자손에게 기억이 전달되지. 개인과 상관없이 기억이 보존되는 그런 환경 하에서라면 자비는 사자의 이빨이나 독수리의 날개처럼 효과 좋은 생존 도구일 테고. 나는 그 여자의 말 자체가 웃기다는 거야.〉

황제는 정신적인 미소를 지었다. 그때 라세가 닐렀다.

〈그런데 그 인간 여자, 너를 먹으려 하는 것 같군.〉

황제는 무슨 니름인가 의아해하며 아래를 내려다보았다. 그리고 용이 꽤 정확하게 표현했음을 알게 되었다. 아지는 입을 크게 벌린 채 그녀의 다리로 달려들고 있었다. 제지하기엔 너무 늦었다.

아지는 황제의 다리를 사납게 물어뜯었다.

통증 속에서 황제는 주저앉았다. 아지는 악귀처럼 몸을 일으켰다. 쉽지 않은 동작을 의지력만으로 해내는 것처럼 일어난 아지는 황제의 허리에서 검을 뽑아 들었다. 황제의 검 쉬크톨을 손에 든 아지는 입에서 피와 비늘을 퉤 뱉어 냈다.

"움직이지 마!"

황제는 자신의 검에 겨냥당하는 낭패스러운 상황을 깨닫지 못한 것처럼 아지를 뻔히 바라보았다.

"너는 누구냐?"

아지는 이글이글 불타는 눈으로 황제를 노려보았다.

"나? 나 말이야? 가르쳐 주지. 림츠 후의 자리를 차지하고 있는 저 사악한 배신자는 시그린트가 아니야. 네 앞에 있는 나야말로 마립간의 정당한 후계자, 유일한 시그린트, 그리고 응보의 사자다. 나는 네유 시그린트다!"

라세의 품 안에 있던 고양이는 갑작스러운 움직임들과 급격한 감정 표출에 긴장하여 몸을 웅크렸다. 하지만 라세는 꽤 흥미롭다는 듯 거의 한가해 보이는 태도로 황제와 네유를 바라보았다. 그리고 한가해 보이는 것은 그녀만이 아니었다. 상처 입은 다리를 움켜쥔 황제가 입을 열었을 때 그 목소리는 평온했다.

"그 이름을 안다. 페온 시그린트의 죽은 여동생이지. 네가 살아 있었군. 그런데 유일한 시그린트?"

네유는 미친 듯이 웃고는 페온을 가리켰다.

"그래! 그래. 저 사람은 불쌍한 우리 오빠가 아니야! 죽은 것은 내가 아니라 페온 시그린트, 우리 오빠였어! 훌륭한 계획이었지. 너희들은 오빠를 찾을 수 없었어. 죽은 사람을 어떻게 찾을 수 있겠어? 그리고 나를 찾지 않았지. 죽은 사람을 왜 찾겠어? 네가 오빠를 아는 사람을 한 명이라도 준비해 뒀다면 내 계획은 마지막에 수포로 돌아갔을 거야. 하지만 너는 그러지 않았어. 어떻게 그렇게 어리석지?"

"네 계획이 뭐지?"

네유는 황제의 말이 들리지 않는 것처럼 라세를 돌아보았다. 그녀 또한 라세가 황제의 딸이라고 추측하고 있었다.

"아지! 그 애를 붙잡아. 황제의 딸이 분명해."

"아지?"

"소개하지. 우리 오빠의 멋진 친구 아지칸 백테인."

아지칸은 힘겹게 일어났다. 그는 못마땅하다는 표정으로 네유를 바라보았다.

"네유, 이럴 계획이었어? 그러면 진작 말했어야 할 거 아냐."

"설마 내가 진짜 배신했다고 생각한 거야?"

"뭔가 계획이 있을 것이라고 생각했지만 상황이 더럽게 이해하기 어렵다고 생각했어. 그리고 사실 상황이 더러워. 이제 어쩔 작정이야? 우리는 황궁 한가운데 있어. 가진 거라곤 그 칼 한 자루뿐이고. 밖에는 틀림없이 황제의 소름 끼치는 금군들이……."

"내가 다 알아서 할 테니까 황제의 딸이나 잡아!"

아지칸은 불만을 지우지 않은 얼굴로 라세에게 다가섰다. 라세 앞에 선 아지칸은 가만히 있으면 다치게 하지 않겠다는 뜻을 담아 손바닥을 내밀었다. 라세는 고양이의 목 주위만 어루만질 뿐 아무런 반항의 의사를 표현하지 않았다. 네유가 황제에게 말했다.

"딸이 있을 줄은 몰랐군. 덕분에 인질이 둘이 되었어. 완벽해."

"뭘 어쩔 생각이지?"

네유는 쉬크톨을 내뻗어 황제의 목을 살짝 찔렀다.

"물론 복수야."

황제는 목을 누르는 칼날을 흘끔 보고는 완고한 태도로 팔짱을 끼었다. 네유가 배부른 듯 말했다.

"하지만 나는 복수광은 아니야. 자, 이제 일어나. 너와 나는 뱀단지들이 있는 곳으로 가는 거야. 네 딸과 아지는 이곳에 남고."

"뱀단지 방으로 가서 뭘 어쩌려는 생각이지?"

"그건 도착하고 나서 알려 주지. 일어나!"

황제는 일어나지 않았다. 그녀는 팔짱을 더욱 단단하게 끼었다.

"뭘 어쩔 생각이지?"

잠깐 동안 네유는 자기 통제력을 잃을 것처럼 보였다. 하지만 자신을 회복하고 그녀는 구슬리는 듯한 목소리로 말했다.

"네가 죽자마자 제국이 혼란에 빠지는 것을 막으려는 거야. 제국군에게는 경거망동하지 말라는 지시를, 그리고 귀족들에겐 귀족원 회의 소집을 지시할 거야. 뒤처리는 그들에게 맡기면 되겠지. 그 다음에 너를 죽이겠어. 하지만 네가 협조하지 않으면 나는 이곳에서 바로 너를 죽일 수밖에 없고 그러면 제국은 유리 기픈골 무사장이 상륙한 페시론 섬 같은 꼴이 될 거야. 알겠어?"

"어떻게든 짐은 죽는군."

"그래. 복수가 이루어지는 거지. 하지만 나는 이 복수와 상관없는 자들에게는 피해를 주지 않겠다는 거야. 그러니 일어나!"

원시제는 그 말에 대해 생각하듯 고개를 조금 숙였다. 조금 후 그녀는 오른손으로 턱 주위를 긁적거리며 지나가는 말처럼 말했다.

"페온 시그린트는 어떻게 죽었지?"

"뻔뻔하긴. 네가 죽였…….''

"짐이 직접 칼을 휘둘러 그를 죽이지는 않았다, 네유 시그린트." 황제는 네유의 말을 끊고 말했다. "네 오빠의 사망 원인은 뭐지? 그의 목숨을 끝낸 칼은 누구의 손에 쥐어져 있었지?"

네유는 노성을 지를 듯 얼굴을 붉혔다. 라세는 그녀가 즈믄누리로 갔다는 자매가 아닐까 하는 상상까지도 해 보았다. 하지만 네유의 입에서 불길은커녕 말도 나오지 않았다. 네유는 그저 시뻘건 얼굴로 황제를 노려보았다.

라세의 입술이 '오' 하듯 오므라들었다. 그리고 아지칸은 얼굴을 찡그렸다. 그가 말했다.

"네유?"

네유는 갑자기 정신을 차린 것처럼 보였다.

"시간을 끌고 있군, 황제. 실망이야. 가엾은 내 오빠 이야기로 내 주의를 끌어 보려는 것이지? 그런 수작엔 넘어가지 않아. 일어나!"

황제는 턱을 긁던 오른손을 들어 손으로 턱과 입을 감싼 채 네유를 올려다보았다. 그 눈빛에 조롱이 담겨 있다고 생각한 네유는 왈칵 화를 내며 쉬크톨에 힘을 주었다.

"일어나라고!"

원시제는 그 명령을 따르듯 손바닥으로 바닥을 짚고 몸을 일으켰다. 네유는 안도하며 칼을 조금 끌어당겼다.

다음 순간 원시제는 질풍이 되었다.

자신이 낼 수 있는 것 이상의 속도가 필요할 경우 인간은 말을 타고 도깨비는 딱정벌레를 탄다. 레콘은 자신이 낼 수 있는 것 이상의 속도를 필요로 하는 경우가 별로 없다. 그리고 나가는 소드락을 먹는다. 오직 나가에게만 효과가 있는 이 비약의 효과는 짧고, 많이 복용하면 생명이 위험하지만, 약효가 있는 동안에는 복용자에게 빗방울의 모습을 포착할 수 있을 정도의 가속을 부여한다. 원시제가 팔짱을 끼며 품속에서 꺼낸 것, 그리고 입으로 가져가 삼킨 것은 바로 그 소드락이었다.

네유는 오금을 걷어차임과 함께 칼을 뺏겼고 쓰러지는 도중에 뒤통수를 강타당했다. 네유가 채 쓰러지기도 전에 원시제는 쉬크톨을 빼앗아 든 채 아지칸에게 쇄도했다. 아지칸은 고통스러운 고함을 지르며 손을 뻗었지만 시간을 잡으려 드는 것만큼이나 소용없는 짓이었다. 아지칸의 팔이 채 펴지기도 전에 그의 가슴 앞에 도달한 원시제는 거꾸로 쥔 쉬크톨의 칼자루로 아지칸의 턱을 쳐올렸다. 속도는 무게만큼이나 치명적이다. 아지칸은 턱이 부서진 채 나가떨어졌다.

소드락의 약효는 17분가량 지속된다. 원시제가 두 사람을 무력화시키는 데 걸린 시간은 4초 조금 못 미쳤다. 그리고 원시제가 두 사람의 옷을 찢어 그들을 단단히 결박하는 데 소모된 시간은 35초가량이었다. 남아 있는 시간은 길었고 가속된 상태에선 더욱 길게 느껴지게 마련이지만, 그런 상태에서 누군가와 말이나 니름을 나누는 것은 꽤 힘든 일이다. 그래서 원시제는 침대에 누워 나머지 시간을 보내기로 했다.

그 모습을 보던 라세는 고양이를 바닥에 내려놓았다. 고양이는 바닥에 등을 댄 채 라세를 향해 다리를 허우적거렸지만 별다른 반응을 얻지 못하고 그냥 몸을 뒤집어 앉았다. 라세는 황제 곁에 책상다리를 하고 앉아 지나치게 빠른 속도로 호흡하는 황제를 물끄러미 내려다보았다.

황제와 용에게 각자 다른 17분이 흘러갔다.

원시제가 침대에 누운 까닭은 약효가 사라지자마자 쓰러질 것을 대비하기 위해서다. 소드락의 약효가 사라지면 남는 것은 끔찍한 노동에 시달린 근육의 고통과 머리가 뼈개질 듯한 두통이다. 각오하고 있었지만 황제는 그 고통이 만만찮다고 생각했다. 원시제는 이곳저곳의 비늘을 부딪치며 경련했다. 그 모습을 보던 라세가 닐렀다.

〈이제 소드락의 약효가 사라진 거야? 대화할 수 있어?〉

황제는 자신이 니를 수 있다는 것에 감사했다. 신음이나 비명 없이 대화할 수 있으니까.

〈할 수 있어.〉

〈페온 시그린트는 이미 세상에 존재하지 않았군. 아스화리탈이

또 포자를 뿌려 용화가 피지 않는 이상 누군가가 나를 가리키며 용이라고 외칠 가능성은 없어.〉

〈페온이 죽기 전에 여동생에게 전령했을 가능성도 있어.〉

〈그랬을 것 같지는 않은데.〉

황제는 동의했다. 그럴 가능성은 거의 없었다.

〈그래. 그렇군. 이제 그 사실을 아는 것은 너와 나 둘뿐이다. 그리고 조만간 하나가 되겠지.〉

라세는 눈을 크게 떴다가 다시 가늘게 떴다. 황제가 웃으며 닐렀다.

〈죽은 자의 자손인 나는 죽게 마련이야.〉

아스화리탈의 딸 이라세오날은 아라짓 제국의 황제를 굽어보았다. 조금 후 라세가 팔을 들었다. 옆으로 움직인 그 손은 황제의 가슴에 얹혔다. 라세는 자신을 바라보는 황제에게 닐렀다.

〈너는 조금 전 가속했지. 반대로 감속할 수도 있어. 냉동 장치를 이용하면 네 생명을 동결시킬 수 있을 거야.〉

〈그럴 수 없어. 그런 냉동 상태를 감당하려면 심장을 적출해야 해.〉

〈그러면 심장을 적출해. 군령자가 되는 것보다 더 좋은 방법이야. 네 생명을 감속시켜서 연장시키면 너는 너의 몸을 가진 채 네 제국을 계속 통치할 수 있어.〉

황제는 희미하게 웃고 가슴 위에 놓인 라세의 손을 덮어 쥐었다. 그 손등의 비늘은 어린 나가의 그것과 똑같았다. 황제가 닐렀다.

〈라세. 나는 제국을 만들었다.〉

그것은 거절의 말인 것 같았다. 라세는 거절을 들었다는 것에 별로 놀라지 않았다. 그녀는 황제가 거절할 것을 알고 있었던 것 같았다.

황제가 일어났다. 그녀는 침대 옆으로 내려가 자신이 묶어 둔 포로들을 향해 다가갔다. 두 사람은 아직 깨어나지 않았다. 황제는 그들 곁에 서서 꼼짝도 하지 않은 채 두 사람을 내려다보았다.

〈두 사람을 어떻게 할지 고민하는 거야?〉

〈그건 네유가 다 해결해 줬어.〉

〈해결?〉

〈용인이 없으니 내 고민도 더 없어. 그리고 림츠 후의 경우도 그래. 페온 시그린트는 죽었으니 더 이상 그에게 문제가 되지 않아. 그리고 네유 시그린트는 죽은 걸로 되어 있으니 살아 있었다고 주장해도 사기꾼으로 몰면 그만이고. 후작은 만족하겠지.〉

〈그러면 왜 그렇게 내려다보고 있는 거지?〉

〈내가 만든 제국을 그저 감상하고 있는 거야. 아무 생각 없이.〉

라세는 고개를 갸웃했다. '내가 만든 제국?' 그때 고양이가 움직였다. 지금껏 무관심 속에 방치되어 약간 상심해 있던 고양이가 서 있는 황제를 보곤 희망을 품은 채 다가갔다. 고양이는 황제의 다리에 몸을 비볐다. 황제가 닐렀다.

〈라세, 고양이를 데려가거라. 좀 아프구나.〉

공교롭게도 그 다리는 조금 전 네유에게 상처를 입은 곳이었다. '저런.' 라세는 고양이를 바라보았고 그러자 고양이가 몸을 돌려 그녀에게 다가왔다. 다가온 고양이를 안아 올리던 라세는 문득 자신이 무슨 일을 했는지 깨닫고 놀라서 황제를 보았다. 황제는 진지한 눈으로 그녀를 보고 있었다.

〈정신 억압을 할 수 있구나.〉

라세는 무의식적으로 품 안의 고양이를 쓸어 만졌다. 고양이가 기분 좋게 목을 울렸다.

〈나에게 이런 능력도 줬어?〉

〈아니. 하지만 나가와 닮게 하려고 애썼어. 정신 억압 능력도 나가의 특징이지. 희귀하긴 하지만.〉

〈네가 준 것이 아니라고?〉

〈내겐 그런 능력이 없으니 줄 수 없어. 멋진 일인데.〉

그것은 인사치레의 말이 아니었다. 황제는 정말 기뻐하고 있었다. 하지만 라세는 황제의 기쁨에서 자긍심을 느끼는 대신 다른 것에 집중했다. 비록 아스화리탈이 뿌린 포자에서 태어났지만 라세는 자신이라는 존재의 대부분이 원시제에게서 기원하고 있음을 알며 인정했다. 그런데 그녀의 정신 억압 능력은 황제에게서 기원한 것이 아니다. 황제가 한 것은 그저 라세를 나가처럼 만든 것이고 그 나가의 구조에서 나가의 능력이 나타난 것이다.

갑자기 라세는 황제를 설명할 새로운 방법이 있다는 느낌을 받았다. 원시제는 명백히 제국의 중흥을 바라고 있었다. 또한 제국의 파멸도 바라고 있었다. 그 결과로 라세는 황제가 자기기만에 빠져 있다고 결론 내렸다. 라세는 전제들을 수정할 필요를 느끼지 않았다. 그것은 정확한 관찰이었다. 황제는 진실로 그 두 가지를 똑같이 바라고 있었다. 라세가 느낀 것은 결론의 수정 필요성이었다. 라세는 다른 결론도 가능하지 않은가 하는 의심을 느꼈다.

하지만 라세는 자신의 느낌 때문에 혼란스러웠다. 둘을 동시에 인정할 수 없는, 서로 이율배반이 되는 그런 소망을 동시에 품으면서도 자기기만은 아니라고? 그렇다면 황제의 소망은 될 대로 되라인가? 그러나 그런 방관주의야말로 원시제에게 가장 어울리지 않는 태도 같았다. 그렇다면 어떻게 키탈저 사냥꾼의 저주와 같은 이 상황을 이해할 수 있는가?

문득 라세는 키탈저 사냥꾼들이 자신들을 용의 자손이라고 믿었음을, 그리고 용의 힘이 모순에 있다고 믿었음을 떠올렸다.

그리고 그녀는 용이었다.

라세는 눈이 방금 생긴 사람처럼 어색하게 황제를 바라보았다. 뭔가 알 것 같은 기분이 들었다. 그녀는 자신의 이해를 정리해 보려 했다. 쉽지 않을 것 같다는 불안이 먼저 다가왔다. 라세는 고양이를 내려다보고 다시 황제를 보았다. 황제는 미소 짓고 있었고 그 미소는 꼭 현재에만 국한된 것이 아닌 것처럼 보였다. 과거와 미래에 한꺼번에 이르는 그 미소를 보며 라세는 결정했다.

시간을 충분히 가지고 이 문제를 생각해 봐야 할 것 같았다.

언덕을 따라 차고 둔한 바람이 불어왔다.

페온 시그린트는 네유의 일그러진 얼굴과 떨리는 팔, 경직된 손을 보았다. 더 이상 고개를 돌릴 수 없어 동생의 손에 쥐어진 것은 보지 못했다. 하지만 그것이 단검임을 짐작하는 거야 어려울 것 없는 일이다. 페온은 여동생의 이름을 불렀다.

"네유."

질겁한 네유가 칼을 놓쳤다. 불에 덴 듯 팔을 끌어당기던 네유는 비틀거리다가 털썩 주저앉았다. 그녀는 땅바닥에 앉은 채 뒤로 물러났다. 페온은 등에 꽂힌 칼을 만지려 허리를 뒤틀었다. 고통 때문에 머릿속이 허예졌다. 페온은 털썩 무릎을 꿇었다.

"내, 내내, 내, 내가 말했잖아!"

바닥이 꽤 딱딱했지만 페온은 무릎의 충격을 느끼지 못했다. 갑자기 이마에 진땀이 솟는 것 같았다. 더 이상 날 땀도 없을 텐데.

"두, 둘 중 하나는 죽어야, 죽어야 한다고. 내가 설명했잖아! 도망쳐서 우리가 뭐, 뭘 할 수 있겠어? 그냥 살아남는 것밖에 못해. 하나만 죽으면, 그러면 복수를 시작할 수 있다고!"

페온은 땀을 훔치고 싶었지만 손이 잘 움직이지 않았다. 뜨거운 겉과 달리 몸 안쪽에서는 기묘한 추위가 느껴졌다. 갑자기 그의 입이 그의 의도와 상관없이 움직였다. 그의 군령들 중 하나가 황급히 입을 빼앗아 간 것이다.

"전……!"

페온은 억지로 입을 되찾아 그 말을 끊었다. 그러자 군령들은 그의 팔과 다리, 눈 등을 제멋대로 움직였다. 하지만 한꺼번에 많은 군령들이 움직이느라 페온의 몸은 조직적으로 움직이지 못했다. 페온은 얼굴을 땅에 부딪히는 자세로 쓰러졌다. 엎어진 채 꿈틀거리는 오빠를 겁에 질려 바라보던 네유가 말했다.

"뭐라고? 뭐라고 했어?"

네유의 말을 들은 군령들이 페온의 입으로 쇄도했다. 그의 윗니와 아랫니, 목구멍, 혀, 입술에 각자 다른 군령들이 달려드는 것 같았다. 그 군령들은 외치려 하고 있었다. '전령해! 전령하라고!' 페온은 악착같이 입을 닫았고 그 때문에 아무 말도 할 수 없었다.

가족들은 페온이 군령자라는 것을 알지 못했다. 군령자가 책임 있는 역할을 맡는 것을 사람들은 좋아하지 않았다. 그 속을 알 수 없다는 당연한 이유 때문이다. 그런데 그는 아버지의 뒤를 이어 마립간에 오를 사람으로 내정되어 있었다. 그래서 페온은 자신이 하인샤 대사원에서 군령자가 되었음을 밝히지 않았다.

그리고 페온은 지금 네유에게 그 사실을 알릴 생각도 없었다. 페온이 더 이상 아무 말도 하지 않자 네유는 그의 말을 기다리지 않았다.

"오, 오빠가 그걸 이해하지 못하기 때문이야. 난, 난 정말 죽을 생각이었어. 하지만 내가 죽어도 오빠가 그걸 이해하지 못하고, 내, 내 죽음을 이용하지 못하면, 그러면 무슨 쓸모가 있어? 개죽음이잖아. 어쩔 수 없었어. 알겠어? 어쩔 수 없는 선택이었다고!"

네유의 말을 듣는 것이 점점 힘들어졌다. 수백 년, 어쩌면 수천 년 전부터 사람들의 몸을 전전하며 살아온 영들이 소멸의 공포 앞에서 광란하고 있었다. 페온은 달걀이 삶기는 것이 자신과 비슷하지 않을까 생각했다. 겉껍질엔 변화가 없지만 내부에는 열 때문에 엉기다가 마침내 꼼짝달싹할 수 없을 만큼 뻑뻑해지는 것. 날뛰는 영들은 그의 속을 꽉 채우며 아우성쳤다. 네유는 계속 무슨 말을 했지만 페온은 더 이상 그녀의 말을 듣지 않았다.

페온은 왜 이곳인지, 그리고 왜 지금인지 궁금해했다.

일꾼들의 싸움을 멋지게 중재하면서, 혹은 아무도 찾지 못한 서류의 오류를 발견해 냄으로써, 혹은 아버지의 시신 곁에서 엄숙하게 어른으로 인정받을 수도 있었다. 페온은 자신을 조금 비

피를 마시는 새 8

1판 1쇄 펴냄 2005년 7월 8일
1판 23쇄 펴냄 2025년 5월 14일

지은이 | 이영도
발행인 | 박근섭
편집인 | 김준혁
펴낸곳 | 황금가지

출판등록 | 2009. 10. 8 (제2009-000273호)
주소 | 06027 서울 강남구 도산대로 1길 62 강남출판문화센터 5층
전화 | 영업부 515-2000 편집부 3446-8774 팩시밀리 515-2007
홈페이지 | www.goldenbough.co.kr

도서 파본 등의 이유로 반송이 필요할 경우에는 구매처에서 교환하시고
출판사 교환이 필요할 경우에는 아래 주소로 반송 사유를 적어 도서와 함께 보내주세요.
06027 서울 강남구 도산대로 1길 62 강남출판문화센터 6층 민음인 마케팅부

© 이영도, 2005. Printed in Seoul, Korea

ISBN 978-89-8273-939-2 04810 (8권)
ISBN 978-89-8273-931-6 04810 (세트)

㈜민음인은 민음사 출판 그룹의 자회사입니다.
황금가지는 ㈜민음인의 픽션 전문 출간 브랜드입니다.

웃었지만 자기혐오에 빠지지는 않았다. 남자 아이의 야망이란 그런 법이다. 그것은 청년이 되어도, 심지어 장년이 되어도 쉽게 사라지지 않는다. 물론 나이를 먹으면 앉은자리에서 얼마나 많은 술을 마시는가 또는 얼마나 많은 오락에 조예를 가지고 있는가 따위로 척도가 바뀌기는 하지만 본질은 같다. 페온 시그린트도 다른 사람들과 특별히 달라지고 싶은 생각은 없었다. 남과는 다르다고 끊임없이 주장하는 것까지도 똑같이 할 계획이었다…… 하지만 지금 이곳에서 페온은 갑작스럽게 어른이 되었다. 어쩌면 그것은 어른이 아니라 좀 다른 이름의 무엇인지도 모르지만 페온은 그 이름을 알지 못했다. 어쨌든 그는 뭔가 좀 다른 것이 되었다.

조만간 보편적인 시체가 되겠지만.

영들의 난동이 잦아들었다. 그들은 페온이 정말 죽을 작정임을 깨달았다. 최후의 순간에 죽음을 수용하겠다는 결심을 번복하는 자들에게 익숙했던 영들에게 그것은 충격적이었다. 페온을 이해하고 그 뜻에 공감해서라기보다는 그 충격 때문에 영들은 침묵했다. 페온은 가까스로 입을 열 자유를 얻었다.

네유는 그때까지도 정신없이 말을 쏟고 있었다. 페온은 참을성 있게 말을 반복했다. 마침내 네유가 다시 관심을 보였다.

"뭐? 뭐라고 했어?"

의식의 가장자리가 천천히 흩어졌다. 페온은 곧 그가 딛고 있는 모든 것이 허물어지리라는 것을 느꼈다. 그는 경계 없고 깊이 없는 곳으로 내던져질 것이다. 추락의 예감 속에서 그는 애써 반복했다. 네유는 그의 입가로 귀를 가져갔다.

"뭐? 안 들려. 뭐?"

페온은 말하고 또 말했다. 자신이 정말 말을 하고 있는지 의심스러웠지만 페온은 계속 말했다. 어느 순간, 갑자기 페온은 자신의 말을 또렷하게 들었다.

"미안해."

네유 또한 그 말을 알아들었다. 그녀는 차갑게 얼어붙었다.

다음 순간 오누이는 더 이상 오누이가 아니었다.

딱딱하게 굳어 있던 네유가 천천히 몸을 일으켰다. 그녀는 무릎에 두 손을 얹은 채 페온의 시체를 바라보았다.

호흡 없는 코, 약간 벌어진 입, 동공이 열린 눈. 표정을 지어내어 감정을 발하던 그것들이 그림에서 느낄 수 있는 것만큼의 생기도 느낄 수 없는 물건들로 바뀌었다. 페온은 죽었다. 하지만 네유는 페온이 계속 말하는 것 같은 기분을 느꼈다.

미안하다고?

네유는 자신이 반으로 찢어지는 것을 느꼈다.

"네가…… 나를 죽였어."

그 반이 다시 반으로, 또 반으로. 대단히 꼼꼼하고 섬세한 누군가가 네유를 찍익찍익 찢었다. 그녀는 자신이 무수히 많은 가느다란 조각으로 나뉘는 것을 느꼈다.

"오빠가 나를 죽였어. 페온 시그린트가 네유 시그린트를 죽였다고!"

어두운 절망 속으로 흔적 없이 흩어지려는 찰나, 네유는 메아리가 되어 돌아오는 자신의 목소리를 들은 것 같았다. 그녀는 그 메아리에 집중했다.

사라지던 네유 시그린트는 다시 어두운 언덕으로, 오빠의 시체 곁으로 돌아왔다. 언제부터 거기 있었는지 알 수 없는 벌레 한 마리가 페온의 뺨 위를 걷고 있었다. 어둠 때문에 어떤 벌레인지 알 수 없는 그것은 오빠의 뺨을 따라 꿈틀거리는 검은 눈물처럼 보였다. 네유는 그 벌레를 멍하니 바라보며 중얼거렸다.

'오빠가 나를 죽였다고?'

네유는 그 말의 진실성에 놀랐다. 말의 진실성은 그 내용의 진실성과 상관없다는, 그녀가 새로 깨달은 사실이 네유에게 깊은 감명을 주었다.

그래. 그렇게 하자. 그렇게 되도록 하자.

그렇게 되었다. 네유는 고개를 들어 올렸다.

홀로 된 오누이의 머리 위로 밤이 서걱서걱 찾아들었다.

——「정석」 끝